OCEANUS
OCCIDENTALIS
LA CORUÑA
MADEIRA
LA
GOMERA
CABO
BLANCO
TROPICUS
CANCRI
SIERRA
LEONA
SAN MATEO
IMPERIO
INCAS
NUEVO
MUNDO
TIERRA
BRASIL
MARE
OCEANUM
ELCANO
CABO FRÍO
TROPICUS
CAPRICORNI
RÍO
SOLÍS
CABO SANTA MARÍA
BAHÍA
SANTA CRUZ
ESTRECHO
MAGALLANES

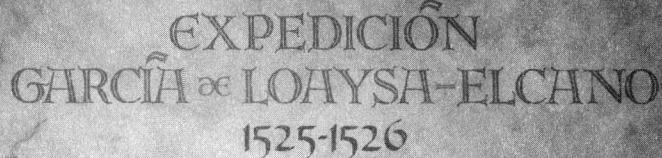

EXPEDICIÓN
GARCÍA ᴐᴇ LOAYSA–ELCANO
1525-1526

GUAJAN

MINDANAO

SAN BARTOLOMÉ

LINEA
EQUINOCIALIS

OCEANUS
ORIENTALIS

OCEANUS
YNDICUS
MERIDIONALIS

JOSÉ CALVO POYATO

LA TRAVESÍA FINAL

Editado por HarperCollins Ibérica, S.A.
Núñez de Balboa, 56
28001 Madrid

La Travesía Final
© José Calvo Poyato, 2021
Autor representado por Silvia Bastos, S.L. Agencia literaria
© 2021, 2024, para esta edición HarperCollins Ibérica, S.A.

Diseño de cubierta: CalderónStudio
Imagen de cubierta: GettyImages

ISBN: 978-84-19809-36-0
Depósito legal: M-5263-2024
Impreso en España por: Black Print

MIXTO
Papel procedente de
fuentes responsables
FSC   FSC® C120704
www.fsc.org

A Carmen, que inicia ahora su travesía

DRAMATIS PERSONAE

ÁGUEDA: Hospedaba a Elcano en Valladolid. Personaje de ficción.

ACUÑA, Rodrigo de: Capitán de la *San Gabriel* en la expedición de García de Loaysa.

ALARCÓN, Hernando de: Capitán de la guardia que vigilaba a Francisco I de Francia.

ALBO, Francisco: Piloto, compañero de Elcano en la primera vuelta al mundo.

ANDRADE, Fernando: Conde de Villalba y presidente de la Casa de la Contratación de La Coruña.

ANTUNES: Secretario del embajador de Portugal. Personaje de ficción.

AREIZAGA, Juan de: Clérigo que embarcó en la expedición de García de Loaysa.

AVIS, Isabel de: Infanta de Portugal, hermana de Juan III. Contrajo matrimonio con Carlos I.

BASTINHAS: Portugués al servicio del embajador Da Silveira. Personaje de ficción.

BELIZÓN: Acompañante de Elcano a Medina de Rioseco. Personaje de ficción.

BRÍGIDA: Tía de María Vidaurreta. Personaje de ficción.

BUSTAMANTE, Hernando: Cirujano-barbero. Compañero de

Elcano en la primera vuelta al mundo. Embarcó en la expedición de García de Loaysa.

CAO, Martín: Intermediario portugués que andaba en asuntos oscuros. Personaje de ficción.

CARLOS I: Rey de España. Carlos V como emperador del Sacro Imperio Romano Germánico.

CLEMENTE VII: Julio de Médici, papa entre 1523 y 1534.

COBOS, Francisco de los: Secretario de Carlos I.

COLÓN, Hernando: Bibliófilo, hijo de Cristóbal Colón y Beatriz Enríquez de Arana.

CONDE DE TENDILLA: Luis Hurtado de Mendoza, capitán general del reino de Granada.

DÍEZ DE LEGUIZANO, Santiago: Juez de la Real Chancillería de Valladolid.

DUQUE DE ALBA: Fadrique Álvarez de Toledo, figura relevante de la Corte de Carlos I.

DUQUE DE BÉJAR: Álvaro de Zúñiga, figura relevante de la Corte de Carlos I.

DUQUE DE CALABRIA: Fernando de Aragón. Contrajo matrimonio con Germana de Foix.

ELCANO, Domingo: Clérigo, hermano de Juan Sebastián Elcano.

ELCANO, Juan Sebastián: Marino que dio la primera vuelta al mundo. Fue piloto mayor y capitán de la *Sancti Spiritus* en la expedición de García de Loaysa.

ELCANO, Martín: Piloto, hermano de Juan Sebastián Elcano.

ENRÍQUEZ, Fadrique: Gran almirante de Castilla. Coleccionaba mapas y objetos relacionados con la náutica.

ERNIALDE, María de: Vecina de Guetaria a la que Juan Sebastián Elcano dio promesa de matrimonio. Madre de su hijo Domingo.

FERNANDES, Vasco: Pintor portugués autor del retrato de Isabel de Avis.

FONSECA Y ULLOA, Alfonso de: Arzobispo de Toledo. Veló el matrimonio de Carlos I e Isabel de Portugal.

FRANCISCO I: Rey de Francia. Prisionero en la batalla de Pavía, firmó con Carlos I la Paz de Madrid, que no cumplió.

GALÍNDEZ DE CARVAJAL: Jurista de la Universidad de Salamanca.

GAMA, Vasco da: Marino portugués, conde de Vidigueira y virrey de la India.

GARCÍA DE LOAYSA Y MENDOZA: Confesor de Carlos I y primer presidente del Consejo de Indias.

GARCÍA DE LOAYSA, Jofré: Capitán general de la expedición a las islas de las Especias que partió de La Coruña en 1525.

GATTINARA, Mercurio: Canciller imperial.

FOIX, Germana de: Viuda de Fernando el Católico y abuelastra de Carlos I. Fue virreina de Valencia.

GUEVARA, Santiago: Cuñado de Elcano. Capitán del patache *Santiago* en la expedición de García de Loaysa.

GÓMEZ, Esteban: Capitán de la *Anunciada* con la que buscó un paso al mar del Sur por el norte.

HABSBURGO, Catalina de: Hermana de Carlos I. Contrajo matrimonio con Juan III de Portugal.

HABSBURGO, Leonor de: Hermana de Carlos I. Contrajo matrimonio con Francisco I de Francia.

HARO, Cristóbal de: Factor de la Casa de la Contratación de La Coruña. Financió parte de la expedición de García de Loaysa.

HOCES, Francisco de: Capitán de la *San Lesmes* en la expedición de García de Loaysa.

JUAN III: Rey de Portugal. Contrajo matrimonio con Catalina de Habsburgo.

LANNOY, Carlos de: Virrey de Nápoles. General español en la batalla de Pavía.

LEOCADIA: Facilitó información a Elcano sobre Martín Cao. Personaje de ficción.

LÓPEZ DE VILLALOBOS: Médico con fama de nigromante.

LÓPEZ DE ESCORIAZA, Fernán: Médico en la Corte de Enrique VIII.

LÓPEZ DE RECALDE, Juan: Tesorero de la Casa de la Contratación de Sevilla.

MAGALLANES, Fernando de: Marino portugués, al servicio

de Carlos I. Encontró el paso para llegar al mar del Sur desde el Atlántico.

MANRIQUE, Jorge: Capitán de la *Santa María del Parral* en la expedición de García de Loaysa.

MARCELA: Alojó a Elcano y sus acompañantes en Medina de Rioseco. Personaje de ficción.

MARTA: Atendió a Elcano y a Diego de Torres en La Coruña. Personaje de ficción.

MARQUÉS DE PESCARA: Fernando Dávalos, general de las tropas españolas en el norte de Italia. Vencedor en Pavía.

MATÍAS: Cartógrafo. Trabajaba para don Fadrique Enríquez. Personaje de ficción.

PIGAFETTA, Antonio: Escribió un Diario de la expedición Magallanes-Elcano.

PUERTO, Catalina del: Madre de Juan Sebastián Elcano.

REINEL, Jorge: Cartógrafo, hijo de Pedro Reinel.

REINEL, Pedro: Cartógrafo portugués al servicio de Castilla.

RIBEIRO, Diego de: Cartógrafo miembro de la delegación española en las Juntas de Badajoz-Elvas.

RODRÍQUEZ DE FONSECA, Juan: Secretario de Indias y obispo de Burgos.

SAAVEDRA, Álvaro: Capitán de la expedición mandada por Hernán Cortés a las islas de las Especias.

SALAZAR, Alonso de: Capitán de la *Santa María de la Victoria* a la muerte de Juan Sebastián Elcano.

SILVEIRA, Luis da: Embajador de Portugal en la Corte de Carlos I.

TORRES, Diego de: Veterano de las guerras de Italia. Acompañó a Elcano en su viaje a La Coruña. Personaje de ficción.

URDANETA, Andrés de: Participó en la expedición de García de Loaysa. Escribió un relato de lo sucedido.

VALENCIA, Martín: Capitán de la *San Gabriel* en sustitución de Rodrigo de Acuña.

VALOIS, Margarita: Duquesa de Alençon, hermana de Francisco I, al que visitó en Madrid cuando estaba prisionero.

VERA, Pedro de: Capitán de la *Anunciada* en la escuadra de García de Loaysa.

VIGO, Gonzalo de: Desertor de la escuadra de Magallanes, fue encontrado cuatro años después. Le fue concedido el perdón real.

VIDAURRETA, María: Mantuvo una relación sentimental con Elcano. Fue madre de una hija suya.

ZAMBRANO: Acompañante de Elcano a Medina de Rioseco. Personaje de ficción. Encontró una pista para desvelar los asesinatos de Medina de Rioseco.

ZAPATONES: Protegía a Matías y era fuerte y de elevada estatura. Personaje de ficción.

I

Valladolid, 16 de octubre de 1522

La ciudad había amanecido envuelta en una espesa niebla. Si no hubiera sido por el frío que le azotó el rostro, al abrir los postigos de la única ventana de la buhardilla donde se alojaba, habría pensado que algo estaba ardiendo. Aquella niebla impedía ver el final de la estrecha calle donde se encajonaba un recio viento del norte, anunciando que el otoño avanzaba inexorablemente hacia los duros inviernos que se vivían en la meseta castellana.

Echó agua en la jofaina y se lavó la cara, el cuello y los sobacos. Eran sus abluciones matutinas y estaba a medio vestir —anudaba los cordones de la camisa después de haberse calzado las largas botas de cuero— cuando sonaron unos fuertes golpes en la puerta de la casa.

Juan Sebastián Elcano frunció el ceño.

No era hora de andar aporreando puertas. Se asomó a la ventana y vislumbró entre el celaje de la niebla a un sujeto vestido de negro. Permaneció asomado hasta que Águeda, una de las viudas que en Valladolid redondeaban sus magros ingresos arrendando alguna dependencia de su casa a huéspedes que les ofrecían garantías de formalidad, abrió la puerta y habló con aquel desconocido algo que no pudo oír. La viuda cerró la puerta, pero aquel sujeto no se movió.

Le dio mala espina.

Se colocaba un jubón negro, acolchado y con las mangas acuchilladas, cuando sonaron unos suaves golpes en la puerta de la buhardilla.

—¿Ocurre algo?

—Preguntan por vuesa merced.

Abotonó el jubón, se pasó la mano por el pelo y, cuando abrió la puerta, Águeda aguardaba. Hasta entonces no había tenido con la viuda mayor relación que la del acuerdo de alquiler y algunas conversaciones durante el desayuno que entraba en el precio ajustado. No descartaba… Águeda era mujer de buen ver. Mantenía el talle estrecho porque nunca había parido y, bajo las toscas vestiduras, se adivinaban un busto generoso y unos muslos poderosos. Llevaba siempre recogida su negra melena y sus ojos melados daban un toque de dulzura a su mirada.

—¿Quién pregunta por mí?

—No me lo ha dicho, pero por las trazas es un alguacil. Viste de negro y se da unos aires… Por eso… le he dado con la puerta en las narices. ¿Tiene vuesa merced algún problema con la justicia?

Recordó que, desde hacía años, la justicia le seguía los pasos.

—Veamos qué quiere. No hace día para estar aguardando en la calle.

Cuando abrió la puerta, el alguacil lo miró de arriba abajo, antes de preguntarle.

—¿Sois Juan Sebastián Elcano?

—Ese es mi nombre. ¿Qué se os ofrece?

—Don Santiago Díez de Leguizano, juez de la Real Chancillería, os requiere para que comparezcáis ante él. Aquí tenéis la citación. —Le entregó un pliego y añadió—: El miércoles, a las nueve de la mañana.

—¿Por qué se me cita?

—Eso os lo dirá el juez.

Se llevó dos dedos al borde de su gorra y se perdió entre la niebla.

Elcano cerró la puerta y Águeda lo miró a los ojos —desde que lo vio la primera vez cuando, con una recomendación del secretario de Indias, se presentó en su casa para que le alquilase la buhardilla, le pareció un hombre atractivo— y le preguntó otra vez:

—¿Tenéis algún asunto pendiente con la justicia?

Elcano dejó escapar un suspiro.

—Dejadme ver qué dice este pliego. ¡Ah!, os lo explicaré mejor si me ponéis esas rebanadas con manteca y el tazón de leche de cada mañana.

La citación no le aclaraba mucho. Sólo decía que había de comparecer ante el juez el miércoles, a la hora que el alguacil había indicado.

La viuda le sirvió las rebanadas y un tazón con la leche, y después echó leche en otro tazón y se sentó frente a aquel marino de constitución recia, piel atezada, pelo castaño como el color de su barba y la decisión brillando de forma permanente en sus negros ojos. Se sentía más segura desde que dormía en la buhardilla, justo encima de su alcoba. Saber que estaba arriba había hecho que tuviera ciertos pensamientos que don Cosme, el párroco, le había dicho que apartase de su cabeza porque eran un grave pecado.

—¿Vais a responderme de una vez?

Elcano masticó lentamente el pan, luego dio un largo sorbo a su leche y se limpió la boca con el dorso de la mano.

—Antes de embarcar en una armada que, en el año diecinueve, partió del puerto de Sevilla en busca de un paso para llegar al mar del Sur desde el Atlántico y abrir una ruta a las islas de las Especias, tenía a la justicia detrás de mis talones. Embarqué como maestre de uno de aquellos barcos.

—¿Con ese barco fue con el que disteis la vuelta al mundo?

—No, aquel barco era la *Concepción* y el que mandaba cuando llegué a Sevilla era la *Victoria*.

—Algún día me contaréis cómo fue aquello. Ahora, decidme, ¿qué clase de delito habíais cometido para que la justicia os siguiera los pasos?

Elcano dio otro sorbo a la leche de su tazón.

—La justicia no siempre persigue a los que cometen un delito.

—¿No? ¿Os perseguían sin haber cometido ningún delito? —Una sonrisa irónica se había dibujado en sus sensuales labios.

—Quizá no sea la mejor forma de decirlo. Pero me estaban persiguiendo de forma injusta.

—¿Os importaría explicaros?

—Yo era propietario de un barco grande, de cerca de doscientos toneles. La Corona contrataba mis servicios para transportar tropas. Llevé soldados cuando las campañas de Italia y también al norte de África. Hace ya algunos años de eso. En el que fue mi último viaje tuve que pedir un préstamo a unos banqueros genoveses. Me exigieron un aval y ofrecí mi barco. Se quedarían con él si una vez cumplido el plazo no les devolvía la suma prestada. Esperaba pagarlo con el dinero que la Corona me abonaría. No lo hizo a tiempo y, al cumplirse el plazo, tuve que entregar mi barco. Ese fue mi delito.

Águeda puso cara de incredulidad.

—¿Por eso os persigue la justicia?

—Enajenar un barco a extranjeros es un grave delito. ¿No lo sabíais?

La mujer negó con un movimiento de cabeza.

—¡Eso es injusto! —Se levantó para servirse otro poco de leche.

—No sé si ese juez me requiere por ese asunto. Aunque dudo que sea por ello. Si fuera así, en lugar de un papel me habría mandado a los corchetes.

La citación no alteró sus planes de aquel día. A media mañana encaminó sus pasos hacia una posada donde había quedado con Pedro Reinel, uno de los cartógrafos más famosos de Europa. Portugués de nacimiento, se había avecindado en Valladolid. Era un maestro en el arte de componer cartas de navegación y mapas, confeccionados con los datos aportados por navegantes y descubridores de nuevas tierras, que permitían conocer mejor la distribución de mares y continentes. Los nuevos mapas incorporaban esas novedades, pero aún presentaban grandes lagunas.

Reinel había elaborado, por encargo del rey de Portugal, un mapamundi donde aparecía una masa de tierra en latitudes meridionales. Ese mapa señalaba que era una quimera buscar un paso para navegar desde las aguas el océano Atlántico a las del mar del Sur. Su objetivo era disuadir a Carlos I de apoyar la expedición que Fernando de Magallanes le había propuesto para encontrar el paso que comunicase las aguas de esos dos mares y abriera una ruta hasta las islas de las

Especias por el hemisferio que quedaba en manos de Castilla, según lo acordado en el Tratado de Tordesillas. El propio Reinel había revelado a Carlos I que aquel mapa no se ajustaba a la realidad y que la verdad era que nada se sabía de cómo era la Tierra más al sur de los treinta y cinco grados de latitud que era donde estaba el cabo de las Tormentas, el extremo meridional del continente africano, y que aproximadamente era la misma latitud hasta la que los castellanos habían navegado siguiendo la costa de las Indias. Desde entonces Reinel estaba en Castilla y trabajaba para el rey de España.

Elcano había conocido al cartógrafo poco después de llegar a Valladolid para informar a Carlos I de las vicisitudes de la primera vuelta al mundo. Quería que el cartógrafo elaborase un mapa con los datos que él le proporcionaría sobre la forma de las costas por las que había discurrido su periplo y cómo quedaba el mundo, tras haber cruzado el mar del Sur, al que Magallanes había bautizado como océano Pacífico.

Entró en el mesón y vio que el cartógrafo ya aguardaba. Apenas se hubo sentado, le comentó que no le gustaba reunirse en aquellos sitios.

—No me gusta hablar de ciertos asuntos en estos lugares. La vida me ha enseñado que las paredes oyen y aquí hay mucho trasiego de gente.

—Si me lo hubierais dicho…

—Ahora no tiene remedio. Mostradme esos papeles.

Elcano los sacó de un pequeño cartapacio.

—Corresponden a las costas del extremo sur de las Indias. Ahí están consignadas sus latitudes.

El cartógrafo los examinó con detenimiento hasta que, dejando escapar un suspiro, indicó:

—Con este material podría dejarse cartografiado todo ese territorio.

Elcano dio un buen trago a su vino.

—También podría trazarse el meridiano que separa los hemisferios de Castilla y Portugal más allá del mar del Sur. ¿Estaríais dispuesto a confeccionar un mapa donde, con los datos que os facilito, eso quede señalado?

El cartógrafo era hombre de mucha experiencia en aquel negocio y sabía que aquella petición suponía un serio peligro. Los mapas y las cartas de navegación eran secretos de Estado celosamente guardados y un paso en falso podía pagarse con la vida.

—¿Sabéis lo que estáis pidiéndome?

—Un mapa —respondió Elcano sin alterarse.

—¡Puede costarnos la vida, a vos y a mí! —Había alzado la voz y estaba llamando la atención. Dio un trago al vino de su jarra y casi susurró—: He visto morir a más de uno por intentar apoderarse de alguno.

—Los marinos sabemos bien lo que supone su posesión.

—No, no me convenceréis. Es muy peligroso...

Elcano dio otro sorbo a su vino

—Si podéis confeccionar ese mapa es porque yo os proporciono los datos. No estaríais revelándome ningún secreto. Además, os pagaré bien.

—¿Para quién sería?

—Para mí.

Reinel dudaba

—Tengo problemas para encontrar materiales. No es fácil hacerse con pergaminos, vitelas adecuadas, tintas... —Sus palabras sonaban a excusa y su negativa inicial había perdido fuerza.

—¿Elaboraríais ese mapa si os consigo el material?

El cartógrafo se acarició el mentón. Pese a que quien le estaba pidiendo aquel mapa era un hombre de notable prestigio, después de la hazaña que había protagonizado, el peligro era muy grande.

—Hay demasiado riesgo.

—Como os he dicho, estoy dispuesto a pagaros bien.

Se acarició otra vez el mentón. El dinero era su punto débil.

—¿Cuánto estáis dispuesto a pagar?

—Cuarenta ducados. Los cálculos, las mediciones, los datos... os los proporcionaré yo.

—¿Buscaríais el material y correría de vuestra cuenta?

—Sí.

—Está bien. Os haré ese mapa, pero con una condición.

Ahora la duda apareció en el semblante de Elcano.

—No me gusta que me impongan condiciones. Pero…, decidme, ¿cuál es?

—Habéis de jurarme que guardaréis silencio sobre la autoría del mapa. No quiero que aumenten mis problemas. Entrar al servicio de don Carlos ha supuesto un riesgo muy grande para mí y para mi familia. ¿Creéis que en Lisboa lo han celebrado? Si apareciera por allí, mi vida no valdría un *dinheiro*. Me matarían en un oscuro callejón y luego arrojarían mi cadáver al Tajo con una hermosa piedra atada a los pies. No sería el primer cartógrafo que sirve de alimento a los peces. No quiero que la cosa vaya a mayores.

—Esto queda entre vos y yo.

—Tendréis que jurármelo sobre los Evangelios.

—¿Tenéis a mano una Biblia?

—¿Creéis que voy a llevarla en el bolsillo?

Elcano se encogió de hombros.

—Habéis sido vos quien ha pedido que jure sobre los Evangelios.

Reinel se quedó mirándolo a los ojos, fijamente. Lo que vio en ellos le inspiró confianza. Dejó escapar un suspiro y apuró el vino de su jarra. Tenía la garganta seca.

—Me bastaría con que empeñaseis vuestra palabra. Supongo que sois hombre que hace honor a ella.

—Tenéis mi palabra.

—En tal caso, contad con ese mapa. Pero, recordad…, habéis de suministrarme el material para elaborarlo.

El marino asintió y pidió al posadero que les llevara más vino. Llegó acompañado de un poco de queso. Reinel no estaba por alargar la reunión. Dio cuenta de su vino en pocos tragos e iba a levantase cuando Elcano quiso asegurar el acuerdo al que habían llegado.

—Nos veremos en cuanto haya conseguido lo necesario para que elaboréis mi mapa. Decidme, ¿Qué necesitáis?

—Además de unos pergaminos de buena calidad, mejor si son vitelas, alguna pluma de dibujar y pigmentos…, pigmentos para hacer colores.

Elcano anotaba mentalmente.

—Cuando lo tenga todo nos volveremos a ver.

—Pero no aquí. Ya os he dicho que no me gustan estos lugares.

—Si vuesa merced tiene un lugar más a propósito…

—Nos veremos en mi casa. Estaremos más tranquilos, aunque mi esposa gruñirá un poco.

—¿Dónde vivís?

—Muy cerca de la Universidad, ¿sabéis dónde queda? —Elcano asintió—. Buscad la calle de Ruy Hernández, una casa de dos plantas, muy cerca de la esquina de la calle de la Parra. La casa de al lado es una espartería donde también venden cacharros de cerámica. No tiene pérdida.

—Allí nos veremos la próxima vez.

El cartógrafo se levantó y se despidieron porque Reinel no quería que salieran juntos del mesón. Todas las precauciones eran pocas. Uno de los rumores que corrían en ciertos ambientes de la ciudad apuntaba a que, desde que el rey había regresado, en Valladolid eran muy numerosos los agentes a sueldo de Portugal.

II

Diez minutos antes de la hora fijada, Elcano aguardaba en uno de los pasillos del enorme edificio que albergaba la Real Chancillería de Valladolid, el más alto órgano de administración de justicia de la Corona de Castilla. Extendía su jurisdicción sobre las tierras que quedaban al norte del río Tajo.

Vestía de forma elegante: jubón granate, acuchillado en las mangas, dejando ver un forro de seda amarilla, camisa blanca con cuello y puños rizados, medias negras y sus botas altas, bien lustradas. Su bonete era de tafetán negro y estaba adornado con una pequeña pluma blanca.

Aguardó pacientemente hasta que, bien pasada la hora en que había sido convocado, un ujier se le acercó.

—¿Vuesa merced es Juan Sebastián Elcano? —Asintió con un leve movimiento de cabeza—. Seguidme, su señoría os espera.

El juez Díez de Leguizano era delgado y, aunque estaba sentado tras una mesa cubierta por un paño de bayeta oscura, parecía ser persona de elevada estatura. La negra hopalanda que vestía acentuaba su delgadez. En el mismo estrado, pero a un nivel más bajo y, tras una mesa mucho más pequeña, estaba el escribano. El juez midió con su mirada a Elcano cuando este se detuvo a un par de varas de donde él estaba. No le gustó que el marino le sostuviera la mirada.

—¿Vuesa merced es Juan Sebastián Elcano?

—Así es. ¿Podría conocer la razón por la que su señoría me ha citado?

—Cada cosa a su tiempo. ¿Mandasteis la *Victoria,* una de las naos de la flota que, a las órdenes de don Fernando de Magallanes, partió del puerto de Sevilla hace algo más de tres años?

—Así es.

—Sin embargo, cuando embarcasteis lo hicisteis como maestre en otra. La..., la... —El juez buscaba entre los papeles que había sobre su mesa.

—La *Concepción*, señoría. Esa nao era la *Concepción*.

—La *Concepción*, eso es. ¿Qué fue de ese barco?

—Tuvimos que incendiarlo.

—¿Incendiasteis un barco de su majestad?

—Así es, señoría. No había hombres suficientes para manejar tres naos que eran las que quedaban de la escuadra que mandaba Magallanes. No quisimos abandonarla y que pudiera caer en otras manos. Era lo mejor que podíamos hacer... en las condiciones en que nos encontrábamos.

—¿Cómo os hicisteis con el mando de la *Victoria*?

A Elcano no le gustó la forma en que le había formulado la pregunta.

—No me hice con el mando. Fue un acuerdo. El mismo por el que Gonzalo Gómez de Espinosa quedó al mando de la *Trinidad*, que era la capitana de la escuadra.

—¿Por qué se tomó ese acuerdo?

—Porque habían muerto los capitanes a quienes su majestad había encomendado el mando de los barcos y también habían fallecido los que Magallanes, en su condición de capitán general, había nombrado en sustitución de aquellos. Fue un acuerdo en el que participaron también las tripulaciones, según es costumbre en la mar cuando se da una situación como aquella.

—Por lo que me decís, deduzco que el capitán general, nombrado por su majestad, don Fernando Magallanes, había muerto.

—Así es, señoría. Murió en un combate con los indígenas en un lugar llamado Mactán.

—¿Participó vuesa merced en ese combate?

—No, señoría.

—¿Por alguna razón?

—Estaba enfermo.

—Según cierta información que su majestad ha recibido, mucho antes de ese combate, en un lugar…, en un lugar llamado…, llamado…

Díez de Leguizano volvió a mirar en sus desordenados papeles. Elcano no le prestó ayuda en esta ocasión, aunque sospechaba a qué lugar se refería.

—¡San Julián, bahía de San Julián! —exclamó el juez cuando localizó el nombre—. ¿Qué ocurrió allí? ¿Lo recordáis?

Elcano tenía ya claro que su presencia ante el juez nada tenía que ver con sus problemas con la justicia habidos antes de embarcar en Sevilla, pero le preocupó que el juez aludiera a «según cierta información que su majestad ha recibido». Se preguntaba qué clase de información sería y quién se la habría proporcionado.

—Con todo detalle. Hay hechos en la vida que no pueden olvidarse.

—¿Os importaría contármelo? Tengo entendido que allí se produjo un motín.

Elcano se encogió de hombros, casi de forma imperceptible.

—Es una forma de llamar a lo que pasó en la bahía de San Julián.

—Contádmelo.

—Para entender lo que allí sucedió es conveniente saber que, mucho antes, Magallanes había mandado prender al veedor nombrado por su majestad, don Juan de Cartagena, quien le recriminaba el incumplimiento de las órdenes dadas por nuestro rey. También que Magallanes no requería la opinión de los capitanes de los barcos de aquella flota, según es costumbre en las armadas de Castilla. La recriminación del veedor hizo que lo cargase de cadenas, sin atender a su calidad de persona perteneciente a la primera nobleza. Don Juan de Cartagena, entendiendo que así realizaba su misión de vigilar que se cumplieran las órdenes del rey, trató de hacerse con el mando de la escuadra. Fuimos muchos quienes le secundamos…

—¿Habéis dicho «fuimos»? —lo interrumpió el juez

—Así es, señoría. Fuimos porque yo secundé aquella acción que tenía como finalidad hacer cumplir las instrucciones que nuestro rey nos había dado y que Magallanes no respetaba. Añadiré algo más. Sospeché entonces y sospecho ahora que en aquella empresa había ciertos planes secretos.

—¿Planes secretos? —Díez de Leguizano había fruncido el ceño—. Eso que decís es muy grave.

—Sólo se trata de una sospecha. La tuve entonces y la mantengo ahora.

—¡Explicaos!

—Desde que nos hicimos a la mar quedó claro que Magallanes favorecía los intereses de sus compatriotas. Debéis saber que eran muchos los portugueses embarcados en aquella armada. Con toda seguridad más de medio centenar. Eran tantos que una Real Cédula prohibió que embarcasen más naturales de ese país. ¿No es sospechoso que tras la muerte del capitán Mendoza y el ajusticiamiento del capitán Quesada después de lo ocurrido en San Julián, se entregase el mando de sus naos a Álvaro Mesquita y a Duarte de Barbosa, ambos portugueses?

—¿Está diciendo vuesa merced que don Fernando de Magallanes tenía como objetivo que la escuadra estuviera controlada por los portugueses?

—He dicho que lo sospechaba entonces y lo sigo sospechando ahora. Aprovechó que fracasó el intento de don Juan de Cartagena de hacerse con el control de la escuadra. Lo condenó a una muerte segura a él y al capellán Sánchez de Reina cuando los dejó abandonados en aquella bahía.

—Si vuesa merced también participó en aquella… acción, ¿qué castigo recibió?

—No se me castigó, como a muchos otros. Si nos hubiera ejecutado como al capitán Quesada o nos hubiera abandonado, como al veedor y al capellán, habría reducido tanto las tripulaciones que no habría podido seguir adelante.

El juez miró al escribano y le preguntó:

—¿Tomáis cumplida nota de la declaración del compareciente?

—Con todo detalle, señoría.

—Hay otro asunto que vuesa merced, en su condición de capitán de la *Victoria*, debe aclarar.

—Si está en mi mano...

—Según los datos que obran en mi poder —Díez de Leguizano volvió a buscar entre los pliegos hasta encontrar el que quería—, la cantidad de clavo que quedó consignada en el libro de rescates, cuando vuesa merced partió de las islas de las Especias, era de seiscientos quintales.

—Así es, señoría.

—Esa especia se cargó seca y, tras muchos meses en el mar, con la humedad que cogería debió aumentar su peso. Sin embargo, la cantidad que se pesó en Sevilla señala que eran doce quintales menos. ¿Cómo explica vuesa merced esa merma?

Elcano se quedó mirando al juez fijamente. Le costó trabajo contenerse. No le preguntaba por los sacrificios o las penalidades sin cuento que soportaron él y sus hombres —sólo llegaron a bordo de la *Victoria* un tercio de los que habían embarcado en Tidor—, se interesaba por unos quintales de clavo.

—Su señoría ha de saber que el clavo que trajimos, en la mayor cantidad que nos fue posible, reduciendo al mínimo la comida necesaria para alimentar a la tripulación, era clavo fresco. Quiero decir recién cogido de los árboles. Durante los meses de navegación mermó su peso porque se oreó, pese a la humedad. También debe saber su señoría que, cuando la *Victoria* estuvo en las islas Cabo Verde, se sacaron hasta tres quintales para poder comprar alimentos y vituallas de las que carecíamos. ¿Acaso ignora su señoría que allí quedaron presos, en manos de los portugueses, trece de los tripulantes? Sabed que en ningún momento se descargó cosa alguna en secreto antes de que los funcionarios de la Casa de la Contratación se hicieran cargo de los fardos que venían a bordo.

El juez se dio cuenta de que, tras unos quintales de clavo había una historia muy dura, llena de penalidades. Por eso no consideró una insolencia la respuesta de Elcano.

—Está bien, eso es todo lo que tenía que preguntaros. Sepa vuesa merced que cuenta con mi respeto y que siento una profunda admiración por la hazaña que ha llevado a cabo. Sabed también que este interrogatorio se ha efectuado por orden del rey nuestro señor.

El marino arrugó la frente.

—¿Es su majestad quien lo ha ordenado?

—Así es.

Estaba desconcertado. Carlos I le había concedido una audiencia privada y en ella le había dado toda clase de explicaciones e informado de numerosos pormenores del viaje. El rey se había mostrado satisfecho e incluso lo había premiado públicamente. Le había otorgado un escudo de armas y concedido una pensión de por vida realmente importante. Se preguntó a cuento de qué venía ahora todo aquello y que, incluso, se cuestionara si se había sustraído una parte del cargamento de clavo que traía la *Victoria* en su bodega.

Permaneció durante unos instantes inmóvil, con el bonete apretado entre sus manos y bajo la atenta mirada del juez que, después de cumplir con su obligación de interrogarlo fríamente, se había mostrado afectuoso.

—Señoría, ¿puedo haceros una pregunta?

—Hacedla. Otra cosa es que yo pueda daros una respuesta.

—Cuando me interrogabais, dijo vuestra señoría que alguna de sus pesquisas derivaba de cierta información que su majestad ha recibido. ¿Podríais decirme cuál es el origen de esa información?

El juez negó con un movimiento de cabeza.

—No puedo. Eso es algo que forma parte del secreto de esta pesquisa. Pero os diré algo a lo que no estoy obligado a callar por razón del cargo que ocupo. Vuesa merced tiene algunos enemigos. No me preguntéis sus nombres porque no os los voy a decir, pero cuidaos de ellos.

—Gracias, señoría.

Antes de abandonar la Chancillería, como no era hombre de medias tintas, había tomado dos decisiones y la primera iba a ponerla en marcha de inmediato.

III

Algunas cosas estaban cambiando en Castilla desde que Carlos I había regresado a España con el título imperial. Durante su larga ausencia del reino habían tenido lugar hechos muy graves. Hubo un momento en que la revuelta de los comuneros resultó particularmente peligrosa. Los cabecillas de aquella rebelión habían acudido a Tordesillas y ofrecido a su madre —a la que tenían por verdadera reina de Castilla y estaba encerrada por considerar que había perdido el juicio— que tomase las riendas del reino. Doña Juana los recibió, pero en su actuación en aquel trance distó mucho de ser la loca que algunos decían. Rechazó esa posibilidad porque no apoyaría ningún movimiento que fuera en contra de los intereses de su hijo. Aquel gesto de su madre, tal vez, le salvó la corona. También le ayudó contar con el apoyo de algunos de los nobles más importantes del reino. Eso fue algo que, a la postre, resultó decisivo para que en los campos de Villalar la rebelión quedase aplastada. Como consecuencia de todo ello se vio obligado a tomar algunas decisiones, como que el señor de Chièvres, cuya avaricia había dado lugar a coplillas satíricas y provocaba un general rechazo entre los castellanos, saliera del reino y regresara a Flandes.

Durante su ausencia también se produjo la muerte, a comienzos de 1521, de Guillermo de Croy, sucesor del cardenal Cisneros en el arzobispado de Toledo. Carlos I recibió no pocas presiones para que otro flamenco ocupase la sede primada de la iglesia hispana, pero se resistió. No tomaría esa decisión hasta regresar a Castilla y el arzobispo sería un natural del reino. No volvería a cometer otra vez el mismo error. También durante su ausencia, Adriano de Utrecht, su preceptor, que había ejercido la regencia de Castilla, había sido elegido papa y ahora estaba en Roma.

En los meses que llevaba en España había tomado varias disposiciones para que los flamencos que quedaban en Castilla fueran saliendo del reino. Los agasajaba, los colmaba de honores y los despedía. Poco a poco, la administración volvía a estar en manos de castellanos. Don Carlos hablaba ya español, con un fuerte acento extranjero, y no tenía necesidad de un truchimán para poder entenderse con sus súbditos, como cuando llegó hacía ahora cinco años.

Pero, si había solventado algunos problemas, habían surgido otros. Era cada vez mayor la enemistad con Francisco I. El monarca francés, que había sido su gran rival en la elección de emperador del Sacro Imperio Romano Germánico, se sentía humillado al fracasar en su intento. Se añadían a ello la amenaza que los turcos suponían en el otro extremo del Mediterráneo, donde Solimán I estaba empeñado en expulsar de Rodas a los caballeros de la Orden de San Juan de Jerusalén, y los graves problemas que estaban sacudiendo al Imperio como consecuencia de la rebelión contra Roma de un oscuro fraile agustino llamado Lutero. Clamaba contra las bulas, la concesión de indulgencias y el excesivo lujo y boato que caracterizaba la vida del papa y los cardenales. Muchos príncipes del Imperio habían prestado oídos a las prédicas de aquel fraile que sostenía que el espíritu del Evangelio era la pobreza y que Roma estaba corrompida. Algunos habían decidido que, en sus dominios, la Iglesia cumpliera aquel precepto y estaban apoderándose de bienes eclesiásticos y enriqueciéndose de forma escandalosa. También se había convertido en un asunto de importancia, aunque por ahora no era un problema, el matrimonio del rey. Don Carlos había cumplido ya los veintidós años y las Cortes señalaban que el reino necesitaba un heredero. En otras ocasiones la falta de sucesión había creado no pocos problemas.

Sobre ese matrimonio sostenían una conversación en la antecámara real varios de los nobles que se habían encumbrado, tras la guerra de las Comunidades y la marcha de los flamencos.

—Su majestad ha de ir pensando no sólo en casar a sus hermanas, sino en contraer matrimonio —apuntaba don Álvaro de Zúñiga, duque de Béjar, en un corrillo donde estaba también el duque de Alba, don Fadrique Álvarez de Toledo.

Fue García de Loaysa, flamante confesor del rey, quien preguntó al duque de Béjar:

—¿Tiene su excelencia alguna propuesta al respecto?

Zúñiga se sintió incómodo. Aquella pregunta podía ser una trampa. Nadie como aquel dominico, maestro general de la Orden de Predicadores, conocía los sentimientos más íntimos del monarca. Se curó en salud.

—Más allá de los deseos personales de su majestad, lo lógico sería un matrimonio portugués.

—Los deseos del monarca no han de contar en un asunto de tanta importancia como este. Son los intereses del reino los que han de tenerse en cuenta. Para los deseos de su majestad no faltarán damas que estarían dispuestas, con mucho gusto, a calentar su lecho —apuntó el duque de Alba, cuya fama de hombre hosco, directo y desabrido se revelaba una vez más.

—¿Piensa el duque que ese matrimonio portugués sería lo más conveniente para el reino?

Alba miró con dureza al confesor. No le gustaba aquel dominico que, bajo una apariencia de ternura, ocultaba el corazón de una rapaz. Estaba convencido de que utilizaría en beneficio propio y de su parentela el poder que le daba haber llegado al confesionario real y que sólo podía explicarse por la gran influencia y el enorme poder que en el reino gozaban los dominicos.

—Un matrimonio portugués supondría una poderosa alianza y, tal vez, rebajaría las tensiones con Lisboa que, en estos momentos, tras la arribada de la *Victoria*, son muy fuertes. Es mucho lo que está en juego con el control del comercio de las especias, pero en ese asunto hay que actuar con cuidado. Tampoco podemos olvidarnos de la situación que se vive en Europa.

—¿Qué quiere su excelencia decir con eso de «la situación que se vive en Europa»?

García de Loaysa se dio cuenta de que habían aparecido en la antecámara el arzobispo de Santiago, el secretario de Indias y don Fernando de Andrade, conde de Villalba. Si se hubiera percatado antes de formular aquella pregunta, no la habría hecho. Ahora tendría que esperar a que don Fadrique respondiera y no podría estar pendiente de lo que aquellos tres se traían entre manos.

—Los franceses han perdido la partida imperial, como perdieron hace algunos años en Navarra —respondió Alba—. No se conformarán, son demasiado soberbios. La próxima partida se jugará en el norte de Italia. Habrá guerra y hemos de prepararnos. Para ello es fundamental tener las espaldas bien cubiertas. Por eso no debería descartarse un matrimonio inglés.

El confesor del rey, para preparar su retirada y estar pendiente del arzobispo de Santiago y del secretario de Indias, asintió con un ligero movimiento de cabeza. Si su regio confesor le preguntaba sobre aquel asunto, podría darle algunos consejos que, sin duda, agradecería.

—Este asunto del matrimonio real es complejo. Son muchas las cuestiones a considerar. Deseo a vuestras excelencias un buen día.

Se retiró con una ligera inclinación de cabeza.

Una vez solos, Béjar preguntó a Alba.

—¿Apostaríais por un matrimonio portugués o por uno inglés, para mantenerle a Francisco I abierto un frente en su costa atlántica, en caso de guerra en Italia?

—Es complicado. En el caso inglés la novia sólo tiene seis o siete años. ¡Ese matrimonio tendría que esperar unos pocos años!

—Entonces, ¿por qué lo planteáis como una posibilidad?

—Porque ahora ese meapilas irá con el cuento a su majestad, que rechazará la posibilidad de ese matrimonio que, si bien no urge, no puede posponerse mucho tiempo. Tengo entendido que la infanta doña Isabel está en sazón y además es bellísima, algo que nuestro rey tendrá en cuenta.

El confesor se acercó al corrillo de los recién llegados. Se mostró obsequioso con el arzobispo compostelano de quien se decía en los mentideros que era un valor en alza y eso siempre había que tenerlo en cuenta. Lo mismo se decía del conde de Villalba —el arzobispo y el conde habían tenido un papel muy importante al mantener sujeta a Galicia durante el conflicto de las Comunidades—. Saludó de forma seca al secretario de Indias, con quien mantenía tensas relaciones, y se dirigió al conde:

—Compruebo con satisfacción que habéis regresado felizmente de Roma.

—Así es, paternidad. Su santidad dirige ya los asuntos de la Iglesia y, si bien su deseo era que permaneciéramos allí algún tiempo, nuestras obligaciones...

—Sabed, don Fernando, que habéis prestado un gran servicio al rey, nuestro señor, llevando a Adriano VI a su destino. Que el sumo pontífice sea quien fue preceptor de don Carlos ha sido una bendición del cielo.

—Sólo he cumplido con el mandato de mi rey.

García de Loaysa iba a decir algo, pero en aquel momento el chambelán —las sencillas formas de la Corte castellana habían sido modificadas con el complejo protocolo borgoñón— golpeaba tres veces en el suelo con su bastón de ceremonias y, con voz engolada, gritó:

—¡En nombre de su Sacra y Católica Majestad Imperial comienzan las audiencias! ¡Su ilustrísima el señor arzobispo de Santiago de Compostela, su ilustrísima el secretario de Indias y su excelencia el conde de Villalba!

Don Alfonso de Fonseca y Ulloa, don Juan Rodríguez de Fonseca y don Fernando de Andrade y de las Mariñas pasaron a la cámara donde se encontraba Carlos I.

—Hoy es el día de los Fonseca y los de esa familia no dan puntada sin hilo —murmuró, en voz baja, un cortesano de los que hacían antesala.

Al salir de la Real Chancillería, Elcano se dirigió a la posada donde se alojaban el cirujano barbero Hernando de Bustamante y el piloto Francisco Albo. Eran los dos hombres que había escogido cuando el rey le ordenó acudir a Valladolid, como respuesta a la carta que le había escrito cuando la *Victoria* llegó el 6 de septiembre a Sanlúcar de Barrameda, dándole cuenta de que habían circunnavegado la Tierra. El rey le había indicado que acudiera acompañado de dos personas, la más cuerdas y de mejor razón, para contarle los pormenores de aquella extraordinaria hazaña.

Los encontró en el patio de la posada, sentados a una mesa donde daban cuenta de unas jarrillas de vino, acompañadas de unas aceitunas.

—¿Qué os trae por aquí?

—He venido porque acabo de prestar declaración en la Chancillería. El sábado un alguacil llevó una citación a la casa donde me alojo.

—A este lo han citado para mañana. —Bustamante señaló al piloto—. Se lo han comunicado hace poco rato.

—¿Tenéis que ir a la Chancillería?

Albo sacó de un bolsillo de su jubón el pliego de la citación

—¿Puede saberse qué os han preguntado?

—Datos acerca del viaje. Sobre la muerte de Magallanes y lo ocurrido en la bahía San Julián. También sobre la cantidad de clavo que traíamos. El juez se llama Díez de Leguizano y he venido a veros porque me ha dicho que quieren aclarar esas cuestiones porque el rey ha recibido cierta información.

—¡Pigafetta! ¡Antonio Pigafetta! —exclamó Bustamante.

—¡Qué tiene que ver ese…, ese italiano! —Elcano no ocultó su malhumor.

—Llegó a Valladolid hace varios días —indicó Albo—. Por lo que sé el rey le ha dado audiencia.

—¡Habrá ido con no sé qué historias al rey! ¡Eso ha hecho que lleguen a pensar que hasta nos hemos quedado con algunos quintales de clavo! ¡Después de las penalidades que hemos soportado!

—No sé qué clase de manejos se traía con Magallanes. Le tenía un respeto reverencial —señaló Bustamante.

—¡Era un correveidile! ¡Siempre andaba bailándole el agua al portugués! —Elcano estaba muy irritado—. Nadie ha podido averiguar qué pintaba ese sujeto en la escuadra. No tenía ninguna misión cuando embarcó ni a lo largo de toda la travesía. Sólo escribía, escribía y escribía.

En aquel momento el posadero se acercó a la mesa.

—Preguntan por vuesa merced —dijo a Bustamante—. Tiene pinta de alguacil, como el que antes preguntaba por vos —añadió mirando a Albo.

Bustamante se acercó al alguacil, que se mantenía a distancia.

—¿Sabéis donde se aloja Pigafetta? —preguntó Elcano al piloto.

—No, pero puedo enterarme. Si no lo averiguo esta tarde, lo haré mañana, después de que preste declaración ante ese juez.

Bustamante regresó con su citación para comparecer ante el juez.

—El lunes de la semana que viene, a las nueve, en la Chancillería. Si llego a saberlo…, no vengo. Nunca me ha gustado esa gente.

En la sala donde Carlos I concedía audiencia la atmósfera era cálida. En las dos chimeneas que ardían en sus lados más pequeños, los gruesos troncos de roble crepitaban alegres. Al rey, sentado en un sillón frailuno colocado sobre un pequeño sitial, lo acompañaba el secretario, don Francisco de los Cobos, un cuarentón entrado en carnes. El secretario de Indias presentó al arzobispo y al conde.

—Majestad, su ilustrísima don Alfonso de Fonseca y Ulloa, arzobispo de Santiago —don Carlos se levantó y besó el anillo pastoral de arzobispo—, y don Fernando de Andrade, conde de Villalba. —El noble gallego hizo una cortesana reverencia y el rey le dedicó una sonrisa.

—Me place daros las gracias personalmente —dijo el rey, sentándose de nuevo—. He sido informado, cumplidamente, de que fue vuestra lealtad la que permitió mantener sosegadas las tierras de mi reino de Galicia cuando la rebelión asoló parte de Castilla.

—Únicamente cumplimos con nuestra obligación de leales súbditos de vuestra majestad —respondió el arzobispo.

—Soy vuestro más leal vasallo —dijo el conde.

—Pero entonces fueron muchos los que… ¿guardaron la ropa? —El rey miró a De los Cobos—. ¿Se dice así?

—Nadaron y guardaron la ropa, majestad.

—Nadaron y guardaron la ropa —repitió Carlos I—. Por vuestra lealtad y por los grandes servicios que me habéis prestado, he decidido dar una respuesta satisfactoria a ciertas peticiones que me habéis formulado.

—Muchas gracias, majestad.

—No nos es posible atender vuestro deseo de que el Reino de Galicia tenga representación en las Cortes de la Corona de Castilla. Todos los informes que he recibido son desfavorables al aumento del número de ciudades que tienen asiento en ellas. Es conveniente que se guarde el equilibrio existente entre los representantes del clero —don Carlos miró al arzobispo— y los de la nobleza del reino —ahora miró a Andrade—, pero como mi voluntad es concederos una gracia a la que vuestros méritos os han hecho acreedores he dispuesto…

—Bastó una mirada para que Fonseca tomase la palabra.

—Hace unos días su majestad me dio instrucciones para que en la ciudad de La Coruña se crease una institución con vistas a que fuera ella la que organizase todo lo relacionado con el comercio de las especias. Hemos preparado un borrador para que, si su majestad lo tiene a bien, se emita la correspondiente Real Cédula.

—¿Está listo ese borrador?

—Así es, majestad.

—Leedlo.

El secretario se colocó unas antiparras, sacó del cartapacio que llevaba un papel y, tras aclararse la garganta con un leve carraspeo…

—*Una vez probado que, tras el regreso de la nao* Victoria *al puerto de Sevilla, las islas de las Especias quedan, indubitablemente, dentro de las tierras del hemisferio hispano, según lo acordado con el reino de Portugal en la ciudad de Tordesillas en el año de 1494, siendo reina de Castilla su abuela doña Isabel, que gloria de Dios haya, entiende su majestad que es de mucho interés para el reino tener Casa donde se contraten esas especias. Su majestad tiene a bien, porque así conviene a su real servicio, conceder a la ciudad de La Coruña el privilegio de albergar en ella dicha Casa para la contratación de las dichas especias, que alcanzan un alto valor en los mercados de Europa. En consecuencia, saldrán de ella y también rendirán viaje, de la misma forma que las demás mercaderías lo hacen en la ciudad de Sevilla. Esa dependencia recibirá el nombre de Casa de la Especiería y todos los cónsules, factores, armadores y hombres de negocios que deseen comerciar con las dichas especias habrán de hacerlo obligatoriamente en la dicha Casa.* —De los Cobos se quitó las antiparras y, dirigiéndose al rey, concluyó—: Majestad, si goza de vuestra aprobación se ordenará la redacción correspondiente para concluir el trámite, según vuestra real voluntad.

—Esa es mi voluntad. Con él doy cumplida satisfacción a los deseos de tan leales súbditos.

—Así se hará, majestad.

—También es mi real voluntad que queden resueltos, a plena satisfacción jurídica, todos los pasos necesarios para determinar los funcionarios que hayan de servirla a fin de que quede firmada dicha Real Cédula antes de que finalice el presente año. —Don Carlos hizo un significativo gesto con la mano y dio autorización para que los presentes se retirasen, pero antes de que alcanzasen la puerta, dijo: —¡Conde, a vos os encomiendo la gestión de la puesta en marcha de la Casa de la Especiería!

—Será un honor, majestad.

Fernando de Andrade salió de la audiencia, tras aquella encomienda del rey, con la satisfacción dibujada en el rostro. El arzobispo no tanto. Habían conseguido algo con lo que habían soñado desde hacía meses y, sin duda, el dinero y la riqueza afluirían a La Coruña como ya estaba ocurriendo en Sevilla. Las especias eran más valiosas que el oro. Bien lo sabían en Lisboa. Pero no les satisfacía que la representación de Galicia estuviera encomendada a los diputados de la ciudad de Zamora.

—Seguimos sin tener voz en las Cortes —farfulló entre dientes el arzobispo, una vez que ganaron la antecámara. Lo hizo lo suficientemente alto como para que los más cercanos pudieran oírlo.

—No alcéis tanto la voz, ilustrísima —le recomendó el secretario de Indias.

—¡Prometí lo que no se nos ha concedido, cuando las noticias que llegaban de Castilla eran alarmantes!

—Bajad la voz, ilustrísima, os lo suplico.

El arzobispo no atendía a aquellas prudentes advertencias.

—En Melide dije públicamente que no vaciláramos en nuestra fidelidad a don Carlos. Logré, con mucho esfuerzo, que los nobles se mantuvieran tranquilos, alejados de los planteamientos que sostenían los comuneros, prometiéndoles que Galicia tendría representación en las Cortes. ¡¿Dónde quedan ahora mis promesas!?

Las palabras del arzobispo de Santiago, que había sacado un pañuelo y se secaba el sudor que perlaba su frente, cesaron cuando se le acercó don Francisco de los Cobos y, con una familiaridad que a los presentes llamó la atención, lo tomó por el brazo, susurrándole algo al oído, en voz tan baja, que nadie más lo pudo oír. Se apartaron hasta un rincón donde sostuvieron una breve conversación. El secretario se despidió besando el anillo pastoral de su ilustrísima. A quienes ya pensaban que don Alfonso de Fonseca no saldría en el resto de su vida de su palacio de Santiago, los desconcertó cuando el arzobispo, con el rostro iluminado, se acercó adonde aguardaban el secretario de Indias y el conde de Villalba y, con voz sosegada y suficientemente elevada como para que lo oyeran todos los presentes, dijo:

—La generosidad de su majestad, el rey nuestro señor, es extraordinaria.

—¿Por qué lo dice su ilustrísima? —preguntó Andrade sorprendido.

—Porque nos ha otorgado la Casa de la Especiería. La representación en las Cortes es algo que puede esperar.

Ni el secretario de Indias ni el conde de Villalba supieron qué contestar. Atónitos con aquel cambio de ánimo, salieron de la antecámara y, cuando bajaban la escalara hacia la salida del palacio, Andrade preguntó al arzobispo:

—¿Podríais decirnos qué os ha dicho don Francisco de los Cobos? Sólo san Pablo, tras caer del caballo cuando iba camino de Damasco, tuvo una transformación como la experimentada por su ilustrísima.

Se detuvo y mirándolos a la cara les dio la clave de aquel cambio.

—Voy a ser el primado de la Iglesia de España. ¡Seré el arzobispo de Toledo!

IV

Francisco Albo había cumplido su palabra. Aquella misma tarde facilitó a Elcano la dirección donde podía encontrar a Pigafetta.

—Se aloja en una casa de la calle de la Librería, propiedad de un italiano que es impresor y mercader de libros. Se llama Bruno Bonaventura y tiene su tienda en la misma casa.

Elcano posó su mano en el hombro del hombre que había pilotado la *Victoria* en aquella travesía durísima.

—Agradezco vuestra información.

—Según lo que he podido averiguar, ese italiano tiene buenas agarraderas. Como ya os dije esta mañana, lo ha recibido en audiencia el mismísimo rey. ¿Qué pensáis hacer?

—No os preocupéis, amigo mío, sólo quiero tener unas palabras con él para poner las cosas en su sitio.

—Sed prudente.

—Sedlo también vos cuando comparezcáis ante el juez.

Cuando Albo se hubo marchado, vistió su mejor jubón y se calzó las botas a las que Águeda había sacado un brillo que sólo habían tenido cuando las compró. La viuda lo despidió con una recomendación:

—Andad con cuidado. No os entretengáis cuando hayáis hablado con ese italiano, al que no parece que tengáis mucha devoción. Valladolid puede resultar una ciudad muy peligrosa cuando cae la noche, si no se anda con cuidado y se toman precauciones. Rara es la semana que no encuentran un cadáver flotando en las aguas del Pisuerga. ¿Cenaréis fuera?

—Preparad comida también para mí. Si no volviera con hora de cenar, también os pagaré por ella.

La tarde estaba más que mediada cuando salió a la calle. Hacía frío y el cielo estaba cubierto por negros nubarrones que anunciaban lluvia. Caminó por unas calles poco concurridas para lo que era habitual en una ciudad tan populosa como Valladolid y que, desde el regreso del flamante emperador, se había convertido en la Corte de un imperio cuyas dimensiones no paraban de crecer.

Mientras caminaba, pensaba cómo solventar las diferencias que tenía con Pigafetta. Nunca le había gustado aquel italiano engreído y muy pagado de sus conocimientos. Era cierto que se le habían bajado mucho los humos tras la muerte de Magallanes y que sólo había mostrado alguna insolencia cuando salieron de Tidor, dispuestos a arrostrar los peligros que suponía navegar por aguas del hemisferio portugués. Luego, apenas hubo echado pie a tierra en Sevilla, se había dedicado a propalar infundios y a contar que había escrito un diario en el que había consignado todo lo ocurrido a lo largo de aquellos tres años de viaje.

Llegó a la calle de la Librería, en uno de cuyos extremos se alzaba un gran edificio con trazas de palacio. Cuando vio los vítores que había en su fachada supo que se trataba de un colegio, donde los estudiantes que alcanzaban el grado de doctor dejaban constancia de ello poniendo allí su nombre. Localizó la tienda de Bruno Bonaventura, pero se encontró con que la puerta estaba cerrada y nadie respondía a sus llamadas. Los aldabonazos retumbaban en la calle y su insistencia llamó la atención de un zapatero que tenía su taller en la casa de enfrente.

—¿Busca vuesa merced al impresor?

—En efecto.

—Se marchó hace un buen rato con el otro italiano que se aloja en su casa desde hace unos días. Dicen por ahí que es persona importante y que incluso lo ha recibido el rey. ¡Aunque vaya a saber vuesa merced! ¡La gente dice tantas patrañas para darse lustre...!

En aquel momento apareció por la calle un grupo de colegiales, según señalaban sus manteos y los libros que llevaban. Uno de ellos, con mucho descaro, se quedó mirando a Elcano.

—¡Voto a Bríos! ¿Por un casual, vuesa merced es el capitán de ese barco que ha demostrado que la Tierra es redonda, al darle una vuelta completa? ¿Cómo..., cómo se llama?

—Mi nombre es Juan Sebastián Elcano.

—¡Elcano! ¡Eso es, Elcano! ¡Soy de Azcoitia, paisano de vuesa merced porque, según tengo entendido, vos sois de Guetaria! —Elcano asintió con un leve movimiento de cabeza—. ¡Mi nombre es Juan de Loyola! —Se mostraba exultante—: ¡Santa Madre de Dios! ¡Cuando lo cuente en el colegio! ¡No me van a creer!

Los demás colegiales lo saludaron con respeto y se perdieron calle abajo. El zapatero, que no había perdido detalle, lo miraba sin disimular su sorpresa.

—¿Sois ese que dicen que le ha dado la vuelta a la Tierra?

—Así es.

—¿Para qué quiere vuesa merced ver a ese italiano? ¡Dicen que es seguidor de ese fraile alemán que anda enredándolo todo!

—Tengo necesidad de hablar con el que se aloja en su casa.

—¡Hum! Es posible que... —En ese momento el zapatero soltó una exclamación—: ¡Mire vuesa merced por dónde!

—¿Qué ocurre?

El zapatero señaló hacia un extremo de la calle.

—¡Que hablando del rey de Roma...! Ese que se acerca es Bonaventura. Sigo con mis cosas. No quiero hablar con ese sujeto. No me cae bien. ¡Se da unos humos...! No sé si será verdad porque yo no sé leer, pero dicen que, además de libros, imprime papeles sediciosos.

Cuando el impresor llegó a la puerta de su casa, Elcano se dirigió a él:

—¿Sois Bruno Bonaventura?

—Ese es mi nombre. ¿Quién sois vos?

—Me llamo Juan Sebastián Elcano. Quizá mi nombre os resulte familiar.

El impresor se puso en guardia.

—Eso es una presunción por vuestra parte. ¿Por qué había de saberlo?

—Porque conocéis a Antonio Pigafetta.

—¿Qué queréis?

—Hablar con él.

En los labios de Bonaventura apuntó una sonrisa maliciosa.

—Me temo que eso no va a ser posible.

—¿Por qué? Me han dicho que se hospeda en vuestra casa.

—Porque hace un par de horas que se ha marchado de Valladolid. Lo que tenía que hacer aquí ya estaba hecho.

—¿Podríais hacerme la merced de decirme adónde ha ido?

—No —fue la seca respuesta del impresor—. Ahora, si no os es mucha molestia, haceos a un lado. Quiero entrar en mi casa.

Elcano se apartó y Bonaventura sacó una pesada llave. Abrió la puerta, entró y la cerró con un sonoro portazo.

Elcano decidió ir a la casa de postas. No sabía dónde estaba y fue el zapatero quien le dijo que era un caserón cercano a la ribera del Pisuerga.

—Está al lado de la gran aceña que hay junto al Puente Mayor.

Cuando llegó al lugar uno de los molineros le dijo dónde estaba la casa de postas. Allí preguntó a un sujeto que estaba sentado bajo un tejadillo dando lustre, con una bola de sebo, a unos arreos de mulas.

—¿Un italiano, dice vuesa merced?

—Sí, italiano, aunque habla nuestro idioma.

El sujeto se acarició el mentón, como si tratase de recordar.

—¿Podéis darme alguna indicación más?

—Es de mediana estatura. Tiene la tez curtida como los hombres de mar. El pelo negro y lacio. La última vez que lo vi tenía barba, también negra y muy poblada.

Otra vez se acarició el mentón.

—¿No puede ser vuesa merced más concreto? —Lo dijo mirando la faltriquera de Elcano, que asomaba por debajo del jubón.

Supo lo que aquel malandrín entendía por concretar. Sacó una moneda de plata y se la mostró, sosteniéndola con la punta de los dedos. Cuando iba a cogerla fue más rápido y la ocultó en su mano.

—Primero, quiero una respuesta a lo que he preguntado.

—Uno de los viajeros que tomaron el carruaje que partió hace..., hace unas tres horas era italiano. Estoy seguro. Lo acompañaba otro hombre del que se despidió.

Elcano quiso asegurarse. Aquel bellaco estaría dispuesto a decir cualquier cosa con tal de hacerse con los cuatro reales de plata.

—¿Cómo vestía ese hombre que lo acompañaba?

—¡Ejem, ejem! Vestía como cualquier otro.

—Si queréis esta moneda —Elcano abrió la mano, mostrándosela—, habréis de ser... más concreto.

La visión del dinero le ayudó a recordar.

—¡Al que lo acompañaba le faltaban dos dedos de la mano! ¡No recuerdo si era la derecha o la izquierda! Pero le faltaban dos dedos de una mano. —Formó una cruz con los dedos y la besó—. ¡Os lo juro por esta!

Era Bonaventura. No había duda. También él había reparado en que le faltaban dos dedos de la mano izquierda. El pasajero tenía que ser Pigafetta.

—Una pregunta más.

—¡Ya os he dicho lo que queríais saber! ¡Dadme esa moneda! ¡Me la he ganado!

—Decidme para dónde partía ese carruaje.

—Llega hasta Zamora. Va por el camino de Simancas, junto al Pisuerga. Cuando llega a Tordesillas sigue el curso del Duero, hasta Zamora. Son diecinueve leguas. Si no tienen problemas y el tiempo acompaña llegará a su destino pasado mañana, antes de mediodía.

—Os la habéis ganado.

Le lanzó la moneda y el sujeto la atrapó en el aire.

Con esa información no tuvo dudas. Pigafetta iba camino de Lisboa.

Regresaba cuando ya las sombras acababan con las últimas luces del día y amenazaba lluvia. Apretó el paso y cruzó rápidamente el puentecillo sobre el Esgueva. Antes de llegar a la calle Molinos empezaron a caer las primeras gotas de lluvia. Sin detenerse, rodeó la plaza Mayor hasta enfilar la Platería, que daba a la calle Cantarranas, donde estaba su buhardilla. Al llegar la lluvia caía con fuerza y reinaba la oscuridad. En la casa de enfrente encendían una lamparilla para alumbrar la imagen de san José que se cobijaba en una hornacina abierta en la pared, junto al balcón. Sacó la llave que su casera le había dado y entró sacudiéndose el agua. Águeda, que andaba en la cocina, acudió, secándose las manos en un pico del delantal.

—Basta miraros para saber que no habéis encontrado a ese individuo.

—Se ha marchado. Va camino de Lisboa.

—¿Qué se le ha perdido allí? ¿No está al servicio de nuestro rey?

—Ese italiano está al servicio del mejor postor. El daño que tenía que hacer aquí ya está hecho. Pero no hay mal que no tenga remedio. Voy a escribir al secretario de Indias, pidiéndole que me reciba.

—¿Ahora vais a poneros a escribir? La cena está casi lista. He preparado un estofado de carne que está para chuparse los dedos.

—En ese caso, será mejor cenar.

Le costó conciliar el sueño. Oía cómo la lluvia golpeaba en el tejado.

V

Solicitó la audiencia con el secretario de Indias. Era urgente hablar con don Juan Rodríguez de Fonseca para tratar de neutralizar las insidias de Pigafetta. Luego, antes de regresar a la calle Cantarranas, decidió buscar lo que Reinel le había pedido para confeccionar el mapa. Todavía no conocía bien una ciudad que, siendo mucho más pequeña que Sevilla, era una de las más importantes del reino. Se avecindaban en ella unas treinta y cinco mil personas.

Callejeaba, deteniéndose en algunas tiendas donde los comerciantes eran al mismo tiempo quienes elaboraban los productos que vendían. Se detuvo en una carpintería donde hacían aperos de labranza: ubios, yugos para uncir bueyes y mulas, enjeros para los arados, astiles para los azadones… Aquella era la tierra del pan, tierra de campesinos. Pasó por delante de una cerería donde podían verse cirios y velas de diferentes grosores y tamaños. Preguntó al cerero si conocía alguna tienda donde vendieran pergaminos y pigmentos para hacer tintas de colores. Como último recurso podía acudir a la calle de la Librería y tratar de comprar a Bonaventura pergamino y pigmentos, pero ese sería el último recurso.

—¿Conocéis algún pergaminero que tenga tienda cerca de aquí?

—No, tendrá vuesa merced que buscar en los alrededores de la Universidad. Por aquí no hay ninguno de ese oficio. No es tanta la gente que lee.

El cerero llevaba razón. Buscaría en los alrededores de la Universidad. Los maestros de gramática y latinidad y los colegiales eran los mejores clientes de los libreros. Reinel debía conocer alguna de esas tiendas, su casa estaba cerca. Se alejaba de la cerería, donde había comprado un grueso cirio de sebo y dos velas de cera blanca, cuando el cerero lo llamó en voz alta:

—¡Eh, señor!

Elcano se volvió.

—¿Ocurre algo?

—Hoy es jueves y hay mercado en la plazuela de los Leones. Puede que encontréis allí lo que buscáis.

—¿Dónde queda esa plazuela?

—Al final de esta calle, vaya a la izquierda. Esa calle es estrecha y larga, llegad hasta el final y torced a la derecha. Esa es la plazuela de los Leones. No tiene pérdida. Alguna vez he visto allí a vendedores de pigmentos, tintas y papel. Pudiera ser que también vendan pergamino.

Siguiendo las indicaciones llegó a la plazuela y se encontró con el bullicio propio de los mercados. Los vendedores pregonaban sus productos y trataban de atraer a posibles comparadores entre los muchos curiosos que deambulaban en torno a los puestos.

A aquel mercado, que algunos llamaban de San Miguel porque estaba cerca de la parroquia de ese nombre, acudían comerciantes que tenían tienda en la ciudad. Pero sobre todo de los pueblos cercanos. Algunos lo hacían desde bastantes leguas. Había quienes llegaban la noche anterior y dormían en sus carromatos para montar su tenderete con las primeras luces del alba.

Haraganeó entre los puestos pendiente de encontrar algún papelero. Allí podían encontrarse las cosas más variadas. Verduras y hortalizas de las huertas de la vega del Pisuerga, embutidos variados y carnes curadas —la carne fresca estaba prohibido venderla en mercados porque había de adquirirse en las carnicerías, cada una en su tabla para evitar engaños y confusiones—, animales vivos, como conejos, que estaban metidos en jaulas o atados por las patas como las gallinas. Barricas con arenques y sardinas en salazón. Piezas de bacalao colgadas de tendederos de cuerda. Había muebles, algunos de notable tamaño, y piezas de orfebrería. Un herrero había montado una pequeña fragua —un chiquillo le daba aire con un fuelle de mano—, y allí mismo elaboraba clavos y cuchillas. Podían encontrarse toda clase de cacharros de barro. Vio un alfarero, que manejaba el torno con gran habilidad, y atraía la atención de muchos curiosos. Eran numerosos los puestos de tejidos donde podían encontrarse, desde costosas piezas de tafetán y seda hasta la humilde sarga, pasando por finas batistas de Flandes. Había sogueros, esparteros, guanteros, jubeteros, sastres que tomaban medidas para confeccionar prendas que podían recogerse en las semanas siguientes, previa entrega de una suma a cuenta.

En un rincón vio un tablado sobre el que unos músicos tocaban dulzainas, tamboriles, flautas y panderos, mientras que una joven, descalza, bailaba una morisca. Mostraba los hombros desnudos y el nacimiento de los senos con mucha impudicia, al vestir una camisa indecente de tela muy fina, pese al frío. De vez en cuando daba unos molinetes y enseñaba los muslos, lo que provocaba gritos y aplausos; de la boca de los más exaltados salían expresiones soeces. Terminada la danza pasó un platillo pidiendo una caridad, muchos se alejaban rápidamente, pero otros le daban una moneda y algunos se sentían con derecho a algo más, que la joven resolvía con mucha diligencia.

En el mercado podía encontrarse cualquier cosa, pero no parecía haber ningún vendedor de papel y pergamino. Tendría que acercarse a la Universidad. Iba a marcharse cuando vio dos tenderetes donde podían adquirirse resmas de papel, pliegos sueltos, plumas, tintas, pigmentos...

—¿Tenéis pergaminos?

—¿Para qué los querría vuesa merced?

Elcano frunció el ceño. No tenía por qué dar explicaciones.

—¿Por qué lo preguntáis?

—Los hay de muchas clases y no todos sirven para lo mismo.

El mercader era hombre de cierta edad que cubría su cabeza con un bonete negro, como sus ojos grandes y penetrantes. Lucía una larga barba que caía sobre su pecho, cubriéndolo en gran parte. Sus ropas

—una especie de ropón como el que vestían los médicos— eran amplias, lo que le daba un cierto aire de distinción.

—Lo quiero para que me pinten un santo de mi devoción.

—Para eso… mejor que un pergamino es una vitela. Resulta algo más cara, pero dónde va a ponerse una cosa con otra. Si puede pagarla, ¡hágame caso! Compre una vitela.

—¿Tenéis una grande y de buena calidad?

—¿Grande y de buena calidad? —El vendedor sonrió—. Eso es casi imposible.

—¿No hay vitelas grandes y de calidad?

—No es que no las haya, sino que son muy difíciles de encontrar. Porque una vitela de calidad ha de ser de cordero y esos animales no tienen un gran tamaño. Las de becerro son más grandes, pero su calidad suele ser menor. Sólo cuando proceden del feto de esos animales porque la vaca malpare es posible encontrarlas. Pero, como os digo, eso no es fácil.

Aquel hombre conocía bien su oficio. A Elcano le dio la impresión de que era honrado. Decidió contarle algo más.

—En realidad, la querría para confeccionar unas cartas de navegación.

El vendedor lo midió con la mirada. La piel atezada del semblante de Elcano era propia de un campesino o de un hombre de mar, pero había algo que no encajaba: su endeblez. No parecía un tipo fornido y los marinos solían serlo. Confeccionar cartas de navegar y sobre todo mapas era algo que estaba muy vigilado, aunque para él no suponía problema alguno. Llevaba muchos años vendiendo vitelas para las cosas más variadas. Alguna vez se las habían comprado en gran cantidad para confeccionar un libro de calidad y mucho lujo como los devocionarios que las damas de alta alcurnia utilizaban para sus rezos. Por ese motivo hizo un magnífico negocio con un caballero de Medina del Campo que cortejaba a una dama de Olmedo, a la que deseaba obsequiar muy cumplidamente. Eran algo que costaba una verdadera fortuna.

—¿Es vuesa merced marino? —A Elcano le pareció una impertinencia y el vendedor se dio cuenta de ello—. No os lo toméis a mal.

Os lo pregunto porque si lo queréis para elaborar una carta de marear o confeccionar un mapa, debéis comprar vitela de cabrito o cordero.

—Si tenéis alguna, me gustaría verla.

—Lo siento, amigo. Pero ese es material muy caro. Sólo lo sirvo por encargo. Mirad esta muestra.

—¿Cuál sería su tamaño? —preguntó Elcano palpando la calidad de la muestra.

—Cerca de una vara por más de media. ¿Os cuadra? Si la queréis más grande, conozco a quien es capaz de unirlas sin que se note la junta. Pero eso encarece bastante el precio.

—¿Qué precio tendría una con las medidas que me habéis dicho?

—¿Sólo una?

—Dependerá del precio.

—Seis ducados. Cinco, si compráis dos.

—¿Cuánto, si hubiera que unirlas?

El comerciante dejó escapar un suspiro.

—Os lo podría dejar en doce ducados.

—Es mucho dinero —indicó Elcano.

—Es mucha la calidad que os ofrezco.

Elcano echó una mirada al puesto.

—Por lo que veo también vendéis pigmentos y tinturas.

—¡Hay que ganarse el pan de cada día y, a veces, eso no resulta fácil!

—¿Qué clase de tinturas tenéis?

—Ocurre como con las vitelas. Las hay de calidades muy diferentes, como los pigmentos.

—¿Qué precio tienen?

—Varían mucho. Eso depende, sobre todo, de los colores.

—¿Los colores hacen variar el precio?

—¡Muchísimo! En el caso de que queráis lapislázuli, que es lo que se utiliza para obtener un azul brillante y limpio, su precio es muy elevado. Viene de muy lejos. Es el más caro. ¡Tan caro que se vende por adarmes!

—¿Qué precio tiene un adarme?

—Cuatro reales.

—¿¡Cuatro reales por una pizca!? —Elcano parecía escandalizado.

—Cuatro reales —repitió el vendedor—. Sin embargo, la arcilla para obtener ocres y marrones es mucho más barata. También es barato el carbón para el negro y el rojo que consigo de limaduras de óxido de hierro. Algo más caro es el amarillo que se obtiene del palo de las moreras y, a veces, lo consigo de piedras de cadmio. Todos esos pigmentos se venden por onzas. Unos con otros... —el mercader echó cuentas— le pueden salir a vuesa merced a cuatro reales la onza.

Elcano también echó cuentas.

—Una onza de lapislázuli costaría dos ducados, ¿me equivoco?

—No os equivocáis. El precio de la onza son dos ducados.

—¡Es carísimo!

—Si vuesa merced adquiere las vitelas, podría añadir dos onzas de cada uno de los pigmentos, salvo el lapislázuli que, si vuesa merced lo quiere, tendría que pagarlo aparte. Por catorce ducados tendríais las dos vitelas unidas, una onza de lapislázuli y dos onzas de cada uno de los demás pigmentos.

Catorce ducados era una suma importante que tendría que añadir a los cuarenta que había ofrecido a Reinel por elaborar el mapa. Eso suponía un fuerte bocado a los doscientos ducados que le habían entregado como salario por haber capitaneado la *Victoria*. Pero si quería tener en su poder un mapa como aquel... Se acordó de que el cartógrafo había incluido en sus necesidades un par de plumas para dibujar.

—En ese precio tendrían que entrar varias plumas para dibujar.

—Sin problema, incluiremos en ese precio tres. Dos de ganso y una de faisán para los detalles más precisos.

—¿Tenéis tienda en Valladolid?

—No, soy de Tordesillas. Vengo los jueves al mercado.

—¿A cuánto queda Tordesillas?

—A cinco leguas. En el carro son tres horas de viaje, cuatro si está lloviendo.

—Trato hecho.

—Bien, bien —repitió el comerciante tratando de disimular su satisfacción. No todos los días se hacía un negocio como aquel—. En ese caso tendríais que señalar vuestra compra.

—¿Cuánto?

—La mitad; es lo habitual. Siete ducados. Los pigmentos os los podéis llevar ahora y las vitelas las tendríais aquí el jueves que viene.

—Lo recogeré todo la semana próxima. Os daré los siete ducados y me entregaréis un recibo.

—Es lo justo.

Elcano pagó los siete ducados y guardó el recibo en su bolsa. El trato estaba cerrado.

Al darse la vuelta se quedó mirando a una joven que llamó su atención.

El mercader se dio cuenta.

—Hermosa, ¿verdad?

—Sí que lo es. ¿Sabéis algo de ella?

—Poca cosa. La veo por aquí casi todas las semanas. Debe ser costurera porque siempre anda mirando encajes, hilos, cintas y telas. Pero no puedo dar a vuesa merced más detalles.

Era alta y delgada, tenía los ojos melados, los labios carnosos, el pelo negro, recogido en una trenza, y cubría su cabeza con un casquete de redecilla. Estaba regateando con un vendedor el precio de una pieza de tela. Elcano se quedó observándola. Comprobó cómo lograba que le incluyeran en el precio tres madejas de hilo, algunas agujas y dos varas de cinta.

Se marchó sin atender los requerimientos de otros vendedores que le ofrecían sus géneros. Elcano la siguió de forma discreta y vio cómo entraba en un portalón que daba acceso a un patio. Esperó a que saliera y la siguió hasta que entró en una casa de la calle de la Sierpe.

En los días siguientes, manteniendo la discreción, consiguió alguna información sobre aquella mujer. Supo que era bordadora y que trabajaba para un sastre que tenía su tienda en el Patio de Cazalla. Algunos días, cuando salía a comprar el pan y llevar algún trabajo al sastre, entraba en San Miguel. Fue allí, en la iglesia, donde por primera vez se acercó a ella para ofrecerle, cuando iba a salir, agua bendita con la punta de los dedos. Ella, desdeñosa, rechazó el ofrecimiento. Dos días más tarde, cuando la joven se había percatado de que la rondaba, aceptó el agua bendita y al día siguiente cruzaron las primeras palabras en la puerta de la iglesia.

—¿Puedo saber quién sois y qué pretendéis?

Elcano se quitó el sombrero de ala, adornado con pluma, que acababa de ponerse al salir del templo.

—Mi nombre es Juan Sebastián Elcano, vuestro servidor.

—Nunca os había visto antes.

—Llevo poco en la ciudad. Sólo unas semanas. Os vi el otro día en el mercado de la plazuela de los Leones. ¿Importuno si os pregunto vuestro nombre?

La joven dudó, pero al final no vio mal en ello.

—Me llamo María, María Vidaurreta.

—¿Os han dicho que sois bellísima?

Se ruborizó, agachó la cabeza y echó a andar. Él le siguió los pasos.

—¿Me permitiríais que os acompañara?

—No.

Elcano se quedó inmóvil. Viéndola cómo se alejaba, le pareció más hermosa que nunca.

Aquella negativa hizo aumentar sus deseos de conocerla mejor. Al día siguiente, volvió a verla en San Miguel y otra vez aguardó junto a la pila del agua bendita para ofrecérsela. Ella rozó la punta de sus dedos y le dedicó una sonrisa.

—Esto no os da derecho a acompañarme —lo dijo dedicándole una sonrisa.

Elcano la vio alejarse, sabiendo que al día siguiente volvería verla.

VI

Dos días más tarde, el mismo en que recibió respuesta de la Secretaría de Indias, indicándole que don Juan Rodríguez de Fonseca lo recibiría a las diez del día siguiente de la festividad de Todos los Santos —fecha en la que se recordaba a los fieles difuntos y se elevaban por todas partes oraciones y plegarias por la Benditas Ánimas del Purgatorio—, María Vidaurreta le permitió que la acompañara, mientras iba hasta el Patio de Carranza, adonde llevaba un par de camisas y un jubón a los que había bordado una cruz de la Orden de Santiago.

El jueves pasearon por los puestos del mercado y, aunque María ya sabía que el hombre que la cortejaba era marino y eso no le gustó —era mujer de tierra adentro—, permitió que siguiera acompañándola. La atraían sus formas de comportarse y, pese a que Elcano estaba todavía muy lejos de recuperar su fortaleza física, después de las penalidades y padecimientos sufridos a bordo de la *Victoria*, se sentía segura cuando caminaba a su lado.

Al instalarse la Corte en Valladolid habían acudido a la ciudad, además de importantes nobles, altos personajes y los cada vez más numerosos funcionarios que atendían a las crecientes necesidades del Estado, muchos pícaros, ladrones, delincuentes y gentes de malvivir. También la mancebía acogía a un número creciente de prostitutas, además de las cantoneras que ejercían por su cuenta, saltándose las estrictas normativas por las que se regía el prostíbulo.

Elcano se acercó al tenderete del pergaminero y tuvo que aguardar a que terminase con un cliente que había acudido acompañado de su esposa, que se mostraba melindrosa y no se decidía entre los pliegos de papel y los pergaminos. Cuando finalmente se decidió por estos últimos y el marido, que era calatravo, según podía deducirse de la venera que lucía en su pecho, efectuó el pago, aún estuvo a punto de arrepentirse y deshacer la compra.

—Un cliente complicado —comentó Elcano cuando los vio alejarse.

—La complicada es ella —señaló el comerciante mirando de reojo a María y esbozando una sonrisilla—. Tengo aquí el encargo de vuesa merced. Las vitelas son excelentes y la unión está hecha con tanto esmero que parecen una sola pieza. No verá muchas como estas. ¡Mirad qué tacto! —exclamó al tiempo que se las mostraba—. ¡Qué suavidad!

Aquel sujeto era un vendedor nato, pero no era menos cierto que las vitelas eran de excelente calidad.

—¿Son de cordero?

—¡Naturalmente! Ni las de cabrito ni las de becerro pueden tener este tacto. ¡Palpad, palpad! ¡Es tan suave como los pechos de una moza casadera! —Miró con el rabillo del ojo a María y vio que se sonrojaba—. ¡Habéis hecho una buena adquisición! Si os parece bien, peso los pigmentos.

Con una balanza de precisión, como las de los joyeros y los vendedores de especias, fue pesando aquellos valiosos polvos que echaba en unos cucuruchos de papel. Puso especial cuidado a la hora de pesar el lapislázuli.

Elcano pagó los siete ducados pendientes y tuvo que reclamar las dos plumas de ganso y la de faisán que habían entrado en el trato.

Se despidió del comerciante y apenas se habían alejado unos pasos cuando María le preguntó:

—¿Para qué queréis todo eso? ¿También sois pintor?

Elcano dudó si responderle, pero pudo más el corazón de un enamorado que hacía méritos para alcanzar su objetivo.

—Son para un cartógrafo. Quiero que me confeccione un mapa,

pero tengo que aportar los materiales…, además de pagarle el trabajo.

Dejó a María en la esquina de la calle de la Sierpe. Se negaba a que la acompañase hasta la puerta de su casa. En la vecindad ya habían comenzado las habladurías y no deseaba que algunas vecinas trabajaran con la lengua más de lo que ya lo hacían.

Aguardó hasta que la vio entrar y sólo entonces encaminó sus pasos hacia la casa del cartógrafo. La localizó rápidamente. La puerta, gruesa y reforzada con tiras de metal, estaba cerrada. En el centro, un pesado aldabón con forma de mano que apretaba una bola.

Golpeó con fuerza, pero no obtuvo respuesta. Al llamar una segunda vez lo hizo con menos intensidad. Tampoco nadie respondió. Empezó a dudar que fuera la casa de Reinel y se disponía a llamar una tercera vez cuando un pequeño crujido en la madera y el chirriar de unos goznes poco engrasados le indicaron que abrían la pesada puerta. En el umbral apareció una mujer con el pelo canoso y peinado muy tirante para recogerlo en un moño en la nuca. Llamaba la atención un lunar grande en la mejilla y la abundante pelusa que cubría su bigote. Era mujer entrada en carnes y vestía de forma poco elegante.

—Buenos días nos dé Dios, señora. —La saludó quitándose el bonete.

—¿Qué queréis? —preguntó ella con cara de pocos amigos y sin tomarse siquiera la molestia de saludar.

Todo apuntaba a que aquella visita era inoportuna.

—¿Está vuestro esposo en casa?

—¿Quién pregunta por él?

—Mi nombre es Juan Sebastián Elcano.

La mujer, con cierto descaro, lo midió con la mirada.

—¿Vuesa merced…, vuesa merced es el que regresó en el único barco de la escuadra que mandaba don Fernão da Magalhães?

—Ese soy yo.

Su desdén se suavizó algo.

—Pasad. Avisaré a mi esposo.

La vivienda era modesta, pero podían percibirse algunos detalles —el velón de ocho picos y un bargueño finamente labrado—, que señalaban la posición desahogada de sus moradores. Los cartógrafos eran gente que recibía una importante remuneración por realizar un trabajo que requería muchos conocimientos y una notable especialización.

Doña Constanza —era el nombre de la esposa de Reinel— le indicó que aguardase en una pequeña sala a la que entraba luz de la calle a través de una ventana fuertemente enrejada. Un cuadro que colgaba en la pared mostraba una imagen de san Antonio; era de buena factura y señalaba el origen lusitano de quienes vivían en la casa. El lienzo estaba renegrido.

La espera fue breve. El cartógrafo debió dejar lo que estaba haciendo porque apareció limpiándose los dedos con un paño cuyo color era difícil de determinar. Tenía las manos, muy finas y huesudas, manchadas de tinta.

—¿Os ha ofrecido mi esposa algún refrigerio?

—No es necesario. Sólo he venido a traeros el material.

Reinel miró la vitela que Elcano tenía en sus manos y, al cogerla, palpó su suavidad.

—¿Dónde la habéis conseguido? —preguntó interesado.

—En un mercado que se celebra los jueves, en la plaza de los Leones.

—¿Quién vende vitelas como esta?

—Un pergaminero de Tordesillas. La ha traído por encargo.

El cartógrafo la examinó más detenidamente.

—¡Es extraordinaria! Son dos vitelas. Quien las ha unido conoce bien su oficio. Hay que tener el ojo muy fino para descubrir la unión.

—Eso explica el elevado precio que he tenido que pagar por ella. ¡Sabed que ha sido mucho dinero!

—No me extraña. Vitelas de esta calidad no se encuentran fácilmente. ¿Cuánto…, cuanto os han costado?

—He pagado catorce ducados. En esa suma también entran los pigmentos. Os diré que el azul es de lapislázuli.

Reinel exclamó sin ocultar su sorpresa.

—¡Azul lapislázuli! ¡Vale una fortuna!

—Aquí tenéis otros pigmentos para obtener tinta roja, amarilla, negra… También os he traído las plumas. Dos de ganso y una de faisán.

—¿Dónde habéis dicho que está ese pergaminero?

—En el mercado de la plazuela de los Leones.

El cartógrafo tomó nota mentalmente de aquel lugar.

—Venid conmigo, por favor. Os mostraré donde trabajo.

Salieron a un patio al que en verano daba sombra un hermoso laurel. En un rincón asomaba el brocal de un pozo y enfrente se alzaba una crujía que ocupaba el fondo y era el taller de Reinel. Se trataba de un espacio amplio y con buena luz. Había dos mesas de gran tamaño y sobre una de ellas trabajaba un joven que interrumpió su tarea. Eran pocos los que entraban en aquel sanctasanctórum.

—Jorge, este caballero es Juan Sebastián Elcano.

El marino saludó al joven cartógrafo.

—Señor, es todo un honor conoceros.

Allí trabajaban el padre y el hijo rodeados de frascos de tinta de diferentes colores y plumas de dibujo. En una de las paredes había dos baldas donde podían verse una veintena de libros. Estaban el *Almagesto*, la *Geographia* y el *Tetrabiblos*, las grandes obras de Ptolomeo. También había un ejemplar de *La faz de la Tierra* de Ibn Hawqal. Un compendio de los viajes de Ibn Battûta que contenía numerosas descripciones de gran parte de la tierra conocida por aquel incansable viajero. Estaba la *Cosmographiae Introductio*, de Mathias Ringmann. Llamó la atención de Elcano el *Calendario* de Johannes de Monterregio, conocido también como Regiomontano; él poseía un ejemplar. Igualmente se encontraba allí *La Gran Composición*, de Abraham Zacuto. Una obra de mucho mérito, como las otras, porque contenía una serie de tablas astronómicas en las que estaba recogida la posición del Sol día por día.

En otra de las paredes había dos reproducciones de mapas. Uno era el *Planisferio* de Juan de la Cosa, donde podía verse con mucha precisión el contorno de África y el mundo Mediterráneo, a diferencia de las imprecisiones que había en las tierras de Asia. El otro mapa era obra de un cartógrafo alemán que había representado las costas de las tierras que había al otro lado del Atlántico, a las que denominaba como América.

Había también un arca de tres llaves. Allí guardaban lo más valioso. Abrirla resultaba muy complicado para quien no tuviera las llaves.

—Compruebo que están vuesas mercedes bien pertrechados. ¿No os preocupa que alguien trate de hacerse con algunos de esos mapas?

—Ese es un riesgo que acompaña nuestro trabajo. Las cartas de navegación y los mapas son un codiciado objeto de deseo. No solemos tener más que los trabajos que estamos realizando. Vos sois la primera persona que visita esta sala. La puerta es muy sólida. Esa ventana grande está protegida por gruesos barrotes y cuando cerramos también la protegen unos postigos de mayor grosor de lo que es normal. Además, el arca, como podéis comprobar, está empotrada en la pared.

—No resultará fácil robar alguno de vuestros mapas.

—Hasta ahora san Antonio nos ha protegido. Mi esposa le tiene mucha devoción y no deja de ponerle velas a una imagen que tenemos en la salita.

Eso explicaba por qué la imagen estaba tan oscura: el humo de las velas que le ponía a san Antonio. Doña Constanza apareció en el taller.

—No debéis entretener más a este caballero. ¡Es hora de almorzar!

Estaba claro que aquella mujer no se andaba con miramientos.

—Creo que debo marcharme.

—No sin antes ver el boceto de vuestro mapa.

Era un mapamundi. La mayor parte de las líneas de costa se encontraban perfiladas y, convenientemente marcadas, las islas Cabo Verde y las de las Especias.

—Quedan por señalar el ecuador y los meridianos; los que separan los hemisferios de Castilla y Portugal.

Elcano no pudo evitar la pregunta.

—Con los datos que os he facilitado, ¿dónde señalaría vuesa merced el contrameridiano?

—He medido cuidadosamente las distancias. Con esos datos sabemos que un grado son unas veinte leguas. El contrameridiano estaría por… aquí. —Reinel trazó sobre el pergamino una línea con el dedo que quedaba claramente a la izquierda de la Especiería—. No hay duda de que las especias quedan dentro de los dominios de su majestad el rey Carlos I. Cuando en Lisboa se tenga conocimiento de esto...

Elcano se acordó de Pigafetta.

—Supongo que en Lisboa ya estarán al tanto de todo esto.

—¿Por qué lo decís?

—Porque un italiano que venía a bordo de la *Victoria* y que ha estado en Valladolid...

—¿Os referís a Antonio Pigafetta? —lo interrumpió Reinel.

—¿Lo conoce vuesa merced?

—No, pero he oído decir que no os tiene en mucha estima.

Elcano resopló con fuerza.

—Ha estado aquí contando algunas medias verdades y muchas mentiras, antes de irse camino de Portugal. Allí soltará las patrañas que más convengan a sus intereses.

—Entonces no se referirá a la posición de las islas de las Especias.

—No hablemos más de ese sujeto. El hecho de que el contrameridiano quede tan al oeste es magnífico.

Elcano sabía que no debía permanecer allí. Se despidió del joven Reinel y el padre lo acompañó hasta la puerta. El cartógrafo, antes de que se marchase, le dijo:

—Con la vitela que me habéis traído vuestro mapa será de una calidad extraordinaria.

—¿Para cuándo podré recogerlo?

—Estará terminado pasada la Navidad. Es mucho el trabajo a realizar. Un buen mapa no sólo ha de ser preciso, ha de ser hermoso. La decoración es muy importante y, además de contener los datos geográficos, ser una obra de arte.

VII

El 2 de noviembre, día de los fieles difuntos, que era la fecha fijada para la audiencia con Fonseca, había amanecido un día despejado y frío. Como en jornadas anteriores, Elcano había salido temprano para acudir a San Miguel y encontrarse con María. Su belleza le hacía soñar despierto.

Aquel día San Miguel estaba abarrotado e iluminado con centenares de velas que los fieles habían llevado para ofrecerlas por las ánimas benditas. En algunas capillas, que eran enterramiento de familias con mucha prosapia, se habían colocado paños negros en señal de luto y ardían grandes hachones de cera. Le costó trabajo encontrar a María. Sólo cuando hubo acabado la misa y la gente abandonaba la iglesia, pudo verla. La acompañaba una mujer mayor que vestía tocas negras, propias de viuda. Supuso que era Brígida, la tía de la que María le había hablado y que, al morir sus padres, se hizo cargo de ella. Brígida había sido como una madre.

Se mostró prudente y sólo se acercó a la joven cuando esta, disimuladamente, le hizo un gesto. Vestía sus mejores galas. Un jubón de terciopelo plateado con forros de raso rojo. Saludó a la tía, bonete en mano, y dedicó una leve sonrisa a María. Las escoltó, como si se tratase de un rodrigón, hasta la pila del agua bendita donde se la ofreció a la tía primero y a María después. Las acompañó hasta la calle de la Sierpe y allí se despidió besando la mano de Brígida con mucha galantería.

El tiempo se le había echado encima y tenía que darse prisa si no quería llegar tarde a la audiencia con el secretario de Indias. Aunque la experiencia le decía que una cosa era la hora fijada y otra muy diferente a la que se celebraban las reuniones, audiencias y juntas.

Llegó justo cuando daban las campanadas en el reloj de la plaza Mayor, donde, en unos bajos, estaba la secretaría de Indias. Un lugar húmedo y oscuro. Al portero, un sujeto que ya conocía a Elcano, se le habían rebajado mucho las ínfulas con que lo trató cuando apareció por allí la primera vez. Entonces creyó que era uno de tantos desocupados en busca de una recomendación. Ahora sabía que era el marino que había completado la primera vuelta al mundo y que el rey le había mostrado una alta consideración, pese a no pertenecer a las grandes familias de la nobleza.

—Buenos días tenga vuesa merced. Su ilustrísima hace rato que os aguarda.

Lo sorprendió oír aquello.

—Acaban de dar las diez. Es la hora en que estaba citado.

—Pues… su ilustrísima ya ha preguntado por vos. ¡Y por dos veces!

Elcano pensó que, si su ilustrísima se mostraba tan impaciente, podía haberse mostrado más diligente y no haber tardado casi dos semanas en concederle la audiencia. El portero lo acompañó hasta una puerta a la que llamó suavemente, la abrió y, desde el umbral, alzó la voz.

—¡Ilustrísima, la visita que esperabais está aquí!

—¡Adelante, adelante!

El despacho de Fonseca era una sala amplia, con gruesos muros de piedra que la aislaban del exterior. Un buen sitio para hacer confidencias. La chimenea que ardía en uno de sus rincones, a cuyo lado podía verse una buena provisión de leña, caldeaba el ambiente y alejaba la humedad. Recibía luz, escasa y pobre, por una ventana que daba a un patio interior. El mobiliario era austero: una amplia mesa llena de legajos, libros y papeles, al igual que la estantería que ocupaba una de las paredes. En otra había un lienzo de grandes dimensiones con la imagen de una Virgen que Elcano no supo identificar. Debajo una gaveta de formas sencillas.

Fonseca, que era obispo de Burgos, cuya sede visitaba cuando se lo permitían sus obligaciones, había encomendado la administración espiritual y material de su diócesis a un vicario general. Amén de un respetado eclesiástico, era persona de larga experiencia en los asuntos de Indias. El Rey Católico le había encomendado aquella tarea hacía casi doce años y, desde entonces, no había asunto de relevancia relacionado con las tierras de ultramar que no hubiera pasado por sus manos. La brillante carrera eclesiástica de Fonseca —el obispado burgalés era una diócesis de relieve— y su importante papel en la Corte habían estado apoyados por el poderoso clan de los Fonseca. También debía su posición a que era hombre muy capaz, y versado en latines y leyes. Pese a su avanzada edad —había cumplido los setenta años—, seguía madrugando y soportaba largas jornadas de trabajo.

Había sido una pieza fundamental para que, casi cinco años atrás, Carlos I autorizara la expedición de Fernando Magallanes y se firmasen las capitulaciones por las que había de regirse aquel viaje, cuyos objetivos nada tenían que ver con el hecho extraordinario del que ahora todos se hacían lenguas: darle la primera vuelta a la Tierra. Había estado con Elcano en un par de ocasiones, desde que el marino de Guetaria llegó a Valladolid cuando el mes de septiembre estaba algo más que mediado, pero no había dispuesto de un encuentro tan íntimo como iba a ser aquel. Se encontraba junto a la chimenea, sentado en un sillón bajo, con las piernas apoyadas en un escabel.

—¡Acercaos, Elcano, acercaos y tomad asiento! Disculpadme si no me levanto, pero hace ya algunos años que, cuando llegan los primeros fríos, mis huesos me recuerdan que no soy joven. ¡Tomad asiento! —insistió, al tiempo que le ofrecía su anillo pastoral, que el marino besó antes de sentarse—. Aunque os pueda resultar extraño, dado el tiempo que he tardado en recibiros, tenía ganas de hablar con vuesa merced. ¡Muchas más de las que podáis imaginar! Lo que ocurre es que son muchas las obligaciones que pesan sobre mis hombros y la edad los está doblando.

—Lo entiendo, ilustrísima. Os estoy muy agradecido por haberme concedido esta audiencia.

—¡Después de la hazaña que habéis protagonizado es... casi una obligación! Decidme, ¿en qué puedo seros útil?

Elcano llevaba días aguardando aquel momento y había ensayado un sinfín de veces cómo iba a exponerle su preocupación por lo que Pigafetta hubiera dejado caer en los oídos del rey.

—Verá su ilustrísima. Según ha llegado a mis oídos ha estado en la Corte un italiano llamado Pigafetta, que regresó a bordo de la *Victoria*.

—Así es. Ha escrito un detallado diario sobre lo ocurrido durante ese viaje. Relata muchos pormenores de lo acaecido en esa expedición.

—Temo, ilustrísima, que lo que cuenta no se atiene a la verdad.

—¿Lo ha leído vuesa merced? —Fonseca lo miró sorprendido.

—No, ilustrísima, pero puedo aseguraros que ese Pigafetta era descaradamente parcial de Magallanes. Os lo puede confirmar cualquiera de los tripulantes de la *Victoria*. Eso explicaría que tanto yo como los dos hombres que me acompañaron para dar cumplimiento a los requerimientos de su majestad hayamos sido citados para declarar ante un juez de la Real Chancillería sobre ciertos asuntos.

—Comparto vuestra opinión de que es parcial en sus afirmaciones.

—¿Ha leído su ilustrísima ese diario?

—Sí, y con mucho detenimiento. Cuando se sacó una copia para su majestad se hizo otra para mí. Añadiré para vuestra tranquilidad que el juez ha encontrado ajustadas a razón las respuestas que habéis dado a sus preguntas. Esa pesquisa está concluida.

—Temo, ilustrísima, que quede alguna sombra de duda sobre mi buen nombre. No tengo que deciros lo importante que es tener limpio el nombre si se desea acometer nuevas empresas con el apoyo de su majestad.

—Tiene mucha razón vuesa merced en lo de nuevas empresas. El rey, nuestro señor, después de abierta una ruta por nuestro hemisferio para llegar a las islas de las Especias y de comprobar que están dentro de sus territorios, según lo que se acordó en Tordesillas, buscará hacerse con ellas. Si consigue que esté en sus manos el comercio de las especias, podría doblegar sin problemas la soberbia del francés.

Dispondría de recursos para enfrentarse a Solimán y poner freno a sus pretensiones de extenderse por el Mediterráneo y por las tierras del Danubio. Incluso disponer de recursos para solventar los graves problemas a los que ha de hacer frente en el propio Imperio...

—¿Problemas en el Imperio?

—Muchos y graves. Un fraile, llamado Lutero, anda predicando herejías. Acusa a la Santa Sede de corrupción y se refiere al papa como el anticristo. Lo malo es que en lo de la corrupción no le falta un punto de razón y es mucha la gente que presta oídos a lo que dice y no crea vuesa merced que estoy hablando de campesinos y artesanos iletrados, sino de gente importante, incluso alguno de los príncipes electores. Pero dejémonos de esas cuestiones. Contadme..., ¿pensáis participar si hay una nueva expedición a la Especiería?

—Así es, ilustrísima. Pero, si mi nombre no está limpio, no tendré la menor posibilidad de hacerlo.

Fonseca dejó escapar un suspiro.

—¿Queréis sacar del cajón más grande de aquella gaveta una botella de licor y unas copitas? —Elcano sacó una botella de un líquido amarillo—. Servidlo y sed generoso. Es un cordial con que me obsequian las franciscanas del convento de Santa Isabel.

El licor era fuerte. Rasgaba cuando bajaba por la garganta. Le recordó al aguardiente que los marinos bebían por las mañanas cuando se les repartía el desayuno y del que se les daba un cuartillo para cada dos hombres.

—Esas monjas saben lo que hacen —comentó haciendo honor a la bebida.

—Contadme con detalle sobre lo acaecido en el viaje que cuenta Pigafetta y vuestra opinión sobre qué consecuencias pueden sacarse de él.

Elcano le explicó los principales acontecimientos vividos durante la expedición que había terminado dando la vuelta a la Tierra. La ruta que habían seguido, las leguas que, en su opinión, habían recorrido y las grandes dificultades que había afrontado.

—Como ya dije a su majestad, estoy convencido de que las islas de las Especias están en el hemisferio de Castilla. Todo esto, ilustrísima, podría explicároslo mucho mejor si tuviera un mapa donde aparecieran reflejadas las latitudes, las distancias y la situación de los continentes y los mares.

—¿Podría elaborarse un mapa con la información de que disponéis?

Recordó el encargo hecho a Reinel y su promesa de guardar silencio.

—Esa sería una magnífica idea. Además, en Valladolid hay algunos cartógrafos de mucho prestigio.

—Supongo que vuesa merced se refiere a Reinel.

—¿Lo conoce su ilustrísima?

—Desde que confesaron a su majestad que el mapa que habían elaborado era una patraña para desanimarlo y que no diera crédito al proyecto de Magallanes. Encargadle que confeccione un mapa donde aparezcan claramente situadas las islas de las Especias. Suministradle los datos de que disponéis. Tengo plena confianza en vuesa merced y ese cartógrafo también goza de mi consideración. El dinero no será problema.

Aquel encargo era como agua de mayo para el campo. Había solicitado aquella audiencia para intentar contrarrestar el daño a que habían dado lugar las declaraciones de Pigafetta y se encontraba con una puerta abierta para tratar de hacer realidad el proyecto que bullía en su mente.

—Será un placer dar cumplimiento a vuestro encargo.

—Ordenaré que se os entregue una suma para hacer frente a los gastos. Los Reinel se cotizan bien.

—Muchas gracias, ilustrísima.

—¿Os importaría llenar de nuevo las copas? —Elcano las llenó hasta el borde. Eran de un cristal finísimo que sólo podía verse en ambientes muy selectos—. Las franciscanas tienen manos angelicales. —El obispo paladeó el licor con fruición—. Antes de que os marchéis me gustaría, si no os incomoda, que me dieseis cuenta de lo ocurrido en la bahía de San Julián. Por lo que cuenta Pigafetta vos estuvisteis al lado de don Juan de Cartagena. ¿Qué fue lo que exactamente ocurrió allí?

—Lo que he declarado ante el juez, ilustrísima.

—Me gustaría oírlo de vuestros propios labios.

—Lo que puedo deciros es que el veedor nombrado por su majestad, en cumplimiento de sus obligaciones, se enfrentó a Magallanes en varias ocasiones. Fui testigo de alguno de esos enfrentamientos. Magallanes se aprovechó de ello para prenderlo y ponerle unos grilletes.

—¿Lo encadenó sin respetar su alcurnia?

—Así es, ilustrísima. Alguno de los capitanes se lo recriminaron, pero fue en vano. La tensión en las semanas siguientes fue subiendo porque Magallanes no daba las debidas explicaciones a los otros capitanes. Fue entonces cuando don Juan de Cartagena decidió tomar la iniciativa para hacerse con el control de la escuadra. Estando en la bahía que fue bautizada con el nombre de San Julián, don Juan logró hacerse con el control de tres de los barcos, la *San Antonio*, la *Concepción* y la *Victoria*.

—Vos erais maestre de la *Concepción*, ¿qué decisión tomasteis?

—Estuve al lado de don Juan de Cartagena. En mi opinión le asistía la razón para llevar a cabo lo que intentaba. También porque estaba implicado el capitán de la *Victoria*, don Luis de Mendoza, con quien tenía contraída una deuda de gratitud.

—Proseguid.

—Parecía que, controlando tres de los cinco barcos de la escuadra, la suerte estaba echada. Pero una hábil maniobra de Magallanes, con la ayuda del alguacil Gonzalo Gómez de Espinosa, que acabó con la vida de Mendoza, cambió la situación. Apresó a don Juan y al capitán de la *Concepción*, don Gaspar de Quesada. Su decisión, después de un simulacro de juicio presidido por Álvaro de Mesquita, hechura de Magallanes, a quien había nombrado capitán de la *San Antonio* cuando prendió a don Juan y le quitó el mando de aquella nao, fue condenar a Quesada a muerte y a que su cuerpo fuera descuartizado. A don Juan y a un capellán, llamado Sánchez de Reina, se les impuso la pena de destierro.

—¿Por eso los dejó abandonados en la bahía de San Julián cuando la flota zarpó y se hizo a la mar?

—Así entendió Magallanes que se cumplía la pena impuesta.

—¡Era condenarlos a una muerte segura!

—Sin duda, ilustrísima. Se los abandonó en un islote con algo de agua, unas raciones de galleta y un pellejillo de vino. Aquella tierra es inhóspita. La habitan unos nativos gigantescos a los que se bautizó con el nombre de patagones. Eso es lo que ocurrió en la bahía de San Julián.

El semblante del secretario de Indias era el de un hombre apenado. Elcano no albergó duda de que el rumor que señalaba al secretario de Indias como el padre de don Juan de Cartagena era cierto.

—¿Os importaría llenarme la copa de cordial? Sírvase también vuesa merced.

Elcano volvió a llenar las copas y, tras beberse el licor de un trago, el obispo hizo sonar una campanilla. Poco después, tras unos golpecitos en la puerta, entró un hombre que protegía sus manos con unos mitones. Tenía la punta de algunos dedos manchados de tinta.

—¿Ha llamado su ilustrísima?

—Santiago, tomad cien ducados y entregádselos al señor de Elcano. Preparad un recibo para que lo firme.

—Como mande su ilustrísima.

Una vez que se hubo retirado, Fonseca comentó:

—He de acudir a la misa de difuntos que va a celebrarse en San Pablo a mediodía. Acudirá la Corte al completo porque don Carlos ha anunciado que asistirá y no tengo que decirle a vuesa merced lo importante que es ir a ver y sobre todo a que lo vean a uno. —Se levantó del sillón con mucho esfuerzo, pero no necesitó usar el bastón que tenía a mano—. Si nada lo impide, mañana partiré para Burgos. Tengo que resolver allí algunos asuntos de mi episcopado. Espero que Dios Nuestro Señor no me tenga en cuenta la poca atención que presto a mi diócesis. Estaré aquí, a ser posible, antes de Navidad. Su majestad quiere que se ubique una nueva Casa de la Contratación y he de ultimar los trámites.

—¿Va a trasladar la de Sevilla?

—¡No, no! ¡En absoluto! Se trata de un nuevo organismo del que dependerán todos los asuntos relacionados con las especias. Será una

Casa de la Contratación de la Especiería. El rey, nuestro señor, como ya os he dicho, está muy ilusionado con las noticias que vuesa merced le dio hace algunas semanas.

—¿Significa que pronto habrá una nueva expedición a la Especiería?

—No lo dudéis.

Elcano hubiera deseado proseguir aquella conversación, pero apareció Santiago con una bolsilla con el dinero y el recibo. Elcano guardó el dinero, firmó el papel y, antes de marcharse, dijo al obispo:

—He tratado de localizar a Pigafetta. Pero se ha ido de Valladolid.

—¿Cómo lo sabéis?

—En la casa de postas me dijeron que tomó el camino de Zamora.

—¡Va a Lisboa!

—Pienso como vuestra ilustrísima. Allí presumirá de que ha dado la vuelta a la Tierra y contará las cosas según convenga a sus intereses.

—En su diario presta poca atención a lo ocurrido los últimos meses de navegación, a partir de que la *Victoria* quedara a vuestro mando. Desde luego nada que ver con la información que proporciona de lo ocurrido hasta entonces, pese a que el viaje tomó otra dimensión una vez que lograsteis pasar a las aguas del Atlántico.

—Aseguro a vuestra ilustrísima que hubimos de vencer tantas dificultades que jamás olvidaré esa fecha. Era a primera hora de la tarde del martes 20 de mayo cuando di por terminada la maniobra, sabiendo que estábamos en el océano Atlántico.

—Esa es la fecha que aparece en el derrotero que el piloto Francisco Albo, el que os ha acompañado en vuestra visita a su majestad, nos ha entregado. Pero Pigafetta señala otra muy diferente. Afirma que fue dos semanas antes.

—Ese Pigafetta, ilustrísima, estaba más pendiente de otras cosas.

—Ha sido él quien ha dejado caer en los oídos del rey algunas palabras que no os favorecen.

—¿A qué se ha referido?

—A la cantidad de clavo que se embarcó y a la que se descargó en Sevilla. —Elcano tuvo la confirmación de lo que ya sospechaba cuando el juez que lo interrogó puso tanto empeño en aquella cuestión—. También se refiere con mucho lujo de detalles a vuestro papel en lo ocurrido en la bahía de San Julián, indicando que fuisteis uno de los principales en la rebelión.

—Como ya he dicho a su ilustrísima, estuve en esa ocasión donde mi conciencia me ordenaba que debía estar. Magallanes estaba incumpliendo las órdenes de su majestad y don Juan de Cartagena quiso que se diera exacto cumplimiento.

Al secretario de Indias se le ensombreció el semblante.

—No puedo entretenerme más. He de marcharme. Pero sabed que los portugueses tienen ya cumplida información de todo esto, más allá de lo que Pigafetta haya podido contar.

—¿A qué se refiere su ilustrísima?

—A que en la Corte es muy complicado que se mantenga un secreto y en Valladolid hay más de un agente que envía a Lisboa información casi a diario. Es mucho lo que hay en juego. Aprovecho para deciros que tengáis cuidado. Estamos en tiempos difíciles y la vida de un hombre sólo vale un puñado de ducados.

VIII

Lisboa había amanecido cubierta por la bruma. Soplaba una ligera brisa desde el océano y la humedad calaba los huesos. Allí el Día de los Difuntos se celebraba de forma parecida a como lo hacían en Castilla. La gente abarrotaba los templos, en los que se decían numerosas misas por el ánima de los difuntos. En la puerta de las iglesias los cereros montaban puestos donde se vendían toda clase de velas y cirios, porque era costumbre encender una vela por el alma de los antepasados. En las *capelas dos mosteiros e igrejas*, que habían sido costeadas por familias de *fidalgos*, se celebraban misas a las que acudían los representantes del linaje de quienes estaban enterrados en ellas.

El recuerdo de los difuntos no impedía que los niños fueran pidiendo dulces y golosinas a las casas de familiares y conocidos ni que en muchas esquinas de la ciudad aparecieran puestos donde se vendían castañas asadas, que las familias compraban —muchos también las adquirían crudas y las asaban en sus casas— para comerlas todos juntos, mientras recordaban a sus mayores y contaban a los pequeños algunas de las vivencias más relevantes que habían protagonizado sus antepasados.

En la *Ribeira das Naus* la actividad era incesante. La víspera habían arribado dos naos y una carabela, procedentes de Malaca. Sus bodegas venían abarrotadas de especias: clavo, pimienta negra, jengibre, canela… También traían sándalo e incienso que sus comerciantes compraban en la costa de Arabia. Los funcionarios de la *Casa da Índia* estaban controlando la carga y anotaban con todo detalle las partidas correspondientes a cada clase de especia. Comprobaban las listas de embarque y pesaban los fardos, costales, cajas y barriles para que todo pagase los impuestos correspondientes en la aduana y para dejar apartado el quinto del rey. Los factores y agentes de los grandes mercaderes y hombres de negocios estaban pendientes de que finalizase tan laboriosa tarea para hacerse cargo de aquellas riquezas. Muchas estarían poco tiempo en las dársenas y muelles lisboetas porque serían reembarcadas con destino a diferentes puertos del norte de Europa.

Los cortesanos y el monarca don Juan III habían cumplido a primera hora con las obligaciones propias de aquella fecha. Habían oído misa, con mucho recogimiento, en la capilla de palacio y después el rey, que apenas hacía un año que había subido al trono, se había retirado para desayunar en compañía de su hermana doña Isabel, su tío abuelo don Jaime, duque de Braganza, y un invitado muy especial con quien el rey quería hablar: Vasco da Gama, el navegante que, muchos años atrás, había abierto para Portugal la ruta de las especias. El año anterior, poco antes de morir, el rey don Manuel, a quien llamaron el *Afortunado*, lo había nombrado conde de Vidigueira. El gran marino se había convertido en el primer conde portugués que no tenía sangre real.

Aunque ya había cumplido los sesenta años, como acreditaba la blancura de su barba, que le caía sobre el pecho, desplegaba una energía impropia de su edad. El rey quería encomendarle una misión complicada y laboriosa y había decidido invitar al duque de Braganza porque había mantenido una excelente relación con él cuando negociaron la entrega a Da Gama de la villa de Vidigueira, que pertenecía al ducado de Braganza. Pensaba que podía ayudarle a convencer a Da Gama para que aceptase la proposición que deseaba hacerle, pese a que el duque era persona provocadora, excéntrica, dada a crear conflictos y muy deslenguado, sin que se recatara en presencia del monarca.

Braganza era apuesto, aunque afeaba su rostro una larga costura en su mejilla izquierda, recuerdo de una herida en la campaña que organizó, obligado por el rey, en el norte de África para apoderarse de Azamur. Su vida había estado llena de escándalos a cuál más sonoro y el rey quería tenerlo controlado, pero no cerca de él.

La infanta doña Isabel acababa de cumplir diecinueve años y era —existía en ello una rara unanimidad— la mujer más bella de Portugal y algunos afirmaban que la más bella de Europa. Ciertamente, era una mujer muy hermosa. De mediana estatura, su pelo era castaño brillante, casi pelirrojo, tenía los ojos de un azul acerado, la boca pequeña y gordezuela. Su cuello era largo y su piel blanquísima. Quienes la habían tratado afirmaban que, además de bella, era discreta, culta —leía a los clásicos en latín y tenía conocimientos de griego—, de trato agradable y se mostraba generosa.

Se había dispuesto una mesa para cuatro comensales en una sala con vistas al estuario del Tajo, a la *Ribeira das Naus*. Estaba cubierta por un mantel de hilo blanco sobre el que se habían dispuesto panecillos, bollos de canela, dulces de sidra, compotas de pera y manzana, cuencos con mermeladas y mantequilla; tarros con miel y una gran bandeja de castañas asadas que se mantenían calientes con una curiosa estufilla de mesa colocada debajo de la bandeja. Los criados estaban pendientes de servir la leche y otras bebidas: zumo de naranja e hidromiel, al que era muy aficionado don Juan.

La vida en la Corte lisboeta era mucho más agradable desde que, hacía pocos años, el anterior monarca había trasladado su residencia desde el castillo de San Jorge hasta el palacio que había mandado construir junto a los muelles del Tajo. El ambiente, caldeado por una chimenea que debía de arder desde hora muy temprana, era agradable e invitaba a la conversación. La brisa mañanera del Atlántico había despejado las brumas, pero había traído una lluvia suave y mansa. Los comensales aguardaron a que el corpulento monarca tomara asiento.

—Os supongo al tanto —el soberano se dirigía a Da Gama— de que el rey de España sostiene que la Especiería queda dentro de sus dominios.

—¿Qué información tiene su majestad de ese asunto? —preguntó el navegante.

—La nao de la flota que mandaba Fernão de Magalhães, que

llegó al puerto de Sevilla hace menos de dos meses, traía mediciones y cálculos sobre la posición de esas islas. Los castellanos están levantando mapas que así lo recogen.

—Esos mapas, como los que confeccionan nuestros cartógrafos en la *Casa da Índia*, recogerán lo que convenga a sus intereses —afirmó el duque de Braganza antes de llevarse a la boca un bollo de canela y hacer un gesto al mayordomo para que le sirvieran la leche.

—¿Creéis que puede estar en peligro nuestro control de las especias? —preguntó el soberano.

—Es cierto que la ruta que ha abierto ese traidor de Fernão de Magalhães nos creará problemas —señaló el ilustre navegante—, pero ahora sabemos, por las noticias que tenemos, que el mar del Sur tiene unas dimensiones mucho mayores de lo que pensábamos. Si los castellanos utilizan esa ruta tendrán serias dificultades.

—¿Qué sabéis acerca de las dimensiones de ese mar? —El rey se preguntaba cómo Da Gama tenía aquella información, desconocida para él.

—Lo que me ha facilitado un italiano que llegó a Lisboa hace pocos días. Era uno de los tripulantes de la nao que ha dado la vuelta a la Tierra.

—¿Quién es ese italiano? ¿Cuándo ha llegado?

—Se llama Antonio Pigafetta y, como he dicho a su majestad, llegó hace unos días. Quería hablar conmigo y apareció por mi casa. Tengo entendido que ha solicitado una audiencia a su majestad. En mi humilde opinión debería ser recibido sin mucha demora.

—Mi querida sobrina, estáis muy callada —señaló Braganza mirándola con descaro—. ¿Qué opináis de todo esto que hablan vuestro hermano y don Vasco?

Doña Isabel dejó sobre el plato el panecillo con mantequilla que estaba probando y, después de pasarse la servilleta por los labios, miró al duque y le dedicó una sonrisa.

—No tengo elementos de juicio, mi querido tío. Además, resultaría inapropiado emitir juicios sobre navegación o acerca de los viajes de exploración en las nuevas tierras, estando presente don Vasco. Prefiero conocer sus opiniones, que han de estar muy fundamentadas. Acabo de oír algo muy sensato como es que su majestad reciba a ese italiano que ha venido en la nao que ha dado la vuelta al mundo. Por cierto —miró a su hermano—, ¿habéis contestado al rey de España sobre lo que os ha escrito acerca de poner en libertad a los marinos de la tripulación de esa nao que quedaron presos en las islas Cabo Verde?

—Habrá que dejarlos en libertad. Esas cosas ayudan a rebajar las tensiones. Pero no me daré demasiada prisa.

—Querida Isabel, de todos es conocido vuestro deseo de… viajar a Castilla. ¿Estáis interesada por la suerte de esos presos o lo que deseáis es dar satisfacción al emperador, aunque me temo que ese título le dará más quebraderos de cabeza que otra cosa? —le preguntó el duque de Braganza haciendo gala de su fama de lenguaraz.

Doña Isabel enrojeció y agachó la cabeza —por la Corte circulaba el rumor de que había dicho que su mayor deseo era convertirse en la esposa de Carlos I—. El rey encajó mal la pregunta. Sentía adoración por su hermana y su tío se había comportado de forma grosera.

—¡Sois un insolente!

—¿Insolente, majestad? Toda la Corte se hace lenguas de que Isabel bebe los vientos por el rey de España y que su mayor deseo es viajar a Castilla… desposada.

El rey lo miró con cara de pocos amigos. Su plan de que ayudase a convencer a Da Gama saltaba por los aires. No podía consentirle aquel comportamiento. La presencia de los criados que servían la mesa haría que, en pocas horas, lo que acababa de suceder fuera la comidilla de la Corte.

—Es posible que Isabel viaje a Castilla, pero lo hará de forma muy diferente a como lo hicisteis vos.

—No sé de qué me habláis, majestad —contestó el duque con osadía.

—Tenéis muy frágil la memoria. ¿Habéis olvidado ya que os visteis obligado a huir a Castilla con vuestra familia y allí permanecisteis hasta que el rey, mi padre, os perdonó y os permitió regresar?

—Majestad, en esa época yo era un niño de poca edad. —En los labios del duque se había dibujado una sonrisilla maliciosa—. Eso es agua pasada. Ha transcurrido mucho tiempo.

—Entonces os acordaréis, porque hace mucho menos, de que también viajasteis por Castilla disfrazado y os detuvieron en Calatayud, cerca de Zaragoza.

El duque de Braganza aparentó hacer memoria.

—No lo recuerdo, majestad, no lo recuerdo. Tampoco vos podéis recordarlo porque, cuando aquello ocurrió, teníais una edad de la que no suele conservarse memoria.

En los ojos del monarca había ira.

—¡Os recuerdo, Braganza, que soy vuestro rey!

—Disculpad, majestad. Pero ¿cómo podéis recordar esas cosas? Apenas sabíais andar cuando quise profesar en religión.

—¡Pero lo he oído contar más de una vez a personas de mucho crédito! ¡Emprendisteis aquel viaje, cuyo destino era Roma, para que el papa os concediese la anulación del matrimonio, con el invento de que deseabais profesar como capuchino! Fuisteis detenido y obligado a regresar a Lisboa.

—Vamos, vamos… No os irritéis. Eso son cosas de la juventud, que suele tener poca cabeza.

—Dejadlo ya, por favor —suplicó doña Isabel, que apretaba su servilleta con la mano crispada.

—Permitidme, majestad. Os suplico que atendáis al ruego de doña Isabel. Eso también va por vos, Braganza —indicó Vasco da Gama.

El duque iba a decir algo, pero el rey explotó:

—¡Lo de convertiros en capuchino era una farsa! Lo que queríais era desprenderos de vuestra esposa, la hija de los duques de Medina Sidonia, a la que asesinasteis, después de haber organizado aquella farsa en la que doña Leonor fue sorprendida con un joven escudero para poder darles muerte. Todos sabían en la Corte que aquello había sido una treta que solo un perverso como vos podía urdir. Para lavar aquel ultraje, por el que debíais de haber sido convenientemente castigado, fuisteis obligado por mi padre a organizar una cruzada en tierra de infieles de la que os queda ese recuerdo. —El rey señaló la fea cicatriz de su mejilla.

—¿Me habéis invitado a compartir vuestra mesa para llenarme de insultos?

—Sabéis que no era esa mi intención. Pero vuestro comportamiento es propio de un bellaco redomado. ¡Salid de aquí! ¡Salid inmediatamente!

—Majestad, creo que…

—¡Os ordeno que salgáis o me veré obligado a llamar a la guardia! ¡Permaneceréis en vuestro palacio hasta que se disponga otra cosa!

Braganza, que era avispado, supo que había de obedecer si no quería que la situación se le complicase todavía más.

El tiempo en que los nobles eran capaces de enfrentarse al rey había quedado atrás. Los monarcas tenían cada vez más poder y ahora ejercían su autoridad de una forma que sus predecesores no podían siquiera haber imaginado. Se levantó con cuidado, disimulando la ira que lo invadía por la forma en que era expulsado de palacio.

—Como disponga vuestra majestad.

Vasco da Gama, hombre de mucha experiencia, guardó silencio el tiempo necesario para que el monarca se sosegase. A doña Isabel le temblaban las manos. Tenía un nudo en el estómago y se le habían quitado las ganas de comer. Pasados unos minutos, fue don Juan quien dijo al navegante:

—Con los castellanos diciendo que la Especiería queda en su hemisferio necesitamos en las Indias un hombre con energía suficiente para hacerles frente, ¿no os parece?

—Desde luego, majestad. Habría que reforzar nuestra presencia en la zona. Eso supone más barcos y más hombres.

—También un nuevo virrey. Duarte de Meneses no es la persona más indicada para afrontar esa situación.

—¿En quién piensa su majestad?

El rey se limpió la boca y dio un trago al hidromiel de su copa.

—En vos.

—Majestad, tengo demasiados años. No soy la persona que en estos momentos requiere ese cargo. Me permito señalaros que se necesita un hombre mucho más joven. En la Corte de su majestad hay sobradamente donde elegir al nuevo virrey.

—Dadme nombres. Sólo tres. Tres nombres en los que pueda confiar para un cargo de tanta importancia en un momento tan delicado.

—Majestad, yo…, yo…

—Don Vasco —la voz de la infanta sonó suave, como si fuera de terciopelo—, sois hombre de mucha experiencia. Por mucho que se busque no se puede encontrar en todo el país otro que pueda compararse con vos. Sois un excelente marino. Conocéis aquellas aguas como nadie. Tenéis la experiencia de haber sido virrey anteriormente y, por lo tanto, sabéis con lo que vais a encontraros. Habéis sido capaz de afrontar situaciones muy complicadas y de todas ellas habéis salido con bien.

—Alteza. Me abrumáis con vuestras palabras. Agradezco mucho que tengáis esa opinión de mi persona. Soy…, soy un humilde servidor de su majestad pero no podéis negar que tengo demasiados años. Insisto en que su majestad debería buscar otra persona.

—Dad por seguro que el rey no encontrará a quien pueda siquiera haceros sombra.

Doña Isabel, con un exquisito tacto, estaba asumiendo el papel que su hermano esperaba que hubiera tenido el duque de Braganza.

—Haremos una cosa —señaló el monarca, después de dar otro sorbo a su hidromiel—. Como los castellanos necesitarán tiempo para ponerse en marcha, podemos aplazar esta decisión algunos meses. Si en ese tiempo encontramos alguien que pueda afrontar el cargo con solvencia parecida a la de vos, meditaré sobre ello. Pero si eso no es posible, volveremos a hablar y no aceptaré una negativa como respuesta. ¿Qué me decís?

—Majestad, estoy a vuestras órdenes. Si tuviera algunos años menos ya os habría respondido afirmativamente. Vos sois joven, pero sabed que los años pesan como el plomo.

—¿Eso es un sí?

—Así es, majestad.

El monarca no pudo ocultar su satisfacción. Ahora dieron cuenta de algunas de las exquisiteces que había sobre la mesa y hablaron de que las obras del monasterio de los Jerónimos marchaban a buen ritmo.

—Al haber concluido la Torre que, en Belén, controla la entrada del estuario, esas obras podrán ir más deprisa —señaló el rey.

—Sus dimensiones son impresionantes. Tanto que parece que no progresan.

—Quedará como la gran obra que recuerde vuestra gesta cuando abristeis la ruta por la que ahora navegan nuestros barcos.

Antes de que la discreción indicase a Vasco da Gama que debía retirarse, el rey le dijo:

—He de encomendaros un asunto con urgencia.

—Decidme, majestad.

—Quiero tener una conversación con ese italiano… ¿Cómo…, cómo habéis dicho que se llama?

—Pigafetta, majestad. Antonio Pigafetta.

—Le concederé audiencia. Mañana a las diez. Avisadle. Es mi deseo que vos estéis presente.

—Como disponga vuestra majestad. En ese caso, solicito vuestro permiso para retirarme y poder localizarlo con tiempo.

Una vez solos, el rey comentó a su hermana:

—Estoy sopesando la posibilidad de contraer matrimonio con Catalina de Austria, la hermana del primo Carlos.

—¿No es muy joven?

—Según tengo entendido, pronto cumplirá dieciséis años y estos asuntos matrimoniales requieren su tiempo. Son muchas las cosas que hay que acordar y ajustar. Negociar la dote no es un asunto menor. ¿Quieres que nuestro embajador en la Corte de España tantee el terreno de tu matrimonio con don Carlos?

Doña Isabel dedicó una sonrisa a su hermano y guardó silencio unos segundos, como si meditase la respuesta, aunque era cierto que su deseo de ser la esposa de Carlos I era del dominio público.

—Me han dicho que es muy apuesto, aunque tiene deformada la mandíbula inferior.

—Te convertirías en emperatriz.

—Si ese matrimonio sirve para allanar las diferencias con Castilla, lo aceptaré gustosa.

—En ese caso, empezaré a mover los hilos. No sé qué piensan en Castilla del matrimonio de su rey. Pero me imagino que ya estarán barajando posibilidades matrimoniales.

IX

En la antecámara real había mucha animación. Los *fidalgos* comentaban que el choque con Castilla iba a producirse, antes o después. No podía ser de otra forma una vez que había llegado a Lisboa la noticia de que un barco de la escuadra que el rey de España había puesto a disposición de Magalhães había navegado por aguas del Índico, salvado el cabo de las Tormentas y navegado por el Atlántico, surcando aguas que pertenecían a su hemisferio, según lo acordado en el Tratado de Tordesillas. La indignación fue general. Se tuvo conocimiento de ello al mismo tiempo que esa nao atracaba en uno de los muelles del puerto de Sevilla, porque el gobernador de las islas Cabo Verde había ordenado a una de las carabelas, que había aparejado para intentar detener sin éxito a la *Victoria*, llevar la noticia al rey.

Era poco antes de las diez cuando se apagaron los comentarios al ver que llegaba a la antecámara Vasco da Gama, acompañado de un individuo de escasa estatura, el pelo negro, un tanto hirsuto, y barba rala. El desconocido llevaba una bolsa de cuero colgada al hombro. Supieron que algo importante se estaba cociendo porque el navegante, por quien todos mostraban un respeto reverencial, no se prodigaba por la Corte. Fueron varios los *fidalgos* que se acercaron para cumplimentarlo.

El navegante vestía un amplio ropón con el cuello de piel y lucía sobre su negro jubón la cruz que lo acreditaba como caballero de la

Orden de Cristo. No le gustaba el ambiente que allí se respiraba. Se hablaba mucho y se hacía poco. Eran demasiados los que allí mataban el tiempo buscando medrar en las cercanías del poder. Era igual en todas las cortes. Muchos de aquellos nobles lo eran porque un antepasado suyo había prestado un gran servicio a la Corona y ahora ellos disfrutaban de una vida placentera en la que no tenían cabida los sacrificios, las penalidades ni los sufrimientos. No podía generalizar, pero podían contarse con los dedos de una mano quienes de la treintena de los que allí se encontraban estaban dispuestos a afrontar la dureza de un destino incómodo. Si la víspera había dicho al rey que podían encontrarse hombres de mérito para ser virreyes de las Indias, había sido por argumentar su respuesta, no porque resultara fácil encontrarlos.

No hubo de soportar mucho tiempo aquella atmósfera que le agobiaba. Uno de los secretarios del rey se le acercó y le pidió que lo siguiera.

Acompañado de Pigafetta, entró al salón donde se encontraba el rey, a quien acompañaban João Barros y Gil Vicente, dos humanistas que habían llevado los nuevos aires del conocimiento a Lisboa y para sorpresa de todos eran buenos amigos. El primero, se había educado en la Corte como paje del rey y, siendo muy joven, había compuesto un relato épico en el que rendía homenaje y reconocimiento a los grandes navegantes portugueses. Era persona de alcurnia y el rey estaba pensando encomendarle la capitanía de la fortaleza de San Jorge de la Mina, donde los barcos que hacían la ruta de las especias podían aprovisionarse y las tripulaciones tomarse un descanso, antes de emprender el viaje hacia las Cabo Verde. Gil Vicente había estudiado en Salamanca e introducido nuevas formas en el teatro que divertían mucho al monarca. A Juan III le encantaban las representaciones que se hacían en palacio y en las que se criticaban algunas de las costumbres que la riqueza traída por las especias había puesto de moda en ciertos ambientes de la sociedad lisboeta. Era también su maestro de retórica y un reputado orfebre. El rey quería que preparase un auto donde quedase reflejado el esfuerzo de los navegantes portugueses.

—Gil, tendríais que leer el libro de João. Encontraríais muchos datos y detalles dignos de tener en cuenta para esa representación.

—Así lo haré, señor. ¿Parece a vuestra majestad que titulemos esa pieza como *Auto da Índia*?

—Ese es un buen título. Por cierto, ¿cómo lleváis el trabajo de la custodia que os encargué?

No hubo respuesta porque el rey, al ver al navegante, se desentendió de la conversación. Se acercó a él —toda una distinción— y lo saludó de forma afectuosa. Después miró a su acompañante.

—Majestad, este es Antonio Pigafetta —lo presentó Da Gama.

El italiano hizo una exagerada reverencia.

—¿Sois italiano?

—Natural de Vicenza, majestad.

—¿Dónde queda eso?

—En la República de Venecia, majestad.

Los choques entre portugueses y venecianos habían sido muy fuertes durante el anterior reinado. Estos habían controlado, aunque jamás se arriesgaron a llegar a aguas de Malaca, el tráfico de las especias. La ruta abierta por los portugueses a través de África los convirtió en unos temibles competidores de un comercio que ya había recibido un duro golpe cuando, a mediados del siglo anterior, los turcos se apoderaron de Constantinopla. El pulso con los lusitanos —bien lo sabía Vasco da Gama— supuso una seria derrota para Venecia y sus intereses al sur del mar Rojo.

—¿Viajasteis en la flota que el rey de España puso a las órdenes de Fernão de Magalhães?

—Así es, majestad.

—¿En calidad de qué?

—Majestad, soy astrónomo, geógrafo y cartógrafo. Conozco el manejo de la brújula y del astrolabio —iba a referirse a Magallanes como el almirante, pero estaba en Lisboa y eso era un error—, por eso embarqué como sobresaliente, gracias a los buenos oficios del nuncio, su eminencia Francesco Chiericati, que me presentó al rey don Carlos.

—¿Cuál es la razón por la que deseabais estar en una expedición que asumía grandes riesgos y afrontaba graves peligros?

—Majestad, el deseo de saber y el espíritu de aventura. Una expedición como aquella podía acabar en desastre, pero también descubrir cosas extraordinarias. Participar en esa expedición me ha permitido escribir un libro donde cuento las cosas, dignas de ser reflejadas, que han ocurrido durante los tres años de esa expedición. Para mí sería un honor que lo conocierais. Algunos datos son de mucho interés para su majestad.

El monarca frunció el ceño.

—¿Qué queréis decir con eso?

—Majestad —Pigafetta, un maestro en el arte de moverse en ambientes de poder, aprendido en la Corte del papa León X, miró de forma significativa hacia donde estaban João Barros y Gil Vicente—, como os he dicho, tengo conocimientos de astronomía y geografía…

—Salid —ordenó el rey a los dos humanistas y, una vez solos, le preguntó—: ¿Qué datos son esos de tanto interés?

—Majestad, la posición de las islas de la Especias y datos sobre la ruta que los castellanos han abierto para llegar hasta ellas.

El rey intercambió una mirada con Vasco da Gama.

—Hablad.

—Majestad, el mar del Sur es inmenso. Sus aguas son…, son infinitas. Eso significa que el hemisferio adjudicado a Castilla en el tratado que se firmó en Tordesillas desplaza hacia el oeste el contrameridiano de separación de ambos hemisferios mucho más de lo que siempre habíamos creído. Lo pongo en conocimiento de vuestra majestad porque Juan Sebastián Elcano…

—¿Elcano? ¿Quién es ese Elcano?

—Es el capitán que mandaba la nao que arribó a Sevilla, tras haber circunnavegado la Tierra. Se trata de un individuo que se arroga unos méritos que no le corresponden.

—¿Por qué decís eso?

El italiano iba a contar al rey lo ocurrido en la bahía de San Julián cuando don Juan de Cartagena encabezó la rebelión contra Magallanes y cómo Elcano fue uno de los que participaron en aquello. Pero ya había comprobado que la figura de Magallanes concitaba un rechazo generalizado. En Lisboa era un traidor que había permitido a los castellanos encontrar un camino para llegar a las especias navegando desde el Atlántico. Era mejor no mentarlo, aunque en su diario reflejaba que era un hombre de cualidades extraordinarias y que su muerte en Mactán había sido una terrible pérdida.

—Son muy pocos los que saben por qué embarcó.

—¿Por qué lo hizo?

—Por lo mismo que lo hacen muchos que buscan iniciar otra vida en las nuevas tierras que hay al otro lado del Atlántico.

—Explicaos.

—Tenía deudas pendientes con la justicia, majestad. Ese Elcano logró hacerse con la capitanía de uno de los dos barcos que quedaban de la escuadra que inició la expedición. No niego que tenga conocimientos de las cosas de la mar. Pero...

—Está bien..., está bien... No me interesa vuestra opinión sobre ese Elcano que, en cualquier caso, fue capaz de conducir esa nao hasta el puerto de Sevilla. Quiero saber sobre la línea de separación de los hemisferios y la posición de las islas de las Especias.

—Como he dicho a su majestad, el mar del Sur es enorme. La medida de la tierra está cercana a las ocho mil leguas.

—¿Ocho mil leguas? —El rey, sorprendido, miró otra vez a Vasco da Gama, quien asintió con un leve movimiento de cabeza, dando a entender que compartía lo que Pigafetta acababa de afirmar.

—Más o menos, majestad. Eso significa que la Especiería queda dentro del hemisferio de Portugal.

—¿Podríamos comprobar eso en un mapa?

—Ayer pasé por la *Casa da Índia* —señaló Vasco da Gama—. Indiqué, por si su majestad lo requería, que vinieran a palacio con cartas que pudieran sernos de utilidad. Si su majestad me autoriza, puedo darles aviso.

—Hacedlo, don Vasco, hacedlo.

Sobre la misma mesa donde estaban los papeles que el rey había estado viendo con Gil Vicente y João Barros desplegaron dos mapamundis en los que podían verse con mucha precisión los contornos de los continentes de Europa y África, así como las tierras bañadas por el océano Índico hasta el mar de Malaca y más allá podían verse las islas de las Especias. Con menos precisión estaba recogida la costa Atlántica de América y había un enorme vacío al otro lado de ese continente.

—Explicádmelo sobre este mapa.

Pigafetta miró a Da Gama, quien indicó al rey:

—Majestad, aquí están las Cabo Verde. —Señaló unos puntos frente a la costa de África—. A trescientas setenta leguas de ese punto se sitúa el meridiano que separa nuestras aguas de las de Castilla. Tenemos que desplazarnos ciento ochenta grados hacia poniente para situar la otra línea, el llamado contrameridiano. Esa línea es la clave de todo este asunto. Su posición delimita de nuevo las aguas que pertenecen a una u otra corona. Si las islas quedan al oeste del contrameridiano, están en nuestra demarcación. Si quedasen al este, estarían en el hemisferio de Castilla. Cuanto mayor sea la extensión del mar del Sur más al oeste habrá que trazar esa línea, lo cual favorece nuestros intereses.

—Acabáis de decir —el rey se dirigió a Pigafetta— que las aguas de ese mar son…, son…

—Infinitas, majestad. Añadiré más. Para llegar a ese mar hay que atravesar un peligroso estrecho. ¡Un verdadero laberinto! Fuertes vientos, grandes tormentas y temperaturas bajísimas. Se encuentra a unos cincuenta y cinco grados de latitud.

—Son veinte más respecto al extremo sur de África —añadió el navegante portugués.

—Puedo decir a vuestra majestad que navegar por ese paso en el extremo sur del nuevo continente es más peligroso incluso que hacerlo por las aguas del cabo de las Tormentas.

El monarca se acarició el mentón con aire meditabundo.

—Todo esto es sumamente interesante.

Pigafetta no podía disimular su satisfacción. Su viaje a Lisboa era ya un éxito. Decidió que, dada la actitud del rey, era el momento de obtener el mayor beneficio posible.

—Es cierto, majestad, que hay una nueva ruta para llegar a las islas de las Especias, pero no lo es menos que esa ruta es un infierno. —Entonces formuló la pregunta que llevaba preparada—: ¿Por qué los castellanos decidieron no regresar por ella y aventurarse por aguas cuya jurisdicción corresponde a vuestra majestad? —El rey lo interrogó con la mirada—. Porque el retorno por esas aguas es…, es imposible. No sé qué habrá sido del otro barco de la escuadra, la *Trinidad*.

—¿Qué es eso de otro barco?

—Majestad, fueron dos los barcos de aquella escuadra que llegaron a la Especiería. Uno era la *Victoria* y otro la *Trinidad*, pero sólo pudo continuar viaje el primero. La *Trinidad* estaba muy maltratada y requería de una reparación a fondo. Quedó en Tidor, bajo el mando de Gonzalo Gómez de Espinosa, que era el jefe de lo que quedaba de la escuadra. Tomó la decisión de que, una vez reparado, regresaría por el mar del Sur. Pero no lo haría por el extremo meridional del continente, sino navegando por encima de la línea equinoccial. Trataría de llegar a Castilla del Oro. Sabemos que allí la tierra se estrecha mucho, es poco más que un cordón con muy pocas leguas de anchura.

En la boca del rey se dibujó una sonrisa. A los castellanos les había salido mal la jugada, aunque era consciente de que la partida iba a ser larga. Eran gente dura y no cedían fácilmente. Pero ahora, después del varapalo que había supuesto tener noticia de que una de sus naos había dado la vuelta a la Tierra, disponían de una baza importante con la que hacerles frente.

—¿Todo eso que me estáis contando está recogido en ese diario que fuisteis escribiendo mientras viajabais? —El rey hizo aquella pregunta mirando la bolsa de cuero que Pigafetta llevaba.

—Así es, señor. Fui anotando mediciones, posiciones, fechas y gran número de detalles, que eran interesantes y curiosos, y encontrábamos en las tierras adonde llegábamos. Lo fui escribiendo día por día.

—Ese trabajo y esa información merecen una recompensa… Siempre que la pongáis a nuestra disposición.

—Está a vuestro servicio, majestad. —Sólo entonces el italiano sacó de la bolsa un cuaderno con las cubiertas un tanto desgastadas y se lo mostró al monarca—. Si lo consideráis oportuno, puede sacarse una copia de mi diario.

El rey le echó una ojeada.

—Así se hará y recibiréis vuestra recompensa. Encargaos vos de que se haga esa copia —indicó a Vasco da Gama.

Una vez que la audiencia hubo concluido, el rey tomó varias disposiciones después de realizar algunas consultas. La primera, atender la petición del rey de España en la que solicitaba la libertad para los tripulantes de la *Victoria* que habían quedado presos en las islas Cabo Verde. La noticia la llevaría a Castilla un enviado especial que, junto a esa buena nueva al emperador, tendría el encargo de explorar el terreno con vistas a su boda con Catalina de Habsburgo, la hermana pequeña de don Carlos, que había nacido después de la muerte de su padre. Su enviado debería también tantear la posibilidad de que su hermana Isabel se convirtiera en la esposa del rey, con la recomendación de que ese asunto se llevase con mucha discreción. No quería que pudiera pensarse que estaba sacándola en almoneda.

Una semana después el rey mandó llamar a Vasco da Gama.

—¿Qué opináis de lo que nos contó ese italiano?

—Que tiene fundamento lo que dice, majestad. Si la Tierra es mucho más grande de lo que habíamos creído hasta ahora, el contrameridiano queda mucho más alejado de lo que pensábamos. Será difícil determinar en cuál de los hemisferios queda el Moluco, pero nos ha proporcionado un argumento que podemos sostener.

—¿Qué tal va la copia de ese diario?

—Muy avanzada, majestad. He dado instrucciones para que se saquen dos copias más. Tener un solo ejemplar es arriesgado.

—Muy bien. ¿Qué pensáis de esa otra nave castellana? Me refiero a la que quedó en Tidor porque, según el italiano, necesitaba una reparación a fondo.

—La *Trinidad*, majestad. Era la capitana de la escuadra que se puso a disposición de Magalhães.

—¿Creéis que supone una amenaza para nuestros intereses?

—Lo sería, si logra volver por el mar del Sur hasta las costas orientales de América, que los españoles ya controlan. Según los informes de nuestros agentes en Valladolid, los castellanos, dirigidos por un tal Hernando Cortés, se han apoderado de grandes extensiones de terreno en esa zona donde, al parecer, había un gran imperio que tenía sojuzgadas a las tribus de los territorios próximos.

—Eso significaría que el control que hoy tenemos sobre el comercio de las especias podría quedar en manos de España.

—Pigafetta sostiene que la Especiería está en nuestro hemisferio, pero es posible que no lo esté. Ese italiano es muy hábil y sabe presentar bien lo que quiere vender, pero la situación de esas islas es muy difícil de determinar. Lo que no ofrece duda es que el mar del Sur es inmenso y eso hace que la ruta que siguieron ofrezca problemas mientras no se conozcan la dirección de las corrientes marinas y los vientos, las zonas de calmas y si hay alguna tierra intermedia en la que puedan establecer alguna base de apoyo a sus flotas. Pero la situación podría ser muy diferente si encuentran la ruta que quieren explorar con la *Trinidad*, una vez que la hayan reparado.

—Ese barco es entonces una seria amenaza.

Vasco da Gama dejó escapar un suspiro.

—Yo diría majestad que lo era.

—¿¡Cómo!? ¿Qué queréis decir con eso?

—Majestad, según he podido leer en el diario de Pigafetta hace ahora un año, poco más o menos, que la *Victoria* partió de Tidor. Los castellanos que quedaron allí para reparar la *Trinidad* hace tiempo debieron hacerse a la mar. Si esa ruta es viable ya lo habrán comprobado.

El rey se quedó pensativo. Disponer de un hombre de la experiencia de Vasco da Gama era un verdadero lujo. Tendría que buscar la forma de convencerlo para que asumiese por segunda vez ser el virrey de las Indias.

—No estaría de más que nosotros comprobásemos si lo han conseguido y, si la *Trinidad* se encuentra en Tidor, deberíamos destruirla.

—Eso puede crear un conflicto con España.

—No tienen por qué enterarse. Si permanecen allí son los únicos castellanos que quedan en aquellas latitudes.

—Majestad…, esas cosas terminan sabiéndose. Siempre hay quien se va de la lengua.

—Procuraremos que en este caso no sea así.

Estaba avanzado diciembre cuando un día, poco después del amanecer, una nao y una carabela, que habían sido aparejadas con todo lo necesario para emprender un largo viaje, salían del puerto de Lisboa. En sus velas, hinchadas por una fuerte brisa, lucían la roja cruz de la Orden de Cristo que las identificaba como barcos del rey de Portugal.

Su capitán llevaba en un sobre lacrado instrucciones precisas: comprobar si había una nao castellana en Tidor o en algún puerto de la zona y destruirla, sin que quedaran testigos de ello. Debía mantenerse absoluto secreto de aquella misión.

Aquel mismo día, pocas horas después de que los barcos se perdieran en las aguas del Atlántico, llegaba al *Palacio da Ribeira* un correo procedente de Castilla. Traía dos mensajes para el rey. El primero era una carta del rey de España, en la que le daba las gracias por acceder a su petición de dejar en libertad a los trece presos que había en las islas Cabo Verde y le manifestaba sus mejores deseos. El segundo era del nuevo embajador que había en aquella Corte. Le daba cuenta de las gestiones que había realizado sobre las posibilidades de su matrimonio con la infanta doña Catalina: el ambiente era propicio. En la carta se adjuntaba un pliego encriptado.

—¡Que venga el truchimán de cifras! ¡Que traiga lo necesario para descifrar un texto! ¡Rápido!

—Enseguida, majestad.

Poco después aparecía un hombre de pequeña estatura, que vestía hábito monacal y con la tonsura marcada. Llevaba un pequeño cartapacio bajo el brazo; en sus manos un par de plumas y un cuerno con tinta.

—¿Su majestad ha mandado llamar?

—Necesito que descifréis este mensaje, sin perder un instante. —Le entregó el pliego y miró el cartapacio—. ¿Esas son las claves?

—Así es, majestad. Se guardan en el arca de tres llaves que hay en el *scriptorium* de la cancillería. Hemos tenido suerte porque el canciller y el guardián del sello estaban en palacio. Allí se guardan las diferentes cifras. ¿Podría su majestad indicarme de dónde viene este mensaje?

—Lo envía nuestro embajador en la Corte del Rey Católico.

—Con el permiso de vuestra majestad. —El truchimán miró la mesa.

—Vamos, vamos, haced lo que tengáis que hacer. Quiero conocer el contenido de ese mensaje.

Se caló unas antiparras, se acomodó y en un papel fue anotando comprobaciones. Poco a poco, aquel galimatías cobraba forma. Después de un buen rato en que el rey preguntó varias veces cuánto quedaba, pudo entregarle un pliego con el mensaje descifrado. El monarca lo leyó dos veces.

Majestad:

Tengo el honor de poner en vuestro conocimiento tres cosas que, por su importancia y lo delicado de alguna de ellas, he decidido enviar en cifra. Si cayeran en manos no deseadas podrían ser una fuente de problemas.

La primera, majestad, es que el ambiente en esta Corte es muy diferente al que se respiraba cuando don Carlos, el Rey Católico, marchó a La Coruña para embarcar con destino a Flandes con vistas a ser elegido emperador. La desconfianza y el rechazo que entonces se respiraba hacia su persona se ha trocado en respeto y confianza. Los castellanos, cuyo idioma habla ahora con cierta fluidez, le muestran gran consideración. Sin duda, ha influido que los flamencos que le acompañaban al llegar a este reino en el pasado año de 1517, y que acaparaban los cargos de mayor relieve, ya no están aquí. A doña Juana, que continúa encerrada en un palacio de Tordesillas, se le tiene una gran consideración y se le guarda mucho respeto, pero asumen que el Gobierno ha de estar en manos de don Carlos, si bien los documentos se emiten en nombre de ambos.

La segunda cuestión que pongo en conocimiento de su majestad es la relativa al matrimonio del emperador. Sobre ese asunto corre gran número de rumores en la Corte. Don Carlos cumplirá pronto veintitrés años y se considera que debe dar lo antes posible un heredero para la Corona. No se habla de candidatas, aunque puedo deciros que no son muchas, por razones diferentes. Con toda discreción he tanteado a algunas de las personas más influyentes y todas se han referido en términos muy elogiosos a mi señora doña Isabel, aunque es muy pronto para adelantar acontecimientos. En mi opinión, la prudencia debe presidir cualquier paso en este asunto y no entrar en él hasta no dejar resuelto el matrimonio de vuestra majestad.

La última de las cuestiones de las que quiero dar cuenta a su majestad es el optimismo que impera en esta Corte respecto a la Especiería. La arribada de la nao Victoria ha llenado a todos de satisfacción. Hasta la gente menuda se siente orgullosa de la hazaña protagonizada por Juan Sebastián Elcano. Pero el asunto de mayor gravedad es que, en opinión de ese marino, a quien el rey ha recibido con mucha consideración, la Especiería queda en el hemisferio hispano. Aquí nadie pone en duda que sea así. Aunque no puedo confirmarlo, el Rey Católico está dispuesto a que se apareje otra escuadra con vistas a dominar la ruta abierta y a establecerse en las islas como en un dominio propio. Me sería de gran utilidad recibir instrucciones concretas de cómo actuar en este último asunto.

A los pies de vuestra majestad,

Luis da Silveira

El rey quedó con la mirada clavada en el gran ventanal que se abría al estuario del Tajo. Aquellas noticias le dejaban un sabor agridulce. Satisfacción porque se abriera, aunque fuera una rendija, a la posibilidad del matrimonio de Isabel. Preocupación acerca de lo que pensaban los castellanos sobre la ubicación de las islas de la Especias. Las tensiones, que ya eran muy fuertes, aumentarían en los meses siguientes porque, por nada del mundo, estaba dispuesto a dejarse arrebatar el control de aquel comercio que era la principal fuente de ingresos del reino.

—Disponeos para cifrar la carta que voy a dictaros. Escribid las palabras de saludo habitual en estos casos. Después indicad al embajador que es mi deseo que, con mucho tacto, prosiga las indagaciones acerca de un posible matrimonio de don Carlos con la infanta doña Isabel y que, en la medida de lo posible, teja alianzas en ese terreno con quienes tienen influencia para cuando el Rey Católico haya de tomar una decisión al respecto. En cuanto al asunto de las islas de las Especias, indicadle que es mi real voluntad que se ponga bajo vigilancia a ese…, ese…, ¿cómo se llama el capitán que condujo la *Victoria* al puerto de Sevilla?

—Elcano, majestad, Juan Sebastián Elcano.

—Ponga bajo vigilancia a ese Elcano por si fuera necesario tomar medidas más resolutivas.

—¿Utilizo esa palabra, majestad?

—El embajador sabe perfectamente cuál es su exacto significado.

X

Valladolid, enero de 1523

Elcano encargó a Reinel otro mapa y sería igual que el suyo. No había podido conseguir una vitela de la misma calidad por lo que se elaboraría en pergamino. Quedaron en que el cartógrafo le avisaría pasadas las celebraciones de la Navidad.

Los días transcurrían deprisa. Terminado el tiempo de Adviento, en muchas iglesias se habían representado pequeñas piezas de teatro en las que los vecinos más dispuestos representaban los papeles. Eran los llamados «autos» que, dirigidos por los párrocos, rememoraban el nacimiento de Jesús. Solían representarse en el cancel de los templos, donde se alzaba un tabladillo para que pudiera verse mejor la representación. Se trataba de piezas sencillas y entrañables en las que cobraban vida las escenas que veían representadas en los capiteles de las columnas o a las que se referían los clérigos en sus sermones. Hacían las delicias de pequeños y mayores.

Se habían celebrado las conocidas como «misas del gallo», en la medianoche del día de Nochebuena, y los niños —en algunos casos también los mayores— habían buscado el aguinaldo cantando villancicos y otras cancioncillas alusivas a la festividad que se celebraba. En las casas se hacían rosquillas y dulces de manteca, y se elaboraban compotas con los cascos de frutas, manzanas y duraznos, secados a la entrada del otoño para disponer ahora de ellos. Quienes, por San Martín, habían tenido la posibilidad de matar uno o varios cerdos, disfrutaban de morcillas y de carne en abundancia en las comidas que las familias celebraban, y en las que era frecuente que se contasen curiosas historias.

La entrada del año había sido lluviosa. Desde vísperas de Nochevieja hasta después del primer día del año no había dejado de llover. Lo había hecho con una fuerza que sólo los más viejos recordaban. El Esgueva se había desbordado inundando muchas casas y, lo que era peor, el Pisuerga se había salido de madre y en los barrios cercanos a su cauce provocó serios problemas. Los desperfectos en el Puente Mayor habían sido tan graves que llevaba varios días sin que los carros pudieran circular por él. El cabildo municipal comenzó su reparación al día siguiente, pero el maestro mayor de obras había dicho al corregidor que se necesitarían al menos dos semanas para repararlo.

La fuerza del agua había derribado varias casas y los destrozos eran grandes en las viviendas de la parroquia de San Nicolás. El que empezaban a llamar camino Imperial —al haber hecho Carlos I por allí su entrada a la ciudad, pocos meses antes, tras convertirse en emperador— era un lodazal y los campos próximos, que abastecían a los pucelanos de verduras y hortalizas, tenían más aspecto de lagunas que de huertas. La riada llegó hasta la plaza de San Pablo y el rector del colegio de San Gregorio había obligado a los colegiales a emplearse a fondo, colocando tablas y algunos saquillos con tierra para evitar que el agua entrase en las aulas bajas y la biblioteca. Los efectos de la inundación eran visibles en los dos Espolones y los curtidores llevaban varios días quitando de sus tenerías la basura arrastrada por el río y limpiando el barro de las corambres.

La víspera de la Epifanía, a la caída de la tarde y cuando se cernían las primeras sombras sobre Valladolid, se celebró en San Pablo, organizado por los dominicos, el *Auto de los Reyes Magos*. El escenario de la representación —un tablado ante la puerta principal— estaba iluminado con antorchas, al igual que la plaza, en la que ardían grandes hachones de cera. La gente, que llenaba el lugar, dejaba escapar exclamaciones de admiración cuando aparecieron los Reyes Magos —el rey negro era un esclavo del emperador— lujosamente ataviados, para adorar al Niño Jesús ofreciéndole oro, incienso y mirra.

El día de la Epifanía ya estaba la puerta expedita porque, como todos los años, desde que se arrebató Granada a la morisma, se celebraba en aquella iglesia un solemne *Te Deum* en acción de gracias. Más allá de su solemnidad, el que el emperador hubiera anunciado su asistencia lo convertía en un acontecimiento. La presencia de Carlos I suponía que allí se daría cita la nobleza palaciega, cada vez más numerosa, los secretarios, los miembros de los Consejos y los caballeros de hábito de las órdenes militares. Muchos acudirían acompañados de sus esposas. Estarían también el nuncio apostólico y los embajadores de Portugal, Inglaterra y Francia. A ellos habría que añadir los abades y priores de las órdenes religiosas —incluido el guardián de San Francisco que, pese a la rivalidad que sostenían franciscanos y dominicos, permitía, en ocasión tan especial, que se llevase el *lignum crucis* que, procedente del trozo que se conservaba en el monasterio cántabro de Santo Toribio de Liébana, guardaban los franciscanos como su mayor tesoro—. También tendrían lugar reservado los miembros del tribunal del Santo Oficio y los del cabildo municipal, los oidores de la Real Chancillería, así como los maestros de la Universidad. Todo el que fuera algo en Valladolid intentaría tener un lugar en el templo. Las gentes del pueblo que pudieran entrar no serían muchas. Pese al enorme tamaño de la iglesia, sus naves se verían desbordadas. La presencia del rey atraía como un imán y todos querían verlo de cerca.

El prior de los dominicos, revestido de lujosos ornamentos litúrgicos, ofició la ceremonia, ayudado por media docena de monjes. Tras la comunión, dio a besar al rey el relicario donde estaba la astilla del *lignum crucis*.

Terminado el *Te Deum*, el monarca departió con los representantes del clero. Era una deferencia al poder religioso. Se mostró particularmente cordial con el nuncio. Cuando apareció en la puerta del templo iba acompañado por el canciller Mercurio Gattinara y el secretario Francisco de los Cobos. El canciller, un hombre ya maduro, frisaba los sesenta años, pero mantenía un porte distinguido gracias a su delgadez, su elevada estatura y su poblada y blanca cabellera. El secretario rondaba los cuarenta y cinco años y era hombre entrado en carnes. Había asistido al *Te Deum* junto a su jovencísima esposa, María de Mendoza, que contaba quince abriles y con la que había contraído matrimonio el año anterior.

La presencia del rey en la puerta del templo hizo que se oyeran vivas al monarca.

—¡Viva don Carlos! ¡Viva nuestro rey! ¡Viva el emperador!

La situación en Castilla, como había comprobado el embajador de Portugal, estaba cambiando deprisa. El joven monarca empezaba a dejar de ser el extranjero que había llegado de Flandes para hacerse cargo de un trono cuya titular era su madre y para muchos la verdadera reina. Había colaborado a mejorar la imagen del rey el que hubiera despedido a los últimos consejeros flamencos que quedaban en Castilla. También había sido importante que hubiera aprendido a hablar español, aunque conservaba el acento de las gentes del norte de Europa y el desmesurado tamaño de su mandíbula le dificultaba pronunciarlo de forma correcta. Pero ya no necesitaba tener al lado un truchimán que le fuera traduciendo.

Se acercaron a él los condes de Benavente y de Miranda y los duques de Alba y de Béjar y, tras las protocolarias reverencias, besaron su mano.

—¿Dónde está el secretario de Indias? —preguntó el rey.

Gattinara lo localizó con la vista y bastó un gesto del canciller para que uno de sus criados acudiera presto a avisarle.

—Ilustrísima, el canciller pregunta por vos.

Fonseca, que había regresado de Burgos en vísperas de la Navidad, vio cómo Gattinara le indicaba que se acercase. El prelado, antes de abandonar el corrillo, se dirigió a Elcano:

—Aguardad a que hable con el canciller. Quiero preguntaros algo.

El rey, al ver a Fonseca, despidió, con mucha afabilidad, a los nobles. Sólo cuando quedaron a su lado Gattinara y el secretario De los Cobos —la esposa de éste también se había retirado prudentemente—, el rey le preguntó:

—¿Cómo marcha el negocio que encomendé a su ilustrísima?

—Pendiente de que su majestad le dé el visto bueno.

—¿Están sus funciones delimitadas para que no surjan problemas?

—He seguido las instrucciones que me dio su majestad.

Carlos I se acarició la poblada barba con que disimulaba el volumen de su mentón.

—¿Habéis hablado con el conde de Villalba?

—Sí, majestad. Está de acuerdo en todo y también, por lo que he podido averiguar, satisfacen plenamente al arzobispo.

—En ese caso, quiero que se ponga todo en marcha, sin demora. Decidme, ¿qué tal el mapa del que me habló su ilustrísima antes de Navidad, donde queda de forma clara que las islas de las Especias están en nuestro hemisferio?

Fonseca dudó, antes de responder. Sobre la marcha tomó una decisión arriesgada.

—Puedo mostrarlo a su majestad cuando lo desee.

—En ese caso, os espero pasado mañana a las doce.

—Como vuestra majestad disponga.

Se alejó hacia el corrillo donde estaba Elcano. Su larga experiencia le decía que las palabras del emperador señalaban que algo importante se estaba cociendo. Tenía el olfato que le proporcionaban tantos años en la Corte.

Mientras el rey hablaba con Fonseca, un jinete, que llevaba el caballo de la brida y tenía aspecto de haber cabalgado muchas leguas, se acercó donde conversaban Gattinara y De los Cobos. Cuando estaba a una docena de pasos, la guardia no le permitió acercarse más.

—Traigo un mensaje para su excelencia el canciller Gattinara.

—Entregádmelo —le ordenó el jefe de la guardia—. Yo se lo daré.

El mensajero negó con la cabeza.

—Mis instrucciones son entregarlo personalmente.

El oficial comprobó que en su hombro derecho llevaba la escarapela de los correos reales.

—Aguardad un momento.

Se acercó al canciller y le susurró algo al oído.

Gattinara miró hacia donde le indicaba y asintió. El jefe de la guardia le hizo un gesto invitándolo a acercarse.

El mensajero inclinó la cabeza y, sacando una carta del canuto de cuero que los correos utilizaban para protegerlas, se la entregó.

—Excelencia, correo de Roma. ¡Ha de ser algo sumamente grave!

Gattinara torció el gesto.

—Supongo que tenéis una razón muy poderosa para decirlo.

—Señor, no se nos pide que reventemos los caballos, son animales muy valiosos. Eso fue lo que se me dijo al confiárseme en Madrid ese mensaje, anteayer por la tarde. Quien me lo daba me dijo que esas eran las instrucciones dadas a él cuando lo recibió en Motilla del Palancar.

De los Cobos, que no perdía destalle, echó cuentas. En sólo tres días habían salvado las ochenta leguas que distaba de Valladolid aquella villa cercana a la raya de Aragón. Habían galopado a matacaballo para ganar las horas.

Gattinara miró el membrete e indicó que atendieran a aquel hombre y le doblaran la suma que se entregaba a los correos. Examinó los lacres. Había expertos en abrir cartas sin que se notase que alguien las había leído. Salvo que hubieran hecho un trabajo extraordinario, nadie la había leído desde que el remitente la cerró.

Cuando De los Cobos vio al canciller romperlos, sin importarle el encontrarse a la vista del público, supo que el asunto era de una gravedad extrema. Trató de leer en su rostro, pero si él podía hacerse cargo de una situación, analizando una mirada, Gattinara era un consumado cortesano, capaz de mostrarse impasible en las situaciones más comprometidas. Con el paso de los años había conseguido que su rostro no mostrase el menor indicio de lo que pasaba por su cabeza.

—¿Tenía razón ese mensajero?

Gattinara lo miró con sus acerados ojos grises.

—Es muy grave, muy grave… Su majestad tendrá que tomar cartas en este asunto.

—¿Ha muerto el papa?

—No, mucho peor. A los papas les sucede algo parecido a lo que ocurre con los reyes. A rey muerto, rey puesto, la única diferencia es que para que tengamos un nuevo papa tiene que elegirlo un cónclave.

Esperaba que Gattinara dijera algo más, pero el canciller guardó la carta en un bolsillo de su amplio ropón y, al comprobar que Fonseca se alejaba, se acercó al rey.

—Majestad, disculpadme. Pero tenemos que hablar.

El rey llevaba tanto tiempo con Gattinara a su lado que sabía cuándo un asunto requería de su atención inmediata.

—¿Qué ha ocurrido?

—Algo muy grave, majestad. Acaba de llegar un correo de nuestro embajador en Roma. Nuestros peores temores se han confirmado.

XI

Fonseca hizo con Elcano un aparte.

—Tenéis que ver a Reinel inmediatamente. Hay que urgirle a que termine ese mapa.

—Me dijo que estaría pasada la Navidad.

—¡Pues ya ha concluido! ¡Acabamos de celebrar la Epifanía!

Fonseca echó cuentas. Si el rey lo había citado para pasado mañana después del ángelus…

—¡Os aguardo pasado mañana! ¡Id con el mapa! ¡Os va en ello más de lo que os podéis imaginar!

—Allí estaré. Pero, disculpe su ilustrísima, ¿por qué estas prisas?

—Este no es sitio para explicaciones. ¡No perdáis un minuto! ¡Id a ver al cartógrafo! ¡Tenéis que llevarme el mapa pasado mañana!

—No sé si…

—Pasado mañana… ¡Con el mapa! ¡A las diez!

Quien había sido capitán de la *Victoria*, la nao que con diecisiete tripulantes a bordo había llegado hacía cuatro meses después de haberle dado por primera vez la vuelta a la Tierra y a quien Carlos I había concedido un escudo de armas con una leyenda que decía *Primus circundedisti me* y una pensión de quinientos ducados anuales, que le aseguraban poder vivir el resto de su vida desahogadamente e incluso permitirse algunos caprichos a los que hasta aquel momento no había podido aspirar, notó cómo se le encogía el estómago. La forma en que Fonseca había dicho aquello… Se preguntó qué habría estado hablando con el rey.

Él era un marino y su mayor deseo era navegar. Una nao navegando a favor del viento era para él como el campo con el trigo crecido para el agricultor que lo había mimado hasta ponerlo en sazón. Estaba ilusionado con que su majestad le entregase el mando de una de las escuadras que navegaban por las aguas de un mar que los marinos portugueses y castellanos habían conseguido que dejara de ser considerado como el Tenebroso.

La víspera había prometido a María Vidaurreta que se verían después del *Te Deum*. Ella lo esperaba en casa. Después de haber conocido a su tía Brígida, la joven no tenía problema para que se acercase hasta la calle. Lo asaltó la duda. ¿Ir primero a casa de Reinel y urgirle la conclusión del mapa o verla a ella y luego visitar al cartógrafo? El recuerdo de María pudo más.

Llamó a la puerta, primero con suavidad por no llamar mucho la atención. María le había dicho que cada vez eran más los comentarios que corrían entre la vecindad acerca de su presencia en la calle de la Sierpe. Al no obtener respuesta, llamó con más fuerza. La nueva llamada hizo que la puerta cediese un poco. Comprobó que estaba abierta. Preguntó en voz baja y, después de tres intentos sin respuesta, entró en la casa y entonces apareció María. Llevaba un corpiño ajustado, con generoso escote. Estaba bellísima. La trenza de su pelo había desaparecido y lucía una negra y hermosa melena que caía sobre sus hombros casi desnudos.

—¿Te vas a quedar ahí?

Le sorprendía la situación. Entrar en la casa de una mujer a la que se rondaba suponía dar un paso muy importante en las relaciones.

—He de presentar mis respetos a tu tía.

María esbozó una sonrisa llena de picardía.

—Lo vas a tener difícil

—¿Y eso…?

—Está en Cigales. Se marchó ayer por la tarde. Allí viven unos parientes y se celebra mucho la festividad de los Reyes Magos. Hacen una representación en la iglesia, que está dedicada a Santiago.

—¿Quieres decir que estamos solos?

—Solos tú y yo, ¿no te alegras?

Como permanecía plantado, fue ella quien se acercó y pegó su cuerpo al de él. Elcano notó cómo crecía su excitación cuando María lo besó en los labios y le apretó con su cuerpo. Ahora fue él quien se deleitó besándola. Todo lo demás sucedió con mucha rapidez. Cuando subían la escalera hacia la alcoba, ella estaba desnuda de cintura para arriba y él se había desprendido de la capa, se había quitado el jubón y con el puño fuertemente apretado sostenía los calzones para que no resbalaran por las piernas.

María tenía un hermoso cuerpo: el talle estrecho, un pecho voluminoso sin excesos, los muslos carnosos y unas nalgas apretadas. Retozaron en la cama, se besaron con pasión casi hasta perder la respiración, se llenaron el uno del otro y, después de muchos arrumacos y caricias…, luego reposaron satisfechos y sudorosos, desnudos sobre la cama.

—¿Cómo te hiciste esa cicatriz? —le preguntó ella señalando una costura que le subía por el costado izquierdo hasta la tetilla.

—Fue en Italia, hace ya algunos años. Luchando contra los franceses. Menos mal que el cuchillo de aquel sujeto no profundizó mucho. ¡Si lo hubiera hecho me habría mandado al otro mundo!

María le acarició el pecho. Tenía la piel atezada y el cuerpo curtido; quizá… demasiado delgado.

—La vida en el mar ha de ser muy dura.

—¿Por qué lo dices?

—Porque no tienes un adarme de grasa.

—En la *Victoria* pasamos tanta hambre que no es para contarlo. Al llegar a Sanlúcar de Barrameda no pudimos comer como deseábamos porque el médico recomendó una dieta. Cuando desembarcamos en Sevilla éramos… muertos en vida. La gente nos miraba sobrecogida. Ni se atrevían a hablar.

—¡Menos mal que aquello ya pasó!

María se incorporó y se colocó a horcajadas sobre él, buscando que la penetrase de nuevo.

La tarde declinaba cuando bajaron a la cocina y ella le ofreció algo de comer. ¡Se les había olvidado almorzar!

—Tengo que marcharme. He de hacer una visita que no puede esperar.

—¿Volverás después?

Elcano se quedó mirándola.

—¿Quieres que pasemos la noche juntos? ¿No te importa lo que puedan decir…?

Ella lo besó en los labios.

—Dejaré la puerta entornada. Solo tendrás que empujarla.

Al salir a la calle comprobó que faltaba poco para que el sol se pusiera. Las horas habían pasado deprisa, demasiado deprisa. Quizá hubiera sido mejor haber ido antes a casa de Reinel. No podía imaginar lo que había sucedido. Todavía estaba sorprendido. María había sido suya sin darle palabra de matrimonio. Tenía un cuerpo que volvería loco a cualquier hombre.

Con el crepúsculo era poca la gente que se veía por la ciudad y caminaba deprisa. La llegada de la noche convertía la calle en un lugar peligroso que sólo transitaban gentes de mal vivir. Muchos de ellos se reunían en un par de mesones cercanos a la mancebía. Aquellas casas donde se cometían toda clase de pecados alumbraban sus puertas con unos candiles que habían dado nombre a la calle del Candil. Otro prostíbulo estaba en el Campo Grande, junto a la ribera del Pisuerga, cerca de las tenerías.

Caminaba hacia la plaza de Santa María y tuvo la impresión de que alguien le seguía, pero no pudo comprobarlo. Los tiempos que corrían eran turbulentos y en cualquier esquina podía tenerse un inesperado encuentro del que salir malparado. A llegar a la plaza, que estaba desierta, sintió unas pisadas a su espalda. Se volvió y vio unas sombras que se escabullían. Se aseguró de no haberse dejado atrás la *misericordia*, que siempre llevaba consigo para hacer frente a una eventualidad, y apretó el paso hasta la casa del cartógrafo. Cuando llegó era casi de noche. Al final de la calle podían verse unos fanales encendidos a la puerta de una casa. Algunas familias, principalmente nobles, solían mantener la iluminación en las puertas de sus casas hasta la medianoche. En la acera de enfrente una mujer prendía una candelilla ante la imagen albergada en una pequeña hornacina que se abría en la pared. Era como la que había en la casa donde se alojaba y que Águeda se encargaba de ponerle una mecha en el aceite que contenía un pequeño cuenco de arcilla.

Golpeó con fuerza el llamador. No era momento de andarse con melindres. Mientras aguardaba le pareció vislumbrar a unos embozados que se pegaron a una pared confundiéndose con la oscuridad.

Golpeaba de nuevo en la puerta, justo cuando desde el otro lado una voz malhumorada preguntaba:

—¿Quién va? ¡Qué clase de escándalo es ese y a estas horas!

—Soy Juan Sebastián Elcano, doña Constanza. ¡Abridme, por favor!

—¿Que tripa se os ha roto?

—¡Es una urgencia!

—¿Os persigue la justicia? —preguntó antes de abrir la puerta.

—¡Necesito hablar con vuestro esposo! Supongo que estará en casa.

—¡Los hombres decentes están a estas horas en sus casas! —le espetó mientras abría la puerta.

—¡Disculpadme! Pero, como os he dicho, se trata de una urgencia.

—¡Pasad de una vez! ¡No es bueno tener las puertas abiertas tan a deshoras!

Antes de entrar, miró hacia la plaza de Santa María, pero no vio nada. Estaba demasiado oscuro. Que lo estuvieran siguiendo le dio mala espina. Recordó que el obispo Fonseca le había advertido que se guardase. No había echado en saco roto aquel aviso, pero hasta aquel momento no se había percatado de que alguien estuviera al acecho.

Saludó a doña Constanza.

—Buenas noches nos dé Dios, señora. —Elcano se quitó su bonete—. ¿Podría hablar un momento con vuestro esposo? Sólo serán unos minutos. Sé que no es la mejor hora, pero…

—¡Siempre la misma cantinela! Todos andan con urgencias. ¡No sé adónde vamos a llegar con tantas prisas! Desde luego, tened por seguro que a ningún sitio bueno. Estamos tentando a Dios con tanto viaje a sitios desconocidos de los que se cuentan cosas muy extrañas.

¿Os parece normal que haya gentes que sólo tienen un ojo y además en medio de la frente?

—Vuesa merced no debería creer ciertas cosas. ¡La mayoría de ellas son patrañas a las que los marineros son muy aficionados! ¡Si yo le contara las cosas que he oído en las tabernas…! ¡Burdas mentiras!

—¿Burdas mentiras, dice vuesa merced? ¡Sabed que mi esposo, que es hombre muy leído, sabe dónde se pueden encontrar esos monstruos! No sólo esas gentes de un solo ojo en la frente, también por donde andan los que tienen un solo pie. Muy grande, pero uno solo. ¡He visto cómo los pone en sus mapas!

—Puedo aseguraros que he hecho largos viajes y lo más que he visto han sido gentes de estatura muy elevada. Sobre tres varas y las manos y los pies a proporción de esa altura.

—¡Cada día que pasa aumenta la incredulidad de las gentes! —Doña Constanza dejó escapar un profundo suspiro—. Yo no he viajado, pero me crie a la orilla del mar. Mi padre poseía un buen barco con el que se dedicaba a la pesca y a hacer viajes. Pero no crea vuesa merced que pescaba a la vera de la costa, no. Como conocía la mar, hacía viajes a las Azores. ¡Sí, señor, a las Azores! —lo dijo con orgullo—. ¡Fue varias veces! ¡También a Madeira! Mi padre, Dios lo tenga en su gloria, era de los que se alejaban mar adentro. A veces tardaba muchos días en volver a casa. ¡La de velas que mi madre ponía a san Antonio bendito! Cuando regresaba se refería a cosas que parecían increíbles. ¡Pero eran verdad! ¡Lo que contaba mi padre era verdad! ¿Sabe vuesa merced que, en una ocasión, nos dijo que habían visto una isla que se movía? ¡Navegaba como si fuera un barco!

Elcano decidió no seguir contradiciéndola. Era mejor tenerla como aliada que como rival. Sospechaba que su influencia sobre Reinel era grande y que en aquella casa muchas cosas se hacían según su criterio. Recordó que en algún puerto le habían contado también esa historia. ¡Una isla que aparecía y desaparecía! La llamaban la isla de San Borondón. Incluso había visto algunas cartas y mapas donde aparecía representada al oeste de las Canarias. Él nunca había creído en aquellas cosas, pero prefirió seguirle la corriente. Era muy quisquillosa y mejor no irritarla.

—Eso he oído decirlo, pero no he tenido la oportunidad de verla.

—Pues esa isla existe. ¡Mi padre, a quien Dios tenga en su gloria, la vio! —Su actitud había perdido aspereza y el tono de sus palabras se había suavizado.

—Sin duda, será verdad. Son muchos quienes la han visto.

Doña Constanza lo condujo a la misma sala donde había estado la vez anterior.

—Aguardad un momento. Avisaré a mi marido.

Reinel apareció poco después.

—¿Señor Elcano? ¿A qué debo esta inesperada visita? Creo..., creo recordar que habíamos quedado en que yo os llamaría, una vez pasada la Navidad.

—Así es, amigo mío. En realidad... —recordó lo que le había dicho Fonseca—, la Navidad ha terminado y ha surgido... un imprevisto.

Reinel arqueó las cejas.

—¿Un imprevisto, decís?

—El secretario de Indias me ha citado para pasado mañana y he de acudir con el mapa. Me lo ha exigido sin contemplaciones.

—Pero pasado mañana...

—Lo necesito para mañana. Tengo que llevarlo conmigo pasado mañana a primera hora.

—Es imposible..., imposible —repitió para dar mayor fuerza a su negativa.

—No debe quedaros mucho para terminarlo. Vuesa merced lleva trabajando en ese mapa muchas semanas. Tenéis que dejarlo terminado para mañana. —Más que una exigencia fue una súplica—. Si lo que os queda es rematar algún detalle para embellecerlo, olvidaos. Lo importante es que los meridianos que separan los hemisferios hispano y portugués estén debidamente marcados y bien perfiladas las líneas de costa.

Elcano se había preguntado varias veces qué querría decir Fonseca con aquello de «¡Os va en ello más de lo que os podéis imaginar!».

Reinel se rascó la nuca, refugio del poco pelo que quedaba en su cabeza.

—Está bien. No os aseguro que esté…

—¡Tenéis que asegurármelo…, por favor!

—Las obras hay que acabarlas como Dios manda. ¡No se pueden entregar de cualquier manera! Eso mancha una reputación ganada a lo largo de muchos años.

—Sé, por mi propia experiencia, que las cosas exigen sacrificio. Lo que he conseguido en esta vida ha sido a base de mucho tesón. Alcanzar los objetivos significa trabajar duro, no desmayar y tener confianza. Sobre todo, para quienes, como vuesa merced y yo, el reconocimiento tenemos que ganárnoslo a pulso. No tenemos el apoyo de familiares encumbrados en las alturas del poder ni el prestigio que supone llevar ciertos apellidos que abren muchas puertas que para otros están cerradas.

El cartógrafo lo miró fijamente a los ojos. Sabía de lo que el marino estaba hablando y sus palabras lo habían conmovido.

—Venid mañana antes de la puesta de sol.

—¿A recoger el mapa?

—Sólo puedo prometeros que haremos todo lo que esté en nuestras manos para tenerlo concluido. Aunque esta noche no nos acostemos.

Elcano estuvo a punto de abrazar al portugués.

—Gracias, Reinel, no lo olvidaré.

El cartógrafo le ofreció su mano, como si de aquella forma sellase el compromiso que había adquirido. Elcano la estrechó con fuerza. Aquel apretón de manos valía más que una escritura con muchas firmas de notario y los sellos correspondientes.

Cuando salió a la calle enfiló hacia la plaza de Santa María. Al llegar a la esquina no pudo evitar que dos sujetos, embozados y con los bonetes calados hasta las cejas, se le echasen encima.

XII

Al día siguiente en el gabinete real se encontraban el secretario De los Cobos y el canciller. Este último leyó la carta de Roma y después siguió un prolongado silencio. Lo único que se oía era el crepitar de los leños en la chimenea.

El rey y el secretario digerían su contenido y las consecuencias que se derivaban de lo ocurrido.

Fue el monarca, que se había levantado de la jamuga y acercado a la chimenea, quien rompió el silencio.

—¿Eso está confirmado por alguna otra vía? —preguntó a Gattinara.

—La única información de que disponemos es esta carta, majestad. El embajador lo afirma con rotundidad.

—Leédmela otra vez.

El canciller carraspeó para aclararse la voz, aunque sólo iban a oírla el rey y De los Cobos.

Al Excelentísimo Señor Don Mercurio de Gattinara.
Cancillería imperial:

Señor, ha causado hondo pesar en Roma la noticia que se tuvo ayer tarde acerca de que Rodas ha caído en poder de los otomanos. Los caballeros de la Orden de San Juan de Jerusalén acep-

taron la capitulación ofrecida por el sultán Solimán. Entregaron la ciudad, salvando así a la población de los terrores de un asalto.

La pérdida de este enclave preocupa de forma muy especial al Santo Padre por cuanto significa un progreso muy importante para el avance de los infieles por el Mediterráneo y la amenaza que eso supone para la cristiandad.

B.L.M. de V.E.
Juan Manuel de Villena y de la Vega

—En Roma temen el avance de los turcos por el Mediterráneo, pero también lo hacen por la cuenca del Danubio —comentó don Carlos en voz baja, colocado de espaldas a la chimenea—. ¡Un mapa, necesito un mapa del continente! —pidió, alzando la voz.

De los Cobos salió a toda prisa y regresó poco después acompañado de un ujier que llevaba un gran cartapacio.

Los mapas estaban bien custodiados. Sobre todo, los que se confeccionaban a partir de los nuevos descubrimientos que estaban realizándose al otro lado del Atlántico y en los confines de la Tierra, lo que había dado en llamarse islas de las Especias y la Especiería. Los cartógrafos trabajaban con la valiosa información que los navegantes les proporcionaban y los mapas se guardaban celosamente como uno de sus más importantes secretos.

En Portugal se custodiaban esos mapas en la *Casa da Índia* y en Castilla en Sevilla, en la Casa de la Contratación. En la Corte se disponía de mapas, que estaban siempre bajo llave, para su uso en asuntos muy diversos.

El que desplegaron sobre la mesa ofrecía la imagen del antiguo Imperio bizantino, ahora en gran parte en poder de los otomanos, la de los extensos dominios de los zares de Rusia y la de los reinos y dominios cristianos del centro y oeste de Europa: los principados del Sacro Imperio Romano Germánico, Francia, Flandes, Inglaterra y Escocia, Hungría, España y Portugal.

Carlos I preguntó:

—¿Dónde queda Rodas exactamente?

—Aquí, señor. —Gattinara señaló con su dedo un minúsculo punto, muy cercano a la costa de Anatolia.

El rey observó el mapa en silencio hasta que comentó en voz muy baja:

—Rodas era una espina que tenían clavada. Eso los obligaba, si querían avanzar por el Mediterráneo, a no descuidar su retaguardia. Era una seria amenaza a sus espaldas. Ahora podrán navegar hacia poniente con las espaldas cubiertas y también —don Carlos fue señalando con la punta de su dedo el curso del Danubio— podrán avanzar por aquí.

—¿Majestad, creéis que se arriesgarán tanto? —preguntó De los Cobos.

Carlos I asintió con leves movimientos de cabeza.

—Primero tratarán de apoderarse de Buda, luego de Viena.

—¿¡Viena, señor!?

—Canciller, Viena es la llave del Danubio, tratarán de hacerse con ella. Eso les permitiría dominar vastas regiones del centro de Europa. Pero en este momento me preocupa más la suerte que puedan correr Hungría, Bohemia, Croacia... ¡Mi hermana María es reina en esos territorios! —Dejó escapar un suspiro—. Fui yo quien ajustó ese matrimonio para contar con un aliado en aquella parte de mis dominios. Mi hermana corre un serio peligro. ¡Quiera Dios que me equivoque!

—Majestad, el poder de los otomanos es grande. El sultán es poderoso, pero si la cristiandad le hace frente...

Carlos I, que estaba inclinado sobre el mapa, escrutándolo con minuciosidad, se irguió y miró al secretario a los ojos.

—No os hagáis ilusiones. La cristiandad ha perdido la cohesión que tenía para hacer frente a los infieles. Esa será una de las tareas que he de asumir, en mi condición de emperador. Se están abriendo fisuras que se agrandan cada día que pasa. Las prédicas de ese... Martín... Martín... —No recordaba en aquel momento su apellido.

—Lutero, majestad. Martín Lutero.

—Ese Martín Lutero está cada vez más alejado de Roma. Cuando hizo públicos sus planteamientos, no estaba falto de alguna razón. Roma, lamentablemente, se parece en algunas cosas a la antigua Babilonia.

—Majestad, las afirmaciones que sostenía en los papeles que colocó en las puertas de la universidad de Wittemberg contienen planteamientos heréticos —señaló el canciller.

—No me estoy refiriendo a cuestiones de dogma. Eso es asunto de teólogos. Me refiero a ciertas prácticas consentidas por Roma que se alejan mucho del comportamiento que debe exigirse a quienes son depositarios de las enseñanzas de Cristo.

—Pero el problema, majestad, está en los asuntos de fe. La cuestión de la predestinación, tal y como la plantea ese agustino, es peligrosa. Ha utilizado, según su conveniencia, ciertas afirmaciones de san Pablo.

—Dejémonos de teologías. ¿Se sabe cuál es el destino de los caballeros de la Orden de San Juan?

—Nada, Majestad. Sólo que capitularon y desconocemos los términos de la capitulación. Lo lógico es que, cuando abandonen Rodas, se dirijan a algún lugar controlado por Venecia...

—No lo creo —respondió el emperador—. Los venecianos tienen demasiado apego a sus negocios. Para ellos esos caballeros serán una pesada carga. Su maestre tendrá que buscar otra solución.

—Temo, majestad, que entonces no tienen muchos lugares adonde ir, a no ser que su santidad los acoja en sus dominios.

—Hay otra solución, majestad —apuntó De los Cobos.

El rey y el canciller lo interrogaron con la mirada.

—Hablad.

El secretario se inclinó sobre el mapa y señaló una pequeña isla que había al sur de Sicilia. Apenas se veía en el mapa.

—Malta, majestad.

—¿La isla de Malta puede ser la solución? ¡Explicaos!

—Majestad, esa isla es como una enorme galera anclada en el corazón del Mediterráneo. Bien defendida, supondría un grave obstáculo para que los turcos avancen por el Mediterráneo. Por otro lado, la presencia de varios centenares de hospitalarios guarneciéndola, más la flota que la Orden posee, supondría una fuerza importante para la lucha contra los berberiscos del norte de África. Si su majestad los acoge en Malta, no sólo se daría una solución al problema de esos caballeros, sería una ayuda considerable para la defensa de nuestras aguas en el Mediterráneo.

—¿Qué opináis, canciller?

Gattinara lamentaba no haber sido quien aportase aquella solución. El secretario había dado en el blanco y se apuntaba un gran tanto en la rivalidad que sostenían por ganarse la confianza del emperador. Se vio en la necesidad de hacer alguna aportación a la propuesta del secretario.

—El valor estratégico de esa isla, como bien ha dicho don Francisco, es extraordinario. Los hospitalarios han demostrado ser una excelente fuerza de combate. Tienen recursos más que suficientes para mejorar las defensas y fortificaciones de la isla. Su majestad no tendría que asumir el costo que esas obras supondrían. Mi opinión coincide con la suya. Esa oferta, además, encaja con vuestra condición de emperador cristiano. Sin embargo, su majestad no debería ceder la posesión de la isla.

Carlos I frunció el ceño.

—¿Qué proponéis?

—Que vuestra majestad sólo haga cesión de su uso y mantenga la propiedad. Así sus dominios no sufrirán mengua.

El monarca meditó un momento la propuesta del canciller.

—Así se hará.

—Habrá que hablar con el maestre de la Orden para concretar detalles —añadió De los Cobos—. Entre otros determinar la renta.

—Ha de ser una cosa simbólica —terció Gattinara satisfecho de su aportación—. Algo que realce la magnanimidad de vuestro gesto, majestad.

El rey, que se había acercado otra vez a la chimenea y extendido sus manos al calor de las llamas, preguntó:

—¿Qué puede ser?

El canciller ya tenía la respuesta preparada.

—¡Un halcón, majestad, un halcón!

—¿Un halcón? —Carlos I se había vuelto y mostraba sorpresa—. ¿Por qué un halcón?

—Es un símbolo del poder, majestad. Un halcón es un tributo

que distingue a quien lo recibe y no resulta oneroso para quien lo paga. Ese halcón hará que los hospitalarios os reconozcan como dueño y señor de la isla.

—No es mala idea. Que se den los pasos necesarios para hacer realidad esa propuesta. Habrá que conseguir el beneplácito de Roma, a la que los hospitalarios deben obediencia y, después, si el papa no pone obstáculos, habrá que ajustar muchas otras cosas.

—Estás cosas requieren su tiempo, señor. Pero lo que no se inicia no se concluye —señaló el canciller.

—¡Que recojan esos mapas! —Al dar aquella última orden, el rey pareció recordar algo—. He citado al secretario de Indias para mañana a medio día —Miró a De los Cobos—. Quiero que estéis presente. Ahora, retiraos.

—Disculpadme, majestad —dijo el canciller—, hay otros asuntos de mucha gravedad. La guerra con Francia nos obliga a tomar decisiones que no deberían demorarse.

—Habladme de ello. —El rey se sentó en la jamuga dispuesto a escuchar.

—Es primordial recuperar la plaza de Fuenterrabía. Mientras que esté en manos de los franceses, la amenaza sobre Navarra es muy seria. Los franceses apoyan las aspiraciones de quien se considera titular de esa corona...

—No recuerdo su nombre. ¿Cómo se llama?

—Enrique, señor. Enrique de Navarra. Por otro lado, hay que afianzar nuestra alianza con los ingleses.

—¿Qué queréis decir con... «afianzar»?

—Señor, los ingleses, desde su base de Calais, están creando graves problemas a Francisco I en la zona de Normandía y de Bretaña. Eso es algo esencial para la lucha que mantenemos en el Milanesado. Nos plantean un acuerdo matrimonial que afiance las buenas relaciones existentes. Seré explícito, majestad, quieren ajustar el matrimonio de la princesa María con vos.

El rey se acarició la barba con aire meditabundo. Sabía que los matrimonios reales servían para aquello. Anudar alianzas y tejer relaciones. Él había utilizado el procedimiento con alguna de sus hermanas.

—¿Qué edad tiene la princesa?

—Pronto cumplirá siete años.

Carlos I resopló con fuerza.

—¡Cuán largo me lo fiais! Ese matrimonio no podría consumarse hasta pasados… al menos otros siete años. Es mucho tiempo.

—Es una razón de Estado, majestad.

—¿Tan importante sería ese matrimonio para mantener la alianza con Inglaterra? —intervino De los Cobos.

—En mi opinión, es conveniente.

—El matrimonio de su majestad también nos sería muy útil para cerrar un acuerdo ventajoso con Portugal.

El rey miró fijamente a De los Cobos.

—¿En qué ventajas estáis pensando?

—A cuenta del control y dominio de las islas de las Especias. Las tensiones son muy fuertes con Portugal. Un matrimonio portugués de vuestra majestad ayudaría a rebajarlas —explicó el secretario.

—Me parece más interesante la alianza con Inglaterra —mantuvo Gattinara.

—La alianza con Inglaterra ya la tenemos —respondió el rey, que no parecía muy conforme con la propuesta de matrimonio que le hacía el canciller. María Tudor era una niña y la espera sería demasiado larga.

—El matrimonio de la infanta doña Catalina con el monarca portugués estrechará los lazos con los lusitanos —insistió Gattinara—. El de vuestra majestad con doña María Tudor nos permitirá estrechar aún más los lazos con el monarca inglés.

—Pero si su majestad se casa con la infanta Isabel de Portugal, que está en edad casadera —al decir esto el secretario miró maliciosamente al canciller—, esos lazos serían mucho más estrechos.

—¿Qué edad tiene doña Isabel?

—El próximo otoño cumplirá veinte años, majestad.

Otra vez, el rey se acarició la barba.

—Dejemos por ahora el asunto de mi casamiento. Pondremos toda la carne en el asador para apoderarnos de Fuenterrabía. Si es preciso, me pondré al frente de las tropas.

—¡Majestad, eso sería correr demasiado riesgo! —De los Cobos, a diferencia del canciller, no compartía que el rey se pusiera al frente de un ejército.

—El mismo que correrían mis hombres. ¿No me habéis dicho que, mientras no recuperemos Fuenterrabía, se cierne un peligro sobre Navarra? ¿Hay algún otro asunto del que queráis hablarme?

—Majestad, en Venecia habrá cambios importantes —señaló Gattinara—. El dogo Grimani está muy enfermo. Es el principal aliado de los franceses en el norte de Italia. Si fallece, podemos intentar romper la alianza de la Serenísima República con Francisco I. Si lo consiguiéramos, la posición de los franceses en el Milanesado sufriría un duro golpe.

—¿Cómo podemos desanudar su alianza con el francés?

—En Venecia, majestad, el oro, que siempre es importante, lo es todo.

—¿Qué queréis decir?

—Que apoyemos la candidatura de Andrea Gritti en la próxima elección de dogo. Ha manifestado que Venecia no debe estar involucrada en las luchas por el Milanesado. Tiene sus ojos puestos en el Mediterráneo. Mataríamos dos pájaros de un tiro: romper la alianza de Venecia con Francisco I y tener a una potencia naval disputando a los turcos el Mediterráneo. Las arcas de vuestra majestad no están boyantes, pero los Függer os concederían el empréstito necesario para ese asunto.

—Adelante, pues. Ahora, retiraos, y vos —miró a De los Cobos—, venid mañana a las diez.

XIII

Elcano sólo tuvo tiempo de pegar la espalda a la pared y así tener a aquellos dos individuos a la vista. Pese a que ello le proporcionaba alguna ventaja, en caso de un enfrentamiento tenía todas las de perder. Lo habían sorprendido y no podía sacar la *misericordia* con facilidad.

Aquellos sujetos habían aguardado, amparados en la oscuridad, a que saliera de casa del cartógrafo para atacarlo. Tenían los bonetes calados hasta las cejas y se embozaban con sus capas. Era imposible identificarlos. Le llamó la atención que, con cierto respeto, poco común en aquellas circunstancias, le preguntaran:

—¿Sois Juan Elcano?

—Juan Sebastián —puntualizó.

—¿Juan Sebastián Elcano?

—Ese es mi nombre. ¿Qué buscan vuesas mercedes?

—Sólo hablar con vos. La hazaña que habéis protagonizado ha sido... —el sujeto no hallaba la palabra adecuada— extraordinaria. Sois el primero que ha circunnavegado la Tierra.

Comprobó que hablaba un español que sonaba a portugués. Conocía bien el acento de los lusitanos, con los que había convivido los tres años de la expedición de Magallanes. Recordó la advertencia del obispo Fonseca. «Estamos en tiempos difíciles y la vida de un hombre sólo vale un puñado de ducados».

—¿Cuál es la razón por la que deseáis hablar conmigo?

—¡La razón es que vuestro rey no se ha mostrado generoso con vos! Vuestra hazaña merecía mayor recompensa.

Elcano no entendía aquello.

—¿Qué queréis?

—Que conozcáis lo que os ofrece su majestad, el rey de Portugal.

Elcano contuvo un momento la respiración.

—¿A qué demonios os referís?

—A que puedo aseguraros que nuestro rey será bastante más generoso con vos de lo que ha sido vuestro soberano.

El marino trató de mantenerse tranquilo, pese a que la situación era sumamente complicada.

—Supongo…, supongo que esa generosidad de vuestro soberano tiene un precio.

—No se dan las cosas así porque sí.

—¿Qué querría vuestro rey a cambio?

—Que entréis a su servicio. Muchos de vuestros compatriotas lo hacen. Como también muchos de los nuestros están al servicio de vuestro rey. Una muestra de ello la tenéis en quien vive en esa casa de la que acabáis de salir. Los Reinel son portugueses y trabajan para vuestro rey. Pero… no soy yo quien puede concretaros los detalles. Pensad en lo que os acabo de decir. Volveremos a vernos.

Elcano, que no acababa de salir de su asombro, se limitó a preguntar:

—¿Cuándo? ¿Dónde?

—Cuando menos lo esperéis y donde no os lo podáis imaginar.

Se alejaron rápidamente, perdiéndose en la oscuridad. La plaza de Santa María seguía igual de solitaria. Elcano se palpó el cuello y resopló con fuerza. La vida deparaba momentos inesperados. Aquella jornada lo había hecho por partida doble. Se caló el sombrero, recolocó sobre sus hombros la capa y echó a andar hacia la calle de la Sierpe, pensando que la lucha por el control de la Especiería no daba tregua y que en aquella partida los contendientes no sólo jugaban con las cartas de que disponían, sino que estaban dispuestos a hacerse con cualquier otra que tuviera el adversario. Estaban tentándole.

Aunque no le habían concretado ofrecimiento alguno, estaban abriendo una puerta que resultaba atractiva y peligrosa. Era cierto lo que habían dicho acerca de que eran muchos los castellanos que entraban el servicio de Portugal y también el de lusitanos que servían al rey de España. Magallanes era un ejemplo palpable. Recordó que en Lisboa no habían sido generosos con él y que eso había sido, precisamente, lo que le había llevado a ponerse al servicio de Carlos I. Pensando en todo ello llegó a la puerta de la casa de María.

Como ella le había dicho, estaba entornada. Entró con cuidado y apenas hizo ruido al echar la tranca que aseguraba la puerta. El portal estaba sumido en la oscuridad. Sólo se veía un pequeño resplandor al fondo. Avanzó a tientas, temiendo tropezar con algo, por un lugar que apenas conocía. Al llegar al pie de la escalera comprobó que el resplandor venía de la planta de arriba. Dudó si llamar a María, pero si ella había dispuesto las cosas de aquella manera era porque deseaba darle alguna sorpresa. Pisaba los escalones con cuidado, pero los mamperlanes crujían. Fue entonces cuando escuchó un gemido. Aquello lo puso alerta. Se desprendió de la capa que podía resultar un estorbo y desenfundó la *misericordia*. Llegó a la antesala y comprobó que los gemidos y la luz provenían de la alcoba donde horas antes habían dado rienda suelta a su pasión. Se acercó, asomó la cabeza y lo que vio lo dejó paralizado. Las sorpresas no habían concluido.

María estaba echada en la cama, amordazada, con las manos atadas a la espalda y la ropa hecha girones. Era ella la que gemía al tiempo que su cuerpo se estremecía. La luz provenía de la vela de una palmatoria que había sobre una mesilla junto a la cabecera del lecho. Elcano paseó la mirada por la alcoba por si quien había hecho aquello estaba allí.

Sin bajar la guardia se acercó a María quien, al verlo, había dejado de gemir. Tenía los ojos enrojecidos por el llanto. Tras cortar las ligaduras deshizo el nudo del pañuelo que la amordazaba. Ella lo abrazó y rompió a llorar, apoyando la cabeza en su hombro. Elcano acariciaba su espalda, tratando de serenarla. Guardó silencio hasta que cesaron los gemidos y se apaciguó el estremecimiento que sacudía su cuerpo.

—¿Qué ha ocurrido? ¿Quién te ha hecho esto?

—Estaba…, estaba en la cocina —le temblaba la voz—, cuando oí cómo la puerta, que había quedado entornada, hizo un pequeño ruido. Creí que eras tú. Salí a tu encuentro y me encontré con un hombre corpulento y otro muy pequeño, un enano. No tuve tiempo ni de gritar. El gigantón me agarró por el cuello y me puso en la nariz un pañuelo que debía contener algún narcótico. Cuando me desperté, el enano… estaba…, estaba… —María rompió de nuevo a llorar.

Tras sosegarse le contó que aquel puerco babeaba sobre su pecho y le sobaba las tetas, mientras el otro se divertía mirando la escena.

—¿Conoces a esos sujetos?

—Cubrían su rostro con unos antifaces.

—¿Podrías identificarlos, si los vieras? No creo que haya muchos enanos en Valladolid.

—No lo sé. Apenas pude verlos cuando entraron en la casa, antes de perder el conocimiento. No lo sé… —Otra vez rompió a llorar.

—¿Qué más recuerdas?

—El gigantón parecía divertirse viendo lo que hacia ese…, ese enano. El muy cerdo se reía y lo animaba al tiempo que había sacado…, sacado… Bueno lo agitaba entre sus manos, regocijándose con lo que veía hacer al enano que, cada vez más excitado, me estrujaba los pechos, como si quisiera ordeñarme, y me chupaba los pezones.

—¿Quién estaba al tanto de que tu tía se había marchado y estabas sola?

María dejó escapar un suspiro y se encogió de hombros.

—En la vecindad se sabía que se marchaba a Cigales. En la calle se chismea todo. ¡Vete a saber a oídos de quién ha podido llegar!

María se quitó los jirones a que había quedado reducido su corpiño. Después de lavarse, se puso una camisa limpia y bajaron a la cocina. En la casa parecía que no faltaba nada. Pero hasta que no amaneciera y pudiera ver con claridad, no sabría si aquellos canallas se habían apoderado de alguna cosa. Apenas tomaron un poco de caldo de puchero. La que iba a ser una noche de amor tórrido quedó en unos abrazos y compartir el lecho.

María se levantó temprano para encender la lumbre y comprar la leche al cabrero que todas las mañanas pasaba por la calle y allí ordeñaba sus cabras. Cuando Elcano apareció por la cocina había horneado unos bollos de manteca y preparado un plato de chicharrones. Se sentó a la mesa y, desganado, dio un sorbo al tazón de leche.

—¿No recuerdas algún detalle que permita poder identificar a esos sujetos? —María negó con la cabeza—. ¿Echas algo en falta?

—Nada —respondió mientras atizaba el fuego del anafe.

A Elcano le pareció que no deseaba hablar de aquello. Pensó que referirse a lo ocurrido le haría revivirlo con toda su crudeza.

—Los bollos están tiernísimos y los chicharrones para chuparse los dedos.

—Supongo que todo sabe mucho mejor cuando se han pasado las grandes hambres que me has comentado.

—Fueron terribles. —Elcano buscó distraerla contándole lo mal que lo pasaron—. Hubo momentos en que desfallecíamos y creíamos que había llegado nuestro fin. Los peores momentos los vivimos cuando, faltando poco para llegar a unas islas llamadas Cabo Verde, sufrimos una calma que nos tuvo varios días al pairo. Apenas nos quedaban cinco libras de arroz, un tonel de agua corrompida y medio pellejo de vino.

—¿Cuántos erais?

—Algo más de treinta hombres.

—¡Jesús!

—Menos mal que se levantó una brisa que en poco rato se convirtió en un ventarrón que hinchó las velas y pudimos llegar a puerto.

—¿Esas islas son de su majestad?

—No, son del rey de Portugal.

—¿No os apresaron? Me has contado que los portugueses os buscaban para deteneros.

—Les dijimos que veníamos de poniente, de los dominios de nuestro rey en las Indias. Nos vendieron comida. Pero cuando se enteraron de que veníamos de la Especiería, detuvieron a trece de los nuestros. Apenas nos dio tiempo a largar velas y salir a todo trapo.

—Me gusta oírte contar esas historias. —María había sonreído.

—También pensamos que había llegado nuestro final poco antes de arribar a Sanlúcar de Barrameda. La comida que habíamos comprado a los portugueses se había agotado y la *Victoria*, que se había quedado sin aparejo, hacía agua por todas partes. Fue un milagro que llegásemos.

—Después de esos sufrimientos, ¿te quedan ganas de volver a la mar?

Elcano rebañó los últimos chicharrones con un trozo de pan y apuró la leche de su tazón.

—Para un marino la mar es la vida. No puedo concebirla sin ella. Lo que se siente al navegar, cuando el viento sopla favorable, hincha las velas y el barco surca las aguas cortándolas con la proa y dejando una estela de espuma es algo que no se puede explicar con palabras.

María sintió una punzada de celos.

—¿Estás enamorado del mar?

Elcano la miró a los ojos y ella los bajó, pudorosa.

—Te quiero… Pero el mar es mi vida. Ahora tengo que marcharme. He de resolver algunos asuntos. —Se puso en pie.

—¿Volverás luego? Mi tía no regresa de Cigales hasta dentro de dos días.

—Vendré, pero no será antes de la hora de cenar.

—Contaré las horas.

—Cierra bien la puerta y no la dejes entornada. Llamaré, aunque se entere media vecindad.

Le dio un largo beso en los labios y, tras echarse la capa sobre los hombros y asegurarse de que la *misericordia* estaba en su sitio, se caló el sombrero. Ella lo acompañó hasta la puerta, pero no se asomó a la calle donde ya bullía la vida. Gente que iba de un lado para otro. Vendedores que pregonaban a voz en grito sus mercancías. Unos arrieros vigilaban que la recua no se desmandase y en la esquina que daba a la plaza de Santa María unos hombres descargaban de un carro unos toneles de vino siguiendo las instrucciones del tabernero.

En la plaza había aún más bullicio. Eran muchos los colegiales que por allí pululaban. Se distinguían por sus negras vestiduras y las becas que, en forma de uve, cruzaban su pecho, señalando qué clase de estudios realizaban. Aquella de las becas era una nueva moda que había llegado en los últimos años, como tantas otras cosas, procedente de Italia. Había numerosos corrillos y por todas partes podían oírse gritos y risas. Se encaminó hacia la calle Cantarranas. Águeda estaría preguntándose por lo que habría ocurrido para que no apareciera por la casa porque desde que se alojó allí, hacía más de tres meses, no había dejado de dormir en la buhardilla una sola noche. Luego iría a ver a Bustamante y a Albo.

Cuando llegó a la casa, su casera, que estaba atareada limpiando con ceniza unas escudillas en un lebrillo con agua, dejó escapar un suspiro.

—¡Dichosos los ojos…! Vuesa merced me tenía preocupada. Valladolid se ha convertido en un lugar peligroso. La Corte atrae a toda clase de pícaros, delincuentes y rufianes…

—No os preocupéis, Águeda. Sé guardarme…, sé guardarme.

—¡No se fíe vuesa merced! ¡La noche…! ¿Habéis desayunado ya?

—Gracias, pero estoy comido, bebido y bien servido.

La viuda, que no había interrumpido su tarea, alzó la vista.

—Con que vuesa merced también está servido, después de pasar toda la noche fuera, ¿eh?

—Las circunstancias de la vida, Águeda, las circunstancias de la vida. Por cierto, ¿conocéis a algún enano?

—¿¡Un enano!? —Sorprendida, se incorporó, y llevándose las manos a los riñones le devolvió la pregunta: —¿Por qué iba yo a conocer a un enano?

Elcano se dio cuenta de que no había formulado la pregunta de forma adecuada. Águeda se enjuagó las manos, tomó el lebrillo y salió a la puerta.

—¡Agua va! —gritó lanzado su contenido a la calle.

Cuando cerró la puerta, él le dijo:

—Quiero decir… si hay en Valladolid algún enano.

—No conozco a ninguno, pero sé que hay varios.

—¿Dónde?

No salía de su sorpresa con tan repentino interés por los enanos.

—¿A vuesa merced le ha ocurrido algo con uno de ellos?

—Me vendría bien saber por dónde andan los que hay en Valladolid.

—Dicen que en la Corte hay alguno. Al parecer, son ingeniosos y muy deslenguados. Con sus cuchufletas y chascarrillos sirven de distracción al emperador. También he oído decir, pero vaya vuesa merced a saber si es verdad, que algunos son muy rijosos y que hay damas de mucha alcurnia que se valen de ellos para satisfacer ciertos vicios inconfesables.

—¿Qué sabéis de esos… con fama de rijosos?

—No tengo vicios inconfesables —respondió con picardía—. Sé que hará cosa de un par de años un noble de mucha prosapia tuvo conocimiento de que su esposa se solazaba con uno que tenía acogido en su casa. Dispuso una partida de naipes y se apostó los testículos del enano. Lo obligó a presenciar la partida a la que asistía un barbero con su instrumental. Para mayor tormento, la partida se prolongó largo rato. Según contaban, el noble se dejó ganar y, cuando al enano le bajaron las calzas para caparlo, se cagó y se meó. Todo fue una farsa para darle un escarmiento.

—¿También escarmentó a la esposa?

—No lo sé. Corrieron rumores de que la habían metido en un convento donde estuvo a pan y agua algunos meses.

Elcano no consiguió la información que deseaba. Subió a la buhardilla y escribió una larga carta a su madre anunciándole que pronto iría a Guetaria.

XIV

Después de ajustar el precio con un correo que tenía que ir a San Sebastián, lo que supuso un importante ahorro para que la carta que había escrito a su madre llegara a su destino, se acercó a la posada donde se alojaban Bustamante y Albo.

Cuando preguntó por ellos al posadero, supo que el piloto se había despedido y que al cirujano barbero podía encontrarlo en la taberna de Antolínez, a la que iba casi a diario.

—¿Dónde queda?

—Cerca de la entrada del Puente Grande. Está justo a la espalda de la parroquia de San Nicolás. No tiene pérdida.

La taberna de Antolínez era un tugurio donde se daban cita pescadores de caña de las riberas del Pisuerga y hortelanos del pago de Gondomar. Al entrar lo recibió un olor a manteca rancia y a vino picado. Elcano no era remilgado, estaba hecho a la dureza de la vida en el mar, pero el lugar le rebotó el estómago. No se explicaba cómo Bustamante se había aficionado a un sitio como aquel. Lo vio en una mesa junto a un ventanuco por el que entraba la escasa luz que recibía el local. Estaba solo, con una jarrilla de vino y una escudilla llena de huesos.

—¡A la paz de Dios!

El cirujano barbero se sobresaltó.

—¡Voto a…! —Se quedó mirando a Elcano como si fuera una aparición—. ¿Qué se le ha perdido a vuesa merced por aquí?

—He venido a veros. El posadero me ha dicho que os encontraría aquí.

—¡Tomad asiento! ¿Una jarrilla?

—Solo una.

Bustamante alzó la mano y una moza, que vestía de forma harto desvergonzada —la camisa, que tapaba un chaleco ajustado, no era suficiente para cubrir buena parte de sus generosos senos—, se acercó zalamera y, cuando la moza se alejó, Bustamante le preguntó:

—¿Qué os ha traído por aquí?

—Antes, respondedme. ¿Qué hacéis en un lugar... —Elcano paseó la vista por el mugriento mesón— como este? Vuesa merced es persona de mucha más calidad.

—He de ganarme la vida. A mí no me han concedido ninguna pensión...

Iba a añadir algo, pero Elcano lo interrumpió:

—¿Ganaros la vida...? —Volvió a pasear la mirada por aquel sitio a cuyos olores acompañaba la suciedad.

—Todavía es pronto. Pero... poco después del toque de ángelus empiezan a llegar parroquianos. Se trata de gentes de los alrededores, principalmente hortelanos y algunos oficiales de los talleres que hay por toda la ribera. Vienen a beber y no son pocos los que necesitan un afeitado, un corte de pelo e incluso hay que sajarles alguna postema, sacarles una muela o coserles alguna herida. He confeccionado algunas pomadas, emplastos, unturas, elixires... Incluso me visitan algunas mozas que me piden ciertos filtros.

Elcano vio que tenía allí la bolsa de cuero con su instrumental. La misma que llevaba cuando atendía a algún tripulante de la *Victoria*. También había una caja de madera.

—¿Habéis dicho filtros?

En aquel momento llegó la moza con el vino que había acompañado de una escudilla con aceitunas.

—Para vuesa merced —dijo al dejarlas sobre la mesa, mirando a Elcano con mucho descaro—, el vino, las aceitunas y... lo que guste.

Se alejó dando a sus caderas un movimiento voluptuoso.

—No es oro todo lo que reluce en esta ciudad, amigo mío —señaló Bustamante—. La presencia de la Corte no son sólo consejos, secretarías, cortesanos y leguleyos, amén de que toma cuerpo la mala vida: jugadores de ventaja, putas, coimeros, *capadores* y toda clase de delincuentes, hay mucha viuda, muchos oficiales y aprendices, mucho jornalero y mucho menestral.

—Yo no veo más que parroquias, ermitas y conventos —respondió Elcano después de chasquear la lengua porque el vino estaba picado.

—Porque vuesa merced está pendiente de otras cosas. Mucho secretario de Indias, mucho cartógrafo... Pero aquí la vida de muchos discurre por otros vericuetos.

Elcano no tenía ganas de entrar en aquel asunto, que no le importaba, y decidió ir directo al grano.

—He venido porque necesito que me ayudéis y me parece que he dado en el clavo viniendo a veros.

—¿Qué clase de ayuda?

—Quiero localizar a un enano.

Bustamante alzó sus pobladas cejas y arrugó la frente. Luego se rascó la barba donde las primeras canas empezaban a verse sobre la negrura.

—¿Habéis dicho un enano?

—Eso he dicho. Un enano.

El cirujano barbero dio un largo trago a su vino. Apuró la jarrilla y la alzó poniéndola boca abajo para que la moza viera que estaba vacía.

—¡Explicádmelo, pardiez! Porque no lo entiendo. ¿Para qué demonios quiere vuesa merced localizar a un enano?

Elcano esperó a que la moza llevase el vino.

—Escuchadme con atención...

Le explicó lo que había sucedido a María. Se lo contó con todo detalle porque Bustamante era hombre de quien se fiaba. Habían visto juntos la muerte muy de cerca, habían pasado hambres y habían salido de muchos apuros, uno al lado del otro. El cirujano barbero lo escuchó con atención. Cuando Elcano hubo concluido, le preguntó:

—¿No tenéis ninguna señal que permita identificarlo?

—Ninguna, sólo que para llevar a cabo esa fechoría lo acompañaba un gigantón.

—Dadme un par de días. Veré qué puedo hacer. Aquí entra mucha gente y se entera uno de cada cosa...

Elcano apuró el vino e iba a levantarse cuando su amigo le preguntó:

—¿Tiene vuesa merced noticia de los dineros de la *Victoria*? ¿Sabe si ya han vendido el clavo y ajustado cuentas?

—No tengo idea. Pero quizá mañana pueda enterarme de algo.

—Ese dinero me vendría bien. Aquí saco para ir tirando y mi deseo es darme una vuelta por Mérida y ver a la familia. Mis padres ya están mayores.

—Pasado mañana aquí. A esta misma hora.

Poco antes de que el sol se pusiera, más allá de la ribera del Pisuerga, Elcano llamaba a la puerta de la casa de Reinel. Como en ocasiones anteriores fue doña Constanza quien le abrió la puerta. Se mostró adusta, pero no desagradable. Incluso lo invitó a pasar al gabinete de trabajo de su esposo sin hacerle esperar en la salita donde lucía el cuadro de san Antonio.

Reinel había cumplido con su palabra.

—No sólo podréis llevaros el mapa que encargó su ilustrísima, también el vuestro. Espero que hayáis hecho acopio de ducados en vuestra bolsa. —Miró un papelillo que tenía en la mano—. El pergamino, los pigmentos de las tintas, el papel de los bocetos... suman seis ducados cuatro reales y doce maravedíes. Más cuarenta ducados por la elaboración. A ello tenéis que añadir los veinte ducados de la mitad pendiente de pago de vuestra copia, que he de deciros que ha quedado mucho mejor. ¡Vedlo vos mismo!

El hijo de Reinel le mostró los dos mapas. El cartógrafo tenía razón. El trabajo realizado en vitela era espléndido. Se cuidaría mucho de que su ilustrísima tuviera conocimiento de ello. No sólo porque había empeñado su palabra, sino porque podía ser que se quedara sin mapa y aquella vitela tenía un destino muy especial.

—¡Espléndido trabajo! Compruebo que os ha dado tiempo de adornarlo con ciertos detalles. Las armas de Castilla y las de Portugal quedan muy bien reflejadas, como corresponde a los dueños del mundo. ¿Este de aquí es el Preste Juan?

—Así lo ha imaginado mi hijo. Es él quien lo ha pintado.

—¡Magnífico!

—Eso es decoración, como lo son esos extraños animales y seres que pueblan, según se cuenta, esas tierras ignotas. La importancia de estos mapas se encuentra aquí. —Pasó el dedo por el contrameridiano, la línea que separaba las tierras del hemisferio hispano de las del lusitano en aguas del Pacífico. La Especiería quedaba claramente en la zona perteneciente a los dominios del rey de España.

Reinel sumó las cantidades.

—El importe total es sesenta y seis ducados, cuatro reales y doce maravedíes.

Elcano pagó la suma. Había llenado su bolsa porque sabía que Reinel no le entregaría los mapas sin haberlos pagado.

El cartógrafo los introdujo en unos estuches para protegerlos.

—Los estuches son regalo de la casa.

Se despidieron con un apretón de manos. Los ocultó bajo su capa y se encaminó hacia la casa de María, pendiente de algún movimiento extraño. Los portugueses podían estar al acecho.

María lo esperaba con una cena espléndida —había quien sostenía que a los hombres se los conquistaba por el estómago—: una sopa caliente con tropezones de jamón y un huevo estrellado, y una empanada de carne muy picada sazonada con varias especias. El vino era del que vendían en una taberna que había a la vuelta de la esquina, en la calle de la Galera, donde estaba la cárcel de mujeres. Lo traía, dos veces al mes, un arriero que venía de la villa de Rueda, cuyos viñedos tenían merecida fama en toda la comarca.

En casa de la bordadora el día había transcurrido con normalidad. La joven parecía muy recuperada del mal trago por el que había pasado. Tras la cena hicieron el amor con una pasión tan desbocada que quedaron profundamente dormidos. Los despertó, bastante después de que amaneciera, los gritos de un vendedor que pregonaba naranjas traídas del reino de Valencia. Ella se mostró melosa, pero Elcano se había sobresaltado al ver la claridad que entraba por la ventana.

—¿Qué hora será?

—¿Tienes prisa?

—Tengo que…

En aquel momento sonaron las campanas de la vecina parroquia de San Salvador.

—¡Un momento! —Ella le había puesto un dedo en los labios.

Cuando las campanas dejaron de sonar se oyeron dos campanazos.

—Ese ha sido el segundo toque. Dan tres, uno a las siete y media, el segundo a las ocho menos cuarto y el tercero cuando va a comenzar la misa.

—¡Las ocho menos cuarto! ¡No puedo perder un minuto! —exclamó Elcano tirándose de la cama.

Con el agua de una jofaina se lavó la cara, los sobacos y el torso.

—Bajo a la cocina y preparo el desayuno —dijo María—. El cabrero ya habrá pasado, pero queda algo de la leche de ayer. No creo que se haya cortado.

—Déjalo, no tengo tiempo.

—¡Un tazón de leche!

Elcano se vistió a toda prisa y cuando apareció por la cocina la lumbre ardía en el hogar y en una olla se cocía la leche. Sobre la mesa había unas rebanadas de pan, un cuenco con manteca y una alcuza con aceite. Sólo bebió la leche del tazón. Se despidieron con un largo beso y la promesa de que volvería al anochecer. Su tía no regresaría de Cigales hasta el día siguiente.

Cuando Elcano llegó a las dependencias de la secretaría de Indias era poco antes de la hora fijada. Le sorprendió que el portero estaba aguardándole.

—Buenos días nos dé Dios.

—Buenos días, señor Elcano —respondió el portero urgiéndolo a pasar—. No se detenga vuesa merced, su ilustrísima lleva rato esperándolo.

—Pero… ¡si todavía no han dado las diez!

—¡Os aguarda desde las nueve! ¡Está de un humor de perros!

Elcano estaba convencido de que el obispo lo había citado a las diez.

Tras llamar a la puerta, el portero no esperó la autorización para abrir. Al ver a Elcano, Fonseca exclamó desde detrás de los rimeros de papeles y legajos que se apilaban sobre la mesa a la que estaba sentado:

—¿¡Puede saberse dónde demonios se ha metido vuesa merced!?

—Su ilustrísima me había citado a las diez.

—¡Ayer tarde hubo cambio de planes! Os envié hasta tres recados a la calle Cantarranas. La tercera vez dejaron instrucciones para que vuestra casera os informara de que estuvierais aquí a las nueve. ¿No os lo ha dicho?

—No —se limitó a responder.

Fonseca lo miró fijamente. Tratando de leer en su rostro.

—¿Se le ha olvidado o… habéis pasado la noche fuera de casa?

—Lo segundo, ilustrísima.

—¡Ah, la carne! ¡Uno de los tres enemigos del alma! En fin, esperemos que Dios Nuestro Señor se muestre misericordioso en esta materia. ¿Ha traído vuesa merced el mapa?

—Aquí está, ilustrísima. Reinel ha hecho un magnífico trabajo.

—¡Mostrádmelo! —Despejó parte de la mesa.

Elcano, con mucho cuidado, sacó el mapa del estuche. Una oleada de calor le subió por el cuerpo y a duras penas pudo contenerse. Con las prisas los había confundido. Lo que estaba desplegando ante los ojos de Fonseca era su mapa.

—¡Es una maravilla! —exclamó el obispo comprobando con la punta de los dedos la calidad de la vitela—. ¡Reinel no ha escatimado!

—He tenido que pagarle seis ducados, cuatro reales y doce maravedíes para que me lo entregase. Ese ha sido el costo de los materiales, que no estaban incluidos en los cuarenta ducados ajustados.

—Merece la pena —Fonseca no apartaba su mirada del mapa—. ¡Mirad, mirad la línea del contrameridiano! ¡La Especiería nos pertenece!

El secretario se había olvidado de las prisas y su malhumor había

129

desaparecido. Observaba exultante cada detalle. Elcano maldecía su mala suerte en silencio. Aquello ya no tenía remedio.

—¿Puedo hacer a su ilustrísima una pregunta?

—Hacedla —respondió sin apartar la vista del mapa.

—Es la misma a la que no consideró adecuado responderme el otro día. —Ahora Fonseca miró a Elcano. Creyó percibir algo de insolencia en sus palabras—. Cuando me indicó que hoy, sin demora, había de traerle el mapa, dijo que me iba en ello mucho más de lo que podía imaginar. ¿Por qué su ilustrísima decía aquello?

En los labios de Fonseca apuntó una sonrisa.

—Vuesa merced tendrá pronto respuesta. Me acompañará a ver al rey.

—¿Cuándo?

—Ahora. Guardad el mapa en el estuche. Tenemos que irnos. Su majestad me había citado para después de la hora del ángelus y ayer me llegó recado de que esa reunión se adelantaba una hora. Nos recibirá a las once. Por eso traté ayer… Bueno, no demos más vueltas a ese asunto. ¡Tenemos que irnos!

—Disculpad, ilustrísima, ¿por qué he de acompañaros?

—No seáis impaciente. ¡Ya lo veréis!

XV

Entraron sin detenerse en el palacio de los Benavente, donde residía el rey. La presencia del secretario de Indias era como un salvoconducto para superar las trabas que suponía acercarse a Carlos I. Los guardias de la puerta franquearon, sin preguntar, el paso al obispo, que impartía bendiciones a diestro y siniestro. Un ujier los acompañó hasta la antecámara, donde había menos gente de lo habitual. Sólo estaban el duque de Béjar, que era el gentilhombre de guardia, y dos frailes dominicos.

El obispo se acercó a ellos.

—Béjar...

—Ilustrísima.

—¿Qué pasa? ¿Dónde diantres está la Corte?

Los frailes, prudentemente, se retiraron unos pasos.

—Han sido citados a las doce y se les ha indicado que vengan de punta en blanco, con damas incluidas.

—¡No sé nada de eso!

—Porque su ilustrísima tenía que venir antes. —Fonseca resopló y negó varias veces con la cabeza—. Para vuestra satisfacción os diré que vuestra audiencia es la única que su majestad ha mantenido.

—¿Sabéis que sucede a las doce?

—El rey recibe oficialmente al nuevo embajador del rey Juan. Ya sabe su ilustrísima cómo son estos borgoñones. Se los ha devuelto a su tierra, pero nos han dejado algo de lo que trajeron. En la Corte todo era mucho más sencillo antes de que aparecieran por aquí. Ahora toca a su ilustrísima satisfacer mi curiosidad.

—¿Qué queréis saber?

—¿Quien os acompaña es…?

—Juan Sebastián Elcano.

—Ya me lo parecía. Desde que lo vi, hace ya algunas semanas, ha cambiado mucho. No parece la misma persona.

—Porque cuando su excelencia lo vio estaba en los huesos. ¡El hambre que pasaron a bordo fue terrible!

—Voy a saludarlo. Es persona que merece toda mi consideración.

El duque no pudo hacerlo. En ese momento el chambelán, con una voz campanuda, que estaba fuera de lugar, anunció:

—Su majestad imperial recibe a su ilustrísima, don Juan Rodríguez de Fonseca, secretario de Indias.

El obispo hizo un gesto a Elcano para que lo siguiera.

Carlos I estaba sentado junto a una de las chimeneas. Lo acompañaba don Francisco de los Cobos. El monarca, por deferencia a la condición de obispo de Fonseca, se levantó y besó su mano. Algo que nunca haría en público, pero que no tenía inconveniente en hacer en privado.

—Majestad. —Fonseca hizo una reverencia y Elcano, que se había quitado el sombrero, lo imitó.

El rey no sabía por qué el secretario de Indias se hacía acompañar de Juan Sebastián Elcano, pero no fue obstáculo para que se dirigiera al marino reconociéndole el cargo que desempeñó a bordo de la *Victoria*.

—Alzaos, me satisface veros, capitán.

—Majestad…

—Señor, tenemos el mapa que su majestad deseaba que le mostrase.

—Veámoslo.

Elcano, que no necesitó más explicaciones para comprender las prisas del obispo, le entregó el estuche. Fonseca lo desplegó sobre una mesa, bajo la atenta mirada del rey y De los Cobos.

Carlos I lo examinó detenidamente, inclinado sobre él. En silencio. Se incorporó sin disimular su satisfacción.

—¡Extraordinario! ¡Este mapa despeja cualquier duda acerca de a quién pertenecen las islas de las Especias!

—Los portugueses, majestad, no serán de la misma opinión —señaló De los Cobos.

—Este mapa despeja cualquier duda —insistió el rey.

—Tiene una gran ventaja sobre otros —apuntó el obispo.

—Explicaos.

—Majestad, ha sido confeccionado sobre datos reales. Los que ha aportado el capitán. —Miró a Elcano de forma significativa—. Por eso le he pedido que me acompañase. Los portugueses no tienen nada parecido. Nosotros hemos surcado esas aguas. Tenemos las mediciones que se han hecho. Ellos no.

—¿Quién ha elaborado este mapa? —preguntó el rey.

—Pedro Reinel, con los datos que le ha facilitado el capitán.

—¡Magnifico! ¡Magnífico!

—Majestad, ¿puedo decir algo?

Carlos I miró a Elcano.

—Hablad.

—Es posible que en Lisboa se acojan a lo que…, a lo que Antonio Pigafetta anda diciendo.

—¿Pigafetta es ese italiano que está a nuestro servicio?

—Tengo dudas sobre eso, majestad. Ese italiano embarcó en la expedición que encomendasteis a don Fernando de Magallanes, protegido por él. No tenía una misión concreta. Sólo escribir un diario.

—Todos los que embarcaron en esa expedición estaban a mi servicio.

—Formalmente, así es, majestad. Pero la actitud de Magallanes hacía sospechar que había algo que no estaba claro.

—¿Qué queréis decir con eso?

—Que fue sustituyendo a los capitanes que su majestad nombró por portugueses. Hubo un momento en que el control de toda la escuadra estuvo en sus manos. Después de la muerte del capitán don Luis de Mendoza, de la ejecución del capitán don Gaspar de Quesada y el destierro… El destierro que era una condena a muerte del veedor y capitán de la *San Antonio*, don Juan de Cartagena, don Fernando de Magallanes nombró a tres compatriotas suyos para mandar las naos.

—Vos concluisteis mandando la *Victoria*.

—Así es, majestad. Pero eso ocurrió después de la muerte de Magallanes y del asesinato de Duarte de Barbosa y otros portugueses como consecuencia de la traición de la que fuimos víctimas en Cebú.

Carlos I se acarició su rubia barba con aire meditabundo.

—¿Dónde está Pigafetta?

—En Lisboa, majestad —respondió Elcano.

—¿Cómo lo sabéis?

—Majestad, fui llamado a declarar sobre ciertas cuestiones relacionadas con el viaje ante un juez de la Chancillería. Me extrañaron algunas de sus preguntas…

—¿Por qué?

—Porque apuntaban a que se ponía en duda mi actuación durante los meses que estuve al mando de la *Victoria*. Cuando supe que Pigafetta estaba en la Corte… En fin, majestad, sabed que ese italiano y yo no hemos tenido buena relación.

—Majestad —intervino Fonseca—, he tenido ocasión de leer la copia que hemos sacado del *Diario* que os presentó. Es extraño, pero en ningún momento menciona el nombre del capitán que mandó la *Victoria* durante nueve meses.

—¿No aparece vuestro nombre en ese *Diario*?

—Majestad, no lo he leído. Acabo de tener conocimiento de ello por lo que acaba de decir su ilustrísima.

—No habéis respondido a mi pregunta sobre la presencia de Pigafetta en Lisboa.

Elcano iba a decir que no lo había hecho porque su majestad le formuló una pregunta. Pero decidió no hacerlo. Era una insolencia.

—Majestad, indagué para localizarlo. En la casa donde se alojaba me dijeron que se había marchado. Fui a la casa de postas y me informaron de que iba camino de Zamora, que es adonde se dirigía el vehículo que tomó.

—Está claro que tomó el camino hacia Lisboa —apostilló Fonseca.

Carlos I se acercó a la chimenea y permaneció un par de minutos que a los demás se les hicieron eternos. Sólo se escuchaba el ruido que producían las llamas al devorar los troncos. Por fin, rompió el silencio.

—Tendremos que porfiar mucho con los portugueses. Pero lo que señala este mapa es muy importante. Ahora informadme del asunto del que os hablé el otro día.

Fonseca sacó del ropón negro con que se protegía del frío, que ya empezaba a sobrarle, unos pliegos.

—Majestad, estas serían las normas por la que se regiría la Casa de la Contratación de la Especiería.

—¿Es todo conforme a ley?

—Todo, majestad.

Fonseca ofreció los pliegos al monarca que, tras cogerlos y echarles una rápida ojeada, se los entregó a De los Cobos.

—Póngase todo en marcha. Firmaré cuanto antes la cédula de su constitución.

—Así se hará, majestad.

—Majestad —Fonseca decidió aprovechar el momento—, hay otro asunto del que hemos de tomar decisiones importantes en los próximos meses.

—Decid.

—Dada la entidad y envergadura de las cuestiones relacionadas con los viajes, las exploraciones, los descubrimientos y la incorporación de grandes dominios a la Corona de su majestad, han convertido en una necesidad dotarlos de un organismo competente. En mi opinión es algo que no admite demora. Las numerosas cuestiones que se plantean superan con mucho las capacidades de una secretaría.

—¿Tenéis alguna propuesta?

—En mi opinión, majestad, habría de constituirse, sin mucha dilación, un Consejo para entender de los asuntos de las Indias. —Sacó de otro de los bolsillos de su ropón un pliego cuidadosamente doblado—. Me he atrevido a redactar unas normas, inspiradas en otros Consejos, por si vuestra majestad tiene a bien considerarlas.

—¿Un Consejo para tratar de los asuntos de las Indias?

—Ese podría ser el nombre, majestad. Entendería de todas las cuestiones que dependen de la secretaría que está a mi cargo y lo formarían personas de conocimiento y experiencia en lo tocante a la administración y legislación que las afecta. Su nombramiento sería decisión de vuestra majestad. Aseguro a su majestad que el trabajo se acumula y algunas cosas requieren una resolución inmediata. Los detalles están recogidos en este papel.

Bastó un gesto del rey para que Fonseca se lo entregase a De los Cobos.

—Como señala su ilustrísima, los asuntos de las Indias tienen cada día que pasa mayor entidad. Pero creo no equivocarme, si señalo que los del Consejo de Castilla no admitirán de buen grado que se les desgaje una competencia tan importante.

—No lo dudéis, majestad. En mi opinión habría que ir dando pasos y ganándose las voluntades necesarias para llevar a cabo su creación. Siempre es mejor el convencimiento que la imposición.

—Estudiaré vuestra propuesta. Ahora, podéis retiraros.

—Dispensad, majestad. Hay otro asunto que no debería demorarse.

—No dispongo de mucho tiempo. ¿A qué se refiere su ilustrísima?

—Es sumamente conveniente que se vayan tomando las disposiciones necesarias para el apresto y aparejo de la gran armada de la que me habló su majestad, hace algunas fechas y cuyo objetivo, siguiendo la ruta abierta por la expedición que estuvo al mando de don Fernando de Magallanes, es asentar vuestro dominio en las islas de las Especias. Con los datos que poseemos —Fonseca miró de forma significativa el mapa que seguía desplegado sobre la mesa— acerca de su posición, deberíamos asegurar la ruta para llegar hasta ellas por aguas de nuestro hemisferio, al tiempo que deberíamos establecer una capitanía en aquellas islas para tenerlas bajo nuestro control. Según me ha dicho el capitán Elcano, ese viaje es complicado y peligroso. Más aún, si tenemos que disputar ese territorio a los portugueses. Sabed, majestad, que hay un viejo refrán en Castilla donde se sostiene que quien da primero, da dos veces.

—¿Lo que plantea su ilustrísima es una expedición de conquista?

—En gran medida así es. Pero creo que no deberíamos perder de vista que es necesario asegurar la ruta. Sabemos que el paso para llegar al mar del Sur es un auténtico laberinto de canales donde es muy fácil perderse. No los tenemos cartografiados de forma precisa y sería conveniente hacerlo. Necesitamos dominar, sin mayores problemas que los derivados de la inmensidad de las aguas de ese mar, el camino para llegar a la Especiería. No sabemos si en medio de esas aguas infinitas hay alguna isla, algún territorio que, quedando en nuestro hemisferio, sirviera de base y punto de apoyo para nuestras escuadras. Por eso, majestad, me atrevo a proponeros que sea el capitán Juan Sebastián Elcano a quien vuestra majestad ponga al frente de esa expedición. Es la persona más indicada por su experiencia y conocimiento.

Elcano no daba crédito a lo que acababa de oír. El secretario de Indias proponiéndolo como capitán general de una nueva expedición a las islas de las Especias.

Antes de que el rey respondiera, el secretario de los Cobos, al oír que las campanas de la iglesia vecina iniciaban el toque previo al repique que señalaba el mediodía, indicó al rey:

—Majestad, es hora de recibir al embajador de Portugal.

—¿Ya son las doce?

—Están a punto de dar, majestad.

—A veces el tiempo es algo tedioso y otras se nos escapa de entre las manos —farfulló el rey—. Hablaremos de esa expedición más adelante. Encargaos —miró a Fonseca— de ir dando los pasos para lo de que un Consejo entienda de los asuntos relacionados con las Indias. Ahora he de recibir al embajador de su majestad el rey de Portugal. Lleva demasiado tiempo en Valladolid y todavía no lo he recibido oficialmente. —Miró a De los Cobos—. Quizá no estaría de más tantearlo sobre la Especiería.

—Majestad, no creo que sea prudente. Si su presencia en la Corte tiene como objetivo principal negociar los términos del matrimonio de su rey con mi señora, la infanta Catalina, deberíamos ceñirnos a esa cuestión. Tratar el asunto de la Especiería no parece lo más aconsejable en estos momentos.

—Majestad, comparto la opinión del secretario. No es el momento. Pero en mi opinión, el asunto de la expedición no debería dilatarse en el tiempo. —Fonseca, cuya experiencia en los asuntos de gobierno era larga, dejó para el final su último argumento—. Esa expedición debería partir del puerto de La Coruña, de la Casa de la Contratación que entiende de los asuntos de la Especiería.

Carlos I lo miró fijamente.

—Esa me parece una excelente idea. Ahora recoged ese mapa y ponedlo a buen recaudo.

El obispo hizo con la cabeza una indicación a Elcano quien, tras enrollarlo con mucho cuidado, lo guardó en el estuche.

Cuando el secretario de Indias y Elcano salieron a la antecámara, apenas cabía un alfiler. Había revuelo de hábitos y mucho lujo en las vestimentas de los nobles y de las damas que allí se habían dado cita. El duque de Béjar se acercó a Fonseca.

—Quedaos a la recepción del portugués. Tiene, su ilustrísima, sitio reservado a su rango y posición. Será en el salón Rico. También el capitán Elcano puede asistir. El chambelán y el maestro de ceremonias están al tanto de ello.

—Agradecido, excelencia. —Se volvió hacia Elcano—: Quedaos, es bueno ver cómo son las cosas en la Corte y más aún que os vean.

—Como su ilustrísima disponga. He de daros las gracias por…

—Dádmelas cuando su majestad haya aceptado mi propuesta. Si creéis que eso está conseguido, os equivocáis. Cuando se sepa que va a armarse una expedición serán muchos los que se muestren dispuestos a estar al frente. Vuesa merced tiene una gran ventaja, pero también un obstáculo importante.

—¿Qué obstáculo es ese?

—Esa pregunta requiere una explicación que lleva un tiempo del que ahora no disponemos y como, cuando termine la recepción, no será posible que volvamos a hablar, os espero mañana a la misma hora de hoy en mi despacho. Hasta entonces haceos cargo del mapa.

—¿La misma hora es a las nueve o a las diez, ilustrísima?

—Dejémoslo en las nueve y media.

En aquel momento el chambelán requirió la atención de los presentes.

El acto resultó lucidísimo y, tras las protocolarias presentaciones, se agasajó a los asistentes con bebidas —vino especiado, anises, aloja e hidromiel— y bandejas con pequeños panecillos rellenos de delicias variadas. Se formaron los corrillos habituales y el emperador departió con el embajador portugués, al que en un aparte que hicieron habló de la infanta doña Isabel. A Da Silveira lo sorprendieron gratamente las palabras que Carlos I le dedicó, le llamó la atención la información que poseía y lo dejó asombrado el que pidiera a su soberano un retrato de doña Isabel.

XVI

Enero estaba resultando seco y con temperaturas muy bajas. Por las noches caían fuertes heladas que cubrían con un manto blanco el paisaje de los alrededores de la ciudad. Hasta bien entraba la mañana el frío calaba los huesos y la niebla marcaba el perfil de la ciudad. El día se presentaba para Elcano lleno de actividad.

Había vuelto a dormir en su buhardilla de la calle Cantarranas porque el regreso de la tía Brígida no le permitía compartir el lecho con María. Había que salvar las apariencias, aunque la tía era mujer curtida y debía de estar curada de espantos. Lo peor era que, probadas las mieles del amor, resultaba más complicada la abstinencia. Pero el ingenio de los enamorados siempre encontraba la forma de apaciguar sus ardores.

Antes de que sonaran las nueve y media, Elcano ya estaba en las dependencias de la secretaría de Indias, después de haber dado buena cuenta del desayuno que Águeda le había preparado.

—Su ilustrísima aún no ha llegado —le dijo el portero cuando lo vio aparecer por la puerta—. Supongo que vuesa merced tiene concertada la cita con él.

—Así es. Ayer quedé con él a esta hora.

—Os lo digo porque no todos los días viene por aquí. A veces pasa una semana sin que aparezca. El secretario es hombre de muchas ocupaciones, algunas relacionadas con su obispado de Burgos, donde lleva los asuntos un vicario que, según tengo entendido, es hombre muy capaz.

Elcano, que llevaba el estuche con el mapa, fue invitado a sentarse en uno de los bancos que había en el portal. Allí estuvo cerca de una hora, aguardando a que el secretario apareciese. De vez en cuando, el portero hacia algún comentario sobre lo difícil que estaba la vida.

—Desde que la Corte se ha instalado aquí los precios suben y suben, pero seguimos ganando lo mismo. Los repollos y las berzas casi han doblado el precio en cuestión de meses y no creo yo que sea porque en la Corte coman ni los unos ni los otros. Mi mujer dice que no puede echar en el puchero las mismas libras de tocino que antes porque también anda por las nubes.

—En Sevilla los precios también se han desorbitado —corroboró Elcano.

—¡Como sigamos así, no sé adónde vamos a llegar! —El portero bajó la voz y añadió—: La culpa de todo esto la tienen esos extranjeros que llegaron con el rey cuando llegó a estos reinos.

Elcano no encontró la relación entre la presencia de los flamencos en Castilla y el alza de los precios. Pensaba que había mucha abundancia de plata porque cada vez venía en mayor cantidad de las Indias y la experiencia le decía que cuando una cosa escaseaba subía de precio, mientras que, por el contrario, si la había en abundancia perdía valor. Esa experiencia también le indicaba que era muy frecuente en el reino buscar siempre a alguien a quien echarle la culpa de los problemas que se tenían.

Al oír en el reloj de la plaza dar las diez y media y que Fonseca no aparecía, empezó a impacientarse, aunque no tenía prisa. La otra cosa que había de hacer, visitar a Bustamante en el tugurio donde enderezaba brazos, cosía heridas y sacaba muelas y se dedicaba a otras cosas menos confesables, era después del mediodía. No dejaba de dar vueltas a dos de las cosas que le había dicho su ilustrísima: que serían muchos los que se postularían para ponerse al frente de la expedición y que había que salvar un obstáculo muy importante para que le encomendasen el mando de la escuadra, aunque creía poder adivinarlo.

Ambas cosas eran ciertas, pero también lo era que no había en el reino un marino con la experiencia que él tenía para navegar por aquellas aguas y conducir una escuadra hasta las islas de las Especias.

—¿Sabe vuesa merced lo último que se dice en la Corte?

—¡Se dicen tantas cosas!

—Que el embajador del rey de Portugal trae la propuesta de matrimonio de la hermana de su majestad, la que está con la madre encerrada en Tordesillas, lo que es una barbaridad…

—¿Por qué es una barbaridad?

El portero dejó la escoba con la que hacía como que barría y se acercó para que nadie más pudiera oír sus palabras.

—Porque no está tan loca como dicen. Doña Juana es la verdadera reina de Castilla. Lo que están haciendo con ella… Si en Castilla hubiera algo de vergüenza ya nos habríamos puesto en pie.

—Tened la lengua. Por bastante menos he visto a gente colgar de una cuerda.

—Si os he dicho eso, que es lo que piensa mucha gente, es porque tengo confianza en vuesa merced. Desde que os vi la primera vez entrar por ahí —señalo el portón—, supe que erais hombre de ley.

—Perded cuidado por lo que a mí respecta. Pero no eche vuesa merced en saco roto lo que le he dicho. Puede acarrearos algún disgusto.

En aquel momento apareció el secretario, que caminaba ayudándose de su bastón. Se quedó mirando a Elcano con la sorpresa reflejada en el semblante.

—¿Qué hacéis por aquí?

Se puso en pie, tan sorprendido como Fonseca.

—Ilustrísima, ayer, cuando nos despedimos, quedamos en vernos hoy… a las nueve y media.

—Pues hace un buen rato que dieron las diez y media.

—Así es.

El secretario de Indias miró el alargado estuche que el marino llevaba en la mano y pareció recordar. Contrajo el rostro y se limitó a decirle:

—Acompáñeme vuesa merced.

El portero había encendido la chimenea del despacho, por lo que el ambiente estaba caldeado y era agradable. Fonseca se quitó el pesado ropón con que se protegía del frío y dejó el bastón en un rincón.

—Tenéis que disculparme. Pero me había olvidado por completo de nuestra cita. Veo que habéis traído el mapa.

—Siguiendo vuestras instrucciones.

—Dejadlo sobre aquella mesa. Luego quiero verlo con detenimiento, antes de guardarlo. ¿Qué le pareció a vuesa merced el nuevo embajador de Portugal?

A Elcano le extrañó la pregunta.

—No sé a qué se refiere su ilustrísima.

—¿No os pareció engolado? ¿Demasiado pagado de sí mismo? Su forma de vestir, sus gestos, sus ademanes…

—Disculpadme, pero no soy perito en esas cuestiones. Estoy poco habituado a esas situaciones. En mi mundo las cosas son más…, más directas. Las cosas se dicen más a la cara y cada cual sabe a qué atenerse. Soy un hombre de mar, no un cortesano.

—Me alegra mucho oíroslo decir. Pero debéis saber que, para alcanzar ciertos…, ciertos objetivos, hay que saber moverse en determinados ambientes. No lo olvidéis. —Invitó a Elcano a sentarse a su lado, junto al fuego—. Ahora vamos a lo nuestro. Como pudisteis comprobar ayer, su majestad ve con buenos ojos que los asuntos de Indias, dada la entidad que han cobrado en los últimos años, tengan un organismo propio que entienda de ellos. Eso supone desgajar la Secretaría, que su majestad me tiene encomendada, del Consejo de Castilla. Os aseguro que no será tarea fácil.

—Se lo oí decir a su majestad y a vuestra ilustrísima corroborarlo. ¿Por qué no será fácil?

—Porque los miembros de ningún organismo, de ninguno —reiteró Fonseca—, aceptan que les sean quitadas competencias. Lo consideran un desdoro. Una especie de pérdida de autoridad. Habrá que librar una dura batalla, pero si es la voluntad del rey ese Consejo, que es buen nombre el de Consejo de Indias, será una realidad. Pasarán meses, pero será una realidad. Los asuntos de las Indias son cada vez de mayor envergadura y plantean situaciones más complejas. Las noticias que recibo de lo que está ocurriendo en Tierra Firme desbordan las posibilidades de esta secretaría. Hay un territorio donde existe un poderoso imperio cuyos sacerdotes ofrecen a sus dioses en sacrificio a personas a las que abren en canal, como si fueran cerdos, y les arrancan las entrañas y el corazón cuando todavía palpita, que está siendo conquistado por don Hernando Cortés.

—Ese Cortés estará poniendo fin a esos crímenes.

—Desde luego. Es cierto que se están cometiendo algunas injusticias, pero no tantas como fray Bartolomé de las Casas cuenta en un *Memorial de Agravios,* donde todo son exageraciones y da pábulo a numerosos bulos. Cortés está incorporando a los dominios de su majestad grandes territorios cuya extensión supera con mucho las dimensiones de Castilla. Todo eso es demasiado para que recaiga sobre unos solos hombros a los que la edad empieza a vencer. Por eso presenté al rey el borrador de lo que será ese Consejo.

—Supongo que será vuestra ilustrísima quien lo presida.

—Eso es mucho suponer. Tengo ya más de setenta años y mi salud está muy quebrantada. Mi mayor deseo es concluir el encargo de su majestad y retirarme a Burgos para prepararme a comparecer ante el Juez Supremo. A lo largo de mi vida he tenido algunos deslices de los que habré de dar cuenta —Elcano recordó lo que se rumoreaba acerca de la paternidad de don Juan de Cartagena, algo de lo que él no tenía duda— y he de preparar mi ánima para afrontar ese momento lo mejor que me sea posible. Pero no nos perdamos en disquisiciones que no vienen al caso. Ese Consejo será quien tome las providencias de todo lo que tenga que ver con expediciones, viajes de exploración, nombramientos de los cargos que han de proveerse… Serán muchos los que quieran presidirlo porque, aunque los Consejos no resuelven por sí mismos, sino que elevan propuestas a su majestad, el rey suele aceptarlas. Esa es una de las razones, desde luego no la única, por la que ayer dije a don Carlos que es necesario dar pasos para que se prepare una escuadra que nos lleve de nuevo a las islas de las Especias.

—Quiero agradecer a su ilustrísima la propuesta que hizo en mi favor.

—Puede que no sirva para nada. Aunque… ¿quién mejor que vos para mandar esa expedición? Pero hay un obstáculo de mucha entidad.

—¿Se refiere su ilustrísima al que aludió ayer?

Fonseca lo miró a los ojos.

—Sí. ¿No os lo imagináis?

Elcano barruntaba a que se refería, pero quería oírlo de los labios del obispo.

—Decídmelo vos.

—Vuestro origen, vuestro origen familiar. Vuesa merced no tiene…, no tiene prosapia. Habéis sido un simple arrendador de un barco a la Corona y, por si eso no fuera suficiente, se os abrió una causa por haberlo enajenado a unos extranjeros. Carecéis de linaje y eso es un serio problema. Habrá que valerse de todos los recursos a nuestro alcance para poder salvarlo.

—A Magallanes se le entregó el mando de una flota sin tener linaje ni prosapia.

—No era un *fidalgo*, pero era noble.

—Mi familia es honrada, cristianos viejos por los cuatro costados.

—Eso no es suficiente.

—El rey me ha concedido un escudo de armas y una generosa pensión de quinientos ducados al año. Eso me ennoblece.

—No es suficiente —reiteró Fonseca—. ¿Ha respondido el rey a vuestra petición de un hábito de la Orden de Santiago? —Elcano negó con la cabeza—. A Magallanes se lo concedió de forma inmediata. Era noble y traía un proyecto de mucha envergadura. No os confundáis. Me temo que no se os concederá ese hábito, aunque vuesa merced haya contraído méritos más que sobrados para tenerlo. Pero las cosas en la Corte son así. Como en el caso de la presidencia de ese Consejo que está en ciernes, los candidatos a mandar esa expedición serán muchos y tendrán grandes agarraderas en la Corte. No perdáis eso nunca de vista. Las familias, los linajes, los apellidos cuentan mucho. Mucho más que la capacidad, la experiencia y los conocimientos, que es lo que vos podéis presentar.

—¿Me está diciendo su ilustrísima que no se me encomendará el mando de esa expedición de la que ayer hablabais al rey?

—No. Lo que estoy diciendo es que no será fácil. Que vuesa merced tiene más contras que pros. Añadiré que, mientras esté al frente de esta secretaría, contaréis con mi apoyo y que será necesario que deis algunos pasos para reforzar vuestra posición.

—¿Qué clase de pasos, ilustrísima?

Fonseca se levantó y buscó en uno de los cartapacios que tenía sobre la mesa. Sacó unos papeles y se acomodó de nuevo junto a la chimenea.

—Su majestad tiene que atender numerosos asuntos, muchos de ellos ajenos por completo al reino. No sé si ha sido un buen negocio proclamarse emperador. Ha de hacer frente a los problemas del Imperio, que son muchos. No sé si ayer llegó a vuestros oídos uno de los rumores que más se comentó en la recepción del representante de Portugal.

—¿A cuál os referís?

—A que hace pocas semanas los turcos han expulsado de Rodas a los hospitalarios. Eso les abre las puertas del Mediterráneo. A poco que nos descuidemos, los tendremos encima y aquí cuentan con importantes aliados.

—¿Los turcos tienen aquí aliados, ilustrísima?

—¡Los moriscos! ¿No será vuesa merced tan iluso de creer que porque los hayan bautizado son cristianos? Añadid a ello los mudéjares del reino de Aragón. ¡Son moros y apoyarán cualquier intento de los otomanos sobre nuestras costas! Está confirmado que los piratas de Berbería, cuando atacan las poblaciones ribereñas del Mediterráneo, cuentan con su apoyo. ¡Y qué voy a deciros de Francia! ¡Los franceses están que muerden! ¡Tienen razones para estar así!

—¿Cuáles son?

Fonseca le dedicó una sonrisa que tenía algo de bonachona.

—El rey Fernando se quedó con Navarra, anexionándola a la Corona de Castilla. Su rey ha perdido en la pugna por el trono imperial y en el Milanesado las cosas no les van bien. Si terminamos echándolos de allí, como los echamos de Nápoles, son capaces de cualquier cosa. El rey tiene demasiados problemas encima de la mesa. Por eso, resulta recomendable darle resueltas las cosas. Por otro lado, anda corto de fondos. La Corona tiene muchos ingresos y la cantidad de plata que llega de las Indias, puedo asegurarlo a vuesa merced, es cada vez mayor. Pero los gastos también son muy grandes. Aprontar una escuadra supone un desembolso muy importante. Hay que hacerse con los barcos y aparejarlos, así como disponer de los anticipos para contratar a las tripulaciones. Si se trata de una expedición que ha de estar mucho tiempo navegando hay que aprovisionarla de comida para muchos meses. La suma necesaria para la nueva expedición a las islas de las Especias será muy elevada.

—¿Adónde quiere llegar su ilustrísima?

—A que vuesa merced es de tierra de marineros. En Guetaria y otras villas de aquella costa abundan los hombres de mar. Hay buenos barcos y gente dispuesta. Sois ahora persona de mucho prestigio. Podríais convencer a muchos para que participaran en la expedición, bien aportando medios, bien formando parte de las tripulaciones. Eso sería dar un paso muy importante.

—Su majestad ayer no dio respuesta a vuestra propuesta de organizar esa expedición lo antes posible. ¿No podría ser que comprometiéramos a la gente y que todo fuera una ilusión?

—Su majestad no dio respuesta porque De los Cobos le urgió a dar por terminada la audiencia. Pero está vivamente interesado en asentar nuestro dominio en esas islas. Ir dando pasos en la dirección que os he dicho no será tiempo perdido. Si todo está a punto antes de que el Consejo de Indias sea realidad y yo haya perdido poder e influencia, os beneficiará. Hacedme caso, conozco bien este paño, quizá demasiado bien.

—¿Por qué dijisteis al rey que esa expedición debería salir del puerto de La Coruña?

Rodríguez de Fonseca dejó escapar un suspiro.

—Porque como pudo comprobar ayer vuesa merced, y ya os lo comenté, se pone en marcha la creación de una Casa de la Contratación. Entenderá de los asuntos relacionados con las especias y el lugar elegido ha sido La Coruña.

—¿Por qué La Coruña?

—Cosas de la política. Así se lo han pedido al rey el arzobispo de Santiago y el conde de Villalba. Se cobran el favor que hicieron a su majestad manteniendo Galicia sosegada y fiel a su persona cuando estalló el turbión de las Comunidades. A vuesa merced le pilló en alta mar, pero aquí las cosas estuvieron muy complicadas. Como os digo, Galicia se mantuvo apaciguada porque el arzobispo de Santiago de Compostela y el conde de Villalba, de la poderosa familia de los Andrade, se encargaron de ello. El rey les ha concedido ese privilegio. El conde controlará la nueva institución y el arzobispo, según he podido saber, va a convertirse en primado porque el rey va a proponerlo como arzobispo de Toledo. Por otro lado, La Coruña es un buen lugar y queda mucho más cerca que Lisboa de los mercados europeos adonde van a parar las especias. La decisión de crear una casa para su contratación exclusiva indica la importancia que el rey les da.

—¿Por eso la expedición tendrá como objetivo, además de controlar la ruta para llegar a las islas de la Especias, asegurarnos su dominio?

—Observo que prestasteis la atención debida a lo que propuse a su majestad.

—Con razón su ilustrísima me decía el otro día, en la plaza de San Pablo, que había en juego mucho más de lo que siquiera podía imaginarme.

—También lo dije porque la elaboración de ese mapa con los datos que vos proporcionasteis es un punto a vuestro favor. En fin…, no hay tiempo que perder. Debéis viajar a Guetaria, en cuanto los puertos estén expeditos y la nieve no impida el paso, y tratar de convencer a la mayor cantidad posible de gente para que se involucre en esta expedición. Esa es, además de vuestros conocimientos y experiencia, la mejor credencial que podemos presentar ante el rey. El tiempo apremia y, hacedme caso, poneos en camino lo antes posible.

XVII

Bustamante ocupaba la misma mesa en la taberna de Antolínez. Había poca gente y el ambiente era igual de espeso. La moza, al verlo aproximarse donde estaba el cirujano barbero, cuya mesa parecía un mostrador de boticario por la cantidad de botecillos que allí tenía, se acercó y le preguntó:

—¿Una jarrilla de vino?

—Sí, una jarrilla. Dios os guarde, Bustamante.

—También guarde a vuesa merced.

Elcano aguardó a que la moza trajera el vino.

—¿Habéis averiguado algo?

—En realidad, nada. Aunque... es posible —el cirujano barbero se acarició el mentón— que tengamos una pista, según me diga un pastor al que ayer recoloqué el hombro del que se le había salido un hueso.

—¿Puede daros alguna información?

—Nada sobre el enano. Pero me dijisteis que lo acompañaba un gigantón. Puede ser que tirando de ese hilo encontraremos algo. Me dijo que vendría hoy por aquí. No sé si a vuesa merced le apetece aguardar... Puede que venga o que no aparezca.

Elcano dio un sorbo a su vino y se quedó mirando los botecillos.

—¿Qué son esos botes?

—Hay de todo..., elixires, polvos, filtros, narcóticos...

—Más que barbero parecéis boticario.

—Olvidáis que, además de barbero, soy cirujano. Eso supone saber de plantas y tener conocimientos para procurar algunos remedios que calmen el dolor a quienes saco una muela o adormecer las partes donde tengo que hacer una costura. Por otro lado —señaló dos pequeños frascos que estaban algo separados de los demás—, hay mozas que necesitan enamorar a sus hombres y utilizan filtros. Hay quien desea una pócima de belladona.

—Tengo entendido que eso es… un veneno. ¿También sois perito en la elaboración de venenos?

—Pssssss…, bajad la voz. No sea vuesa merced impertinente. Sé cómo se confeccionan algunos y, por cierto, muy efectivos. La belladona, aunque puede resultar peligrosa, se utiliza para dar hermosura a los ojos. Dilata las pupilas y las pone brillantes. Lo aprendí cuando estuve en Roma. Allí lo utilizan las cortesanas de más fuste. Las que se acicalan para engatusar a obispos y cardenales.

En aquel momento, dos mujeres, embozadas con negros mantones con los que también se cubrían la cabeza, se acercaron a la mesa.

—Buenos días os dé Dios, maese Hernando.

—Buenos días.

—¿Tiene vuesa merced preparado lo nuestro?

—Aquí está. —Cogió los dos frascos—. Soy hombre de palabra.

La mujer que había preguntado dejó sobre la mesa el dinero que llevaba en la mano. Era lo que habían acordado.

—Tomad y administradlo con cuidado. Sazonad su comida con una pizca, sólo una pizca. Vuestros esposos se portarán como verracos.

—¡Dios y su santa madre os escuchen! —exclamó la que había permanecido callada hasta entonces.

Las dos mujeres aseguraron los embozos y abandonaron la taberna tan silenciosamente como habían llegado.

—¿Qué clase de porquería es esa que le habéis dado?

—Polvo de cantárida.

—¿Polvo de qué?

—De cantárida. Esos polvos se obtienen de triturar un insecto, la *Lytta vesicatoria* que…

Elcano esbozó una sonrisa burlona. Sabía de las habilidades de Bustamante. Recordó que, cuando navegaban por el mar del Sur, antes de llegar a las islas de las Especias, confeccionó, con unas lentes de las que usaba para ver mejor cuando suturaba heridas y un canuto de caña que forró de cuero, un artilugio que permitía ver las cosas más de cerca. Les sacó sus buenos dineros a quienes querían ver lo que estaba lejos.

—Veo que andáis sobrado de latines, como si fuerais clérigo o galeno.

—¿No os he contado nunca que acudí a las aulas de Salamanca?

—Jamás.

—Allí estuve dos años, pero me entretuvieron demasiado las mujeres y los naipes. Una pelea me obligó a poner tierra de por medio. Regresé a Mérida y con lo que me enseñó un hermano de mi madre, que era un reputado barbero y tenía conocimientos de cirugía, obtuve carta certificada para ejercer la profesión. Con ello y con el latín que aprendí en Salamanca...

—¿Cómo habéis dicho que se llama ese bicho?

—*Lytta vesicatoria*. Da vigor sexual a quienes flaquean. Pero en cantidades excesivas provoca vómitos y diarreas.

—¿Podéis mostrarme ese polvillo?

—¿Anda vuesa merced necesitado de ayuda? —preguntó, burlón.

—¡Pardiez que no! ¡Es curiosidad!

Abrió la caja donde guardaba sus ungüentos, polvos y pomadas y sacó un saquillo de tela muy fina y, sobre un cristalillo que tenía para aquellos menesteres, vertió un poco de polvo de un color verde amarillento.

—¿Con eso...?

—Con muy poco. Basta una pizca. Es tan caro como las especias.

Estaba recogiéndolo cuando se acercó un sujeto que vestía una zamarra de piel de oveja, calzaba abarcas y se protegía las piernas con unas tiras de trapo sujetas con unas correíllas de cuero. Llevaba al hombro unas alforjas tan sucias que no era fácil determinar cuál fue su color original.

—¡Dios guarde a vuesas mercedes! —saludó con un vozarrón—. ¡Aquí tenéis vuestro encargo! —Fue sacando manojos de hierbas. Unas frescas y otras secas.

Bustamante miró a Elcano.

—Epifanio es pastor. Conoce las plantas como nadie. ¿Están todas?

—Todas, menos la mandrágora. Imposible encontrarla. Hace tiempo que no ahorcan a nadie. Ahí tiene vuesa merced la verbena, la valeriana, la belladona, el diente de león, la hierba melisa, el laurel y las campanitas de san Juan. —Conforme las enumeraba las señalaba con un dedo renegrido.

—¿Tienes alguna información… de lo otro?

—Algo, pero no sé si servirá a vuesa merced. He averiguado que hay un grandullón al que suele verse, de vez en cuando, con un enano que vive en Simancas.

—¿Sabes cómo se llama?

—Le llaman *Zapatones* y vive más allá del Campillo, un mal sitio.

—¿Por qué dices que es un mal sitio? —preguntó Elcano.

—Porque es muy peligroso, señor. Es sitio de garitos donde sólo se ofende a Dios. Allí sólo se encuentra gente de la mala vida: rufianes, falsos mendigos, cortabolsas, capadores, alcahuetas de las que remiendan virgos, putas… Durante el día apenas se ve un alma, pero aquello cobra vida al caer la noche.

Elcano y Bustamante intercambiaron una mirada.

—Está bien. —Sacó de su faltriquera un puñado de monedas que puso sobre la mesa y fue contándolas, desplazando una a una con la punta del dedo—. Ahí está lo tuyo. Lo que habíamos ajustado.

—Pero… no he traído la mandrágora.

—Eso es por la información, Epifanio. Recoge tu dinero y ve con Dios.

—Que Él os lo pague.

Cuando el pastor se hubo marchado…

—¡Son ellos, Hernando! ¡Son ellos!

—No vayáis tan deprisa. Hay mucha gente corpulenta y algunos enanos.

—¡Pero no es frecuente verlos juntos! ¡Son los que ando buscando!

—¿Pensáis ir solo a ese sitio?

—Tendré cuidado. Sé defenderme.

—Si estáis tan seguro…

—No sé cómo podré pagarte…

—Pidiendo que nos llenen las jarrillas. Aunque…, aunque mejor lo dejamos para otro día. Veo que algunos están remoloneando…

Elcano comprobó que había más parroquianos que cuando llegó y varios no dejaban de mirar hacia donde ellos estaban.

—Efectivamente, tenéis clientela aguardando.

Salió de la taberna y trazó un plan que habría de ejecutar sin pérdida de tiempo porque también era preciso ponerse en camino y viajar a Guetaria.

Descartó la posibilidad de llevar a María a su buhardilla. Águeda no lo habría consentido. Pero después de haber probado con ella las delicias de Cupido, no encontraba el momento de volver a compartir un lecho. Se limitó aquella tarde a acompañarla hasta la tienda que el sastre para quien trabajaba tenía en el Patio de Cazalla. Como en otras ocasiones, ella le pidió que no entrase y aguardase en la calle a que saliera.

Después de dejarla en su casa, se dirigió al Campillo para indagar acerca de *Zapatones*. El aspecto del lugar era poco tranquilizador, e invitaba a alejarse rápidamente. La tarde declinaba, pero había buena luz todavía y, como el pastor había dicho, no se veía un alma. Se fijó en una casa que a los lados de la puerta tenía dos fanales, empotrados en la fachada, y sobre el dintel un gran ramo de tomillo seco, indicando la actividad que allí se ejercía. Dudaba si entrar cuando una voz sonó a su espalda. Quien se había acercado lo había hecho de forma tan sigilosa que no se había dado cuenta.

—Si vuesa merced busca refocilarse, mejor no entre ahí. Sólo encontrará un par de viejas con las tetas caídas y el pellejo arrugado.

Elcano lo miró con cara de pocos amigos.

—En realidad, busco información.

—Habéis tenido suerte porque de lo que yo no tenga noticia aquí…

Trató de calibrar al sujeto que tenía delante, un individuo esmirriado, con el pelo grasiento y un llamativo chirlo en la frente. Vestía una camisa deshilachada por las mangas y un chalequillo de piel, que bien pudo haber sido el coleto de un soldado, según los agujeros que tenía. Calzaba unos zapatos sucios, pero de mucha calidad —les faltaban las hebillas que los adornaron en otro tiempo— y que debían ser producto de algún robo. Por su aspecto podía estar pidiendo una caridad a alguna dama limosnera, a la puerta de alguna iglesia o haciendo cola ante un convento, con una escudilla en la mano para recibir una cazada de sopa boba.

—¿Cuánto me va a costar esa información?

—Eso dependerá de lo que vuesa merced quiera saber.

Elcano se acarició el mentón.

—Sólo quiero noticia de un sujeto. Es grande…, un gigantón

—Vuesa merced pregunta por *Zapatones*. ¿Me equivoco?

—¿Lo conoces?

—¿Quién no lo conoce? —Aquel sujeto esbozó una sonrisa que no era más que una mueca mostrando su boca desdentada.

—¿Dónde puedo encontrarlo?

—¿Cuánto estáis dispuesto a pagar?

—Pide.

—Ocho reales de plata.

—¿¡Te has vuelto loco!? ¡Con dos ya estás bien pagado!

—¡Vengan esos dos reales!

—Primero…, ¿dónde vive el *Zapatones*?

—Aquella es su casa.

Señaló una construcción destartalada, de una sola planta, cuya fachada estaba llena de desconchones. Se alzaba junto a un puentecillo, poco más que una pontana, que permitía salvar el Esgueva que fluía por detrás de la casa. Elcano le entregó los dos reales. Fue un error.

—¿Sabes si está en casa?

—Es posible.

—¡Cómo que es posible! ¡Acabo de darte los dos reales!

—Por decir a vuesa merced cuál es su casa. Si queréis saber si está en ella tendréis que darme otros dos.

—¿Puede estar acompañado?

—Es posible.

Le convenía saber si estaba allí y si se encontraba solo o había alguien más con él, pero no estaba dispuesto a que aquel miserable lo estafase. Lo agarró por el cuello.

—¡Vas a hablar gratis o...! —Se cercioró de que el lugar seguía tan solitario como cuando llegó y sacó la *misericordia*—. ¡Habla!

—Quíteme vuesa merced eso de la garganta. Os diré todo lo que queráis, pero apartadla.

Retiró la punta del acero y le exigió otra vez:

—¡Habla y no acabes con mi paciencia!

—*Zapatones* es un matón. Hay gente que viene a verlo a su casa para..., para que les resuelva problemas que ellos no son capaces de solucionar.

Aquello encajaba con lo que él estaba buscando.

—¿No estarás mintiendo?

—¡Por esta que no! —Había formado una cruz con los dedos y se la había llevado a la boca.

Guardó la *misericordia* y el truhan dejó escapar un suspiro.

—¿Sabes si *Zapatones* tiene relación con un enano?

—¿Me va a dar vuesa merced otros dos reales?

—Si lo que dices merece la pena.

—Hay un enano que le paga por protegerlo.

—¿Sabes dónde podría encontrarlo?

—Lo único que puedo deciros es que es de Simancas.

—Dime si *Zapatones* está en su casa y si tiene compañía.

—Se marchó hace cosa de media hora. Vino un carruaje a recogerlo. A veces quienes quieren que les resuelva algún asunto son pudientes y no se arriesgan a venir por estos andurriales.

Elcano le entregó otros dos reales y se marchó con un sabor agridulce. No había podido ajustar cuentas con *Zapatones*, pero había conseguido información valiosa. Ahora sabía dónde vivía, había confirmado su relación con el enano y averiguado algunos detalles que podrían resultarle valiosos. Buscaría desenredar aquello antes de marcharse a Guetaria. Enfiló una calle donde había un fuerte olor a longaniza y luego tomó otra donde se encontraba la Galera en la que estaban las presas. La tarde declinaba y la luz del día se perdía por el horizonte. Poco antes de llegar a la plaza de Santa María, se le acercaron dos sujetos, embozados y con los bonetes bien calados.

—¿Lleváis mucha prisa?

Eran los mismos que lo habían abordado, días atrás. Los acontecimientos vividos desde entonces habían hecho que no prestase la atención debida a su propuesta.

—Eso no es de vuestra incumbencia.

—Disculpad, pero si os lo he preguntado es porque..., porque nos gustaría tener una conversación con vos y concretar algún detalle que el otro día se nos quedó pendiente. Si no tenéis inconveniente, aquí cerca hay un mesoncillo que es lugar poco concurrido a estas horas y muy a propósito para tener una conversación sosegada. ¿Os cumple?

Elcano decidió que lo mejor era dejar resuelto aquel asunto. Tenía claro cuál era su respuesta, pero tal vez habría pensado de otra forma si hubiera tenido conocimiento de lo que hablaba el rey con su confesor, fray García de Loaysa, después de que el regio penitente hubiera aliviado su conciencia.

XVIII

Carlos I, que se había sentado en una jamuga después de recibir la absolución, le preguntó:

—¿Cuál es el criterio de vuestra paternidad acerca de encomendar tareas importantes para la Corona a quienes no tienen la alcurnia que se exige para el desempeño de determinadas funciones?

—Majestad, no sé a qué os referís en concreto, pero... os diré que el orden establecido en la sociedad es el adecuado. Nosotros, los *oratores*, tenemos como misión velar por la doctrina de Nuestro Señor Jesucristo, según los preceptos de la Santa Madre Iglesia, y proteger a la sociedad de los males que la acechan y que derivan del mundo, del demonio y de la carne. La misión de los esclarecidos linajes de la nobleza es dirigirla en lo que a cuestiones terrenales se refiere y defenderla en caso de guerra, por eso se les conoce como *bellatores*. Por su parte, la gente menuda, conocidos como *laboratores*, han de proveer con su trabajo el sustento de estos dos estamentos y del suyo propio.

—Sin embargo, se están produciendo importantes trasformaciones. El mundo, paternidad, no sólo se está ensanchando, está cambiando. Estamos viviendo otro tiempo. Hay hombres que, sin ser nobles de la primera esfera, están asumiendo responsabilidades de mucha importancia.

—Majestad, eso sólo es admisible en casos excepcionales. Las funciones han de asignarse a las personas según su rango familiar y así debe mantenerse.

El rey, que compartía lo esencial del planteamiento de su confesor, insistía, sin embargo, en que habían de tenerse en cuenta los cambios provocados por los grandes descubrimientos geográficos, protagonizados por españoles y portugueses. No sólo era una nueva percepción del mundo, también se apuntaba a nuevas actitudes entre las gentes.

—Hay, no obstante, hombres de gran valía y muy capaces, a los que se pueden encomendar importantes empresas y que no pertenecen a la primera nobleza. Estos días oigo hablar mucho de quien sus propios soldados bautizaron con el nombre de Gran Capitán. Mis abuelos, don Fernando y doña Isabel, que gloria de Dios hayan, le encomendaron el mando de grandes ejércitos en Italia que condujo repetidamente a la victoria. Por lo que se me ha dicho causó gran revuelo que, siendo un segundón, se le encomendase el mando de esos ejércitos. Hubo protestas, pero el resultado no pudo ser mejor.

—Majestad, estáis refiriéndoos a un Fernández de Córdoba. Ese es un esclarecido linaje.

—Pero era un segundón, era bueno para clérigo o a lo sumo para mandar una compañía de lanzas.

—Pertenecía a la nobleza, majestad. Las novedades sólo traen problemas. Este reino los ha vivido cuando esos segundones y los menudos se mancomunaron y provocaron un conflicto que incendió Castilla. Otro tanto ha ocurrido en el reino de Valencia, donde se han ayuntado los menudos y exigen lo que no es posible. Esas novedades sólo traen graves daños y se cometen grandes ofensas a Dios Nuestro Señor.

—Vuestra paternidad tiene un punto de razón. Pero creo que en los momentos presentes…

El dominico, aprovechando que el rey era su penitente, osó interrumpirle.

—Su majestad está dando un magnífico ejemplo con las decisiones que ha tomado respecto a Toledo. Tener a esa ciudad apartada de vuestro favor es actuar con criterio. Hace muy bien su majestad con no perdonar a esa... María de Padilla, viuda de quien quiso asumir un papel que no le correspondía. Aunque todos los Mendoza os supliquen su perdón no debéis ceder. Insisto, majestad, las novedades sólo son fuente de problemas.

—El secretario de Indias me ha propuesto que Juan Sebastián Elcano esté al frente de la expedición que he decidido organizar para que navegue otra vez por la ruta que lleva a la Especiería y se tome posesión de aquellas tierras en mi nombre. Elcano conoce la ruta y es un marino experimentado.

—¡No debe su majestad entregar el mando de una de vuestras escuadras a un hombre como ese! ¡No tiene un esclarecido linaje!

—Pero tiene experiencia y ha demostrado capacidad y muchas agallas.

García de Loaysa llevaba tiempo dándole vueltas a cierto asunto y decidió aprovechar la ocasión que se le había presentado, consciente de que su ascendiente sobre el rey crecía conforme pasaban las semanas. Ser quien ejercía autoridad sobre la conciencia real le daba un poder que era la envidia de la Corte. La dura batalla que libraban las órdenes religiosas para hacerse con el confesionario regio era digna de mejores empeños.

—Majestad, en tiempos agitados, como los que corren, no son buenas las mudanzas. Más bien al contrario, resultaría muy conveniente reforzar la autoridad del rey y la mejor fórmula es mantener la presencia de los grandes linajes en los asuntos de mayor transcendencia. En Valencia debería ser una persona del más alto rango quien asumiera el virreinato y terminase de meter en cintura a esos agermanados. Una persona que tenga capacidad para ejercer la autoridad con el rigor que requieren las circunstancias.

—¿Vuestra paternidad piensa en alguien concreto?

—Su majestad podría estudiar la posibilidad de que ese cargo fuera ejercido por doña Germana. Mataríais dos pájaros de un tiro.

—¿Dos pájaros de un tiro? No os entiendo. Explíquese vuestra paternidad.

—Majestad, la viuda de vuestro abuelo es un problema en la Corte. Buena parte de ese problema quedó... solucionado con su matrimonio con don Juan de Brandemburgo. Pero…, pero… —García de Loaysa se quedó sin palabras.

—¿Pero…?

El confesor dejó escapar un profundo suspiro.

—No creo, majestad, que rompa el secreto de confesión si os digo que una de vuestras preocupaciones es la insistencia de doña Germana en pediros… que reconozcáis como hija vuestra la que tuvo cuando mantuvisteis una relación… sentimental con ella. Nombrándola virreina de Valencia, le daríais cierta satisfacción. Ser virreina es un cargo apetecible, aunque dadas las circunstancias requiere desplegar una gran energía. En mi opinión, doña Germana tiene dotes para ello y la nobleza del reino no la vería como una extraña. Su linaje es real, sobrina del rey de Francia y fue reina de aquel territorio al casarse con vuestro abuelo. Para poder desempeñar sus funciones tendría que alejarse de la Corte al tener que instalarse en Valencia. Si, además, vuestra majestad le da instrucciones de poner orden en el reino, estaría obligada a utilizar mano dura con esos agermanados…

—No debería teneros sólo como confesor…

Era lo que García de Loaysa había estado esperando.

—Majestad, mi humilde persona está a vuestro servicio para todo aquello que necesitéis. Según tengo entendido, es vuestra real voluntad que se organice un Consejo para entender de todo lo relacionado con las Indias.

—¿Y?

El rey lo miró a los ojos, fijamente.

—Rodríguez de Fonseca es hombre que os ha servido bien, como lo hizo con vuestro abuelo don Fernando, y es persona muy versada en los asuntos de Indias. Pero ya es hombre de edad avanzada y la presidencia de un Consejo podría ser cosa demasiado pesada para sus hombros. Según tengo entendido, uno de sus mayores deseos es retirarse a su sede episcopal de Burgos.

—¿Os postuláis para presidir ese Consejo?

—Si su majestad tuviera a bien considerarlo.

—¿Cuáles son los conocimientos de vuestra paternidad acerca de la navegación, los viajes, las exploraciones o las nuevas tierras que están ensanchando el mundo allende los mares? ¿Sabéis de astronomía, de cartografía?

García de Loaysa se acarició la perilla que gastaba, más propia de un cortesano que de un fraile.

—Majestad, el presidente de un Consejo no ha de ser versado en las materias que han de tratarse, sino que ha de contar en él con gente que tenga experiencia y conocimiento en ellas. Debe ser sobre todo persona de vuestra confianza. ¿Goza vuestro confesor de esa confianza?

—Sois persona de recursos. Estoy satisfecho con la forma en que cuidáis de mi conciencia como hombre y como soberano y gozáis de toda mi confianza, como no puede ser de otra manera. Seré yo quien hoy os dé un consejo: informaos y adquirid conocimiento de aquellas cosas que atañen a las Indias.

—Su majestad me hace una gran merced y... consejo por consejo. No echéis en saco roto lo que os he comentado acerca de no promover novedades en materias que son muy sensibles. Nadie se sentirá agraviado con el nombramiento de doña Germana como virreina de Valencia. Pero serán muchos los que así se consideren, si entrega vuestra majestad el mando de una escuadra a persona que no tenga un esclarecido linaje, como es el caso de ese navegante.

—Ese asunto no requiere de una decisión inmediata. Es posible que cuando llegue el momento de tomarla vuestra paternidad presida el Consejo de Indias. Ahora podéis retiraros.

García de Loaysa no podía reprimir su satisfacción al salir a la calle y encaminar sus pasos hacia su residencia, el convento de los dominicos de San Pablo. Se embozó en su capa porque, con la llegada de la noche que ya caía sobre Valladolid, el frío se intensificaba.

XIX

El mesón de *San Martín*, según rezaba en un cartelillo de madera que había a la entrada, era un lugar acogedor. Tenía muy poco que ver con la taberna de Antolínez. Bastante más limpio de lo que solía ser habitual en esos lugares donde se daban cita arrieros, vendedores ambulantes o buhoneros, por lo general enemigos del agua y aficionados al vino, y en los que era frecuente la presencia de mozas que por allí se ejercitaban en oficios poco confesables. Incluso estas últimas aparecían vestidas de forma mucho más recatada de lo que era casi una norma en estos establecimientos. Era, sin lugar a dudas, un sitio al que iban gentes con posibles. A la limpieza se sumaban unas paredes bien enjalbegadas y mucho orden en los toneles y pellejos donde estaba el vino, que en aquel establecimiento no sería barato.

Como habían señalado los portugueses, estaba poco concurrido, lo que resultaba extraño porque los maestros artesanos ya habían echado el cierre a sus talleres, los vendedores ambulantes dejado de pregonar sus mercancías y los arrieros encerrado en las cuadras sus recuas de burros y mulas. Pero estaba claro que no era lugar para esa clase de gente y su clientela sería más escogida porque los precios del *San Martín* no estaban al alcance de todos los bolsillos.

Al entrar en el mesón, uno de los portugueses sostuvo con el mesonero una breve conversación. Elcano comprobó cómo el hombre asentía con ligeros movimientos de cabeza hasta que el portugués hizo un gesto indicándoles a él y al otro portugués que lo acompañaran.

El mesonero encendió la vela de una palmatoria.

—Síganme vuesas mercedes.

Se encaminó hacia el piso de arriba, pero Elcano no se movió.

—¿Adónde vamos?

—Arriba, allí hablaremos con más tranquilidad —respondió el que había hablado con el mesonero.

—¿No será una encerrona? —Se llevó de forma ostensible la mano adonde tenía la *misericordia*. Era un aviso a los portugueses.

—No alberguéis temor alguno. Si nuestras intenciones no fueran las de hablar, os aseguro que no habríamos venido aquí.

Subieron por la escalera en silencio hasta una sala donde aguardaban dos individuos. Elcano dudó si no era mejor marcharse y dar por zanjado aquel asunto, en lo que a él se refería.

—¡Señor don Juan Sebastián Elcano, es un verdadero placer conoceros! —Lo recibió uno de ellos al verlo aparecer.

Era el nuevo embajador de Portugal, al que había visto en la recepción a la que había asistido cuando estuvo con Carlos I.

—Vuesa…, vuesa merced es…

—Soy Luis da Silveira, representante, ya de forma oficial, de su majestad Juan III ante la Corte del rey y emperador. Quiero agradeceros que hayáis aceptado venir. Tengo mucho interés en hablar con vos. ¿Os complace sentaros a la mesa?

Aquella situación iba mucho más allá de lo que aquellos dos sujetos —no eran más que esbirros a las órdenes del embajador— le habían dicho.

No era lo mismo hablar con ellos que mantener una conversación con el embajador. Eso eran palabras mayores. Si se supiera, podían acusarlo de muchas cosas, incluida la traición al rey, castigada con la muerte.

—Ignoraba que iba a encontrarme con su excelencia.

—Comprended que estas cosas han de hacerse con cierto sigilo. Si llegara a conocimiento de quien no debe, vuestra vida valdría muy poco y mi posición en la Corte se haría insostenible. No podría cumplir la misión que me ha encomendado mi rey y señor. Por eso se buscó un lugar… discreto. Hacedme la merced de sentaros.

Elcano se sentó, pero no lo hizo en la silla que el embajador le ofrecía, sino en otra que le pareció más a propósito si tenía que luchar por su vida. Tenía la impresión de que aquello era una encerrona.

—Dispuesto a escucharos.

—¿Os apetece un poco de vino? —Alzando su jarra, añadió—: Os aseguro que es bueno, muy bueno.

—Os lo agradezco, pero no he venido a beber. Terminemos cuanto antes. —Elcano miró fijamente al individuo que acompañaba al embajador cuando entró en aquella sala.

Tenía una fea cicatriz en la mandíbula, que arrancaba de la comisura de su boca. Comprobó que tenía una espada de hoja corta y ancha, una cinquedea, a la que algunos llamaban de lengua de buey. Los dos que lo habían conducido hasta allí debían de estar armados —no era habitual arriesgarse a ir por las calles de noche sin llevar al menos una daga—, pero no podía asegurarlo porque ambos seguían en pie, envueltos en sus capas.

—Mi señor —explicó Da Silveira— me ha enviado a la Corte de vuestro soberano, relevando a mi antecesor, para negociar los aspectos de su matrimonio con una hermana de don Carlos, la que acompaña a la reina doña Juana en Tordesillas, la infanta doña Catalina. Cuando se ajustan esos casamientos han de tenerse en cuenta numerosos aspectos. Tienen mucho de alianzas entre los países de los contrayentes, aunque no siempre sirven para el fin por el que se llevan a cabo. Como sabéis las tensiones entre Portugal y Castilla son muy fuertes por el control de ciertas rutas y algunas tierras que se encuentran en litigio. Rebajar esas tensiones sería mi segunda misión.

—Esos dominios quedaron recogidos en un tratado que se firmó hace ya años. No tiene por qué haber litigios. Basta con que cada cual cumpla con lo que se dice en ese tratado.

El embajador mojó sus labios en el vino.

—¿Sabéis dónde queda el meridiano?

Elcano pensó que le estaba tendiendo una trampa.

—¿A qué meridiano os referís?

—¡Vamos, señor Elcano! ¡Vos sois navegante! ¡Habéis demostrado ser un excelente marino! Sabéis de qué estoy hablando. Me refiero al meridiano que se sitúa ciento ochenta grados al oeste del que se fijó a trescientas setenta leguas al oeste de las Cabo Verde, el que también se conoce como contrameridiano.

Pensó que lo mejor era no andarse con rodeos.

—Claro que sé dónde queda ese meridiano. Al haber dado la vuelta a la Tierra, he podido medirla. Sabemos cuáles son sus dimensiones y eso nos permite saber dónde queda la línea que separa, en aquella parte del planeta, nuestro hemisferio del vuestro.

—Os veo muy seguro de vuestras palabras.

—¿No le parece a su excelencia que tengo sobrados motivos para ello? He navegado por esas aguas y he circunnavegado el mundo. No tengo la menor duda.

El embajador dio otro sorbo a su vino, mayor que el anterior. Necesitaba refrescar su garganta.

—¿Acerca de qué no tenéis la menor duda?

Elcano lo miró a los ojos, fijamente.

—A que las islas de las Especias quedan en nuestro hemisferio.

—Eso no está claro.

—¿Acaso disponéis de datos como los que nosotros tenemos?

—El señor Antonio Pigafetta sostiene que la Especiería queda fuera de los límites del hemisferio español.

Otra vez surgía el nombre de aquel sujeto.

—Supongo que su excelencia sabe que Pigafetta no es en realidad un marino. Carece de conocimientos de náutica. Es un… habilidoso de la pluma y por lo que compruebo también de la lengua. No le vi jamás tomar medidas sobre la latitud, ni calcular la posición del sol. Lo que escribe tiene errores muy graves que un navegante jamás cometería.

El embajador no contaba con que Elcano hubiera conocido el texto del italiano.

—¿A qué errores os referís?

—Datos erróneos, confusión de fechas —recordó lo que le había comentado el secretario de Indias—, como, por ejemplo, el día en que vencimos el cabo de las Tormentas…

—Cabo de Buena Esperanza, señor de Elcano, cabo de Buena Esperanza.

—Llamadlo como queráis, pero un marino jamás olvida fechas como esa. Os diré que el diario de ese italiano no ofrece mayor credibilidad que la de una novela de caballerías, como las que protagoniza Amadís de Gaula.

El embajador encajó el golpe. Con mucha habilidad, llevó la conversación a un terreno muy diferente. Un terreno donde pisaba firme.

—Supongo que sois consciente de que navegando por esas aguas estabais incumpliendo lo acordado en Tordesillas. Incluso desobedecíais las órdenes de vuestro rey, que dejó muy claro que no se navegase por aguas de nuestro hemisferio.

—Es cierto lo que dice su excelencia. Pero no lo es menos que son muchos los navegantes de vuestro país que incumplen ese tratado. No pueden pasar la línea que marca las trescientas setenta leguas al oeste de las Cabo Verde y sin embargo navegan por las costas orientales de las Indias mucho más allá de lo establecido.

Da Silveira torció el gesto. No esperaba una respuesta como aquella.

—Está bien. No somos nosotros quienes hemos de dilucidar tan complejo asunto. Si he querido hablar con vos ha sido por el interés que nuestro rey tiene en que entréis a su servicio.

Había llegado el momento crucial de aquella reunión. Tenía que ser cauto. Ignoraba lo que podían ofrecerle los portugueses, pero fuera lo que fuese no iba a aceptarlo.

—¿Qué propone vuestra excelencia?

—Tengo entendido que habéis solicitado a vuestro rey un hábito de la Orden de Santiago, pero no habéis tenido respuesta. ¿Me equivoco?

—Como sabéis, esas concesiones son lentas. Tienen que pasar ciertos informes. Las cosas que han de cocerse en palacio suelen ir muy despacio.

—Pero hay ocasiones en que se otorgan rápidamente.

—No es mi caso, excelencia.

—Nuestro rey os ofrece un hábito de la Orden de Cristo. Seríais caballero de ella de forma inmediata.

—Decid a vuestro soberano que se lo agradezco. Es un alto honor ser miembro de la Orden de Cristo y poseer su hábito otorga gran prestigio a sus miembros. Pero mi deseo… es ser caballero de Santiago.

—Ese hábito de la Orden de Cristo, que nada tiene que envidiar a la de Santiago, lleva una encomienda que está dotada generosamente. Tiene dos mil ducados de renta anual. Con dicha renta puede tenerse una vida regalada.

—Soy un marino, señor, y la vida en la mar no es vida regalada. Decid a vuestro rey que me siento muy honrado con su generosidad. Pero, en este momento, mi mayor deseo es seguir al servicio de mi soberano.

—Creo que os equivocáis. Lo que os ofrecemos es mucho más de lo que os pueda dar vuestro rey. Mantendré la oferta para que podáis meditarla con tranquilidad. A veces las cosas se ven de forma diferente transcurridos unos días. Volveremos a establecer contacto con vos. Tal vez entonces…

—Agradezco, una vez más, vuestra generosidad. —Elcano ya se había puesto en pie. Sabía, pese a las palabras del embajador, que la prudencia dictaba salir de allí lo más rápidamente posible.

—Acompañad a nuestro amigo hasta la puerta —ordenó el embajador a los dos sujetos que lo habían abordado en la calle.

Temió que, apenas pusiera los pies en ella, acabaran con su vida. Al llegar abajo, donde la concurrencia empezaba a ser más nutrida, se volvió hacia sus acompañantes.

—Ahórrense vuesas mercedes salir. Hace mala noche.

Los portugueses se miraron y asintieron en silencio. Para Elcano fue un alivio verlos perderse escaleras arriba. Abandonó a toda prisa el *San Martín* y se encaminó hacia la calle Cantarranas, aunque habría preferido irse a la cama con María.

Cuando los dos esbirros del embajador de Portugal regresaron a la sala donde estaba, recibieron instrucciones precisas.

—No hay que perderlo de vista. Parece un hueso duro de roer.

—Perded cuidado, excelencia. Lo tenemos controlado. Se aloja en una casa de la calle Cantarranas, donde una viuda le tiene alquilada una buhardilla. Sabemos que tiene amores con una joven bordadora, que vive en la calle de la Sierpe. También que ha visitado varias veces la casa donde viven esos malnacidos de los Reinel.

Al oír esto último, el embajador frunció el ceño.

—¿Por qué no me habéis informado de las visitas a los Reinel?

Los dos esbirros se miraron uno al otro, sin saber qué decir.

—Excelencia no…, no se nos habían dado instrucciones al respecto.

—¡Hay ciertas cosas acerca de las que no es necesaria instrucción alguna! —El embajador golpeó con el puño la mesa desahogándose de la frustración que había supuesto el encuentro con Elcano—. ¿Tenéis idea de lo que hay en estos momentos en juego? Si ha estado en casa de los Reinel quiere decir que están confeccionando algunos mapas con los datos que Elcano les ha proporcionado.

—Los mapas van a ser decisivos a la hora de librar la batalla que se avecina —señaló Antunes, que era el hombre que acompañaba al embajador y que había permanecido en silencio todo aquel tiempo, pero no había perdido detalle de lo que se había hablado.

—Lo que acaba de decir Antunes es el Evangelio. Pero parece que vosotros no lo tenéis claro.

—Excelencia…

—¡Enteraos de algo que os importa mucho! ¡Si los castellanos se hacen con el control de la Especiería, las riquezas que fluyen a Lisboa y convierten a nuestro monarca en un soberano poderoso serán cosa del pasado! ¡En ese caso id buscándoos la vida por otro lado porque nuestro rey tendrá problemas para pagar vuestros salarios! —El embajador resopló y dio otro trago a su vino—. Dejemos que pasen algunos días. Tal vez, reflexione. Dos mil ducados son cuatro veces más que la pensión que su rey le ha dado.

—¿Don Carlos va a otorgarle quinientos ducados? —preguntó Antunes, un tanto sorprendido.

—Así es. Según me han informado, su rey firmará dentro de unos días la Real Cédula. Pero es una entelequia.

Antunes, que ejercía como secretario de cartas y guardaespaldas del embajador, no se privó de preguntarle, amparándose en la confianza que el embajador tenía en él:

—¿Por qué dice su excelencia que es una entelequia?

—Porque esos quinientos ducados saldrán de los beneficios de la Casa de la Contratación de la Especiería. La que el rey ha aprobado para que se erija en La Coruña.

—¡Pero si todavía sólo existe en los papeles!

—Por eso, precisamente, digo que se trata de una entelequia.

Antunes, que disponía de información privilegiada porque era quien cifraba las cartas que se mandaban a Lisboa con información confidencial, hizo un comentario que sólo él podía permitirse.

—Pero vuestra oferta tal vez no resulte decisiva.

—¿Por qué lo decís? Es cuatro veces más.

—Porque ha dicho que es un hombre de mar y lo que desea es navegar. Quizá si se le ofreciera el mando de una escuadra...

—Esperemos a ver qué efecto causan los dos mil ducados. Es una cantidad respetable y el poder del dinero... Respecto a tentarlo con el mando de una escuadra... Esa será nuestra última oferta. Si la rechaza, pasaremos a la acción. Pero cada cosa a su debido tiempo. Hay que agotar todas las posibilidades. Si entrase al servicio de Portugal...

—Excelencia..., ¿puedo haceros una pregunta? —preguntó uno de los esbirros.

—¿Qué quieres saber, Bastinhas?

—Señor, ¿tan importante es que ese individuo entre al servicio de nuestro rey?

El embajador contuvo el exabrupto que se le vino a la boca. Bastinhas era un magnífico sicario. Capaz de acabar con la vida de quien se le ordenase, sin hacer preguntas. Se manejaba con el acero de forma diestra y con una daga en la mano era temible. Pero andaba escaso de luces. No era mala combinación para los trabajos que se le encomendaban, pero llegaba a sacar de quicio al embajador.

—Ese hombre posee información muy útil. Es quien tiene los datos más fiables del perímetro de la Tierra. Es posible que favorezcan nuestros intereses, pero no lo admitirá estando al servicio de Carlos I. Apostaría mil ducados a que los Reinel han confeccionado, o están haciéndolo, un mapa donde reflejarán los intereses de los españoles. El mayor aval que tienen son los datos que ha aportado El-cano. Pero, si ese marino entrase al servicio de nuestro rey…

—Pero, excelencia, ha dicho que sus datos favorecen a Castilla… sin la menor duda.

—¡Bastinhas… Bastinhas…! ¡Qué poco sabes de estos asuntos! No olvides que hay un dato que juega a nuestro favor en esta pugna.

—¿Cuál es, excelencia?

—Me parece que por esta noche ya está bien. Quieres aprender demasiadas cosas.

Luis da Silveira no podía compartir con un sujeto como aquel algo que podía darles ventaja sobre los españoles como era el matrimonio de la infanta doña Isabel con el emperador. A la primera ocasión que el vino desatara su lengua, Bastinhas andaría pregonándolo. Apuró el vino de su jarra y se levantó. Se marchaba, seguido de Antunes, pero al llegar a la puerta se volvió y, mirando a los dos esbirros, les hizo un encargo.

—Haced una visita a casa de los Reinel. Enteraos en qué trabajan y si han elaborado alguna carta o algún mapa con los datos que les ha proporcionado Elcano. Enteraos de cuál es la razón por la que los visita. Pero no quiero complicaciones. En estos momentos es lo último que deseo. Sondeadlos para ver si es posible que vuelvan al servicio de nuestro rey.

—Quedad tranquilo, excelencia. Actuaremos con cautela.

Cuando el embajador y Antunes se perdieron escalera abajo, Bastinhas preguntó a su compañero:

—¿Tienes idea de qué será eso que su excelencia dice que juega a nuestro favor?

—Ni lo sé, ni me interesa.

XX

Antes de iniciar el camino hacia Guetaria —lo haría en cuanto las nieves que bloqueaban algunos puertos se derritieran—, Elcano quería dejar resuelto el asunto del enano y *Zapatones*. Estaba dispuesto a ajustarles las cuentas a aquel par de bergantes.

Acudió al menos media docena de veces a la casa del segundo sin resultado alguno. Era como si a aquel grandullón se lo hubiera tragado la tierra. Trató de localizar al sujeto que le había facilitado la información, pero sus intentos fueron inútiles.

En vista del poco éxito en la búsqueda de *Zapatones*, decidió ir a Simancas para intentar localizar al enano. Una mañana que había amanecido con el cielo despejado —tras varios días de lluvia incesante—, decidió alquilar una cabalgadura. Podía haber ido a pie porque la distancia no llegaba a las tres leguas, pero el camino estaba embarrado y con una cabalgadura ganaría tiempo, a pesar de que no era un buen jinete. Llegó poco después del mediodía a aquella villa que dominaba un impresionante castillo. Pudo averiguar que entre los vecinos había un enano que se llamaba Matías, pero le dijeron que llevaban muchos días sin verlo, algo que ocurría con cierta frecuencia. Una mujer le indicó la casa donde vivía.

—Es aquella.

No era una mala vivienda. Fachada de piedra en la planta baja y la entrada recercada con un amplio arco de medio punto, balcón y ventanas fuertemente enrejadas, y la puerta reforzada con placas de metal.

—¿Vive solo?

—Cuando anda por aquí, la Catalina viene todos los días. Se encarga de la casa, de la comida y, por lo que se comenta —la mujer bajó el tono de la voz—, le calienta la cama de vez en cuando. No creo que Matías le cree muchos problemas… La tendrá pequeñita —añadió con una risilla maliciosa.

—¿Cómo se gana la vida?

—Eso es un misterio. Matías vive bien, pero nadie sabe de dónde saca los cuartos. Quien podría darle información es la Catalina.

—¿Adónde puedo encontrarla?

—Siga vuesa merced calle abajo. Al final a la derecha, donde está la tahona, se abre un callejón. Su casa es la del fondo.

Elcano agradeció a la mujer la información y, llevando al caballo de la brida, llegó hasta la tahona, de la que salía un estimulante olor a pan. El callejón era estrecho y la fachada de la casa del fondo tenía menos de cuatro varas. Llamó a la puerta y le sorprendió la rapidez con que una mujer se asomó por la ventana de la planta de arriba.

—¿Qué buscáis? —preguntó con el ceño fruncido.

—¿Sois Catalina?

La mujer, que lo miraba con descaro, respondió con otra pregunta.

—¿Quién sois vos?

—Me llamo Juan Sebastián Elcano. Si sois Catalina me gustaría hablar un momento con vos.

—¿Qué queréis? —preguntó mirando al caballo que sostenía por la brida.

—Sólo hablar.

—Hablar, ¿de qué?

—Acerca de dónde podría encontrar a Matías.

Catalina había desarrugado el entrecejo.

—¿Qué gano yo con deciros lo que deseáis saber?

Quien ahora arrugó la frente fue Elcano.

—¿Un real de a ocho?

—Dos…, dos reales de a ocho —fue su inmediata respuesta.

—Está bien, siempre que me digáis algo que merezca la pena.

—Aguardad. —Poco después abría la puerta y miraba de nuevo al caballo—. Si vuesa merced quiere pasar..., pero el caballo se queda fuera. Podéis atarlo ahí. —Señaló una argolla de hierro empotrada en la pared—. Os aseguro que no corre riesgo de que se lo lleven.

Elcano ató la brida del caballo y entró al portal de la casa.

—Mejor no cerramos la puerta —indicó Elcano.

—Como quiera vuesa merced.

Catalina era una moza de buen ver. Algo entrada en carnes, busto generoso y poco más de veinte años. Llevaba el pelo, muy negro, recogido en una trenza. Era moza muy desahogada y Elcano decidió tutearla.

—¿Qué puedes decirme de ese Matías?

—Primero esos reales de a ocho.

—¡No! Primero suelta lo que vayas a decirme.

—¿No pretenderá vuesa merced largarse sin pagarme?

—Si lo que me dices merece la pena, queda tranquila, cobrarás lo acordado.

—¿Y cómo se yo que merece la pena lo que a vos os diga?

Estaba claro que la moza cazaba las moscas al vuelo.

—Está bien... Te daré uno. El otro tendrás que ganártelo.

—Me parece justo —Elcano sacó de la bolsa un real de a ocho y se lo entregó—. ¿Qué queréis saber?

—Todo lo que puedas decirme.

—¿Matías os ha jugado alguna mala pasada?

—Eso no viene al caso. ¿Está aquí?

—Se marchó hace unos días. Viaja mucho porque el dinero no le falta.

—¿Es rico por su familia?

—No puedo asegurarlo, pero el dinero no le falta. ¡Y no será porque no lo gaste a manos llenas!

Tuvo la impresión de que no iba a decirle la verdad. Le diría algo para ganarse el otro real de a ocho y poco más.

—Por lo que he sabido, tú tienes entrada en su casa.

—Es cierto, pero Matías es muy reservado.

—Hay cosas que no pueden ocultarse.

—El dinero, como ya os he dicho, no le falta, pero no he podido averiguar de dónde lo saca. Es posible que lo consiga cuando está fuera.

—¿Adónde va?

—No lo sé.

—Te quedas sin el otro real de a ocho.

—Hay quien dice que va a Medina de Rioseco.

—¿A qué va allí?

—Corre el rumor de que está emparentado con los Enríquez. Pero eso sólo es un rumor.

—¿Con los Enríquez? ¡Esa es gente de fuste! ¿Qué dice Matías sobre ese rumor?

—No lo niega porque ser de esa familia da mucho lustre. Esta villa perteneció a ellos hasta hace pocos años en que el rey se la reclamó. A los señores les sentó bastante mal. Los reyes utilizan su castillo como cárcel. Cuando lo de los comuneros, tuvieron preso en él a un obispo.

—¿Está mucho tiempo fuera?

Catalina resopló.

—Cuando desaparece lo hace durante muchas semanas.

—¿A qué se dedica cuando está aquí, en Simancas?

—Escribe…, pinta…, come…, bebe… —Catalina añadió con picardía—: y, bueno…, también me hace algunas cosillas.

—¿Algunas cosillas…?

—Le gusta mucho sobarme las tetas —Catalina se palpó los pechos— y yo lo dejo que disfrute. Cuando está aquí va algunas veces a Valladolid.

—¿Sabes a qué?

—No, pero puedo deciros que allí hace migas con un sujeto al que llaman *Zapatones*.

Elcano llevaba un rato dándole vueltas a la pregunta que dejó para el final. Si las ausencias del enano eran tan prolongadas, alguien cuidaría de su casa durante sus ausencias.

—¿Tienes posibilidad de entrar en la casa de Matías?

Catalina lo miró con desconfianza.

—¿Ir a su casa? ¡Vuesa merced está loco! ¡Loco de atar!

—¿Otro real de a ocho? Te prometo que sólo miraré. Me llevaré el polvo que se pegue a las suelas de mis botas.

—Dos…, dos reales de a ocho, además del que vuesa merced tiene que darme por la información que os he facilitado…, y sólo mirar, ¿eh?

—Sólo mirar —aseveró Elcano.

—Aguarde vuesa merced un momento.

Diez minutos después estaban en la casa de Matías. El interior de la vivienda respondía a la calidad de la fachada. Había mobiliario que sólo se veía en casas de gente acomodada: colgaban algunos cuadros en las paredes, había reposteros, la cama que había en la alcoba tenía dosel.

—¿Qué hay en esa habitación?

—Es el gabinete donde Matías escribe, dibuja…, lee… Si os facilito la forma de entrar, ¿tendré alguna recompensa?

Elcano sólo sentía curiosidad malsana. Husmear en aquella dependencia no serviría para su propósito. Ni siquiera tenía claro por qué le había pedido que le facilitase la entrada en la casa. Si lo que deseaba era ajustarle las cuentas a aquel enano rijoso, lo que estaba haciendo carecía de sentido y le incomodaba que aquella moza buscase saquear sus bolsillos de forma tan descarada.

—Te daré el dinero acordado, pero ni una blanca más. —Echó mano a su faltriquera y sacó los tres reales de a ocho—. Ahí tienes, lo que habíamos acordado. Soy hombre de palabra.

Elcano se dio media vuelta dispuesto a marcharse. Sabía algo más sobre aquel enano, pero lo tenía lejos de su alcance. Estaba llegando a la puerta cuando lo detuvo la voz de Catalina. La mujer estaba extrañada de que le hubiera dado el dinero, pese a haberse negado a enseñarle aquella habitación.

—¡Aguardad un momento!

Desapareció en la cocina y regresó segundos después con una pesada llave en la mano.

—Matías ignora que sé dónde la guarda. Aquí sólo entro en su presencia. No sé a cuento de qué viene tanto misterio. Sólo hay libros, papeles y los dibujos que hace Matías —comentó mientras abría los postigos de una ventana fuertemente enrejada.

El suelo estaba cubierto con una gruesa alfombra que amortiguaba las pisadas. Había varias docenas de libros y algunos legajos colocados en las baldas de un mueble. También una mesa atestada de papeles y un caballete de pintor sobre el que Matías debía de estar trabajando. Se acercó y cuando vio lo que había dibujado no pudo contener una exclamación de sorpresa.

—¡Por todos los demonios!

—¿Qué ocurre?

—¡¿Esta es la clase de dibujos que hace Matías!?

Catalina se acercó al caballete.

—Sí, son muy raros y, cuando los termina, los guarda ahí. —Señaló unos grandes cartapacios.

Elcano le había prometido que se limitaría a mirar. Pero lo que acababa de ver en aquel caballete…

—¿Podría ver esos dibujos?

Catalina lo miró entrecerrando los ojos.

—Habíamos quedado en que sólo miraríais.

—Es cierto…, pero ese dibujo… —Elcano señaló el caballete.

—Está bien, pero luego deberéis dejarlo todo tal y como está.

—Pierde cuidado.

Despejó un poco la mesa y comprobó que el primer cartapacio tenía dibujos hechos con carboncillo sobre papel en los que podían verse estudios de bocas, manos, torsos…, también animales como conejos y pájaros y en uno el cuerpo desnudo de una mujer. Matías no era mal dibujante. Guardó los dibujos y colocó el cartapacio en su sitio. Catalina lo miraba en silencio. Abrió el segundo y lo que allí vio le hizo contener la respiración. Era una colección de cartas náuticas y de mapas. Los observó con detenimiento. Eran unos trabajos extraordinarios y, hasta donde podía determinar, muy precisos. Alguno de aquellos mapas recogía datos muy recientes que sólo conocían los cartógrafos que había en Sevilla, al servicio de la Corona. Se preguntó cómo era posible que los tuviera. Los mapas eran de los secretos mejor guardados.

—¿Esto es lo que dibuja Matías?

—Sí, ¿qué son esas líneas tan complicadas? ¿Las había visto vuesa merced antes?

—Soy navegante y esto son mapas y cartas de marear.

—¿Cartas de qué?

—De marear. Son las que utilizan los marinos para navegar.

—Por la cara que se os ha puesto, diría que son algo muy importante.

—Mucha gente mataría por tenerlas.

—¡Jesús, María y José! ¡Guarde vuesa merced esos dibujos, deje la carpeta donde estaba y vámonos de aquí! ¡No quiero complicaciones!

—¿Cuándo se ha marchado Matías?

—Hace tres…, no. Hace cuatro días.

—¿Sabes qué hace con los dibujos?

—¡Déjese vuesa merced de preguntas! ¡Guarde todo eso y vámonos de aquí!

—Responde a esa pregunta y nos vamos.

—Siempre que se marcha se lleva dibujos de esos.

Elcano guardó los mapas, colocó el cartapacio en el mismo sitio y volvió a poner las cosas que había sobre la mesa como estaban antes. Se despidieron en la puerta y, a lomos del caballo, abandonó Simancas, pensando que, pese a que el obispo Fonseca le urgía a ponerse cuanto antes en camino hacia su tierra, retrasaría algunos días el viaje. Ahora, además de ajustar cuentas con aquellos sujetos, tenía que averiguar qué había detrás de todo aquello. Además, se tenía noticia de que en Pancorbo las nieves impedían el paso. Había que esperar al deshielo.

XXI

El secretario de Indias lo recibió, con una sonrisa de satisfacción en los labios, y le invitó a sentarse junto a él, frente a la chimenea.

—Tengo que daros una buena noticia.

Elcano pensó en que el rey le había concedido el hábito de Santiago. Era lo justo si a Magallanes se lo había otorgado con sólo un proyecto.

—¿Qué noticia es esa?

—Su majestad mediante una Real Cédula os exime de los cargos por la venta del barco que hicisteis a los genoveses. Estáis libre de toda culpa.

Elcano disimuló su decepción, pero no se privó de decirle al obispo lo que pensaba.

—Ese fue…, fue un delito del que nunca me he sentido culpable. La justicia no debería perseguir por cosas como esa.

—Las leyes prohíben vender o enajenar barcos a extranjeros.

—Es cierto, pero, si me vi obligado a entregar mi barco fue porque la Corona no me pagó y sigue sin pagarme la deuda que tiene conmigo por los servicios prestados con él. Me debe ese dinero desde hace casi cinco años. Si me hubiera pagado, como era lo acordado, yo podría haber cancelado la deuda que contraje con esos prestamistas y nada de lo que después sobrevino hubiera ocurrido.

—Vuesa merced no debió ofrecer su barco como garantía.

—No poseía otra cosa y tenía que pagar a mi tripulación. Sin los hombres no podía haber llevado a cabo el trabajo para el que la Corona me contrató. El plazo que me dieron era más que suficiente para haberlo abonado si la Real Hacienda hubiera cumplido.

—Sabéis que las cosas de palacio van despacio.

—Para lo que les conviene. Porque la justicia bien que se dio prisa en buscarme. Lo que su majestad hace, firmando esa Real Cédula, es enmendar lo que se hizo mal.

El obispo puso cara de circunstancias. No le faltaba razón. La justicia jamás debió perseguirlo por aquello. Como no tenía argumento con que responderle, se limitó a decir:

—Veo a vuesa merced un tanto…, un tanto alterado.

—No soporto que se me quiera engatusar con cosas como esa. ¿Hay alguna noticia sobre la petición del hábito de Santiago que elevé al rey?

—Nada por ahora. Como os he dicho las cosas de palacio van despacio. El rey os prometió exoneraros del delito de lo del barco cuando vinisteis a Valladolid para informar de vuestro viaje. ¿Fue en septiembre?

—A finales de septiembre.

—Pues estamos bien metidos en febrero y es ahora cuando va a firmarse esa Real Cédula. Pero dejemos aparte esas cuestiones, ¿Qué es eso de tanta gravedad a que os referíais cuando me pedisteis este encuentro?

Le contó por qué buscaba al enano y le relató con todo detalle lo visto en Simancas. Fonseca no lo interrumpió una sola vez. Guardó silencio, inmóvil, como si fuera una estatua. Las arrugas con que los años habían ido tallando su rostro parecían esculpidas. Calibraba la gravedad de lo que oía.

—Ignoro el tiempo que lleva elaborando esos mapas y desconozco su destino. Esos mapas recogen datos de las últimas exploraciones, que se mantienen en secreto.

Fonseca tardó un buen rato en hacerle una pregunta:

—¿Habéis contado a alguien más lo que acabáis de decirme?

—A nadie, ilustrísima.

El obispo asintió con un ligero movimiento de cabeza.

—Lo que me habéis contado es particularmente grave. No sé si sabéis que el rey Fernando arrebató a los Enríquez la posesión de Simancas, lo que enojó mucho a don Fadrique.

—Algo me ha dicho esa Catalina de la que os he hablado.

—¿Sabéis que esa familia ostenta el título de almirantes de Castilla?

—¿No está en manos de uno de los hijos de don Cristóbal Colón?

—Los Enríquez son almirantes de Castilla desde hace más de un siglo. Colón fue investido almirante de la Mar Océana.

—¿Son gente ligada a la mar?

Fonseca tomó el atizador y removió las ascuas de la chimenea para avivar el fuego.

—Don Fadrique fue un excelente marino y prestó grandes servicios por los que considera que no ha sido debidamente recompensado. Ahora está más pendiente de sus negocios y de hacer dinero que de lo que serían sus obligaciones como titular de uno de los grandes linajes del reino. En la Corte no se habla muy bien de él. Hay quien dice que por dinero… Ahora el centro de sus dominios está en Medina de Rioseco.

—¿Habéis dicho Medina de Rioseco?

—Don Fadrique busca convertir en ducado ese señorío.

—Esa…, esa Catalina me ha dicho que en Simancas corre el rumor de que, cuando el enano desaparece, va a Medina de Rioseco.

—Es posible que tenga alguna relación con los Enríquez. Eso no quiere decir que pertenezca a ese linaje. Pero si está en Simancas y va a Medina de Rioseco… —Fonseca se quedó con la mirada fija en las llamas que, después de haber atizado el fuego, habían cobrado vivacidad—. Tenéis que ir a Medina de Rioseco y averiguar lo que hay detrás de esos mapas.

—Mañana lo dispondré todo para partir lo antes posible.

Fonseca se puso en pie y Elcano también. La reunión había concluido

—Se os dará dinero y daré órdenes para que os acompañen un

par de hombres. Habiendo mapas de por medio…, el peligro estará al acecho.

—Prefiero viajar solo, ilustrísima. Como os he dicho hay también un asunto particular.

—El peligro que barrunto es muy grande y no vais sólo a ajustar cuentas con ese enano. Os acompañarán dos hombres de absoluta confianza, que estarán a vuestras órdenes. Nada sabrán de lo que vuesa merced tenga que hacer con ese enano. No obstante… —Fonseca midió bien sus palabras—, antes de satisfacer vuestro asunto, deberéis hacerle hablar. Hay que saber lo que hay detrás de esos mapas. Creo haberme explicado con claridad, ¿tiene vuesa merced alguna duda?

—Ninguna, ilustrísima. No pienso despacharlo al otro mundo sin que antes haya soltado todo lo que tenga que decir.

—En ese caso, no se hable más.

El semblante de Juan III mostraba satisfacción después de haber leído la carta que tenía en sus manos. El correo que había llegado al *Palacio da Ribeira* había traído noticias que el monarca llevaba esperando muchos días.

El embajador daba cuenta del ambiente que se respiraba en Valladolid respecto a la ruta abierta por Magalhães para llegar a las islas de las Especias. Reiteraba el embajador que los españoles estaban eufóricos porque, con los datos que había aportado el capitán del barco que, entrando en aguas del hemisferio portugués había completado la circunnavegación del globo, estaban convencidos de que aquellas islas quedaban, sin ningún género de dudas, en sus dominios. Daba cuenta también a su soberano de que había mantenido un encuentro con ese capitán y que le había hecho una oferta inicial que no había aceptado, aunque no descartaba la posibilidad de conseguir algo más positivo, pero había que ser pacientes. Le decía que marchaban por buen camino las negociaciones de su matrimonio y se empezaba a negociar el complicado asunto de la dote de doña Catalina y otras cuestiones del casamiento. Le informaba igualmente de que todo lo relacionado con las especias en Castilla no se haría en la Casa de la Contratación de Sevilla, sino que iba a crearse una nueva Casa de la Contratación que sólo entendería de ese asunto y que se había elegido como lugar la ciudad de La Coruña. Sin embargo, lo que hizo que Juan III agitase con vehemencia una campanilla de plata fue lo que leyó a continuación.

El gentilhombre que guardaba la antecámara apareció al instante.

—¿Ha llamado su majestad?

—¡Que localicen a la infanta doña Isabel! ¡Necesito hablar con ella! ¡Es urgente!

Minutos después la infanta entraba en la estancia donde aguardaba su hermano con la carta en la mano.

—¿Me has llamado?

—¡Noticias de Valladolid, Isabel! —exclamó, sin disimular su alegría, mostrándole la carta.

—Basta mirarte a la cara para saber que son buenas.

—Excelentes, Isabel, excelentes.

—¿Don Carlos acepta que las islas de las Especias quedan en nuestro hemisferio?

—No, las buenas noticias están referidas a otro asunto.

Doña Isabel interrogó a su hermano con la mirada.

—Las negociaciones para mi matrimonio con Catalina de Habsburgo marchan…, marchan viento en popa, según me dice Da Silveira. Están negociándose los pormenores referentes a la dote de la novia, la forma en que ha de organizarse su casa y el número de damas castellanas que estarán a su servicio, una vez casada.

—Enhorabuena, hermano. Tengo entendido que Catalina ha tenido una infancia difícil porque ha sido la que ha acompañado a su madre en Tordesillas. El retrato que nos envió don Carlos señala también que es linda.

—Por eso estoy muy contento. Mi casamiento anuda relaciones con Castilla y espero que ayuden a rebajar las tensiones que nos enfrentan por los asuntos de ultramar. —El rey miró a su hermana son una sonrisilla pícara—. Pero Da Silveira dice algo más en su carta. Por eso te he llamado. Te incumbe a ti, ¿quieres que te lea lo que dice exactamente?

El gris azulado de los ojos de la infanta brilló de forma especial, al tiempo que una oleada de calor subía por su cuerpo. El arrebol cubrió su rostro y un leve temblorcillo agitó sus labios. Con un hilo de voz, que apenas le salía del cuerpo, pidió a su hermano que la leyera.

Juan III carraspeó como si necesitase aclararse la garganta para decir algo que requería de... cierta solemnidad.

En cuanto a la posibilidad de que mi señora doña Isabel contraiga nupcias con el emperador, puedo deciros que, tras algunas conversaciones reservadas con personas de mucha influencia en esta Corte, casi todos se muestran a favor de ese matrimonio. La otra opción de matrimonio que se baraja en esta Corte es la princesa María, la hija del rey de Inglaterra y de Catalina de Aragón. No se ve con malos ojos afianzar la alianza con Inglaterra, principalmente por el enfrentamiento que esta monarquía sostiene con Francia. Su Cristianísima Majestad no ha superado su fracaso en la elección imperial, en que disputó el trono a don Carlos, quien tiene previsto viajar a Vitoria en los próximos meses para tener conocimiento de primera mano acerca del conflicto con los franceses y los linajes navarros contrarios a la anexión de aquel reino a la Corona de Castilla. Pero son muchos, majestad, los que ven un grave inconveniente en ese matrimonio porque la princesa inglesa tiene sólo siete años de edad y eso obligaría a retrasarlo demasiado tiempo.

Así, pues, con el sumo cuidado con que han de tratarse estos asuntos, he planteado a Su Majestad Católica, con mucha discreción, el asunto que me encomendasteis a este respecto. Su majestad oyó mis palabras con mucha atención y me hizo numerosas preguntas acerca de doña Isabel. Ponderé sus muchas virtudes y para mi sorpresa me dijo que tenía información de las muchas prendas que la adornan. Eso significa que su Majestad Imperial ha recabado información de doña Isabel por algún conducto que desconozco. Pero mi sorpresa fue aún mayor cuando me dijo que deseaba ver un retrato de doña Isabel. Es esa una iniciativa, como sabe vuestra majestad, que sólo se produce cuando se piensa en dar formalidad a un más que probable matrimonio.

Conociendo el interés de vuestra majestad en este asunto, os solicito que a la mayor brevedad se me envíe un retrato de los que es costumbre mandar en estas circunstancias. No creo cometer una indiscreción si os digo que don Carlos está vivamente interesado en desposar a doña Isabel.

Juan III levantó la vista y preguntó a su hermana, quien no podía disimular la agitación que la embargaba:

—¿Qué te parece?

Haciendo gala de una extraordinaria discreción, que era una de las muchas virtudes que atesoraba doña Isabel, quien en privado había dicho a algunas de sus amigas que su mayor deseo era que el rey de España la desposara, dijo a su hermano:

—Juan…, aunque no he visto nunca a don Carlos… No…, no sé. —La hermana del rey estaba nerviosa, azorada—. No acabo de encontrar la palabra adecuada para expresar mis sentimientos. Resulta difícil afirmar que estoy enamorada de una persona a la que no he visto en mi vida. Ni siquiera poseo un retrato que me lo represente, al menos de forma parecida a como es. Sé que nació con el siglo y que tiene veintitrés años y, por lo que he oído decir, es rubio, de mediana estatura y que tiene muy pronunciado el mentón inferior, que es una característica de los miembros de su familia paterna.

—Dicen que lo tiene tan pronunciado que la barba con que adorna su rostro lo es también para disimularlo en lo posible —añadió el monarca portugués, a quien llamaba la atención las referencias que su hermana tenía de don Carlos.

—También he oído decir que ha mantenido un apasionado romance con la que fue mujer de su abuelo el rey don Fernando.

—Según tengo entendido eso ya ha concluido. Tiene en proyecto hacerla virreina de uno de los territorios que forman parte de su monarquía.

—Nació una hija de esa relación que don Carlos nunca ha reconocido.

—Bueno… Isabel, don Carlos es un hombre joven y está soltero. La naturaleza tiene sus exigencias…

—No lo digo como un desdoro. Como tampoco lo fueron los errores que cometió en sus primeros años de gobierno cuando llegó a España. Debido a sus pocos años, sólo contaba diecisiete, tomó algunas decisiones inadecuadas que desencadenaron un serio conflicto en Castilla. Muchas ciudades se levantaron contra su forma de gobernar. Pero luego ha rectificado y eso demuestra, además de capacidad, otras dotes que no todos tienen.

Juan III se acarició el mentón. Sabía que su hermana era una mujer cultivada. Muy leída e instruida, pero no tenía idea de que tuviera una información detallada de los sucesos acaecidos en Castilla.

—Compruebo que tienes mucha información de cómo discurren las cosas en España.

Doña Isabel hizo un pequeño y gracioso movimiento de hombros.

—Digamos que… estoy al tanto de lo que ocurre en un país que es nuestro vecino.

—Más bien de los asuntos de gobierno que atañen a su rey.

—Ya…, ya te he dicho cuáles…, cuáles son mis sentimientos.

El monarca estrechó a su hermana entre sus brazos y le susurró al oído:

—Si el Altísimo no te tiene reservado otro destino, vas a convertirte en emperatriz. No quedará, desde luego, porque no haga yo todo lo que esté en mi mano para que así sea. No sé si nuestro primo es consciente de que eres la joya más preciada de mi reino.

Doña Isabel notó cómo el arrebol cubría de nuevo su rostro y le costó trabajo responder porque se le había formado un nudo en la garganta.

—Gracias.

—Ahora no debemos perder tiempo. En estos asuntos hay que andar con la mayor diligencia posible.

—¿A qué te refieres?

—A que ha de darse cumplimiento a la petición de Da Silveira. Hay que encargar tu retrato. ¿Quién crees que debería hacerlo?

La infanta no pensó la respuesta.

—Vasco Fernandes. Sin duda, Vasco Fernandes.

—¡El gran Vasco! ¡Magnífica elección, Isabel, magnífica elección! ¡Habrá que localizar al maestro rápidamente!

Dos días más tarde partía de Lisboa un correo con destino a Valladolid. Llevaba instrucciones precisas sobre los asuntos que debían presidir la gestión del embajador a tenor de las noticias recibidas, una vez que fueron analizadas detenidamente en el Consejo Real. Lo más importante, junto a la necesidad de captar a Juan Sebastián Elcano para la causa lusitana y conseguir que no se organizase ninguna clase de expedición que siguiera la nueva ruta para llegar a la Especiería, era que no se descuidase el desposorio de doña Isabel, cuyo retrato sería enviado en cuanto estuviera pintado.

No resultó fácil localizar a quien, sin duda, era el mejor de los pintores portugueses del momento. Vasco Fernandes estaba enfrascado en un retablo de grandes proporciones en una localidad cercana a Viseu. Los agentes reales lo encontraron subido en un andamio.

—¿Vasco Fernandes?

El artista, que los había visto entrar en la iglesia acompañados del rector de la parroquia y dos de los clérigos que prestaban servicio en ella, oyó cómo lo llamaban, pero sin inmutarse continuó con su tarea.

—Maestro —dijo el párroco—, son agentes del rey, nuestro señor. Traen una carta para vos.

Se volvió y le mostraron la carta.

—Está firmada de puño y letra por el mismísimo rey —dijo uno de los agentes.

—Aguardad a que remate unos retoques en la cara de la Virgen.

Luego dejó los pinceles y la tablilla donde mezclaba los colores y bajó del andamio. Se limpió las manos con un paño que llevaba prendido de la cintura, antes de tomar un sorbo del vino aguado que tenía en un búcaro.

—Maestro, son agentes del rey, nuestro señor —repitió el párroco, impresionado con su presencia.

—Dadme esa carta.

.El pintor la besó antes de romper los lacres y leerla.

—Decid a su majestad que, en cuanto termine este trabajo, me encaminaré a Lisboa para ponerme a su disposición.

—Maestro, ignoro qué dice esa carta. Pero la orden que tenemos es que nos acompañéis de regreso.

Vasco Fernandes les mostró el retablo y, mirando fijamente al párroco, respondió:

—Tengo un contrato que cumplir. Si no lo acabo en la fecha acordada he de pagar una fuerte penalización por cada día de retraso.

—Todo tiene arreglo, maestro, todo tiene arreglo. Si tenéis que viajar a Lisboa para servir a su majestad... —señaló el párroco.

—Ponedme por escrito que la fecha de entrega del retablo no supondrá penalización alguna.

Ahora fueron los agentes reales quienes miraron al párroco.

—Perded cuidado, os lo firmaré.

—En ese caso partiremos cuando deje protegidas las tablas y recogidas las cosas.

Aunque aquello significaba no poder partir de inmediato, los agentes de Juan III entendieron que era lo mejor.

Unos días después, Vasco Fernandes entraba en el *Palacio da Ribeira* y, tras ser recibido por el rey, quien le dio instrucciones muy concretas, tenía su primer encuentro con doña Isabel.

Realizó diferentes bocetos con carboncillo hasta que quedó satisfecho del perfil que quería dar al retrato, que habría de ser minucioso y de tamaño reducido. Una obra muy diferente a los grandes retablos que le habían dado fama. Para el artista era un verdadero reto, aunque en su juventud había realizado algunas miniaturas para ilustrar el libro de horas de una dama. Tendría que volver a utilizar pinceles muy pequeños, de pelo muy fino. Pero su mayor desafío, al tratarse de un retrato, era escoger muy bien los colores para dar al rostro de doña Isabel la encarnadura correcta, así como captar su mirada y reproducir el color de sus ojos. Durante días hizo diferentes ensayos con mezclas diversas hasta que consiguió las tonalidades adecuadas. Mucho esfuerzo dedicó al pelo, no tanto por el color, sino por el preciso detalle con que quiso representar su peinado.

Semanas después, tras largas horas de trabajo, muchas de ellas de posado de la infanta para captar expresiones, Vasco Fernandes dio por concluido el retrato. Había quedado admirado del trato que le dispensó la infanta, quien mostró una paciencia, permaneciendo inmóvil mucho rato, que asombró al artista. En la pequeña tabla, una verdadera joya, doña Isabel aparecía con el pelo recogido por unas trenzas que ejercían el papel de un tocado. Su cabello, casi del color de la caoba, la nueva y valiosa madera que llegaba de ultramar, estaba salpicado con diminutas perlas que adornaban una redecilla invisible. Había dado vida a su rostro y el pequeño retrato era una fiel reproducción de doña Isabel. Sus ojos de azul grisáceo eran capaces de seducir al espectador y al mismo tiempo revelaban una mujer de firme voluntad, y sus graciosos y gordezuelos labios quedaban a medio camino entre la sensualidad y el recato. No había tenido necesidad de mejorar la imagen de la modelo —práctica habitual—, porque la belleza de doña Isabel no necesitaba de retoques. Se decía que eran tales los excesos con algunas retratadas que habían dado lugar a problemas muy serios cuando el futuro marido, que había tenido conocimiento de su prometida a través de ese procedimiento, se encontraba con una realidad muy diferente. Era cierto que en caso de matrimonios reales era algo que no creaba problemas porque el enlace estaba determinado por intereses políticos.

El rey quedó tan satisfecho cuando le fue presentada la tabla que recompensó generosamente al pintor y le pidió que, antes de que fuera enviado a Carlos I, realizase una copia para él.

XXII

Las siete leguas que separaban Valladolid de Medina de Rioseco podían salvarse sin problemas en menos de media jornada. Como Elcano y los dos hombres que le daban escolta salieron al amanecer, algo antes de mediodía estaban a la vista de su destino. Los hombres que Fonseca se había empeñado en que le acompañaran —Elcano tenía dudas de si era para protegerlo o para tenerlo controlado—, estaban informados de que su misión era protegerlo de los peligros que había detrás de la elaboración de aquellos mapas y cartas de navegar. Pero no sabían que también iba a resolver un asunto personal.

Cerca de Medina de Rioseco salvaron, por un recio puente de piedra, un río que bajaba con bastante caudal gracias a las persistentes lluvias de aquel invierno. Luego supieron que aquel riachuelo, que se mostraba desafiante, se llamaba Sequillo por no llevar agua la mayor parte del año. La villa de los Enríquez estaba protegida por unas poderosas murallas. Llamó la atención de Elcano la gran cantidad de tiendas que había fuera del recinto amurallado. Era como un enorme campamento. En ellas podía encontrarse casi de todo y un gran gentío recorría las hileras de puestos y tenderetes. Eran tantos que la vista se perdía y no se acababan, había incluso tablas de cambio de moneda, algo que sólo se veía en las grandes ferias. No podía ser el mercado semanal que solía celebrarse intramuros, en alguna plaza o lugar espacioso que permitiera levantar los tenderetes.

—¿Qué será lo que se celebra?

—Es una feria —respondió uno de los acompañantes que se llamaba Belizón. El otro atendía por Zambrano.

—¿Una feria tan grande en una villa que no contará más allá de tres mil almas?

—Es una feria —insistió Belizón—. Mi madre era de aquí y le oí decir muchas veces que las ferias de Medina de Rioseco eran de las más importantes del reino, casi tanto como las de Medina del Campo.

—¿Has dicho ferias?

—Sí, porque son dos. Esta, que tiene lugar a comienzo de la Cuaresma y dura veinte días, y otra que se celebra a partir del Domingo de Pascua, cuando ha terminado la Semana Santa y dura otros veinte días. A estas ferias acuden mercaderes portugueses, franceses, aragoneses, navarros, flamencos, genoveses, además de los que vienen de muchos lugares de Castilla. ¿Se ha fijado vuesa merced que hay cambistas para resolver el problema de las monedas?

—Ya lo he visto.

—También hay mucho trato de ganados. ¡Mirad en esos establos hechos con tablas y vigas! —indicó Belizón—. Hay ovejas, cabras, bueyes y sobre todo mulos, borricos y caballos. Como esta se celebra entrada la Cuaresma no hay regocijos y diversiones como en la de después de Pascua. Entonces se celebran justas, se quiebran cañas, hay toros y hasta se representan autos y farsas en un tablado frente a la puerta de la iglesia.

Avanzaron con dificultad. La muchedumbre era tal que se vieron obligados a desmontar y llevar las cabalgaduras de las bridas hasta que llegaron a una de las puertas de la muralla —la que llamaban Puerta de Zamora—, donde los guardias encargados del portazgo controlaban la entrada y la salida, pero no recaudaban ninguna clase de gabelas porque aquella era feria franca. Uno que oficiaba de cabo se quedó mirándolos, sobre todo a Belizón. Como si tratara de identificarlo.

—¿Tú eres de aquí?

—No, pero lo era mi madre. Se llamaba Dorotea y su padre era curtidor. Era de la familia de los *Polacos*.

—¡Claro, claro! Tu abuelo era Miguel el *Polaco*, que era muy amigo de mi padre. ¡Eres igual que él! ¡Ya decía yo que tu cara me sonaba! —Miró a Elcano y preguntó a Belizón—: ¿Qué os trae por aquí? ¿Venís a la feria?

—Acompañamos a este caballero.

El cabo miró otra vez a Elcano.

—Sed bienvenidos a Medina. —Luego, mirando las espadas que colgaban de la cintura de Belizón y de la de Zambrano, le advirtió—: No podéis entrar con armas. Está prohibido, mientras dure la feria. Así se evitan problemas. Tenemos que recogerlas. Se os devolverán cuando os marchéis.

—Somos sus escoltas. Tenemos que llevarlas.

—¿Tenéis una cédula que lo autorice?

Elcano le mostró el salvoconducto para portar armas que le habían dado en la secretaría de Indias. El cabo no sabía leer y se limitó a mirar los sellos, que le parecieron suficientes.

—Está bien, podéis quedároslas. Pero sed discretos. Estos días corre mucho dinero y también mucho vino. ¿Disponéis de alojamiento?

—No —respondió Belizón.

—Entonces tenéis un serio problema. Ni en los dos mesones ni en las dos posadas queda alojamiento, aunque estéis dispuestos a pagarlo a precio de oro. Hasta que se acabe la feria esto está hasta las almenas. Muchos duermen al raso y el tiempo no está para eso. Se acurrucan pegados a las murallas y les dejamos que enciendan alguna candela para que no se queden congelados.

—¿Tampoco donde dejar los caballos?

—Tampoco.

Belizón resopló y miró a Elcano.

—Tal vez encontremos algo. Ahora lo primero es comer.

Cruzaron la puerta y vieron que a la derecha se levantaba un enorme convento que, según la imagen que cobijaba la hornacina que había sobre la puerta principal, sería de los franciscanos. Apenas se habían alejado unos pasos cuando el cabo los llamó.

—¡*Polaco, Polaco*! ¡Aguardad un momento!

Estaba diciendo algo a uno de sus hombres antes de acercarse a ellos, acompañado por el guardia.

—Quizá haya un sitio. No es lo mejor, pero tendréis cobijo.

—¿Cuánto nos costará?

—Eso tenéis que ajustarlo.

—¿Dónde está?

—Antón irá con vosotros. —Señaló al guardia con el que había hablado.

Reemprendieron la marcha, dejando atrás un pequeño oratorio protegido por una reja donde había gran cantidad de cera derretida de los cirios y velas que allí depositaban los devotos. Junto a la reja podía leerse, cincelado en piedra: *Hay pena de excomunión mayor, latae sententiae, para quien sustraiga candelas o cera derretida de este oratorio.*

Caminaron por estrechas calles, todas ellas empedradas, hasta casi llegar a la Puerta de San Sebastián, que estaba junto a la ermita del santo. Antón llamó a la puerta de una casa de dos plantas.

Les abrió una niña que vestía pobremente, pero con decencia. Estaba limpia y tenía brillante y bien peinado su pelo.

—¿Está tu madre? —La niña negó con la cabeza—. ¿Dónde anda?

—En la ribera del río, lavando.

—¡Corre! ¡Avísala! ¡Que venga inmediatamente!

La niña volvió a negar con la cabeza.

—No puedo dejar solo a mi hermano pequeño.

Antón miró a Elcano y se encogió de hombros.

—¿Está junto al puentecillo que lleva a la isleta?

La niña asintió con la cabeza.

—Aguarden, eso queda cerca. No tardaré en volver.

La niña desapareció en el interior de la vivienda y cerró la puerta.

Pocos minutos después Antón apareció con la mujer, que llevaba a la cadera una banasta rebosante de ropa. No tendría más de treinta años y la indumentaria que llevaba no le favorecía.

—Estos son los hombres de quienes te he hablado. Uno de ellos es nieto de Miguel el *Polaco*, el que tenía la curtiduría cerca del molino de Ambrosio. Esta es Marcela, la dueña de esa casa. Se quedó viuda hace poco tiempo y, a veces, admite huéspedes.

La mujer se quedó mirando a Belizón, como si lo hubiera identificado.

—¡Es la viva estampa de su abuelo!

—¿Qué, Marcela? ¿Le dais alojamiento?

La mujer miró los caballos.

—¿También a los animales?

—También a los animales.

Soltó la banasta de la ropa.

—¿Cuántos días van a estar? ¿Han venido a la feria?

Antón miró a Elcano.

—No hemos venido a la feria y tampoco puedo deciros el tiempo que estaremos. El negocio que nos ha traído puede quedar resuelto en un par de días o puede prolongarse durante una semana o, tal vez, más.

Marcela echó cuentas.

—Tengo sitio para todos. Un real diario por cada uno y medio por cada caballo. No doy de comer ni a hombres ni a bestias, aunque les preparé los desayunos: leche y rebanadas de pan con manteca. Dormirán los tres en dos alcobas, amplias, ventiladas y limpias. Vuesas mercedes se las reparten como gusten. Los colchones son de lana y la lumbre de las alcobas va aparte. El pienso de los caballos lo han de buscar vuesas mercedes. Puedo indicarles dónde comprar paja y algo de grano. La limpieza de la cuadra corre por cuenta de vuesas mercedes. Cobro tres días por adelantado y, si se marcharan antes, les devolveré lo que hayan pagado de más. Por unos maravedíes puedo lavarles alguna camisa u otra prenda.

Elcano se quedó mirando a Marcela. Era mujer decidida y tenía las cosas claras. No se llamaba uno a engaño. Le gustó aquella disposición.

—Estoy de acuerdo con todo.

—Entonces, pasen vuesas mercedes, les mostraré la cuadra y las alcobas, y ajustaremos cuentas.

Media hora después, Marcela ya se había embolsado una bonita suma. Los caballos estaban en la cuadra, Elcano y los dos hombres que lo acompañaban habían dado cuenta de la media hogaza de pan, del queso y de las tiras de bacalao curado que llevaban y se habían retirado a su aposento. Belizón y Zambrano compartían una de las alcobas, y Elcano se acomodaba en la otra. Marcela no les había mentido. Las estancias estaban limpias y eran espaciosas. Los colchones eran de lana y estaban sobre camas sencillas, pero no tirados por el suelo como era habitual. La casa de la viuda denotaba cierta calidad.

Elcano se dio prisa en bajar. Se encontró a Marcela en la cocina, donde también estaban sus hijos. Ella estaba de espaldas, preparando la cena. Había pelado unos nabos, troceado una col y limpiaba unos trozos de tocino entreverado para preparar un guiso.

—¿Puedo haceros una pregunta?

Marcela, que no se había percatado de su presencia, se sobresaltó.

—¡Jesús! —exclamó, llevándose una mano al pecho.

Elcano se excusó.

—No pretendía asustaros, disculpadme. Lo siento, lo siento mucho.

—No tiene importancia. —Marcela siguió con su tarea.

—¿Puedo preguntaros algo? —insistió.

—Podéis. Otra cosa es que yo os conteste.

—¿Conocéis a un enano llamado Matías?

Marcela dejó de limpiar el tocino y miró a Elcano a los ojos.

—¡Claro que lo conozco! En Medina lo conoce todo el mundo.

—¿Sabéis dónde se aloja?

—No sabría deciros, pero cerca del palacio de los Enríquez, que está frente al convento de San Francisco, el que está construyéndose junto a la Puerta de Zamora. Pregunte vuesa merced por allí. Hay un mesón, el de *Los Cerezos*, cerca de la plaza Mayor, en una calle que llaman Ropavieja. Por cierto, ayer me pareció ver a Matías que iba con un grandullón…

La suerte que hasta entonces se había mostrado esquiva en aquel asunto parecía que empezaba a sonreír a Elcano. Todo apuntaba a que tenía a su alcance a los dos sujetos que habían ultrajado a María. Era cuestión de localizarlos y esperar el momento oportuno. Se caló el bonete y se echó sobre los hombros la capa que llevaba al brazo.

—Os agradezco la información. Volveré antes de que anochezca. Iremos a cenar a ese mesón que me habéis indicado.

—Id con Dios y ándese vuesa merced con cuidado. En estos días de feria Medina se vuelve un lugar peligroso. Con los mercaderes, tratantes y tenderos, vienen muchos malandrines. Hay muchos capadores que rebanan las bolsas con una habilidad…

Elcano volvió a darle las gracias y salió a la calle.

Recorrió el mismo itinerario que los había llevado hasta su alojamiento. La villa de los Enríquez bullía de actividad. Comprobó que aquellas ferias significaban mucha riqueza. Al no pagarse las gabelas e impuestos con que se asfixiaba a la gente, los comerciantes acudían de los más apartados lugares. No había más que ver cómo estaban las mesas de los cambistas. Elcano pensó que no era bueno agobiar a la gente con tantos impuestos y también que con ferias como aquella todos salían ganando. Llegó hasta el convento de San Francisco y vio el palacio de los Enríquez. Por allí estaría la casa de Matías. Lo mejor era actuar con calma, no precipitarse.

Salió a extramuros —los guardias de la puerta estaban atareados con la carga de unas carretas, hablando con los carreteros que les mostraban las cédulas para poder entrar en la villa— y comprobó que el bullicio no había disminuido.

Se acercó a un tenderete donde un platero se afanaba en su trabajo, utilizando punzones y pequeños martillos. Era un artista. Sobre un lienzo carmesí había expuesto todo un muestrario de pequeñas piezas: ajorcas, cascabeles, zarcillos, pulseras, alamares, collares… Le gustó un guardapelo que tenía engastado un rubí de un rojo intenso. La esposa del platero vigilaba el muestrario.

—¿Hay alguna mozuela a la que vuesa merced desea regalar? —La mujer seseaba y se mostraba zalamera.

—¿Desde dónde habéis venido?

—Hemos venido de Córdoba, la ciudad de los plateros. Hemos seguido la vereda del valle de la Alcudia, la misma que utilizan los pastores cuando van y vienen con sus rebaños para tener buenos pastos.

—¿No son muchos días de camino?

—Casi dos semanas. Pero merece la pena. Esta feria es muy buena, dura veinte días y no hay que andar pagando alcabalas, ni portazgos, ni ninguna otra clase de gabelas que se llevan gran parte de las ganancias.

—¿Cuánto queréis por ese guardapelo?

—Tiene vuesa merced buen gusto. —La mujer lo cogió y lo sopesó en la mano—. Es plata de ley, sin aleación de cobre, y la piedra es limpia. Por cuatro ducados es vuestro y quedaréis como un rey ante quien se la regaléis.

—¿Puedo verlo?

—Desde luego.

Elcano sopesó también la pieza y la examinó con detenimiento. Estaba primorosamente labrada. Aquel platero conocía su oficio.

—Tres ducados —ofreció.

—¡Señor, que hemos tardado dos semanas en venir!

—Tres ducados.

—¡Pero si vuesa merced va a quedar como un príncipe!

—Tres ducados es un precio justo —insistió Elcano.

—No puede ser. Sólo la piedra vale dos.

La vendedora tenía muchas ferias. Era hábil, no cedía y sabía cómo convencer a un comprador. Una mujer le preguntó por el precio de un par de zarcillos —plata con adornos de azabache— y solicitó podérselos probar.

—Tengo un espejo para que veáis cómo os quedan.

Elcano dejó escapar un suspiro.

—Os ofrezco cuatro reales más.

La cordobesa simuló echar cuentas, mientras, no perdía de vista los zarcillos que la mujer estaba probándose y, cuando se los hubo puesto, le ofreció el espejo.

—Parecéis la reina de Saba, cuando encandiló al mismísimo Salomón. —Miró a Elcano—. Tres ducados y ocho reales, por ser para vuesa merced. En el precio incluyo una bolsilla de tafilete para guardarlo.

—Está bien. Ponedlo en la bolsilla. Me lo quedo.

Estaba pagando cuando vio en la lejanía una cabeza que sobresalía entre el gentío. No conocía a *Zapatones*, pero el corazón le dio un vuelco. Guardó la bolsita de tafilete, se ajustó la faltriquera, comprobando cómo la platera también vendía el par de zarcillos adornados con azabache.

Se acercó al gigantón y comprobó que el corazón no le había engañado.

XXIII

El enano que lo acompañaba no podía ser otro que Matías y aquel sujeto corpulento tenía que ser *Zapatones*. Elcano notó cómo se le alteraban los pulsos y una oleada de calor le subía por el cuerpo al recordar el estado en que encontró a María cuando la vio ultrajada, atada y amordazada. Decidió seguir a aquel par de sujetos con discreción. Era cuestión de paciencia saber cuál era la casa del enano sin necesidad de preguntar. Nunca se sabía hasta qué oídos podía llegar una pregunta.

Los siguió, a distancia prudente, hasta un puesto donde se vendían cueros, guadamecíes y toda clase de pieles curtidas, muchas de ellas con el pelo del animal. El vendedor tenía colgadas en una cuerda, sostenida por dos gruesos postes, numerosas zaleas cuya blancura resplandecía. Allí se detuvo la pareja y entablaron conversación con el vendedor. La distancia a la que se encontraba le impedía oír qué decían y decidió que, como ellos no lo conocían, se acercaría como si estuviera husmeando por los tenderetes, donde podían encontrarse finos escarpines de tafilete, al alcance de pocos bolsillos, y sombreros de mucho lustre con refinados adornos dignos de un cortesano. Había finas batistas de Flandes, puntillas y encajes de Valenciennes o confeccionados en la localidad manchega de Almagro y un hombre, entrado en años y con una generosa mata de pelo completamente blanco, invitaba a ver cómo varias mujeres manejaban los bolillos con una habilidad que llamaba la atención. Comprobó que era Matías quien hablaba con el curtidor.

—Lo que quiero son vitelas —insistía el enano.

—No dispongo de ese género. Si me decís para qué lo queréis, tal vez pueda ofreceros algo que…

—Para lo que vaya a utilizarla no es asunto vuestro.

—Puedo ofreceros una pieza grande de tafilete, muy fino y resistente. No creo que encontréis nada parecido en toda la feria.

—No me interesa.

La pareja siguió su camino y, cuando se hubieron alejado unos pasos, el vendedor los maldijo entre dientes. Poco después se detuvieron en el tenderete de un pergaminero. Allí todo fue mucho más fácil. Compraron la mitad de media resma de pergaminos, lo que llamó la atención de Elcano porque se trataba de sesenta pliegos. Cerrado el trato, *Zapatones* se hizo cargo de los pergaminos y Matías preguntó al mercader:

—¿Trabaja vuesa merced las vitelas?

—No, son demasiado caras y sólo las traigo por encargo. Si queréis puedo servíroslas en la feria de después de Pascua, dentro de un par de meses. Pero tendríais que adelantarme una suma importante.

—No me interesa. No estaré aquí para la feria de Pascua.

Dejaron el puesto de los pergaminos y Matías dijo algo a *Zapatones* que Elcano no pudo oír. Volvieron sobre sus pasos hasta el tenderete donde les habían ofrecido la piel de tafilete. Matías prestó atención a las alabanzas que el vendedor dedicaba a la pieza. La palpaba comprobando su calidad. Después comenzó el regateo por el precio, al que *Zapatones* asistía como observador. Elcano empezaba a tener la impresión de que era Matías quien dominaba en aquella pareja. Tras mucho porfiar, Matías compró la pieza de tafilete, pulcramente curtida y de un tamaño poco común. Elcano pensó que con ella podría confeccionarse un mapamundi extraordinario.

Las compras estaban hechas porque ya no hicieron el menor caso a las invitaciones que les hacían muchos vendedores para que se detuvieran y mostrarles sus productos. Pero poco antes de llegar a la puerta de la muralla se detuvieron en un tenderete donde vendían quesos, embutidos, carnes y pescados en salazón. Allí compraron algunas viandas y una hogaza de pan. *Zapatones* cargaba con todo. A Elcano no se le escapó el detalle de que los guardias que custodiaban la puerta saludaron con deferencia a Matías y cuando él llegó a la puerta, sin perderlos de vista, el cabo que les había facilitado llegar a casa de Marcela se quedó mirándolo.

—Ya me ha dicho Antón que Marcela os ha dado alojamiento.

—Así es. Os estoy agradecido. Las alcobas son limpias y aseadas.

—Marcela es una buena mujer. Quedó viuda hace menos de un año. Su marido tenía el mejor taller de bonetes y guantes. Vivía sin estrecheces. Ahora tiene que buscarse la vida lavando ropa de algunas casas y alquilando a personas decentes alguna habitación.

—Parece una buena mujer.

—Puedo asegurároslo. Aquí nos conocemos todos. No ocurre como en Valladolid… ¡Es tan grande que la gente no sabe quién tiene a su lado! ¡Mala cosa!

Elcano veía como Matías y *Zapatones* se alejaban. Si no ponía fin a la conversación los perdería de vista y todo el seguimiento realizado habría sido en balde. Pero no podía desairar a aquel hombre que se estaba mostrando cordial.

—Ese es el problema de las grandes ciudades. ¡Sevilla es como Babilonia! ¡Allí hay gente de cien naciones!

—¿Ha estado vuesa merced en Sevilla?

—Así es. —Miró hacia donde se alejaba la pareja, que estaba a punto de desaparecer.

—Se ve que vuesa merced es hombre de mundo. ¿Qué os ha traído a Medina? No tenéis trazas de mercader. ¿Sois banquero o cambista? Es a lo que apunta el hecho de que llevéis una escolta.

Elcano no sabía qué contestar.

Uno de los guardias fue quien, sin proponérselo, vino a sacarlo del apuro.

—¡Esa recua no puede entrar sin pagar el portazgo! —gritaba a unos arrieros.

—¿Esto no es una feria franca? —replicó uno de ellos, desafiante.

—¡Franca para quienes vienen a la feria, no para quienes quieren introducir productos de matute!

—¡Aguardad un momento! ¿Qué demonios ocurre? —El cabo se acercó donde estaban los arrieros.

—¡Estos, que quieren colar la sal sin pagar el portazgo!

—¡Es una feria franca! —insistió el arriero.

—¡La sal no es cosa de ferias! ¡O pagáis o no entráis!

Elcano había perdido de vista a la pareja. La ocasión se había esfumado. Aguardó, disimulando su enfado, a que se aclarase lo del pago por meter sal en la villa, y decidió sacar algún partido a las ganas de charla del cabo.

—Conocerá vuesa merced mucha gente, viendo a tantos como cruzan por esta puerta.

—¡Ni os lo podéis imaginar! Arrieros, tratantes, buhoneros, viajeros…

—Antes he visto una pareja curiosa. ¡Uno era un enano y el otro un gigante!

—¡Ah! Esos son Matías y *Zapatones*. No viven en Medina, pero vienen un par de veces al año.

—¿Por alguna razón especial?

El cabo hizo como que no había oído la pregunta y se dirigió al que estaba tasando la sal y había empezado a discutir otra vez con los arrieros.

—No seas exigente, Olegario, que estamos de feria.

—¿He hecho una pregunta indiscreta? —Elcano no quiso que quedara duda ninguna.

El cabo se quitó el gorro y se rascó la cabeza, como si aquello le ayudase a pensar. Se apartó unos pasos y le comentó en voz baja:

—Se rumorea que Matías es sobrino de don Fadrique. Hijo de su hermana doña Teresa, habido de su matrimonio con don Gutierre de Cárdenas, señor de Torrijos, del que quedó viuda hace ya muchos años.

—¿Doña Teresa vive aquí, en Medina?

—No, vive en Torrijos. Es dama limosnera y dada a las obras de caridad. Desde que enviudó ha dedicado muchos de sus bienes a la fundación de cofradías y hospitales donde se atiendan necesidades de enfermos que no tienen medios. Ha levantado una gran colegiata en Torrijos para albergar la Cofradía del Santísimo Sacramento, de la que es una gran devota, y aquí ha fundado la Cofradía de las Benditas Ánimas del Purgatorio.

—Si es hijo de doña Teresa y ella está en Torrijos, ¿cómo es que viene con frecuencia aquí?

El cabo se encogió de hombros.

—Como he dicho a vuesa merced, ese es el rumor que corre. Algunos creemos que eso es un bulo. Hay mucha gente aficionada a divulgar infundios y calumnias. Hay demasiada envidia. Matías, que goza de la protección de los Enríquez, utiliza su apellido, sin que se lo hayan prohibido.

—¿Qué queréis decir con que goza de la protección de los Enríquez?

—Veréis…, tiene acceso a palacio, donde se le trata con mucho miramiento. Por lo que dice la servidumbre se reúne con el señor a puerta cerrada… Vive bien…, viste buenas ropas, no le falta el dinero.

—¿A qué se dedica?

—¡Ah, amigo mío! ¡Ese es otro de los misterios que acompañan la vida de Matías! No sé sabe de dónde saca el dinero. Pero puedo aseguraros que no le falta y que lo gasta con bastante alegría. A veces, bebe más de lo aconsejable y ha provocado algunas trifulcas… —El cabo bajó aún más la voz y añadió—: Por eso lo acompaña *Zapatones*. Es quien se encarga de guardarle las espaldas.

—Ese Matías es un curioso personaje.

—No os quepa duda. Para lo pequeño que es le gustan mucho las mujeres. Se dice que paga muy bien a las que se muestran cariñosas con él.

Aquella conversación estaba resultando mucho más provechosa para sus propósitos de lo que podía haber imaginado. En parte, compensaba haber perdido de vista a la pareja. Muchas piezas empezaban a encajar en aquel rompecabezas. Estuvo a punto de preguntarle dónde vivía, pero le pareció que era tentar demasiado a la suerte. En su cabeza iban trenzándose algunos aspectos de la vida de aquel sujeto que hasta aquel momento le habían parecido deslavazados. Había, sin embargo, algo que no acababa de encajar.

Se despidió del cabo llevándose dos dedos a su sombrero.

El sol, que alumbraba la tarde y relucía en un cielo que había quedado despejado de nubes conforme pasaron las horas, se ocultaría en poco rato. Se encaminó hacia la casa de Marcela. Su ausencia se había prolongado más de lo previsto y, si quería cenar de forma decente, después de haber matado el hambre con el queso y el bacalao que llevaban en las alforjas, tendría que darse prisa. Cuando se cerrasen los tenderetes de feria, la cantidad de gente que llegaría a los mesones y tabernas haría imposible conseguir algo que llevarse a la boca.

Belizón y Zambrano respiraron tranquilos al verlo aparecer. Su misión era protegerlo y, al retrasarse tanto, empezaban a temerse lo peor. Elcano les dijo que había visto un lugar donde comer, pero que no debían entretenerse.

—Llevamos esperando a vuesa merced media tarde y ahora nos viene con prisas.

—Si quieres comer, no pierdas tiempo en protestar.

Marcela les dijo que aquella era una casa decente y que en ella se echaba la tranca de la puerta a hora de la oración.

—Cuando la Cofradía de las Ánimas comienza su recorrido.

—¿Después no se abre la puerta?

—A nadie. Así que, como decís vos —miró a Elcano—, lo mejor que pueden hacer vuesas mercedes es no perder tiempo para ir a comer. ¡Que la noche se echa encima sin que uno se dé cuenta!

No tardaron en llegar al mesón de *Los Cerezos*. Estaba muy concurrido, pero aún quedaba sitio. Les ofrecieron, como no era viernes y no había que cumplir con la abstinencia cuaresmal, un estofado de carne de cordero y unas jarrillas de vino. Mientras aguardaban a que les sirvieran…

—¿Ha averiguado algo vuesa merced? —preguntó Zambrano.

—Bastante más de lo que esperaba cuando salí.

—¿Puede saberse?

—Me he encontrado en la feria con ese enano y el gigantón que siempre va con él. Anduvieron comprando algunas cosas. Luego les perdí la pista, pero el cabo de la puerta me ha dado mucha información. Se rumorea que ese enano está emparentado con los Enríquez, aunque él no le da mucho crédito. Pero tiene una buena relación con el señor, a quien ve con frecuencia. También me ha dicho que dispone de dinero y se da buena vida, pero que no se sabe de dónde lo saca.

—Eso será cosa de los Enríquez —señaló Belizón.

La moza que los atendía les llevó las jarrillas de vino, acompañadas de un cuenco con trozos de queso empapados en aceite.

—Para que vuesas mercedes vayan matando el hambre, mientras llega el estofado.

—Es posible —respondió Elcano a Belizón, antes de dar un sorbo a su vino.

—¿Os ha dicho el parentesco que tiene con ellos?

—Sólo son rumores, Belizón. Sólo rumores.

—Lo que conviene saber es dónde se aloja —tercíó Zambrano.

—Sé que es cerca de donde estamos. Pero no he podido averiguarlo.

—Pues si vive cerca, mañana podríamos apostarnos por esta parte del pueblo y aguardar a que se nos presente una oportunidad —señaló Belizón.

La moza llegó con las escudillas de estofado y un cestillo con rebanadas de pan.

—¡Que tengan buen provecho! ¿Llenamos esas jarrillas?

Zambrano asintió y al poco regresó con un cantarillo.

XXIV

La mañana era fría y con algo de niebla. Pero Marcela les dijo, mientras daban cuenta del desayuno, que conforme avanzara el día iría levantando y mejoraría la temperatura. Salieron a la calle y llegaron a la plaza donde se alzaba el convento de los franciscanos cuando las campanas de una iglesia cercana llamaban a misa a los fieles. El palacio de los Enríquez era de nueva construcción; su traza y los adornos de la fachada respondían a los nuevos gustos que, traídos de Italia, se imponían por todas partes. Era una manifestación palpable del poder de los Enríquez.

Era ya mucha la gente que transitaba por allí en dirección al descampado que se abría entre las murallas y el cauce del Sequillo. Unos iban a abrir sus tenderetes, otros a comprar y muchos a fisgonear. El control en la puerta estaba reducido al mínimo, sólo detenían a algunos de los que entraban en la villa, que eran pocos. La espera se hizo larga y tediosa; de vez en cuando se relevaban, según el plan que habían trazado, para no llamar demasiado la atención. Fue, poco antes de que las campanas indicaran que era la hora del ángelus, cuando Zambrano, que estaba apostado en la esquina, como si estuviera tomando el sol, que ya había despejado la niebla y calentaba algo el frío de la mañana, lo vio salir de la casa medianera con el mesón de *Los Cerezos*. Matías iba solo y llevaba un largo tubo de cuero. Cruzó la plazoleta y entró en el palacio de los Enríquez. Iba a marcharse cuando vio que de la misma casa salía el gigantón y dirigía sus pasos hacia la feria. Rápidamente dio cuenta a Elcano que, junto a Belizón, aguardaban en un mesoncillo cercano.

—Entonces…, ¿ninguno de los dos está en la casa?

—Los dos han salido. No sé si habrá alguien más.

—Hemos de arriesgarnos. No sabemos si tendremos otra oportunidad. ¿Podrías abrir la puerta de esa casa?

—Sería la primera que se me resistiera. Hay pocas cerraduras que estas no abran —Zambrano mostró a Elcano un manojo de llaves— y, si no funcionan, siempre queda esto. —Sacó una ganzúa—. Además, ese gigantón no ha echado la llave. Sólo he de hacer que salte el pestillo.

—Entraré yo y vosotros vigiláis la calle. ¡No perdamos más tiempo!

Zambrano demostró ser un experto. Necesitó muy poco para dejar expedita la puerta. Nadie había asomado por la calle y rápidamente Elcano entró en la casa. Recorrió la planta baja donde había una sala pequeña, un enorme comedor y una cocina que daba a un patio. Este tenía en la parte trasera una construcción de una planta y lo cerraba una albardilla que podía salvarse con cierta facilidad, pese a los trozos de cerámica de cortantes filos que la coronaban. Comprobó que era un pequeño almacén de trastos. Había algunas sillas desvencijadas, una cómoda polvorienta, varias esteras de esparto enrolladas y manojos de plantas secas colgadas del techo. Nada que mereciera la pena. Lo único que llamó su atención era un arca de dos llaves, cerrada. Si Zambrano estuviera allí… No era cuestión de perder el tiempo y, cuando salió al patio, volvió a fijarse en la albardilla. Había un frondoso laurel junto a ella. Se subió al árbol con la agilidad propia de quien había trepado muchas veces por las jarcias de los barcos y comprobó que de un salto alcanzaría la albardilla —por suerte calzaba sus botas de piel de becerro— y ganaría la calle. Si tenía que salir a toda prisa, aquella era la vía de escape.

Entró de nuevo en el cuerpo principal —antes se había limitado a poco más que cruzarlo— y comprobó que el mobiliario era de calidad. Los dos cuadros colgados de las paredes del comedor eran de buena factura, así como el repujado del cuero del asiento y los respaldos de sillas y sillones. Era la casa de alguien que contaba con sobrados medios. Pero tampoco encontró nada que llamase su atención. Subió a la planta de arriba, donde vio una larga galería a la que se abrían puertas a ambos lados. Empezó por las que daban a la calle. La primera era una alcoba espaciosa en cuyo centro había una cama con dosel. La segunda estaba cerrada con llave y una tercera era otra alcoba mucho más pequeña y peor equipada. Fue en la dependencia que daba a una especie de solana que volaba sobre el patio donde encontró lo que estaba buscando: el gabinete donde trabajaba Matías.

Tenía todo lo necesario para confeccionar mapas y cartas de marear. Había morteros donde trabajar los pigmentos, lienzos, vitelas, finos tafiletes perfectamente curtidos, cuchillas, chavetas, raedores, gran cantidad de plumas, pinceles de diferentes tamaños, varias reglas, una escuadra y un cartabón, tres compases, uno de dos puntas. Frascos de cristal translúcido con tintes, escudillas con polvos de diferentes colores para confeccionar tintas. Había una rosa de los vientos, dos astrolabios, varias ampolletas de arena, una ballestilla, dos brújulas, un cuadrante, unas tablas astronómicas y varios volúmenes de astronomía y astrología, además de un ejemplar de la *Geographia* de Claudio Ptolomeo. En una esquina, cubierto por un paño, había un *Globus Mundi* donde aparecían representadas tierras y mares que sólo era posible conocer con la información que habían aportado los viajes y las exploraciones de los últimos años.

—¡Santo Dios!

Tenía marcado el meridiano que delimitaba en aguas del Atlántico los hemisferios hispano y lusitano. También el contrameridiano, dibujado de forma que la Especiería quedaba en el hemisferio portugués. Elcano farfulló entre dientes una maldición y se acercó a una amplia mesa que rebosaba de papeles. Allí encontró las hojas donde estaban hechos los cálculos y las mediciones para ubicar los meridianos tal y como podían verse en la esfera.

En aquel momento oyó un largo silbido y, tras un breve silencio, otro mucho más corto. El enano se estaba acercando.

Había llegado el momento de verse las caras con aquel sujeto, que lo sorprendía cada vez más. Entonces oyó un nuevo silbido que lo desconcertó. Aquello no era lo previsto. Salió de la estancia a toda prisa, pero antes de llegar a la escalera oyó que abrían la puerta. Eran dos las personas que habían entrado. Algo había fallado. Sin hacer ruido, se ocultó en un rincón que quedaba en penumbra. Quienes habían entrado subían por la escalera y se acercaban adonde él estaba.

A Matías lo acompañaba otra persona. No era *Zapatones*.

—¿Cuándo la has terminado?

—He trabajado casi toda la noche.

Entraron en el gabinete y hasta sus oídos llegó la voz de Matías.

—¡Alguien ha estado aquí!

—¿Cómo lo sabes?

—La esfera estaba cubierta con este paño. La tapé cuidadosamente para que vos la descubrierais.

—Ha podido ser *Zapatones*.

—Sabe que no puede tocar estas cosas y, si estuviera en la casa, habría salido al oír que se abría la puerta.

Matías se asomó a la galería y gritó:

—¡Andrés! ¡Andrés! —Era la primera vez que Elcano oía el nombre de pila de *Zapatones*. Matías lo llamó dos veces más, mientras Elcano contenía la respiración—. No está. Andará haraganeando por la feria.

—¿Estás seguro de que lo tapaste con ese paño?

—Completamente.

Ahora a los oídos de Elcano sólo llegaban murmullos. Si quería enterarse... Con sigilo se acercó hasta la puerta del gabinete.

—Ya averiguarás eso. Ahora quiero que me lo expliques todo con detalle.

—Esta esfera está construida según los cálculos de ese cartógrafo de extraño apellido que ha bautizado Tierra Firme como América porque seguir denominándolo las Indias es un error. Se trata de todo un continente que desconocíamos.

—Podría haberle puesto Colombia. Sería lo justo.

—Con los datos que me facilitó vuestra excelencia —Elcano contuvo la respiración al oír que Matías lo trataba de aquella forma— he representado la distribución de los continentes y los océanos. Además, al ser la Tierra redonda, no se producen las deformaciones que tienen los mapas planos. He tenido en cuenta las longitudes y latitudes de los puntos, según me había indicado su excelencia.

Elcano estaba impresionado. Matías no sólo era un buen dibujante capaz de reproducir un mapa o una carta de marear. Era un verdadero cartógrafo, cuyos conocimientos de geografía eran importantes y por lo que estaba oyendo era capaz de representar latitudes, longitudes, orientar un mapa y corregir deformaciones.

—¿Las longitudes para situar el meridiano están bien calculadas?

—He tenido en cuenta las dimensiones que ahora sabemos que tiene la Tierra, a partir del meridiano de trescientas setenta leguas al oeste de las islas Cabo Verde y señalado el contrameridiano a ciento ochenta grados a poniente.

En aquel momento dos largos silbidos advertían a Elcano de que *Zapatones* llegaba. Confirmaron su presencia unos aldabonazos en la puerta. Su situación se complicaba aún más. Para salir de aquella especie de ratonera tenía que llegar a la cortina que había a pocos pasos, antes de que salieran del gabinete. No oyó lo que el enano dijo a «su excelencia» para poder ocultarse. Desde su escondite escuchó los pequeños pasos de Matías bajando la escalera y cómo al golpear otra vez el aldabón, gritaba:

—¡Ya va! ¡Ya va!

Era *Zapatones*, a quien se le había olvidado la llave de la casa.

—¡Cómo se te ocurre armar este escándalo! ¡Estoy con su excelencia! ¡Aguarda en la cocina a que termine!

Llegó a sus oídos el crujido de los mamperlanes y pensó que, si sonaban con el peso de Matías, lo delatarían si ponía el pie en la escalera. Permaneció tras la cortina, era un buen refugio, aunque la conversación llegaba a sus oídos mucho menos nítida que antes. Perdía muchas palabras e incluso frases enteras. Pensó que Matías no debía ser un Enríquez si se dirigía como su excelencia a quien estaba con él y que no podía ser otro que don Fadrique Enríquez. En una conversación privada, aquel tratamiento no era adecuado si Matías hubiera sido el hijo de su hermana. Supuso que el destino de aquellos mapas era don Fadrique y eso explicaba que el enano dispusiera de recursos tan abundantes y de una buena casa en Simancas y otra en Medina. Podía ser su dueño, aunque era factible que pertenecieran a los Enríquez y que le permitieran disfrutar de ellas. Se preguntaba el destino de aquellos mapas y si guardarían relación con el hecho de que los Enríquez fueran almirantes de Castilla.

Permaneció tras la cortina hasta que se marcharon. Volvió a oír cómo crujían los mamperlanes y cómo la puerta se abría y se cerraba. Su excelencia se había marchado. Después le llegó el murmullo de la conversación entre Matías y *Zapatones*. Estuvo tentado de, contando con la sorpresa que les causaría ver aparecer a un extraño, reducirlos y solucionar aquello de una maldita vez. Pero si no lograba sorprenderlos, enfrentarse a aquel gigante sería un problema. Los minutos pasaban y crecían sus dudas sobre qué hacer. La incertidumbre se resolvió al comprobar que se marchaban y oír cómo echaban una doble vuelta de llave a la puerta de la calle.

Sin perder un instante, entró de nuevo en el gabinete y examinó con detenimiento la esfera. Confirmó que sólo con datos de las exploraciones más recientes, incluidos los que él había aportado, podía registrarse lo recogido en ella y pensó que sólo con la información que Pigafetta podía haber facilitado aquello era posible. Lo sobresaltó oír que abrían la puerta. Si no le daba tiempo a bajar la escalera y marcharse saltando la albardilla estaría otra vez atrapado. Bajó a toda prisa, sin preocuparse por el crujido de los mamperlanes, y cuando llegó al portal seguían hurgando en la cerradura. No se necesitaba tanto tiempo para dar dos vueltas de llave. Entonces pensó que sería Zambrano quien trataba de abrir la puerta. Permaneció agazapado en el patio hasta comprobar que entraba Belizón.

—Están en *Los Cerezos*. Van a comer, por lo que dispondremos de algún tiempo. Zambrano se queda fuera para dar aviso, si es necesario. ¿Ha encontrado vuesa merced algo?

—Arriba hay un gabinete que nada tiene que envidiar a la sala de cartas y mapas de la mismísima Casa de la Contratación. Allí hay planos, cartas y mapas de un valor extraordinario.

—¿Qué piensa hacer vuesa merced?

—Averiguar cuál es el destino de todo eso y de dónde obtiene ese enano la información necesaria. Muchos de esos datos sólo los conoce un número muy reducido de personas.

—¿Creéis que está implicado don Fadrique Enríquez?

—¿Por qué lo preguntas?

—Porque entró con el enano y se marchó poco antes de que salieran para almorzar.

—¿Estás seguro de que se trataba de don Fadrique Enríquez?

—Sin la menor duda.

—Ese enano no es familia de los Enríquez. Eso es un bulo. Lo trata de excelencia y se dirige a él de forma diferente a como lo haría un familiar.

—Esa clase de gente suele mantener las formas.

—No cuando están en privado. Ese enano trabaja para él. Es un dibujante habilidoso, tiene grandes conocimientos de astronomía, geografía y sabe mucho de náutica. Eso explica que pueda realizar esos trabajos.

—¿Qué cree vuesa merced que hemos de hacer?

—Aguardar a que terminen de almorzar y vuelvan. Estaremos pendientes del aviso de Zambrano. Los sorprenderemos y los obligaré a que respondan a mis preguntas.

XXV

Todo resultó mucho más fácil de lo previsto. Ni el enano ni *Zapatones* esperaban encontrarse con lo que les aguardaba cuando entraron en la casa. Tenían el sopor de quienes han comido en abundancia y trasegado algunas jarrillas de vino. Ahora se encontraban atados. Matías a una silla de la cocina y el gigantón, con las manos a la espalda, tendido, cuan largo era, en el suelo. Todavía no había vuelto en sí, después del golpe que Elcano le había propinado en la cabeza con un candelabro.

Matías miraba alternativamente a Elcano y Belizón, que no abrían la boca. Su silencio hacía que cada minuto que pasaba aumentase su miedo.

—¿Qué buscan vuesas mercedes? ¿Qué es lo que quieren? Si es dinero, tomen todo el que hay en mi faltriquera.

Elcano, que había aleccionado a Belizón y se lo tomaba con mucha calma, no respondió. Dejó que transcurriera más tiempo y, cuando comprobó que, pese al frío, las gotas de sudor resbalaban por la frente del enano, dijo a Belizón:

—Márchate, no quiero testigos de lo que voy a hacerle.

Sin decir palabra, salió de la cocina y, cuando se oyó el abrir y cerrar de la puerta, Elcano tiró de su *misericordia* y acercó su silla a Matías.

—¿Quién sois?

—Eso no te importa. Pero te lo diré. Mi nombre es Elcano.

El enano se quedó mirándolo, desconcertado.

—¿El capitán de la nao que ha dado la vuelta a la Tierra? —Elcano asintió con un ligero movimiento de cabeza—. ¿Qué vais a hacerme? —Al enano le temblaba la voz.

—Una serie de preguntas —le apuntó con la punta de la daga en la entrepierna— y, si en algo aprecias tus pelotas, te aconsejo que respondas y no me mientas.

—Os diré lo que queráis saber, pero apartad ese puñal. Os lo suplico.

Elcano sintió pena. Matías era un bellaco, pero también un pobre desgraciado. Se sentía mal haciendo aquello. Cuanto antes terminase, mejor.

—¿Qué son todos esos planos, mapas, cartas y papeles que hay arriba?

—¡Vuesa merced es quien anduvo hurgando en mi gabinete!

—¡Responde a mi pregunta!

—Vuesa merced lo ha dicho, cartas, mapas...

—¿Dónde obtienes la información para elaborarlos? ¿Quién te la facilita? ¿Cuál es su destino?

—Me matarán si hablo.

—Te mataré yo, si no respondes. Si hablas te queda la posibilidad de huir.

—¿Huir? La mano de don Fadrique es muy larga. Mucho más de lo que supone vuesa merced. También os alcanzará a vos.

—¿Qué tiene que ver don Fadrique Enríquez en todo esto?

—¡Es el almirante de Castilla!

—¿Es para él para quien haces esas cartas y esos mapas?

—Sí.

—¿Para que los quiere?

—No lo sé. Ya os he dicho que es el almirante de Castilla

Elcano apretó con la punta de su *misericordia* los testículos de Matías.

—¡Por favor, señor, por favor!

—¿Para qué quiere eso don Fadrique Enríquez?

Elcano recordó que Fonseca le había dicho que por dinero era capaz de cualquier cosa. Tal vez, comerciaba con los mapas… ¡Eso era traición!

—Es un enamorado de la mar. En su casa guarda gran cantidad de cosas relacionadas con ese mundo. ¡Ha mandado armadas muy importantes!

Con un pequeño tajo Elcano cortó los cordones que sujetaban las calzonetas de Matías y las bajó con la punta de la *misericordia*. El enano vio horrorizado cómo su masculinidad quedaba al aire.

—¡Por Dios y su Santa madre!

—¿Para qué quiere don Fadrique esas cartas y esos mapas?

—No lo sé. Os estoy diciendo la verdad. Me permiten entrar en su palacio, pero no he accedido a algunas dependencias. Tal vez, los guarde allí. A veces, don Fadrique viene aquí a ver cómo trabajo. Siempre manda a alguien a recoger los mapas. ¡Os juro por los Evangelios que no sé para qué los quiere! ¡Si los conserva, ha de tener muchos…, muchísimos!

—¿Cuántos son muchos?

—No llevo la cuenta. Pero yo he elaborado al menos medio centenar.

No era normal tener tal cantidad de mapas. Era muy posible que esos mapas tuvieran como destino Lisboa.

—Está bien. —Retiró la daga para alivió de Matías.

—Arriba hay un *Globus Mundi*, ¿quién te ha facilitado los datos para elaborarlo? No se te ocurra mentirme.

—Fue un italiano llamado Pigafetta. Llegó embarcado en la nao que ha dado la primera vuelta al mundo. Ha escrito un diario con lo que aconteció en ese viaje. Fue él quien me facilitó los datos para delimitar los perfiles de ciertas costas y las distancias para situar el meridiano a partir de los ciento ochenta grados a poniente del que marca la división entre las coronas de España y de Portugal.

—¿Los datos de ese italiano sitúan las islas de las Especias en el hemisferio lusitano?

—Así es. He trazado el contrameridiano con los datos que me facilitó.

—¿Cuándo has visto a ese italiano?

—Yo no lo he visto.

—Entonces… —Elcano volvió a apuntar con su *misericordia* los testículos—. ¿Qué es toda esta historia de que te proporcionó los datos…?

—Esos datos me los dio don Fadrique. Pigafetta se los facilitó cuando estuvo en la Corte.

Elcano necesitaba digerir lo que Matías acababa de decirle.

—¿Don Fadrique es quien te facilita los datos?

—Sí, sí… Siempre me los proporciona su excelencia.

—¿Cuántos años llevas elaborando esos mapas?

—Muchos, no sabría deciros. Por lo menos…, veinte, quizá alguno más.

—Corre el rumor de que eres familia de don Fadrique. ¡Que tú mismo te encargas de decir que eres un Enríquez!

Matías agachó la cabeza.

—Eso tiene poco que ver con los mapas.

—¿Quién te ha dicho que sólo estoy interesado en los mapas? Hay otras cosas de tu vida de las que vas a hablarme.

En aquel momento *Zapatones* ronroneó. Estaba recobrando el sentido.

—¿Qué otras cosas queréis saber?

—Ahora respóndeme. ¿Eres un Enríquez?

—No, señor. Pero esa es una historia muy larga.

—Tengo tiempo.

—La comenzó don Fadrique haciendo correr el rumor de que yo era su hijo…

—¿Don Fadrique hizo correr ese rumor? —Elcano no daba crédito a aquello—. Aclárame eso. No acabo de creérmelo.

—Don Fadrique hizo que corriera la voz de que mi madre, que había quedado viuda y frecuentaba el palacio, había quedado embarazada de él. Con ese bulo callaba las voces de quienes lo tachaban de impotente y a mi madre, según ella me contó en el lecho de muerte, le solucionó el problema de haber quedado embarazada después de enviudar. Luego las cosas se complicaron.

—¿Qué quieres decir con eso?

—Cuando yo nací era pequeño y la pequeñez se fue acentuando con el paso del tiempo. No crecía como los demás niños. Era demasiado tarde para que don Fadrique se desdijera de lo que se había encargado de pregonar a los cuatro vientos. Me han contado que hubo quien dijo que yo no crecía porque era un pecado por el adulterio que había cometido. Después don Fadrique se arrepintió de lo que había difundido, pero no lo ha negado y yo…, yo lo he alimentado.

—¿Por qué?

—Porque ha sido una forma de protegerme. La gente se burla de mí. Me insulta y, si puede, me maltrata. Cuando el propio don Fadrique se interesó por mi habilidad para dibujar y me trató con deferencia, me di cuenta de que el rumor que corría sobre que yo era su hijo podía utilizarlo en mi beneficio. A don Fadrique le ha atormentado a lo largo de su vida el hecho de no tener hijos. Se lo he oído decir alguna vez. La gente suele hablar de cosas íntimas en mi presencia como si no hubiera nadie. Piensan que soy poca cosa. —El enano esbozó una sonrisa. En esta ocasión no había malicia; estaba cargada de tristeza—. No he alcanzado a medir una vara.

Elcano sintió pena.

—¿Sabes quién es tu padre?

—Un calderero de los que van por los pueblos remendando calderas, ollas y perolas de cobre. Dios, que me privó de un cuerpo normal, me dio el don del dibujo. Eso me salvó.

Elcano comprobó que aquel ser estaba desnudando su alma. Tal vez se hubiera sincerado con Andrés, pero se dio cuenta de que tenía necesidad de soltar todo aquello. Le estaba dando más explicaciones de las que podía esperar.

La *misericordia* ya no apuntaba a sus partes pudendas, tampoco a él.

—¿Qué es eso de que te salvó?

—Mi madre me contó que un día dijo a don Fadrique que yo era muy hábil dibujando. Era un don con el que había nacido. Él le dijo que me llevase a su palacio y me pidió que le hiciera una muestra. Le gustó lo que hice y fue entonces cuando decidió que recibiera una educación que de otra forma habría sido imposible tener. Puso un maestro para enseñarme a leer y a escribir. Tengo que decir que aprendía rápido y don Fadrique decidió que otro maestro me instruyese en todo lo relacionado con la Cartografía y la Náutica. También me obligó a estudiar Geografía y Astronomía. Había vislumbrado la posibilidad de que yo pudiera confeccionarle mapas, cartas, planos... Lo último que he hecho ha sido ese *Globus Mundi* que, en cualquier momento, vendrán a recoger unos criados de don Fadrique. Tengo que decir que se muestra muy generoso conmigo. Por eso no pregunto cuál es el destino de mi trabajo. Me entrega muy buenos ducados. Me permite vivir en una de las casas que posee en Simancas y me aloja en esta cuando vengo a Medina.

Zapatones, que había recobrado el sentido, forcejeaba en un intento de librarse de las ligaduras. Elcano lo miró y se preguntó qué clase de relación mantendrían aquellos dos sujetos tan dispares.

—¡Quédate quieto si no quieres que te duerma de nuevo! ¡No podrás librarte de esas ataduras! ¡Esos nudos están tan bien hechos que es imposible deshacerlos para quien está atado!

El gigantón, que estaba tendido boca abajo, resopló con fuerza. Hizo un nuevo intento y comprendió que era inútil. Sólo conseguiría destrozarse las muñecas.

—Ahora vamos a hablar de otra cosa.

—No sé de qué más podemos hablar.

—Hace algunos días tú y ese estabais en Valladolid y entrasteis en una casa de la calle de la Sierpe. ¿Te acuerdas?

—Se equivoca vuesa merced.

—No me equivoco. Entrasteis y ultrajasteis a una mujer.

—Se equivoca vuesa merced —repitió el enano.

—Te advierto que mi paciencia tiene un límite. Después de ultrajarla, la dejasteis amordazada y atada. Haz memoria. —Elcano acercó otra vez la punta de la *misericordia* a la entrepierna del enano.

—No puedo recordar lo que no he vivido. Vuesa merced se equivoca. Ni Andrés ni yo ultrajamos a ninguna mujer.

—¡Está diciendo la verdad! —exclamó *Zapatones*.

—Te lo voy a preguntar por última vez. Si tu respuesta no me satisface, despídete de tus pelotas. —La amenaza fue acompañada de una ligera presión sobre el miembro de Matías, que dejó escapar un gemido lastimero—. ¿Por qué ultrajasteis a esa mujer? La denudasteis y abusasteis de ella.

El enano volvió a negarlo, con un hilo de voz. A Elcano le sorprendió oír que *Zapatones* negaba otra vez aquello, sin que se hubiera dirigido a él.

—¡Cállate! ¡A ti todavía no te he preguntado! Después ajustaré cuentas con un cerdo como tú que, mientras este desalmado abusaba de ella, tú le mostrabas la verga y te masturbabas.

—¡Eso no es cierto! —gritó Matías con voz descompuesta—. ¡No he abusado de ninguna mujer! ¡Quien os haya ido con ese cuento, os ha mentido! ¡Ni siquiera sé dónde está esa calle a la que antes os habéis referido!

—¡Sois un par de bergantes! ¡Además de abusar de ella, pretendéis dejarla por mentirosa! ¡Voy a mediros las costillas y después a ti —miró fijamente al enano— voy a dejarte sin pelotas!

Entonces ocurrió algo inesperado que hizo dudar a Elcano.

—Vuesa merced podrá maltratarme cuanto guste. Incluso caparme, pero no logrará que me culpe de algo que no he hecho. Os he respondido a todo lo que me habéis preguntado sobre mapas, cartas y ese *Globus Mundi*. Lo que os he contado puede que me cueste la vida. Es posible que don Fadrique ordene que me maten por haberme ido de la lengua. Me exige mantener un absoluto secreto. En Simancas dispongo de un gabinete al que sólo yo puedo entrar y en esta casa no se admiten visitas. Todo lo que os he contado es la verdad. Tan verdad como que Andrés y yo no hemos abusado de dama alguna. No voy a negaros que me gustan las mujeres. Pero tengo posibles para disfrutar de ellas cuando me plazca. Es cuestión de aflojar la bolsa. No tengo necesidad de abusar de ninguna mujer.

—Lo que Matías está diciendo es el Evangelio, señor.

—Puedo ofreceros algo que dé plena satisfacción a vuestros deseos.

La situación se había invertido. Era como si Matías hubiera dejado atrás el miedo que hasta aquel momento lo había atenazado. Como si, después de haberle dado tantas explicaciones, se sintiera aliviado de un gran peso. Quien ahora estaba desconcertado era Elcano. Si aquel enano tenía razón… No quería pensar en ello.

—¿Cuál es ese ofrecimiento?

—Si, como dice vuesa merced, la dama a la que os referís vive en Valladolid, estoy dispuesto…, estamos dispuestos Andrés y yo a presentarle nuestros respetos y poner en claro lo ocurrido. Tiene que haber alguna confusión. Ni Andrés ni yo hemos cometido ese atropello. Ahora haced lo que os plazca. Pero el daño que nos procure vuesa merced será injusto. No somos caballeros y puedo incluso admitir que no somos trigo limpio. Pero os diré también que hay ciertas bellaquerías que no hemos cometido.

Elcano guardó silencio. Era verdad que el enano ganaba dinero como para pagarse mujeres con las que solazarse. ¿Por qué habían de asaltar la casa de María y ofenderla de aquel modo?

—¿Qué garantías tengo de que no estás tendiéndome una trampa?

Ahora fue Matías quien permaneció en silencio un largo rato.

—No lo sé. Decídmelo vos y, si está en mi mano…

—¿Cuándo vuelves a Simancas?

—No tengo previsto hacerlo en varias semanas. Don Fadrique quiere que le haga otro trabajo. No siempre elaboro mapas. Pero Valladolid no queda tan lejos… Podríamos ponernos mañana mismo en camino e ir con vuesa merced, si lo tiene a bien, para dejar este asunto solventado.

—¿Qué relación os liga a vosotros dos?

Matías dejó escapar un suspiro.

—¿Cree vuesa merced que, teniendo, como tengo, ciertos bienes de fortuna y habiendo sido la vida poco generosa conmigo, no tratarían de abusar de mí? Conocí a Andrés hace ya muchos años. Está tan solo como yo y le propuse que me dispensara su protección, a cambio no le faltaría de nada. Tampoco mujeres. Me acompaña cuando voy a Valladolid y me guarda las espaldas cuando vengo a Medina. En Simancas, los vecinos me conocen y no necesito de mayores salvaguardas. Andrés me protege y yo resuelvo sus necesidades.

—Está bien…, ese —Elcano señaló a *Zapatones*— se quedará aquí, vigilado por los dos hombres que me acompañan. Si aceptas esas condiciones, nosotros dos iremos mañana a Valladolid.

Antes de que Matías respondiera llamaron a la puerta.

—Deben ser los criados de don Fadrique que vienen a recoger el *Globus Mundi*.

XXVI

Gattinara y De los Cobos esperaban la llegada del rey. Carlos I los había citado muy temprano. Aguardaban a que el monarca apareciera, en pie, junto a la chimenea.

—Tengo entendido —señaló el canciller— que su majestad estuvo reunido anoche con doña Germana hasta muy tarde.

El secretario disimuló su sorpresa. No tenía información de ello y había pocas cosas en la Corte que escapaban a su conocimiento. De los Cobos sabía que la información era poder y tenía a peones de su confianza en todos los ámbitos.

—¿El rey sigue viéndose con su abuelastra?

—Si vuestra pregunta se refiere a si mantienen relaciones de alcoba, la respuesta es no. Poco después de que doña Germana matrimoniase…

—Ese matrimonio se celebró para poner fin a las habladurías. Vos sabéis igual que yo que don Juan de Brandemburgo fue, al menos durante algún tiempo, un cornudo consentido. Durante varios meses don Carlos no se privó de continuar manteniendo relaciones con ella.

—Pero acabaron hace tiempo. Han sido otras las mujeres que han calentado la cama del emperador. Tengo entendido que la reunión de anoche tenía un cariz muy diferente…

En ese momento la llegada del rey acabó con la conversación.

Ambos lo recibieron con amplias reverencias. Don Carlos se acercó a la chimenea y calentó las palmas de sus manos con el fuego.

—¡Las cosas en el reino de Valencia no pueden continuar como están! La clemencia que don Diego Hurtado de Mendoza ha mostrado con los revoltosos no es lo más adecuado. —Carlos I estaba de cara al fuego.

—¿Está su majestad pensando en su posible relevo al frente de ese virreinato? —preguntó De los Cobos.

—He decidido sustituirlo. El próximo virrey será…, será una virreina.

Los dos cortesanos intercambiaron una mirada, asombrados de que el monarca no hubiera evacuado consulta alguna sobre aquel asunto.

—¿Ha pensado su majestad en quién será esa virreina?

—Doña Germana. La virreina será doña Germana de Foix. Anoche le di a conocer mi decisión.

—¿Cuándo marchará su alteza a tomar posesión de su cargo?

—Lo antes posible. En aquel reino hay que actuar con energía. —El rey miró a De los Cobos—. Encargaos de tramitar ese nombramiento y ahora abordemos el asunto para el que os he convocado.

Carlos I se sentó e invitó a hacerlo a los dos cortesanos. Era todo un privilegio que el rey concedía cuando estaba acompañado sólo por personas de su círculo más íntimo.

—He preparado el memorándum que su majestad me encargó. —De los Cobos sacó de un cartapacio unos pliegos que iba a entregar el rey, pero don Carlos los rechazó.

—Resumidlo.

—Compartimos, majestad, el criterio del secretario de Indias. Debe ponerse en marcha, con la mayor celeridad posible, una nueva expedición a las islas de las Especias y para ello hay que avanzar en la puesta en marcha de la Casa de la Contratación de la Especiería.

—No comparto esa opinión, majestad —señaló Gattinara.

—¿Estáis en contra de poner en marcha la Casa de la Especiería de La Coruña?

—No, majestad. Estoy en contra de poner en marcha, con celeridad, una expedición a las islas de las Especias.

—Explicaos, canciller.

—Señor, esa expedición supondría abrir un frente con Portugal. No es lo más aconsejable en estos momentos. Las negociaciones matrimoniales en curso recibirían un duro golpe. Deberíamos llegar a un acuerdo con Portugal en el asunto de la Especiería.

—¿Lo veis viable? ¿Lisboa aceptaría que la razón está de nuestro lado?

—Creo, majestad, que deberíamos mantener un encuentro. Una reunión entre sus expertos y los nuestros. Con los datos que poseemos, Lisboa tendría que aceptar la realidad. Eso salvaguardaría las negociaciones del matrimonio de vuestra hermana con el monarca portugués.

—¿Aceptarían celebrar ese encuentro?

—Estoy convencido de que así sería, ofreciéndoles algo a cambio…

El rey, conociendo a su canciller, sabía que ya tenía una propuesta.

—¿En qué habéis pensado?

—Podríamos ofrecerles que, hasta tanto no se celebre esa reunión, nuestros barcos no volverán a navegar por la ruta que lleva a las islas de las Especias.

—Majestad, ese retraso perjudica nuestros intereses —protestó De los Cobos.

El rey negó con la cabeza. En modo alguno quería que el matrimonio de su hermana pequeña pudiera verse afectado.

—Hablad con el embajador de Portugal. Dadle garantías de que no se hará a la mar ninguna escuadra hasta que se celebre esa reunión.

—Lo citaré mañana mismo.

De los Cobos, cuya influencia era cada vez mayor en las decisiones del monarca, supo que todavía la influencia del canciller era enorme. La experiencia de Gattinara era muy valorada por el rey y, en cuestión de relaciones con otras potencias, su opinión, como canciller, tenía un valor extraordinario.

—Majestad, ¿hemos de paralizar, hasta que se celebre esa junta, la creación de la Casa de la Especiería en La Coruña? —preguntó De los Cobos.

—En absoluto. Sólo mostraremos cierta condescendencia hasta que ganemos esa batalla porque la razón está de nuestro lado.

—En ese caso, señor, os diré que hay unos almacenes junto al mar en la bahía de La Coruña que, según los informes que he recibido y que os explico en ese memorándum, reúnen, con unas pequeñas obras, todo lo necesario para que en ellos se instale la Especiería. Por otro lado, majestad, creo que la persona más adecuada para desempeñar el cargo de factor sería Cristóbal de Haro. Es hombre de mucha experiencia en el comercio de las especias. Tiene recursos para afrontar los gastos que fueren necesarios y será un firme puntal en todo lo referente al aparejo y dotación de las escuadras. Es hombre de mucho predicamento en Burgos, donde ha fijado su residencia, y su palabra es muy considerada entre los hombres de negocios del consulado de mercaderes de esa ciudad.

—Es la persona adecuada. Tuve ocasión de conocerlo en Zaragoza y resolvió a plena satisfacción algunas de las necesidades de la armada cuyo mando entregué a Magallanes. Enviad un correo a Burgos para conocer en qué disposición se encuentra. No olvidéis tener al tanto de todo al secretario de Indias.

—Como disponga vuestra majestad.

—Si no tenemos pendiente ningún otro asunto, dejadme solo. He de reunirme de nuevo con la virreina de Valencia.

Gattinara y De los Cobos se retiraban cuando la voz del rey los detuvo.

—Una cosa importante, canciller…

—Decid, majestad.

—Cuando citéis al embajador de Portugal preguntadle por el retrato que pedí de doña Isabel. Hace ya algunas semanas.

Al día siguiente don Luis da Silveira se reunía con el canciller. El encuentro fue breve y, cuando el diplomático salió, su rostro, impenetrable durante el mismo, mostraba plena satisfacción. Casi no daba crédito a lo que Gattinara acababa de proponerle acerca de que no se organizaría ninguna escuadra que navegara por la ruta abierta por Fernão de Magalhães, que era una espina clavada en el corazón de Lisboa, si aceptaban mantener una reunión para dilucidar la posición de las islas de las Especias y determinar en cuál de los hemisferios quedaban. Sabía que, si bien los castellanos poseían ahora datos muy valiosos sobre el emplazamiento de aquellas islas, sus geógrafos, cartógrafos, pilotos y astrónomos les llevaban una considerable ventaja en lo que a conocimientos de náutica se refería. En lo único que había tenido que ceder, pero le parecía poca cosa, era en que la reunión se celebraría en el lugar que designasen los españoles para el encuentro.

Apenas llegó a su residencia envió un correo a Lisboa con tan extraordinaria noticia. En ese correo solicitaba también que se le enviase a la mayor brevedad posible el retrato de doña Isabel. El rey de España estaba impaciente por tenerlo en sus manos.

XXVII

Había despuntado el alba y la Puerta de Zamora quedó abierta, permitiendo la entrada y salida de Medina de Rioseco, cuando iniciaron su camino para salvar las siete leguas que separaban aquella villa de la ciudad de Valladolid. El día había amanecido nublado y lo acompañaba una espesa niebla. El frío apretaba.

La víspera, la llegada de los criados del duque había acelerado las cosas. Elcano desató al enano, permitiéndole que acudiera a abrir la puerta, mientras él se quedaba en la cocina donde *Zapatones* permanecía atado. Bastaba que Matías dijera algo a quienes habían ido a por el *Globus Mundi* para que la casa se hubiera llenado de hombres armados y su situación se habría hecho insostenible. El enano los despidió como si nada anormal ocurriera. Aquello bastó para que el marino confiase en aquel hombrecillo que parecía ser bastante más cabal que muchos de los que había conocido. Desde ese momento una duda lo corroía por dentro. Si decía la verdad…

Matías cabalgaba sobre un caballo de pequeña alzada y la silla estaba hecha a su medida. La longitud de los estribos, adaptada a su estatura, y su tamaño al de sus pies. No podía decirse que fuera un gran jinete, pero montaba con soltura y dominaba sin problemas su cabalgadura. Cruzaron el puente sobre el Sequillo y ante ellos se abrió la inmensa llanura que se extendía hasta Valladolid, en la que, muy de cuando en cuando, se alzaba algún árbol solitario. La tierra verdegueaba con el trigo nacido, aunque el tiempo de la cosecha quedaba todavía muy lejos. Cabalgaron a buen trote hasta un lugar llamado La Mudarra, adonde llegaron con la niebla ya disipada. El sol aliviaba algo el frío imperante. Allí dieron un breve descanso a los caballos y comieron lo que llevaban en las alforjas.

Antes de mediodía entraban en Valladolid. Dejaron los caballos en la casa de postas, indicando al mozo que les diera un buen pienso, y se encaminaron a la calle de la Sierpe. Conforme se acercaban a la casa de María una tensión creciente se apoderaba de Elcano. Encontraron la puerta entreabierta, pero golpeó con el aldabón. Poco después apareció la tía Brígida, apoyándose en un bastón. Al verlo, le dedicó una amplia sonrisa que él no le devolvió. Miró a Matías, con cara de sorpresa.

—María ha ido a llevar unos trapos al sastre. Hace rato que se fue por lo que ya no tardará mucho en volver. Pasad..., pasad.

Elcano dudó. La espera podía hacerse demasiado larga. Tampoco quería encontrársela por la calle. La conversación no se presentaba fácil. Iba a rechazar el ofrecimiento y matar el tiempo en alguna taberna cercana cuando María apareció por la esquina de la calle. Al verlo, una amplia sonrisa apareció en su rostro, pero mudó en un rictus de dureza al darse cuenta de que lo acompañaba un enano. Hubiera deseado darse la vuelta, pero era demasiado tarde. Su actitud dio a Elcano mala espina.

—No esperaba verte tan pronto. ¿Cuándo has regresado?

—He llegado apenas hace una hora. Tenemos que hablar.

—Este..., este caballerito —lo dijo con cierto desprecio—, ¿quién es?

—Se llama Matías, ¿no lo reconoces?

María empalideció.

—¿No sería mejor entrar en la casa? —propuso la tía Brígida.

Una vez dentro, fue Matías quien se adelantó:

—Señora, este caballero —miró a Elcano— afirma que yo os he ultrajado. ¿Queréis aclararle que yo no he sido el autor de tal ultraje?

María, nerviosa, no sabía qué responder.

—No hay muchos enanos en Valladolid y son menos a quienes los acompañe un sujeto de gran estatura —señaló Elcano.

—María, tal vez..., te confundieras —intervino la tía.

—Tal vez. —A María apenas le salía la voz del cuerpo.

Elcano empezaba a tener claro que detrás de la historia que le había contado cuando la encontró atada y amordazada había una gran mentira.

—Señora —Matías se dirigía de nuevo a María—, es la primera vez que nos vemos. Yo no os he ultrajado. Jamás había venido a esta casa.

—¿Por qué has hecho una cosa así?

La respuesta fue un prolongado silencio que era más elocuente que una larga explicación.

Fue la tía Brígida quien lo rompió, poniendo fin a una situación que se había vuelto incómoda.

—¡¿Por qué no se lo dices de una maldita vez!?

—¡¿Qué quieres que le diga, que estoy embarazada o que deseaba vengarme de *Zapatones*!? —explotó María sin contener las lágrimas.

Elcano, asombrado, se preguntaba qué significaba todo aquello.

—Creo que es necesario explicar algunas cosas.

—María está preñada. ¡Vuesa merced va a ser padre! —gritó la tía Brígida—. Lo sospechó hace algunas semanas, cuando no tuvo su mes y lo confirmó hace unos días cuando tampoco le ha venido a su tiempo. Eso significa que la barriga no dejará de crecerle en los próximos meses.

—¿Qué tiene que ver eso con que quiera vengarse de *Zapatones*?

—¡Cuéntaselo de una maldita vez! ¡Esas cosas hay que soltarlas! ¡No se puede vivir con ellas dentro! —La voz de la tía Brígida sonaba a exigencia.

Elcano ofreció a María un pañuelo para que se secase las lágrimas. Contenía el llanto a duras penas...

—Ese hombretón al que conocen como *Zapatones* encargó un jubón de tafetán colorado con mangas acuchilladas... Quiso que fueran forradas de raso, con sus calzas de lo mismo; quería medias de seda y un capotillo, además de una camisa de batista fina de Holan-

da, con el cuello y las puñetas rematadas en puntillas bordadas...
—gimoteó y se secó las lágrimas—. También quiso adornos bordados en el jubón. El encargo se lo hizo al sastre para quien trabajo, pero fui yo quien compró los forros, la batista y los encajes, además de los hilos de seda para hacer los bordados... ¡Me gasté una fortuna! ¡No he visto un maravedí! ¡Ese malnacido lo único que ha pagado fueron los reales que anticipó al hacer el encargo!

—¿No pagó al recoger las prendas? —preguntó Elcano.

—No lo hizo. Su fuerza bruta le valió para que el sastre le permitiera llevarse toda la ropa, que montaba casi doce ducados. ¡No ha habido forma de cobrárselos!

—¿Por qué ese sastre no ha acudido a la justicia?

—¿Conocéis a *Zapatones*?

Elcano asintió con un ligero movimiento de cabeza.

—Entonces no necesito explicaros que no entra por esa puerta sin agachar la cabeza. Lo tiene amedrentado. Yo estaba delante cuando lo amenazó con partirle las piernas si se le ocurría denunciarlo. A mí también me amenazó con..., con violarme si... —Rompió a llorar de nuevo y la tía Brígida le trajo un poco de agua—. Esa amenaza fue lo que me dio la idea de... —Ya no le fue posible continuar.

Elcano resopló con fuerza y miró a Matías, que se encogió de hombros, como si con aquel gesto se sacudiera cualquier responsabilidad.

—No sé nada de esa historia. Sólo puedo decir que es cierto que Andrés tiene un jubón acuchillado con sus calzas de tafetán rojo.

Elcano estaba desconcertado. María le había mentido de forma descarada. Había sido capaz de inventar una historia con un gran número de detalles para inducirlo a que ajustase las cuentas a aquel gigantón. Había involucrado a Matías, sin importarle las consecuencias de su mentira. Descubría que no era de fiar. Para empeorarlo todo acababa de saber que estaba embarazada y se preguntaba si él sería el padre, como había señalado la tía Brígida, o aquello podía ser cosa de otro. Había perdido la confianza en ella.

—¿Cuánto te adeuda ese sujeto?

—Cuatro ducados, seis reales y doce maravedíes —respondió de inmediato la tía Brígida.

—Eso es lo que pagué de telas, forros, encajes, cintas e hilos —añadió María entre gemidos—. Hay que añadirle mi trabajo. Ducado y medio más.

—Cobrarás tus seis ducados. Puedes darlo por seguro. —Elcano miró a Matías y le dijo—: Vámonos. Tenemos mucho camino que recorrer.

—¿Os marcháis así? Sin más ni más —le preguntó la tía Brígida—. ¿No le vais a preguntar por vuestro hijo?

Elcano estuvo a punto de decir algo de lo que, sin duda, se arrepentiría después. Se mordió la legua.

—Ya hablaremos de eso. Ahora tenemos cosas que hacer.

Sin detenerse, se dirigieron a la casa de postas. Pagaron por la cuadra y el pienso, ensillaron los caballos y partieron de nuevo hacia Medina de Rioseco. Si querían llegar con luz del día no podían entretenerse demasiado.

—Comeremos en alguna venta del camino —propuso Elcano—. No son lugares muy recomendables, pero nos detendremos mucho menos tiempo.

—Como disponga vuesa merced.

Cabalgaron un par de leguas sin cruzar una sola palabra. Elcano sumido en sus pensamientos y Matías respetando su silencio. No alcanzaba a comprender por qué María le había mentido y había estado a punto de cometer una grave injusticia. El comportamiento de *Zapatones* era reprobable, pero había una gran diferencia entre no pagar una deuda y manchar el honor de una mujer. Por otro lado, saber que María estaba embarazada hacía que las dudas lo asaltaran. Se preguntaba si era el padre de la criatura que llevaba en su seno o había alguna historia oscura detrás de todo aquello.

Habían hecho cerca de cuatro leguas cuando vieron una venta a la derecha del camino.

—¿Tomamos algo ahí? —propuso Matías.

Elcano asintió. No tenía apetito, pero había que llevarse algo a la boca y era ya casi media tarde.

La venta era un caserón con las paredes de adobe en las que quedaban a la vista las vigas que formaban la trabazón. Se alzaba tras un patio de grandes dimensiones donde había varios cobertizos en los que podían resguardarse las bestias y protegerse los carros. Había una recua de mulas a las que habían aliviado de la carga y también un carruaje custodiado por un par de hombres armados. Era un vehículo de cierto fuste, lo que señalaba la calidad de quienes viajaban en él. No era habitual encontrarlos en lugares como aquel.

En la venta olía a guiso de repollo y nabos, también a la brea de los odres de vino. Cerca de una docena de arrieros gritaban y bebían después de haber dado cuenta del almuerzo. Al ver al enano uno de ellos soltó una inconveniencia.

—¡Eh, tú! ¡Te pago una jarrilla si nos la enseñas!

Matías, que debía de estar acostumbrado a aquella clase de injurias, no se inmutó, pero Elcano se encaró con él. Eran muchos, pero no estaba dispuesto a consentir que el deslenguado se regodease de aquella manera.

—¿Tienes algún problema?

—Esto no va con vuesa merced —respondió el arriero soltando la jarrilla de vino que sostenía en su mano.

—Pero va con mi amigo. ¡Discúlpate!

—¡Os he dicho que esto no va con vos! —El sujeto, que tenía la cara granujienta y se cubría la cabeza con un pañuelo anudado a la nuca, se puso en pie y, desafiante, se acercó a Elcano. Los gritos y las risotadas habían dado paso a un silencio preocupante.

—Voy a decírtelo una vez más, ¡discúlpate!

La respuesta del arriero fue sacar una navaja que ocultaba en la faja, pero Elcano fue más rápido empuñando la *misericordia* y le apuntó al cuello.

—¡Suéltala y discúlpate! ¡Hazlo si en algo aprecias tu vida!

El arriero dejó caer la faca, miró a Elcano a los ojos y se percató de que no hablaba por hablar.

—Os lo tomáis muy en serio, amigo.

—¡No soy vuestro amigo! ¡Mi amigo es él!

La punta de la *misericordia* pinchaba ya el cuello del arriero. Si presionaba un poco más, brotaría la sangre.

—Mis disculpas —murmuro entre dientes.

—¡Más alto!

—¡Mis disculpas!

—Así está mejor.

Hubo movimiento entre los arrieros. La cosa iba a complicarse cuando una voz grave y enérgica sonó a la espalda de Elcano.

—¡Mi espada está a vuestro servicio, si necesitáis ayuda!

Era el dueño del carruaje que, desde su mesa, asistía al enfrentamiento. Poniéndose en pie alertó con la mirada a los dos hombres a su servicio que, escamados por el silencio, entraban con los aceros en las manos. Si los arrieros habían pensado hacer frente a Elcano, desistieron. El ventero trató de apaciguar los ánimos.

—¡Aquí no ha pasado nada! ¡La siguiente ronda corre por cuenta de la casa!

Su ofrecimiento fue acogido con gritos de júbilo. Elcano y el arriero con el que se había enfrentado cruzaron una mirada, pero no hubo nada. Las risas y la cháchara volvieron a imperar. Elcano agradeció al desconocido —por sus trazas y su actitud era evidente que se trataba de un caballero— su ayuda.

—No sé cómo hubiera terminado esto si vuesa merced no interviene. Os estoy muy agradecido.

—Era mi deber. Habéis hecho lo que haría un hombre de bien. No consentir que se ultraje a quien por natura se sale de lo común. Si vuesas mercedes han entrado a este sitio para comer, aunque ya he comido y es un poco tarde, los invito a mi mesa.

—Sea, si ese es vuestro deseo.

—Permitid que me presente. Soy Íñigo de Mendoza.

—¿Mendoza? ¿Mendoza de Sigüenza?

—Mi tronco familiar es ese lugar. ¿Lo dice vuesa merced por algo?

—Conocía a un Mendoza, don Luis de Mendoza, capitán de una de las naos de la escuadra que zarpó de Sevilla hace más de tres años y que mandaba un portugués llamado Magallanes.

—Era mi hermano.

—¿Sois hermano de don Luis?

—¿Lo conocisteis?

—Sí. También yo embarqué en esa expedición.

—¿Vuesa merced es uno de los hombres que llegó a Sevilla a bordo de la *Victoria*, la nao que mandaba don Juan Sebastián Elcano?

—Ese es mi nombre.

Mendoza abrió los ojos de forma desmesurada.

—¿Vuesa merced es Elcano? —El marino asintió—. ¡Por la Santísima Madre de Dios! ¡Esto es increíble! ¡Venid, venid!… ¡Hacedme la merced de compartir mi mesa!

Se sentaron a la mesa donde don Íñigo de Mendoza había almorzado. El caballero, que no salía de su asombro, pidió el mismo guiso que él había tomado y luego se interesó por los sucesos que significaron la muerte de su hermano en la bahía de San Julián.

—Vuestro hermano, junto al capitán Quesada, siguieron a Cartagena… La cosa no salió bien. Vuestro hermano murió a causa de unas cuchilladas que le propinó Gonzalo Gómez de Espinosa.

—¿No fue muerto por orden de Magallanes?

—No, a quien Magallanes ordenó dar muerte fue al capitán Quesada.

—He oído decir que vos también estuvisteis en aquello.

—Así es. El veedor llevaba razón y Magallanes lo había maltratado mucho desde el primer momento.

—¿Es cierto, como se dice, que lo dejó abandonado junto a un capellán en un paraje desértico?

—Es cierto. Los había condenado a pena de destierro y ordenó que se cumpliera de ese modo. Aquel fue un momento terrible.

Matías, que asistía a la conversación en silencio, no perdía detalle. Ahora se explicaba por qué recordar lo ocurrido en San Julián había sacado a Elcano del ensimismamiento en que estaba. Parecía más animado.

Una vez que dieron cuenta del guiso, se despidieron de don Íñigo de Mendoza.

—Me gustaría seguir departiendo con vos, pero hemos de llegar a Medina de Rioseco antes de la puesta de sol.

—Ha sido un placer compartir mesa con vuesas mercedes.

Elcano hizo una seña al ventero para pagar la comida.

—Ni hablar. Esto es cosa mía. Espero aquí a que llegue una dama que he de acompañar a Valladolid.

Los arrieros continuaban con sus risotadas, sus gritos y sus chanzas; estaban a lo suyo. Pese a que lo ocurrido podía haber ocasionado un serio problema, ni se percataron de que Elcano y Matías abandonaban la venta. Cuando habían cabalgado algunos cientos de varas, Matías rompió el silencio.

—Como me contó vuesa merced cuando veníamos a Valladolid, fuisteis a Simancas, antes de venir a Medina. Supongo que fue Catalina quien os puso sobre mis pasos.

—Fue ella quien me dijo… —Elcano iba a comentar que le enseñó su gabinete, pero eso suponía dejar malparada a la moza— que podías estar en Medina de Rioseco.

—Vino vuesa merced a Medina por dos cuestiones. Una, por la que estaba dispuesto a caparme, ya ha quedado resuelta…

—¡No, no ha quedado resuelta!

El enano tiró de las bridas y detuvo su cabalgadura.

—¿Todavía piensa vuesa merced convertirme en un eunuco?

—No, pero tu amigo tendrá que pagarme los seis ducados que le adeuda a María. Sólo entonces ese asunto quedará concluido.

—Bueno…, bueno…, esa cuestión tendréis que resolverla con Andrés. —Matías espoleó su caballo y reemprendieron la marcha—. Respecto a la otra, la de los mapas, ¿qué piensa hacer vuesa merced?

—Tengo que enterarme de lo que hay detrás de todo este tinglado. No ignoras que corres un riesgo muy grande. Hacer cartas de navegar y elaborar mapas es algo muy peligroso. Puede costarte la vida. Hasta ahora has tenido mucha suerte. Me sorprende que en tantos años no hayáis tenido problemas.

—Quienes saben algo de lo que hago, que no son muchos, ignoran su importancia. Catalina solo sabe que dibujo, ella no ve en un mapa o una carta de marear lo mismo que ve vuesa merced. Ella sólo ve dibujos muy extraños, pero dibujos, al fin y al cabo. Le interesan mucho más las figuras con que los adorno. Otro tanto ocurre con los criados de su excelencia. Quienes saben de mapas y cartas náuticas son gente de confianza de don Fadrique y están bien advertidos.

—Con todo eso, la suerte te ha acompañado. Pero suele ser veleidosa y puede cambiar en cualquier momento. Si eso ocurre puedes darte por muerto. A quienes encargan resolver esos asuntos no se andan con melindres. En fin, ahora lo mejor es que nos dejemos de cháchara y avivemos la marcha, si seguimos a este paso se nos echará la noche encima.

Pusieron las cabalgaduras al trote y, estaban ya a la vista de Medina, cuando Elcano hizo una propuesta a Matías.

—Tienes hasta mañana de plazo para responder. Consúltalo con la almohada y piensa detenidamente lo que más te conviene.

XXVIII

Cruzaron el puente sobre el Sequillo cuando el sol estaba a punto de ocultarse. Aunque la feria estaba animada, mucha gente ya se había retirado.

Pasaron la muralla por la Puerta de Zamora y dejaron los caballos en la cuadra donde atendían al de Matías. En la casa aguardaban Belizón y Zambrano, que habían custodiado durante toda la jornada a *Zapatones*, con el que habían acabado haciendo buenas migas y dándole al naipe.

Elcano se dirigió al gigantón sin andarse por las ramas.

—¡Entrégame seis ducados!

—¿Vuesa merced se ha vuelto loco? ¿A cuento de qué viene eso?

—Estoy cuerdo y vas a entregarme los seis ducados que le debes a María Vidaurreta, a quien no has pagado el terno de jubón con mangas acuchilladas, calzas, medias y capotillo en tafetán colorado.

Zapatones miró a Matías.

—Es lo que le debes a esa María Vidaurreta. La cuenta del sastre sigues teniéndola pendiente.

—No tengo seis ducados.

—Pues busca la forma de conseguirlos… rápidamente. Ya os he dicho que entre mis virtudes no está la de la paciencia. Nosotros —miró a Belizón y a Zambrano— nos vamos. Mañana bien temprano vendremos.

Apenas Elcano y sus hombres abandonaron la casa. *Zapatones* quiso saber lo que había ocurrido. Matías se lo explicó.

—¡Será puta!

—Puede que lo sea. Pero tiene razón cuando dice que le debes seis ducados. No debiste encargar ese jubón sin tener el dinero para pagarlo.

—No me cuadraron las cuentas. ¡Tienes que ayudarme, Matías! Ese tipo no amenaza en balde.

—Puedes tenerlo por seguro. Ayer creí que me quedaba sin pelotas.

No salieron a cenar y comieron de algunas de las cosas que guardaban en una alacena: algo de queso, un poco de longaniza y unas lonchas de cecina con unas rebanadas de pan, acompañadas de algo de vino.

—¿Qué vamos a hacer, Matías? —El enano se acariciaba el mentón al tiempo que balanceaba los pies—. ¿Se te ocurre algo? Tú siempre encuentras una solución —insistió *Zapatones*, a quien natura había dado un corpachón, pero poca inteligencia.

—Puedo sacarte del apuro, si haces lo que te diga.

—¡Lo que tú quieras, Matías, lo que tú quieras!

—Escúchame con atención.

Las calles estaban ya concurridas, pese a que el sol apenas había despuntado. Era el penúltimo día de feria y los mercaderes empezaban a ofrecer los productos a menor precio. Era preferible perder algo de ganancia a tener que cargar con la mercancía y volver con ella. Muchos compradores esperaban a estos últimos días para comprar algo, aunque las mercancías ya estaban floreadas y las más valiosas, las que pesaban poco y no abultaban, no solían rebajarse. Había gente que acudía a las iglesias para oír misa o rezar a los santos de su devoción antes de iniciar la jornada. También estaban abiertas las carnicerías y eran muchos los que aguardaban turno ante las diferentes tablas donde se vendían los distintos tipos de carnes —estaba muy castigado dar gato por liebre o vender vaca por cerdo—, pese a que era viernes de Cuaresma. Quienes allí esperaban su turno no iban a abstenerse de comer carne, como mandaba la Santa Madre Iglesia, porque habían aflojado la bolsa y adquirido la Bula de la Santa Cruzada, que era necesario mostrar al carnicero para que vendiera la carne siendo viernes.

Elcano había dicho a Belizón y Zambrano que aguardasen fuera mientras él entraba en la casa de Matías. Fue *Zapatones* quien abrió la puerta.

—Mucho ha madrugado vuesa merced.

—Es mucha la tarea que tengo por delante. La primera cobrarte los seis ducados.

—Eso no debe preocuparos. Los tengo dispuestos.

—Primera buena noticia.

Zapatones lo acompañó hasta la cocina donde Matías daba cuenta de unas rebanadas de pan untadas con manteca. Sobre la mesa estaban los seis ducados.

—Ahí está el dinero —dijo el gigantón señalando el montoncito de monedas.

Elcano las guardó en su faltriquera.

—Cuenta saldada.

—¿No se sienta vuesa merced? —Matías le señaló una silla.

—Depende de la respuesta que des a lo que te propuse.

—Siéntese vuesa merced. Tenemos que concretar los términos.

—¿Significa un sí a mi propuesta?

—Significaría un sí, si los términos que acordemos me interesan. En ese caso cerraremos el trato.

Elcano tomó asiento.

—Te escucho.

—La primera cuestión es... ¿estáis en condiciones de garantizarme que no me ocurrirá nada cuando se sepa lo que he estado haciendo todos estos años?

—No puedo darte ninguna garantía. Si te la diera, ¿qué pensarías de mí? Soy hombre de palabra y lo único que puedo decirte es que trataré por todos los medios de que no te castiguen. Puedo ofrecer tus servicios como una posibilidad. Mi opinión es que no hay tantos cartógrafos y..., por lo que he visto, tú eres bueno..., muy bueno.

—Me temo que vuesa merced no puede decirme cómo será remunerado mi trabajo.

—Tampoco. Aunque sé que los mapas se pagan bien, muy bien. Supongo que en ello va incluida la discreción y guardar silencio.

Matías dio un mordisco al pan y lo dejó sobre el plato.

—Hay dos cuestiones más. A la primera no podrá vuesa merced responderme, pero a la segunda sí.

—¿La primera?

—¿Qué ocurriría si el secretario de Indias no aceptase que trabajase para él? Me quedo sin el trabajo para su excelencia y vivir bien es…, es muy costoso.

—Como has dicho, no puedo responderte. Has de asumir cierto riesgo. Pero estoy convencido de que te aceptarán como cartógrafo. Se van a ampliar los cometidos y funciones de la secretaría de Indias. Es posible que en muy poco tiempo haya un Consejo de Indias. Necesitarán personas capaces y de experiencia y, sin duda, tú tienes ambas cosas. Sabes que no sobran los cartógrafos. ¿Cuál es la segunda?

No la formuló porque le interesó algo que Elcano acababa de decir.

—¿Dice vuesa merced que va a crearse un Consejo sólo para los asuntos relacionados con las Indias?

—Esa es la información que tengo.

—Eso es algo muy…, muy interesante.

Elcano temió haberse excedido. Quizá no debería haber aludido a lo que de forma privada le había dicho el obispo Fonseca.

—No tengo que decirte que ese es un asunto que se lleva con mucha discreción en la Corte.

—¿Discreción en la Corte? —Matías negó con la cabeza—. La segunda es que Andrés permanecerá a mi lado.

—Eso es algo que sólo depende de ti. No creo que haya ninguna clase de problema.

Matías cogió la rebanada de pan y le dio un mordisco. Masticó lentamente, como si le ayudara a pensar.

—En ese caso sólo queda pendiente una cuestión.

—¿Cuál?

—Será vuesa merced quien marche a Valladolid. Yo aguardaré

aquí. Si el secretario de Indias acepta, vendréis a decírmelo. Entonces iré con vos y negociaré las condiciones.

—Viajaré hoy mismo a Valladolid y estaré de vuelta lo antes posible. Vendrá conmigo uno de los hombres que me acompañan. El otro permanecerá aquí y le darás alojamiento. ¿Estás de acuerdo?

Matías asintió con un ligero movimiento de cabeza.

Elcano y Zambrano no perdieron tiempo. Ajustaron cuentas con Marcela y Belizón se acomodó en la casa de Matías. Montaron en sus caballos y a media mañana abandonaban la villa. Forzaron el trote de los caballos para llegar a su destino con buena luz del día; Elcano quería pedir audiencia urgente con Fonseca y dejar resuelta su situación con María Vidaurreta. Para ello, cuando tenían algo más que mediado el camino, se detuvieron sólo para comerse el queso con un poco de pan que llevaban en las alforjas, regado con unos tragos de vino. Eso les permitió entrar en Valladolid cuando el sol estaba todavía alto.

Dejaron los caballos en la posta y Elcano se encaminó a la oficina de la secretaría de Indias. Con Zambrano se veía al día siguiente, a la hora del almuerzo, en un mesón que había a la espalda de San Pablo. Pidió al portero recado de escribir y dejó una nota donde señalaba que era de la mayor urgencia que su ilustrísima lo recibiera cuanto antes.

—He de hablar con su ilustrísima. A ser posible mañana mismo.

—Mucha urgencia es esa —dijo el portero.

—El asunto lo requiere.

—¿Le dejo el recado a vuesa merced en la calle Cantarranas?

—Sí.

Allí se dirigió, sin detenerse. Águeda se sorprendió al verlo aparecer.

—No pensé que vuesa merced fuera a regresar tan pronto.

—Las cosas han ido mucho más rápido de lo que imaginaba. Aunque… no están terminadas.

—¿Qué quiere decir vuesa merced?

—Que tendré que regresar otra vez a Medina de Rioseco. ¿Podéis poner al fuego un poco de agua?

—¿Necesitaréis la tina?

—No, sólo un poco de agua que no esté demasiado fría.

Una vez aseado, Elcano se encaminaba hacia la calle de la Sierpe. Quería entregar los seis ducados a María. Faltaba poco para que se pusiera el sol cuando la tía Brígida respondió a su llamada.

—¿Quién va?

—Soy Juan Sebastián Elcano, ¿está María?

Antes de abrir, gritó con fuerza:

—¡Baja, niña! ¡Baja deprisa!

Elcano se quitó el bonete al entrar.

—¡Dichosos los ojos! —exclamó, zalamera, la tía, al tiempo que María aparecía por la escalera.

—¡Has regresado muy pronto! ¡Qué alegría verte de nuevo!

—Te traigo el dinero que ese sujeto te debía. —Sacó los seis ducados, pero antes de que se los diera, la tía Brígida se adelantó.

—¿Por qué no pasáis? ¡María, trae un poco de vino!

Elcano dudó.

—Sólo..., sólo he venido a traer ese dinero...

—¡Vamos, vamos...! Tenéis algunas cosillas de las que hablar. Ha habido algún malentendido. Pasad y tomad asiento. Refrescad vuestra garganta. El camino da mucha sed. Aunque viendo a vuesa merced... ¡Nadie diría que habéis cabalgado desde Medina de Rioseco! ¿Cuántas leguas hay?

—Alrededor de siete.

—Razón de más para que os toméis una jarrilla. ¡Ese vinillo es magnífico!

María apareció con el vino y pasaron a la sala.

—Os dejo hablar de vuestras cosas. —Desapareció y se impuso un silencio que Elcano rompió, después de dar un largo trago al vino.

—Toma los seis ducados. —Dejó las monedas sobre la mesa.

—¡Has podido cobrárselos!

—Si no pagaba... Ahora explícame eso de que estás preñada.

—Con dos faltas... Nunca me había ocurrido y como..., como...

—¿He de suponer que soy el padre?

—¿Cómo qué has de suponer? —María alzó la voz—. ¡Ningún otro hombre me ha hecho suya!

241

Elcano se acarició el mentón. Necesitaba la navaja de un barbero.

—¿Por qué organizaste aquella farsa? ¿Qué pretendías? Podías haberme dicho que ese sujeto te debía dinero. Fue una mentira preparada hasta en los detalles más pequeños. ¿Quién me asegura que no estás mintiéndome otra vez?

María lo miró con dureza. Elcano no había visto aquella mirada.

—¿Quieres eludir tu responsabilidad?

—¿Responsabilidad? ¡No te di palabra de matrimonio! —Se puso en pie—. Tengo asuntos urgentes que resolver y he de regresar a Medina de Rioseco. Luego, marcharé a ver a mi familia. Tal vez veamos esto de forma diferente cuando pasen algunos meses.

Elcano se caló el sombrero mientras María murmuraba algo entre dientes que no pudo oír.

Al salir comprobó que la tía Brígida había oído la conversación y pudo escucharla decir:

—¡Maldito seas! —Soltó un escupitajo.

Era noche cerrada cuando salió a la calle. Estaba solitaria y sólo se oían algunos sonidos apagados que llegaban del interior de las casas. En las fachadas de algunas alumbraban ya las lamparillas que se encendían en las hornacinas.

Estaba desasosegado. Era probable que el hijo que María decía llevar en su vientre fuera suyo. Pero había perdido la confianza en ella. Lo que había hecho no tenía sentido, salvo que pretendiese ocultar alguna cosa.

Cuando dejó atrás la plazuela del Ochavo y enfiló la calle de las Platerías tuvo la impresión de que alguien lo seguía. Se detuvo, pero sólo oyó silencio en medio de una oscuridad que apenas permitía ver a unas cuantas varas. Al enfilar la calle Cantarranas se detuvo otra vez. Volvía a tener la impresión de que lo estaban siguiendo, pero no vio nada que lo confirmara. Los acontecimientos de los últimos días le habían hecho olvidarse de los portugueses, que esperaban una respuesta.

Al entrar en la casa, Águeda lo sorprendió con una noticia.

XXIX

—¿Hace mucho rato que trajeron ese recado?

—Poco después de que vuesa merced se marchara.

Elcano, que no se había destocado ni quitado la capa, resopló cuando Águeda le dijo que tenía preparada la cena.

—El almuerzo fue de Cuaresma y, aunque mis tripas están protestando, me temo que no voy a consolarlas.

—¿Vais a salir a estas horas?

—He de hacerlo.

Águeda se llevó las manos a la cabeza.

—¡Santa Madre de Dios! ¿Os habéis vuelto loco? Bastante suerte ha tenido vuesa merced llegando sano y salvo. En Valladolid se ha perdido la tranquilidad. Han tomado asiento muchos tahúres y rufianes que por unos cuantos reales son capaces de rebanar el cuello. Ayer, sin ir más lejos, aparecieron en el Pisuerga dos cadáveres y otro más en la Rinconada, junto a la ribera del Esgueva. Es mala hora para andar por las calles. ¡Dejad lo que quiera que sea que dice en ese papel para mañana!

—¡Vos misma me habéis dicho que me estaban esperando!

—¡Os estaban esperando cuando trajeron ese papel!

—Tampoco hace tanto rato y el asunto es… de mucha importancia.

—¡El mundo no va a acabarse esta noche!

—¿Estáis segura? ¡Vamos, vamos! Estaré de vuelta lo antes posible.

—¡Aguardad un momento! ¡Voy a proporcionaros una candelilla! ¡Sin una luz os vais a partir la crisma!

Águeda preparó un fanal de mano y, tras encender el pequeño cirio que protegían unas membranas translúcidas, se lo entregó.

—Acordaos de apagarlo cuando lleguéis adonde quiera que sea. Luego tenéis que volver.

—Perded cuidado.

Cuando iba a salir, ella le dijo:

—Os dejaré un pucherillo con caldo en las brasas de la hornilla. Al menos os calentará las tripas.

Volvió a las calles solitarias, con el gorro calado hasta las cejas y embozado en la capa tratando de protegerse del frío. Apretó mucho el paso y, cuando llegó a las oficinas de la secretaría de Indias, comprobó a través de la ventana que había luz. Aunque llamó con cuidado los golpes resonaron en toda la plaza.

—¡Ya va! ¡Ya va! —El portero le abrió y lo invitó a pasar con gesto desabrido—. ¡Vaya nochecita! ¿Esto no podía tratarse mañana?

Elcano no respondió. Recordó el consejo de su casera y apagó la luz del fanal antes de entrar en el gabinete de Fonseca. El obispo estaba en el sillón que tenía frente a la chimenea, donde ardía un alegre fuego que combatía el frío imperante.

—Mucho ha tardado vuesa merced.

—Ilustrísima, he venido en cuanto he tenido noticia de que aguardabais.

—Pues tomad asiento y contadme.

Elcano se desprendió de la capa. La atmósfera en el despacho era agradable. Se sentó frente a Fonseca en cuyo semblante, a la luz oscilante del resplandor de las llamas de la chimenea, se perfilaban profundamente las arrugas que lo marcaban. Procurando no dejar atrás ningún detalle fue desgranando todo lo que Matías le había confesado. El secretario de Indias lo escuchó sin interrumpirlo.

—¿Cuánto tiempo lleva elaborando esos mapas?

—Unos veinte años.

—¡Veinte años! —exclamó el obispo frunciendo el ceño—. ¿Os ha dicho cuál es su destino?

—No, ilustrísima. Lo único que sabe es que don Fadrique le facilita los datos para confeccionarlos. Se los entrega cuando están terminados.

Fonseca, sin moverse del sillón, cogió el atizador y removió las brasas que avivaron momentáneamente la candela.

—¿Os importaría echar al fuego dos o tres leños más?

Elcano se levantó y, de una sera donde había troncos de encina de diferentes grosores, buscó los más a propósito para alimentar el fuego. Fonseca permanecía inmóvil, como hechizado por el movimiento de las llamas que envolvían los troncos lamiéndolos, antes de devorarlos.

—Hay que averiguar el destino de esos mapas. Tenemos que saber a qué manos van a parar. Ahora contadme de nuevo lo que se señala en ese *Globus Mundi*.

—Es una obra maestra. Las distancias están bien calculadas. Las latitudes señaladas con gran precisión.

—Pero la información de que ha dispuesto es conocida sólo en ambientes muy concretos —comentó Fonseca.

—Ha sido Pigafetta.

—¿Cómo lo sabéis?

—Me lo ha dicho Matías.

—Tal vez esos datos hayan podido llegar desde Lisboa. Pigafetta ha estado allí.

—No puedo asegurarlo. El meridiano que delimita los hemisferios está trazado de forma que la Especiería queda en el de Portugal.

Fonseca permaneció un largo rato en silencio.

—Amigo mío —era la primera vez que el obispo se dirigía a Elcano en unos términos tan familiares—, aquí hay algo que no encaja.

—No sé a qué os referís, señor.

—Lo que ese *Globus Mundi* señala es algo que interesa mucho a Portugal. Para ellos el que nosotros hayamos encontrado un paso para llegar al mar del Sur desde el Atlántico es un golpe duro, muy duro. Tanto o más que Cristóbal Colón llegase a las Indias, cuando ellos llevaban años y años lanzando expediciones y gastando grandes sumas buscando el camino para hacerlo bordeando África. Una vez que doblaron el cabo de las Tormentas sabían que llegar a las especias era cuestión de tiempo. Habían superado el obstáculo más difícil. Les acompañó la suerte, también a nosotros, cuando hemos sabido que Colón no llegó a las Indias, sino que se encontró con todo un continente cuya existencia ignorábamos. Eso dejaba a salvo el control que ejercen sobre el comercio de la pimienta, la canela, el clavo… Pero ahora saben que la amenaza que se cierne sobre ellos es muy grande. Tratarán por todos los medios de demostrar que esas islas pertenecen a su rey, según lo que se acordó en Tordesillas. Los mapas van a jugar un papel muy importante. Ese *Globus Mundi* es una poderosa arma en sus manos. No me extraña que los datos para su elaboración procedan de Lisboa y que ese sea su destino. La única duda que tengo es… ¿por qué no lo han confeccionado en la *Casa da Índia*? Allí cuentan con excelentes cartógrafos, algunos de los mejores del mundo. No tiene sentido que lo encarguen aquí, con los riesgos que supone. Por otro lado, me habéis hablado de un importante número de mapas, planos, cartas… de los que ellos tienen tantos como nosotros. Aquí hay algo que no encaja.

—Ese Matías no sabe cuál es el destino, más allá de que don Fadrique le hace los encargos y le paga por ellos.

—Tenéis que averiguar adónde van a parar.

—No sé…, no sé si será posible.

—No hay puerta que el dinero no abra.

Elcano frunció el ceño.

—¿Qué quiere decir su ilustrísima?

—Que dispondréis del dinero que sea necesario para averiguar cuál es el destino final de los mapas. Esta mañana ha llegado el quinto que corresponde a su majestad de la plata que trajeron tres naos que arribaron al puerto de Sevilla a primeros de año. Puedo disponer de una buena suma. Mañana se os entregará una letra de cambio contra uno de los mercaderes asentados en aquella villa por si necesitaseis más dinero. No lo escatiméis. La Providencia ha puesto a nuestro alcance algo que ni sospechábamos y que supone un peligro muy grave para los intereses de nuestro soberano. No podemos andarnos con zarandajas, sobre todo después de que el rey haya decidido congelar la expedición a la Especiería.

—¿Cómo…, cómo decís?

—Su majestad ha decidido que no habrá ninguna expedición a las islas de las Especias hasta que se celebre una junta entre los portugueses y nosotros para tratar de determinar a quién pertenecen esas islas.

—¿Por qué ha dispuesto tal cosa?

—Porque se está negociando el matrimonio de la infanta doña Catalina con el rey de Portugal, porque todo apunta a que quiere casarse con la infanta doña Isabel de Avis, y porque es el rey.

—Esa decisión nos perjudica.

—Eso piensa don Francisco de los Cobos y también lo pienso yo. Pero, como os he dicho, es el rey. Ahora, podéis retiraros, es ya muy tarde.

—Disculpadme, ilustrísima, pero tenemos que resolver otro asunto.

El obispo frunció el ceño.

—¿Otro asunto?

—La posibilidad de que Matías trabaje para la Corona. Está acostumbrado a vivir bien con el dinero que recibe de don Fadrique Enríquez. Si deja de trabajar para él…, deja de ingresar.

Otra vez Fonseca guardó silencio con la mirada fija en las llamas que parecían ejercer sobre él un efecto hipnótico.

—¿Os he hablado de la Casa de la Contratación de la Especiería?

—Sí, su ilustrísima me dijo que iba a tener su sede en La Coruña.

—¡Ah! No sé si es el cansancio que a esta hora embota mis sentidos o son los años. ¡A veces me cuesta mucho saber de qué he hablado y con quién lo he hecho! ¿Sabe vuesa merced que voy a cumplir setenta y dos años?

—¡Quién lo diría, ilustrísima!

El obispo lo miró y una sonrisa apuntó en sus labios.

—No sea vuesa merced como esos cortesanos que adulan sin tasa para que los tontos se crean lo que no son y así poder embaucarlos mejor. Soy un hombre gastado por los años. Me pesan demasiado las responsabilidades que caen sobre mis hombros.

—No soy hombre de halagos. Su ilustrísima tiene sus achaques, pero no son tantos los que llegan a esa edad.

En el silencio de la noche, las campanadas del reloj que hacía muy poco el cabildo municipal había instalado en la plaza sonaban rotundas. A Fonseca no parecía importarle mucho el paso de las horas.

—Alcance vuesa merced esa botella de licor que ya sabéis dónde la guardo y sed generoso a la hora de servirlo.

Después de dar un trago a la recia bebida, el obispo comentó:

—Supongo que vuesa merced sabe que la noche es el tiempo de las brujas.

Elcano dudó si responder. Pero no era hombre que se guardase las palabras.

—¿Su ilustrísima cree en esas cosas?

Fonseca quedó pensativo, un momento.

—¡Ah, amigo mío! —Otra vez aquella forma de dirigirse a él—. Su existencia es fruto de imaginaciones demasiado fértiles. Todo lo que se dice acerca de esas reuniones, a las que llaman *sabbat* y que acababan en grandes orgías con el diablo fornicando, es cosa de mentes calenturientas. Estoy convencido de que disfrutan imaginando obscenidades como las que se cuentan que tienen lugar en esos conciliábulos.

—Entonces…, ¿las brujas no existen?

—Por supuesto que sí. Durante mucho tiempo la Iglesia consideró que creer en la existencia de las brujas era una herejía, así lo determinaba un viejo canon de hace muchos siglos. Pero eso cambió hace algunos años. El papa publicó una bula señalando que la brujería existe y quienes negaran su existencia serían herejes. El poder del mal puede cobrar muchas formas. Pero no creo en vuelos nocturnos sobre palos y escobas ni en orgías sexuales con Satán. Eso son zarandajas. Hay en nuestro tiempo mucho revuelo con este asunto. Hace algunos años leí un libro, publicado a raíz de esa bula, titulado *Malleus Maleficarum*, que escribieron unos inquisidores teutónicos y que se ha convertido en una…, una… —Fonseca escogió bien las pala-

248

bras, aunque no eran la más adecuadas, pero era momento de confidencias y tenía confianza en Elcano— especie de Biblia para quienes persiguen a las brujas. Uno se llamaba Kramer y el otro Sprenger, y dicen cosas que me parecen lamentables.

—¿Qué dicen?

—Entre los consejos que dan a quienes han de juzgar los casos de brujería les señalan los signos que pueden encontrarse en el cuerpo de las brujas para poder identificarlas. Dicen que tienen un sexto dedo. Que es bruja la séptima hija de un matrimonio que sólo ha tenido hijas. También afirman que tienen una marca, un lunar, debajo de una de las tetas, no recuerdo ahora si de la derecha o de la izquierda. Señalan que, si se las arroja al agua, atadas de pies y manos, y no se ahogan, es porque son brujas. Las pobres que son sometidas a esta prueba están condenadas a morir ahogadas... Si no se ahogaran, cosa poco probable atadas de pies y manos, son consideradas brujas y van a la hoguera. No sé qué será peor, si morir ahogada o quemada.

—¡Pero eso es una locura, ilustrísima!

—Ya lo creo. En estos nuestros reinos la Inquisición se toma los asuntos de brujería con más templanza.

—Aquí el objetivo de los inquisidores son los judíos.

—¡No, amigo mío, no! Los judíos no, sino los judaizantes. Los que eran judíos y han sido bautizados, pero ocultamente siguen practicando la ley de Moisés. En España no hay judíos. Los reyes doña Isabel y don Fernando se encargaron de expulsarlos de sus dominios, como ya había ocurrido, mucho antes, en otros reinos de Europa. La Inquisición persigue a los falsos conversos y también a quienes resultan ser herejes de los que ahora parece que en Alemania hay cada vez más.

—Pero... tengo entendido que la Inquisición no persigue sólo a los herejes. También persigue a los bígamos y he oído decir que a los clérigos que se aprovechan de las feligresas a través del confesionario.

—Os referís a los solicitantes.

—¿Solicitantes?

—Sí, ese es el nombre de los eclesiásticos que se aprovechan del confesionario para fornicar con algunas feligresas.

—¿Los bígamos y los..., los solicitantes son herejes?

—Lo son porque atentan contra sacramentos de la Santa Madre Iglesia. Los bígamos hacen burla del sacramento del matrimonio y los solicitantes del de la penitencia.

—Entonces… También los adúlteros tendrían que vérselas con la Inquisición.

—Esos pecan contra el sexto de los mandamientos de la ley. ¡La carne es débil, muy débil! Pero no ponen en cuestión ningún sacramento.

Elcano recordó lo que se decía de la paternidad del veedor, don Juan de Cartagena. Resultaba evidente que la noche era propicia a las confidencias. La conversación había derivado por un camino insospechado. Pensaba que no era posible que se pudiera hablar con un clérigo, mucho menos con un obispo, de cosas como aquellas.

—Si la Inquisición sólo persigue a los herejes, ¿por qué también lo hace con los libros?

—Porque algunos contienen herejías. La imprenta ha traído muchos beneficios, pero también está creando nuevos problemas. Hay insensatos que ahora pueden difundir, sin grandes dificultades, ideas que son perniciosas. Pero dejémonos de confidencias nocturnas y resolvamos lo que me ha planteado vuesa merced. Está echando a andar la Casa de la Especiería de La Coruña y ya tiene un factor que… quizá lo conozcáis.

—¿Quién es?

—Cristóbal de Haro. Fue quien aportó el dinero que faltaba para el apresto de la escuadra que mandaba Magallanes.

—He oído hablar de él. Pero no le conozco.

—Haro es el factor. Ha sido una buena elección porque es hombre que conoce como el que más el negocio de las especias. Los hombres fuertes de esa institución, que señala la importancia que el rey le da a este asunto, son él y el conde de Villalba. Allí necesitarán cartógrafos, astrónomos y peritos en las artes náuticas. Trataré de que ese…, ese Matías sea uno de los cartógrafos que trabajen allí. La Coruña no es mal sitio y tendrá unos ingresos saneados. Sólo hay una condición.

—Supongo que su ilustrísima se refiere a la obligación de guardar secreto de todo lo que oiga, vea y haga.

—Tiene que ser así. ¡Es mucho lo que hay en juego en este negocio y no son pocos los que quieren meter la cuchara!

—Matías quiere algo más.

Fonseca arrugó la frente.

—¿Todavía más?

—Garantías de que no será castigado por haber estado…, bueno, por haber hecho mapas…

—Decidle que quede tranquilo. No se le tendrá en cuenta. Si se le tuviese no tendría trabajo en la Casa de la Especiería porque los muertos no trabajan.

—Gracias, ilustrísima.

—Es muy tarde. —Fonseca se puso en pie con cierta dificultad—. Retirémonos a descansar. Venid mañana antes del ángelus. Tendréis preparado el dinero y la carta de pago por si fuera necesario más de lo que se os entregue en moneda.

Elcano, que también se había puesto en pie, se despidió del obispo y, tras colocarse el gorro y embozarse en la capa, encendió el cirio del fanal que le había proporcionado Águeda y vio que en el zaguán había una silla de manos. Salió a la calle y notó cómo un viento gélido le azotaba el rostro y que la capa no era protección suficiente para impedir que el frío lo calase hasta los huesos. Cuando llegó a su casa estaba aterido. El caldo que Águeda le había dejado en el pucherillo sobre las brasas le supo a gloria y reconfortó su castigado estómago que, sin proponérselo, había cumplido largamente con el ayuno que la Iglesia prescribía para los viernes de Cuaresma.

XXX

Estaba avanzada la mañana cuando un jinete con aire cansino llegaba a Valladolid. Cuatro días atrás había salido de Lisboa.

Se había puesto en camino poco antes de que despuntase el día y había salvado en poco más de cinco horas más de diez leguas porque en el *Palacio da Ribeira* le habían dicho que ganase las horas para entregar lo que llevaba lo antes posible. El animal también ofrecía un aspecto lastimoso. Era día de mercado y las puertas de la ciudad estaban fuertemente vigiladas para cobrar a todo el que entraba algún producto las gabelas correspondientes.

—¡Paso franco! —exclamó el jinete enseñando la escarapela que lucía en su brazo y que lo identificaba—. ¡Correo real!

—¡Dejadle pasar! —gritó el centinela ante el que se había identificado.

El jinete fue directamente a la residencia del embajador Da Silveira, un pequeño palacete junto a la ribera del Esgueva muy cerca de la Colegiata de Santa María. Bajó del caballo y al tiempo que sostenía la brida con una mano golpeó con la otra en la puerta, insistentemente. Una doncella que cubría su cabeza con una caperuza y tenía cara de pocos amigos fue la que abrió el postigo y le preguntó qué deseaba.

—Correo real para su excelencia, el embajador.

—¡Aguardad un momento! —le espetó dándole con el postigo en las narices.

Esperó pacientemente hasta que abrió la puerta un sujeto vestido completamente de negro y que tenía una cicatriz que le arrancaba de la comisura de la boca.

—¿Traéis cartas para su excelencia?

—Cartas de Lisboa.

—Entregádmelas.

—¿Vos sois don Luis da Silveira?

—Mi nombre es Antunes. Soy el secretario de su excelencia.

—Lo lamento, señor. Pero he de entregarlas al embajador en mano.

—Su excelencia no puede atenderos en este momento. Dádmelas a mí. Ya os he dicho quién soy —exigió Antunes—. Dádmelas y se os abonará vuestro trabajo.

—Las instrucciones que se me dieron en el *Palacio da Ribeira* —el mensajero mostró la escarapela que lucía en su brazo— fueron estrictas.

—Tendréis que esperar.

—El tiempo que haga falta. Pero el mensaje es urgente.

Antunes dio un portazo y el mensajero hubo de aguardar otro largo rato hasta que la doncella que la primera vez abrió el postigo le franqueó la puerta, advirtiéndole que el caballo debía quedar fuera. El mensajero inmovilizó al animal con una traba de cadena y lo ató a una anilla empotrada en la pared. La doncella lo condujo hasta el gabinete del embajador.

—Excelencia. —Se había destocado y lo saludó con una reverencia.

—Tengo entendido que traéis cartas de su majestad.

—No sólo cartas, excelencia. También algo que sólo podía entregar a su excelencia.

—¡Dádmelo!

El mensajero le dio una carta y un paquete envuelto en arpillera.

—¿Sabéis que es eso?

—Lo ignoro, excelencia. Pero debe ser algo muy valioso a tenor de las instrucciones que he recibido.

—Antunes, ordena que le den un refrigerio y que se le pague la tarifa.

El secretario obedeció de mala gana e indicó al correo que lo siguiera.

Al leer la carta el embajador supo cuál era el contenido del paquete. Lo desenvolvió con gran cuidado y contempló el retrato de doña Isabel.

—¡Santo Dios! ¡No se equivocan quienes sostienen que es la mujer más hermosa del reino!

Sin pérdida de tiempo solicitó audiencia con el rey, señalando que deseaba hacerle entrega del retrato de la infanta doña Isabel que había requerido. La respuesta de la cancillería fue inmediata.

Dos días más tarde el embajador era recibido por Carlos I. Luis da Silveira, acompañado de Antunes, vestía con la elegancia que requería la ocasión. Se protegía del frío con un largo ropón de amplias solapas forradas de piel y un bonete también de piel finamente trabajada en el que lucía una piedra preciosa sujetando las pequeñas plumas que lo adornaban. Unos criados se hicieron cargo del ropón. El embajador lucía un jubón de terciopelo negro de mangas acuchilladas con los forros de seda carmesí, medias de seda y escarpines de fino tafilete. El chambelán lo condujo, con mucha ceremonia, hasta la antecámara. No tuvo que aguardar, pues el monarca, ansioso por ver el retrato de la que podía convertirse en su esposa y emperatriz, lo recibió de inmediato.

A Carlos I lo acompañaba Gattinara, ejerciendo de canciller.

—Majestad. —El embajador hizo una cortesana reverencia.

—Alzaos, alzaos… Sed bienvenido.

—Gracias, majestad.

—¿Ha recibido su excelencia noticias de Lisboa?

—Así es, majestad. He tenido cartas de mi señor don Juan con las que me ha hecho llegar el retrato de mi señora la infanta doña Isabel que vuestra majestad imperial había solicitado. Lo tiene mi secretario, que aguarda en la antecámara a que vuestra majestad me dé licencia para mostrároslo. Si place a vuestra majestad…

—Me place, embajador, me place mucho.

El diplomático miró a Gattinara.

—¿Podría su excelencia ordenar que traigan el retrato?

Gattinara hizo sonar una pequeña campanita de plata y al punto apareció el chambelán.

—Atended la petición del embajador.

—Pedid a mi secretario que os entregue el presente que trae.

El embajador sacó de una bolsa de terciopelo colorado, atado con una cinta verde, un pequeño cuadro, algo mayor que una miniatura, y se lo entregó al rey.

Don Carlos clavó su mirada en la tabla y permaneció en silencio, contemplándola largo rato. Había oído hablar de la extraordinaria belleza de su prima. Pero el primoroso retrato que sostenía en sus manos superaba todas sus expectativas. Sabía que los pintores solían mejorar los originales, pero el retrato que contemplaba era extraordinario. Tenía el cutis blanco y su cuello era largo y delicado. El pelo castaño, no demasiado claro, estaba recogido con unas trenzas en las que aparecían minúsculas perlas. El óvalo de la cara era perfecto y remataba en una graciosa barbilla. Sus ojos de un azul grisáceo mostraban inteligencia y sus labios denotaban a la vez decisión y sensualidad. Los minutos pasaban y don Carlos no apartaba su mirada del retrato. El canciller y el embajador lo observaban en silencio. Por fin, don Carlos alzó la mirada y dijo a Da Silveira:

—Lo que se dice de doña Isabel no le hace justicia.

—Majestad, conozco a la infanta desde hace años. Os aseguro que el pintor no ha sido capaz de recoger toda su belleza. Añadiré que un retrato no refleja las virtudes del modelo. Doña Isabel es un regalo del cielo, majestad.

—Bien… Es mi deseo sopesar cuidadosamente todo lo relativo a desposarla. Deberéis aguardar noticias respecto a este asunto.

El embajador disimuló la decepción que le producían las palabras del rey. Estaba convencido de que Carlos I, al ver el retrato, daría su consentimiento para iniciar las negociaciones sobre su matrimonio con doña Isabel.

—Majestad, las negociaciones matrimoniales son complejas y lentas. Se adelantaría mucho si dieseis vuestra venia para que se iniciaran.

Gattinara, cuya experiencia era larga, se percató de la desazón que embargaba el ánimo del embajador. No era bueno que se marchase con aquel mal sabor de boca.

—Majestad, hay… otro asunto de notable interés para su excelencia el embajador. —Carlos I, que había vuelto a fijar su mirada en el retrato y parecía estar muy lejos de allí, no se dio por aludido—. ¿Majestad?

—¿Sí, canciller? —preguntó un tanto absorto.

—Majestad, hay otra cuestión que es de interés para el embajador. Me refiero a la dote de doña Catalina.

—¡Ah! Sí, sí… Informad a su majestad que, si bien habrá que ajustar algunos detalles, aceptamos la propuesta de dote que se nos ha solicitado para sus desposorios con nuestra hermana.

—Esa es una excelente noticia, majestad.

—Comunicadlo a vuestro soberano.

—Será un honor, majestad.

—Ahora podéis retiraros.

El embajador salió de la audiencia descorazonado. No se llevaba el compromiso del rey de contraer matrimonio con la infanta Isabel como era su deseo y esperaba. El posponer la decisión había sido un jarro de agua fría. Era cierto que don Carlos había quedado embelesado ante la contemplación del retrato, que parecía ajeno a la realidad. Pero lamentaba no poder anunciar a su rey que se iniciaban conversaciones para el matrimonio de la infanta.

Una vez solos, el canciller dijo al rey:

—Majestad, a Da Silveira no le falta razón cuando señala que las negociaciones serán complejas y lentas. Pero a mi parecer vuestra majestad hace bien con no desairar al rey de Inglaterra. Está en la creencia de que desposaréis a su hija, la princesa María.

—Por eso estamos obligados a mantener la discreción, pero sabed que mi decisión ya está tomada.

—No habrá que mantenerla mucho tiempo sin hacerla pública. Muy pronto las cosas cambiarán a nuestro favor en el norte de Italia.

—Si os referís a que ese cambio viene de la mano del nuevo dogo, tened cuidado. No podemos fiarnos y menos aún de los venecianos.

Carlos I mostró al canciller el retrato de Isabel de Portugal.

—Es bellísima, majestad.

—Lo es. Podéis retiraros. Decid que avisen a De los Cobos. Quiero que se encargue de preparar mi viaje. Primero iré a Tordesillas y luego a Vitoria.

—¿A Vitoria, señor?

—He de acercarme a Fuenterrabía y ver cómo marchan las cosas allí. Esa plaza lleva demasiado tiempo en manos de los franceses y de esos…, esos…

—Agramonteses, señor.

—Y esos agramonteses que no asumen que Navarra quedó incorporada a la Corona de Castilla cuando mi abuelo la ocupó.

El rey volvió a contemplar el retrato, largo rato, en silencio. A partir de aquel momento no dejaría de hacerlo, como tampoco dejaría de contar los días hasta que Isabel se convirtiera en su esposa.

XXXI

Con la bolsa bien repleta y una carta de pago por valor de mil ducados pagaderos por el banquero Simón Díaz, llegó al mesón en el que había quedado con Zambrano, que aguardaba ante una jarrilla de vino.

—Dios te guarde —lo saludó Elcano antes de sentarse.

—Y a vuesa merced. ¿Hace una jarrilla?

—Acompañada de algo. Comeremos antes de ponernos en camino.

—¿Regresamos hoy a Medina?

—Así es.

El mesonero, que era hombre descarado y un tanto grosero, les ofreció queso en manteca, unas costillas de cerdo en adobo y longaniza curada que le traían de la comarca de El Bierzo.

—También tengo lechón hecho al horno. Me los traen de Benavente, donde los utilizan para descubrir a los marranos, que lo rechazan por no poder comerlo. ¡Se pierden una delicia! También, si vuesas mercedes son de los que mean agua bendita, tengo bacalao que hemos desalado esta mañana y que mi mujer, que es vizcaína, lo guisa como nadie con una salsa de cebolla y especias.

—Tráenos las costillas adobadas acompañadas de alguna otra cosilla. ¡Tenemos prisa!

—¡Prisa! ¡Prisa! No se puede comer con prisa —refunfuñó el mesonero al retirarse.

Devoraron las costillas dejando los huesos mondos y casi engulleron el dulce de membrillo que les sirvieron de postre.

Una hora más tarde dejaban atrás Valladolid y no tuvieron que forzar el paso de los caballos para salvar el camino en algo menos de cuatro horas. El sol levantaba todavía un palmo sobre el horizonte cuando estaban a la vista de Medina de Rioseco. Desmontaron para evitar problemas con la gente que se agolpaba entre los tenderetes tratando de disfrutar de las últimas horas de feria y de las ventajas que los vendedores pregonaban a voz en grito.

Tirando de las bridas entraron en la villa y, dejando atrás la plazoleta donde se alzaba el palacio de los Enríquez, enfilaron la calle Ropavieja. Elcano llamó a la recia puerta de la casa de Matías, pero no hubo respuesta. Tampoco en un segundo intento. Lo hizo con mucha más fuerza la tercera vez, pero respondió el silencio.

—¿Queréis que la abra?

Con una facilidad asombrosa, Zambrano hizo saltar el pestillo de la cerradura.

—Aquí ha pasado algo. —Elcano tiró de su *misericordia*—. Ata las bridas a esa anilla.

Entraron sin hacer ruido y lo que se encontraron en la cocina hizo que Elcano contuviera la respiración y Zambrano exclamara:

—¡Por los clavos del mismísimo Cristo!

Los cuerpos de Matías, *Zapatones* y Belizón se encontraban tendidos en medio de grandes charcos de sangre. Elcano se agachó y comprobó que la sangre aún estaba tibia.

—Los han matado hace poco.

—¿Quién habrá hecho esto?

—¡Vete a saber! La cartografía es una actividad muy peligrosa. Lo extraño es que Matías siguiera vivo después de tantos años.

—¿Cree vuesa merced que han sido ladrones?

—Es posible. Comprobemos si se han llevado algo. Aunque nosotros no tenemos conocimiento de lo que puede haber en esta casa.

Elcano subió a la planta de arriba y se fue directo a la estancia donde Matías tenía los mapas y el instrumental y materiales para trabajar. Lo que vio le despejó cualquier duda acerca de por qué abajo había tres cadáveres. Allí estaban las escuadras, los compases, la brújula y el astrolabio. Los pigmentos, los pergaminos y las vitelas. También los libros de cosmografía y geografía. Pero habían desaparecido los mapas y los papeles en los que había mediciones, latitudes, longitudes, distancias...

Se asomó a la galería y gritó:

—¡Zambrano, no busques más! ¡No es necesario! ¡Sube!

—¿Qué ha ocurrido?

—Se han llevado las cartas de navegar, los mapas y los papeles que vi cuando entré aquí el otro día.

—Unos criados de don Fadrique estuvieron aquí...

—Lo que se llevaron fue un *Globus Mundi*.

—¿Un qué?

—Una esfera que representa la Tierra con sus continentes y mares.

—En la cocina hay pocas señales de lucha. Todo apunta a que los sorprendieron y acabaron con ellos.

—Quienes han hecho esto sabían que Matías se dedicaba a elaborar mapas y cartas para navegar.

—¿Creéis que han podido ser hombres de don Fadrique?

—¿Por qué iban a hacerlo? —respondió Elcano—. Matías llevaba trabajando para él muchos años. Aunque... si han conocido el motivo de nuestra presencia...

—Si ellos los han matado, vendrán a por nosotros. Ya deben saber que estamos aquí. ¡Tenemos que marcharnos!

—No podemos dejar esto así.

—¿Está vuesa merced dispuesto a quedarse?

—Sí, al menos durante esta noche. Si a ellos los sorprendieron, nosotros estaremos prevenidos y en vela. Pendientes de lo que ocurra.

Zambrano soltó una maldición entre dientes.

—Llevaré los caballos a la cuadra y atrancaré la puerta.

Elcano examinó detenidamente los cadáveres. El que parecía haber ofrecido alguna resistencia era *Zapatones*.

Zambrano estaba ya en la cocina cuando sonaron unos golpes en la puerta. Intercambiaron una mirada y permanecieron en silencio. Los golpes del llamador sonaron de nuevo.

—Vamos a abrir —indicó Elcano.

—¿Abrir? ¡Vuesa merced ha perdido el seso!

—Vamos a abrir.

Quien estaba al otro lado de la puerta tenía prisa. Llamaba ya por tercera vez. Elcano se acercó a la puerta y preguntó:

—¿Quién va?

—Don Fadrique quiere ver a Matías.

Aquello podía ser una añagaza para sorprenderlos también a ellos. Elcano empuñó la *misericordia* y Zambrano desenvainó su acero dispuesto a intervenir. Al abrir vieron que eran dos hombres. Iban desarmados.

—Me temo que eso no va a ser posible.

—¿Quién sois? ¿Qué hacéis aquí?

—He venido a ver a Matías. Está muerto. También están muertos *Zapatones* y uno de mis hombres. Están en la cocina.

—¿Muertos? ¿Qué es eso de uno de vuestros hombres? Vuesa merced tendrá que explicar esto a don Fadrique. —Miró la *misericordia* y vio que Zambrano tenía una espada en la mano.

Elcano supo que habría problemas. Cómo iba explicar qué hacían allí y que nada tenían que ver con aquello… Quizá hubiera sido mejor marcharse. Ahora ya no era posible. Podían huir, pero eso empeoraría su situación.

—¿Puedo ver qué ha pasado?

Elcano se hizo a un lado y le permitió entrar. En la cocina todavía crepitaba el fuego.

—¿Quién ha podido hacer una cosa así?

—Alguien que quizá no les era desconocido —respondió Elcano.

El hombre de don Fadrique le preguntó suspicaz:

—¿Por qué dice eso vuesa merced?

—Porque todo apunta a que los sorprendieron.

—¿Quién es ese?

—Diego Belizón, mi compañero —respondió Zambrano que continuaba con el acero desenvainado.

—Hay que avisar a don Fadrique. ¿Dónde se ha metido…?

La respuesta se la dieron varios vecinos que entraban a la casa en actitud amenazante.

—¡Esos…, esos dos son los asesinos! —gritó el otro hombre de don Fadrique, que empuñaba un garrote, señalando a Elcano y Zambrano— ¡Que no escapen! ¡Voy a dar aviso!

Poco después, don Fadrique Enríquez, almirante de Castilla, conde de Melgar y señor de Medina de Rioseco, acompañado de una nutrida escolta, hacía acto de presencia en la casa. Los gritos y las conversaciones se apagaron, poco a poco, hasta convertirse en silencio. La gente, que se apiñaba en gran número, abrió un pasillo sin que interviniera la escolta.

Enríquez era hombre entrado en años. Había cumplido los sesenta. Conservaba el pelo de su cabellera que se aclaraba con numerosas canas, como en su barba. Las arrugas de su semblante señalaban, además de una larga vida, a un hombre duro. Desempeñó un papel clave en la guerra de las Comunidades e impuso sus criterios militares en la lucha contra los comuneros, aunque planteó la posibilidad de una negociación con ellos que no prosperó. Participó en la batalla de Villalar, colaborando de forma decisiva a la derrota comunera. Esperaba recibir grandes mercedes cuando Carlos I regresara convertido en emperador, pero no llegó ese reconocimiento por lo que abandonó la Corte —sólo aparecía en contadas ocasiones— y se retiró a Medina de Rioseco.

Le acompañaba el médico López de Villalobos, un curioso personaje. Era converso y durante algunos años fue uno de los médicos reales, pero ahora trabajaba para don Fadrique. Era muy culto y autor de varios tratados de medicina que habían levantado polémica entre sus colegas. Tenía fama de nigromante. La Inquisición de Córdoba le abrió un proceso, al ser acusado de obtener la plaza de médico real utilizando la nigromancia. Los inquisidores lo tuvieron preso casi tres meses, pero lo dejaron libre al no poder probar que había utilizado malas artes para hacerse con tan codiciado cargo.

—Comprobad que están muertos —le indicó don Fadrique.

López de Villalobos se caló unas antiparras sobre su acaballada nariz, que delataba su ascendencia judía, y sacó de una bolsilla un espejo de pulido metal que colocó bajo la nariz de cada uno de ellos. Lo hacía por complacer a don Fadrique. No albergaba dudas de que eran cadáveres.

—Excelencia, los tres han pasado a la otra vida.

Fue entonces cuando don Fadrique se quedó mirando fijamente a Elcano, preguntándose dónde había visto antes su cara. No logró recordarlo.

—¿Quién sois vos?

—Soy Juan Sebastián Elcano.

Don Fadrique lo tasó con la mirada y se fijó en sus manos. A lo largo de su vida había tenido que calibrar a muchos hombres, sin apenas haber cruzado una palabra con ellos. Supo que era un marino.

—¿El que capitaneaba la nao que ha dado la vuelta a la Tierra?

—Así es.

—Cuando os vi en Valladolid, estabais muy desmejorado.

—Las hambres que soportamos nos pasaron factura.

—¡Le echasteis valor! Estaba en la Corte el día que el rey os recibió. ¡Pardiez, que lo hecho por vuesa merced merecía mucho más que un escudo! Pero… ¿qué diantres tenéis que ver con…, con todo esto?

—Uno de esos muertos había venido conmigo a Medina.

—¿Puede saberse a qué habéis venido?

Elcano sopesó cuidadosamente las palabras.

—A hablar con Matías. Pero…, pero me he encontrado con esto.

—Excelencia, al abrirnos estaban los dos. Ese —señaló a Zambrano— empuñaba el acero que aún tiene en la mano.

Don Fadrique dirigió una dura mirada a su hombre.

—¡Habla cuando se te diga!

—Perdonad, señor.

—¿Teníais alguna clase de negocio con él?

—No, señor. Pero según cierta información… —Elcano paseó la mirada por la concurrencia. Los curiosos habían acudido como las moscas a la miel.

—¡Qué demonios hace aquí toda esta gente! ¡Echadlos a todos!

Despejaron la casa y en la cocina quedaron, además de Elcano y Zambrano, el jefe de la escolta y el doctor.

—¿Sabéis que Matías llevaba más de veinte años trabajando para mí? Entró a mi servicio cuando regresé de Flandes, adonde fui en 1496. Los reyes me encomendaron el mando de la armada que llevó a doña Juana a aquellas tierras para desposarse con el que murió porque le dieron veneno. Aquella era una gran armada. ¡Diecisiete barcos! ¡Había que impresionar a los flamencos! No regresé hasta el año siguiente porque tenía que traerme a la novia del príncipe don Juan. ¡Menudo viaje de regreso! Ha sido la vez en que más de cerca he visto la muerte. Una tormenta dispersó la escuadra. Le dije a la princesa que rezara sus oraciones y el capellán nos dio una absolución colectiva a los que íbamos en aquella nao. ¡Ya sabe vuesa merced lo que es vivir momentos como esos!

—En más de una ocasión, señor. Ha habido trances en que, como dice su excelencia, la muerte me ha enseñado la cara.

—Doña Margarita era mujer apasionada —prosiguió don Fadrique, quien disfrutaba contando aquella historia—. Bueno, era muy joven, apenas contaba dieciséis años cuando la traje. En medio de la tormenta, se le ocurrió decirme que la habían desposado hasta tres veces, pero que iba a morir virgen.

—Tan apasionada que a nadie sorprendió que el príncipe Juan muriera de agotamiento, por un uso abusivo del matrimonio —corroboró el doctor López de Villalobos—. Recomendé a la reina que hubiera una separación temporal de los esposos para dar tiempo al príncipe a que recuperase el resuello. Pero doña Isabel dijo que lo que Dios había unido no podía ser separado por el hombre.

—Villalobos, decidlo con claridad. El príncipe murió de tanto follar. Decidme, ¿qué clase de negocio teníais con Matías? —preguntó de nuevo.

Como a Elcano podía irle la vida en ello, respondió con cautela.

—Tuve conocimiento de que era un excelente dibujante y que tenía grandes conocimientos de geografía, cosmografía y náutica.

—¡Era un excelente cartógrafo! Vuesa merced tiene que ver el *Globus Mundi* que me confeccionó. Una verdadera joya.

A Elcano lo sorprendió que le hiciera aquella revelación.

—¿Matías confeccionaba mapas para vuestra excelencia?

—¡Desde hace más de veinte años, como ya he dicho a vuesa merced! Era un artista. Dominaba el dibujo, pero sobre todo tenía un don muy especial para reflejar sobre el pergamino los accidentes que marcan las costas. Era un cosmógrafo excelente y con el tiempo había llegado a dominar la Geografía. ¡Gracias a su trabajo tengo la colección de mapas más valiosa de Europa! ¡Tan valiosa o más que las que se guardan en la Casa de la Contratación o la que poseen los portugueses en la *Casa da Índia*! ¡Tenéis que verla!

Elcano estaba desconcertado. Lo que acababa de oír echaba por tierra la suposición de que mercadeaba con los mapas y cartas de navegación que elaboraba Matías. Don Fadrique sabía lo que era la mar. Había navegado y mandado una gran armada, haciendo honor a su título de almirante de Castilla. Sabía lo que era enfrentarse a las tormentas, a los muchos peligros de la mar y lo que suponía arribar a puerto, tras una navegación complicada. Matías le confeccionaba los mapas y las cartas de navegar para poseer una colección que debía ser grandiosa. No parecía haberle dado importancia a que hubiera buscado a Matías con el propósito de que le confeccionase algún mapa y, desde luego, no habían sido sus hombres quienes habían acabado con su vida, la de *Zapatones* y Belizón.

—Será todo un honor.

—En ese caso, os espero mañana a mediodía para mostrárosla y después almorzaremos como Dios manda. Ahora —miró los cadáveres— habrá que dar cristiana sepultura a estos desgraciados y… encontrar a los asesinos.

—Por si sirve de algo a su excelencia —indicó el médico—, quienes los han matado son expertos. Los cortes son certeros y limpios.

—No os he presentado. Este es el doctor López de Villalobos.

—Es un placer conoceros, señor Elcano.

—El placer es mío.

—Es buen matasanos y sabe mucho más que los que sólo recitan latines y curan poco, que son la mayoría. Pero, tened cuidado, dicen que es nigromante.

—En mi opinión —señaló Elcano—, quien ha hecho esto era alguien que no despertó, al menos en un primer momento, recelos.

—¿Por qué piensa eso vuesa merced?

—Porque la puerta no está forzada. Todo está en orden. Pudo tratarse de gente que les era conocida y no sospecharon.

—Los asesinos —señaló el jefe de la escolta de don Fadrique— pudieron entrar saltando la albardilla que cierra la casa por detrás. Aunque está protegida por trozos de cerámica de filo cortante, es de escasa altura y puede salvarse con facilidad. Aunque, como dice vuesa merced, me inclino a que era gente que no debió despertar sospechas.

—Pudieron sorprenderlos —señaló López de Villalobos.

—¿Sabéis si se llevaron algo? —preguntó don Fadrique a Elcano.

—Los mapas y papeles que había en el gabinete de Matías no están.

—Mala cosa —comentó don Fadrique, antes de marcharse y señalar que mandaría a recoger los cadáveres y adecentar la cocina.

Una vez solos, Elcano y Zambrano cubrieron los cuerpos con unas mantas. Por ahora, era lo único que podían hacer.

XXXII

A las diez, Elcano y Zambrano estaban en la iglesia donde iba a celebrarse el funeral por los difuntos. La noticia de los asesinatos se había extendido como la pólvora y entre los vecinos corrían toda clase de rumores. Las tres naves del templo estaban atestadas. Belizón tenía allí familia, Matías y *Zapatones* eran muy conocidos, se añadía a ello las circunstancias en que habían perdido la vida… Pero sobre todo pesó en que el templo estuviera abarrotado el que eran muchos los vecinos que estaban convencidos de que el enano era familia de los Enríquez. Lo corroboraba el hecho de que don Fadrique estaba presidiendo las exequias y eran tres los sacerdotes que oficiaban el funeral.

Al terminar el sepelio —los cadáveres habían recibido sepultura bajo una de las losas del templo—, fueron muchos quienes presentaron sus condolencias a don Fadrique.

A Elcano lo embargaba la tristeza. Lamentaba la muerte de aquellos tres hombres. Matías le pareció, desde que le había desnudado su alma, que era persona de valores muy superiores a mucha de la gente que conocía. La denuncia de María Vidaurreta, para cobrar la deuda de Andrés, había sido particularmente detestable. También sentía sobre sus hombros la muerte de Belizón, que estaba donde no debía porque él se lo había pedido. No había pegado ojo durante la noche al haber estado velando los cadáveres y no había dejado de darle vueltas a quién podía haber perpetrado aquellas muertes. Zambrano andaba haciendo pesquisas por si encontraba alguna pista que le llevase a saber qué había ocurrido la víspera. Apenas habían dejado de sonar las campanas llamando al ángelus, cuando el marino se presentó en el palacio de los Enríquez. Uno de los hombres que guardaban la puerta dio aviso al secretario de don Fadrique, quien no tardó en aparecer.

—Es un placer conoceros, señor. —Una sonrisa en sus labios agradeció el cumplido—. Hacedme la merced de acompañarme.

Cruzaron un patio porticado con arcadas de medio punto sobre columnas labradas en mármol. En el centro manaba una fuente, también de mármol, coronada por una extraña figura marina de las que la imaginación de los cartógrafos colocaba en los mares. En la galería podían verse anclas, gruesas bombardas que habían artillado alguna carabela. Fijados en las paredes con poderosas abrazaderas de hierro, había trozos de mástil, partes de cofas, cadenas con las que se aprisiona a galeotes en las galeras, un par de anclas y algunos restos del maderamen de lo que en otro tiempo fueron embarcaciones. Llegaron a una galería con las paredes adornadas con estandartes, gallardetes y banderolas que en algún momento debieron lucir en el mástil de una nave. Era el hogar de una familia poderosa y unida al mar.

El secretario se detuvo ante una puerta, llamó y, sin aguardar autorización, la abrió anunciando a su acompañante.

—Excelencia, don Juan Sebastián Elcano.

Don Fadrique ojeaba un cartulario donde estaban recogidos antiguos documentos que contenían los privilegios de los Enríquez, acumulados desde que se inició el linaje por otro don Fadrique, hijo del rey Alfonso XI y de su amante doña Leonor de Guzmán, hermano gemelo de quien se convertiría en rey de Castilla con el nombre de Enrique II. Aquel don Fadrique fue maestre de la Orden de Santiago y su hijo Alfonso sería quien se hizo con el título de almirante de Castilla, ligándolo a la familia.

Elcano quedó impresionado al ver que las estanterías estaban atestadas de libros, legajos, portulanos…, y de las paredes colgaban, enmarcados, mapas y cartas de marear. Don Fadrique no había exagerado al afirmar que su colección era tan valiosa como las que se guardaban en la Casa de la Contratación o en la *Casa da Índia*. En un rincón estaba el *Globus Mundi*.

—Buenos días nos dé Dios, señor de Elcano —lo saludó don Fadrique cerrando el cartulario—. Tengo que andar continuamente revisando mis derechos porque el cabildo de la villa protesta, una y otra vez, tratando de negarme aquello que me corresponde. Pero dejemos esos asuntos. —Al levantarse hizo tintinear una campanilla de plata.

—Su excelencia tiene una colección de mapas y cartas que impresiona.

—Os dije que no tenían igual. Algunos mapas son antiguos, herencia de mis antepasados. Pero yo he gastado mucho dinero. No tanto para pagarle a Matías, sino para comprar información.

Elcano, que no era hombre hecho a las componendas e hipocresías de la mayoría de las gentes que se movían en las cortes, le hizo una confesión que, en otras circunstancias, hubiera resultado particularmente peligrosa.

—Os diré que, cuando supe que Matías llevaba años elaborando mapas para vuestra excelencia, pensé que había algo oscuro detrás de ello.

Don Fadrique iba a decir algo cuando aparecieron dos doncellas que, alzando levemente con la punta de sus dedos las amplias faldas que les cubrían hasta los tobillos, hicieron una ligera reverencia.

—¿Ha llamado su excelencia?

—¿Qué os apetece? ¿Un vino especiado? ¿Hipocrás? ¿Aloja?

—Hace mucho que no he bebido hipocrás.

—Hipocrás —ordenó don Fadrique. Una vez solos, le preguntó—: ¿Pensabais que comerciaba con los mapas?

Elcano dejó escapar un suspiro.

—Vuestra excelencia sabe los intereses que hay alrededor de la cartografía.

Don Fadrique era un residuo de aquella nobleza que había disputado y se había enfrentado en otro tiempo al poder real. Se había criado en el ambiente cargado de tensiones que caracterizó el reinado de Enrique IV y vivió muy de cerca las luchas por el poder que enfrentaron a doña Juana, la hija de este monarca, a la que motejaron con el infamante nombre de la *Beltraneja*, y su tía Isabel, que acabaría convirtiéndose en la reina Católica.

—He tenido desencuentros con la Corona porque nunca oculté mis preferencias. Creí que lo mejor para Castilla era que doña Juana, a la que tienen encerrada en Tordesillas, heredara a su madre y apoyé a su esposo, un sujeto detestable que fue el primero en difundir el rumor de que ella estaba loca y trató de incapacitarla. Me opuse a esa pretensión y, tras su muerte, me convencí de que lo mejor para el reino era que don Fernando asumiera la regencia. Apoyé su regreso y le serví hasta su muerte, aunque nunca me recompensó por ello. No era persona agradecida. No hay más que ver cómo se portó con Gonzalo Fernández de Córdoba, con quien tuve el honor de combatir en Italia. Estuve presente en el campo de batalla de Atella, donde sus soldados lo aclamaron por primera vez como Gran Capitán. Es uno de esos momentos que no se olvidan por muchos años que se vivan. Soy un leal servidor de la Corona y en cada momento he estado allí donde consideraba que debía estar. Nunca traicionaría a mi rey y nunca entregaría cartas o planos. ¡Son secretos de Estado!

Elcano asintió. Estaba ante un hombre fuera de lo común.

—¿Podría decirme su excelencia de donde sacaba Matías los datos?

—Se los suministraba yo. Ya os he dicho que pagaba buenos dineros por obtenerlos.

Elcano miró el *Globus Mundi*.

—¿Qué le parece a vuesa merced? Es el mejor trabajo que hizo Matías. No es fácil hacer una representación esférica de la Tierra.

—Es extraordinario.

Las doncellas que traían la jarra de hipocrás y dos copas de fino cristal en una bandeja de plata sirvieron la bebida y se retiraron, después de que don Fadrique les dijera que no necesitaba nada más.

Se acercaron a la esfera y Elcano comentó:

—Creo que la posición del contrameridiano no está reflejado correctamente. Es cierto que el mar del Sur es mucho más grande de lo que imaginábamos, pero también el océano Índico es inmenso. La posición de las islas de las Especias está mal. Queda dentro del hemisferio hispano. ¿Quién proporcionó a su excelencia los datos para elaborar esta esfera?

—Un italiano que llegó con vos en la *Victoria*.

—¿Conoció su excelencia a Pigafetta?

—Lo conocí en la Corte hace algunos meses, pero apenas hablé con él. Me ofreció una copia de un diario que escribió durante aquel viaje. Me costó buenos ducados. No sólo por la copia que hizo un impresor y mercader de libros que tiene su tienda en la calle de la Librería —Elcano recordó a Bonaventura—, sino por el dinero que exigió ese Pigafetta. Pero probad este hipocrás, lo hacemos aquí. —Don Fadrique le ofreció una de las copas.

Elcano probó la bebida.

—¡Es extraordinario!

Su anfitrión apenas se mojó los labios y volvió a la esfera:

—Entonces, ¿vuesa merced cree que la Especiería queda en nuestro hemisferio?

—Esas islas están a levante del contrameridiano.

—Si el rey decide apoderarse de ella, entraríamos en conflicto con Portugal.

—Portugal defiende lo que considera sus legítimos derechos. Sus marinos lucharon denodadamente para abrir la ruta que ahora trae las especias a Lisboa. Pero, según lo acordado en Tordesillas, tenemos derecho a abrir otra por las aguas que nos adjudicaba aquel tratado. Os aseguro que la ruta por la que hemos navegado no es fácil. Pero esas islas quedan en aguas de Castilla.

Ahora don Fadrique dio un largo trago a su hipocrás.

—Con Portugal habrá que ser muy cuidadoso. Doña Juana, la hija del rey Enrique, a la que llamaron *Beltraneja*, vive en un convento de Lisboa.

—No os entiendo, ¿qué queréis decir?

—Que cuando se desata un conflicto, se utilizan todas las armas que se tienen para dañar al enemigo. Los portugueses podrían utilizar a doña Juana para poner en cuestión la legitimidad del nieto de la reina Isabel. En la Corte no puede nombrársela y, cuando alguien tiene necesidad de hacerlo, se la mienta como la monja de Coímbra. Pero ella firma todos sus papeles como *Yo, la Reina*.

—¿Por qué se refieren a ella como la monja de Coímbra? Acabáis de decirme que se encuentra en Lisboa.

—Porque en Coímbra estaba el convento donde la confinaron cuando se ajustaron las paces que pusieron fin a aquella guerra que enfrentó a tía y sobrina, y que duró cinco años.

—No creo que los portugueses… Ha habido muchos matrimonios después de aquello.

—Más los que van a celebrarse. Sin embargo, la experiencia dice que esos matrimonios no acaban con las tensiones que hay entre los reinos.

Elcano no entendía mucho de aquellas cuestiones. Eran cosa de cortesanos. Prefería hablar del mar o de los asesinatos.

—¿Puedo hacer a su excelencia una pregunta?

—Hacedla.

—¿Sospecháis de alguien que quisiera acabar con Matías?

—Le pagaba bien por su trabajo y vivía con mucho desahogo. Quienes lo han matado lo han hecho para robarle. Han desaparecido los mapas y papeles que tenía. Por ahí hay que indagar. Por otro lado, se daba aires de gran señor. No desmentía el bulo de que era un miembro de mi familia. Le gustaba ser un Enríquez y la envidia es un mal propio de los naturales de estos reinos. Pero si han desaparecido sus papeles y mapas que no me había entregado, todo apunta a que quienes lo han asesinado buscaban eso.

—Es lo que pienso yo. Pero hay algo que no encaja.

—¿Qué?

—Como ya os dije en casa de Matías, estoy convencido de que quienes lo mataron era gente que lo conocía. No hay señales de lucha.

—Eso complica este asunto.

—¿Quién puede estar interesado en hacerse con esos mapas?

Don Fadrique se encogió de hombros.

—La primera sospecha recae sobre agentes portugueses. Pero algo me dice que Lisboa no tiene vela en este entierro.

—¿Entonces?

—No andará desencaminado quien apunte a las alturas. —Lo que acababa de decir don Fadrique resultaba un tanto enigmático, pero Elcano no tuvo opción de preguntar porque unos golpecitos en la puerta interrumpieron la conversación. Era el secretario.

—Excelencia, la mesa está dispuesta para cuando gustéis.

El comedor de los Enríquez no desdecía del resto del palacio. Era una estancia alargada que recibía luz por uno de sus lados mayores en que un amplio ventanal se abría a una terraza que volaba sobre unos jardines. Las paredes, protegidas en su parte inferior por un zócalo de madera de cerca de vara y media con unos medallones donde se veían las hazañas de la familia, estaban decoradas con pinturas murales donde alternaban asuntos mitológicos, a los que don Fadrique se aficionó durante los años que pasó en Italia, con escenas campestres de tono bucólico.

En torno a la mesa se sentaban, además de Elcano, su esposa, doña Ana de Cabrera, el doctor López de Villalobos y Gonzalo Fernández de Oviedo, que hacía poco había regresado de las Indias, donde había estado al servicio del gobernador Pedrarias Dávila y que estaba ordenando, con vistas a componer una crónica, el copioso material que había recogido en aquellas tierras, a las que tenía en proyecto volver. Completaba la mesa Juan Boscán, un poeta soldado, que había participado en las campañas de Italia y acababa de regresar de Rodas, donde había luchado junto a los hospitalarios en la defensa de aquella isla que había terminado cayendo en manos de Solimán.

Se habló de los acontecimientos en las Indias. Se comentaron las consecuencias de la pérdida de Rodas y del avance de los turcos por el Mediterráneo. Pero, sobre todo, porque doña Ana estaba muy interesada, del viaje protagonizado por Elcano, quien contó algunas experiencias vividas. La conversación estuvo acompañada de un excelente vino.

—Se le conoce —señaló don Fadrique— como el vino de la forzada.

—Curioso nombre.

—El doctor conoce bien esa historia y no tendrá inconveniente en hacernos la merced de contárnosla.

López de Villalobos, que tenía fama de excelente catador, dio un largo trago a su copa.

—El nombre viene del pago donde están esas viñas. Allí un regidor de esta villa forzó a la doncella que era su propietaria. La mujer reclamó justicia y don Alonso Enríquez, el bisabuelo de su excelencia —el médico miró a don Fadrique—, que fue el primer señor de esta villa, mandó ajusticiarlo.

—Los regidores de Medina, que estaban acostumbrados a hacer de su capa un sayo, quedaron horrorizados. Desde entonces las relaciones de los Enríquez con el cabildo son complicadas —apostilló don Fadrique.

Los platos se sucedían. Después de una zirbaya de queso fresco, bien sazonado y aderezado con cilantro y pimienta, llevaron unas berenjenas gratinadas, rellenas de carne picada. Remataron los principios con unos alcauciles guisados al estilo de los judíos, con zumo de limón, ajo, perejil y pimienta.

—¿Es cierto —preguntó doña Ana— que, cuando llegasteis al puerto de Sevilla, lo primero que pedisteis fue la cera necesaria para cumplir la promesa que habíais hecho a la Virgen en medio de un fuerte temporal?

—Así es, mi señora. Cera para llevarla a Nuestra Señora de la Victoria, cuya imagen está en el convento de los franciscanos de un barrio que se llama Triana.

Llevaron el primero de los platos principales: pichones tiernos con hierbas aromáticas, pasas y piñones, que despertaron un coro de alabanzas.

—También se dice —Fernández de Oviedo se dirigía a Elcano— que teníais alguna deuda pendiente con la justicia cuando embarcasteis en la flota que el rey entregó a aquel portugués..., ¿cómo se llamaba?

—Don Fernando de Magallanes —respondió Elcano—, y sí, es cierto que la justicia me buscaba.

—¿Por qué razón? —preguntó doña Ana que, sorprendida, había dejado sobre el plato el cuchillo y el trinchador, una novedad en las mesas más selectas, importada de Italia.

Elcano explicó las causas por las que era buscado por la justicia.

—¡Eso es una sinrazón!

—Su majestad ha tenido a bien perdonármelo.

—¡Es lo mínimo! —exclamó don Fadrique.

—Tengo entendido —terció López de Villalobos— que vuesa merced ha solicitado al rey un hábito de Santiago.

Elcano se preguntó cómo era posible que tuviera noticia de aquello.

—¿Cómo lo sabéis?

—¡Ya os dije que es un nigromante! —exclamó don Fadrique.

—Vamos, excelencia, vamos. Un hombre como vos no puede dar crédito a esas cosas. —Había un punto de malicia en las palabras de López de Villalobos—. Eso es propio de gentes que no tienen más entretenimiento que dar cuerda a esos chismes. ¡Así entretienen sus vidas!

—Es cierto, pero su majestad no se ha pronunciado.

—Debiera concedéroslo. La gesta que habéis realizado lo merece. ¡Ah, si el maestrazgo de Santiago continuase en manos de mi familia! Mi bisabuelo Alonso, el que ajustició al bellaco que violó a aquella doncella, fue maestre de esa orden.

El médico negó con la cabeza y doña Ana le pregunto:

—¿Qué niega el doctor?

—Su majestad no le concederá ese hábito.

—¿Cómo lo sabéis?

—Porque es lo que dicen los astros.

—Nigromancia —apostilló don Fadrique.

—La astrología es una ciencia reputada, excelencia. Una disciplina académica. Claudio Ptolomeo en su *Tetrabiblos* la defendió.

—Defendió la astrología natural —replicó don Fadrique—, al referirse a la influencia de los astros en las mareas o el crecimiento de las plantas. Lo que señaláis es astrología judiciaria, la que se refiere a la influencia de los astros en la vida de las personas.

—¿No creéis que los astros influyan en la vida de las personas?

—¡No creo en esa clase de paparruchas!

El médico miró a Elcano.

—¿Y vuesa merced?

—Entre los hombres de mar está muy extendida esa creencia.

Hay quienes le dan más crédito que…, que… —dudaba si decir lo que estaba pensando.

—Hablad sin temor —lo animó doña Ana—. Estáis entre amigos.

—Hay quien le da más crédito que a algunas de las verdades que sostiene la Iglesia. Hay mucha superstición —añadió curándose en salud. Había oído contar casos de hijos que habían acusado a los padres ante el Santo Oficio por haber sostenido cosas contrarias a la religión.

—¡Sea como fuere! —exclamó don Fadrique—. Si su majestad no os concede ese hábito, será injusto.

Sirvieron el segundo de los platos principales. Lomo de venado aderezado con apio, pimienta, ajo y menta. Elcano aprovechó la ocasión para introducir en la conversación el asunto que había quedado pendiente al anunciar el secretario que el almuerzo estaba dispuesto, acerca de quién había podido robar los mapas y papeles del gabinete de Matías.

—¿El doctor podría informarnos de lo que dicen los astros sobre quiénes dieron muerte a Matías y quienes estaban con él?

La pregunta hizo que todos mirasen al médico.

—Sabiendo que han robado sus papeles y mapas y que, al parecer, no se han llevado otra cosa, es que no se trata de vulgares ladrones. Ese es un robo por encargo y las muertes consecuencia de ello. El objetivo no era matarlos, sino llevarse lo que han robado, algo que sólo interesa en círculos muy concretos.

—¿A que os referís con círculos muy concretos? —preguntó Boscán.

—A círculos de poder. Esos mapas y esas cartas tienen valor para reyes y príncipes. Los mapas carecen de interés para la inmensa mayoría de la gente. Son muy pocos los que saben interpretarlos.

—Estoy de acuerdo con el doctor —dijo Fernández de Oviedo.

—Interesan en Lisboa —señaló Boscán.

—Los portugueses poseen excelentes cartógrafos y sus conocimientos sobre exploraciones y viajes en nada tienen que envidiar a nuestros navegantes —indicó don Fadrique.

—Eso es cierto, excelencia, pero lo que nosotros sabemos, lo ignoran ellos, al igual que nosotros desconocemos los datos que ellos poseen. No descartaría que fueran agentes portugueses quienes han perpetrado los asesinatos y el robo —insistió el poeta.

El almuerzo terminó con unas torrijas y un surtido de mantecadas, rosquillas de anís, hojaldres con miel y canutillos almendrados con polvo de canela.

Elcano se despidió de doña Ana y don Fadrique, agradeciéndoles su hospitalidad.

—¿Permaneceréis algunos días más en Medina?

—Me quedaré por si encuentro algún indicio de quién ha podido hacer esto. Pero no serán muchos, doña Ana. Otros asuntos me reclaman.

—Ordenaré que se indague sobre esas muertes —señaló don Fadrique—. Si descubrimos algo os lo comunicaré. Vos y el hombre que os acompaña podéis, si os place, alojaros en la casa que ocupaba Matías, mientras permanezcáis aquí.

—Muchas gracias, excelencia.

Los días siguientes Elcano y Zambrano se afanaron en una tarea a la que no estaban habituados. Preguntaron en las dos posadas por si se había alojado alguien sospechoso. También indagaron en los mesones. En uno de ellos les dijeron que unos desconocidos, que habían comido allí, llevaban una pequeña arqueta de la que no se separaron ni quitaron ojo, pero podían ser mercaderes de los que se marchaban, una vez concluida la feria.

Elcano estaba convencido de que habían sido agentes portugueses buscando el *Globus Mundi* que estaba en poder de don Fadrique.

Retrasaron su partida porque un temporal de lluvias azotó la zona durante varios días, dejando impracticable el camino a Valladolid. Hubiera sido una temeridad iniciar el viaje de regreso.

XXXIII

Era bien entrado el mes de marzo cuando Elcano regresó a Valladolid. En la ciudad se respiraba el ambiente de la Cuaresma como tiempo de preparación para la Semana Santa, que se celebraba con mucho fervor. Estaba desasosegado, porque las pesquisas buscando una pista que permitiera seguir el rastro de quienes habían acabado con la vida de Matías, *Zapatones* y Belizón no habían dado resultado. A ello se sumaba su decepción con María Vidaurreta. Posiblemente el hijo que llevaba en su vientre era suyo, pero el amor que había sentido por ella se había desmoronado. Era el momento de preparar su viaje a Guetaria.

Águeda lo recibió con una noticia que lo inquietó:

—Hace un par de días, vinieron preguntando por vuesa merced. Eran dos y no me inspiraron confianza. Tenían mala catadura.

—¿Dijeron qué querían?

—Sólo preguntaron por vos. Luego los he visto un par de veces haraganeando por la calle.

Elcano pensó en los portugueses, aunque no le pareció que tuvieran la mala pinta a que se refería Águeda.

—Si quieren algo, ya aparecerán.

—¿Vuesa merced cenará aquí?

—Sí. Voy a asearme y saldré sólo para llevar un recado.

Ella lo miró burlona.

—¿Sólo para un recado?

—Estaré pronto de vuelta. Algunas cosas han cambiado en estos días.

—¿Habéis perdido el interés por María Vidaurreta?

Elcano la miró a los ojos. Siempre le había llamado la atención la intuición de las mujeres. Tenían como un sexto sentido para entender las cosas que a los hombres se les escapaban.

—Luego os contaré.

—¡Huuummm!

Cuando salió a la calle la tarde ya declinaba. Los días habían alargado, pero la primavera, que estaba a la vuelta de la esquina, parecía que aún tardaría en llegar porque el frío era intenso y el cielo, muy encapotado, volvía a amenazar lluvia tras un día en el que había lucido el sol. Se encaminó hacia la plaza Mayor porque deseaba dar cuenta de lo ocurrido, lo antes posible, al secretario de Indias. Pidió audiencia y regresó a la calle Cantarranas.

Había tardado poco, pero menos tiempo había necesitado Águeda para preparar una cena que era una especie de celebración de bienvenida. Ahora vestía una ropa que la hacía mucho más atractiva y tenía el pelo suelto. Había dispuesto un mantel sobre la mesa —era la primera vez que lo hacía en todo el tiempo que Elcano llevaba alojado en la casa— y puesto un candelabro en el centro. También había avivado el fuego de la chimenea. Había terminado de preparar una sopa de picatostes y estaba aderezando unas truchas, rellenándolas con trocitos de jamón para cocerlas en una olla que ya hervía con hierbas aromáticas y que había impregnado la casa de un olor agradable.

—¡Mucha prisa os habéis dado!

Elcano se quedó mirándola y notó cómo crecía su entrepierna.

—Me temo que… viéndoos, he tardado demasiado.

Ella bajó los ojos, pudorosa. Él se acercó y la besó en los labios. La tomó por el talle y la abrazó sin que Águeda opusiera resistencia.

—¿Me dejáis que termine de preparar la cena?

—Tengo hambre… de vos.

—¡Humm! ¡Todo a su debido tiempo!

La cena, pese a que Águeda se había esmerado, fue rápida.

Los escarceos amorosos comenzaron junto al calor de la chimenea y terminaron en la alcoba de Águeda. Sus ropas de viuda ocultaban un cuerpo en plenitud. Hicieron el amor y estaba amorosamente recostada sobre el pecho del marino, cubiertos por el embozo de la sábana sobre la que había una gruesa frazada, cuando le preguntó:

—¿Qué os ha ocurrido con María Vidaurreta?

—Me parece que ha estado vistiendo un muñeco.

Se incorporó dejando al descubierto sus espléndidos senos.

—¿Vistiendo un muñeco? ¿Eso qué significa?

—Ha aparentado lo que no es. Me dice que está preñada.

—Supongo que habéis holgado con ella.

—En varias ocasiones.

—¿Le distéis promesa de matrimonio?

—No, pero no me hubiera importado desposarme.

—¿Estabais enamorado?

—Lo habéis dicho muy bien: estaba.

—¿Qué ha ocurrido?

Elcano le contó lo sucedido. Cuando terminó, ella le preguntó:

—¿Qué pensáis hacer?

—No lo sé. Estoy hecho un mar de dudas. Si soy quien la ha preñado tengo ciertas obligaciones. Pero no ha tenido empacho en mentirme. Eso me lleva a dudar si soy el padre de la criatura que lleva en su vientre.

—Jamás tendréis seguridad de saberlo, si es que llega a nacer. Aunque podríais enteraros de si es una lagartona o sólo ha tenido un desliz al montar esa historia y no deciros que ese sujeto le adeudaba unos buenos ducados.

—¿Por qué habéis dicho… «si es que llega a nacer»?

—Porque son muchos los preñados que no cuajan, bien porque la naturaleza no lo permite, bien porque se ponen medios para ello. Podría daros el nombre de al menos media docena de mujeres que se dedican a resolver esa clase de asuntos. Saben remendar virgos para que aparezcan como vírgenes quienes ya han conocido varón. Procuran apaños matrimoniales. Traen y llevan recados o conocen hierbas que ingieren las preñadas para que descarguen lo que llevan dentro antes de tiempo. ¿Queréis que averigüe algo?

—¿Qué clase de averiguación?

—Si María Vidaurreta ha buscado engatusaros.

—Hacedlo, si no os importa, pero con mucha discreción.

El secretario de Indias lo recibió dos semanas después de haberle pedido audiencia. Elcano estaba extrañado con la tardanza. El día que le enviaron razón de que su ilustrísima lo recibiría aquella misma tarde, estaba a punto de ir de nuevo a sus oficinas porque, entre otras cosas, le preocupaba tener una suma tan considerable como le había sido confiada y que no había tenido necesidad de utilizar.

Al ver a su ilustrísima supo por qué habían transcurrido tantos días. Estaba muy desmejorado. Lo recibió sentado junto a la chimenea, con una manta cubriendo sus piernas.

—Unas calenturas me han tenido postrado. Hasta me han dado la unción de los enfermos. Pero Dios Nuestro Señor no ha tenido a bien recogerme. Vuesa merced, ¿cómo se encuentra? Ya he tenido noticia de lo acaecido en Medina de Rioseco. He sentido mucho la muerte de Belizón… Contadme lo ocurrido. Pero antes, acercad un sillón al calor de la lumbre.

Hizo lo que le indicó y le explicó, sin entrar en detalles, lo sucedido.

—Todo apunta a que no iban a cobrarse sus vidas, sino a robar los mapas, cartas y documentos que había en aquella casa. No había señales de lucha. Quien guardaba las espaldas al enano era corpulento y Belizón, un hombre hecho a los lances. Es muy extraño. No dejo de darle vueltas y lo único que se me ocurre es que quienes acabaron con sus vidas eran gentes que no despertaban en ellos desconfianza.

—¿Pudieron ser hombres de Enríquez?

—Lo pensé al principio, pero no lo creo. No veo la necesidad que podía tener don Fadrique de robar unos mapas hechos por quien estaba a su servicio.

—La vida me ha enseñado que a veces ocurren cosas muy extrañas.

Lo que acababa de decir el obispo era cierto. Él había vivido mucho menos, pero también había sido testigo de cosas muy raras.

—He traído el dinero que se me entregó. No hubo necesidad de utilizar un solo maravedí.

—Santiago se hará cargo de ello. Ahora explicadme todo lo relacionado con los mapas y su destino.

—Los mapas y las cartas eran para Enríquez, pero lo conserva todo en su poder.

—¿Estáis seguro?

—Tan seguro como que los he visto. ¡Tiene en su palacio una extraordinaria colección de mapas y cartas! Me invitó a almorzar.

—¿Bromeáis?

—Me tuvo muchas consideraciones al saber que era el capitán de la *Victoria* y había dado la vuelta a la Tierra. Me mostró su colección de mapas, cosa que no hace con muchas personas. Estuve almorzando junto a su esposa y un médico...

—¡López de Villalobos!

—¿Lo conoce su ilustrísima?

—Por supuesto. Es hombre próximo a la Corte. Un buen galeno. Tiene fama de nigromante. Lo que me sorprende es que don Fadrique os haya abierto las puertas de su casa. Es hombre hosco, poco dado a la convivencia. Contadme, ¿qué habéis visto en su palacio?

—Conserva anclas, bombardas, gallardetes, banderolas... Por lo que respecta a los mapas, posee una colección que en nada tiene que envidiar a la de la Casa de la Contratación. En mi opinión, guarda todo lo que Matías ha hecho a lo largo de muchos años. Los temores de que estuviera comerciando con ellos son infundados.

—¿Estaba la esfera de que me hablasteis?

—Tiene en su poder el *Globus Mundi*. Es un trabajo extraordinario, más allá de que el meridiano que separa los hemisferios esté mal trazado.

—Que esté en sus manos supone una seria amenaza.

—¿Por qué?

—No me fío de don Fadrique. Nunca me han gustado los Enríquez. Son demasiado orgullosos. Por ser descendientes de don Alfonso el onceno se dan unos aires... ¿Sabéis que cuando su majestad, ante el cariz de los acontecimientos en Castilla, decidió que el cardenal Adriano, que había quedado como regente, compartiera el cargo con dos nobles del reino, uno de ellos era don Fadrique?

—No.

—Uno era don Fadrique y el otro el Condestable, don Íñigo Fernández de Velasco. Don Fadrique dudó si aceptar y el destino de Castilla estaba en el aire. Esperaba a ver hacia dónde se decantaba la balanza. Sólo aceptó varios meses después y fue partidario de negociar con los comuneros. ¡Negociar con quienes habían puesto en cuestión la autoridad del rey! Es un ambicioso. Quiere que el rey lo nombre duque de Medina de Rioseco y, como su majestad no lo tiene claro, se marchó de la Corte.

A Elcano, después de haber conocido a don Fadrique, no le parecía que Fonseca estuviera trazando un perfil demasiado acertado. Aunque sabía que la historia podía variar mucho dependiendo de quién la contase. Tenía muy cerca lo que había hecho Pigafetta.

—¿Creéis que esa esfera podría llegar a manos de los portugueses?

—No me sorprendería. Dependerá de lo que Lisboa ofrezca por ella. En fin, dejemos esas cuestiones. Vuesa merced debe ponerse en camino lo antes posible. Todavía hay algunos puertos cerrados por la nieve, el invierno está siendo frío y se alarga demasiado. Vaya a su tierra, cierre acuerdos y anude alianzas. Le serán muy necesarias cuando se organice la expedición, aunque por ahora todo está paralizado. Los de vuestra tierra son buenos marinos y gente de fiar. Si conseguís el apoyo de algún armador de aquella zona, os apuntaréis un tanto muy importante. La secretaría que está a mi cargo tiene los días contados. La creación del Consejo de Indias es cosa hecha y algunos estamos ya demasiado gastados. He visto la cara a la muerte y sé que la parca está al acecho.

—Veo a su ilustrísima muy pesimista.

—No es pesimismo, sino realismo. Hay muchos que, llegados a cierta edad, no quieren aceptar que sus limitaciones son cada día mayores. Sé que mis días están tasados y he de prepararme para dar cuenta de mis actos ante el Altísimo porque a lo largo de mi vida he cometido pecados. Algunos de ellos… graves. ¿Sabe vuesa merced cual es mi mayor deseo?

—Si no me lo dice su ilustrísima…

—Resolver algunos asuntos de mi competencia y, si eso no me es posible, dejarlos encarrilados y que Dios me conceda algún tiempo para retirarme a Burgos y poner en orden las cosas relativas a mi ánima. Ahora retiraos y tenedme al tanto de vuestros preparativos.

Elcano estaba a punto de llegar a la puerta cuando lo detuvo la voz cansina de Fonseca.

—Se me olvidaba. Su majestad no ha atendido vuestra petición de que se os conceda un hábito de Santiago.

La noticia lo dejó paralizado. En la estancia se hizo un prolongado silencio. Fonseca sentado, con las piernas tapadas, frente a la chimenea donde ardían los leños y Elcano de pie, inmóvil, junto a la puerta. No sabía si los achaques de la edad del obispo habían hecho que no hiciera memoria de ello hasta aquel momento o todo había sido dispuesto a propósito por aquel viejo zorro de la política.

—¿Ha dado alguna razón?

—No hay razón para ello. Ha dado una excusa: no hay hábitos disponibles en este momento. Vuesa merced recibirá una cédula donde se le deniega la concesión.

Elcano se despidió con un hilo de voz y salió a la calle con el ánimo conturbado. Se encaminó hacia la calle Cantarranas, pero al llegar a la plazuela del Ochavo y enfilar la calle de las Platerías se le acercaron dos viejos conocidos. Eran Antunes y Bastinhas.

—¿Disponéis de unos minutos? —le preguntó el primero.

Elcano no creía en las casualidades, pero había situaciones en la vida en que se daban circunstancias… un tanto especiales.

—¿Qué quiere vuesa merced?

—Tengo que daros recado de nuestro embajador.

Decidió oír lo que tenía que decirle. Entraron en una taberna que había cerca, junto a la pontana que permitía cruzar por allí el Esgueva. Se acomodaron en una mesa y pidieron vino. A Elcano le venía bien un trago. Lo último que le había dicho el obispo le había dejado seca la garganta.

—No dispongo de mucho tiempo —dijo a los portugueses una vez que les hubieron servido—. Así que vuesa merced vaya al grano.

—Supongo que ya sabéis que vuestro rey ha rechazado vuestra petición de un hábito de la Orden de Santiago.

—Estoy al tanto.

—Nuestro rey mantiene su oferta de haceros caballero de la Orden de Cristo. La encomienda que os ofrece tiene una renta, como ya os dijo su excelencia, de dos mil ducados anuales.

Aquello era una tentación y llegaba en un momento muy…, muy delicado. Elcano sabía —su padre se lo había repetido muchas veces— que el temple de un hombre se ponía a prueba en los momentos delicados. Había que sacarlo en las circunstancias difíciles. Era cierto que los barcos, incluso manejados por un lerdo, navegaban si el viento soplaba a favor. Pero a los marinos había que verlos cuando el temporal arreciaba y se desencadenaba una tormenta. En las tempestades de la vida era cuando los hombres templados mantenían el tipo y afrontaban las dificultades con decisión y capacidad. Había conocido a muchos que galleaban en tierra, con una jarra de vino en la mano y auditorio alrededor de la mesa, y se arrugaban cuando llegaban los problemas.

Dio otro trago a su vino y se pasó el dorso de la mano por la boca.

—He accedido a conversar con vuesas mercedes porque me gustaría dejar clara mi postura. Lo que me proponen es algo que muchos hombres aceptarían sin vacilar. Lo harían por bastante menos. Pero no soy de esa clase. No cambio lealtades. Así que dad cumplidas gracias a su excelencia y demos por concluido este asunto que empieza a enojarme.

—Entiendo lo que me habéis dicho —respondió Antunes—, pero insisto en que son muchos los súbditos del rey de Castilla que están al servicio de nuestro monarca, sin que eso suponga una mancha para su honor. Ocurre también en sentido contrario. Muchos compatriotas nuestros entran al servicio de vuestro rey. Vos tenéis alguna experiencia de lo que os digo.

La alusión a Magallanes, sin nombrarlo, enervó a Elcano. No había tenido una buena relación con el navegante portugués a quien Carlos I entregó un hábito de Santiago, antes de que hubiera hecho méritos para ello. Bastó que le presentara un proyecto para que se lo concediera. Eso hacía que le escociera todavía más la negativa a otorgárselo a él.

—Ya os he dicho que muchos aceptarían sin vacilar, incluso por bastante menos. Pero mi decisión está tomada.

—Vuestro porvenir en Lisboa sería mucho más brillante que aquí.

—No me interesan los brillos cortesanos. Soy un hombre de mar, al que le gusta sentir la fuerza del viento en el rostro o el brillo de la luna reflejarse en las olas y oír cómo drapean las velas cuando las agita el viento.

—Nuestro rey os daría el mando de una expedición y podríais gozar de todo eso que habéis enumerado.

Elcano se acarició el mentón.

—Los de mi tierra somos gente tozuda. Una vez que nos hemos comprometido con alguien no cambiamos fácilmente de criterio. Mostrad mi agradecimiento a vuestro rey por su generosa oferta. Pero decidle que mi lealtad está con don Carlos.

Apuró el vino, se levantó y abandonó el mesón.

XXXIV

A los fríos invernales de aquel año de 1523, que congelaban con frecuencia el agua, les siguieron fuertes lluvias que se prolongaron a lo largo de buena parte de la primavera. Las noticias que llegaban a Valladolid eran que los puertos que permitían llegar desde las tierras llanas de la Meseta a las costas del Cantábrico estaban infranqueables. La nieve tenía en algunos sitios un espesor de varias varas.

Elcano no había vuelto a hablar con María —la había visto varias veces de lejos— y se consolaba con Águeda, que se había revelado como una amante fogosa y pasional. Aprovechó el tiempo para redactar un informe sobre las consecuencias que se derivaban de su viaje a bordo de la *Victoria*. Pasaba largas horas encerrado en la buhardilla, que se había convertido en una especie de gabinete de trabajo, porque la alcoba de Águeda era su dormitorio desde que habían iniciado sus lances amatorios. A veces se distraía viendo caer la lluvia, en ocasiones mansamente, y en otras con tanta fuerza que daba la impresión de que la techumbre no iba a soportar la intensidad con que el agua la golpeaba. Allí, utilizando escuadras, compases y otros instrumentos náuticos, además de algunas cartas de marear y el mapa que le había confeccionado Reinel, redactó un texto que le sería de gran ayuda cuando volviera a navegar. Aunque no tenía habilidad como dibujante, trataba de dejar trazada la forma en que se ofrecían a la vista los accidentes geográficos más llamativos que era lo que, convenientemente anotado, permitía identificar los sitios en viajes posteriores. Calculaba distancias y precisaba las mediciones realizadas. Lamentaba haber dejado de tomar notas después de lo ocurrido en la bahía de San Julián. No quiso problemas con Magallanes. No reanudó sus notas, que ahora conservaba como un tesoro, hasta que el portugués murió tras el combate que se libró en Mactán, aquel fatídico 27 de abril.

En aquellas jornadas no se le iban de la mente las muertes de Matías, *Zapatones* y Belizón. Hubiera dado cualquier cosa por conocer a quienes las habían perpetrado. Tampoco el resquemor que le había dejado la negativa del rey a concederle el hábito de Santiago. Consideraba que había hecho méritos más que suficientes para lucir en su pecho la venera de la prestigiosa orden. Pero, como el obispo Fonseca le había dicho en alguna ocasión, los linajes, la pertenencia a determinadas familias y las relaciones que se anudaban en la Corte tenían más importancia a la hora de recibir mercedes que los méritos contraídos al servicio de la Corona.

Siguiendo los consejos del secretario de Indias, a quien no había vuelto a ver después de la audiencia en que le devolvió el dinero y le dio noticia de que le habían denegado el hábito de Santiago y le explicó lo ocurrido en Medina de Rioseco, elaboró una larga lista de posibles personas que visitaría cuando viajara a Guetaria. Allí bebería con avezados marineros, hombres curtidos en la mar, a los que invitaría a enrolarse en la nueva expedición que se organizaría para asegurar la ruta y tomar posesión de las islas de las Especias. Algunos eran cazadores de ballenas. Habían navegado hasta latitudes muy al norte donde la nieve lo cubría todo, incluso durante los meses de verano, y habían visto mares que se congelaban con la llegada del invierno.

En aquellos días en espera, recordó muchas veces que, cuando era niño, había oído contar a su padre y a sus tíos cómo hubo barcos cuyos capitanes habían querido aprovechar algunos días más de pesca y sólo consiguieron quedar atrapados entre los hielos, viéndose obligados a invernar en aquellas tierras inhóspitas donde crecían pocas cosas. Los balleneros vascos navegaban hasta aguas muy al norte buscando los cetáceos porque hacía años que habían dejado de pasar cerca de las costas del Cantábrico. También rememoraba cómo se quedaba embobado cuando los oía hablar de la forma en que se enfrentaban a las ballenas y cómo disputaban por ser los primeros en alcanzarlas con sus arpones: suponía recibir más dinero cuando se vendieran los muchos productos que se obtenían de aquellos enormes animales. Había disfrutado con las historias de aquellos hombres que, en verano —los meses más propicios para su pesca—, se enfrentaban a un peligro tan grande o más que las ballenas, los témpanos de hielo que se desprendían y podían destrozar un barco si no se esquivaban a tiempo. Algunos eran como islas flotantes, completamente blancas. Su padre y muchos de sus familiares volvían a puerto —cuando volvían, ya que eran muchos los que perdían la vida—, con las bodegas repletas de toneles de aceite de ballena y, cuidadosamente envueltas porque eran muy valiosas, las flexibles barbas de aquellos animales, a las que daban usos muy diferentes.

Tenía ganas de abrazar a su madre, ver a sus hermanos y beber vino con viejos conocidos en alguna de las tabernas del puerto. Ahora sería él quien contaría historias y los demás lo escucharían con atención. Él no les hablaría de ballenas y de los peligros de enfrentarse a ellas al revolverse furiosas cuando sentían que sus lomos eran aguijoneados; les contaría cómo eran las arenosas playas de cálidas temperaturas que se daban en las tierras de bajas latitudes donde no se distinguía el invierno del verano porque las temperaturas apenas variaban a lo largo del año, se referiría a las extrañas y sabrosas frutas que allí ofrecía una naturaleza exuberante y, sobre todo, les contaría que las mujeres iban desnudas, tal como las parieron sus madres y cómo a cambio de un espejillo, una sota de la baraja o una cuenta de cristal podían holgar con ellas cuanto les viniera en gana. Les explicaría que eran conocedoras de artes amatorias que no se practicaban en tierra de cristianos y, aunque les iba a resultar difícil creérselo, también les diría que había hombres principales que, a la guisa de los moros, tenían muchas mujeres y que las ofrecían como señal de amistad e incluso se ofendían si no las tomabas. También se referiría a las grandes riquezas que podían conseguirse a cambio de algunas baratijas a las que aquellos nativos daban mucho valor.

Si quería que sus paisanos se enrolasen en la expedición se cuidaría mucho de hablarles de las tormentas a las que, conforme se alejasen hacia el sur, pasada la línea equinoccial, tendrían que enfrentarse. Tampoco del terrible frío —aunque estaban hechos a soportarlo cuando navegaban en las latitudes donde encontraban las ballenas— que los aguardaba en los endemoniados canales por los que había de pasarse si se quería llegar al mar del Sur.

Hasta bien entrado el mes de mayo no se tuvieron en Valladolid noticias de que los puertos habían quedado expeditos. Mucha de la nieve se había derretido, y los fríos del invierno y los temporales de primavera habían dado paso a días más luminosos y con mejores temperaturas. Lo dispuso todo para viajar con unos arrieros vizcaínos que venían del sur, adonde habían ido a cargar sal para curar bacalaos y arenques.

Se despidió la mañana de un miércoles de una compungida Águeda que le había calentado la cama a lo largo de aquellas semanas en que los días habían discurrido lentos y pesados. No se despidió de María Vidaurreta, de la que Águeda le había ido dando noticias. El embarazo era cierto y empezaba a notársele una barriga cada vez más abultada, y por lo que la viuda había podido indagar no era una mujer licenciosa. Era muy probable que Elcano fuera el padre de la criatura que llevaba en sus entrañas. Tenía buena fama entre la vecindad, aunque ahora quedaría en entredicho.

Los arrieros tomaron el camino real de Burgos que pasaba por Palencia, adonde tratarían de llegar aquella primera jornada porque el terreno era llano y no ofrecía dificultades. Antes de mediodía llegaron a Cigales, donde hicieron la primera parada para conceder un pequeño descanso a las cabalgaduras y dar cuenta de algunas de las viandas que llevaban en las alforjas. Las regaron con vino de la zona, que tenía merecida fama. Aquella villa recordó a Elcano que había sido donde la tía Brígida fue a comienzos de año, permitiéndole solazarse con María. Se preguntó si aquel viaje no formaba parte de un plan para facilitar la holganza.

Reemprendieron la marcha y con el sol todavía alto llegaron a Dueñas, que se alzaba cerca del Pisuerga. Tras un pequeño descanso, afrontaron el último y más largo tramo de la jornada hasta Palencia, después de haber cubierto las casi nueve leguas de camino. Se alojaron en una venta caminera y con las primeras luces del alba se pusieron de nuevo en marcha para llegar hasta La Quintana, donde se encontraba el puente que permitía salvar el curso del Arlanza. Al no haber alojamiento durmieron al raso, protegidos por mantas y manteniendo una guardia permanente para evitar sorpresas nocturnas. Al día siguiente llegaron a Burgos con el sol todavía alto, pero el caporal de los arrieros decidió dar por concluida la jornada y descansar para afrontar las duras jornadas serranas que tenían ahora por delante. Se alojaron en un mesón que había cerca de la Puerta de Santa Gadea y que les pareció un palacio después de la anterior noche al raso.

La ciudad estaba dominada por el perfil de las torres de su imponente catedral, una de las más hermosas del mundo y orgullo de los burgaleses, y por la silueta del cerro coronado por su castillo, que se alzaba en el centro de la ciudad. Eran numerosas las casas blasonadas y los palacios de recias paredes de piedra, señalando que, no en balde, la ciudad era considerada Cabeza de Castilla y en muchas ocasiones había sido sede de la Corte. En ella residió el rey Fernando en la segunda de sus regencias. Ello contribuyó, junto a los numerosos vecinos que vieron en el comercio una gran fuente de riqueza, a que la ciudad se convirtiera en un emporio. Muchos de los grandes mercaderes del reino eran burgaleses y eso tenía su influencia en la ciudad.

Elcano, después de tomar la alcoba, compartida con tres de los arrieros, decidió indagar si Cristóbal de Haro, que era el factor de la Casa de la Especiería, estaba en la ciudad.

—¿Sabéis dónde vive Cristóbal de Haro, el mercader? —preguntó al mesonero, hombre adusto, bajito y rechoncho, cuyas pobladas cejas contrastaban con su calvicie.

—Vive frente por frente de la catedral. Su casa tiene dos plantas sobre las que se alza una galería. No tiene pérdida. ¿Lo conocéis? —preguntó, extrañado de que un arriero le solicitara aquella clase de información.

—No, pero he oído hablar mucho de él.

—Ya decía yo...

El mesonero volvió a su tarea de sacar vino de un tonel enorme con el que iba llenando unas cántaras de las que se servirían las jarras cuando el mesón se animase.

Orientado por las caladas agujas de las torres de la catedral, llegó a la plaza y localizó sin problemas la vivienda de Haro. Sus grandes puertas daban paso a un amplio portal desde el que, a través de una labrada reja, se veía un patio de columnas sobre las que cabalgaban las arcadas. Tiró de la cadena que había junto a la reja y oyó sonar a lo lejos una campanilla. Una joven criada, que había acudido a la llamada, le preguntó, después de mirarlo de arriba abajo:

—¿Qué desea vuesa merced?

—Ver..., ver a don Cristóbal.

Una sonrisa maliciosa apuntó en los labios de la joven.

—¿Tenéis cita?

—No.

—Entonces, idos por donde habéis venido.

—Pasadle recado. Mi nombre es Juan Sebastián Elcano.

—Si no tenéis cita...

—Pasadle mi nombre. Si declina recibirme, lo entenderé. Pero... pasadle mi nombre.

Lo miró con descaro e iba a decir algo cuando una voz preguntó:

—¿Quién es?

—¿Cómo habéis dicho que os llamáis? —preguntó la criada.

—Elcano, Juan Sebastián Elcano —respondió alzando la voz para que lo oyera quien preguntaba.

La criada no tuvo tiempo de repetir el nombre.

—¡Un momento! ¡Un momento! —Apareció un hombre enjuto, vestido de negro de pies a cabeza que sólo rompía el blanco del cuello y de las mangas de la camisa. Al verlo puso cara de sorpresa—. ¿Vuesa merced es Elcano? ¿El capitán de la *Victoria*?

—Sí.

—No estaréis...

—Soy Juan Sebastián Elcano. ¿Sois vos Cristóbal de Haro?

En lugar de responder, ordenó a la criada:

—Abre la puerta, Servanda. Mi nombre es Afonso de Acunha. Soy el secretario de don Cristóbal. ¿Qué hace vuesa merced en Burgos?

—Voy de paso. Viajo a mi tierra, a Guetaria, y he pensado…

—Lamento deciros que don Cristóbal no está. ¡Habría estado encantado de recibiros! Apenas tuvo noticia de que podía viajar a La Coruña, se puso en camino. Supongo que tenéis noticia… —Acunha no terminó la frase, si era Elcano debía saber…

—Que quiere tomar posesión de su cargo de factor de la Casa de la Contratación que su majestad ha erigido en esa ciudad.

—Exacto, las especias no irán a Sevilla, sino a La Coruña, y don Cristóbal tiene mucho que decir en todo lo relacionado con su comercio. Es todo un honor conoceros, señor Elcano. Venid, acompañadme.

Acunha, que hablaba castellano con un marcado acento portugués, departió con Elcano durante un buen rato. Le dio algunos detalles precisos sobre cómo se estaba poniendo en marcha la Casa de la Contratación de La Coruña.

—A mi amo le gustaría que la expedición a la Especiería no se demorase, pero al parecer habrá que aguardar.

—Cosas de la política. Su majestad quiere que antes los portugueses reconozcan su dominio sobre esas islas. Supongo que también habrá influido que se necesita mucho mucho dinero para aparejar esa escuadra y, por lo que tengo entendido, las arcas del rey, después de los grandes gastos que ha supuesto la elección imperial, tienen más telarañas de las que sería deseable.

—Don Cristóbal dice que el dinero no será problema. Está dispuesto a poner los recursos que hagan falta y aquí en Burgos hay grandes caudales y gente dispuesta a entrar en el negocio. Pero, como vuesa merced ha señalado, no comenzará a aparejarse la escuadra porque el rey no quiere problemas con Portugal en un momento en que se está negociando el matrimonio de la infanta doña Catalina con el monarca lusitano. Don Carlos, después de que vuesa merced culminara ese viaje, está convencido de que las islas quedan en su hemisferio. Pero no quiere imponerse por la fuerza. Don Cristóbal, sin embargo, está dando pasos porque cree que esa escuadra se hará a la mar mucho antes de lo que algunos piensan.

Elcano salió pensando que si las cosas eran como Acunha le había comentado, no podía perder tiempo.

Las dos siguientes jornadas fueron más difíciles, aunque no surgieron problemas. Tomaron el camino que los llevaba a Miranda de Ebro por los vericuetos que discurrían entre las sierras que se alzaban hacia las tierras de Aragón. Ahora todo era mucho más cansado. El sol apretaba y los animales, cargados con tres sacos de sal cada uno, avanzaban lentamente cuando hacían acto de presencia las pendientes que en algunos tramos eran muy pronunciadas. El momento más difícil fue salvar el desfiladero de Pancorbo. El camino estaba tallado en la roca, que había sido perforada para poder cruzar aquellas montañas. Dejaron a su derecha los montes Cogollanos, cuyas laderas estaban cubiertas por grandes bosques de hayas y magníficos pastizales que eran objeto de litigios muy antiguos entre las poblaciones de la comarca. Entraron en Miranda a la caída de la tarde. Casi todo el caserío, fuertemente amurallado, quedaba emplazado en la ribera derecha del poderoso Ebro, cuyas aguas bajaban bravas alimentadas por el deshielo. En la ribera izquierda se extendía un barrio unido al núcleo principal por un puente con fuertes tajamares en forma de medias lunas. Allí pernoctaron en una posada cercana al río, a la espalda de la iglesia de San Nicolás, que era donde los mirandeses se reunían para dirimir sus pleitos vecinales.

La posada, que tenía colgado un ramo de hierbas en el dintel de la puerta, anunciaba que allí además de hospedarse podían requerirse otra clase de servicios a las mozas que atendían a los parroquianos. El caporal, que se llamaba Indalecio, era hombre de formas rudas y poco amigo de saraos y francachelas cuando se hacía el camino. Al hacerse cargo del panorama que había —tocamientos, risotadas y el vino corriendo de forma generosa—, se limitó a advertir a los que apostaban por el fornicio que no quería rezagados:

—¡Al despuntar el alba la recua se pone en marcha! ¡Estáis advertidos! ¡Mañana tenemos que llegar a Leániz y os aseguro que no va a ser un paseo!

Elcano fue de los que se retiró pronto a la alcoba.

Antes de que despuntara el sol se pusieron en camino. Ante ellos se alzaban las grandes sierras que separaban las tierras bajas que regaba el Ebro y numerosos riachuelos que le eran tributarios de las llanuras de Álava que daban entrada al señorío de Vizcaya. Ya en tierras del condado de Treviño alcanzaron a un gran rebaño de ovejas que ocupaban todo el camino, impidiendo el paso. La respuesta que recibió Indalecio cuando pidió que se le abriera camino fue desabrida:

—No nos apartaremos. Esta es una vía pecuaria y tenemos preferencia.

—Sólo queremos que se nos abra un espacio por el que las bestias pasarán en hilera. No os entorpecerá la marcha y a nosotros no nos retrasará.

—Los que vienen detrás, detrás se quedan.

—Queda más de una legua para llegar al descansadero. ¡Nos haréis perder un buen rato!

Los pastores tenían la preferencia y no estaban obligados a abrir paso. Cada vez que alguien se lo pedía, respondían con los privilegios que tenían cuando iban por aquellas cañadas que dependían de la poderosa organización de ovejeros del reino. No les quedó otra opción que resignarse.

—No llegaremos a Leániz, como era nuestro propósito. Tendremos que pernoctar en Vitoria. Todo es más caro y haciendo noche allí nos retrasaremos casi un día.

Durmieron en una venta caminera que había a las afueras de la ciudad, donde ajustaron un precio algo más razonable que el que pedían en posadas y mesones. El ventero —cosa extraña— les ofreció algunas viandas para cenar por un precio módico. Había cazado algunas liebres y su mujer estaba dispuesta a guisarlas con romero y yerbabuena.

Pese a que se levantaron temprano y cuando apuntó el sol la recua ya estaba en camino, la noche se les echó encima cuando llegaron a Éibar. Allí tuvieron que dormir en el patio de una herrería, junto a grandes montones de mineral de hierro y de carbón que acababan de descargar unos carreteros que lo habían traído de los encinares que había en unas sierras próximas a Durango. Fue una noche particularmente incómoda. A las malas condiciones para dormir se unió que sólo comieron las últimas y escasas viandas que les quedaban. Las tripas se quejaron más de lo habitual. Al día siguiente, Elcano ajustó cuentas con el caporal y se despidieron después de desayunar unos mendrugos de pan con unos huevos duros que compraron a una anciana que vivía frente a la herrería. Los arrieros tomaron el camino de Lequeitio y él enfiló el de Guetaria con un carretero que iba a Zumaya.

El sol apenas levantaba un palmo cuando la carreta emprendió la marcha y, como comieron sentados en el pescante —un poco de queso y una rebanada de pan, regado con algo de vino—, salvaron las siete leguas en algo menos de siete horas. En el cruce que conducía a Guetaria, a no más de trescientas varas de la villa, Elcano se despidió del carretero, cargó con su pesado hato y se echó al hombro el largo estuche de cuero donde guardaba el mapa que le había confeccionado Reinel y sus demás papeles.

Conforme se acercaba a la villa que lo había visto nacer se le aceleraba el pulso y notaba cómo el corazón le latía más deprisa. Nunca se olvida el lugar donde uno se hace hombre, donde ha jugado y reñido con otros niños, recibido los pescozones y castigos del maestro si se han tenido posibles para que le enseñen a leer y escribir, donde se han vivido los primeros amores y tenido los primeros disgustos. Hacía demasiados años que no pisaba aquellas calles ni oído el romper de las olas en los cantiles del Ratón. Tampoco el crujir de las barcas amarradas en el puerto cuando eran sacudidas por las olas. Se estremeció cuando la brisa le trajo el olor del mar y los barcos.

Guetaria se alzaba sobre la costa y un tómbolo que había unido la isla de San Antón, a la que los lugareños denominaban monte del Ratón por la caprichosa forma que tenía y que asemejaba al pequeño roedor. El puerto estaba en la costa oriental del tómbolo, al nivel del mar, mientras que la población se extendía en las alturas de la abrupta cornisa en que remataba la costa y las laderas del monte de San

Antón. Sus calles eran rectas y bien trazadas, pero eran frecuentes las escaleras para salvar los desniveles.

El caserío contaba con algunas casas torre labradas en piedra y construidas para poder defenderse en los tiempos de incertidumbre y peligros. Varias estaban en la calle de San Roque, santo que tenía mucho predicamento en la zona. La iglesia parroquial estaba dedicada a San Salvador, el patrón de Guetaria. La torre que albergaba su campanario se veía desde la distancia elevarse por encima del caserío. Bajo la iglesia se abría un túnel que terminaba en una empinada escalera que permitía salvar el desnivel de aquella parte de la villa y la zona del puerto.

Cuando pisó la calle Mayor algunos vecinos lo miraron, primero dubitativos, luego con cara de sorpresa y sin atreverse a decir algo, hasta que uno de ellos gritó:

—¡Es Juan Sebastián! ¡Juan Sebastián Elcano, el hijo de Catalina! ¡El capitán Elcano ha venido al pueblo!

A las exclamaciones de asombro siguieron los gritos de júbilo que, poco a poco, fueron ganando intensidad. Sus paisanos habían sentido un legítimo orgullo cuando tuvieron noticia de que uno de ellos era quien mandaba la nao que había dado la primera vuelta a la Tierra. Elcano enfiló la calle donde estaba la casa de su familia acompañado por varias docenas de vecinos. Había gente que salía a la puerta de sus casas, mujeres que se asomaban a los balcones y ventanas. Alguien se había adelantado y dado aviso a su madre. Catalina del Puerto lo esperaba en medio de la calle, acompañada de su hija Inés. Su figura, completamente vestida de negro, imponía. Era una mujer de mucho temple y la muerte de su marido, dejándola viuda con nueve hijos, había terminado de forjar su carácter. Poseía algunos bienes de fortuna, pero tuvo que trabajar muy duro para sacar a sus hijos adelante. Esa circunstancia había marcado su vida y la había convertido en el centro de su familia, en la que eran muy pocas las cosas que escapaban a su control. Era muy exigente consigo misma y esa exigencia la hacía extensiva a quienes formaban parte de su familia. Sus hijos no tomaban iniciativas sin su autorización. Había apoyado a Juan Sebastián cuando contrató su carraca a la Corona y había dado el visto bueno a que tomase el crédito para hacer frente a los gastos ofreciéndola como garantía a aquellos banqueros, a los que se refería como sanguijuelas. Había montado en cólera cuando supo que la justicia le seguía los pasos por haberse visto obligado a enajenar la carraca. Era ella quien le había animado a marchar a Sevilla y enrolarse en alguna de las expediciones que desde aquella ciudad partían para las Indias. Ahora se sentía orgullosa de su hazaña, que consideraba como cosa propia.

Elcano, al ver a su madre, se detuvo un momento. Estaba tan delgada como siempre, tenía el pelo más blanco que la última vez que la vio, pero la piel de su cara se mantenía tan tersa como la recordaba. Soltó el hato y, sin decir palabra, se abrazaron. Catalina del Puerto, que era mujer dura, no pudo evitar que las lágrimas asomasen a sus ojos cuando los fuertes brazos de su hijo la apretaron. A Elcano se le formó un nudo en la garganta. En la calle, a los gritos de júbilo había sucedido un silencio que rompió el marino cuando, abriendo uno de sus brazos, apretó también a su hermana, que rompió a llorar. Cuando el abrazo familiar se deshizo, volvieron los gritos y vítores.

Saludó a algunos conocidos que lo felicitaban abrazándolo o dándole golpes en la espalda. Antes de entrar en su casa, apareció por la calle su hermano Domingo, clérigo en la parroquia de San Salvador. Sobrado de libras porque era amigo del buen comer, llegó resoplando porque había acelerado el paso mucho más de lo que solía cuando recibió aviso de que Juan Sebastián estaba en Guetaria.

—¡Se te ve bien, Domingo! —exclamó Elcano al verlo, abriendo los brazos para recibirlo—. ¡Con algunas libras más que la última vez! ¡Eso es buena señal!

—Tú estás mucho más delgado y eso no puede ser. Ya se encargará el *ama* de arreglarlo.

Se fundieron en un abrazo y el cura, al que le costaba recuperar el resuello, le susurraba al oído, procurando que nadie más lo oyera:

—Tienes los cojones bien puestos. Sí, señor. ¡Cómo habría disfrutado el *aita* de este momento!

Entraron en la casa, que se había llenado de gente. En Guetaria se tuvo conocimiento, poco después de que la *Victoria* arribase a Sanlúcar de Barrameda, de que su capitán era vecino de la villa. Los viejos marinos, que a diario bajaban al puerto y se juntaban en las dos tabernas que había para hablar de sus cosas, que eran las cosas de la mar, se habían sentido orgullosos de la hazaña.

Durante un buen rato la casa de los Elcano, por donde desfiló gran parte del vecindario, incluido el alcalde, estuvo alborotada. Cuando quedó sólo la familia —habían llegado otros dos hermanos: Antón y Martín, y su prima Isabel del Puerto—, su madre le preguntó:

—¿Has comido?

—Poco.

Bastó una mirada suya para que Inés e Isabel se pusieran manos a la obra. En poco rato, mientras Elcano deshacía el hato y se lavaba algo más a fondo de lo que lo había hecho los días de camino, prepararon un festín. Sobre la mesa de la amplia cocina, que había sido cubierta con un mantel de lino, había media docena de escudillas rebosantes de comida y el ambiente se había impregnado del olor a pan que, recién amasado, estaba cociéndose en un pequeño horno. Habían dispuesto lomo del que se conservaba en manteca, queso curado que traían de Idiazábal, donde lo hacían los pastores con la leche de sus ovejas, costillas adobadas y unas perdices escabechadas que Catalina preparaba con una antigua receta familiar. En la lumbre hervía ya un puchero con una merluza que aquella mañana habían comprado en el puerto a unos pescadores que acababan de desembarcarla.

Cuando se sentaron a la mesa, todos pidieron que les contara cómo había sido aquel viaje, también cómo era la vida en la Corte y qué le había dicho el rey. Elcano sacó del estuche de cuero el mapa que le había hecho Reinel —no era el de la magnífica vitela que había comprado en la plazuela de los Leones, pero era un trabajo extraordinario—, despejaron parte de la mesa y les explicó algunas de las peripecias del viaje. Quería que aquel mapa quedase en la familia como recuerdo. Luego no paró de hablar durante más de dos horas y soportó las chanzas de sus hermanos a cuenta del blasón que Carlos I le había concedido y se dirigían a él como vuesa merced. Satisfecha la curiosidad, fue él quien hizo algunas preguntas.

—Inés, ¿dónde anda tu marido?

—Santiago se hizo a la mar la semana pasada y yo me vine a pasar estos días con el *ama*. Espero que esté de vuelta en tres o cuatro semanas.

—Eso no se sabe nunca.

Acababan de llevar a la mesa la merluza y la madre se disponía a repartirla, cuando sonaron unos golpes en la puerta.

—¿Quién será ahora?

Martín fue a la puerta y regresó acompañado de una joven espigada, de cabello trigueño, ojos azules de mirada risueña y una expresión alegre. Elcano se quedó mirándola, sin pestañear. Era una belleza. Ella, al sentirse observada, bajó la vista.

—Esta es María de Ernialde, ha venido a traerte un bizcocho.

—¡Es quien mejor los hace en Guetaria! —exclamó el cura.

—Es la receta de mi abuela —dijo ella, avergonzada con la alabanza.

—La mejor amiga de mi madre —añadió la madre de Elcano—. ¡Siéntate con nosotros!

—Tengo prisa, Catalina. Os lo agradezco. Muchas gracias.

—¡Anda y siéntate! Mi hijo nos está contando cosas… maravillosas.

—Me quedaré sólo un ratito.

—¡Cuéntale, cuéntale a María cómo fue tu encuentro con el rey!

Elcano repitió detalles de la audiencia pública en la que le otorgó un escudo de armas, sin dejar de mirar a María con la excusa de que volvía a contarlo para ella. La joven bajaba la mirada y notaba que su cara se cubría de arrebol cuando se encontraba con los ojos del marino.

Terminada la historia María se levantó, se despidió a toda prisa y se marchó con el corazón palpitándole tanto que creía que iba a salírsele por la boca.

—¿Es la hija de Martín de Ernialde? —preguntó Elcano.

—Sí —respondió su madre—. Es hacendosa y linda.

—Linda no —corrigió Elcano—, muy linda.

En la larga sobremesa se enteró de algunas novedades acaecidas en Guetaria durante su ausencia. Él contó muchas historias que dejaban boquiabiertos a sus familiares. La prima Isabel se marchó cuando sonaron las campanas de San Salvador, dando el toque de oración. Encendieron velas y candiles cuando anocheció y sólo al filo de la medianoche, cuando la madre dijo que estaría agotado, se deshizo la reunión familiar.

A Elcano le costó trabajo conciliar el sueño, pese a que la noche anterior había dormido mal en el patio de la herrería de Éibar. No podía dormir, quien le quitaba el sueño se llamaba María... de Ernialde.

XXXV

Los siguientes días transcurrieron apacibles y tranquilos. Serenaba su ánimo encontrarse en su pueblo, donde se sentía acogido y arropado por familiares, amigos y conocidos. Vecinos con los que nunca había tenido trato lo saludaban con afecto por la calle y las mujeres cuchicheaban a su paso. En Guetaria se encontraba alejado de las tensiones de la Corte, pero no olvidaba lo que le había dicho el secretario de Indias sobre lo importante que era anudar alianzas y concertar relaciones con gentes de su tierra.

No dejaba de dar vueltas al hecho de que el hijo que María Vidaurreta llevaba en el vientre fuera suyo. Habían holgado y ella se quedó preñada. Águeda averiguó que no era moza desvergonzada y que no habría yacido con otros hombres, pero después de lo ocurrido con Matías tenía perdida la confianza que había de presidir una relación entre esposos. Por otro lado, ella se había entregado sin compromiso alguno. No le había dado palabra de matrimonio, algo que aprovechaban muchos hombres para lograr lo que pretendían y luego no se sentían obligados a cumplir su palabra. Eso era origen de muchos altercados y hasta enfrentamientos sangrientos por lo que suponía de deshonra para la mujer y para el honor familiar, que se consideraba ultrajado. Por encima de todas aquellas consideraciones estaba la atracción que sentía por María de Ernialde —no la podía apartar de su cabeza—, a la que buscaba, con poco éxito.

Pasaba los días en comidas familiares, contando una y mil veces avatares de la expedición y las dificultades que arrostró como capitán de la *Victoria*, y visitando algunos caseríos donde vivían amigos, conocidos y familiares. Estaba muchas horas en el puerto alternando su presencia en las dos tabernas que frecuentaban los marineros. Allí la gente se agolpaba para oírlo. Había jóvenes, a los que apenas les apuntaba el bozo, cuyo mayor deseo era enrolarse en alguna tripulación, y hombres experimentados en las cosas de la mar que, por alguna razón, no estaban embarcados. También viejos lobos de mar con mucha experiencia, pero a los que la edad les pedía cuentas.

Le gustaba verse rodeado de aquella gente. Se sentía a gusto y no tenía empacho en repetir algunas de las historias que ya había contado. Le pedían detalles sobre las mujeres que no usaban vestidos. El deseo brillaba en los ojos de todos y algunos se relamían imaginando algo que ni las mentes más exuberantes habían imaginado.

—¿No exageráis cuando decís que estaban tal y como las parió su madre? —preguntó un viejo marinero de blancas y luengas barbas.

—Algunas llevaban un trapillo que apenas les tapaba el coño. Pero otras en puros cueros o sólo un adorno de plumas en la cabeza.

—¿Sólo unas plumas en la cabeza? —preguntó con cierta incredulidad un viejo desdentado.

—Sólo eso —ratificó Elcano.

—¿Con las tetas y todo lo demás a la vista?

—Todo a la vista.

—¿Se dejaban catar? —preguntó otro con la lujuria en sus ojos.

—A cambio de alguna chuchería.

—¡Por san Salvador bendito! ¿Por qué no pasarían esas cosas cuando yo era más joven?

—¿Cuándo zarpará la escuadra que viajará por esas tierras? —preguntó un joven fornido y que tenía la cabeza monda y brillante.

—No hay fecha. Quienes estén interesados deben hacérmelo saber.

—¿Se sabe algo de la paga y cuánto se recibiría de adelanto?

—Es pronto para tratar de esas cosas. Pero la paga está garantizada y el adelanto también.

—No me fío. La hacienda real paga tarde y mal. Vos lo habéis sufrido en propias carnes —apuntó uno que tenía una mejilla desfigurada por una horrible cicatriz que le bajaba desde la sien hasta el cuello.

—Esta expedición cuenta con recursos de importantes hombres de negocios. Con las especias se mueve mucho dinero.

—¿Dónde quedan esas islas? —el que preguntaba era un hombre de mediana edad que tenía una poblada barba gris.

—Están en lo que los geógrafos llaman las antípodas...

—No me refiero a eso. Pregunto si quedan en las aguas portuguesas o en las nuestras.

—En las nuestras —respondió Elcano con seguridad.

—Yo he oído decir que no, cuando el año pasado estuve en la temporada del bacalao en las costas gallegas.

—Los portugueses afirman que quedan en su hemisferio...

—¿En su hemi... qué?

—En la parte de la Tierra que les correspondió en un tratado que firmaron en Tordesillas. Pero no tienen razón. Niegan la posesión de esas islas para nuestro rey porque el negocio en ello es muy muy grande. Hay mucho dinero en juego. La nueva expedición asentará el dominio de nuestro rey en esas islas. —Elcano apuró el vino de su jarrilla y, antes de abandonar la taberna, dijo alzando la voz—: Estaré aquí algún tiempo. Quienes tengan interés en enrolarse que me lo digan.

—¿Mandaréis vos esa escuadra?

Elcano se encogió de hombros.

—El cargo de capitán general de la escuadra lo designará el rey.

—Después de darle la vuelta al mundo debería encomendároslo. Nadie puede presentar mayores méritos.

Elcano se limitó a sonreír, al tiempo que un marinero con aspecto de viejo lobo de mar comentó en voz alta, para que todos lo oyeran:

—Esos cargos no siempre se dan a quienes tienen mayores méritos.

En las semanas siguientes, Elcano visitó Zarauz y Zumaya, que estaban a poco más de una legua. También habló con algunos patrones de Orio y de Deva, con viejos lobos de mar, algún armador y muchos jóvenes que, cuando se enteraban de quién era, lo escuchaban embobados. Su hermana Inés estaba cada vez más nerviosa, pese a que los retrasos en la mar eran algo habitual. Su marido, Santiago Guevara, no regresó hasta dos semanas después de lo previsto. Cuando apareció por Guetaria, al día siguiente de haber llegado a Zarauz, en la casa de Catalina del Puerto se vivió una jornada de alegría. Se añadió que la pesca había sido excelente.

El cuñado de Elcano, oriundo de Mondragón, era propietario de un patache de cincuenta toneladas, el *Santiago*. Se dedicaba a la pesca del bacalao y tenía parte de un negocio de salazones que no dejaba de prosperar. Su familia tenía un honesto pasar y era un excelente marino, no como quienes alardeaban en las tabernas donde la fuerza se les iba por la boca. Tras una comida que estuvo acorde con la celebración que se vivía en la casa, Elcano hizo un aparte con él y hablaron de algunas de las cosas que habían vivido en todo el tiempo que no se habían visto.

—El rey organizará pronto una escuadra que seguirá la misma ruta por la que hemos llegado a las islas de las Especias.

Guevara lo miró fijamente, a los ojos.

—¿Mandarías una armada real?

—Es posible.

—No te entusiasmes demasiado. Careces de linaje.

—¡He hecho esa ruta! ¿Quién más puede decirlo? Si el rey entregó el mando de una escuadra a Magallanes, ¿por qué no a mí?

—Ya te lo he dicho…, no tienes linaje. Esos cargos son para gentes con estirpe. Muchas veces se dan a relumbrones que no tienen capacidad.

—El rey me ha concedido un escudo. ¡Eso me ennoblece!

—No vayas tan de prisa, cuñado. Tú mismo acabas de decirme que no te han dado el hábito de Santiago. Eso sí sería una prueba de ennoblecimiento. Pero… dime, ¿esa escuadra tiene ya fecha para su partida?

—Todavía no. El rey ha decidido que no zarpe hasta que se celebre una junta con los portugueses.

—¿Por qué?

—Porque no quiere problemas con Lisboa. Se está negociando el matrimonio de su hermana con el rey de Portugal y lo que se oye decir en la Corte es que además él quiere casarse con su hermana doña Isabel. Lo que puedo decirte es que todo lo relacionado con las especias y su comercio va a centrarse en La Coruña. Será de allí de donde parta esa escuadra.

—¿Por qué La Coruña?

—Por lo que he podido saber, el rey paga a algunos magnates el favor que le hicieron en Galicia durante la pasada guerra.

—Estás viendo… Así es como se toman ciertas decisiones.

—La Coruña está muy bien situada para la distribución de las especias en los mercados del norte. Mucho mejor que Sevilla e incluso mejor que Lisboa, que es donde ahora está la cabecera de ese negocio.

—¿Los beneficios de las especias son tan grandes como dicen?

—Aún mayores, Santiago, aún mayores. Con el clavo que venía a bordo de la *Victoria* se pagaron todos los gastos de aquella armada y quedó un beneficio importante. Esa es una de las razones por las que te propongo que participes en esa expedición.

—¿Quieres que me embarque?

—Te propongo que aportes el *Santiago*. Ese patache es un buen barco. Tu participación en los beneficios será mayor al ser también armador.

Se acarició el mentón. Sopesaba la propuesta de su cuñado.

—Acepto, con una condición. Seré el capitán de mi barco. No aportaré el *Santiago* para quedar bajo las órdenes de otro. Mantendremos esto en secreto algún tiempo. A tu hermana no le gustará oír que me embarco de nuevo. Acabo de regresar a tierra.

—Tardaremos muchos meses en zarpar. Al menos pasará un año.

—Conozco a mi mujer y no quiero problemas.

—Serás tú quien ponga fecha al anuncio.

Durante varias semanas Elcano frecuentó los lugares en los que era habitual la presencia de marineros. En todas partes lo acogían con mucho respeto. Haber dado la primera vuelta al mundo eran palabras mayores y más entre quienes conocían en sus propias carnes lo que suponía adentrarse en los océanos y los peligros que se arrostraban, incluso conociendo las aguas. Empezó a anudar compromisos y no fueron pocos los que dijeron que con él irían hasta las mismísimas puertas del infierno.

Su deseo por estar con María de Ernialde no paraba de crecer, pero la joven apenas se dejaba ver. La había visto alguna vez entrar en la iglesia a la primera misa. Iba con su madre y no veía el momento de acercarse. Había hecho partícipe de sus sentimientos a su prima Isabel del Puerto, con quien mantenía una relación muy estrecha y ahora era su confidente.

—No puedo quitármela de la cabeza. Pero apenas se la ve por la calle.

—Es muy hogareña y, desde que murió su padre, está muy pendiente de su madre. Pero ella está enamorada de ti.

—¿Enamorada? ¿Cómo lo sabes?

—¡Qué palurdos sois los hombres! ¿No te has fijado cómo se pone cuándo te ve?

—¡Pero si apenas nos hemos visto…!

—Déjalo de mi cuenta. Muy pronto tendrás ocasión de verla.

—¿Qué vas a hacer?

—Te he dicho que lo dejes de mi cuenta.

La casa de Catalina del Puerto estaba muy lejos de ser una mansión, pero tenía acomodos suficientes para albergar a sus numerosos hijos —nueve contando a Juan Sebastián: siete hombres y dos mujeres— con cierta holgura. Por eso era el centro de las celebraciones familiares de los parientes que estaban en Guetaria. El día de Todos los Santos, en que era costumbre que las familias se reunieran a cenar para celebrar aquella festividad en que se tenía un recuerdo especial a los difuntos y se rezaba por sus ánimas, era allí donde se reunía la familia. A Elcano le sorprendió ver que, además de familiares próximos como su tío Juan del Puerto y su prima Isabel, iban a compartir mesa con María de Ernialde y su madre. Miró a su prima y ella le dedicó una sonrisa cómplice.

Fue allí donde había acordado con su cuñado anunciar que Santiago Guevara participaría en la nueva expedición para ir a las islas de las Especias. Su mujer, que estaba sirviendo la sopa de pescado, se quedó inmóvil.

—¿Cuándo será eso?

—Tu hermano te responderá.

—No será antes de un año, tal vez dos. Preparar ese viaje es complejo.

—Y peligroso —añadió Inés antes de seguir sirviendo la sopa.

Su hermano Antón, que se había quemado la lengua con la primera cucharada de sopa, relajó el ambiente.

—Háblanos de ese viaje.

En su explicación Elcano no dejaba de dirigirse a María quien, pudorosamente, apenas levantaba la mirada del plato.

Cuando terminó, su hermano Martín, sin pensárselo mucho, le dijo:

—Si necesitas un buen piloto, aquí me tienes.

—Como sigamos así, esa…, esa expedición va a ser un asunto de familia —murmuró Inés, que seguía malhumorada.

—Creo que sí porque a mí también me gustaría enrolarme en alguno de los barcos —señaló Antón.

—¿No hay otras cosas de las que esta familia hable que no sea de formar parte de esa expedición? —Catalina del Puerto miró a Elcano y en tono admonitorio le espetó—: ¿¡Tú no has tenido bastante ya con haber estado a punto de morir no sé cuántas veces!? ¡Mejor podrías pensar en formar una familia —miró a María— como Dios manda!

—*Ama*, esas no son cosas incompatibles. —Elcano también miró a María—. Se puede ser buen marino y buen esposo.

Cerca de la media noche, tras una larga sobremesa en la que no volvió a hablarse de cosas de la mar, María y su madre se despidieron. Elcano no desaprovechó la ocasión.

—Es muy tarde. Si no tenéis inconveniente —se dirigió a la madre, que se llamaba Ana—, os acompañaré hasta vuestra casa.

No necesitaron ninguna clase de fanal para caminar en medio de la noche. Conocían bien el lugar y una espléndida luna daba luz para andar sin temor a un tropiezo u otro percance. Cuando llegaron a la puerta de la casa, la madre, haciendo gala de mucha discreción, se despidió.

—María no te entretengas demasiado. Es muy tarde. Muchas gracias por la gentileza de acompañarnos.

Apenas hubo entornado la puerta...

—No es fácil localizaros...

—No habrá vuesa merced buscado la forma adecuada... —le respondió María con una sonrisa—. Guetaria no es tan grande.

—¡Por san Salvador bendito que os he buscado!

—¿Por qué lo habéis hecho?

—Porque no he dejado de pensar en vos desde que os vi.

María agachó la cabeza, pero Elcano la tomó de la barbilla y la besó en la boca. Ella se sonrojó y evitó el abrazo que pretendía darle, escabulléndose hacia el interior de la casa.

—¿Cuándo volveré a veros? —Más que una pregunta era una súplica.

—No lo sé —le dijo con otra sonrisa y la respiración agitada, antes de cerrar la puerta.

Al llegar a su casa, su tío y su prima Isabel se habían marchado y algunos de sus hermanos se habían retirado. Su madre permanecía despierta y también Domingo. Ella estaba sentada en el mismo sillón, a la cabecera de la mesa, desde el que había presidido la cena familiar.

—¿Qué tal María? —le preguntó su hermano—. Es buena cristiana.

—No sólo es buena cristiana, es la hija de Salvador de Ernialde, que Dios haya en su gloria —añadió su madre—, el mejor amigo de tu padre, a quien Dios haya acogido también en su santo seno. Y es moza muy hacendosa.

—Y bellísima —Elcano acercó un escabel al sillón de su madre.

—Sabía que andabas tras ella cuando tu prima Isabel me dijo que la invitase. A ella y a su madre. Las he invitado porque su padre era como un hijo para el tuyo. ¡Lástima que muriese tan joven! ¿Te has planteado dejar esas expediciones con la que estás engatusando a media familia y fundar un hogar? ¡Un hogar como Dios manda! Con esa pensión que el rey te ha otorgado puedes darte una buena vida y tener cuantos hijos quieras. ¿Cuánto me has dicho que era?

—Quinientos ducados cada año.

—¡Jesús, María y José! —exclamó su hermano—. ¡Quinientos ducados anuales!

—Mi vida está en la mar, *ama*. Lo llevo en la sangre. ¿Queréis verme casado?

—Sí, eso es lo que quiero. También que sirvas al rey, pero no olvides que tus raíces están aquí, en nuestro pueblo.

—¿María de Ernialde os parece una buena elección?

—¿Crees que la habría invitado si no me lo pareciera? Pese a la amistad que unía a tu padre con el suyo, no habría accedido a lo que me pedía tu prima si fuera una vivales. Si quieres verla, madruga mañana. Como es la misa de difuntos, seguro que acude a San Salvador, a la misa primera.

—Es a las siete —indicó Domingo.

XXXVI

Sonaban las campanas de San Salvador cuando Elcano entraba en el templo. La iglesia estaba abarrotada. Buscó a María con la mirada y la vio junto a su madre, cerca del presbiterio. El nuevo vicario —Domingo le había comentado que llevaba poco más de un mes en Guetaria—, un navarro llamado don Gaspar de Arechavaleta, apareció por la puerta de la sacristía rodeado de monaguillos. Elcano, abriéndose paso como buenamente pudo, logró acercarse hasta donde estaba María y le susurró al oído:

—Buenos días nos dé Dios.

Ella le sonrió.

Apenas prestó atención a la misa. Respondía a los rezos del oficiante, murmurando mecánicamente los latinajos que había aprendido de niño en la escuela parroquial. Su pensamiento estaba en María y sólo tenía ojos para ella. Únicamente prestó la atención debida cuando se arrodilló en el momento de la consagración. Ella, por el contrario, siguió con devoción la misa y apenas le dirigió un par de miradas, aunque sólo Dios sabía lo que estaba pasando por su cabeza. Cuando salieron a la plaza que se abría a la puerta del templo, Elcano saludó a la madre, que se despidió rápidamente aduciendo que había de resolver un asunto urgente. Aquella era una magnífica señal.

—¿Tendríais inconveniente en que os acompañara?

María, como si pretendiera leerle el pensamiento, lo miró a la

311

cara, sorprendiéndolo. A Elcano casi le costó trabajo sostener la mirada a aquellos ojos de un azul intenso. Por un momento, vino a su mente María Vidaurreta, a la que casi había borrado de su cabeza en las últimas semanas.

—¿Cuáles son vuestras intenciones?

Elcano apenas pudo disimular su sorpresa.

—¿Mis…, mis intenciones?

—Sí, vuestras intenciones. ¿Por qué queréis acompañarme?

—Bueno…, anoche…

—Anoche fuisteis muy caballeroso. Pero lo que queréis ahora…

—No os basta lo que os dije.

En los labios de María apuntó un amago de sonrisa con la que trataba de ocultar sus nervios. El corazón le latía con tal intensidad que apretó con el puño la pañoleta con que cubría su cabeza para disimular la agitación que sacudía su pecho. Como le ocurriera la noche anterior, poco a poco, perdía el fuste con que había iniciado la conversación.

—Recordádmelo.

—Os dije que… desde que os vi no he dejado de pensar en vos.

—Y eso…, ¿qué significa? —Apenas le salía la voz.

Elcano, acostumbrado a tomar decisiones rápidas, no lo dudó.

—Os amo… Os amo desde el día que llegué a Guetaria.

A María iba a salírsele el corazón por la boca.

—Podéis acompañarme, pero deberéis hablar con mi *ama*.

—Vayamos ahora —la urgió Elcano.

—Antes he de comprar algunas cosas.

Caminaron entre los tenderetes que en la plazuela se habían alzado en muy poco rato. Allí acudían los vendedores el día de mercado; venían de los caseríos cercanos y traían verduras, mantequilla, quesos, huevos, gallinas, palominos, conejos… María compró algunas verduras con las que fue llenando el cesto con el que había estado en la iglesia. En la tahona de Avinareta compró una hogaza grande, cuyo olor a pan recién hecho levantaba el apetito. Luego bajaron la escalinata que conducía a la rada donde encontraban abrigo las pequeñas embarcaciones de los pescadores y, después de un pequeño regateo, compró un bacalao mediano, recién pescado.

La gente que los veía cuchicheaba. Muchos daban por seguro que había un casamiento a la vista. María lo invitó a entrar en la casa, donde su madre se encontraba desplumando una vieja gallina de las que, al haber dejado de poner, estaban destinadas a darle cuerpo y sabor al caldo del puchero. Aguardaba a que se calentase la plancha para acometer la montaña de ropa de los Ortúzar que ella y María habían lavado el día anterior. Aquella faena —aderezar ropa de las familias más acomodadas— y cultivar la parcela de tierra que a las afueras del pueblo poseían conformaban el sustento de la madre y la hija desde que su esposo falleció como consecuencia de un accidente.

—*Ama,* el hijo de Catalina del Puerto —Elcano estaba acostumbrado a que en Guetaria era para muchos el hijo de su madre— quiere hablaros.

Dejó la tarea y se limpió las manos en el mandil, sin dejar de mirar cómo le brillaban los ojos a su hija.

—¿A qué debo vuestra visita? —le preguntó con formalidad.

—Veréis…, yo…, yo quisiera acompañar a María y desearía contar con vuestra aprobación.

—¿Deseáis… cortejarla?

—Así es.

—¿Son honorables vuestras intenciones?

—Lo son.

—Bien…, si ella es conforme —miró a María que asentía con la cabeza—, contáis con mi bendición.

Durante el almuerzo, Elcano anunció a su familia que había formalizado su relación con María de Ernialde. Hubo exclamaciones de júbilo, palmadas en la espalda y Sebastiana, su otra hermana, e Inés lo besaron en las mejillas.

—¿Para cuándo tenemos casorio?

—No tan deprisa, Domingo.

—Si te vas a embarcar en esa expedición…

Para Elcano los días siguientes fueron un tiempo de felicidad como no había conocido antes. Al respeto de sus vecinos se añadía que un par de armadores se habían interesado por la expedición: estaban dispuestos a aportar sus barcos si las condiciones eran aceptables. También había cerrado acuerdos con cerca de medio centenar de marineros dispuestos a enrolarse en la expedición, que marcharían a La Coruña cuando les llegase el aviso de que la armada estaba siendo aprestada. Pero su mayor felicidad tenía un nombre: María. La joven era mujer decidida y enérgica, lo que no era obstáculo para mostrar una dulzura que embelesaba al marino. Era recatada y no lo dejaba ir más allá de lo que el decoro permitía.

Vivió con intensidad el día de San Martín en que, como cada año, en casa de Catalina del Puerto se celebraba la matanza de los cerdos. Era, en gran medida, una fiesta familiar en la que se trabajaba mucho, sobre todo las mujeres de la familia, vecinas y allegadas. Ninguna de ellas debía estar en los días de la menstruación porque, según se aseguraba, si tocaban la carne, los embutidos que se preparaban con ella se echaban a perder. Fueron invitadas María de Ernialde y su madre. Esos días, por lo general tres o cuatro, también eran días en los que no se paraba de beber, comer y cantar, principalmente los hombres, porque las mujeres tenían mucha faena por delante. La rutina que habitualmente presidía la vida en el hogar de Catalina del Puerto se veía alterada.

La víspera de San Andrés, festividad con la que se cerraba el mes de noviembre, deparó una tarde templada —más de lo habitual en aquel tiempo—, con un sol tibio que calentaba el ambiente. María y Elcano, que paseaban por las afueras de Guetaria, se sentaron bajo un enorme olmo que había en un recodo del camino a Zumaya. Elcano, después de besarla suavemente en los labios, tomó su mano… y se tutearon por primera vez.

—Me gustaría compartir mi vida contigo

—¿Me estás pidiendo matrimonio?

—Dispongo de bienes de fortuna para mantener una familia. El rey me ha otorgado una pensión para tener una vida holgada.

—Sin embargo, hablas continuamente de viajes, de embarcar…

—Soy un hombre de mar.

—Pero los viajes a los que tú te refieres no son los viajes…, bueno, no hablas de ir a pescar bacalaos al atardecer o hacerte a la mar algunas semanas en busca de ballenas. Lo que te atrae es viajar por mares extraños y encontrar alguna de esas tierras misteriosas de las que tanto se habla ahora. Navegar por aguas desconocidas... Si dentro de unos meses te marchas, ¿cuándo volvería a verte?

—Te amo y quiero que seas mi esposa —fue la respuesta de Elcano, antes de volver a besarla, ahora con más pasión.

—Aunque mi vida sea un sufrimiento aguardando una y otra vez que regreses, seré tu esposa. Lo he deseado desde que llegaste al pueblo. Ese día me enamoré de ti.

María se abrazó a él y se olvidó del decoro mantenido hasta aquel momento. Se cobijaron en un cobertizo que había a pocos pasos y allí, sobre un montón de heno, se amaron con pasión. Aquel olmo que había en un recodo del camino de Zumaya fue testigo del amor que se profesaron.

Era bien entrada la tarde cuando, después de aderezarse las ropas, regresaron a Guetaria. Elcano acompañó a María hasta su casa, donde no entró para decir a la madre que acababa de hacer promesa de matrimonio a su hija. María insistió en que mejor se lo diría ella. Cuando apareció por su casa encontró a su madre preparando la cena.

—He dado a María palabra de matrimonio.

Su madre lo bendijo haciéndole con los dedos una cruz en la frente.

—María es hacendosa y virtuosa. Me alegra que ella sea la madre de mis nietos.

La festividad de la Concepción de la Virgen fue día de reunión familiar en casa de los Elcano. En aquella fecha se sacaba el mosto para elaborar el vino que llamaban chacolí. Se celebraba esa festividad porque eran muchos los fieles que sostenían que María era inmaculada desde el momento de su concepción y que no estaba estigmatizada con el pecado original con el que nacían todos los mortales. Era cierto que la Iglesia no lo había establecido como una verdad en la que había de creerse, pero se toleraba aquella fiesta el 8 de diciembre, pese a que parte del clero no admitía la inmaculada concepción de María.

Franciscanos y dominicos sostenían una dura pugna. Mientras los primeros abogaban para que fuera declarado dogma de fe, los segundos, que controlaban el poderoso aparato inquisitorial, no estaban de acuerdo. Pero la familia de Catalina del Puerto celebraba aquella fecha tanto por los asuntos religiosos como porque el mosto procedente de las uvas de unas viñas que poseían en el término de Zumaya estaba en sazón para ser trasladado a unos grandes recipientes donde tomaría cuerpo el chacolí, en los meses siguientes. Los Elcano, a diferencia de otras familias que lo hacían casi un mes antes coincidiendo con la festividad de San Martín, cuando se mataban cerdos, preferían retrasarlo. Catalina del Puerto decía que cada cosa tenía su día.

Elcano y María aprovechaban cada vez que les era posible para dar rienda suelta a su pasión. Ella, que se había mostrado antes muy recatada, respondía, tras haberle pedido matrimonio, a los requerimientos de él. Catalina del Puerto estaba contenta porque era posible que por la vía matrimonial se fuera olvidando su hijo de aquellas expediciones que, ciertamente, daban prestigio y honraban el buen nombre de la familia, algo a tener en mucha consideración, pero que también suponían un serio peligro. Con un escudo de armas, una pensión de quinientos ducados y el prestigio alcanzado tenía ya un sitio preferente en la sociedad sin necesidad de exponerse a peligros e incertidumbres.

Los días pasaban deprisa y llegó la Navidad en que, como era costumbre, las familias volvían a reunirse en torno a la mesa para celebrar la Nochebuena en que los cristianos recordaban el nacimiento del Niño Jesús. También se celebraba la llegada del nuevo año con una comida especial en que la casa de Catalina del Puerto volvía a convertirse en el centro de la reunión familiar. Cuñados, tíos y primos eran invitados a ella. A Elcano le hubiera gustado que María y su madre se sentasen a la mesa, pero ni siquiera lo planteó. A diferencia de otras celebraciones, la primera comida del año era una reunión estrictamente familiar, y los Ernialde se reunirían con los suyos. Tras los abundantes entrantes que durante el día habían preparado Inés y Sebastiana y de un caldo de gallina con tropezones, empezaban a dar cuenta de un enorme besugo que Elcano y su hermano Domingo habían comprado la víspera, cuando el marinero que lo había pescado lo mostraba como si se tratase de un trofeo. Pagaron por él unos buenos reales, pero la ocasión lo merecía. Corría abundante el chacolí y todos dedicaban alabanzas al enorme pescado que la madre había llevado a asar aquella mañana a la tahona de Avinareta y había recogido poco antes de dar comienzo el almuerzo. La comida transcurría animada cuando sonaron unos fuertes golpes en la puerta. Cesaron los gritos, las voces se apagaron y se impuso un extraño silencio que sólo rompía el crepitar de los leños que ardían en la chimenea.

—¿Quién podrá ser? —La madre había fruncido el ceño.

Un correo había traído una carta para Juan Sebastián Elcano, y lo que acababa de leer, ante la mirada atenta de su familia, lo había puesto tenso. En sus manos, el pliego se agitaba levemente.

Ante su silencio, fue la madre quien preguntó:

—¿Vas a decirnos quién te escribe y qué pone en esa carta?

Dobló cuidadosamente el pliego y respiró profundamente, como si necesitase tomar aire para hablar.

XXXVII

—Quien me escribe es don Francisco de los Cobos.

—¿Quién demonios es ese? —preguntaron varios a coro.

—Uno de los secretarios del rey.

Justo entonces sonaron, otra vez, fuertes golpes en la puerta.

—¡Por los clavos de Cristo! —exclamó Antón—. ¿Qué diablos ocurre hoy? Aguarda, hermano. Voy a ver quién llama así en una casa decente.

Regresó al instante.

—Otro mensajero que pregunta por ti.

Elcano se encontró con otro correo de la Corte.

—Dispensadme la hora, señor. Pero las instrucciones recibidas fueron que no debía perder un instante hasta poner estos pliegos en vuestras manos.

—Estáis dispensado. ¿Venís de Valladolid?

—Sí, señor. Salí hace tres días, al amanecer. He recorrido las cincuenta y ocho leguas que hay hasta aquí sin detenerme más que a dormir cuando la noche se me echaba encima y para dar algún refresco a los caballos mientras comía algo.

—¿Tenéis dónde pasar la noche?

—No os preocupéis, señor. Quienes nos dedicamos a este oficio tenemos recursos para solventar esos menesteres.

Cuando Elcano regresó a la cocina los comentarios de su familia se apagaron inmediatamente como si alguien hubiera pedido silencio.

—Otro correo de la Corte —dijo, mostrando la carta.

—¿Puede saberse qué ocurre para que te busquen de esa forma? —dijo su madre al tiempo que Elcano rompía los lacres que aseguraban el pliego.

Leyó, en medio de un silencio expectante.

—Viene a decir lo mismo que la anterior.

—¿Lo mismo por dos conductos? —preguntó Domingo.

—La primera me la envía don Francisco de los Cobos. Me dice que el emperador viene a Vitoria. Quiere que, sin pérdida de tiempo, yo vaya allí.

—¿Por qué?

—No lo dice.

—¿Qué piensas hacer? —le preguntó su madre.

—Ponerme en camino cuanto antes.

Domingo, que era su confesor y tenía conocimiento de sus intimidades, miró a su hermano.

—Si quieres desposarla, mañana mismo…

—¡Ni hablar! —lo interrumpió la madre—. ¡Esas cosas no se hacen a la carrera! Las cosas hay que hacerlas como Dios manda. Anunciándolas. ¡Que no parezca que se hacen de tapadillo!

—Tengo que ponerme mañana mismo en camino.

—Eso… ¿no puede esperar unas semanas?

—No, madre.

—Si no dicen para qué tienes que presentarte en Vitoria, puede no ser tan importante.

—Lo es. Lo que no dice la primera carta está en la segunda.

—¡Acabáramos!

—¿Puede saberse lo que dice esa segunda carta?

—Me escribe don Juan Rodríguez de Fonseca, el secretario de Indias. Señala que el rey se ha puesto en camino a Vitoria. No me dice el motivo de su viaje, pero me indica que va a celebrarse una reunión entre unos portugueses con gente nuestra. Dice… —volvió a leer el párrafo— «*la presencia de vuesa merced es imprescindible. No sólo por el conocimiento que tiene de la materia, sino porque es de suma importancia para el proyecto. Es por eso por lo que, sin la menor detención, debéis acudir a Vitoria».* Añade que allí pregunte por un tal…, un tal Fernán López de Escoriaza.

—¿Qué va a discutirse en Vitoria?

—Supongo que la posición de esas islas. Es muy importante que cuenten conmigo para dirimir ese asunto. Mañana me pondré en camino.

—No sin antes despedirte de María —le advirtió su madre con un dedo admonitorio.

Aquella misma tarde se ajustó con unos trajinantes que iban para Burgos con una carga de bacalao en salazón.

Poco después del amanecer estaba levantado. Se aseó, se vistió y se fue a la primera misa de San Salvador, que oficiaba su hermano Domingo, para encontrarse con María. Al entrar en el templo, con la misa empezada, la vio en el sitio de costumbre, cerca del presbiterio. Se acercó y, con cierto disimulo, estrechó su mano.

Durante la misa siguió pensando en cómo iba a decirle que se marchaba. Había dormido poco buscando la mejor forma de comunicárselo. Quería que María supiera que la amaba, que era la mujer de su vida. No le había dicho que había mantenido una relación con María Vidaurreta y que la había preñado. Había pensado varias veces en decírselo, pero ahora no lo consideraba oportuno. A la salida de la iglesia, sin soltarle la mano, le dijo:

—Ayer recibí cartas en las que se me ordena que me ponga en camino hacia Vitoria, sin pérdida de tiempo.

—¿Qué pasa en Vitoria?

—Viene el rey y va a tener lugar una importante reunión. Quieren que esté allí y que no demore mi partida.

—¿Cuándo te vas?

—He venido a decirte que me marcho hoy mismo. Si quiero que los proyectos de que te he hablado se hagan realidad… Volveré cuando terminen esas reuniones y será para casarnos.

A María se le había formado un nudo en la garganta y, con las lágrimas asomando a sus ojos, susurró:

—Haz lo que debas hacer. Yo esperaré a que vuelvas.

Aprovecharon uno de los contrafuertes del templo para besarse. Elcano sacó el guardapelo que había comprado en Medina de Rioseco y se lo dio a María.

—Cuando regrese, me gustaría que me lo devolvieras con un mechón de tu cabello.

Una hora después Elcano abandonaba Guetaria y tomaba el camino de Zumaya en dirección a Elgoibar. Cuando pasó junto al olmo donde había pedido matrimonio a María, no pudo evitar recordar lo que ocurrió a continuación en aquel cobertizo. Ella le entregó allí su virginidad y él experimentó algo que nunca había sentido por mujer alguna. Había tenido relaciones con muchas mujeres a lo largo de su vida, pero aquel momento fue especial. Nunca pensó, cuando meses atrás llegó a su pueblo, que las cosas iban a deslizarse por aquel camino.

También durante aquellos meses había hecho el trabajo que el secretario de Indias le había recomendado, pese a la resistencia que muchos hombres de mar, sin duda buenos marinos, mostraban a adentrarse por aguas desconocidas y dirigirse a destinos inciertos. Como buenos marinos eran supersticiosos, y muchos seguían creyendo las historias de monstruos y otros grandes peligros que acechaban en el llamado, hasta hacía poco, mar Tenebroso. Pese a ello, las cosas no podían haberle ido mejor. Había apalabrado el compromiso de más de medio centenar de hombres para enrolarse en las tripulaciones de los barcos que formarían la armada. Había convencido a su cuñado de que participase en la expedición, aportando su patache. El *Santiago* no era un barco de gran tonelaje, pero su tamaño le permitiría adentrarse por aguas poco profundas. Era una nave marinera y Guevara un excelente marino. Otros dos de sus hermanos, Antón y Martín, cuyos conocimientos de náutica eran muy superiores a la media, también se enrolarían. Se añadía a ello que había convencido a dos armadores de Zarauz para que aportasen dos de los barcos. Con aquellas credenciales, pese a no tener linaje, sus posibilidades de ser nombrado capitán general debían ser consideradas por el rey cuando decidiera qué persona iría al frente de la armada. Todo ello, sin olvidar que el único que ya había navegado por aquellas aguas era él.

El camino que separaba Guetaria de Vitoria discurría por comarcas de suaves colinas y los trajineros llevaban buen paso. Por muchas zonas la vegetación era tan abundante que casi tapaba la serpenteante línea que marcaba el camino. Un inmenso manto verde se ondulaba hasta donde se perdía la vista. Sólo donde la mano del hombre había acabado con el bosque poniendo en cultivo la tierra, podían verse algunos caseríos que rompían la uniformidad del verdor que lo inundaba todo. Las últimas leguas ofrecían un panorama diferente. Conforme se acercaba a Vitoria, el paisaje se transformaba. Aparecían formaciones montañosas donde apenas crecían algunas plantas, escaseaba la vegetación y el camino se empinaba en duras cuestas que, una vez culminadas, había que bajar.

Cuatro días después —pasaron un día en Vergara, resguardándose en la posada donde habían dormido porque la lluvia, torrencial en algunos momentos, no paró en todo el día—, se despedía de los trajineros y entraba en Vitoria con el sol, que asomaba tímidamente entre las nubes, todavía alto.

La ciudad se alzaba sobre una colina y estaba protegida por una fuerte muralla. Elcano entró por la Puerta de Santa Clara. Los encargados del portazgo le informaron dónde podía hospedarse.

—Vuesa merced lo tiene difícil. La presencia del rey es como un imán que atrae a la gente. *Las Golondrinas* se ha llenado de portugueses y gallegos. En la posada de *La Estrella* tal vez encontréis sitio.

—¿Por dónde queda?

—Al final de la Correría. Preguntad cuando lleguéis a la colegial de Santa María. El posadero es un buen hombre y no se aprovechará. No es tan ladrón como suele serlo la gente de ese gremio.

Con aquellas indicaciones llegó sin dificultad. A la entrada lucía un cartel donde podía leerse *La Estrella*. Le llamó la atención la limpieza y el orden. Aquello era algo poco común en las posadas que Elcano conocía.

El posadero era de mediana edad, barrigudo, y sólo conservaba algo de pelo en las sienes y en la nuca.

—¿Una habitación sólo para vuesa merced?

—No quiero compañeros de alcoba.

—¿Estaréis mucho tiempo?

—No puedo decíroslo. Depende de cómo vaya el negocio.

—Dispongo de lo que deseáis, pero os advierto que una habitación sólo para vos os costará unos buenos dineros. —Elcano recordó que le habían indicado que no se aprovecharía de las circunstancias—. Os lo digo porque quienes se hospedan en mi casa suelen compartirlas.

—¿Cuánto tendría que pagar?

—Dos ducados por semana. Eso incluye sábanas limpias, un par de velas y el desayuno. Las semanas se pagan por adelantado.

No le pareció un exceso. Había pagado más por dormir en sitios incluso mucho peores que aquel. Sacó dos ducados y se los entregó.

—Me llamo Simón Orueta y estoy a vuestro servicio.

—Muchas gracias, mi nombre es Juan Sebastián Elcano. —Simón pareció hacer memoria, como si le sonara el nombre de algo—. ¿Podríais decirme dónde vive Fernán López de Escoriaza?

—¡Vaya, vaya! ¡Vuesa merced pica alto! —exclamó el posadero, que seguía pensando de qué le sonaba el nombre.

—¿Por qué lo decís?

—Porque es médico en la Corte inglesa. Allí atiende a aquel rey. ¡Acaba de regresar de Londres! Según he oído decir, ha venido a Vitoria a resolver unos asuntos de familia.

—¿Y regresará de nuevo a Londres?

—Supongo que sí; al menos eso es lo que se dice. Vive a pocos pasos, en la casa de los Anda, que son la familia de su mujer. ¡Toda una señora! Venid, venid, os la mostraré.

Desde la puerta Simón señaló una casa junto a la colegial, cuya primera planta tenía aspecto de casa fuerte señorial.

—Aquella es la casa en la que vive el doctor López de Escoriaza.

—Muy agradecido.

La habitación no era demasiado grande, pero suficiente para sus necesidades, y estaba decentemente amueblada. Contaba con un arca pequeña donde podría guardar la ropa y algunas otras cosas. La cama tenía un colchón de lana. Había un tablero empotrado en la pared que servía de mesa, una silla y, encastradas en la pared, dos tabas que hacían las veces de perchas. Disponía de una jarra de peltre y un aguamanil para asearse.

—El agua podéis cogerla del pozo que hay en el patio —le indicó el mozo que le subió el hato—. Podéis verlo desde la ventana. Por un maravedí yo os la puedo traer todos los días y retirar la del día anterior.

—Es un precio razonable. Hazte cargo de que no me falte.

Elcano colocó sus cosas, se aseó y mudó de ropa, mejorando notablemente su aspecto. Luego buscó al posadero.

—¿Dónde puedo comprar papel y recado de escribir?

—En la tienda de Marquina. Está en la calle de las Escuelas. A la espalda de la Casa del Cordón.

—¿La Casa del Cordón?

—Es como se conoce a una casa que construyó un converso, que la labró hace algunos años sobre los restos de la casa fuerte de los Gaona.

—¿Por dónde queda?

—Cuando salgáis tomad a la derecha. Luego coged una bocacalle a la izquierda y preguntad por la calle de la Pintorería. La identificaréis por el cordón labrado en el arco de una de sus puertas. El año pasado se alojó allí el papa.

Pensó que Simón bromeaba.

—¿El papa de Roma?

—¿Cuál si no?

Elcano lo miró incrédulo.

—¿Tengo que creer eso que acabáis de decir?

El posadero arrugó la frente.

—¿Por quién me toma vuesa merced?

—Es que eso de que el papa estuvo aquí…

—Es cierto. Era uno de esos extranjeros que acompañaron al rey cuando vino de Flandes. El que dejó como regente cuando se marchó. No me acuerdo de su nombre. Estaba aquí, en Vitoria, cuando tuvo noticia de que había sido elegido papa. Salió de la ciudad como papa. ¡Vaya si lo era!

—Os pido disculpas, pero de la forma en que lo dijisteis... Me parecía increíble. Se llamaba Adriano, Adriano de Utrecht.

Salió a la calle y, siguiendo las indicaciones, encontró la Casa del Cordón y la tienda de Marquina, donde se proveyó de lo necesario, y luego buscó un mesoncillo en el que le dieron de comer decentemente antes de regresar a la posada. Cuando llegó, Simón se hizo el encontradizo.

—Disculpadme, tal vez sea una indiscreción, pero... ¿sois quien mandaba el barco que ha dado la primera vuelta al mundo?

Elcano no pudo evitar una sonrisa. Había perdido la cuenta de las veces que le habían hecho la misma pregunta.

—Así es. Fui capitán de la *Victoria*, la nao que circunnavegó la Tierra.

—¡Santo Dios! —exclamo Simón, llevándose las manos a la cabeza—. ¡Está vuesa merced hospedado en mi casa!

—Soy de carne y hueso. A propósito, ¿tenéis noticia acerca de cuándo llegará el rey?

—Estará aquí en un par de días. Se rumorea que quiere información fiable de cómo marcha la guerra con los franceses en Fuenterrabía.

Elcano había oído comentarios de que los franceses, con la colaboración de algunos navarros, se habían apoderado de esa plaza, donde se luchaba desde hacía meses. Fuenterrabía era una plaza importante, cuya posesión permitía controlar un amplio territorio. Que los franceses estuvieran en ella era un grave problema porque en Navarra había gente que no estaba conforme con la incorporación del reino a la Corona de Castilla.

—¿El rey va a acercarse a Fuenterrabía?

Simón se encogió de hombros.

—Eso no lo sé. Lo que se oye decir es que aquí va a celebrarse una reunión importante.

—¿Sabéis algo de esa reunión?

—Se dice que... —En ese momento Simón se dio una palmada en la frente como si algo se hubiera alumbrado en su cabeza—. ¡Claro, claro! ¡Por eso está vuesa merced en Vitoria! ¡Para participar en esa reunión!

Elcano quería saber más. Los posaderos era un caudal de información.

—¿Podríais decirme…?

—*Las Golondrinas* se ha llenado de portugueses —lo interrumpió Simón—. Lo que ha llegado a mis oídos es que son gente de mar que van a reunirse con representantes de nuestro rey para resolver ciertos asuntos. Esos portugueses han andado más listos y han pillado la vez a los castellanos.

—¿Qué queréis decir?

—Que han ocupado esa posada y que quienes no han podido alojarse allí han buscado acomodo en otros sitios. Ha llegado tanta gente que están teniendo dificultades para aposentarse. Aquí hay dos. Habéis tenido suerte encontrando la habitación que os he alquilado. Quedó libre esta misma mañana cuando la dejó un mercader de paños que había venido de Béjar.

—¿Sabéis dónde se alojará el rey?

—No, pero lo más probable es que lo haga en la Casa del Cordón. Es el lugar más a propósito. Ahí se alojaron hace unos años doña Juana —Simón bajó la voz, como si revelase algo peligroso—, la que dicen que está loca, y su marido. Por cierto, he oído decir que doña Juana también viene a Vitoria.

—¿Os importaría decirme quiénes están alojados aquí?

No tuvo que responder. En aquel momento entraban dos hombres y Simón le susurró al oído.

—Ahí los tiene vuesa merced.

Uno era Juan López de Recalde, tesorero de la casa de la Contratación. Se quedó mirando a Elcano, tratando de identificarlo.

—Sois…, sois…

—Soy Juan Sebastián Elcano.

—¡El capitán de la *Victoria*! ¡Loado sea el cielo! ¡Vuesa merced tiene mucho mejor aspecto que cuando lo vi en Sevilla!

—Entonces pesaba bastantes libras menos y mi aspecto era… el de un pordiosero.

—No se me olvida lo primero que pedisteis cuando subimos a bordo. Aquellas libras de cera para llevárselas a Nuestra Señora de la Victoria.

—Había que cumplir una promesa por nosotros y por los que se habían quedado en el camino.

—Supongo que vuesa merced está en Vitoria para asistir a la reunión con los portugueses.

—Así es. ¿Vos también?

—En efecto. Celebro veros, capitán. Este —miró a su acompañante— es Diego de Orduña, un armador de Santoña.

—Un placer conoceros.

—También para mí.

—¡Esto hay que celebrarlo! —López de Recalde miró a Simón—. ¿¡Tendrás algo guardado y adecuado para una ocasión como esta!?

—Desde luego, señor. Pasen, pasen… y tomen asiento.

En torno a una mesa departieron bebiendo un licor que traían unos vinateros de Navarra, elaborado con endrinas maceradas en aguardiente.

XXXVIII

Había amanecido un día fresco, pero, por la ventana que daba al patio de la posada, Elcano pudo ver que el sol brillaba radiante. Cuando después de asearse bajó a desayunar, encontró a López de Recalde y Orduña dando cuenta del opíparo desayuno que el posadero les había preparado.

—Buenos días nos dé Dios.

—Buenos días, Elcano. Tomad asiento.

Simón se esmeró en servirlo.

López de Recalde amplió la información que la víspera había dado a Elcano. Sabía que las reuniones con los portugueses no darían comienzo hasta que Carlos I y doña Juana llegasen a Vitoria, cosa que se produciría en un par de días. En la colegial de Santa María se estaba preparando una misa de pontifical acompañada de un solemne *Te Deum laudamus.*

—Como os dije anoche, debo visitar al doctor López de Escoriaza. Así me lo indicaban en la carta que me envió el secretario de Indias.

—Su ilustrísima, a pesar de sus muchos achaques, también vendrá a Vitoria —indicó López de Recalde—. Es consciente de que aquí hay mucho en juego del negociado que dirige, aunque ya será por poco tiempo.

Se despidieron en la puerta de la posada, después de quedar para almorzar juntos en un mesón llamado *El Portalón* que quedaba algo más abajo en la misma calle de la Correría.

López de Escoriaza pareció a Elcano un hombre con la sensatez que dan la experiencia y el paso de los años, aunque sabía que no siempre era así.

—He de daros una carta —le dijo el médico, una vez que se hubo retirado su esposa, Victoria de Anda, que había mostrado interés por conocer a Elcano—. Me la entregó Cristóbal de Haro. Supongo que lo conocéis.

—No tengo el gusto.

—Sin embargo, sabía que vuesa merced vendría a Vitoria.

Ahora el sorprendido fue Elcano.

—Dónde…, ¿dónde os entregó esa carta?

—En La Coruña, cuando llegué a ese puerto, procedente de Londres. Está organizando las dependencias del establecimiento donde, según me contó, se concentrará todo lo relacionado con el comercio de las especias. Me dijo que sois persona de relieve en ese negocio. No me extraña, siendo el capitán de la nao que ha logrado esa extraordinaria hazaña. Cuando en Londres se supo de ella, presumí, con orgullo, de ser compatriota vuestro. Además de entregaros esa carta, he de comunicaros que será en mi casa donde se aloje don Juan Rodríguez de Fonseca. Nos une una vieja amistad y no puedo consentir que ande buscando hospedaje en Vitoria en estos días en que todo está ocupado con la visita de sus majestades.

Elcano no necesitó más para saber por qué Fonseca le decía que visitase a López de Escoriaza, quien le pidió que le contase algunos de los pormenores del viaje de la *Victoria* y le preguntó por detalles sobre la enfermedad que había acabado con la vida de muchos marineros al hinchárseles las encías y ocultarles los dientes, impidiéndoles comer.

—Esa enfermedad es antigua —señaló el médico.

—Cierto, pero nunca la había visto antes con la intensidad que nos afectó. A los hombres les dolía el pecho, se les caía el pelo, sufrían hemorragias y si se hacían alguna herida no era fácil que les cicatrizase.

—¿Cuándo comenzaron a padecerla?

—La padecimos…

—¿Vuesa merced también se vio afectado?

—Sí, y posiblemente me salvó la vida.

López de Escoriaza frunció el ceño.

—No…, no os comprendo.

—Yo no participé en el combate en el que, según os he contado, pereció Magallanes y tampoco, porque todavía me encontraba muy débil, aunque había mejorado notablemente, acudí a la celebración de aquel convite en que fueron asesinados muchos de nuestros compañeros hasta el punto de que nos faltó gente para el manejo de los tres barcos que aún nos quedaban. Por esa circunstancia nos vimos en la necesidad de prender fuego a uno de ellos.

—¿Qué hicisteis para mejorar vuestra dolencia?

—Nada en particular. Pero la hinchazón de las encías fue, poco a poco, desapareciendo y también las hemorragias y las calenturas.

—¿Sanaron algunos otros hombres afectados por ese mal?

—Sí, por las mismas fechas en que yo me curé también mejoraron otros enfermos. El médico que nos acompañaba no encontraba explicación.

—Dios maneja nuestro destino. No había llegado vuestra hora.

Elcano salió de casa del doctor pasado el mediodía. La conversación se había alargado mucho más de lo que esperaba. En poco rato debería acudir al mesón de *El Portalón*. Pero antes iría a *La Estrella* y leería en su alcoba la carta de Cristóbal de Haro. Al terminar de leerla comprendió muchas cosas. En lo más duro del estío, Fonseca había abandonado Valladolid y viajado a Burgos para atender asuntos de su sede episcopal. Allí se había visto con Haro, que había regresado a Burgos por unos días, después de unas semanas en La Coruña para poner en marcha la Casa de la Contratación de la Especiería.

La carta contenía más sustancia. Haro era un hombre de negocios. No tenía linaje. Al igual que Elcano se había hecho a sí mismo. Había alcanzado una posición de notoriedad por sus propios méritos, no por algo que hubiera realizado uno de sus antepasados. Conocedor de las dificultades que suponía preparar una gran escuadra, entre otras cosas porque no era fácil encontrar tripulaciones adecuadas y porque se necesitaba de fuertes sumas para disponer de los barcos y aparejarlos convenientemente, coincidía con el secretario de Indias en que la posición de Elcano con vistas al mando de esa escuadra tenía uno de sus fundamentos en las alianzas con armadores y hombres de mar que pudiera aportar.

Señalaba en la carta que habían sido los argumentos que Fonseca había expuesto ante el rey los que habían conseguido que se le citase para acudir a Vitoria porque «*tenía grandes y poderosos enemigos en la Corte que habían intrigado para apartarle de aquella reunión*». La batalla en la Corte había sido muy dura. Se despedía indicándole que podía contar con su apoyo financiero y con la influencia —no se privaba de indicarle que sería escasa— que pudiera ejercer en las decisiones que se tomasen sobre la organización de la escuadra que acabaría zarpando hacia la Especiería, porque no tenía confianza alguna en que se pudiera cerrar un acuerdo satisfactorio con los portugueses.

Las reflexiones que le había provocado la lectura de aquella carta hicieron que el tiempo se le echara encima. Si no se daba prisa, no llegaría a *El Portalón* a la hora acordada. Dejó la posada a toda prisa y caminó a buen paso, sin dejar de pensar en el caudal de información que la carta le había proporcionado. No sabía qué más podía hacer para incorporar por su mano más gente a la expedición. Ese trabajo ya estaba hecho. Podría presentarse en la Corte con tres barcos y un buen número de marineros, avezados y conocedores del oficio. Pero le preocupaba grandemente el párrafo en que Haro le advertía de la existencia de enemigos poderosos.

Si deseaba hacer realidad sus sueños de ser capitán general de una gran escuadra, debía actuar con sumo cuidado, moverse con mucha discreción y mantenerse alerta para no ser engullido por las intrigas y batallas cortesanas que se libraban en torno al poder. En la Corte había auténticos expertos en navegar por tan procelosas aguas en las que él no tenía la menor experiencia.

Apresurando el paso consiguió no retrasarse. *El Portalón* ofrecía un cuidado aspecto. Era un sitio de calidad, no serían muchos los que podían permitirse una comida en un lugar como aquel. Entró buscando a López de Recalde y Orduña y se encontró con una sorpresa mayúscula. En una mesa estaban dando cuenta de unas perdices escabechadas el embajador Da Silveira y los portugueses que lo habían invitado a entrar al servicio de la Corona lusitana. No había vuelto a acordarse de ellos durante los meses pasados en Guetaria. No pudo obviarlos, pues ellos se habían dado cuenta de su presencia y, cuando avanzó entre las mesas para llegar a su destino, Antunes se levantó y le cortó el paso.

—Señor de Elcano, ¡qué sorpresa! ¡Quién iba a decirnos que nos veríamos aquí!

—Mi presencia se debe al mismo motivo por el que vos lo estáis.

—Permitidme que os diga que... os marchasteis de Valladolid dejando pendiente la respuesta a la propuesta de su excelencia.

—Creí, la última vez que nos vimos, haber dejado clara mi posición. Mi deseo es un hábito... de Santiago.

—Según mis datos, seguís sin hábito. —Su tono era provocador.

—Compruebo que estáis bien informado. Pero si sabéis eso y no he vuelto a verme con vos, significa que no he modificado mi posición.

Elcano miró al embajador, quien lo saludó con un leve gesto de cabeza y una sonrisa impostada.

—Es un placer veros, capitán.

—Lo mismo os digo, excelencia.

—¿No deseáis compartir mesa con nosotros?

—Lo lamento, excelencia, me aguarda —Elcano miró hacia donde estaban López de Recalde y Orduña— el tesorero de la Casa de la Contratación. También él ha venido a Vitoria.

Un gesto del embajador y Antunes se hizo a un lado.

Apenas se hubo sentado a la mesa, López de Recalde le preguntó:

—¿Quiénes son esos? La conversación me ha parecido tensa.

—El embajador de Portugal y unos de sus hombres.

El tesorero y el armador intercambiaron una mirada de sorpresa.

—¿Ese es don Luis da Silveira? ¿Qué clase de tratos tenéis con él?

La llegada de una moza, ofreciéndoles vino y perdices en escabeche, le dio un breve respiro.

—Están a punto de salir del horno varias piernas de cordero

asadas con hierbas aromáticas. Una de ellas daría para los tres. Sería una buena elección —añadió la moza.

—¿Perdices o cordero? —propuso López de Recalde. Elcano y Orduña optaron por el cordero—. Sea cordero, pues.

Cuando la moza se hubo retirado, el tesorero insistió en su pregunta.

—Los conocí en Valladolid. El embajador negocia el matrimonio de la infanta Catalina con su rey.

—Según tengo entendido, también se habla del matrimonio de su majestad con una hermana del portugués —señaló López de Recalde.

—He oído decir que es bellísima —terció Orduña— y que el rey dedica horas a contemplar el retrato que le han enviado de Lisboa.

La llegada de la moza con el vino interrumpió la conversación, que el tesorero retomó por donde Elcano no deseaba.

—¿Tiene vuesa merced algún trato con esa gente?

—Ninguno. Aunque… —Elcano midió sus palabras— me han hecho alguna propuesta.

—¿Es indiscreción preguntárosla?

—Me han propuesto entrar al servicio de su rey.

—¡Santo Dios! ¡Quieren devolvernos lo que hizo Magallanes!

—Peor aún —matizó Elcano, después de dar un largo trago a su vino.

—¿Peor?

—Sí, peor. Magallanes ofrecía especulaciones. Yo tengo datos.

La contundencia con que había abordado la cuestión dejó sin palabras a López de Recalde. El marino había dado en el clavo. Si se hubiera mostrado remilgado, habría levantado sospechas.

—¿Qué os han propuesto?

A Elcano no le gustaba el rumbo la conversación y cortó por lo sano.

—¿Por qué no se acerca vuesa merced y se lo pregunta a ellos? Si lo hace, pregúntele también por la respuesta que he dado a sus requerimientos. Muchos que presumen de lealtad a nuestro rey habrían caído en la tentación.

—¿Os han irritado mis preguntas?

—No, no me han irritado. Ved que os he respondido a ellas, salvo a la última porque el embajador os puede dar cumplida información de lo que vuesa merced desea saber.

Elcano supo que se había ganado otro enemigo, si bien lo tranquilizaba que el dinero de la Casa de la Contratación de Sevilla no financiaría la armada a la Especiería. Ahora fue el tesorero el que dio un giro a la conversación.

—¿Sabéis que el rey y doña Juana llegaron ayer a Miranda?

—No, sólo sé que quiere saber cómo están las cosas en Fuenterrabía y la causa de la reunión con los portugueses. Tengo entendido que la tensión ha subido mucho en las últimas semanas.

—Tanto que puede terminar en un grave conflicto. Hasta las negociaciones, que estaban casi cerradas, sobre el casamiento de la infanta doña Catalina se han paralizado. Aunque es cierto que se han hecho algunos gestos para rebajarla.

—¿Qué gestos son esos?

—El monarca portugués ha accedido a la petición de nuestro rey para que se pongan en libertad vuestros compañeros que quedaron presos en Cabo Verde.

—¡Es una excelente noticia! ¿Por qué no me la habéis dicho antes?

—Bueno… No ha habido ocasión.

La moza llegó con una gran cazuela en la que había una hermosa pierna de cordero. Su aroma era extraordinario. Dieron cuenta de ella sin muchos remilgos, tomando la carne a pellizcos. Estaba tan tierna que se desprendía sin dificultad y, de vez en cuando, mojaban sopas en la salsa. Necesitaron rellenar por dos veces el vino de sus jarrillas.

—¿Qué ha hecho subir tanto la tensión?

—Los portugueses consideran cualquier expedición a la Especiería un desafío inaceptable que llevaría a romper toda clase de negociaciones, incluidas las que se llevan a cabo para concretar el matrimonio de la infanta doña Catalina y del que, según se oye decir, aunque no está confirmado, podría contraer el rey con la infanta

Isabel de Avis. Por eso se ha adelantado la reunión donde se buscará llegar a un acuerdo.

—Mi opinión —intervino Orduña— es que no lo habrá. Hay mucho en juego y las posiciones son firmes.

—¿Qué pensáis vos? —preguntó López de Recalde a Elcano.

—No soy optimista respecto a que se llegue a un acuerdo. Como acaba de decir Orduña es mucho lo que hay en juego. Si ellos sostienen que las islas de las Especias están en su hemisferio…

Terminada la comida, se despidieron en la puerta de *El Portalón*. Elcano se encaminó hacia la posada.

XXXIX

La entrada de Carlos I y doña Juana en Vitoria fue apoteósica. Los balcones y las ventanas de las casas por donde pasaba el cortejo estaban cubiertos con reposteros, tapices y colgaduras. Las familias nobles hacían ostentación de su condición poniendo a la vista los blasones de sus linajes y un enorme gentío, al que se habían sumado muchas gentes de los lugares cercanos, abarrotaba la ciudad.

El cabildo municipal con el corregidor a la cabeza había salido a media legua de la ciudad para recibir al monarca, acompañado por las órdenes religiosas y por el clero parroquial, que asistía con cruces alzadas. Carlos I montaba un corcel blanco, ricamente enjaezado, y doña Juana, con sus tocas de viuda, iba en una silla de manos que había ocupado poco antes, tras abandonar la litera en la que había hecho el camino. La reina aparecía envejecida y muy demacrada, pese a los esfuerzos de sus damas de compañía por mejorar su imagen, maquillándola con ungüentos y polvos. Los años de encierro en Tordesillas le pasaban factura. También, según ciertos rumores, el maltrato que le daba el marqués de Denia, que ejercía de carcelero real.

En el séquito de su majestad podían verse a algunos de los principales nobles del reino y de la ciudad de Vitoria, así como a representantes de los Consejos y algunos de sus secretarios. Entre ellos, también en silla de manos, el obispo Fonseca. A los lados del camino había una muchedumbre que miraba extasiada aquella cabalgata.

Suponía algo tan extraordinario que durante años se hablaría de ello en la ciudad.

Al llegar a las puertas de la muralla en todas las iglesias de Vitoria se echaron a sonar las campanas, con tal fuerza que el estruendo producía un pequeño temblor. Una vez dentro de los muros de la ciudad, don Carlos y doña Juana llegaron a la colegial de Santa María, en cuya puerta los recibió el colegio de canónigos. Entraron y, tras una breve oración, se dirigieron a la Casa del Cordón que, como había supuesto el posadero, sería su residencia y la de las personas más allegadas. Los demás componentes del séquito habían de buscar alojamiento en casas de parientes, deudos o hacerse con una estancia en casas de particulares que aprovechaban la ocasión para ganar algún dinero con aquellos alquileres, por los que se pagaban precios muy elevados. Elcano vio a sus majestades desde el balcón principal de la posada. Simón Orueta, orgulloso de tenerlo como huésped, le había reservado allí un sitio. Desde el balcón de *La Estrella* se disfrutaba del desfile sin perder detalle.

Aquella tarde hubo juegos de toros y cañas en los que representantes de los principales linajes de Vitoria compitieron con algunos de los nobles que acompañaban al rey. Fue todo muy lucido y los caballeros, vestidos con gran lujo, hicieron gala de sus habilidades ecuestres, de su destreza y su valor. Luego sus majestades se retiraron a descansar y reponer fuerzas para el ágape con que el cabildo municipal los obsequiaría en los salones de la Casa del Cordón y al que asistiría algo más de un centenar de personas.

El obispo Fonseca, alojado en casa del doctor López de Escoriaza, supo que Elcano se hospedaba en *La Estrella*. Sin pérdida de tiempo, le envió recado con un viejo conocido. Lo recibiría después del almuerzo.

—¡Zambrano! ¿Qué haces tú por aquí?

—Formo parte de la escolta del secretario de Indias. Me envía su ilustrísima para deciros que os recibirá esta misma tarde. Os espera a eso de las cinco, poco más o menos.

—¿Cuándo ha llegado?

—Ha entrado acompañando a su majestad. Se sumó al cortejo en Burgos. Está achacoso y se cansa mucho, pero sigue conservando la cabeza.

—Son muchos los años y grande la responsabilidad que cae sobre sus espaldas. En las Indias se amplían los dominios del rey, pero al mismo tiempo aumentan los problemas.

—¿Dispone vuesa merced de un rato?

—¿Por qué lo preguntas?

—Porque tengo noticias de lo ocurrido en Medina de Rioseco.

Elcano arrugó la frente.

—¿Se ha averiguado algo sobre las muertes?

—Más de lo que os podéis imaginar. Busquemos un sitio más discreto.

—Sube a mi alcoba, allí podremos hablar tranquilamente sin que nadie nos moleste.

—Como está la ciudad…, ¿dispone vuesa merced de una alcoba sin compartir?

—Así es.

—¡Vaya lujos!

Se acomodaron en la alcoba y Zambrano le explicó:

—Hace cinco o seis semanas me encontraba en el mesón de *San Martín* —Elcano recordó que era donde se había visto con el embajador de Portugal—, sitio que no está al alcance de todos los bolsillos, pero acababa de cobrar una buena suma y decidí darme un regocijo, cuando llegó a mis oídos la conversación de unos sujetos, con pinta de facinerosos, que discutían con otros que hablaban mal nuestro idioma y me parecieron franceses. También había un individuo que sin duda era portugués, por la forma en que hablaba, y que se marchó pronto. Los rufianes no estaban conformes con unos dineros que, al parecer, los franceses tenían que pagarles. Nada que no ocurra cada día. Llamó mi atención cuando uno dijo: «Lo de Medina de Rioseco fue complicado. Hubo que despacharlos a todos». Pegué el oído. Discutieron un buen rato y al final los franceses no pagaron lo que los otros exigían y se marcharon. Los rufianes se quedaron y pidieron más vino. Entonces uno de ellos dijo algo que confirmó mis sospechas.

—¿Qué fue?

—¿Qué hacemos ahora con todos estos papeles?

Otro le aclaró que los papeles se llamaban mapas.

—¿Qué hiciste?

—Aguardé hasta que decidieron marcharse. Cuando les pidieron veinte maravedíes por las jarrillas de vino que habían pedido protestaron ruidosamente. Se fueron soltando improperios y entonces los seguí con mucha discreción. Pensé que, sin duda, eran quienes habían asaltado la casa de Matías por encargo de quienes habían estado con ellos. Los seguí hasta una casa del Campillo y entonces fui en busca de unos corchetes, pero aquello no resultó fácil. Al día siguiente pude ver, gracias a las gestiones de su ilustrísima, al alguacil mayor. Sólo entonces acudieron al Campillo a prenderlos. Cuando llegamos a la casa nadie respondía a los requerimientos de la justicia. Los corchetes forzaron la puerta y lo que encontramos fue a los tres rufianes muertos. Bueno…, uno de ellos todavía respiraba y pronunció unas palabras extrañas, casi ininteligibles, poco antes de morir. Las oyó uno de los corchetes. Al parecer, maldijo a un portugués antes de expirar.

—¿A un portugués?

—Eso dijo el corchete. Supongo que se refería al que se marchó del *San Martín*. Todo apunta a que ofrecieron resistencia a quienes acabaron con ellos. Había indicios de lucha. Los corchetes preguntaron a los vecinos, pero les aclararon poco. En el Campillo los agentes de la autoridad están mal vistos. Estoy seguro de que alguno sabía bastante más de lo que contó.

—¿Significa que se perdió la pista?

—No, pero tengo la garganta seca.

Elcano pidió unas jarrillas de vino y fue el propio posadero quien subió a la alcoba, dejándoles un búcaro para que se sirvieran a su gusto.

—¡Vaya, os tratan a cuerpo de rey!

—Sigue contándome.

—Uno de los vecinos, un tullido de un brazo, se me acercó discretamente y me dijo que, si aflojaba la bolsa, me daría cierta información. Estuve a punto de darle un escarmiento. Pero hice un aparte con él cuando los corchetes se marcharon. Le di cuatro maravedíes y desembuchó.

—¿Qué te contó?

—Que quienes habían acabado con aquella gente eran franceses…

—¿Cómo lo sabía?

—Porque fue soldado en Flandes y conoce su parla. Aquello cuadraba con la conversación que yo había oído —ratificó Zambrano—. Me dijo que eran cuatro y cuatro eran los que estaban en el mesón de *San Martín* y, como os dije, me parecieron franceses. Le di otros cuatro maravedíes por decirme dónde podía encontrarlos. Ese tullido me pareció hombre honorable.

—¿Sabía dónde estaban? —preguntó Elcano, incrédulo.

—Me dijo que, cuando los vio salir de la casa de aquellos matones, supo que algo grave había pasado y los siguió sin que se dieran cuenta. Así averiguó que se hospedaban en una posada que hay a la espalda del convento de los franciscanos. Efectivamente, allí se alojaban. Sin pérdida de tiempo, acudí de nuevo a los corchetes y esta vez actuaron rápidamente. En la posada se armó la de Dios es Cristo. Los franceses eran diestros con la espada y, aunque los corchetes eran muy superiores en número, se defendieron bravamente. La posada se convirtió en un campo de batalla. Se llevaron por delante a dos y malhirieron a cuatro más. Ellos pagaron con su vida.

—¿Los cuatro?

—Los cuatro. En sus equipajes estaban los papeles y los mapas de Matías. Debieron robárselos a los facinerosos a quienes habían dado cuenta.

Elcano, después de un prolongado silencio....

—No me cuadra. La muerte de Matías, *Zapatones* y Belizón ocurrió mucho antes. ¿Qué hicieron esos franceses desde entonces?

—No lo sé, pero entre sus cosas estaban los papeles y los mapas. Encaja todo menos las fechas. En fin… —Zambrano apuró el vino de su jarrilla—, no os entretengo más. Es hora de almorzar y vuesa merced tiene que visitar luego a su ilustrísima.

Fonseca lo recibió en una sala que la esposa del médico había puesto a disposición del obispo para que trabajara sin ser molestado y dispusiera de ella como le pareciese más conveniente.

—Ilustrísima… —Elcano besó su anillo—, es un placer veros.

El obispo, que no se había levantado, lo invitó a tomar asiento junto a él. Protegía sus piernas con una manta; se le veía envejecido y achacoso.

—¿Cuándo habéis llegado?

—Hace dos días. Me puse en camino al recibir vuestra carta.

—Bien… Sabed que vuestra presencia aquí es de suma importancia para posicionarnos en la dura batalla que se avecina.

—¿Batalla, ilustrísima?

—Sí, batalla, y de las difíciles es la que va a librarse para ver quién se queda con la Especiería.

—Me han dicho que puede desatar un grave conflicto y que la reunión busca evitarlo.

—Esta reunión es para guardar las formas. Se está negociando el matrimonio de la infanta doña Catalina y es muy posible que pronto se negocie el del rey con doña Isabel de Avis. Tanto en Lisboa como aquí quiere darse sensación de concordia y buenas relaciones, pero lo que está en juego es tan importante que todos se mantendrán firmes en sus posiciones. Vuesa merced defenderá que las islas están en nuestro hemisferio. Sois la principal baza que tenemos. No cedáis un ápice y desde luego no mostréis nuestras cartas. Los portugueses buscarán sonsacaros. Querrán que les mostremos nuestros mapas. No se os ocurra hacerlo. Tampoco ellos nos mostrarán los suyos.

—Así lo haré. ¿Sabéis que su embajador está aquí?

—¿Ha venido Silveira?

—Lo vi ayer en el mesón donde comí con el tesorero de la Casa de la Contratación y un tal Diego de Orduña, un armador de Santoña. Ambos están también hospedados en *La Estrella*.

—Tened cuidado con López de Recalde. No es de fiar. Le gusta demasiado el dinero. Ahora contadme cómo han ido esos contactos en vuestra tierra. ¿Habéis convencido a muchos?

Le explicó con mucho detalle las reuniones mantenidas, que su cuñado aportaría un patache y que era un marino curtido, y que asimismo dos de sus hermanos también se enrolarían. Le habló de los armadores de Zarauz y le dijo que al menos medio centenar de hombres estaban comprometidos, todos ellos buenos marineros.

—¡Excelentes noticias, excelentes! Serán un importante apoyo para vuestros deseos.

Elcano pensó que era el momento de informar a Fonseca de las propuestas que le hacía el embajador de Portugal. Si López de Recalde se iba de la lengua…

—Ilustrísima, hace tiempo que quería hablaros de un asunto… delicado. Debí contároslo cuando estaba en Valladolid.

El secretario de Indias entrecerró los ojos, como si mejorase su visión.

—¿Qué asunto es ese?

—Los portugueses han tratado de ganarme para su causa.

A Elcano le sorprendió que Fonseca no se alterase.

—Me quitáis un gran peso de encima.

—¿Cómo…? ¿Por qué dice su ilustrísima eso?

—Porque estoy al tanto de los manejos del embajador.

Elcano no salía de su asombro.

—¿Su ilustrísima sabía…?

—No conozco los detalles, pero tenía información de que os tentaban.

—Nunca habéis mencionado…

—Porque teníais que ser vos quien había de dar el primer paso. Contádmelo todo, con detalle.

—¿Cómo se enteró su ilustrísima de que me tentaban?

—No quieras saberlo. Pero no olvides que en la Corte las paredes oyen.

Elcano le contó cómo fue abordado y cómo mantuvo en el mesón de *San Martín* un encuentro con el embajador de Portugal.

—Me ofreció un hábito de la Orden de Cristo y una pensión que cuadruplicaba la que me ha otorgado su majestad.

—¿No aceptasteis después de que se os negara el hábito de Santiago?

—No, ilustrísima. Si habéis albergado dudas, es que no me conocéis. Después me ofrecieron el mando de una armada portuguesa.

El obispo se puso en pie ayudándose con un bastón, se acercó a la mesa y hurgó en un cartapacio hasta encontrar el papel que buscaba.

—Tomad, aquí tenéis instrucciones precisas para debatir con los portugueses. No olvidéis que la clave de esa negociación sois vos.

—No lo olvidaré, ilustrísima.

Fonseca le dio a besar el anillo pastoral, indicando que la reunión había concluido. Estaba ya en la puerta cuando le dijo:

—El Consejo de Indias será pronto realidad. Cuando quede constituido perderé toda mi influencia. Después de haber pasado casi medio siglo en la Corte, he aprendido algunas cosas. Os he dicho que debéis guardaros de López de Recalde, y también os digo que confiéis plenamente en Cristóbal de Haro. Es un hombre de negocios y el dinero es muy importante para la gente como él. Pero es hombre de palabra.

XL

Al día siguiente de su entrada el rey acudió a la colegial de Santa María, donde portugueses y españoles oían misa hermanados. Además de los representantes de ambas delegaciones, estaban, entre otros, el embajador de Portugal, el canciller Gattinara y el secretario De los Cobos. El oficiante pidió a Dios que iluminase a las delegaciones para alcanzar un acuerdo satisfactorio para ambas coronas.

Tras la misa, los presentes disfrutaron de un desayuno en *La Estrella*. Simón Orueta, a quien habían comunicado la víspera que preparase el agasajo, rebosaba satisfacción por todos los poros de su cuerpo. Era algo extraordinario para su negocio. Pensaba en poner un azulejo en una pared que recordase que allí había tenido lugar aquel acontecimiento. Luego portugueses y españoles se reunieron en la Sala de Juntas del cabildo municipal. En torno a aquella mesa estaban algunos de los más reputados marinos, pilotos, cartógrafos, astrónomos... Se había acordado que también asistieran dos clérigos, un dominico portugués que daba clase en Coímbra, el padre Couto, y un agustino español, profesor en Salamanca, el padre Arredonda. Eran maestros de Teología, cultos, pero legos en las artes náuticas. Su presencia tenía como objetivo serenar los ánimos si fuera necesario.

Cada una de las partes expuso sus posiciones y esbozó los argumentos en que se fundamentaban. Las posiciones estaban muy alejadas.

—No podemos admitir vuestros planteamientos —señalaba el

doctor Faria, uno de los representantes portugueses—, tienen grandes errores.

—Señaladlos —lo retó Elcano.

—Nuestros datos indican que la Especiería está mucho más a poniente.

—¿Qué datos son esos?

—¡Los que han aportado nuestros marinos!

—¡Ninguno de vuestros marinos ha cruzado las aguas del mar del Sur! —exclamó López de Recalde.

—¡Pero sabemos que ese mar del Sur es mucho más extenso de lo que se pensaba! ¡Esas islas quedan mucho más a poniente!

—Lo que vuesa merced dice —señaló Elcano—, indica que la Tierra es mucho más grande, pero ninguno de vuestros marinos la ha medido.

—¿Vos sí?

—¡Claro que sí! ¡Somos quienes hemos circunnavegado el globo!

—¡Mostradnos un mapa donde podemos verlo!

Elcano recordó lo que el secretario de Indias le había dicho.

—¿Nos toma vuesa merced por estúpidos?

—Tranquilizaos, señores. Busquemos acercar posturas y, si es posible, llegar a un acuerdo aceptable para las partes —señaló el padre Arredonda.

—¡Me temo, reverencia, que eso no va a ser posible!

—¿Por qué? Ese es el deseo de nuestros soberanos. —El padre Couto también trataba de sosegar los ánimos.

—Paternidades, hemos venido con la mejor de las voluntades —señaló López de Recalde.

—También nosotros —replicó Pedro Correa—. Decidnos cuál es la distancia que habéis medido en el mar del Sur.

—La que hacen que las islas de las Especias queden en nuestro hemisferio —respondió de inmediato Elcano.

—Sin embargo, nuestros datos —el portugués dio un puñetazo sobre la mesa—, avalan que se encuentran en el hemisferio que corresponde a Portugal.

—Carecéis de datos —insistió López de Recalde—. Como antes ha dicho el capitán Elcano, ninguno de vuestros marinos ha navegado por las aguas del mar del Sur.

—Los datos nos los ha proporcionado un navegante que formaba parte de la tripulación de la *Victoria*.

—¿Vuesa merced, por casualidad, se refiere a un italiano llamado Pigafetta? —preguntó Elcano con el ceño fruncido.

—A él me refiero. El único que ha dejado un testimonio escrito de ese viaje, en el que vos incumplisteis las órdenes dadas por vuestro rey y surcasteis aguas que están vedadas a los barcos de Castilla en virtud de lo acordado en Tordesillas.

—¡Llamar navegante a quien no es más que un escribiente, dispuesto a vender al mejor postor lo que es una sarta de fantasías, es un exceso! ¡Lo que diga carece de valor náutico! ¡Es falso, como lo era el mapa que vuestro embajador mostró a nuestro rey para tratar de disuadirlo de que se organizase la expedición que dirigió uno de vuestros compatriotas al servicio de Castilla!

El recuerdo de Magallanes escoció en la delegación portuguesa. Al menos tanto como a Elcano la referencia a Pigafetta.

—¡Ese traidor sólo buscaba su provecho personal!

—Sosegaos, señores —suplicó el padre Couto—. Por el amor de Dios, sosegaos. Por esa vía no llegaremos a ninguna clase de acuerdo.

Durante más de dos horas se prolongó aquella reunión que, siendo la primera, se esperaba que fuera de cortesía. Pero más allá de poner sobre la mesa sus posiciones, se habían lanzado graves acusaciones. La presencia de los padres Arredonda y Couto llamando al sosiego había evitado algún incidente más desagradable. Había quedado claro que sería complicado acercar posiciones y menos aún alcanzar un acuerdo. Cercana la hora del almuerzo, decidieron dar el encuentro por concluido y volver a reunirse dos días más tarde en el mismo lugar.

La sesión siguiente se saldó con el mismo resultado.

Al mismo tiempo que las reuniones, Carlos I y doña Juana asistían a numerosas fiestas y agasajos. El rey, además, tuvo un encuentro con los responsables del ejército que luchaba contra los franceses en Fuenterrabía.

—Majestad, los franceses aprovecharon las dificultades que habían creado los comuneros —señaló el condestable de Castilla, a quien acompañaban varios de sus capitanes.

—Pero Fuenterrabía cayó meses después de Villalar.

—Es cierto, majestad. Pero Toledo resistía y la ciudad estaba sometida a un asedio. Por otro lado, contaron con el apoyo de algunos navarros.

—¡Llevan más de dos años en ella! Algo no se está haciendo bien.

—Majestad, durante meses las operaciones se han reducido a mantener el sitio hasta ver si las gestiones del rey de Inglaterra ante Francisco I, para que abandonase la plaza, daban resultado.

—Tengo entendido que han aprovechado esos meses para mejorar aún más las defensas e introducir refuerzos en la plaza.

—Es cierto, majestad. Han abastecido Fuenterrabía por mar, pero ya hemos logrado bloquear esa vía y se han hecho progresos.

—Explicádmelos, condestable.

—Los franceses han abandonado la fortaleza de Behovia y logramos que las minas que habían dispuesto para destruir sus defensas no lograran su objetivo. Nuestros hombres, a las órdenes del capitán Ochoa —el condestable señaló a uno de los presentes—, consiguieron apagar las mechas. El cerco está estrechándose y cuando queden al alcance de nuestra artillería sus posibilidades de resistencia serán menores.

—Espero que Fuenterrabía no resista mucho más. Quiero visitar nuestros campamentos. Disponedlo todo para dentro de tres días.

Una vez retirado el condestable, el secretario De los Cobos y el canciller, que habían asistido a la reunión, hicieron algunos comentarios.

—Majestad —apuntó el secretario—, no creo que debierais exponeros a los peligros que supone visitar el campamento.

—Mi presencia dará ánimos a los hombres, hay que acabar cuanto antes con esa espina que tenemos clavada si queremos vencer a los franceses. Francisco I no ha sabido encajar su derrota en la elección imperial.

—Majestad, la clave de todo este asunto no está en Fuenterrabía, lo que no significa no utilizar los medios necesarios para ocuparla.

El rey miró a su canciller.

—Si no está ahí, ¿decidme dónde?

—En Italia, majestad. Si Francisco I se apodera de Milán… Será ahí donde se decida la guerra. Nos interesa reforzar nuestras tropas allí, una vez que los venecianos han abandonado su alianza con Francia.

—¿Creéis que Gritti se mantendrá fiel al acuerdo? —preguntó De los Cobos al canciller—. No me fío de esa república de mercaderes.

—Es cierto que los venecianos no son de fiar. Pero Gritti, que como ya sabe su majestad es desde hace algunas semanas el nuevo dogo, sabe que a Venecia no le afecta que el Milanesado esté en manos de Francia o nuestras. Sus intereses están en el Mediterráneo y le preocupa el avance de los otomanos por ese mar. Para ellos Rodas era una especie de escudo protector. Al abandonarla los hospitalarios, han quedado en primera línea.

—¿Cómo está el acuerdo para ceder Malta a la Orden?

—Espero, majestad, que pueda rubricarse en unas semanas, y que, en Todos los Santos, el maestre os envíe el primer halcón como renta por la isla.

—¿Hay noticias de las reuniones con los portugueses? —preguntó el rey, dando un giro a la conversación.

—Sí, majestad —respondió De los Cobos—, y no son buenas. Las posiciones están muy arriscadas. Han estado ya a punto de romperse en las dos ocasiones. Sólo la presencia de los clérigos lo ha evitado.

El rey se quedó un momento en suspenso, antes de responder.

—Esas negociaciones no deben romperse. Si no hay acuerdo deberán posponerse. Hay que dejar cerrado el matrimonio de mi hermana, la infanta, y plantear de forma clara que mi deseo es desposar a doña Isabel.

El canciller y el secretario intercambiaron una mirada.

—¿Va su majestad a hacer público su compromiso?

El silencio de sus consejeros advirtió al rey de que no lo veían claro.

—¿Algún inconveniente?

—Majestad —respondió el canciller—, será un agravio para el rey de Inglaterra, quien espera que su hija contraiga matrimonio con vos. No conviene, todavía, dar pasos en ese sentido. Aún nos es muy necesaria la alianza con Inglaterra y hacer público vuestro deseo la pondría en peligro.

—Las cosas han empezado a cambiar en el norte de Italia, una vez que se ha roto la alianza del rey de Francia con los venecianos. Anunciar mi matrimonio allanará el camino para el casamiento de mi hermana.

Gattinara y De los Cobos sabían que el rey llevaba mal que doña Catalina estuviera pasando por un auténtico calvario al acompañar a su madre en el encierro de Tordesillas. Era algo más que un rumor que los marqueses de Denia actuaban, más que como nobles al servicio de la reina doña Juana y la infanta, como severos carceleros. Habían oído decir, aunque sólo era rumores sin confirmar, que la marquesa se apropiaba de algunas de las lujosas vestimentas que don Carlos enviaba a su madre y su hermana.

—¿Sabe alguna otra persona el deseo de hacer pública vuestra decisión? —preguntó De los Cobos.

—Sois los primeros en tener conocimiento.

—Majestad, considerad lo oportuno de hacer público vuestro deseo en estos momentos.

El rey miró al canciller.

—Majestad, soy de la misma opinión que el secretario.

—Está bien, mantendremos el secreto de mi decisión de desposar a doña Isabel.

Las reuniones entre los representantes del monarca lusitano y del rey de España se repitieron en una tercera ocasión y los resultados fueron parecidos. Ambas delegaciones mantenían sus posiciones. Una y otra vez se repetían los argumentos esgrimidos. Habían mostrado algunos mapas, pero los que enseñaban unos y otros recogían con mucho detalle algunas partes del mundo, como era el caso de las tierras ribereñas del Mediterráneo, cuya precisión era muy grande y aquellos cuyos datos eran de sobra conocidos. A partir de ahí ocultaban sus bazas. Los portugueses mostraban con orgullo cómo habían cartografiado las costas del continente africano, cuyos marinos las habían recorrido una y otra vez, facilitando a los cartógrafos los datos necesarios para realizar trabajos extraordinarios. Por el contrario, se mostraban remisos a poner sobre la mesa sus conocimientos relativos a las tierras que bañaba el océano Índico. Los españoles alardeaban de sus expediciones a América y su conocimiento de aquellas tierras y sus costas, pero tampoco desvelaban lo que sabían acerca de las aguas del océano Pacífico. Ambas delegaciones guardaban datos importantes para sostener sus argumentos. No deseaban, en modo alguno, desvelarlos. Eran secretos de Estado.

El nuevo encuentro había tensado los ánimos al límite. Unos y otros se acusaban de incumplir lo acordado en Tordesillas, y hubo momentos en que faltó poco para que se llegase a las manos.

En los primeros días de febrero Carlos I visitó las tropas que asediaban Fuenterrabía, y pudo comprobar que el cerco se había estrechado lo suficiente como para poder someter la plaza a un intenso bombardeo. La línea de asedio ya estaba lo suficientemente cerca como para que la artillería pudiera batir sus defensas. A partir de ese momento la situación militar daría un giro de ciento ochenta grados. Ahora el tiempo corría en contra de los defensores, que se veían impotentes ante la nueva situación.

XLI

—¡Excelencia, un momento, por favor!

Quien llamaba la atención del embajador portugués era el obispo Fonseca, que se encontraba en la antecámara del salón de audiencias que se había habilitado en la Casa del Cordón. El secretario de Indias, que se sostenía con dificultad en pie y necesitaba apoyarse en su bastón, había aguardado pacientemente en la antecámara, donde no había un banco ni un miserable sillón en el que sentarse, a que terminase su audiencia con el rey.

—Ilustrísima... —Da Silveira besó el anillo pastoral de Fonseca, que le había ofrecido su mano—, es un placer veros.

—El placer es mutuo, excelencia. Tenemos que hablar.

—¿Aquí? —El embajador miró a un lado y a otro, dando a entender que no era el lugar más adecuado—. En estos sitios las paredes tienen oídos.

—Si os apetece, podemos ir a *La Estrella*, una posada cercana que es lugar a propósito y no queda lejos, aunque para mí —lanzó una mirada elocuente al bastón— todo queda ya demasiado lejos.

—No conozco el lugar, pero si os acomoda...

Poco después el secretario de Indias y el embajador se sentaban a una mesa, alejada de bullicio que había en la posada.

—¿Cuál es la razón por la que me ha requerido su ilustrísima? No dispongo de mucho tiempo.

—Veréis, Da Silveira, hay dos cuestiones que me preocupan. Me preocupan grandemente. La primera es la inutilidad de las reuniones de vuestros representantes y los nuestros en el asunto de la demarcación de las islas de las Especias. Vos sabéis tan bien como yo que no se ha avanzado un ápice y que los ánimos están enconados. Creo que lo mejor, si coincidís conmigo, es darlas por cerradas.

—¿Está su ilustrísima convencido de que eso es lo mejor?

—Pretendo evitar un mal mayor.

—No…, no os entiendo.

—Por lo que yo sé, y supongo que también su excelencia, ha habido más de un momento en que ha estado a punto de producirse un altercado. Eso supondría una seria complicación, y lo que pretendo es evitarlo.

—Pero dar por concluidas las negociaciones…

—No he dicho darlas por concluidas, sino cerrarlas aquí, en Vitoria, con una especie de acuerdo en el que se señale que nos emplazamos para una nueva ronda que no ha de demorarse. ¿Os parece inadecuado?

El embajador se acarició el mentón con aire caviloso.

—¿Hasta cuándo quedarían postergadas?

—Dos meses, no más. El tiempo necesario para que queden cerrados los acuerdos para el matrimonio de vuestro rey con la infanta doña Catalina y…, y dejar sentados los fundamentos del que presumiblemente celebrará nuestro rey con doña Isabel.

Otra vez, el embajador guardó silencio, calibrando la propuesta.

—Me parece bien, ilustrísima. Siempre que se celebren en un lugar…, en un lugar neutral.

—¿Qué significa neutral? No pretenderá su excelencia que acudamos a un tercer país.

—No, no. Pero podrían celebrarse alternativamente en una ciudad española y otra portuguesa. Las reuniones tendrían lugar en dos ciudades diferentes, basta con que no se encuentren alejadas para facilitar los encuentros. ¿Qué os parece?

—No es mala idea. Se me ocurre que esas ciudades podrían ser Badajoz, que está muy cerca de la raya que separa nuestros reinos, y la otra Elvas. He estado allí en una ocasión y no distan mucho.

—Sean, pues, Elvas y Badajoz los lugares de las reuniones. ¿Cuál es la segunda cuestión de la que su ilustrísima quiere hablar?

—Ese es un asunto más…, más delicado. —Fonseca se cuidó mucho de decir que en ella el embajador había participado—. Veréis, he tenido conocimiento de que gentes a vuestro servicio han tratado de convencer al capitán Elcano de que entre al servicio de vuestro rey.

El embajador torció el gesto.

—Sabe su ilustrísima que eso no es algo fuera de lo común. Muchos de mis compatriotas, empezando por Fernão de Magalhães, se han puesto al servicio de vuestro rey.

—No es lo mismo, excelencia.

—¡Ah!, ¿no?

—No. Magallanes decidió acudir a prestar sus servicios por voluntad propia. No hubo agentes en Lisboa tentándolo con prebendas para ello.

Luis da Silveira guardó silencio durante unos segundos que resultaron casi eternos.

—El ejemplo de Magalhães no ha sido acertado —reconoció el portugués—. Pero su ilustrísima no me negará que lo que nosotros hemos intentado también se ha hecho en sentido contrario en más de una ocasión.

—En vista de que su excelencia ha admitido que se han llevado a cabo actuaciones poco adecuadas, aceptaré que también han tenido lugar por nuestra parte. Pero os advierto de que, si se sigue por ese camino, las consecuencias que pueden derivarse no serían las…, las más adecuadas para la situación en que nos encontramos. ¿Le parece a su excelencia que tengamos la fiesta en paz?

—Me parece… Siempre y cuando no se produzcan movimientos extraños por vuestra parte.

—En ese caso, no se hable más.

Aquel día de finales de febrero el encuentro entre el secretario de Indias y Elcano no fue tan breve como Fonseca había previsto. Lo recibió en la misma sala que la vez anterior, sentado en un sillón frailuno junto al fuego de una chimenea, que caldeaba sobradamente el frío invernal que se padecía en Vitoria. No lo invitó, como en otras ocasiones, a que tomara asiento. Eso significaba que el encuentro sería muy breve.

—Su majestad se pone en camino pasado mañana. Se marcha satisfecho con la noticia de que Fuenterrabía dejará de ser un problema.

—Esa es una excelente noticia.

—El bombardeo a que ha sido sometida desde principios de mes ha dado resultado. Las tropas francesas, que son la mayor parte de la guarnición, abandonarán la plaza en los próximos días y, sin el apoyo de los franceses, los agramonteses que se enfrentan al rey no tienen capacidad de resistencia. La última noticia que tengo es que se han entablado negociaciones para la entrega de Fuenterrabía en el plazo de unas semanas; a cambio don Carlos les perdonará la vida siempre y cuando le juren lealtad. Es cuestión de días alcanzar un acuerdo. Pero no os he llamado para daros esa buena noticia, sino para deciros que la de hoy será la última reunión con los portugueses y que será de puro trámite.

—¿Se rompen las negociaciones?

—No, pero se ha decidido aplazarlas en vista de que no hay forma de llegar a un acuerdo. Mejor es tomar un receso y posponerlas algunas semanas. Hay que actuar con mucho cuidado. El matrimonio de doña Catalina con el rey de Portugal y el más que posible de nuestro soberano con doña Isabel centran en este momento las negociaciones entre las dos cortes y nadie quiere que se produzca una situación poco conveniente.

—¿Tiene su ilustrísima noticia acerca de cuándo se reanudarán las negociaciones?

—No tienen fecha fijada, pero no se demorarán. Se ha acordado celebrarlas…, celebrarlas en terreno neutral.

—Eso… ¿qué significa?

—Que se llevarán a cabo en la frontera con Portugal. Las reuniones tendrán lugar alternativamente en Badajoz y en Elvas. Vuesa merced será uno de quienes nos representen. Veo muy complicado que se llegue a un acuerdo. Todo esto sólo servirá para retrasar el aparejo de la flota a la Especiería. Pero la política obliga a veces a tomar decisiones que no son las que más interesan. Si se rompieran ahora, lo que nos dejaría las manos libres para organizar esa expedición, podría tener consecuencias en otros terrenos que no serían deseables. Don Carlos quiere que la cordialidad esté presente en todo lo que atañe a los portugueses. La decisión de desposar a doña Isabel ya está tomada. Me han dicho que pasa las horas contemplando su retrato.

—Entonces…, ¿por qué no se hace público?

—¡Ay! ¡Cuánto os queda por aprender! En este momento la alianza con Inglaterra es sumamente importante. Han llegado representantes del rey Enrique que desean negociar el matrimonio de su hija María con el emperador. No dejan de darles largas porque una negativa no sería bien recibida en Londres y las consecuencias… —Aquel era un mundo donde Elcano se sentía un extraño. En el mar las cosas eran mucho más simples y a los problemas se daban soluciones más expeditivas. Prefería llamar al pan, pan y al vino, vino—. En fin, no dispongo de mucho tiempo. Las instrucciones que os di seguirán siéndoos de mucha utilidad en esas reuniones. Nuestra posición ha de mantenerse firme. Tenedlas presentes.

Tuvo la impresión de que el secretario de Indias estaba despidiéndose. Era cierto que tenía ya una avanzada edad y que los achaques que padecía estaban a la vista, pero nada hacía pensar que fuera a entregar su alma a Dios en los días siguientes, aunque eso era algo que sólo el Altísimo conocía.

—¿Está su ilustrísima despidiéndose?

El obispo lo miró con un amago de sonrisa apuntando en sus labios.

—No, pero mi tiempo se acaba. El Consejo de Indias será realidad en cuanto su majestad regrese a Valladolid. Entonces mis servicios ya no serán necesarios y, como ya os dije hace algunos meses, mi mayor deseo es retirarme a Burgos y disponer mi ánima para el encuentro con su Creador. Y ahora, amigo mío, retiraos y tenedme al tanto de vuestros preparativos.

—Disculpad, ilustrísima, ¿suena algún nombre para presidir ese Consejo?

Fonseca dejó escapar un suspiro, como si le costase trabajo poner palabras a su pensamiento.

—Suena el nombre de don Pedro González Manso, obispo de Guadix, pero todo apunta a que el presidente será don García de Loaysa y Mendoza.

—¿El confesor del rey?

—Sí, su ascendiente sobre don Carlos es muy alto. Pensad que es la única persona ante la que se arrodilla su majestad. Mucho me temo que ese nombramiento no os beneficia demasiado.

Elcano recordó lo que Cristóbal de Haro le había escrito en la carta que le llegó a Guetaria cuando le decía que *«tenía grandes y poderosos enemigos en la Corte que habían intrigado para apartarle de aquella reunión»*. Sin duda García de Loaysa era uno de ellos.

—Supongo que su ilustrísima está al tanto de lo que Zambrano ha averiguado relacionado con la muerte de Belizón y el robo de los papeles y algunos mapas de Matías.

—Lo estoy, pero no se ha sacado mucho en claro, salvo que los franceses han metido las narices en este asunto.

—Zambrano me ha contado que hay por medio un portugués.

El obispo tosió varias veces. Pidió a Elcano que le alcanzase una redomilla que había sobre la mesa y que tenía un líquido verdoso. El obispo le dio un trago y la retuvo en sus manos.

—Este licor, que el doctor me ha preparado, alivia mucho mi tos. Lo prepara con menta y otras hierbas. Me ha dicho que la menta, según Aristóteles, es mala para el vigor sexual y que amilana a los hombres. Decía ese filósofo que no se debía consumir y, desde luego, nunca antes de entrar en combate. Pero yo, a mis años, ni voy a combatir ni necesito ya esa clase de vigor.

—Yo he oído decir a mi madre que es mala para la fertilidad. Que las mujeres que la consumen se vuelven estériles.

—¡Vaya a saber vuesa merced! ¡Lo que puedo aseguraros es que me alivia mucho la tos! Pero vayamos a lo que estábamos. Zambrano fue quien encontró una pista de este enmarañado negocio. Cuando me contó lo ocurrido me reuní con el corregidor y le informé de la importancia de lo que habían robado. Le dio instrucciones al alguacil mayor de Valladolid de que no dieran carpetazo al asunto. Algunos de sus hombres indagaron sobre lo ocurrido y me han tenido al tanto de las pesquisas.

—¿Tiene su ilustrísima más información?

Fonseca carraspeó y dio otro trago al elixir que olía a menta.

—Os voy a contar todo lo que sé porque vuesa merced ha estado en esto y porque es persona en la que tengo plena confianza. Estas cosas, cuando están siendo investigadas, es mejor que no las sepa mucha gente porque pueden echarlas por tierra. Ni siquiera las conoce Zambrano porque es un tanto ligero de lengua.

—Su ilustrísima me hace una gran merced.

—¡Bah! —Fonseca dio un manotazo al aire—. Esos franceses, con quienes acabaron los corchetes, habían tenido tratos con un portugués y todo apunta a que fue él quien contrató a esos rufianes después de que el enano se negara a seguir haciéndole algún trabajo.

—¿Matías conocía a ese sujeto?

—Parece que tuvo algún trato con él. Le pagaba bien algunos trabajos que hacía sin conocimiento de don Fadrique. Pero le encargó algo que no estuvo dispuesto a hacerle porque le pareció demasiado peligroso.

—Disculpadme, ilustrísima, pero… ¿cómo han averiguado todo eso?

—Porque en los papeles que desaparecieron de casa del enano y estaban en posesión de los franceses había mucha información. Los corchetes los han estudiado detenidamente y han ido atando cabos. Todo apunta a que ese portugués le había pedido un *Globus Mundi* por el que los franceses estaban dispuestos a pagar bien. El enano dijo sí en un primer momento, pero luego cuando, al parecer, estaba listo para entregarlo, se negó. No sabemos por qué. El portugués quiso hacerse con él, pero llegó demasiado tarde. Los rufianes que contrató para ese trabajo acabaron con la vida de Belizón y los otros. Todo induce a pensar que ese portugués, al no encontrar la esfera, se desentendió del asunto y los facinerosos que había contratado se quedaron con los papeles y los mapas que pudieron robar y se los ofrecieron a los franceses. Eso…, eso explica por qué discutían en el mesón de *San Martín*. Es seguro que el portugués del que os he hablado era al que Zambrano se refería cuando decía que había otro sujeto cuando se enzarzaron en aquella discusión y que se había quitado de en medio. Sin duda era el mismo al que se refería el rufián que estaba moribundo cuando los corchetes entraron en la casa del Campillo.

—La cuestión está en localizar a ese portugués, cosa que no será fácil, y saber el destino que tenía ese *Globus Mundi*.

—Lo primero será complicado. Carecemos de referencias para localizarlo. A lo segundo no hay que darle muchas vueltas. El rey de Francia quiere meter la cuchara en ultramar, después del fracaso cosechado en la elección imperial. En fin, amigo mío, así están las cosas. Arreglad los asuntos que tengáis pendientes en vuestro pueblo y venid a Valladolid sin mucha detención. Vuesa merced, como ya os he dicho, será uno de los negociadores que se reúnan con los portugueses. Es importante que estéis en los sitios donde se toman las decisiones.

Elcano salió del encuentro dando vueltas a su cabeza. La muerte de aquellos tres hombres en Medina de Rioseco, uno de los cuales lo acompañaba a él y los otros dos a quienes buscaba equivocadamente por una mentira cuidadosamente elaborada por María Vidaurreta, le pesaba como una losa. Sentía que tenía una deuda, el menos con Belizón. Indagaría para tratar de llegar hasta aquel escurridizo portugués.

XLII

Una vez que la Corte abandonó Vitoria camino de Burgos, la ciudad, poco a poco, fue recuperando la normalidad. Elcano preparó su regresó a Guetaria. Su deseo era volver a ver a María y preparar todo lo necesario para una boda que Catalina del Puerto deseaba que se celebrase con el aparato que pudieran permitirse; a su madre no le gustaban los casamientos de tapadillo porque daban lugar a murmuraciones y cotilleos. No podría estar mucho tiempo en su pueblo porque, según Fonseca, las negociaciones con los portugueses no se retrasarían demasiado. Pero antes de partir ocurrió algo inesperado.

Había salido de *La Estrella* para verse con un calderero que iba hasta Éibar para adquirir algunos lingotes de metal con los que confeccionar cazuelas, sartenes y otras piezas, y hacer con él el camino, porque viajar en carruaje era mucho más cómodo que hacerlo a caballo. Pero apenas había dado un centenar de pasos cuando una voz a su espalda le hizo pararse en seco.

—¡No tengáis tanta prisa! —Era Bastinhas.

—¿Acaso os incomoda?

La mirada del portugués no anunciaba nada bueno.

—Ni me incomoda ni deja de incomodarme, pero quiero deciros algo.

—Hacedlo con brevedad. —Elcano tanteó con la mano el puño de la *misericordia*.

—Meditad nuestra proposición.

—Creo habéroslo dejado muy claro.

Bastihnas bajó la voz convirtiendo sus palabras en su susurro.

—Os va la vida en ello.

El portugués se alejó calle abajo, dejando a Elcano perplejo.

Partió al día siguiente, 2 de marzo, y después de dos jornadas llegaron a Éibar. Durmieron en el carruaje del calderero, como la noche anterior, pero ahora lo hicieron en el patio de la misma ferrería donde había pernoctado con los arrieros algunos meses antes. Al atardecer del siguiente día, nublado y amenazando lluvia, divisó la torre de San Salvador. Cuando entró en Guetaria había empezado a caer una fina lluvia que parecía no mojar, pero que poco a poco iba calando. Los lugareños se referían a ella como sirimiri. Apretó el paso.

Su madre lo recibió con los brazos abiertos. Preguntó por sus hermanos, pero estaban fuera. Las mujeres —Inés y Sebastiana— con sus maridos en Zarauz y Mondragón. Los varones en la mar, salvo Domingo. El clérigo daba cuenta de una sopa de pescado cuyo aroma le despertó el apetito. Su madre le sirvió un humeante plato y, cuando subió a la planta de arriba para prepararle la cama, Domingo le preguntó:

—¿Vas a estar muchos días en Guetaria?

—No muchos. He de ir a la Corte. Van a celebrarse conversaciones con los portugueses en la raya de aquel reino y debo estar allí.

—Lo que aquí se ha oído decir es que habéis tenido algunas juntas en Vitoria y que no habéis llegado a ningún acuerdo.

—No se han roto porque está el asunto de los matrimonios.

—¿Es cierto que el rey va a casarse con una infanta portuguesa?

—Eso se dice y todo hace pensar que será la futura reina.

—Reina y emperatriz. Dicen que es muy guapa.

—Por lo que he sabido el rey está prendado de un retrato de ella que le enviaron desde Lisboa.

—Mal asunto para la disputa del dominio de la Especiería.

—¿Por qué dices eso?

—¡Ay, hermano! ¡Dos tetas pueden más que dos carretas!

—La razón está de nuestra parte. Tenemos datos que lo señalan.

—Al final esto no será cuestión de papeles ni datos. Si no, al tiempo.

—No nos doblarán el pulso fácilmente.

—Tampoco vosotros a ellos. Son buenos marinos. Tienen excelentes astrónomos y muy buenos cartógrafos. En fin, veremos en qué para todo esto.

—Veremos.

—¿Vas a ir a ver a María?

—¡En cuanto haya dado cuenta de esta sopa!

Convenientemente aseado y vistiendo un elegante jubón que había adquirido en Vitoria a un sastre que le había confeccionado algunas prendas, Elcano se dirigió a casa de María. Estaba anocheciendo y el sirimiri que lo había recibido al llegar a Guetaria seguía cayendo mansamente. Fue ella quien abrió la puerta. Se abrazó a su cuello y no pudo contener las lágrimas.

—¡¿Cuándo has llegado!? No tenía la menor idea…

—Hace un par de horas. El tiempo para comer algo y adecentarme.

—¡Qué alegría! —Lo abrazó de nuevo como si quisiera asegurarse de que no era un sueño—. ¡Te he echado tanto de menos!

La llegada de su madre tosiendo hizo que deshicieran el abrazo.

—¿Qué tal os ha ido por Vitoria?

—Bien, aunque poco hemos sacado en claro.

Lo invitó a que pasase. Les contó cómo había sido la entrada y la estancia del rey en Vitoria. Explicó, como pudo, la forma en que vestían las damas de la Corte: cómo eran sus tocados y los colores y formas de sus vestidos. Le preguntaron cómo era doña Juana y un sinfín de cosas más. Después de aquella especie de interrogatorio, la madre se retiró discretamente y, al quedar solos, María no pudo contener las lágrimas.

—¿Qué te ocurre?

María bajó la voz, fue poco más que un susurro.

—Estoy preñada.

A Elcano ni se le había pasado por la imaginación.

—¿Estás segura?

—Sí —respondió con un hilo de voz. Hace tres meses que no…

—La voz se le entrecortaba—. No sangro. Me duele el pecho y lo tengo hinchado. No…, no tengo duda. Cuando te marchaste lo sospechaba, pero no quise decirte nada.

—Por eso no debes llorar. Nos casaremos…, te di mi palabra y responderé a ella. Pero, sobre todo, nos casaremos porque te amo. Se lo diré a mi hermano y será él quien nos case.

María se abrazó a él y poco a poco dejó de gemir.

—No lloro porque dude de tu amor, sino porque…, porque… —Otra vez rompió a llorar y se abrazó a él hundiendo su rostro en su cuello.

—Vamos, María, vamos. —Trataba de serenarla.

—Han sido unas semanas horribles. Pensé que no volverías. Estuve tentada de hablar con Sarona…

—¿Quién es Sarona?

—Una…, una herborista. Conoce algunas plantas con las que se confecciona una infusión y si la tomas varios días expulsas las entrañas.

Elcano se acordó de lo que le había contado Águeda de las mujeres que se dedicaban a aquellos menesteres.

—Ni se te ocurra. ¿Has dicho algo a tu madre?

—Ni una palabra.

—Creo que no deberías ocultárselo más tiempo. —Le acarició el vientre—. No podrás mantenerlo en secreto mucho tiempo más. ¿Quieres que se lo digamos ahora?

Aparecieron en la cocina donde la madre andaba entre los pucheros.

—*Ama*, Juan Sebastián y yo queremos decirte algo.

—¿Habéis fijado fecha para casaros?

—Vamos a casarnos. Pero… debes saber que vas a ser abuela.

La madre arrugó la frente. No esperaba aquello. Pero lo encajó con serenidad.

—Bueno, eso tenía que ocurrir antes o después. ¡Fijad la fecha de la boda cuanto antes mejor! Así las habladurías serán menos.

Elcano fue a comunicárselo a su madre. Sabía que a Catalina del Puerto no iba a gustarle la noticia. Lo mejor sería decírselo cuando Domingo estuviera delante, el clérigo ayudaría a aplacar su ira. Era posible que el sacerdote supiera algo porque María era su feligresa. A la mañana siguiente, cuando Domingo volvió de decir misa en San Salvador, llegó con mucho apetito a la cocina. Estaba sirviéndose unos chicharrones cuando Elcano habló del embarazo de María y anunció que era su voluntad desposarla.

—María está embarazada, nos casaremos lo antes posible.

La madre, que estaba pendiente del fuego donde esperaba a que hirviera la leche, se volvió con cara de pocos amigos.

—¡Has tenido que preñarla antes de pasar por la iglesia!

—*Ama*, no os irritéis. Di a María palabra de matrimonio y...

—¡Y no pudisteis esperar! ¡Tu padre no me tocó antes de que nos bendijera el párroco! ¡Pero ahora...! ¡No sé adónde vamos a llegar!

—¡*Ama*, la leche! —gritó Domingo al ver que rebosaba por los bordes del puchero y se derramaba sobre el fuego.

—¡A la mierda la leche!

—No os enfadéis por tan..., tan poca cosa.

—¡Tan poca cosa llamas a dejar preñada a una doncella!

—*Ama*, le había dado palabra de matrimonio. Si no están casados es porque tuvo que marcharse y vos no queríais una boda con prisas.

—¡No, si la culpa de que haya follado antes de tiempo la voy a tener yo! ¡Con la cantidad de busconas que se habrían acostado contigo!

—Ahí, *ama*, he de daros toda la razón. Si supierais las cosas que escucho en el confesionario... ¡Santa madre de Dios! —Domingo hizo la señal de la cruz.

—*Ama*, no os irritéis. ¡Vais a ser abuela! —Elcano la tomó por los hombros—. ¡Eso es motivo de alegría! —Sus arrumacos aplacaron algo la ira de Catalina del Puerto, pero no su malhumor—. Nos desposaremos en unos días. Lamento que la boda no se celebre de la forma que tu querías.

—Bueno..., hermano, bueno. Tampoco corras demasiado. No puedes casarte tan rápidamente.

Elcano arrugó la frente.

—¿Qué demonios dices? ¿Qué es eso de que no podemos casarnos?

—No tientes al demonio. Y lo que he dicho es que no podéis casaros tan rápidamente

—Domingo…, no estoy para bromas.

—No estoy bromeando. Si queremos hacer las cosas como Dios manda, María y tú tendréis que esperar a que acabe la Cuaresma. La Iglesia ve con malos ojos que se celebren matrimonios en tiempo de penitencia. Aquí nunca se ha tenido en cuenta, pero desde que llegó el nuevo vicario… Don Gaspar de Arechavaleta se muestra tajante y no permite misas de velaciones ni desposorios en la Cuaresma.

—¡Qué tendrá que ver no comer carne y pasar algo de hambre con el casamiento!

—La abstinencia se refiere a todo tipo de carne…

—Vamos…, hermano. Tú nos casas y acabamos de una vez con esto.

—No es posible. Podría acarrearme graves problemas.

—¡María está embarazada! ¡Cuánto más se retrase será…, será peor!

—Tendréis que esperar a que concluya la Cuaresma. Tampoco es…, es tan grave. Son muchas las mujeres que una vez que han recibido palabra de matrimonio no tienen reparo en mantener relaciones carnales.

—Si Domingo dice que hay que esperar a que termine la Cuaresma, habrá que esperar. —La madre lo zanjó con una rotundidad que no admitía discusión—. Si no hubierais hecho lo que no debíais…

—*Ama*, tampoco hay que hacer una tragedia. Lo hecho, hecho está y, si dio a María palabra de matrimonio…

—¡Que eso lo digas tú siendo sacerdote!

Domingo trataba de aplacar a su madre, diciendo algunas cosas que no eran adecuadas. Si don Gaspar se enterase…

—Lo que podemos es hacer públicas las amonestaciones para que se sepa que María de Ernialde y tú vais a contraer matrimonio.

—¿Es necesario? —preguntó Elcano.

—El vicario, que antes había profesado como franciscano de los que reformó y a los que impuso una estricta disciplina el cardenal

Cisneros, lo considera conveniente. Por si alguien supiera que existe algún impedimento para su celebración. Durante tres semanas seguidas en la misa mayor de los domingos se dirá que tenéis intención de casaros y se preguntará si alguno tiene noticia de que no pudiere celebrarse el sacramento.

—No había oído hablar de eso.

—Hay parroquias donde no se hace. Pero está en los cánones. Si todos los párrocos cumplieran con su obligación se evitarían casos de bigamia.

—Eso significa que no podremos casarnos hasta…

—Finales de marzo.

Aquella tarde Elcano se vio con María.

—He dicho a mi madre que estás embarazada.

—¿Cómo ha reaccionado?

—No le ha gustado, pero lo ha aceptado. —Quitó importancia a la ira materna—. Cuando quieras podemos hacerle una visita.

—Prefiero dejar que pase un tiempo y asuma que estoy encinta.

—Lo que no va a ser posible será casarnos en breve. Domingo me ha dicho que el vicario nuevo no permite matrimonios durante la Cuaresma. Según don Gaspar, la Iglesia dice que hay que abstenerse también en las relaciones carnales y que el casamiento supone…

—Eso es nuevo. Aquí la gente se ha casado cuando le ha venido bien. Nunca ha habido prohibiciones.

—Por lo visto, eso está establecido desde hace bastante tiempo, pero en muchos sitios no se ha tenido en cuenta. Aquí se aplica desde que él ha llegado. Harán público que queremos casarnos durante varios domingos en la misa mayor. Otra novedad que ha traído don Gaspar.

Mientras en Guetaria Elcano se disponía a aprovechar aquellos días para cerrar algún acuerdo más de cara a la expedición, en la Corte los acontecimientos se precipitaban. El abandono por parte de los franceses de la plaza de Fuenterrabía, que había obligado a los agramonteses navarros a entregar la plaza y obtener el perdón del rey al jurarle lealtad, permitió al monarca francés disponer de esas tropas y de las que mantenía en Navarra. Las noticias que se tenían eran que Francisco I estaba preparando un poderoso ejército con el que atacaría el Milanesado, aunque los venecianos, después de la grave derrota que habían sufrido en Bicoca a manos de las tropas españolas y la llegada de Andrea Gritti a la máxima magistratura de la Serenísima República, se habían apartado de la alianza con los franceses. Esas noticias, que llegaban a diario, eran el centro de atención de la Corte. Carlos I dudaba si ponerse en camino para estar al frente de sus tropas. Era consciente del riesgo que suponía estar en primera línea de combate, pero sabía del efecto que producía su presencia. Tenía la reciente experiencia de lo ocurrido en Fuenterrabía.

—Vuestra majestad no debe abandonar la Corte con los asuntos que tenemos pendientes. No todo es Italia, señor —le decía De los Cobos—. Hay otras cuestiones que requieren la atención de vuestra majestad. Han de tomarse muchas decisiones sobre las noticias de ultramar. No podemos demorar la creación de un Consejo que entienda de esos asuntos. El secretario Fonseca es hombre experimentado y muy capaz. Pero esos asuntos han tomado tal entidad que no pueden recaer sobre los hombros de una sola persona y además su edad…

—Todo eso es cierto, pero Italia… —insistió Carlos I.

—Majestad, también habrá que tomar decisiones sobre la Especiería. No creo que las reuniones previstas sirvan más que para guardar las apariencias. Si logramos asentar el dominio sobre esas islas se habrán acabado las penurias económicas por las que atravesamos.

—Esa expedición tendrá que aguardar a lo acordado.

Unos golpecitos en la puerta dieron paso al canciller, que entraba con una carta en la mano.

—Pido disculpas a su majestad por irrumpir de este modo. Pero las noticias que acaban de llegar de Italia…

—¿Qué ha ocurrido?

—Majestad, los franceses han cruzado los Alpes y avanzan hacia Milán. El marqués de Pescara apenas dispone de la mitad de los efectivos con que, según nos informan nuestros agentes, cuenta el enemigo. La situación es…, es dramática. Si los franceses ponen el pie en Milán…

Carlos I miró a De los Cobos: aquello confirmaba su planteamiento. Pero el secretario era hombre de experiencia y estaba sobrado de recursos.

—Majestad, Pescara ya ha demostrado que disponer de un número inferior de hombres no es obstáculo para lograr el triunfo. ¿Sabe su majestad que la palabra bicoca se utiliza ya como sinónimo de cosa apetecible y fácil de conseguir?

—Las diferencias en Bicoca no eran tan grandes —apuntó Gattinara.

—El marqués batió allí a los franceses con muchas menos tropas de las que tenía el adversario. Ahora puede repetirlo. Añadid a ello que los venecianos se han retirado y nuestro bando se había visto reforzado con el apoyo que nos presta quien ha sido hasta ahora condestable de las tropas de Francisco I. Lo que aporte *monsieur* Borbón será de gran ayuda.

Carlos I se sentó en una jamuga y se acarició el mentón.

—¿Qué dice exactamente esa carta?

—Que se trata de un ejército de más de cuarenta mil hombres, donde está la flor y nata de su caballería. Si los franceses entran en Milán —insistió el canciller—, todas nuestras posesiones en Italia están en peligro. Incluso Venecia podría cambiar de posición. No podemos tampoco olvidar que, tras la muerte del papa Adriano, quien rige la Santa Sede es un Médici.

—¿Clemente VII se volvería contra mí?

—Los florentinos, majestad, no son de fiar. Las noticias que llegan de Roma son que la Santa Sede no ve con buenos ojos nuestra presencia en aquella península. Teme que, si nos hacemos con el norte, los Estados Pontificios quedarían aprisionados por una tenaza entre Milán y Nápoles.

—¿Qué solución proponéis?

—Lo adecuado sería enviar tropas a Pescara, pero las arcas de vuestra majestad están vacías y las tropas cuestan mucho dinero.

—Podrían reclutarse lansquenetes —apuntó De los Cobos.

—¿Con qué dinero se les pagaría?

—Los Függer, majestad. Si a esos banqueros se les ofrece alguna garantía podrían haceros el préstamo que necesitáis.

—La otra opción es que vuestra majestad marche a Italia.

El secretario supo que era Gattinara quien había metido en la cabeza al rey la necesidad de ir a Italia. En su opinión era una locura. Si a don Carlos le sucediera algo el problema sería gravísimo. Tal vez, Gattinara buscaba quedar como regente si el rey se ausentaba.

—No lo creo conveniente, majestad. Habría que dejar un regente en el reino y, si bien la situación en Castilla se ha apaciguado, no debemos confiarnos. Por otro lado, señor, están las negociaciones del matrimonio de vuestra hermana y el de vuestra majestad. Las conversaciones avanzan, pero quedan asuntos que resolver. La estipulación de la dote de doña Catalina se ha vuelto complicada. El canciller puede daros muchos más detalles que yo.

Carlos I interrogó con la mirada a Gattinara.

—Según Hernando de la Vega, a quien he confiado este negocio, los portugueses no aceptarán ahora una dote inferior a doscientas mil doblas de oro.

—¡Es una suma exorbitante!

—Admitirían que se pagase en tres plazos.

—¡Ni siquiera a plazos! —dijo el rey poniéndose en pie.

—Señor, no es tan descabellado.

—¡Cómo que no! ¡Doscientas mil doblas!

—Si accedemos a pagarla, estaríamos en condiciones de pedir una gran suma como dote de la futura emperatriz.

—Mi matrimonio no puede entenderse como…, como una almoneda.

—Majestad, podríamos negociar una dote de novecientas mil doblas.

La cifra que acababa de salir de la boca del canciller era tan fabulosa que durante unos segundos el silencio podía cortarse en la estancia.

—¿Queréis repetirlo? —El rey miraba al canciller con incredulidad.

—Novecientas mil doblas, majestad. No es una quimera. La riqueza del comercio de las especias permite al rey de Portugal asumir esa cantidad. No olvidéis que doña Isabel se convertirá en emperatriz. Por eso no debemos poner demasiadas trabas a la dote de doña Catalina.

—Culminar esas negociaciones —señaló De los Cobos— hacen muy necesaria la presencia de vuestra majestad en estos reinos. Por eso, con todos los respetos, majestad, sigo pensando que no deberíais salir de ellos. Al menos hasta que se hayan llevado a cabo los casamientos.

—¿Qué se podría ofrecer a los Függer como garantía de un préstamo?

—Han mostrado interés por las minas de azogue que hay en Almadén —respondió inmediatamente De los Cobos.

—¿Para qué quieren un mineral que, según algunos, provoca locura?

—Los médicos lo están utilizando para tratar el mal francés. Dicen que cura esa enfermedad. Podrían ganar mucho dinero con ese tratamiento.

—Tanteadlos y ved qué suma pueden ofrecernos para enviar refuerzos al marqués de Pescara. Como dice el canciller, es mucho lo que nos jugamos en Italia.

XLIII

El 2 de abril, Domingo de Resurrección, terminaba la Cuaresma y el tiempo que María de Ernialde y Juan Sebastián Elcano habían tenido que esperar para desposarse. En San Salvador se habían hecho públicas las amonestaciones sin que se hubiera manifestado impedimento alguno para la celebración de aquel matrimonio. Durante esas semanas el vientre de María no había dejado de crecer, aunque ella había procurado disimularlo, utilizando ropa amplia. No había podido evitar los comentarios maliciosos, si bien las amonestaciones habían actuado de bálsamo. Como había dicho Domingo, eran numerosas las mujeres que mantenían relaciones carnales bajo palabra de matrimonio. En muchos lugares no estaba bien visto, pero en otros era casi una costumbre. Los problemas surgían cuando el novio no cumplía su palabra y la mujer quedaba como una madre soltera y el hijo como un bastardo. Los bastardos eran frecuentes en las familias más linajudas y se los tenía en menor consideración, pero no se los apartaba de la vida familiar. El propio emperador había preñado a doña Germana y la viuda de su abuelo había dado a luz una niña que Carlos I se había negado a reconocer, pese a las peticiones de su abuelastra.

El rechazo de Catalina del Puerto derivaba de que su marido había mantenido una relación con otra mujer y había tenido con ella una hija natural. Por eso Elcano había guardado un silencio absoluto de su relación con María Vidaurreta, la cual estaría a punto de parir, si es que no lo había hecho ya. Tendría que afrontar aquella situación cuando apareciera por Valladolid como un hombre casado.

Después de la misa de Resurrección, a la que había asistido Catalina del Puerto rodeada de sus hijas Inés y Sebastiana, que habían ido a Guetaria acompañadas de sus maridos, y también de Elcano —esperaban que Martín, Antón y Ochoa, embarcados en la *Estrella de la Mañana*, llegaran para el almuerzo— se encaminaron a la casa para disfrutar de la comida, un auténtico banquete, con que era costumbre recibir el final de la Cuaresma. El Sábado de Gloria se había dispuesto la comida con la que se celebraba la resurrección de Cristo.

Habían preparado el relleno de una gran empanada que, antes de acudir a San Salvador, llevaron a la tahona de Avinareta, junto al medio cordero que había pesado una arroba y cuatro libras para que quedaran en su punto a la hora del almuerzo. Habían también adobado un costillar de puerco al modo tradicional, y todo ello se regaría con abundante chacolí. Los ayunos y las abstinencias cuaresmales quedaban atrás y la carne, convertida en protagonista, desplazaba aquel día al pescado, que formaba parte de la dieta cotidiana de los vecinos de Guetaria.

Elcano, cuando vio aparecer a Domingo por la puerta —don Gaspar, tras la misa, lo había retenido en la sacristía, mientras se quitaba la casulla y demás ornamentos—, le ofreció una jarrilla de vino e hizo un aparte con él.

—¿Cuándo nos casarías?

—Cuando tú digas. La Cuaresma ha terminado y se han llevado a cabo las amonestaciones.

—¿Podría ser mañana?

—Desde luego, aunque es algo precipitado. ¿Has hablado con el *ama*?

—Lo tengo hablado con María, pero al *ama* no se lo he dicho todavía.

—Deberías decírselo, cuanto antes mejor, y que os dé sus bendiciones. Dale protagonismo y todo será más fácil.

—Lo haré después de la comida.

El cielo, que había amanecido de un azul limpio y con una suave brisa de poniente, había ido progresivamente encapotándose y la brisa había derivado en un viento cada vez más fuerte. El mar empezaba a encresparse y, cuando Inés y Sebastiana fueron a la tahona para traer la empanada y el cordero, unas nubes densas y oscuras amenazaban lluvia.

—El tiempo está empeorando y los hermanos sin aparecer —comentó Sebastiana.

—No me gusta este viento. Pinta cada vez peor.

La casa se llenó del aroma que desprendía el cordero asado con hierbas aromáticas. Lo colocaron, humeante, en una bandeja sobre la mesa y Catalina del Puerto empezó a impacientarse con la tardanza de sus hijos. No había estado muy conforme con que se hicieran a la mar en aquellos días, pero ellos insistieron en que era buen tiempo para la pesca del bacalao.

—¿Dónde andarán vuestros hermanos?

—*Ama*, llegarán pronto. En la mar el viento no siempre sopla a favor.

Las ráfagas de viento eran cada vez más fuertes y empezaron a caer las primeras gotas.

—¡Lo que tenían que haber hecho era no largar velas! ¡Dijeron que ayer estarían de vuelta! Hoy es un día para festejar y ellos estarán todavía echando las redes. ¡Estoy inquieta! ¡El tiempo está empeorando!…

—Vamos a esperarlos sin impacientarnos. —Elcano llenó los vasos de chacolí e iba a decir algo, cuando un grito en la calle hizo que a todos se les pusieran los vellos de punta.

—¡Galerna! ¡Galerna!

—¡Santo Dios! —Elcano salió al patio donde comprobó cómo aullaba el viento y el cielo se había oscurecido.

Con el corazón en un puño salieron a la calle. Allí podía percibirse mucho mejor el fuerte ventarrón que les azotaba el rostro, al tiempo que caía, cada vez con más fuerza, la lluvia. La temperatura había descendido de forma alarmante. Ahora la capa de nubes era tan espesa que la luz del sol apenas la podía atravesar. Parecía que la noche estaba a punto de caer sobre Guetaria. Las galernas no eran algo extraordinario, pero el recuerdo de la que ocurrió hacía veinte años se vino a la mente de todos. Fue la que se llevó al padre de Elcano y a los ocho marineros que con él iban embarcados en una lancha sardinera y dejó viuda a Catalina del Puerto.

—No suelen ser habituales tan pronto, aunque hoy hacía un calor impropio de esta época del año —apuntó Domingo.

—¡Poco me importa si no suelen darse en esta época del año! ¡Vuestros hermanos están en el mar! ¡Santa Madre de Dios, protégelos! —exclamó la madre llevándose las manos a la cabeza—. ¡Deberían haber llegado ya!

—*Ama*, ya os lo he dicho, con la mar nunca se sabe. —Elcano le pasó el brazo por los hombros.

—Ya debían estar aquí —repitió la madre con el rostro crispado.

Elcano y Domingo cruzaron una mirada, sin decir palabra. Una galerna levantaba olas de ocho y diez varas, movía los barcos como si fueran cáscaras de nuez y los engullía o los estrellaba contra la costa.

—¡Vuelvo enseguida!

—¡¿Dónde vas?! —gritó Elcano, pero su voz se perdió en medio de la lluvia que había convertido los aleros de las casas en cataratas.

Elcano se sumó a algunos vecinos que corrían hacia el Ratón para ver qué estaba ocurriendo y por si podían ayudar en algo. Su madre entró en la casa, encendió dos velas y las puso delante de un grabado de san Telmo —patrón de los navegantes—, mientras bisbiseaba una oración y ofrecía al santo cuatro libras de cera blanca si protegía a sus hijos. Luego tomó un puñado de sal y sobre la mesa confeccionó una cruz a la que rodeó de migas de pan. Después picó unas hojas de laurel y sacó de un tarro, que tenía oculto en la alacena, unas bolitas de incienso a las que añadió unas extrañas cortezas. Puso todo ello en un pequeño recipiente y le prendió fuego y cuando empezó a humear y el olor del incienso llenó la cocina recitó, leyéndolo con mucha dificultad en un papel ajado, unas extrañas oraciones cuyas palabras eran ininteligibles. Era un conjuro que había heredado de su abuela y esta de la suya. Luego lo recogió todo, salvo la cruz de sal, y lo ocultó para que nadie lo viera.

Al tiempo que recogía pensó que debía compartir aquel secreto con su hija Inés para que el conjuro se mantuviera vivo en la familia como hasta entonces: heredado entre las mujeres una generación tras otra.

En el Ratón se habían congregado varios cientos de vecinos que asistían impotentes a un escenario sobrecogedor. El mar tenía una tonalidad oscura, casi negra, y las cortinas de agua que descargaban imposibilitaban ver lo que ocurría a pocas varas. Las enormes olas rompían con fuerza contra los cantiles, lanzando grandes cantidades de agua sobre tierra y produciendo un ruido aterrador. Domingo Elcano se había revestido con una capa pluvial y empuñaba una custodia de mano en la que llevaba al Santísimo Sacramento; jadeante, con la respiración agitada y la voz entrecortada, había subido a la ladera del monte de San Antón y de cara al mar conjuraba al viento para que amainase, al tiempo que invocaba la protección del Altísimo.

—Os conjuro a vosotros, príncipes del infierno, Leviatán, Behemoth y Belfegor, demonios malignos, que habéis desencadenado esta tormenta para nuestra desgracia, que os retiréis al averno. Invoco el nombre de la Santísima Trinidad, tres personas en un solo Dios, el Eterno, el Omnipotente, el Misericordioso. Os pedimos, Señor, que ordenes, con tu infinito poder, que los vientos amainen y las aguas se calmen. Os rogamos que, mediante la intercesión de María, tu Santa Madre, nos concedas el perdón por nuestras culpas y nuestros muchos y graves pecados. Te suplicamos, ¡oh, Señor de tierras y mares!, que pasen estas desgracias.

Todos los que estaban cerca habían caído de hinojos y, con las manos entrelazadas, se sumaban a la súplica del sacerdote y le acompañaron cuando inició el rezo del padrenuestro.

Pater noster, qui es in caelis. Sanctificetur Nomen Tuum. Adveniat Regnum Tuum. Fiat voluntas Tua, sicut in caelo...

Luego bendijo las aguas y a la gente que se apiñaba frente al mar en medio de un temporal que se prolongó durante más de dos horas.

Cuando el viento amainó, la lluvia cesó y las olas fueron, poco a poco, perdiendo intensidad, un silencio inquietante se apoderó de Guetaria. Ni los pájaros sobrevolaban el caserío. Sólo el lastimero ladrido de un perro, que encontró respuesta en otros, rompía la intranquila quietud que se había apoderado de todos. Muchos vecinos oteaban el horizonte, ahora mucho más despejado, mientras otros habían acudido a San Salvador a encender unas velas y rezar angustiados. Eran muchas las familias que tenían a algún allegado embarcado.

Pasada la media tarde unos gritos alertaron a quienes oteaban el mar.

—¡Mirad! ¡Allí, allí! —Un hombre con el brazo extendido señalaba unos maderos, restos de lo que había sido una embarcación y que las olas estaban acercando a la playa.

La angustia se apoderó de la gente. Algunos no aguardaron a que el mar depositara aquellos restos en la playa, se metieron en el agua y tiraron de ellos. En uno de los maderos podía leerse un nombre, aunque incompleto: *San And...*

—¡Es lo que queda de la *San Andrés*!

Dos mujeres que cubrían su cabeza con unos mantos comenzaron a gritar. Eran la madre y la esposa de uno de los tripulantes de aquella coca sardinera, que se había hecho a la mar dos días antes. Llevaba ocho hombres a bordo y se los había tragado la galerna.

Con la llegada de la noche, la gente se fue retirando de la playa. A ella habían llegado restos de otras embarcaciones, aparejos, arreos, trozos de velamen y maderos que no permitían identificar a qué embarcaciones pertenecían. Fueron pocos quienes se encerraron en sus casas, la mayoría se fue a San Salvador. La iglesia estaba a rebosar. La noche transcurrió entre rezos, jaculatorias, oraciones a san Telmo, llantos y preocupación.

Catalina del Puerto permaneció en vigilia, aguardando el amanecer. Conforme pasaban las horas la angustia crecía en su pecho. Junto a ella pasaron la noche, a la lumbre de la chimenea, sus hijos y los maridos de Inés y Sebastiana. A Domingo, el vicario de la parroquia, don Gaspar de Arechavaleta, le había dado licencia para que regresase a su casa y acompañase a su madre al saber que la galerna había sorprendido a tres de sus hermanos en la mar. Pasada la medianoche la madre puso en la lumbre un puchero con caldo. Sabía que echarle al estómago algo caliente ayudaba a calmar la ansiedad. Ella no lo probó. Apenas cruzaron algunas palabras en una noche que se les hizo eterna.

Con las primeras luces del día, los dos hermanos se abrigaron y se dirigieron a la playa. No eran los únicos. Muchos vecinos habían aguardado a que amaneciera para acudir al mismo lugar y ver si el mar les traía alguna noticia. Cuando llegaron, había no menos de un centenar de personas que recogían trozos de madera, cuerdas y restos de velamen de embarcaciones destrozadas por la galerna. También el mar había arrojado los primeros cuerpos. Contaron hasta nueve cadáveres. La gente se acercaba para comprobar si eran de alguno de sus deudos. En medio del silencio, solo roto por el suave ruido del mar, se oían los sollozos de quienes encontraban a uno de los suyos, aunque les quedaba el consuelo de poder dar sepultura a sus restos en tierra bendecida.

Ninguno de ellos pertenecía a alguno de los hermanos de Elcano.

Allí permanecieron varias horas, en las que el mar no dejó de devolver algo de lo que el día anterior había engullido. En Guetaria se vivió una jornada de luto. No parecía que fuera un Lunes de Pascua. A la caída de la tarde eran más de veinte los cadáveres que el mar había arrojado a tierra. Por la tarde Elcano y su cuñado Guevara se encaminaron hasta Zarauz, que estaba a poco más de una legua, para preguntar si tenían noticia de la *Estrella de la Mañana*, y de paso comprobar cómo estaba el *Santiago*, el patache de su cuñado, que estaba amarrado a puerto cuando estalló la galerna. Preguntaron en varios sitios, pero no les dieron razón. Allí tampoco se tenía noticia de unos arrastreros y varias lanchas que la galerna había sorprendido en el mar. El patache no había sufrido desperfectos. Aquella noche volvió a vivirse en vela en el hogar de los Elcano, como en muchos otros de la villa.

Al día siguiente los muertos eran veintiséis, a los que había que sumar los desaparecidos, entre los que se encontraban Martín, Antón y Ochoa Elcano. Las familias no perdían la esperanza, pero conforme pasaban las horas... El ambiente de tristeza generalizada que se vivía había hecho enmudecer a Guetaria. Como en las tumbas que había prevenidas en la cripta de la iglesia no había capacidad para dar sepultura a las más de dos docenas de cadáveres que era necesario enterrar, el vicario bendijo un pequeño huerto, lindero a la parroquia. Hubo algunas discusiones acerca de qué restos serían los que descansasen en la cripta y cuáles serían enterrados fuera de la iglesia. Don Gaspar decidió que se realizaría un sorteo.

En el pórtico de la iglesia introdujeron en un cántaro papeletas con los nombres de los difuntos y fue la mano inocente de un niño que aún no había hecho la primera comunión quien fue extrayéndolas y entregándolas al vicario, que leía en voz alta quiénes serían enterrados en la cripta.

Martín Onaindía.
Diego de Uriona.
Antón López de Uralde.
Sebastián de Uribe.

Después del sorteo se celebraron los funerales por el alma de los difuntos. Había otros veintiocho hombres de los que no se tenía noticia. Después de dos días, quedaban pocas esperanzas de que estuvieran con vida.

La ceremonia religiosa la oficiaban los cuatro clérigos que servían en San Salvador y, como el vecindario había acudido en masa, no se cabía en el templo. Muchos se agolpaban en el cancel o asistían al funeral desde la plazuela. Estaba don Gaspar dedicando unas palabras a la memoria de los difuntos, cuando en el interior de la iglesia se escucharon unos fuertes gritos procedentes del exterior. Un creciente murmullo se apoderó del templo, al tiempo que la gente se agitaba. El vicario perdió el hilo de su sermón. Era habitual que la gente cuchichease en misa, pero cuando se trataba de un funeral imperaba un silencio sepulcral y aquel funeral... Iba a requerir compostura cuando, por encima de los cuchicheos, tronó una potente voz que venía desde el cancel.

—¡Ha llegado a puerto la *Estrella de la Mañana*!

Pese a lo sagrado del lugar, la gente no se contuvo y los gritos de alegría resonaron bajo las bóvedas del templo. El vicario se contagió de la euforia de sus feligreses, y muchos de ellos abandonaban el templo. Allí quedaron los deudos de los difuntos y algunos de sus más allegados. Don Gaspar hizo un gesto a Domingo Elcano —el funeral podía continuar sin su presencia— y el sacerdote abandonó el presbiterio a toda prisa.

Era una riada de gente la que bajaba hacia el puerto. Elcano y su madre corrían ansiosos por ver quiénes estaban a salvo. Una cosa era que un barco llegase a puerto y otra muy diferente que su tripulación estuviera completa. Las olas podían haber barrido la cubierta o un golpe de mar haber arrojado a algún hombre al agua al que había que dar por muerto, porque en esas condiciones su rescate resultaba imposible.

Al acercarse al pantalán donde estaba la *Estrella de la Mañana*, que a simple vista no ofrecía serios daños ni en su casco ni en su arboladura, comprobaron que la gente daba gritos de alegría.

—¡Están todos! ¡Todos a salvo! —gritaba un mocetón, lanzando su gorro al aire.

Catalina del Puerto, sofocada por la carrera, jadeante y sudorosa, cayó de rodillas con las manos entrelazadas y bisbiseó una plegaria, al tiempo que Elcano corría a abrazar a sus hermanos.

Aquel día fue una jornada extraña en Guetaria. La alegría que había supuesto la llegada de la *Estrella de la Mañana,* cuando todos la daban por perdida, contrastaba con la profunda tristeza que embargaba al vecindario y el dolor de muchas familias que daban sepultura a los suyos.

La comida del Domingo de Resurrección se celebró en casa de los Elcano dos días más tarde y tuvo algo de especial. No querían dar muestras de alegría por respeto a los difuntos, pero no podían contener la emoción de verse todos juntos en torno a la mesa. Catalina del Puerto había aceptado que María —que se había abrazado a ella en el puerto adonde había acudido a toda prisa, abandonando la iglesia, al tener noticia de la llegada de la *Estrella de la Mañana*— también compartiera con ellos la mesa.

—Vamos a rezar una oración por el alma de aquellos que se han marchado. Dirígela, Domingo —indicó, imponiendo el silencio en la mesa.

—Señor, acoge en tu santo seno a quienes han perdido la vida en este duro trance. Te damos gracias por haber librado a nuestra familia del mal y por tener esta comida sobre la mesa que ahora bendecimos. *Pater noster...*

El padrenuestro fue rezado a coro por los presentes.

Terminada la oración fue Catalina del Puerto quien sirvió unas humeantes migas con torreznos, acompañadas de sardinas. La empanada y el cordero de la comida del Domingo de Resurrección se habían llevado a casa de varias de las familias que habían perdido a alguno de los suyos.

—Ahora, contadnos, ¿cómo os habéis salvado?

Martín, Antón y Ochoa comenzaron a hablar a la vez, deseosos de explicar lo ocurrido pese a que habían perdido la cuenta de las veces que lo habían contado desde que desembarcaron.

—Hazlo tú, Martín —ordenó la madre.

—Estábamos faenando cerca de la desembocadura del Bidasoa. Nos encontrábamos a poco más de dos millas de la costa. La pesca se estaba dando bien porque además de los bacalaos teníamos un banco de anchoas enorme. Había que aprovechar.

—¿No es pronto para la pesca de la anchoa? —preguntó Domingo.

—Sí, es algo pronto, pero este año las aguas están más templadas que de costumbre.

—El tiempo está... raro —indicó Antón—. Tampoco son normales las galernas en esta época del año.

—A lo que íbamos... —prosiguió Martín—. Teníamos echadas las redes cuando vimos que la galerna se nos echaba encima y que nos mandaría a pique. La única solución era cortar las redes en lugar de recogerlas y dar la pesca por perdida.

—¡Menos mal que estábamos muy cerca de la costa! —añadió Ochoa.

—Si nos hubiera sorprendido algunas millas más adentro no lo hubiéramos contado. El viento del oeste nos impulsó hacia la costa francesa, con el mar cada vez más picado. No podíamos hacer otra cosa. A duras penas conseguimos entrar en la rada de San Juan de Luz y su abrigo logramos ponernos a salvo.

—¿Cómo se portaron los franceses? —preguntó Guevara.

—Sabíamos que no nos recibirían nada bien. ¡Han estado a tiros con los nuestros en Fuenterrabía! Pero preferíamos quedar prisioneros y ver cómo lo solventábamos después que ir a parar al fondo del mar.

—Os han soltado muy pronto.

—Negociamos con el patrón mayor de su cofradía. Les ofrecimos la mitad de las capturas que llevábamos a bordo.

—No lo aceptaron. Los muy cabrones se han quedado con los aparejos y con toda la pesca. Teníamos la bodega casi llena.

—¡A tope! —añadió Ochoa—. ¡Son unos granujas…!

—Estáis en casa. Sanos y salvos —señaló la madre.

—Estuvieron hasta muy tarde descargando la bodega y nos permitieron hacernos a la mar esta mañana.

—Loado sea Dios —señaló Domingo.

El chacolí corría generoso. María, que estaba sentada junto a Elcano, en el otro extremo de la mesa frente al lugar que ocupaba Catalina, apenas levantaba la cabeza de la escudilla y le costaba trabajo comer. Era la primera vez que estaba con la familia de Elcano desde que se supo que estaba embarazada.

Antes de dar cuenta del requesón con miel, la madre de Elcano pidió silencio:

—Oídme y guardad silencio porque tengo que anunciaros algo muy importante. Aunque… mejor será que os lo diga Juan Sebastián. —Lo miró invitándolo a hablar.

Elcano no era hombre de discursos y se limitó a decir:

—María y yo nos casamos el próximo domingo.

Sus palabras fueron acogidas con vítores y todos alzaron sus jarrillas para brindar por los novios. María no levantaba la cabeza y mantenía, con el rostro arrebolado, la mirada fija en la escudilla.

—La boda se celebrará como Dios manda. En la misa mayor. —Las palabras de Catalina del Puerto sonaban como una sentencia—. En mi familia jamás se han hecho las cosas de tapadillo y tampoco se harán ahora.

—¡Supongo que estamos invitados! —bromeó Martín.

Sonaron entonces unos golpes en la puerta. Antón acudió a la llamada. Cuando regresó al comedor traía una carta en la mano. Recibir correo era algo extraordinario. Pero en aquella casa era la segunda vez que una misiva interrumpía una comida.

La carta sólo podía tener un destinatario.

XLIV

El silencio era total en torno a la mesa mientras Elcano leía la carta. Quien le escribía era el secretario de Indias. Tras unas breves palabras de saludo, lo requería a que se presentase en Valladolid en términos perentorios.

… Desconozco las razones que tiene vuesa merced para permanecer en Guetaria, donde sospecho que se encuentra, pero no puedo entenderlas. Las cosas van muy deprisa. Si cuando esta carta llegue a vuestras manos, vuesa merced no se ha puesto en camino, deberá hacerlo inmediatamente. Ganando las horas, si es que en algo aprecia su posición en esta Corte. Se ha decidido iniciar las juntas entre los representantes del rey de Portugal y los de nuestro soberano con carácter inmediato. A nuestros representantes, entre los que se encuentra vuesa merced, en los próximos días se les van a dar las instrucciones. Vuesa merced ha de estar presente si es que en algo estima sus posibilidades para desempeñar cargos de la mayor importancia al servicio del rey nuestro señor.

En Valladolid a treinta días del mes de marzo del año del nacimiento de nuestro Señor de mil y quinientos y veinte y cuatro años.

Don Juan Rodríguez de Fonseca

El semblante de Elcano era fiel reflejo de lo que la carta decía. María, que lanzaba alguna que otra mirada furtiva, supo que lo que decía aquel papel no era bueno. No era bueno para los proyectos que habían forjado.

—¿Vas a decirnos de una vez quién es el que te escribe y qué quiere? —preguntó Martín, el más locuaz de los Elcano.

—Domingo —Elcano miró a su hermano—, ¡tienes que casarnos! ¡Inmediatamente!

—¡Ni hablar! —gritó Catalina del Puerto—. ¿Qué es eso de tienes que casarnos inmediatamente? ¡En esta casa las cosas se hacen como Dios manda!

—*Ama*, he de ponerme en camino mañana. Tengo que irme a Valladolid.

—Ponte en camino ahora mismo, si tan urgente es. Pero no os caséis. Al menos no lo haréis con mi bendición.

Elcano estaba dispuesto a desposar a María por encima de cualquier consideración. Iba a replicar a su madre, pero se adelantó Domingo.

—Bueno..., bueno... Tengamos la fiesta en paz. ¿No es posible que pospongas tu partida?

—¡No, no es posible! Si lo fuera...

—*Ama*, ¿por qué no bendecís este matrimonio? Tampoco es...

—¡Ni hablar!

—*Ama*, dadas las circunstancias... —insistió Elcano.

—Hazlo, si es tu deseo. ¡Pero no esperes contar con mi bendición!

Elcano era hombre de mar y las supersticiones estaban muy presentes en su vida. Luchaba contra ello, pero con frecuencia se sentía arrastrado por determinados temores que, aun siendo consciente de que se trataban de algo infundado, no podía evitar. Muchos eran fantasías legendarias a las que eran muy dados los marinos. Otros tenían que ver con las creencias religiosas, y el honrar a los padres era algo que formaba parte muy importante de sus códigos de conducta. Los viejos marinos contaban, en los momentos de descanso y sobre todo en las largas jornadas en que las temidas calmas dejaban inmóviles los barcos, que nunca se debía embarcar si se había ofendido a los padres. Sabía que si contraía matrimonio ofendería a su madre.

Iba a decir algo cuando María se puso en pie y, temblando, clavó sus ojos en los de Catalina del Puerto.

—No nos casaremos sin contar con vuestra bendición. Si vuestro hijo tiene que marcharse, esperaré a que regrese. El tiempo que sea necesario.

La madre de Elcano retiró la silla y, en silencio, se acercó a María. Tomándole una mano, la apretó con fuerza.

—Tu eres la esposa que mi hijo necesita. Os casaréis cuando regrese de lo que quiera que tenga que hacer.

Aquella tarde, María le entregó el guardapelo.

Elcano viajó sin descanso. No era un buen jinete, pero desde que llegó a Vitoria y pudo utilizar la posta cabalgaba sin parar desde que apuntaban las primeras luces hasta el anochecer. Al quinto día entraba en Valladolid con el sol todavía alto. Sin detenerse llegó hasta la casa de Águeda, que lo recibió con grandes muestras de alegría.

—¿Cuento con la buhardilla?

—Desde luego. ¿Pensáis quedaros muchos días?

—No lo sé, pero no creo que sean muchos.

—Sean los que sean, sois bien recibido.

—Tengo que ir a entregar el caballo a la casa de postas y pasar por la plaza Mayor, sólo será para dejar un recado en la secretaría de Indias. Estaré de vuelta en poco rato.

Águeda lo miró de arriba abajo.

—¿Con esa guisa piensa ir vuesa merced?

Elcano se fijó en su indumentaria y se encogió de hombros.

—Estáis sucio y sudoroso. Mientras deshacéis el hatillo de la ropa, os preparo la tina. El fuego está encendido y el agua estará al menos templada en poco rato.

Dos horas después Elcano ofrecía el aspecto de un caballero que tiraba de la brida de su caballo. Ajustó cuentas en la casa de postas y luego fue a dejar recado a Fonseca de que estaba en Valladolid.

—¡Dichosos los ojos, señor Elcano! ¿Qué os trae por aquí?

—Dejar recado para su ilustrísima. Quiero que sepa que estoy en Valladolid y que me alojo en…

—En la calle Cantarranas.

—Así es.

—Os diré… que su ilustrísima tiene que venir por aquí.

—¿Tan tarde?

—Sí, me dijo que permaneciera aquí hasta que regresase. Si no fuera así no me habríais encontrado. Ya hace rato que en el reloj dieron las seis.

Como si las palabras del portero hubieran sido un anuncio, en aquel momento se detuvo en la puerta una silla de manos. Con mucha dificultad el secretario de Indias se bajó y entró apoyándose en su bastón. Aun así, le costaba trabajo andar. Al ver a Elcano no pudo contener su sorpresa.

—¡Gracias a Dios que ya estáis aquí! ¿Cuándo habéis llegado?

—Hace un par de horas, ilustrísima. —Besó el anillo de su mano—. El mismo día que recibí vuestra carta me puse en camino. He venido a dejaros recado de que ya estoy aquí.

—¡Venid, venid! —lo urgió, dirigiéndose a su despacho.

Resoplando, como si hubiera hecho un gran esfuerzo, se sentó en su sillón y, tras pedir a Elcano que cerrase la puerta, no se anduvo por las ramas:

—¿Puede saberse dónde demonios habéis estado todo este tiempo? ¡He tenido…, he tenido hasta que mentir!

—Ilustrísima, yo…

Fonseca no lo dejó continuar.

—¡Hace más de un mes que nos despedimos en Vitoria! ¡Teníais que haber estado en Valladolid hace al menos un par de semanas! ¡También yo hubiera preferido estar en Burgos, en mi diócesis, donde permanece la Corte desde hace algunas semanas, pero asuntos importantes me han obligado a venirme a Valladolid! ¡Aquí las cosas van más que deprisa! ¿Qué habéis estado haciendo?

—He anudado alguna alianza más. Podremos contar con cuatro barcos y un importante número de tripulantes.

—Eso lo teníais cerrado. ¡Me lo dijisteis en Vitoria!

—Contaremos con un barco más y en Guetaria las cosas se complicaron.

—¿Qué queréis decir con eso?

—Voy a ser padre.

—¡Este no es el momento más indicado para contraer matrimonio!

—Aún no me he de desposado.

El obispo lo miró con aire de condescendencia.

—¡Ah, la carne! ¡Qué razón tiene la Santa Madre Iglesia cuando dice que es uno de los enemigos del ánima! ¿Habéis desflorado alguna moza?

—Después de darle palabra de matrimonio.

—Algo es algo. Estoy seguro de que Dios Nuestro Señor se muestra más indulgente con ese pecado que con otros.

—Ya conoce su ilustrísima el dicho.

—¿Qué dicho es ese?

—Que si en el sexto no hay moratoria serán pocos quienes entren en la gloria.

—Hay algo de verdad en ello. Pero vayamos al asunto que nos ocupa. Tenéis que poneros en camino. ¡Mañana mismo!

—¿Mañana?

—Mañana y bien temprano. Como os he dicho, he tenido que mentir para que no os excluyeran de quienes van a reunirse con los portugueses. ¡Esas reuniones comienzan dentro de cinco días! ¡Son los que tenéis para llegar a Badajoz! ¡Supongo que habéis traído con vos todos vuestros papeles!

—Desde luego.

—El camino es fácil, pero tendréis que salvar un puerto cerca de Béjar. Esa ha sido vuestra suerte.

—¿Mi suerte ilustrísima?

—Sí, vuestra suerte. Todo se ha retrasado una semana porque la nieve tenía cerrado ese puerto. Hasta que no ha habido noticia de que estaba abierto… Pero no nos distraigamos. Como os he dicho tendréis que salvar las casi ochenta leguas que hay hasta Badajoz en cuatro días. ¡Tendréis que daros mucha prisa! Allí estarán algunos de los que se reunieron en Vitoria. Salvo alguna sorpresa que los portugueses nos tengan reservada, vos sois el único que ha cruzado el mar del Sur, que para ellos es completamente desconocido. Quien está al frente de nuestra delegación es Hernando Colón, el hijo del almirante.

—No es un hombre de mar.

—No tiene mucha experiencia como navegante. Pero ha viajado dos veces a las Indias y posee grandes conocimientos de cartografía. Dicen que en Sevilla tiene una biblioteca extraordinaria. Hay quien afirma que es la mejor de Europa. Miles y miles de libros e innumerables papeles. Es persona de mucho prestigio.

—¿Quién más?

—Estará Juan Vespuccio, es piloto de la Casa de la Contratación y un excelente cartógrafo. Es hermano de Américo Vespuccio, cuyo nombre ha hecho fortuna para llamar América al nuevo continente. También estará Sebastián Caboto. No os fieis de él.

—¿Por alguna razón?

—Ese italiano estuvo al servicio de Inglaterra muchos años. El rey don Fernando lo convenció, porque tiene amplios conocimientos de náutica, para que entrase a su servicio, y cuando murió don Fernando ofreció a los ingleses todos los conocimientos que había logrado trabajando con nosotros. Pero allí no habían olvidado lo que hizo y no lo admitieron. Tengo información de que después de ese fiasco se ofreció a los venecianos, pero no les interesó su propuesta. Los intereses de la Serenísima República están en el Mediterráneo. Aquí ha contado con importantes apoyos para entrar de nuevo al servicio de nuestro rey, en contra de mi parecer. Tiene conocimientos, pero es un oportunista. Como os he dicho, no os fieis de él.

—Lo tendré en cuenta.

—También estará Diego Ribeiro. Ha confeccionado el mapa sobre el que se fundamentarán los derechos de nuestro rey.

—¿Portugués?

—Sí, pero al contrario que Caboto es un hombre cabal. Hace años que entró a nuestro servicio. En mi opinión es el mejor cartógrafo que tenemos.

—¿Mejor que los Reinel?

—¿Los Reinel, decís? ¡Están al servicio de Portugal!

—¡No puedo creerlo!

—Les han pagado bien. Los portugueses disponen ahora de los datos que les facilitasteis para confeccionar el mapa que les encargamos. En mi opinión Diego Ribeiro es mucho mejor. Está muy vinculado a Sevilla y a la Casa de la Contratación. Ha costado trabajo que acuda a Badajoz. He dejado para el final algo que va a sorprenderos tanto como lo de los Reinel. Otro de nuestros representantes en esas reuniones será Esteban Gómez.

—¡No puedo creerlo!

—Tiene importantes apoyos en la Corte y es un excelente piloto.

—¡Fue quien promovió que la *San Antonio* desertara cuando descubrimos el paso para llegar al mar del Sur! ¡Nos dejó sin comida! ¡Eso hizo que todo estuviera a punto de irse a pique!

—Entiendo vuestra indignación, pero es un buen piloto —insistió Fonseca—. En fin, esta es la situación. Tenéis que viajar lo más rápido que os sea posible. Os diré también que, como temíamos, el presidente del Consejo de Indias será el confesor del rey. Mi opinión es que su majestad aguarda para constituirlo a que se celebre este encuentro con los portugueses del que yo no espero gran cosa, salvo que Dios Nuestro Señor decida que se obre un milagro.

Fonseca se puso en pie, dando por terminado el encuentro.

—¿Puedo plantearos una cuestión?

—Hablad.

—Temo que rechazar la propuesta de los portugueses tenga consecuencias.

Fonseca torció el gesto.

—¿Qué queréis decir con eso?

—Que busquen acabar conmigo.

—¿Tenéis pruebas de ello?

—Cuando reiteré el rechazo a su oferta, un sujeto llamado Bastihnas me amenazó.

—¿Cómo que os amenazó?

—En Vitoria me dijo que me pensara su propuesta porque me iba la vida en ello.

—¿Por qué no me lo dijisteis entonces?

—Porque su ilustrísima ya se había marchado de Vitoria.

—Supongo que no tenéis testigos. Esas cosas se suelen decir cuando no hay nadie delante.

—Incluso se acercó para susurrármelo al oído.

Fonseca se mostraba contrariado.

—Hablé con Da Silveira de este asunto y me aseguró que, si nosotros no andábamos tentando a su gente, ellos tampoco os molestarían. Pero lo ocurrido con los Reinel señala que no han respetado ese trato y si ahora vos me decís esto… Andaos con tiento. Poneos mañana, sin pérdida de tiempo, en camino —insistió dándole a besar el anillo de su mano—. Si no os incomoda, decidle al portero que avise a los porteadores de la silla de manos.

Era noche cerrada cuando Elcano llegó a la calle Cantarranas. Águeda estaba aguardándolo.

—¡Menos mal que vuesa merced iba a volver rápidamente!

—La cosa se ha complicado. Me marcho mañana a primera hora.

—¿Tan pronto?

—Voy con retraso.

—Os pondré algo de cenar.

Durante la cena Águeda lo puso al día de algunas novedades.

—¿Sabéis que María Vidaurreta ha dado luz?

—¿Cuándo?

—Hace algunas semanas. Habéis estado ausente mucho tiempo.

—¿Niño o niña?

—Una niña. ¿Qué pensáis hacer?

Águeda había puesto el dedo en la llaga, porque no sabía cómo afrontar aquella situación. Su relación con María Vidaurreta era cosa pasada. Si en otro tiempo hubo amor, hacía tiempo que había desaparecido. Era otra la mujer que amaba.

—Asumiré que esa niña es hija mía. Tendré que hablar con su madre —dijo aquello como si fuera una penosa obligación.

—¿Queréis un consejo?… —Elcano asintió con un ligero movimiento de cabeza—. Resuelva vuesa merced ese asunto lo antes posible.

—¿Hay alguna razón para ello?

—Esa mujer ha preguntado por vos. Tengo la impresión de que han estado vigilando la casa, aunque no puedo asegurarlo.

—¿Ella ha estado vigilando?

—No, unos sujetos con mala pinta. Quizá son figuraciones mías. Pero han rondado la calle después de que ella viniera preguntando por vos. Me parece que son los mismos de la otra vez.

Decidió no comentar que estaba comprometido con María de Ernialde. Terminada la cena no hizo caso a las insinuaciones de Águeda, que parecía dispuesta a compartir el lecho.

—Tendrá que ser cuando regrese. Mañana he de madrugar y me espera un largo camino hasta Badajoz. Me conviene dormir algunas horas.

—¿Os marcháis por mucho tiempo?

Se encogió de hombros.

—Puede que sean pocos días. Según vayan las cosas de este negocio que es de gran importancia para nuestro rey.

XLV

Logró salvar en cuatro jornadas agotadoras las casi ochenta leguas de camino. Cruzaba un puente sobre el Guadiana, conocido como el de las Palmas, y entraba en Badajoz por la puerta del mismo nombre a la caída de la tarde, poco antes de la puesta de sol. Preguntó a unos vecinos dónde se encontraba el mesón de *Los Pajaritos*. Allí se alojaban los representantes españoles. Apenas hubo cruzado el umbral del mesón:

—¡Dichosos los ojos! —exclamó Hernando de Bustamante.

El cirujano barbero, que estaba con Acurio y Juan de Arratia, otros dos de los tripulantes que llegaron con la *Victoria* a Sevilla, se levantó y se fundió en un abrazo con Elcano.

—¡Hernando, que alegría!

—Pensábamos que no llegabais.

—He venido a matacaballo, pese a que no soy un buen jinete.

Saludó a Acurio y a Arratia.

—¿Qué hacen vuesas mercedes aquí?

—Nos han avisado que viniésemos por si no aparecíais —respondió Bustamante—. Aquí os esperan como los campos el agua del mes de mayo. Mañana es el encuentro con los portugueses. Será sobre un puentecillo que hay sobre el río Caya. Allí se decidirá si la primera reunión tiene lugar aquí o en Elvas. Acudirán tres representantes por cada parte. Según he oído decir, uno sería vuesa merced, si llegabais con tiempo. Creo que deberíais tomar vuestra alcoba, ¡disponéis de una sólo para vuesa merced!, y aseaos algo. Cenarán todos juntos y vuesa merced dispone de poco tiempo.

—Tengo que ir a la posta a entregar el caballo.

—Yo me encargo de ello, señor —se adelantó Juan de Arratia.

—¿No os importa?

—En absoluto, señor. Celebro mucho ver a vuesa merced.

—Sea, pues, así podré asearme más decentemente.

Durante la cena, después de los saludos, se charló de muchas cosas hasta que Hernando Colón dispuso que al día siguiente lo acompañarían al puente sobre el Caya, el piloto Esteban Gómez y Elcano. La hora fijada para el encuentro era las diez y, aunque el lugar no quedaba muy lejos —algo más de una legua—, decidieron levantarse temprano y trazar la estrategia.

A Elcano lo despertó la luz del amanecer. Se lavó a toda prisa y se vistió. Después de desayunar torreznos, migas y requesón, decidieron hablar poco con los portugueses y verlas venir. Salieron de Badajoz por la Puerta de Yelves —era como se conocía la del camino que llevaba a la raya con Portugal—. Los acompañaba una escolta de hombres armados.

Llegaron al lugar, un puentecillo cercano a una fuente con varias piletas escalonadas que salvaban el desnivel del terreno —el rebosadero de una alimentaba a la siguiente—, que los lugareños llamaban la fuente del Lobo. Poco después aparecieron los portugueses. A sus tres representantes también los acompañaba una escolta. El encuentro, que se presumía breve ya que sólo iba a determinarse el sitio de la primera reunión, se complicó cuando los portugueses se dieron cuenta de que uno de los delegados españoles era Esteban Gómez, nombre con el que se conocía en Castilla a Estebao Gomes.

—¡No queremos traidores! —gritó Lopes de Sequeira.

—¿Llamáis traidor a quien sirve a su rey? —replicó Hernando Colón.

—Don Juan es su legítimo rey. Ese malnacido nació en Portugal.

—¡Malnacido seréis vos!

Elcano tuvo que sujetar al piloto.

—Juró lealtad a don Carlos y sólo a él debe obediencia. Nosotros no pondremos obstáculos a que formen parte de vuestra delegación los Reinel.

—¡Son portugueses!

—Han estado al servicio de nuestro rey y eso les ha permitido tener acceso a datos que de otra forma no habrían conocido —señaló Elcano.

—Mal empezamos —comentó Colón.

—Está bien —admitió Lopes de Sequeira—. Tengamos la fiesta en paz...

—Vos habéis iniciado esta polémica —señaló Colón—. Si os parece, echemos a suertes el lugar de la primera reunión.

Los portugueses sacaron un cruzado que los españoles comprobaron.

—Pedimos cara —dijo Colón.

—Cruz para nosotros.

La primera reunión tendría lugar en Badajoz y, tras una despedida, más protocolaria que cordial, quedaron emplazados al día siguiente a las diez en las nuevas casas del cabildo municipal pacense, en la plaza Alta.

Aquella misma tarde los españoles estuvieron reunidos en una dependencia que el corregidor puso a su disposición. Allí se decidió que, si se mostraba un mapa, sería el realizado por Diego de Ribeiro. Poco antes de que se marchasen para cenar, Hernando Colón hizo un aparte con Elcano.

—¿Qué os parece que los Reinel estén entre los negociadores lusitanos?

—Como ya he dicho en la reunión, es un problema. Cuentan con los datos que yo les facilité. Son unos excelentes cartógrafos y aquí los mapas van a jugar un papel fundamental.

—¿Queréis decir que ahora disponen de datos que sólo teníamos nosotros?

—Por orden del secretario de Indias, les facilité información para que confeccionasen un mapa. ¿Por qué han cambiado de bando?

—Porque les han dado una importante suma de dinero.

—¿Se sabe la cantidad?

—Según uno de nuestros agentes les han dado treinta mil reales. ¿Creéis que podríamos intentar traerlos de nuevo a nuestro lado?

Elcano sopesó la respuesta.

—No parece que sean muy de fiar. Hicieron el mapa con el que los portugueses intentaron engañar a nuestro rey. Luego han trabajado para él y ahora están al otro lado. Si ellos no han jugado limpio no tenemos por qué ser remilgados. Nada perdemos por intentarlo. Sería importante que los portugueses no contasen con ellos.

—Habría que saber hasta dónde han llegado sus revelaciones. ¿Tenéis posibilidad de enteraros?

—Lo intentaré.

El cabildo nuevo de Badajoz era un edificio de dos plantas, labrado en piedra. A la entrada principal había un amplio pórtico sostenido por columnas sobre las que cabalgaban arcos de herradura. En la planta superior estaba la sala de cabildos y allí se había dispuesto una mesa lo suficientemente larga como para permitir sentarse, una frente a otra, a las dos delegaciones a las que acompañaban los mismos clérigos que en Vitoria, los padres Arredonda y Couto.

Tras unos saludos protocolarios, los clérigos dirigieron una plegaria.

—Te pedimos, Señor, que alumbres las mentes de tus siervos para que puedan alcanzar acuerdos válidos para ambas coronas que permitan mantener la concordia entre sus gentes y la fraternidad entre sus monarcas.

Se estableció un turno de intervenciones y cada una de las delegaciones dejó clara su posición. Los portugueses señalaron que las islas de las Especias quedaban, según lo acordado en Tordesillas, dentro de los límites que allí les fueron adjudicados. Los españoles invocaron el mismo tratado para señalar que quedaban en su hemisferio.

—Sabemos —señaló el doctor Faria— que la línea de demarcación, tomada desde la isla de Boa Vista…

—¿Por qué hemos tomar la distancia desde esa isla y no desde la de San Antonio? —lo interrumpió Ribeiro.

—Porque en anteriores reuniones siempre sostuvisteis que así debía ser. Estamos dispuestos a concedéroslo.

—Nosotros aceptamos que las distancias se tomen desde San Antonio, que siempre fue vuestro deseo.

—Me pierdo un poco en esta disquisición —susurró Hernando Colón al oído de Elcano.

—Quieren tomar las distancias desde la isla de Buena Vista, que también se llama de la Sal, porque es la más oriental del archipiélago de las Cabo Verde. Así desplazan hacia levante unas treinta leguas el meridiano que en el Atlántico separa los dos hemisferios y, por lo tanto, otras treinta el contrameridiano. Eso favorece sus intereses y quieren ofrecérnoslo como una concesión. La respuesta de nuestro cartógrafo, pidiendo que se tome San Antonio como punto de referencia, es porque se trata de la isla más occidental de ese archipiélago, y eso desplazaría a poniente la línea de demarcación.

—Pues esa es la primera cuestión que hemos de dilucidar —señaló Lopo Homen, uno de los cartógrafos portugueses.

—Nuestra posición es ceder a lo que siempre han pretendido vuesas mercedes. Se tomarán las medidas desde la punta que se encuentre más a poniente de la isla de San Antonio. No podéis quejaros de nuestra generosidad —ironizó Juan Vespuccio.

—No me gusta vuestro tono, señor. Es propio de un perdonavidas.

—¡Perdonavidas será vuesa merced!

Poco después los clérigos tenían que apaciguar los ánimos. Una vez sosegados, fue Hernando Colón quien tomó la palabra.

—Todos somos conscientes de que es mucho lo que hay en juego. Nosotros entendemos que vuesas mercedes no quieran ceder lo que consideran suyo, simplemente porque llegaron antes. Los datos que nosotros poseemos hacen que más allá de donde se quieran medir las trescientas setenta leguas que marcan la línea de demarcación, las islas de las Especias quedan muy dentro del hemisferio que nos quedó adjudicado en Tordesillas.

—Una afirmación como esa carece de todo fundamento. Nosotros tenemos medidas que indican lo contrario. Poseemos datos muy precisos de las distancias que separan las Cabo Verde hacia levante. Unas rutas que en Castilla se desconocen.

—Nosotros hemos podido medir la distancia que hay entre la línea situada a trescientas setenta leguas al oeste de Cabo Verde y resulta que las islas de las Especias están a sólo ciento treinta grados de distancia. Eso significa que se encuentran cincuenta grados a levante de la línea que separa los dos hemisferios en el otro extremo del mundo. Pertenecen a Castilla.

—¡Insisto en que esa afirmación carece de fundamento! —explotó un irritado Francisco de Melo.

—¿Cómo osáis a decir eso? Vuestros barcos jamás han navegado por esas aguas. Nosotros sabemos de qué estamos hablando, y poseemos los datos que avalan nuestras afirmaciones —replicó Colón.

—¡Hacedlo, pues! Mostradnos sobre un mapa esos datos.

—¡Ah! ¿Es eso lo que deseáis? Preguntadle a él —Colón señaló a Reinel—, cuyo comportamiento es propio de Judas. ¡Tiene los que le facilitó el señor de Elcano! ¡El único que ha navegado por esas aguas!

—¡No os consiento…! —Reinel se había puesto en pie.

Los clérigos tuvieron que emplearse a fondo para que la cosa no pasara a mayores. Pero los ánimos estaban muy exaltados. Se acordó dar por finalizada aquella reunión que sólo había servido para constatar las grandes diferencias que los separaban. Se verían tres días más tarde en Elvas.

Antes de que los portugueses se retirasen, el corregidor pacense les ofreció un refrigerio. Se mantuvieron conversaciones sobre cuestiones menos problemáticas. Elcano aprovechó el momento para charlar con Pedro Reinel y presentarle a Hernando Colón. Le planteó la posibilidad de volver a trabajar para el emperador.

—Estaríamos dispuestos a ser generosos y olvidarnos de lo ocurrido. Sabéis que esas islas están en nuestro hemisferio. Los datos que conocéis no dejan margen para la duda. Supongo que a vuesa merced le interesará estar en las filas de los vencedores.

—¿Eso me proponéis después de llamarme Judas? —Reinel se dio media vuelta y se alejó.

—Parece que mi propuesta ha caído en saco roto.

—Sólo lo parece. Está enojado después de haberlo tachado de Judas. No ha sido muy afortunado hacerlo.

—¡Esos portugueses me habían sacado de quicio!

—Es lo que buscan. Por eso hay que mantener la calma. Pero no os desaniméis con Reinel. No ha dicho que no. Quizá cuando volvamos a vernos...

Tres días más tarde se celebraba una nueva reunión. Los representantes españoles salvaron las poco más de tres leguas que separaban Badajoz de Elvas. La población se alzaba sobre un promontorio que le permitía dominar las tierras circundantes. El caserío, en el que destacaba su castillo, estaba encerrado en el interior de un perímetro de poderosas murallas en las que sobresalían algunos baluartes. Llamó la atención de los españoles un impresionante acueducto que, aún en construcción, se elevaba mediante grandes pilares de no menos de cuarenta varas, sustentados por arcadas a diferentes alturas. Con esa construcción que había comenzado hacía más de dos décadas buscaban solventar los grandes problemas de abastecimiento de agua que tenía la población.

Una representación de la delegación portuguesa, a la que acompañaban las autoridades municipales, los aguardaba en la puerta principal para darles la bienvenida. Daba la impresión de que las tensiones vividas en la reunión celebrada en Badajoz estaban olvidadas. Tras unos saludos que resultaron particularmente ceremoniosos, el encuentro tuvo lugar en una dependencia del convento de Santo Domingo.

Después de las oraciones iniciales, se inició un fuerte debate sobre las distancias a las que se encontraban las islas de las Especias de la línea de demarcación. Las posiciones se mantuvieron firmes, en algún momento arriscadas. No hubo tampoco avances en cuanto a la isla del archipiélago de las Cabo Verde a partir de la cual debían contarse hacia poniente las trescientas setenta leguas.

Luego debatieron sobre las distancias que ofrecían unos y otros, apoyados en los datos que aportaban los pilotos. Las cifras seguían siendo muy dispares. Pasado el mediodía, Lopes de Sequeira hizo una propuesta:

—La única forma de argumentar debidamente las tesis que se están defendiendo es exponerlas sobre mapas y cartas de navegación en las que se pueda comprobar con la mayor claridad posible.

Después de algunas discusiones se acordó que cada una de las delegaciones pusiera sobre la mesa un mapa.

—Eso requerirá de una nueva reunión.

Así se acordó. Tampoco aquel día se lograba el menor avance.

Los dominicos obsequiaron a sus invitados con un guiso de arroz con bacalao y unos dulces hechos a base de yema de huevo y azúcar, a los que llamaban *ovos moles*, que se sirvieron sobre unas obleas.

Hernando Colón y Elcano esperaron inútilmente que Reinel diera algún indicio sobre la propuesta. Durante el regreso a Badajoz comentó a Elcano:

—Lo he notado esquivo. Como si nos rehuyera.

—No es mala señal. Terminará planteándonos que su vuelta sólo será posible si aflojamos bien la bolsa.

Poco antes de cruzar el puentecillo sobre el Caya, un desconocido, que llevaba un lazo en su bonete que llamó la atención de Hernando Colón, se acercó a él, le dijo unas palabras en voz baja, le entregó una nota y rápidamente desapareció camino de Elvas. Colón leyó la nota y se la guardó en un bolsillo del jubón. Cuando llegaron a *Los Pajaritos* hizo un aparte con Elcano.

—Quien se me acercó es uno de nuestros agentes en Elvas.

—¿Cómo lo sabéis?

—Por el lazo que llevaba en su bonete y porque al entregarme la nota me susurró al oído la contraseña convenida. Vigilan cualquier movimiento de los portugueses y tratan de obtener información. Estáis en peligro. No eche vuesa merced en saco roto esa advertencia. Cuando nos facilitan esa clase de información es porque tienen datos que la avalan.

Elcano, una vez en su alcoba, recordó la amenaza de Bastinhas. Pensó que quizá fuera conveniente pedir al rey que le dispensase alguna clase de protección, que le permitiera a un par de hombres armados acompañarlo y cubrirle las espaldas. Tomó pluma y papel y aquella misma tarde escribió al secretario de Indias, dándole noticia de que su situación se había agravado con lo que Colón le había dicho, y solicitándole que elevase una petición al rey para que autorizase a que un par de hombres formaran una escolta y estuvieran facultados para portar armas de las que la ley prohibía llevar, salvo que se contase con la correspondiente autorización.

La tercera reunión se celebró en la Sala Capitular de la catedral de Badajoz. Era un edificio de construcción muy reciente, cuyos elementos decorativos estaban inspirados en los adornos que se habían puesto de moda desde hacía algunos años en Portugal. Cumpliendo lo que habían acordado en la anterior reunión, ambas delegaciones llevaron sus mapas. Los españoles fueron los primeros en mostrar el suyo. Habían desechado la posibilidad de presentar el mapa que habían elaborado los Reinel por temor a que estos, que estaban en la delegación portuguesa, lo rechazasen señalando que en él había numerosas incorrecciones. Dudaron entre uno elaborado por Diego Ribeiro y otro que había confeccionado Nuño García, ambos de la casa de la Contratación de Sevilla. Se decantaron por el segundo, porque el de Ribeiro tenía información valiosa y decidieron que no era conveniente mostrarla. En el mapa que desplegaron aparecían situadas las islas de las Especias treinta grados al este de la línea de demarcación que separaba los hemisferios en el otro extremo del mundo.

—Como podrán comprobar vuesas mercedes, este mapa muestra de forma inequívoca que las islas de las Especias quedan claramente en los dominios de nuestro rey —señaló Hernando Colón.

—¡Ese mapa carece de validez! —replicó el doctor Faria.

—¿Qué fundamentos tenéis para decir eso?

—Que ni siquiera aparece el archipiélago de las Cabo Verde.

—No es necesario reflejarlas para la cuestión que estamos dirimiendo.

—Si no tenemos el punto desde el que se toman las distancias, ¿qué valor vamos a darle a la posición de las líneas de demarcación?

—Insisto en que no es necesario. Lo importante es que queda reflejado que las islas están a ciento cincuenta grados del meridiano que se estableció en Tordesillas. Incluso no es necesario discutir sobre cuál de las islas Cabo Verde ha de tomarse como referencia para medir las trescientas setenta leguas que se acordaron en el tratado.

—Nuestro mapa es mucho más preciso —intervino Lopes de Sequeira, que hizo un gesto a Lopo Homen para que enseñara el que ellos habían llevado—. ¡Mirad dónde queda la línea de demarcación que separa vuestro hemisferio del nuestro! El Moluco se encuentra a ciento treinta y siete grados a poniente del meridiano establecido en Tordesillas. Eso significan cuarenta y tres grados al oeste de la línea de demarcación.

—¡Ese mapa es tan falso como el que presentasteis a nuestro rey cuando queríais disuadirlo de financiar la expedición de Magallanes que buscaba el paso para ir de las aguas del Atlántico a las del mar del Sur! ¡Presentasteis un mapa donde ese paso no existía!

Mencionar a Magallanes provocó airadas protestas entre los portugueses.

—¡Fernão da Magalhães fue un traidor!

—¿Qué tiene que ver con la falsedad del mapa que mostrasteis, como quedó demostrado con aquella expedición?

Los ánimos se exacerbaron y la tensión se apoderó de la reunión. Durante muchos minutos todo fueron denuestos, imprecaciones y acusaciones de falsedad. Las diferencias que contenían los mapas que habían mostrado eran enormes: cerca de setenta y cinco grados. Cuando se impuso cierta tranquilidad, Lopes de Sequeira hizo un comentario que impuso silencio.

—Es posible que las diferencias que nos separan se deban, en parte…, sólo en parte —insistió el portugués—, a que siendo la Tierra redonda los mapas que mostramos son planos. Eso, sin duda produce una deformación de la realidad. Tal vez podría arrojar algo de luz si en lugar de hacerlo sobre mapas estableciéramos nuestros cálculos en una esfera.

—No es mala idea —señaló Diego Ribeiro.

Todos los portugueses se sumaron rápidamente a la propuesta y los españoles no vieron mayor inconveniente.

—¿Podemos celebrar una nueva reunión en la que las mediciones queden recogidas en unos *Globus Mundi*? —preguntó Lopes de Sequeira

—Estamos de acuerdo. Prepararemos esas esferas.

Después de un ágape que el cabildo catedralicio había dispuesto para obsequiarlos, la tensión se rebajó. Se hicieron comentarios sobre la preocupación que provocaba el avance de los turcos por el Mediterráneo. También sobre las noticias cada vez más alarmantes que llegaban del norte de Europa, donde se prestaba oídos a las propuestas de Lutero.

—¿Es cierto —preguntó el doctor Faria a Hernando Colón— que algunos príncipes del Imperio se están apoderando de las tierras de la Iglesia?

—Parece ser que sí, y que los campesinos en muchos lugares se han rebelado.

—No sé adónde vamos a llegar.

Elcano, disimuladamente hizo una señal a Colón, que abandonó el corrillo donde estaba.

—Acompáñeme vuesa merced, Reinel me ha dicho que quiere hablarnos.

—¿Dónde está?

—En una sala contigua.

Abandonaron el ágape donde se continuaba charlando animadamente y fueron adonde esperaba el cartógrafo.

El bibliófilo lo saludó y el cartógrafo, que no deseaba prolongar mucho un encuentro que le parecía peligroso, formuló sin rodeos su planteamiento.

—Estoy dispuesto a trabajar para vuestro rey, si mi trabajo es retribuido de forma adecuada y se me dispensa la protección necesaria.

—Exactamente, ¿qué queréis decir con eso?

—Mi hijo y yo querríamos tener un salario y no depender de los encargos que se nos hicieran…

—¿Cuál es la cantidad de que estaríamos hablando?

—Percibiríamos quinientos ducados anuales.

—¡Quinientos ducados!

—Por el trabajo de los dos. Deben abonársenos por anualidades adelantadas.

—¡Eso es mucho pedir!

—Es mucho lo que podemos ofrecer.

—Está bien. Elevaré una consulta. Respecto a la segunda cuestión...

—Las aguas están demasiado revueltas. El rey ha de tomarnos bajo su protección...

—Veré qué se puede hacer.

—Dadme una respuesta lo antes posible.

—La tendréis antes de que concluyan estos encuentros.

—No creo que se prolonguen mucho más.

—¿Por qué lo decís? Tal vez con las esferas...

—Los *Globus Mundi* no modificarán las posiciones. Se celebrará alguna reunión más, pero es tiempo perdido. Mis compatriotas saben que no pueden demostrar que la Especiería queda dentro de su hemisferio. Las cartas que vuestros representantes están jugando parecen más sólidas. La información que les facilitó Pigafetta no se sostiene y no tienen mucho más. Es cierto que conocen las distancias del mar Índico, pero lo ignoran todo sobre el mar del Sur.

—¿Vuesa merced no les ha dado la información que yo le facilité? —le preguntó Elcano.

—Eso es algo confidencial entre vos y yo.

La delegación portuguesa abandonó Badajoz a media tarde. Sin forzar el paso estarían en Elvas con el sol todavía alto.

Estaban llegando a la ribera del Caya cuando un rapaz, que cuidaba de la ropa que su madre había lavado en el cauce del arroyo, les gritó.

—¿Vuesas mercedes son quienes se reparten el mundo con el emperador, pero no se ponen de acuerdo en dónde está la raya que lo parte?

Francisco de Melo miró al jovenzuelo y le dedicó una sonrisa.

—Así es.

Entonces el muchacho hizo algo que sorprendió a todos. Se quitó los calzones y, dándose media vuelta, les mostró el culo.

—¡Vean vuesas mercedes la línea! ¡Está aquí en medio!

—¡Deslenguado!

El rapaz corrió a toda prisa desapareciendo entre los matorrales que había en la ribera.

XLVI

Era entrado ya el mes de mayo cuando llegaron a la Corte noticias de Italia relativas a la situación creada ante la invasión del Milanesado por un poderoso ejército francés, que había hecho plantearse a Carlos I acudir a aquel territorio. Gattinara había leído la carta a primera hora de aquella mañana, pero aguardó a que fuera una hora más prudente para ver al rey. Poco antes de mediodía daba a conocer el contenido de la misiva al emperador.

—Majestad, la victoria ha sido completa. Pese a que los franceses eran muy superiores a los efectivos que nosotros podíamos oponerles, el marqués de Pescara ha logrado la victoria y causado un importante número de bajas a la retaguardia francesa que se batía en retirada.

—¡Magnífico! Dávalos, sin los refuerzos que tan necesarios decíais que eran, ha vencido! ¡Dadme los detalles!

—El marqués de Pescara, según se nos cuenta, realizó una serie de movimientos estratégicos y sorprendió a los franceses cuando trataban de cruzar un río llamado…, llamado… —el canciller se caló las antiparras y buscó el nombre en el papel— Sesia.

—¿Cuándo tuvo lugar?

—El último día de abril.

—¿Los franceses han abandonado el norte de Italia?

—Lo que aquí se dice es que han cruzado los Alpes y se han internado en la Provenza. Pero en mi opinión esa retirada no es definitiva. Los franceses, señor, no renunciarán fácilmente a estar presentes en Italia. Llevan siglos intentando poner pie en esa península. Primero fue en el sur, cuando deseaban hacerse con el reino de Nápoles, pero el Gran Capitán se lo impidió...

—He oído hablar mucho de ese Gran Capitán. ¿Quién puede darme noticia de ese caballero?

Gattinara no tenía respuesta y miró a Francisco de los Cobos.

—Majestad, conozco a quien lo trató en vida. Se llama Hernán Pérez del Pulgar y podría invitársele a escribir algo sobre don Gonzalo Fernández de Córdoba. También podemos pedir que nos dé información su esposa.

—¿Aún vive?

—Sí, majestad, doña María Manrique, duquesa de Terranova, reside en Granada.

—Haced a Pérez del Pulgar ese encargo en mi nombre.

—Como ordene su majestad.

—Gattinara, ¿decíais que esa retirada no es definitiva?

—Tuvieron, majestad, que abandonar sus pretensiones sobre Nápoles y ahora llevan años intentándolo en el Milanesado. Mi opinión es que, pese a la victoria, habría que reforzar nuestras tropas en Italia. Añadid que no erré al sospechar que el papa no ve con buenos ojos lo que está ocurriendo. Me ha llegado noticia de que el mayor deseo de su santidad es sacar a los españoles de Italia. No me sorprendería que cerrase algún tipo de acuerdo con los franceses.

—No creo que se atreva a tal cosa. Me necesita para frenar el avance de los turcos por el Mediterráneo y por la cuenca del Danubio. Después de apoderarse de Belgrado siguen avanzando hacia el norte. Las últimas noticias los sitúan a las puertas de Hungría. Han exigido el pago de un fuerte tributo y mi cuñado se ha negado. Solimán está envalentonado con sus victorias. No creo —insistió el rey— que el papa corra ese riesgo.

—No lo descartéis, majestad. Si el papado se unió a nosotros para expulsar a los franceses, ahora, siguiendo una práctica habitual en la política del Vaticano, no dudará en aliarse con Francia para expulsarnos a nosotros.

—¿Cuál es vuestra opinión? —Carlos I preguntaba a De los Cobos.

—Estoy de acuerdo con el parecer del canciller, majestad. Clemente VII es florentino. No debéis olvidar que es un Médici.

—¿Cómo van las negociaciones con los Függer para conseguir el dinero que necesitamos?

—Piden, como ya sabéis, la explotación de las minas de mercurio.

—¿Por qué tanto interés en esas minas? No creo que les interesen porque el mercurio sea un remedio efectivo contra el mal francés, como me dijisteis. Tiene que haber algo más. Si no debemos olvidar que el papa es un Médici, tampoco se puede perder de vista que los Függer son banqueros. Trata de enterarte de la causa por la que se muestran tan interesados.

Cuando en Badajoz se tuvo conocimiento de que uno de los delegados españoles era quien mandaba el barco que había dado la primera vuelta al mundo, la gente acudía a conocerlo y las mujeres hasta le decían lindezas. También se supo que don Fernando Dávalos, marqués de Pescara, había vencido a los franceses. La noticia llegó a través de unas hojas volanderas —toda una novedad gracias a la imprenta— que se habían impreso para general conocimiento. Una de ellas había salido de un taller junto a las Escuelas Mayores de Valladolid. También había llegado otro impreso procedente de Salamanca refiriéndose al mismo hecho. Los pasquines señalaban también que las tropas del emperador habían cruzado los Alpes e invadido Provenza.

Al día siguiente de conocerse tan grata noticia, al disponerse los españoles para viajar a Elvas después de haber preparado un *Globus Mundi* en el que habían trabajado sin descanso los cartógrafos Nuño García y Diego Ribeiro, se levantó un temporal de agua y viento que les impidió viajar. La reunión tuvo lugar tres días más tarde. El lugar fue otra vez el convento de los dominicos.

—Antes de mostrar las esferas deberíamos acordar algunos pormenores —propuso el doctor Faria.

—¿A qué pormenores os referís? —preguntó Colón.

—A dejar establecido que, si como estamos de acuerdo en considerar que las distancias se afinan más en una superficie curva que en un plano, ¿cuál sería la corrección que habríamos de aplicar a las medidas de nuestros mapas?

—No creo que eso sea de mayor interés —respondió Vespuccio—. La modificación que acordemos tendrá la misma validez para vuestra esfera y para la nuestra.

—Pero no será lo mismo según las posiciones en que aparezcan las islas de las Especias...

—¿Estáis pidiéndonos que admitamos esas modificaciones antes de haber visto qué clase de mediciones nos vais a presentar? —preguntó Elcano.

—Tampoco conocemos las que vosotros traéis —respondió Lopo Homen.

—Eso tiene fácil solución. Pongamos las esferas sobre la mesa y dejémoslas a la vista de todos.

—Sea, pues, como vos decís.

Fueron colocadas sobre la mesa y al mismo tiempo se apartaron los paños que las cubrían. En silencio, unos y otros observaron lo que había traído la otra delegación.

—¡Vuestra esfera..., vuestra esfera está en blanco! —gritó descompuesto Juan Vespuccio.

—No exactamente —respondió Francisco de Melo—. Están marcados los dos meridianos y la posición del Moluco que, como veis, queda en nuestro hemisferio.

—¡Carecen de referencias! ¡Podíais haberlas colocado donde os pareciera bien y lo habéis hecho allí donde cumple a vuestros intereses!

—¡Es lo mismo que habéis hecho vosotros! —replicó Lopo Homen.

—¡Cómo que lo mismo! Nosotros os estamos mostrando... ¡Es una trampa! ¡Cubrid la esfera! ¡Lo único que querían con esta treta es ver cuáles eran nuestras medidas!

Hernando Colón interrogaba con la mirada a Lopes de Sequeira que era de quien había partido la propuesta.

—¿Recordáis que dije que los *Globus Mundi* los traeríamos con las mediciones recogidas?

—¡Vuesa merced es un tramposo!

—¡Señor mío, no podéis acusarme de ser vos un incauto!

—Había creído que estaba tratando con caballeros. Estaba equivocado. Vuestra actitud es propia de un rufián.

—¡No consiento que se nos insulte! —gritó Francisco de Melo.

—¡Ni nosotros que se nos engañe de forma tan vil!

Couto y Arredonda trataron, inútilmente, de calmar los ánimos. El ambiente estaba tan caldeado que los gritos fueron en aumento. Unos y otros se culpaban de trampear con los datos y se acusaban de actuar de mala fe. El esfuerzo de los eclesiásticos resultó baldío. La tensión había llegado a tal extremo que el guiso de bacalao, que estaba preparándose en la cocina del monasterio, fue la comida de los frailes. Los españoles se negaron a compartir mesa con los portugueses, lo que fue considerado por estos como una injuria. Ambas delegaciones, después de recoger sus esferas, abandonaron el lugar en medio de denuestos y alguna que otra amenaza.

Las reuniones sólo servían para revelar que cada vez estaban más lejos de llegar a algún tipo de acuerdo. No había posturas intermedias. Ambas delegaciones habían descartado compartir el dominio y la explotación del comercio de las especias.

Los portugueses señalaban que habían llegado antes, a lo que se unía el control de una ruta que tenían experimentada y eso estaba por encima de la posición geográfica del Moluco, cuya ubicación era muy difícil de determinar con mapas o con esferas terrestres. Consideraban que la ruta abierta por Magallanes había sido fruto de una traición y que Elcano había culminado aquel viaje incumpliendo lo acordado en Tordesillas, al haber completado la vuelta al mundo navegando por aguas que le estaban vetadas.

Por su parte, los españoles consideraban que la ruta abierta por Magallanes era lícita y que, con frecuencia, españoles entraban al servicio de Portugal y eran numerosos los lusitanos que navegaban bajo el pabellón del rey de España. Consideraban que habían demostrado que las islas de las Especias quedaban en el hemisferio adjudicado a Castilla en Tordesillas y que la presencia de los portugueses en aquellas aguas era un incumplimiento de ese tratado.

No sólo no se había avanzado, sino que las tensiones eran crecientes. Los españoles pensaban que lo único que los portugueses querían era alargar el tiempo en que Carlos I se había comprometido a no organizar ninguna expedición a la Especiería y los portugueses tenían la impresión de que los españoles no buscaban negociar, sino imponer sus criterios.

Al llegar a Badajoz, los delegados españoles tenían el firme propósito de proponer al emperador romper definitivamente las negociaciones. Si les quedaba alguna duda para continuar con lo que consideraban una pérdida de tiempo, al entrar en el mesón donde se alojaban los esperaba una sorpresa.

El hombre que aguardaba en una apartada mesa alzó la vista cuando vio entrar a los comisionados españoles. Hernando Colón se percató inmediatamente del lazo que había en su bonete y, una vez que se indicó al mesonero que aderezase a toda prisa comida para todos ellos, el desconocido se acercó discretamente y, efectivamente, se identificó como un agente castellano en Lisboa. Al igual que sus compañeros había recibido instrucciones de mantener informado a Colón de todo aquello que pudiera serle de utilidad en las negociaciones o pudiera afectarles.

—Señor, ha llegado razón a Lisboa de lo que ocurrió con la *Trinidad*.

—¿Esa era la nao que, cuando Elcano zarpó con la *Victoria*, quedó en las islas de las Especias para ser reparada?

—Así es.

—¿Qué ha ocurrido?

—La información que he conseguido señala que la nao, tras varios meses de reparaciones, abandonó el puerto de Tidor cargada de clavo. Pero su capitán, Gómez de Espinosa, decidió regresar por aguas de nuestro hemisferio.

—Pero si Elcano ha dicho repetidas veces que regresar por el mar del Sur, dada su inmensidad, era ir a una muerte segura. Esa fue la razón, lo ha explicado mil veces, por la que tomó la decisión de regresar por aguas del Índico y dar la vuelta a la Tierra.

—El capitán de la *Trinidad* no tenía intención de regresar por el paso que habían descubierto, sino llegar a Castilla del Oro. Pero no pudo. Tras más de medio año por aquellas aguas la *Trinidad* regresó a las islas de la Especias. Allí tuvo noticia de que los portugueses se habían asentado en algunas de ellas.

—¿Los portugueses habían ocupado las islas?

—Eso señala la información que he conseguido.

—¿Qué ocurrió con la *Trinidad*?

—Gómez de Espinosa pidió ayuda a un capitán portugués, llamado Antonio de Brito. La nao estaba en muy malas condiciones, apenas podía navegar y la tripulación estaba muy mermada. Más de la mitad había fallecido durante la travesía de ese mal que les hincha las encías y las hace de sangrar. Pero la *Trinidad* se hundió antes de que llegaran los portugueses.

—¿Qué pasó con los supervivientes?

—Los portugueses los han apresado y los han forzado a trabajar, en condiciones muy duras, en un fuerte que están construyendo en un lugar llamado Ternate. Cuando se hundió el barco quedaban unos veinte. Han muerto más de la mitad.

—¡Santo Dios! ¿El emperador tiene noticia de esto?

—Todavía no, señor. He venido a Badajoz para daros esta información lo antes posible, como se me había ordenado. Mañana marcho hacia Valladolid.

—No demoréis vuestra partida. El emperador ha de tener conocimiento de todo. Os entregaré una carta para su majestad.

Aquella tarde, miembros de la delegación española se reunieron en la Sala Alta del cabildo municipal. Acordaron pedir permiso al rey para abandonar las negociaciones. Consideraban una pérdida de tiempo seguir reuniéndose con los portugueses. Colón se cuidó mucho de comentar las noticias que el agente de Lisboa le había dado. Dudó si poner a Elcano al corriente, porque era quien había tenido un mayor contacto con aquellos hombres. Sin embargo, se impuso la discreción y nada le dijo. Permanecieron en Badajoz hasta que llegó un correo real portando la carta en la que se ordenaba dar las negociaciones por concluidas.

La víspera de que llegase aquella carta, que todos esperaban con ansiedad, los Reinel habían aparecido por *Los Pajaritos* y, tras una breve conversación con Colón y Elcano, cerraron un acuerdo que habría, no obstante, de ser ratificado por el secretario de Indias para que entrasen al servicio de Carlos I como cartógrafos reales.

Lopes de Sequeira y Colón, acompañados de dos miembros de sus delegaciones, volvieron a verse en el puente sobre el Caya. Coincidieron en que las circunstancias no eran las más propicias para seguir manteniendo aquellas reuniones en las que no se había avanzado. Serían sus respectivos monarcas quienes tomarían las decisiones sobre aquel espinoso asunto. Se despidieron haciéndose promesas de amistad y votos porque se mantuvieran las buenas relaciones que mantenían sus respectivos soberanos.

Antes de despedirse, el portugués dijo a Colón:

—He tenido conocimiento de que en vuestra delegación se ha intrigado para que Pedro Reinel y su hijo entren al servicio de vuestro rey.

—Han aceptado volver al servicio de nuestro rey. —Sabía que los Reinel ya habían abandonado territorio portugués—. Hemos hecho lo mismo que vuesas mercedes intentaron hacer con el capitán Elcano, al que se le han ofrecido condiciones muy ventajosas para que entrase al servicio de vuestro rey.

—No tengo noticia de ello.

—Preguntad a vuestro embajador ante nuestro rey.

Aquellas palabras a modo de despedida dejaban claro que la partida estaba por decidirse y que cada cual buscaba tener en sus manos las mejores cartas posibles.

XLVII

A primeros de junio la delegación española estaba en Valladolid. El secretario de Indias quedó cumplidamente informado del fracaso de aquellas juntas y de los pormenores que habían tenido lugar. La reunión fue breve porque Fonseca daba muestras de un creciente cansancio.

En los días siguientes algunos de sus miembros, como Hernando Colón, Juan Vespuccio o Diego Ribeiro, que estaban avecindados en Sevilla, abandonaron la ciudad. Elcano, que había vuelto a su buhardilla de Cantarranas, se preparaba para viajar a Guetaria, pero lo retrasó dos días porque el rey, que había permanecido varias semanas en Burgos, regresaba a Valladolid, donde fue recibido con grandes muestras de regocijo.

Tener allí la Corte, si bien creaba no pocos problemas, como los derivados de la falta de alojamiento y de la presencia de toda clase de pícaros y gentes de mal vivir, reportaba a la ciudad importantes beneficios. Era muy grande el número de personas que había alrededor del monarca. La Corte era, cada vez más, la fuente de la que emanaba el poder y eran muchos los que deseaban conseguir prebendas. Se habían levantado varios arcos triunfales —pagados por los gremios—. Hubo repique general de campanas y aquella noche grandes luminarias. Al día siguiente se ofició un solemne *Te Deum* en acción de gracias por las victorias militares alcanzadas contra los franceses y por la tarde hubo una fiesta de toros y se rompieron lanzas por caballeros pertenecientes a los principales linajes de la ciudad.

La víspera de su partida, al menos hasta Burgos con unos comerciantes que iban a la feria de Pamplona, Águeda, que se había mostrado melosa en varias ocasiones hasta que Elcano le dijo que tenía dada palabra de matrimonio a una joven de Guetaria con la que no se había casado por haber tenido que ponerse en camino a toda prisa, le insistía en un asunto que desasosegaba al marino.

—No es asunto mío, pero ¿vais a marcharos sin hablar con la madre de vuestra hija y conocer a la niña?

—No dejo de darle vueltas. Pero no encuentro el momento.

—No deberíais dejarlo. Os lo digo porque me ha parecido ver de nuevo remoloneando por la calle a los dos sujetos que ya comenté a vuesa merced.

—¿Estáis segura?

—Me ha parecido verlos. No sé si ella sabe que estáis en la ciudad y quiere…

Elcano iba a decir algo, pero sonaron unos fuertes golpes en la puerta.

Elcano, prevenido, se acercó a la puerta.

—¿Quién va?

—¿Don Juan Sebastián de Elcano?

—Soy yo.

—Tiene vuesa merced que acompañarnos.

—¿Adonde?

—Su majestad requiere vuestra presencia.

Abrió la puerta y se encontró con un sargento de la guardia.

Elcano iba a recoger su sombrero cuando Águeda lo detuvo.

—¿Así…, de esa guisa, piensa vuesa merced comparecer ante el rey? —Miró al sargento y le dijo—: Tendréis que aguardar a que se adecente. Si quieren vuesas mercedes pasar…

—Aguardaremos aquí.

Algo después Elcano estaba en la antecámara donde aguardaba el secretario de Indias.

—Ilustrísima…, ¿puede saberse qué ocurre? —preguntó a Fonseca.

—No lo sé. Me han dicho que viniera a toda prisa. He salido de la cama donde llevo varios días con calenturas y una tos…

El chambelán se acercó a ellos y les indicó que lo siguieran.

El rey los recibió acompañado por De los Cobos y García de Loaysa.

—Majestad, su ilustrísima el secretario de Indias —anunció el chambelán con menos protocolo que en otras ocasiones.

—Majestad…

Sin mayores preámbulos Carlos I se dirigió a Elcano.

—¿Estáis al tanto de que los portugueses se han instalado en alguna de las islas de la Especiería y de lo que ha ocurrido con la *Trinidad*?

—No, majestad.

El rey indicó a De los Cobos que lo explicase.

—Las noticias que nos han llegado de Lisboa señalan que la *Trinidad* se hizo a la mar en abril de hace dos años y que trató de ganar la costa de Castilla del Oro. Su objetivo era cruzar el mar del Sur y llegar a Panamá. No les fue posible. Un temporal destrozó parte de la nao, que a duras penas pudo emprender el regreso al puerto de Tidor, que era, como sabéis, de donde había zarpado. No sabemos exactamente adónde llegaron, pero sí que era una de las islas de las Especias y que fue entrado el mes de noviembre de 1523. Sí sabemos que su tripulación estaba reducida a una veintena de hombres, casi todos ellos enfermos. Durante ese fatídico viaje habían muerto más de treinta hombres. Allí tuvieron noticia de que los portugueses se habían instalado en una de las islas. En ese mismo informe se dice que un capitán portugués, llamado Antonio de Brito, a quien Gómez de Espinosa había pedido ayuda, en lugar de enviársela, ordenó prenderlo a él y a sus hombres. Al parecer, han sido sometidos a toda clase de vejaciones y sabemos que, al menos, la mitad de ellos han perecido. Incluso que el deseo de ese Brito era acabar con su vida. Uno de nuestros agentes ha conseguido copia de la carta que envió al rey en la que se mostraba partidario de ello. —De los Cobos buscó entre los papeles de su cartapacio y leyó un párrafo de la referida carta—: … *Yo escribo al capitán mayor, que será más del servicio de Vuestra Majestad*

414

si mandarles cortar las cabezas o enviarlos allá. Detúvelos en Malaca, porque es tierra enferma, con intención de que murieran allí, no atreviéndome a mandarlas cortar porque ignoraba si daría a Vuestra Majestad gusto en ello. La noticia está confirmada y, en mi opinión, como he dicho a su majestad, la situación es muy grave.

Elcano estaba impresionado. Había convivido con aquellos hombres durante tres años. Habían pasado toda clase de penalidades y habían vivido experiencias que pocos hombres habían tenido. Había compartido con Gómez de Espinosa el mando de la escuadra y juntos habían acordado el retorno de la *Victoria* porque la *Trinidad* reventó su casco, muy castigado por los temporales cuando se disponían a partir de Tidor. Recordó las advertencias que le hizo aquel portugués, amigo de Magallanes, llamado Afonso de Lorosa, cuando les dijo que los portugueses estaban al aguardo para acabar con ellos. También la persecución que se desencadenó cuando las autoridades de Cabo Verde descubrieron que la *Victoria* era un barco de la armada de Magallanes a la que habían perseguido continuamente, tratando de evitar el éxito de aquella expedición.

—¿Qué opináis? —preguntó el rey a Elcano.

—Mi opinión, majestad, es que los portugueses acudieron a las juntas de Badajoz no con voluntad de alcanzar un acuerdo, sino de hacernos perder el tiempo para asentar su dominio en aquella parte del mundo.

El rey, que no dejaba de acariciar su barba, asintió con ligeros movimientos de cabeza. Miró a Fonseca:

—Ilustrísima, ¿cuál es vuestro criterio?

El obispo carraspeó para aclararse la garganta. Se sentía incómodo con el papel que venía desempeñando en la Corte desde hacía meses. Se veía cada vez más desplazado en asuntos que eran de su incumbencia. No había tenido información de lo ocurrido con la *Trinidad* y sus tripulantes. Tampoco la presencia del confesor le resultaba agradable. Nunca había tenido buena relación con aquel dominico que ahora gozaba de la plena confianza del monarca.

—Creo que han jugado con la buena voluntad con que hemos actuado en este negocio —señaló Fonseca—, en el que vuestra majestad se comprometió a no enviar expedición alguna hasta tanto no concluyesen las reuniones.

—Sólo en parte, ilustrísima. Su falta está en lo que han hecho con los tripulantes de la *Trinidad*. Es algo indigno.

—No..., no os entiendo, majestad. ¿Por qué decís que sólo en parte han abusado de nuestra buena voluntad?

—Porque estaban asentados en la isla de la que se habla en ese informe, al menos en noviembre de 1523. Mucho antes de que nosotros nos comprometiéramos a no enviar expediciones hasta ver en qué quedaban las conversaciones. Nuestro compromiso es posterior a que ellos se aposentaran en esa isla. Según esos informes, quizá estaban allí antes de que —el rey miró a Elcano— vos completarais la vuelta a la Tierra y llegaseis a Sevilla.

—¿Qué piensa hacer vuestra majestad ante esta situación?

Los dos secretarios y el confesor intercambiaron una mirada de sorpresa ante lo que consideraban una osadía, nadie se dirigía al rey sin que él le preguntase o le invitase a hacerlo. Pero guardaron silencio. Carlos I se acarició la barba otra vez.

—Esa pregunta requiere varias respuestas. Escribiré al rey de Portugal exigiendo..., mejor, solicitando que esos hombres sean puestos en libertad.

—Majestad, me temo que cuando la carta del rey de Portugal llegue al otro extremo del mundo, si es que llega, sea demasiado tarde.

—¿Se os ocurre otra cosa?

—Armar una escuadra e ir en su busca. Es posible que tampoco se llegue a tiempo, pero me parece mucho más eficaz que andarse con papeleos.

García de Loaysa, De los Cobos y Fonseca no daban crédito a lo que oían. Lo que estaba ocurriendo les parecía inaudito. Aquello era lo más parecido a una conversación entre iguales.

—Esa es la segunda de las respuestas. He autorizado que, cuanto antes mejor, se haga a la mar una expedición para tratar de encontrar un paso al mar del Sur, pero por el noroeste. Si se encontrara, es posible que ofrezca menos dificultades que el descubierto por Magallanes.

Fonseca estaba perplejo —nada sabía de aquella expedición— y

Elcano desconcertado. Lo que acababa de decir el rey era un duro golpe a sus aspiraciones, a no ser que quien mandase esa expedición fuera él. Miró a Fonseca, cuyo rostro parecía esculpido en piedra.

—Vuestra majestad ha dicho… ¿cuanto antes mejor?

—La carabela que hará el viaje está siendo aparejada en La Coruña. El padre confesor se encarga de todos los asuntos relacionados con ello.

El rey miró a García de Loaysa, quien clavó sus ojos grises en Elcano con la clara intención de ponerlo en evidencia

—Si cuento con la venia de vuestra majestad…

—Hablad.

—Esa expedición estará formada por una sola nave. Será una carabela de porte pequeño para que pueda navegar por aguas poco profundas. Es la *Anunciada*. La mandará Esteban Gómez —miró a Elcano y añadió—: Creo que vuesa merced lo conoce.

Le pareció detectar cierto regusto al pronunciar sus últimas palabras.

—Era el piloto de la *San Antonio*, la nao que desertó de la expedición, llevándose la mayor parte de la comida de la escuadra. Fue ese portugués quien organizó el motín que depuso al capitán de aquel barco y que no tenía previsto regresar a España.

—¿Esteban Gómez es portugués? —preguntó el rey.

El confesor, que ignoraba esa circunstancia, balbuceó unas palabras.

—Su verdadero nombre es Estebao Gomes, majestad —señaló Elcano—. Os diré algo más, señor, el coste de esa expedición, si lo que busca es encontrar un paso por el norte para llegar a las islas de las Especias, es dinero tirado.

—¿¡Cómo os atrevéis!? ¿¡Cómo osáis…!? —El confesor se mostraba escandalizado y el secretario de Indias sorprendido.

—¡Hum! —Carlos I se acarició la barba otra vez—. ¿Por qué lo decís?

—Majestad, si ese paso existe, no servirá de mucho.

—¡Explicaos!

—Señor, los marinos de mi tierra conocen desde hace mucho

tiempo esas aguas. Las surcan buscando ballenas. Saben que se congelan durante muchos meses todos los años. Alguno quedó atrapado entre los hielos y tuvo que hacer invernada en aquellas tierras inhóspitas. Por otro lado, habrá que remontar muchos grados de latitud hacia el norte y la posición de las islas de las Especias queda por debajo de la línea equinoccial.

—Majestad, si me lo permitís…

El rey asintió a García de Loaysa.

—Si hay un paso sin necesidad de navegar tan al sur como está el estrecho descubierto por don Fernando de Magallanes, será una ruta que no podemos permitir que quede en otras manos. Únase a ello que toda la información que poseemos de ese paso, descubierto por don Fernando de Magallanes, es que se trata de un auténtico laberinto donde es más fácil perderse que dar con el camino adecuado.

Elcano estaba por asegurar que aquel clérigo jamás había pisado la cubierta de un barco, pero estaba descubriendo que tenía ínfulas de marino.

—Como he indicado a su majestad, las islas de las Especias están varios grados de latitud al sur del ecuador. Por el norte el viaje será mucho más largo y esas aguas serán imposibles de navegar durante muchos meses cada año.

El confesor frunció el ceño y guardó silencio.

Carlos I estaba sorprendido de la sinceridad de Elcano. Preguntaba de forma directa, sin tener mayores consideraciones.

—Que hayamos dado autorización para esa expedición no significa abandonar la ruta del sur. Esa era la tercera cuestión a la que había de referirme para responder a vuestra pregunta. Ya no estoy obligado a mantener mi compromiso de no enviar expedición alguna a las islas de las Especias. Las conversaciones han terminado. Esa escuadra partirá de La Coruña. Será una gran escuadra, al menos media docena de barcos, e irán pertrechados para hacer frente a cualquier eventualidad. Recibiréis instrucciones de cuándo debéis trasladaros a La Coruña.

Carlos I dio por terminada la reunión. Fonseca y Elcano hicieron la obligada reverencia y abandonaron la estancia. Una vez fuera el obispo, que estaba abatido, recriminó a Elcano la actitud que había mantenido.

—¡Jamás volváis a dirigiros al rey si no es para responder a una pregunta o porque os invite a hacerlo! ¡Menos mal que no se lo ha tomado a mal!

—¡Tampoco es tan grave!

—¡No seáis insensato! ¡La etiqueta es muy rígida desde que apareció por aquí esa caterva de flamencos! Las cosas no eran así en tiempos de doña Isabel y de don Fernando. Pero eso..., eso ya pasó. La presencia del confesor para tratar un asunto relacionado con ultramar indica que la presidencia del Consejo de Indias está decidida. Mi tiempo ha pasado. No se me informa ni se me consulta. No creo que permanezca ya en Valladolid mucho tiempo. Os diré que García de Loaysa es un enemigo muy peligroso. Habéis dejado en ridículo al confesor cuando habéis dicho que Esteban Gómez es un portugués con antecedentes poco fiables. Ese dominico no es trigo limpio. ¡Andaos con mucho cuidado!

A Fonseca le costó trabajo, pese a apoyarse en su bastón, bajar la escalera. Cuando salieron a la calle aguardaba la silla de manos que se había convertido en una compañera inseparable. Antes de acomodarse en ella hizo una advertencia a Elcano:

—No os mováis de Valladolid. ¡Permaneced atento a todos los movimientos!

—¿Lo dice su ilustrísima por algo en concreto?

—El rey ha dicho que la armada partirá de La Coruña y que vos recibiréis instrucciones sobre cuándo debéis partir para esa ciudad. Mi experiencia, que es mucha como lo son mis años, me dice que las cosas ahora van a ir muy deprisa. El rey tratará de no entrar en conflicto con Portugal porque los matrimonios son para él una prioridad. Pero ahora tiene las manos libres para organizar la expedición que ha venido posponiendo. Os digo que en un año zarpará esa escuadra. Otra cosa, hace dos días pude hablar con el embajador de Portugal sobre que dejaran de tentaros.

—¿Qué os dijo?

—¡Que no hemos cumplido lo acordado!

—¿Nosotros?

—Me dijo que los Reinel vuelven al servicio de nuestro rey.

—¡Vuelven porque ellos no cumplieron y a don Hernando Colón le pareció que era hacer un servicio a su majestad que volvieran a trabajar para él!

Fonseca se encogió de hombros.

—¡Estad alerta! Puede que os creen algunos problemas. ¡Ah! Se me olvidaba, el rey os concederá que tengáis la protección que le habéis pedido.

XLVIII

Elcano regresó a la calle Cantarranas con el ánimo conturbado. No le gustaba que se hubiera encargado a Esteban Gómez buscar la existencia de un paso por el noroeste. El confesor del rey le había causado una mala impresión y, desde luego, él no había sido muy habilidoso, sobre todo teniendo en cuenta que todo apuntaba a que iba a convertirse en el presidente del Consejo de Indias. Por otro lado, el que el rey le hubiera dicho que la escuadra zarparía de La Coruña y que estuviera pendiente de sus instrucciones para marchar a aquella ciudad le hacía alimentar esperanzas de convertirse en capitán general de una armada real.

Al entrar en la casa, Águeda se percató de su estado de ánimo. Su patrona y, en alguna ocasión amante, conocía las ilusiones que albergaba su huésped. El haber compartido el lecho con él le permitía ciertas familiaridades que de otra forma no hubieran sido posibles.

—¿Cómo os ha ido con su majestad?

—Quería conocer detalles de ciertos proyectos y mi opinión sobre lo ocurrido con la *Trinidad*.

—¿La Trinidad? ¿Quién es esa?

Elcano no pudo evitar una sonrisa.

—Era el nombre de la nao capitana de la flota que mandó Magallanes. Como necesitaba repararse quedó en el otro extremo del mundo cuando yo inicié el viaje de regreso. Me he enterado de que está en el fondo del mar y la mayor parte de sus tripulantes muertos. Los que han sobrevivido están presos de los portugueses.

—¡Vaya! ¡Es una mala noticia! ¿Habéis almorzado?

—No.

—Puedo daros unas lentejas acompañadas de morcilla.

En ese momento sonaron unos golpes en la puerta.

—¿Esperáis visita? —preguntó Elcano.

—No, ¿y vos?

—Tampoco.

Otra vez sonaron los golpes en la puerta. Quien llamaba tenía prisa.

—Voy a abrir.

—Aguardad un momento.

Elcano subió a toda prisa a la buhardilla y empuñó la *misericordia*, que había dejado atrás para la audiencia con el rey.

Los golpes, con más fuerza, sonaron por tercera vez.

—Abrid ahora. Yo estaré pendiente.

—¿Quién va? —preguntó Águeda antes de abrir.

—¿Vive aquí Juan Sebastián Elcano?

—Sí.

—Correo real.

Águeda miró a Elcano que negó con la cabeza.

—Haceos a un lado.

—Yo soy Elcano, ¿quién sois vos?

—Correo real, señor. Traigo un mensaje para vuesa merced.

Elcano giró la llave y tiró rápidamente de la puerta tratando de sorprender a quien llamaba. Era un hombre de cierta edad, tocado con un sombrero de ancha ala. Tenía en sus manos una carta y había dado un paso atrás al ver la *misericordia* que Elcano empuñaba.

—Vuesa merced no necesitaba empuñar esa daga. Aunque como están los tiempos... Es de la cancillería real.

Elcano recogió la carta y le entregó un real de a dos.

—Por la espera.

—Muchas gracias, señor. Muchas gracias.

La carta tenía dos sellos en lacre rojos que aseguraban su contenido.

—¿Otra vez el rey?

Elcano se encogió de hombros. Rompió los lacres y leyó la carta. La letra era primorosa, propia de un escribano profesional, como correspondía a la cancillería real. Estaba fechada el 20 de mayo, cuando el rey todavía se encontraba en Burgos y él estaba en Badajoz. Se acordó que había pedido al rey poder tener una escolta.

—Es una cédula de su majestad por la que ha autorizado a que me escolten dos hombres provistos de las correspondientes armas, sin que por ello incurran en las penas que están dispuestas para quienes las lleven.

Águeda se asustó.

—¿Estáis temeroso?

—He recibido alguna amenaza.

—¿De quienes cometieron los asesinatos en Medina de Rioseco?

—No, esa gente pasó a mejor vida.

—¿Quiénes fueron?

—Estaban implicados unos franceses que dieron muerte a unos sujetos que al parecer habían acabado con la vida de Matías, *Zapatones* y uno de los hombres que me acompañaron. El asunto sigue siendo… turbio.

—Pues sí que tenéis necesidad de que os cubran las espaldas. Porque esos que andan por la calle…

Elcano se cuidó mucho de comentar algo sobre el deseo de los portugueses de que entrase al servicio de su rey y de que Bastinhas lo había amenazado sin taparse. Era posible que anduvieran tras sus pasos, aunque no se había percatado de que lo siguieran.

—Mañana iré a ver a mi hija y dejaré resuelto este asunto.

—Pero… ¿no os marcháis a Guetaria?

—Por ahora, no.

En la calle de la Sierpe los artesanos que allí tenían sus talleres estaban en plena tarea. Hasta la calle llegaba el ruido de unos telares. Había un espartero trenzando cuerdas y algunas mujeres barrían el trozo de calle que correspondía a la fachada de su casa. Un aguador pregonaba la mercancía y un par de esportilleros esperaban a que alguien contratase sus servicios. Al final de la calle un sujeto, con pelo canoso y nariz prominente sobre la que se asentaban unas antiparras, había montado un bufetillo en el que había dispuesto los utensilios de escribir. Estaba redactando una carta para una mujer y había otros dos clientes esperando turno.

Elcano llamó a la puerta. Estaba tenso, como cuando, desde el castillo de proa, veía aproximarse una tormenta.

Tuvo que llamar una segunda vez hasta que oyó la voz de la tía Brígida pidiendo paciencia.

—¡Ya va! ¡Ya va!

Al abrir la puerta se llevó una mano a la boca.

—¡Era vuesa merced! —Le dedicó una sonrisa impostada.

—¿Está María?

—¡Claro que está! ¡Pasad, pasad! ¡¡María, María!! ¡Adivina quién está aquí!

Lo condujo hasta la cocina donde María amamantaba a la criatura. Tenía los pechos descubiertos y no se los cubrió.

—¡Por fin te has dignado venir a ver a tu hija! —le espetó mirándolo con dureza.

Elcano no esperaba muestras de alegría, pero aquel recibimiento...

—He estado muchos meses fuera —respondió sin acercarse.

—Tampoco has venido cuando has estado en Valladolid.

—Ha sido de paso.

—¿Dices de paso? ¡Llevas en la ciudad más de una semana!

Águeda no se había equivocado cuando le dijo que había visto merodeando gente por la calle. María Vidaurreta lo había estado vigilando.

—¿Cuándo nació? —preguntó por no quedarse callado.

—Va a cumplir siete meses.

Elcano se acercó a la niña, que se había dormido, y se quedó mirándola. María se tapó el pecho.

—¿Qué nombre le has puesto?

—¿Eso es lo único que te importa? —lo increpó.

—¿No te parece bien que me interese por su nombre?

—¡Y yo qué! ¡¿Qué pasa conmigo!? ¡No te importo! ¡Tendrás que cumplir con tus obligaciones!

—¿Obligaciones? ¿A qué obligaciones te refieres?

—¡Tendrás que hacerme tu esposa!

—¡Ni lo sueñes! ¡No me inspiras confianza!

La ira brilló en los ojos de María.

—¡No decías eso cuando te metías entre mis muslos!

—¡Me mentiste! ¡Me engañaste! ¡Acusaste a quien nada te hizo!

—¡Eres un hijo de puta! ¡Canalla!

Se levantó sosteniendo a la niña con uno de sus brazos e intentó abofetearlo. Elcano le sostuvo la mano.

—Mi visita ha terminado.

Se dio media vuelta y caminó hacia la calle, pero al llegar a la puerta se detuvo. No tanto por los gritos de María que encadenaba un insulto tras otro, sino porque pensó en dejar algo de dinero. Sobre una repisilla, bajo un grabado de la Santa Cena, dejó una bolsilla con diez ducados. Con aquella suma se podrían atender algunas necesidades de su hija.

Mientras subía hacia la plazuela pensaba cómo había sido posible que aquella mujer, que hoy le había mostrado una cara muy diferente, podía haberlo embaucado como lo había hecho. Aquella no era la María Vidaurreta que vio en el mercado de la plazuela de los Leones. Se sentía muy mal y necesitaba rebajar la tensión vivida. Entró en un mesoncillo que había en la plazuela y pidió una jarrilla de vino. Fue allí donde oyó cómo unos sujetos que daban cuenta de un costillar de cerdo adobado comentaban que la *Anunciada*, la carabela que el rey había puesto a disposición de Esteban Gómez, estaba siendo aparejada.

Aunque su mayor deseo era ir a Guetaria y desposar a María de Ernialde, permanecía en Valladolid. No se le olvidaban las palabras del rey ni la advertencia de Fonseca para no marcharse de allí. Lo acompañaban dos hombres, que hacían ostentación de sus armas —era una forma de disuadir—. Águeda, que sabía lo mal que había ido el encuentro con María Vidaurreta, le dijo que en la calle merodeaban otra vez aquellos sujetos.

—¿Estáis segura de que son ellos?

—Sin duda. Han de tener alguna relación con la madre de vuestra hija.

Fueron los hombres de Elcano quienes pusieron fin a aquella situación.

—Hemos observado que vuesas mercedes son asiduos a esta calle. ¿Buscan algo en ella?

—Ese no es asunto que interese a voacé —respondió desafiante uno de ellos, sin quitarle la vista al acero que colgaba del cinto.

—En lo de interesarme he de daros la razón, pero me incomoda.

—Ese es problema de voacé.

—Os equivocáis —replicó acariciando la empuñadura de su espada.

—No queremos veros más por aquí —lo amenazó el otro guardaespaldas.

—Estaremos donde más nos plazca.

—Estáis advertidos.

A partir de aquel día no se los volvió a ver por la calle Cantarranas.

Elcano, que no se había olvidado de lo que Fonseca le había contado sobre lo averiguado por Zambrano, pidió al portero las señas de este.

—Vive en el barrio de San Andrés, en la calle de los Herradores. Preguntad allí.

Localizó a Zambrano y lo encontró impedido.

—Mire vuesa merced cómo lo han dejado —le dijo su esposa que lo acompañó hasta el patio donde dormitaba a la sombra de una hermosa higuera.

Estaba con una pierna entablillada, extendida sobre unos cojines que reposaban sobre una silla de anea. También tenía un chirlo en la frente.

—¡Qué alegría veros! Ignoraba que estabais en Valladolid.

—¿Puede saberse qué diablos te ha ocurrido?

Zambrano resopló con fuerza.

—Eran tres y me cogieron por sorpresa.

—La culpa es del vino y del maldito juego —protestó la mujer.

—Deja de refunfuñar y trae una silla. ¿Dejarás que el señor se quede de pie?

—¡El vino y el juego! ¡Os lo digo yo! ¡El vino y el juego! —La mujer protestaba al ir a por la silla.

Zambrano le explicó que se había echado unas partidas de cartas.

—Tuve suerte, los naipes me vinieron dados en varias manos y me embolsé unos buenos ducados. Cuando vi que la racha se acababa decidí retirarme. Pero al salir del tugurio tres bellacos, que habían estado de mirones, me sorprendieron para robarme. Me defendí como pude.

—Estabas borracho y te dieron una buena tunda —añadió su esposa al traer la silla.

—¡Calla, mujer! ¿No tienes ninguna cosa que hacer?

—¿Así fue como te partieron la pierna?

—Me partieron la pierna, me hicieron este chirlo y se llevaron mis ganancias. No los conozco, pero les vi la cara. Juro por esta —hizo una cruz con los dedos y la besó—, que si los encuentro van a recibir su merecido. Pero bueno…, ¿quién os ha dicho que me encontraba postrado?

—No lo sabía. He venido porque me gustaría que me explicaras otra vez la historia que me contaste en Vitoria de aquellos matones y los franceses.

—¿Ha encontrado vuesa merced alguna pista?

—Bueno…, los corchetes averiguaron algo a través de los papeles que los franceses tenían. Parece ser que había ajustado entregar a los franceses una esfera terrestre y los matones no la consiguieron porque la que tenía Matías en Medina de Rioseco ya se la habían llevado los criados de don Fadrique. Los franceses se negaron a pagar por los mapas y los papeles que los rufianes se llevaron de la casa de

Matías cuando la asaltaron y lo mataron junto a *Zapatones* y a Belizón y ahí comenzó la pendencia. Me dijiste que fue un corchete el que te dijo que uno de aquellos matones, el que estaba moribundo, se refirió a un portugués ¿Recuerdas cómo se llama ese corchete?

—Fermín Ruiz.

—¿Sabes dónde puedo encontrarlo?

—Podéis preguntar por él en la taberna de su padre. Está en la plazuela de la Fuente de las Cadenas. Cerca de un convento de monjas que hay junto a la Casa de las Aldabas. También podéis localizarlo en los bajos del cabildo municipal. Allí están las dependencias del alguacilazgo y el cuartelillo de los corchetes. ¿Pensáis hablar con él?

—Le haré una visita.

Mientras se refrescaban con la aloja que les había servido la esposa de Zambrano, comentaron algunas de las cosas que se decían en Valladolid. Hablaron de cómo marchaba la guerra contra los franceses, del fracaso de las negociaciones con los portugueses, pasaron revista a los rumores que corrían acerca de los matrimonios reales y de lo cara que estaba la vida.

—Que la Corte esté en Valladolid es algo que da mucho lustre, pero los precios de las cosas están por las nubes. Con tanta gente... ¡Hoy han pedido a mi mujer por unos nabos cuatro maravedíes! ¡Adónde vamos a llegar!

Al llegar a su casa se encontró con una carta.

—La ha traído un arriero. Era de un pueblo cercano al de vuesa merced —le dijo Águeda al entregársela a Elcano.

Era de su hermano Domingo. Le contaba que María había dado a luz un niño. Que la madre y el hijo estaban bien. Le preguntaba cuándo lo verían de nuevo por Guetaria, y cómo iban sus negocios y los asuntos de la Corte.

Aquella noche le costó trabajo dormirse y se despertó varias veces; pensó tomar el camino de Burgos apenas las primeras luces alumbrasen el amanecer de un nuevo día y viajar a Guetaria. Ver a María, conocer a su hijo y contraer matrimonio. Eso era dejar resueltas las cosas como Dios mandaba, según decía su madre, antes de embarcarse en un viaje que estaba lleno de peligros.

Al día siguiente contestó a su hermano, pero la duda de acercase a Guetaria estuvo corroyéndolo varios días y eso hizo que no acudiera a localizar al corchete hasta pasados tres días. Encontró a Fermín Ruiz en la taberna de su padre, donde podían degustarse los mejores bocartes que eran traídos en salazón, en unas barricas medianas. Los desalaban, teniéndolos en agua varios días, y luego los preparaban las mujeres de la casa curándolos con vinagre.

Se acomodaron en una mesa ante unas jarrillas de vino.

—Tengo entendido que vuesa merced participó en un asunto en que se encontraron muertos unos rufianes en una casa del Campillo.

—Aquello fue duro. Luego nos las tuvimos que ver con unos franceses.

—Uno de los matones no había expirado cuando los encontrasteis.

—Sí, había uno que todavía respiraba.

—¿Os dijo algo?

—Poca cosa. Si supimos que aquello era obra de unos franceses fue porque un vecino, un tullido que había sido soldado, nos puso sobre su pista.

—¿Qué os dijo ese moribundo?

—Dijo algo que no entendí y luego maldijo a un portugués.

—¿Dijo su nombre?

—Es posible, pero no lo recuerdo.

Elcano pidió que llenasen las jarrillas y Fermín dio un largo trago a su vino, como si aquello le ayudase a recordar.

—Soltó aquella maldición antes de que un vómito de sangre acabara de ahogarlo. También estaba por allí ese tullido, el que nos dio la pista sobre los franceses. Tal vez él recuerde algo más.

—¿Qué podéis decirme de ese sujeto?

—Vive en el Campillo. Fue soldado en las guerras de Italia cuando las célebres campañas de don Gonzalo Fernández de Córdoba. Allí fue donde perdió un ojo, un brazo y dos dedos de una mano.

—¿Sabéis cómo se llama?

—Diego de Torres. Es conocido en el Campillo y es fácil de identificar porque tiene tapada la cuenca vacía del ojo que le falta con un parche.

Elcano tenía otra pista en la que indagar. Sentía sobre él aquellas muertes. No se consideraba culpable, pero le pesaba el mal trago que le había hecho pasar a Matías cuando lo amenazó con caparlo por algo que no había hecho.

XLIX

El mismo día en que pensaba localizar a Diego de Torres, por si podía darle alguna información más, le llegó un aviso de Fonseca que lo obligó a posponerlo.

El secretario de Indias lo recibió en su gabinete. Elcano observó que algunos de los objetos que había visto en anteriores visitas no estaban. El obispo lo esperaba sentado en el sillón junto a la chimenea, que ya no encendían. En agosto, en Valladolid, hacía un calor agobiante en las horas centrales del día.

Besó el anillo episcopal y se sentó en el sillón que Fonseca le ofreció frente a él.

—Compruebo con satisfacción que, al menos, en esta ocasión habéis permanecido en Valladolid.

—Sepa su ilustrísima que más de una vez he estado a punto de ponerme en camino.

—Habéis hecho bien en no marcharos. Mañana se constituye el Consejo de Indias y eso significa que mi tiempo en la Corte ha terminado.

—¿Se marcha su ilustrísima?

—En unos días. No sé si habéis observado que algunas de las cosas que había en este gabinete ya no están.

—Ya me he dado cuenta.

—Son de mi propiedad. Han sido muchos años los que he dedicado a este menester. Imaginaos…, fue en el año noventa y tres del pasado siglo cuando el rey me encomendó los asuntos de Indias. Desde entonces he visto tantas cosas… ¿Os he dicho alguna vez que nunca me entendí con Colón? Ese genovés…, o por lo menos eso dicen.

—¿Qué es lo que dicen, ilustrísima?

—Que Colón era genovés. Para mí que era un marrano, un converso que mantuvo oculta su patria para que no averiguaran sus orígenes. Como os decía, nunca me entendí con él. Era muy soberbio, estaba muy pagado de sí mismo. He bregado con gente de muy diversa condición y, conforme los asuntos de Indias cobraban más entidad, aumentaban mi responsabilidad y el trabajo. No he podido dedicar la atención debida a mis obispados.

—¿Obispados, ilustrísima?

—En estos años he sido obispo de Badajoz, de Córdoba, de Palencia y de Burgos, que es adonde acabará mi vida. Pero vayamos al grano. Mañana, como os he dicho, se constituye el Consejo de Indias y lo presidirá el confesor. Mis funciones han terminado y nada me ata a la Corte. Pero he querido hablar con vos antes de ponerme en camino porque algún asunto, que ha estado detenido por diversas razones, va a cobrar en las próximas semanas un gran impulso. Mañana mismo saldrá un correo para La Coruña con órdenes de que la *Anunciada* se haga a la mar. Al igual que vos, creo que es tiempo y dinero perdido. Si encontraran un paso por el noroeste, los problemas serían muchos. Los hielos y las distancias lo harán poco viable. Por eso se va a impulsar la expedición por la ruta que Magallanes y vuesa merced abrieron por el sur, y por eso quería hablar con vos.

Un ataque de tos le impidió seguir hablando.

—¿Tiene su ilustrísima aquel licorcillo…? ¿Pido un poco de agua?

Fonseca negó con la mano y, poco a poco, la tos se fue calmando.

—Os he dejado por escrito en esa carpetilla —señaló una que había sobre la mesa, atada con un balduque rojo— algunas cosas que os serán de utilidad para moveros en el proceloso mundo que rodea a los reyes. Hay que saber nadar y al mismo tiempo guardar la ropa. La última vez que estuvimos con su majestad no estuvisteis muy acertado. Pusisteis al confesor en un aprieto y eso no era conveniente. Ahora, aunque la última palabra es del rey, muchas cosas quedarán en sus manos y las consultas que eleve…

—¿Habéis dicho consultas?

—Sí…, es como se llama a las propuestas que los Consejos elevan al rey, que es quien toma la decisión. Pero, por lo general, su majestad se conforma con la propuesta que le llega con la consulta. No me preguntéis por qué se llaman así. Sobre palabrería sé poco. Pero ese es el nombre con que se las conoce. Como os decía, las consultas que eleve el presidente del nuevo Consejo me temo que no van a favoreceros.

—Pero acabáis de decirme que es el rey quien toma las decisiones.

—También os he dicho que al rey suelen parecerle bien las propuestas que le llegan desde los Consejos. Lo que quiero deciros es que vuestra posición en la Corte no es sólida. A la falta de una familia con mucha prosapia se une ahora que García de Loaysa no os aprecia. Tened mucho cuidado y plantead vuestros deseos con mucha mesura. El rey anda siempre falto de dineros, por eso se ha discutido tanto la dote de doña Catalina para contraer el matrimonio con el rey portugués. Doscientas mil doblas suponen un serio problema.

—Creí que eso estaba resuelto.

—Lo está. Las capitulaciones se firmaron en Burgos a primeros de julio. Se decidió no seguir porfiando por rebajar porque se ha barajado la suma de novecientas mil para la dote de doña Isabel en el caso del matrimonio con su majestad, y cada dobla que se rebajara en la dote de doña Catalina tendría repercusión en la de doña Isabel. Lo que se acordó, según me ha dicho De los Cobos, es pagar la dote de doña Catalina en tres plazos. La expedición a la Especiería, si tuviera el éxito que esperamos y es deseo de todos, podría poner fin a todas esas penurias. Vuestra experiencia, no lo olvidéis, es vuestra principal baza para que el rey os otorgue el mando de la flota. Pero sed prudente, muy prudente. No habléis más que lo justo y responded sólo a lo que se os pregunte. Mostrad vuestras bazas en el momento oportuno y jugadlas lo mejor que os sea posible. Tampoco olvidéis lo que os advertí hace ya algunos meses. Vuestro éxito ha ensombrecido a muchos otros y eso es algo que en nuestra tierra no se perdona.

—Lo tendré todo muy en cuenta, ilustrísima.

—Otra cosa, prometedme que permaneceréis en Valladolid.

—¿Me pedís una promesa formal?

—Exacto. En otras circunstancias... Pero no podéis caer en la tentación de marchar. Arriesgáis demasiado. Prometedme que no os marcharéis de Valladolid

—¡Ilustrísima!

Fonseca, por sus años y su larga experiencia, y no tanto por conocerla a través del confesionario —había administrado el sacramento de la penitencia en muchas menos ocasiones de las que debía haberlo hecho por su condición episcopal—, era un profundo conocedor del alma humana. Se quedó por un momento mirándolo fijamente.

—¿Queréis hacer realidad vuestro anhelo de ser el capitán general de esa escuadra que pondrá pronto rumbo a la Especiería?

—Desde luego, ilustrísima.

—No puedo garantizároslo. Eso depende de la voluntad del rey y de los consejos que reciba. Ya no podré darle el mío. Vuesa merced tiene un serio problema en la falta de linaje, pero tiene otros puntos a su favor. Lo que puedo aseguraros es que, si no estáis aquí en el momento oportuno, podéis olvidaros de ello. No quiero que se os vaya la cabeza en otras cosas.

Elcano, pese que deseaba viajar a Guetaria y desposar a María de Ernialde, prometió a Fonseca que permanecería en Valladolid.

—Os lo prometo —al pronunciar aquellas tres palabras la voz de Elcano había adquirido un tono solemne.

—Este empecinamiento mío no lo hago sólo por vos, también me impulsan los intereses de la Corona. Estoy convencido de que sois quien mejor puede mandar esa armada. Sois un marino de los pies a la cabeza, el único que ha navegado por esas aguas y conoce los peligros que os aguardan. Algo que no se tiene por linaje.

—Os lo agradezco, señor.

—No os mováis de la Corte. Los acontecimientos van a precipitarse. Hay prisa por aparejar esa escuadra. En fin... —Otro golpe de tos hizo que el obispo pasase un mal trago—. Esta tos es la que me llevará al sepulcro.

—La superaréis, ilustrísima, la superaréis.

—No me aduléis. Sé que a mi edad eso es complicado y está muy agarrada. No nos volveremos a ver porque me marcho para Burgos en unos días. Allí quiero preparar mi ánima para el encuentro con su Creador y disponer todo lo relacionado con mi testamento. —Elcano pensó que aquella idea de comparecer ante el Creador era algo que debía de obsesionarlo porque se lo había repetido varias veces—. Dejar algunas mandas y legados... e insistir a mis albaceas en que mi deseo es que me entierren en Coca, que es la tierra de mis mayores.

Juan Rodríguez de Fonseca, con mucha dificultad, se puso en pie, se acercó a la mesa y cogió un estuche forrado de terciopelo granate y se lo ofreció a Elcano, que también se había puesto en pie.

—¿Qué es esto, ilustrísima?

—Abridlo.

En aquel estuche había una brújula, una ballestilla y un astrolabio. La brújula estaba montada sobre una caja de plata, también eran de plata los palos de la ballestilla, y el astrolabio estaba hecho de oro.

—¡Qué maravilla! ¡Es..., es extraordinario!

—Es para vos. Quiero que tengáis un recuerdo mío.

—No puedo aceptarlo, ilustrísima. ¡Esto vale una fortuna!

—La vale en vuestras manos. La mayor parte de la gente no sabría qué hacer con esos instrumentos. Los fundiría para obtener una ganancia.

El obispo hizo entonces algo que el marino jamás hubiera esperado.

—Abrazadme. Hacedlo con fuerza. Me hubiera gustado que este abrazo me lo diera mi hijo. Vos fuisteis uno de los pocos que lo visteis con vida cuando quedó abandonado en aquella bahía. —Elcano comprobó que bajo las vestiduras de aquel anciano apenas había algo más que huesos y que una lagrima corría por su mejilla—. Ahora marchaos, que todavía me quedan muchas cosas por hacer.

Pocos días más tarde era del dominio público que se había constituido un nuevo Consejo. Lo presidiría el confesor del rey y estaría formado por doce consejeros. Entre ellos había varios juristas y algunos expertos en la amplia legislación que se había ido dando sobre las Indias, pero no había hombres de mar, gente que hubiera participado en los viajes de descubrimiento y exploración de las nuevas tierras. Se contaría con un astrónomo y un cartógrafo. También habría un teólogo para velar por la ortodoxia de todo lo que se tratara en el Consejo. También se hablaba en la Corte y los mentideros de que la *Anunciada* se había hecho a la mar.

A Elcano no le gustaba que en el flamante Consejo no hubiera hombres de mar, sino leguleyos, entendidos en papeles y pleitos. Conforme pasaban los días se sentía cada vez más inquieto. Para distraer la espera, porque después de la promesa hecha a Fonseca no pensaba moverse de Valladolid, había ido varias veces al Campillo, acompañado de los dos hombres que le guardaban las espaldas, pero no había conseguido localizar a Diego de Torres. Había preguntado a algunos vecinos y todos le habían dicho que llevaban algún tiempo sin verlo por allí.

Un día de finales de agosto, Elcano recibió un aviso para que acudiera a la residencia de don Francisco de los Cobos.

Era un impresionante palacio, cercano al de sus suegros, los condes de Ribadavia, y frente a la iglesia de los dominicos. Aunque todavía estaba en construcción, De los Cobos ya vivía en él. Estaba identificándose cuando vio a un tullido que aguardaba en el zaguán. Recordó la descripción del corchete. Le dijo que Diego de Torres era manco, tuerto y le faltaban dos dedos de la mano. A aquel hombre que ofrecía, pese a los andrajos que vestía, un porte de cierta dignidad, le faltaba un brazo, llevaba un ojo tapado por un parche y se fijó en que le faltaban los dedos corazón y anular de la mano derecha. Se acercó a él y le preguntó:

—Disculpe vuesa merced, ¿vuestro nombre es Diego de Torres?

El tullido lo miró con desconfianza y pareció recordar algo.

—¿Vuesa merced es…? —Se quedó mirándolo fijamente—. ¿Es Elcano? ¿El dueño de la embarcación en la que viajé desde el puerto de Málaga a Sicilia?

—¿Viajó vuesa merced en aquella carraca?

—Sí, señor. Tuve el honor de luchar a las órdenes de don Gonzalo Fernández de Córdoba —esto último lo dijo alzando mucho la voz—. Entonces vuesa merced era un jovenzuelo al que no le había salido la barba. ¡Pero no os hacía falta para manejar la tripulación de aquella nave! ¡No se me ha olvidado vuestra cara! Luego he sabido que le habéis dado la vuelta al mundo. ¡Por lo que he oído decir habéis tenido muchas…, muchas agallas! Y sí, mi nombre es Diego de Torres.

—Llevo buscándoos hace algún tiempo. Lo hacía por el Campillo.

—Allí vivía en una habitación hasta que no he podido pagar el alquiler y el casero me ha echado.

—¿Dónde vivís ahora?

El tullido receló de la pregunta, pero respondió:

—Al raso, el tiempo acompaña y como la sopa boba que reparten en el convento de los franciscanos. Tiene poca sustancia, pero calienta el estómago. Lo malo será cuando llegue el invierno. Si me dieran la pensión que me gané en el campo de batalla se acabarían todos estos males. Esa es la razón por la que estoy aquí. Pero me hacen poco caso. ¿Vuesa merced también viene a solicitar una pensión?

—Vengo por otro asunto.

—Os deseo suerte. ¿Por qué me buscáis?

—Quiero preguntaros sobre una cuestión delicada. Pero me gustaría hablar con vos más…, más sosegadamente.

La duda apareció en el rostro del viejo soldado. En la vida se la habían jugado muchas veces.

—¿De qué quiere hablar vuesa merced?

—¿Tenéis prisa?

—Ninguna. Dispongo de todo el tiempo del mundo.

—¿Os importaría aguardarme aquí?

Diego de Torres dudó. Pero había algo en Elcano que para él era tan importante como darle la vuelta al mundo. Le inspiraba confianza.

—Esperaré a vuesa merced y, si me echan, estaré en la puerta.

Pasó al patio donde estaban revocando el estuco de las paredes, y allí un tipo, atrincherado tras de un bufetillo, le dijo adónde tenía que dirigirse.

Después de una larga antesala lo recibió De los Cobos.

—Celebro veros, capitán.

—También yo a vos.

—Tomad asiento. —El secretario le señaló un sillón frailuno—. Os supongo al tanto de que los asuntos de ultramar están ya en manos del nuevo Consejo que entiende acerca de todo lo relacionado con las Indias. Era mucha carga para una sola persona. Se preguntará vuesa merced para qué lo he requerido. —Elcano guardó silencio—. La razón es un encargo de su majestad. El rey quiere que no se demore la armada cuyo destino son las islas de las Especias. —Elcano notó cómo se le encogía el estómago—. Tengo entendido que vuesa merced ha mantenido contacto con algunos armadores y apalabrado la participación de hombres con experiencia para formar parte de las tripulaciones, ¿estoy en lo cierto?

—Así es, señor. Si no ha habido variaciones podríamos contar con tres naos y un patache, muy necesario para navegar por aguas poco profundas.

—¡Eso es magnífico! ¿Muchos hombres dispuestos a enrolarse?

—Más de medio centenar.

—¡Extraordinario! Su majestad aportará otras tres naos.

—¿La armada tendrá siete barcos?

—Exacto.

—Se necesitarán al menos…, al menos cuatrocientos cincuenta hombres.

—¡Esa será una de las tareas que deberéis emprender!

—Aquí en Valladolid se encuentran pocos marinos.

—Por eso deberéis viajar a La Coruña. Se os entregarán cartas para don Fernando de Andrade y para Cristóbal de Haro.

Elcano pensó que tal vez…

—Señor, esa tarea podría ejercerse en mi tierra; allí tengo más conocidos y posiblemente pueda lograr mejores resultados en menos tiempo.

—Deberéis viajar a La Coruña —insistió De los Cobos—. La armada zarpará de allí y habrá que estar pendiente del aparejo de las naves y de que todo esté dispuesto para hacerse a la mar lo antes posible. Los gallegos son buenos marineros.

—Pero, señor…

—¡Capitán, son las órdenes de su majestad!

Recordó las palabras de Fonseca: prudencia y ahorrar palabras.

—Acataré sus órdenes.

—Aguardad a recibir esas cartas y algunas instrucciones concretas, antes de poneros en camino. Será cuestión de días. Ahora podéis retiraros.

Elcano tuvo que morderse la lengua para no preguntarle si su majestad había tomado alguna disposición relativa al mando de la escuadra.

En el mismo zaguán donde lo había dejado se encontró con Diego de Torres. Al verlo, el viejo soldado le preguntó:

—¿Bien en palacio?

—No puedo quejarme.

—Me alegro.

—¿Os cumpliría una jarrilla de vino? —le propuso Elcano.

—¿Sólo una? —Elcano le dedicó una sonrisa y juntos salieron a la calle—. Os llevaré a un sitio donde podemos charlar tranquilamente y el vino no esté picado.

Estaba cerca. Una callecita a la espalda de la Corredera de San Pablo y, efectivamente, era un lugar tranquilo y bastante limpio. No olía a queso rancio ni a brea de la que se untaba en los odres del vino.

—¿Qué quiere vuesa merced de mi persona? No creo que me haya buscado para hablar de los viejos tiempos.

—No estaría de más hacerlo, resulta agradable recordar ciertas cosas del pasado. Pero os he buscado porque tal vez tengáis cierta información que me sería de mucha utilidad.

El viejo soldado arqueó las cejas.

—¿Qué puedo saber yo que os interese?

—Creo que estabais presente cuando unos corchetes encontraron muertos a unos sujetos en una casa del Campillo.

—Los despacharon unos franceses a los que luego les dieron matarile porque, cuando fueron a detenerlos, se enfrentaron a los corchetes. Fue en la posada de *Las Cuatro Calles*.

—¿Estuvisteis también allí?

—Sí.

Elcano supo que, si tenía alguna posibilidad de llegar hasta el final de aquel asunto, era con la información que pudiera darle Diego de Torres. Tenía que ganarse su confianza y sabía que no había mejor cosa que recordar el pasado en común.

—¿Cuándo os llevé a Italia?

—Embarcamos en Málaga a finales de 1502, después de celebrar el nacimiento de Nuestro Señor Jesucristo. A muchos nos llamó la atención que erais un chiquillo, pero ya teníais mando. Por eso no me extrañó cuando supe que le habíais dado la vuelta a la Tierra. Nuestro destino era Barletta. Allí estaba el Gran Capitán encerrado, desde hacía meses, esperando refuerzos.

—Lo recuerdo perfectamente.

—Cuando llegamos decidió presentar batalla a los franceses. Los llevó al sitio que le convenía. A las afueras de un pueblo que se llamaba Ceriñola. Les dimos una buena tunda. Allí perdí —le mostró la mano— los dos dedos que me faltan.

—¿Cuándo perdisteis el brazo y el ojo?

Diego dio un largo trago a su vino.

—En Rávena. Se notaba que don Gonzalo no estaba allí. El rey Fernando le dio mal pago. Lo de Rávena fue un desastre y no fue peor porque don Pedro Navarro hizo lo que pudo para proteger nuestra retirada, que más bien era desbandada. Allí me quedé sin el ojo y sin el brazo. —Apuró la jarrilla y la puso boca abajo. Unas gotas cayeron sobre la mesa—. ¿Hace otra?

Elcano pidió más vino y que les pusieran algo de comer.

—He oído decir que uno de los individuos que mataron los franceses dijo algo antes de morir.

—Soltó una maldición.

—¿A quién maldijo?

—A un portugués. Se le fueron las últimas fuerzas que le quedaban.

—¿Un portugués? Pero… ¿no eran franceses quienes habían acabado con ellos?

—Pero maldijo a un portugués. Antes de expirar dijo el nombre. Apenas se le entendió, pero pronunció un nombre.

—¿Recordáis ese nombre?

Diego de Torres se desentendió de la pregunta porque toda su atención estaba en las escudillas de un humeante estofado que les había llevado una moza. Quemándose la lengua, se aplicó a dar cuenta de su carne como si no hubiera otra cosa en el mundo. Elcano dejó que aplacara el hambre, que tenía trazas de ser muy vieja. Cuando con el dorso de la mano se limpió la boca, le acercó su escudilla.

—¿También puedo hincarle el diente a la vuestra?

—Probad a ver.

Elcano lo observaba con una mezcla de satisfacción y pena.

Cuando dio cuenta de la segunda escudilla y apuró el vino, exclamó, llevándose las manos a la barriga.

—¡Cuando lo cuente en la sopa boba…! Esto ha sido como un milagro…

—Haced memoria y tratad de recordar el nombre que pronunció aquel sujeto antes de morir.

Diego de Torres soltó un eructo antes de responder.

—Lo siento, pero no logro recordarlo. —Negó con la cabeza.

Elcano, desilusionado, pidió la cuenta, no sin antes pedir que volvieran a llenar la jarrilla de Diego. Salía por la puerta del mesón cuando oyó un nombre que lo dejó paralizado.

—¡Martín Cao! ¡El nombre que pronunció fue Martín Cao!

Se acercó de nuevo a la mesa.

—¿Estáis seguro de que dijo Martín Cao?

—Sí, seguro. Dijo «¡Maldito seas, Martín Cao!».

—Si ese portugués estuviera en Valladolid, ¿dónde podría encontrarlo?

—No lo sé, pero tal vez pueda daros una pista. ¿Conocéis al prior de la cofradía de los portugueses?

Volvió a sentarse a la mesa.

—No, ¿cómo se llama?

—¿Podemos pedir unos tazones de requesón con miel?

Elcano no ocultó su sonrisa, llamó a la moza y pidió dos requesones.

—Con mucha miel —le indicó el veterano.

—¿Habéis dado ese nombre a alguien?

—No, a nadie.

—¿Por qué no se lo disteis a los corchetes?

—Había alguno cuando lo dijo aquel rufián moribundo. Además, sois la primera persona que me lo ha preguntado.

—Decidme, ¿cómo se llama ese prior y por qué puede darnos razón del paradero de Cao?

—Porque casi todos los portugueses que hay en Valladolid son miembros de esa cofradía. No sé si ese sujeto a quien buscáis pertenece a ella. Pero... esa es una pista.

—¿Dónde puedo localizarlo?

—Se reúnen todas las semanas a primera hora de la tarde en una casa que está junto al monasterio de la Trinidad y luego rinden culto a san Antonio en una capilla que tienen en ese convento... —Iba a añadir algo, pero la moza llegó con los tazones de requesón. Elcano disfrutaba viéndolo cómo devoraba el cremoso postre hasta que Diego se detuvo—. ¿Vuesa merced no come?

—Proseguid y luego —le acercó su tazón— dad cuenta de este.

No necesitó que se lo repitiera y cuando concluyó se llevó otra vez las manos al vientre con aire de satisfacción.

—¿Qué día de la semana es hoy?

A Elcano le sorprendió la pregunta.

—Estamos a martes. ¿Por qué lo preguntáis?

—Estáis de suerte. Hoy se reúnen. A las cinco, poco más o menos.

Eran algo más de las dos. Tenía tiempo y se preguntaba cómo era posible que aquel veterano, tullido, que tenía acumulada hambre de semanas, pudiera tener aquella información. Decidió no quedarse con la duda.

—¿Cómo es que sabéis tanto sobre esa cofradía?

—¡Ah, amigo mío! ¡Muchos días como gracias a la sopa que reparten los trinitarios! Somos muchos los que acudimos allí y la espera, a veces, es larga y se ven y se oyen muchas cosas. Esa cofradía también ejerce la caridad con alguna gente que no es de su nación. Estas calzas me las dieron ellos y también estos zapatos que un día fueron lujosos escarpines. Vaya vuesa merced esta tarde algo antes de que comiencen su reunión y tal vez consiga alguna información. El prior se llama Bartolomé y es comerciante en paños.

L

Aquella tarde Elcano acudió al monasterio de los trinitarios calzados. Era un edificio de enormes dimensiones. En aquel cenobio había más de centenar y medio de frailes y ocupaba toda una manzana. El patronazgo lo ejercía una de las grandes familias asentadas en la ciudad, los Zúñiga, cuyo palacio era frontero al monasterio.

Tal y como le había dicho Diego de Torres, poco antes de las cinco comenzaron a llegar hombres que por su indumentaria y aspecto eran artesanos y comerciantes. Entraban en una casa junto al palacio de los Zúñiga. Elcano se acercó al portal donde había un individuo que controlaba la entrada y le preguntó por el prior.

—Tendréis que aguardar a que termine la reunión.

—¿Quién pregunta por el señor Bartolomeu? —Se oyó una voz desde el interior.

—Mi nombre es Juan Sebastián Elcano.

—¿Cómo habéis dicho? —La voz sonó más cerca.

—Elcano, mi nombre es Juan Sebastián Elcano.

—¡Vos sois…, sois quien ha dado la vuelta a la Tierra! ¡Oh! ¡Señor Elcano! —Era un hombre de mediana edad, vestido con sencillez y cierta elegancia—. Soy Bartolomeu Meneses, prior de esta cofradía. Hacedme la merced de pasar. Es un honor conoceros. ¡Qué hazaña! ¡Qué hazaña!

Pasaron a una dependencia que daba a un patio interior.

—¿Qué se os ofrece de mi persona? ¿Puedo seros útil en algo?

—Si pudiera vuesa merced facilitarme cierta información…

—Decidme…, decidme…

—¿Conocéis a un compatriota vuestro llamado Martín Cao?

El prior hizo memoria.

—No pertenece a nuestra cofradía. Lamento no seros… Pero quizá…, quizá pueda proporcionaros información Nuno Bastinhas.

—¿Bastinhas?

—Es uno de los criados de su excelencia *dom* Luis da Silveira. Tiene, entre otras misiones, darle cuenta de los compatriotas que estén en la ciudad. Es posible que os pueda ayudar. Ahora dispensadme, pero no puedo, como sería mi deseo, estar más tiempo con vos. La reunión ha de comenzar.

—Os estoy sumamente agradecido.

Lo acompañó hasta la puerta y le reiteró que quedaba a su disposición.

Elcano se acercó a los hombres que lo escoltaban.

—Nos vamos a la residencia del embajador de Portugal.

—Por lo que veo, la cosa va hoy de portugueses

Su relación con Bastinhas era complicada. La última vez que se vieron el portugués lo había amenazado.

Se apostaron en las cercanías de un palacete de la calle del Prado, a la espalda de la Chancillería, muy cerca de la iglesia de San Martín. Aguardarían allí, por si la suerte les era propicia. La espera fue tediosa y, cuando ya desesperaban y hacían planes acerca de la forma de mantener la vigilancia, Bastinhas apareció por la puerta. Iba vestido con cierta elegancia: un jubón con mucho adorno, capotillo y sombrero con dos plumas blancas.

—¡Allí está! —exclamó Elcano—. Diría que va a enamorar.

Fueron muy discretos porque cada vez había menos gente por las calles. La noche se echaba encima. Se encaminó hacia el Campo Grande, un descampado cercano a la ribera del Pisuerga.

—Ese va a la casa de la *Maragata*.

—¿Qué casa es esa? —preguntó Elcano.

—Un prostíbulo que hay en las Tenerías. He estado allí algunas veces. A la dueña le dicen la *Maragata*, una vieja puta que ya no está para muchos trotes. Tiene una pupila, la *Relamida*, que hace maravillas.

Bastinhas, efectivamente, entró en casa de la *Maragata*. Un tugurio que lucía un hermoso ramo sobre el dintel de la puerta. En la calle el olor a corambres y pieles a medio curtir era desagradable.

—¿Vamos a buscarlo ahí dentro? —preguntó el que había adivinado adónde iba Bastinhas.

—Sólo tú, que conoces el sitio —le indicó Elcano—. A ver qué hace Bastinhas.

—¿Qué va a hacer? ¡Aquí se viene a lo que se viene!

—No perdamos tiempo. ¡Adelante! No te entretengas ni te distraigas.

Diez minutos después salía del prostíbulo.

—No hay mucha gente. Las rameras aguardan a que lleguen clientes… Varias me han propuesto…

—¿Has visto al portugués? —lo interrumpió Elcano.

—Sí, se ha ajustado con la *Relamida*. Están ya en una camareta. Quedan en la parte de atrás y dan a un patio que linda con la ribera del río.

—¿Podríamos entrar por ahí?

—La albardilla no es muy alta. Pero habrá que tener cuidado. Está rematada con trozos de cerámica que tienen el filo muy cortante.

—Compruebo que conoces el sitio al detalle. Vamos, no disponemos de mucho tiempo.

Poco después los tres estaban en el patio. El suelo terrizo había amortiguado los ruidos y ayudaban las sombras de la noche. Había media docena de camaretas, y unos mugrientos cortinones proporcionaban un mínimo de intimidad. Por los gemidos y ruidos, sólo dos estaban ocupadas. Supieron en cuál se refocilaba Bastinhas porque decía cosas en portugués.

La *Relamida*, al darse cuenta de que entraban —Bastinhas estaba de espaldas—, fue a gritar, pero se encontró con una daga en el cuello.

—¡Si gritas o alzas la voz es lo último que harás en tu vida!

Bastinhas se incorporó, llevándose las manos a sus partes pudendas. Mientras, la *Relamida* cruzaba sus brazos tapándose el pecho.

—*Raios o partam! Amaldiçoado sejas por isto!* —jadeaba con los ojos desorbitados.

—¡Vestíos, rápido! —Elcano empuñaba su *misericordia*—. ¡Tú, sigue gimiendo! ¡Como si estuvieras…! Ya sabes…

Mientras Bastinhas se vestía, sin dejar de murmurar denuestos en portugués, Elcano susurró algo al oído de uno de sus hombres, que asentía con la cabeza. Se llevaron a Bastinhas que, pasada la excitación, no había opuesto resistencia. Uno se quedó controlando a la *Relamida* y, cuando supo que los otros habían saltado la albardilla, dijo:

—Voy a salir. No se te ocurra gritar —intimidó a la *Relamida*—. Si lo haces… ¡Toma y guarda silencio!

Le dio cuatro maravedíes. Era lo que la *Maragata* cobraba.

—¿Para mí?

—No tienes por qué decírselo a la dueña. Sólo esperar aquí un buen rato, el que ese sujeto habría estado contigo.

—¿Qué voy a decir cuando me vea salir y ese portugués no aparezca?

—Ese es asunto tuyo. Espera a que esto se anime. Puede que entonces nadie se dé cuenta.

Elcano y sus hombres habían resuelto la situación en poco rato. Condujeron a Bastinhas hasta una casucha que había al otro lado del Pisuerga, cerca de uno de los molinos harineros que había en la ribera y que ahora no funcionaban porque el caudal del río en pleno verano era demasiado escaso para mover la muela.

—¿A qué viene esto? —El portugués se mostraba desafiante—. ¿Acaso vuesa merced es ahora guardián de las buenas costumbres?

—Que folles y con quien lo hagas no es asunto mío, pero sí lo es que hayan muerto ciertas personas.

—¡No sé de qué me habláis!

—Tres muertos. Hace ya bastantes meses. En Medina de Rioseco.

—¡Nunca he estado ahí! ¡No tengo nada que ver con ese asunto!

—Probablemente no hayáis estado allí. Pero algo habéis tenido que ver en ello. Vuestro nombre salió de la boca de uno de los que hicieron aquello. Lo hizo en el momento de morir. ¡Os maldijo!

Bastinhas volvió a negar.

—Nada tengo que ver con eso.

Elcano lo amenazó poniéndole la *misericordia* en el cuello.

—Decidme, ¿os suena el nombre de Martín Cao?

Pese a la oscuridad, sólo rota por la blanquecina luz de la luna que entraba por un ventanuco, pudo ver que el portugués fruncía el ceño.

—¿Martín Cao? No, no lo conozco.

—¡Haced memoria!

—Ya os he dicho que no lo conozco.

—Estoy convencido de que sí. —Elcano cortó el cordoncillo con que se ataba los calzones y, como no llevaba bragas…

—¿Quién es? ¿Qué relación tenéis con él? Os advierto que pierdo pronto la paciencia. —Con la *misericordia* apuntaba a sus atributos.

—¿No iréis…?

—Os quedaréis sin ellos si no me satisface vuestra respuesta. Os refrescaré la memoria: ¿qué tratos tuvisteis con unos franceses a quienes los corchetes mandaron al más allá y con unos sujetos que encontraron muertos en una casa del Campillo?

—No he tenido trato alguno con esa gente. Estáis equivocado. Cometéis un error.

—Decidme quién es ese Martín Cao y dónde puedo dar con él.

—¿Quién me garantiza que podré irme si os digo lo que sé?

—Tenéis mi palabra.

El portugués supo que era suficiente.

—Martín Cao es un comisionista…, cobra una cantidad, a veces alzada y en ocasiones a tanto por ciento. No conoce patrias ni lealtades. Está al servicio de quien le pague, como hicieron unos franceses que habían venido a Castilla para conseguir una esfera…

Bastinhas se dio cuenta demasiado tarde de que se había ido de la lengua. Sólo le habían pedido que dijera quién era Martín Cao y dónde podían encontrarlo. Elcano, que había usado la treta de invo-

448

lucrarlo, se dio cuenta de que estaba al tanto de cosas relacionadas con aquel turbio asunto.

—¿Qué sabéis de esos franceses?

—Poca cosa, que disponían de una buena cantidad de dinero.

—Os he dicho que no tengo mucha paciencia. —Miró de forma elocuente la *misericordia*.

—Por lo que sé, Martín Cao había hecho algún negocio con un enano que era un buen cartógrafo y le pidió que le hiciera la esfera, que es lo que querían aquellos franceses. Habían llegado a un acuerdo, pero luego se rompió cuando la esfera ya estaba hecha. No sé si porque Cao quiso aprovecharse y darle menos dinero del acordado o porque el enano se asustó y se negó a entregársela. No me preguntéis por qué pasó eso, no lo sé. ¿Puedo irme ya?

—No, todavía quedan cosas por aclarar.

—No podré deciros mucho más.

—¿Quiénes acabaron con la vida del cartógrafo y de los dos que estaban con él?

—Eso fue obra de unos que aparecieron muertos.

—¿Quién los contrató para que hicieran eso?

—No lo sé. Pero supongo que eso fue obra de Cao. Sé que quiso hacerse con la esfera que el enano había confeccionado. Pero no la encontraron.

—¿Por qué los mataron los franceses?

—No lo sé. Es posible que temieran… Temieran que se fueran de la lengua. Pero la jugada les salió mal.

—¿Dónde puedo encontrar a Martín Cao?

—No lo sé. Es escurridizo como una anguila.

Elcano apretó con la punta de la *misericordia* y, al no poder moverse por tener la espalda contra la pared, Bastinhas gritó:

—Os he dicho quién es Martín Cao y bastantes cosas más. ¡Cumplid vuestra palabra!

—Si queréis que la cumpla, cumplid vos con la vuestra. ¿Dónde puedo encontrar a Martín Cao?

Presionó un poco más. Bastinhas supo que aquello podía acabar mal, muy mal.

—No tiene residencia fija. Lo único que puedo deciros es que, cuando está en Valladolid, se aloja en la casa de una viuda, cerca del convento de Santa Clara. Tiene dinero para hospedarse mejor, pero me da la impresión de que se la beneficia. La viuda está de muy buen ver.

—¿Cómo se llama esa viuda?

—No lo sé.

—Una última pregunta. ¿Qué tenéis vos que ver en todo este asunto? Podéis no responder, pero entonces tendríais que dar cuenta ante la justicia.

—¿Tengo vuestra palabra de no meter en esto a la justicia?

—La tenéis.

Carraspeó, como si necesitara aclararse la garganta.

—Nosotros llevábamos…

—¿Quiénes sois… «nosotros»?

—Antunes y yo —se pasó el dorso de la mano por la frente. Estaba sudando— llevábamos tiempo detrás de ese enano para que nos facilitase los documentos de los que se valía para confeccionar los mapas, las cartas de marear y otras de las cosas que hacía para don Fadrique Enríquez. Supimos que Cao había conseguido convencerlo para elaborar la esfera que querían esos franceses, que estaban dispuestos a pagar una buena suma. Decidimos que cuando Cao tuviera la esfera en su poder nos haríamos con ella antes de que se la entregara a los franceses. Ignorábamos que su acuerdo con el enano se había roto y que había contratado a unos matones para apoderarse de la esfera. Pero, como os he dicho, la cosa les salió mal. No encontraron la esfera y entonces Cao y esos sujetos vieron una oportunidad para hacerse con algún dinero, llevándose algunos mapas y papeles que ofrecieron a los franceses, pero no se pusieron de acuerdo. Cao se quitó de en medio y los franceses liquidaron a los rufianes, y los corchetes a los franceses.

La historia que Bastinhas le había contado encajaba con los datos que ya poseía. Quienes habían acabado con la vida de Matías, *Zapatones* y Belizón estaban ya bajo tierra. Si lograba localizar a Martín Cao podría tener todos los datos de aquel asunto.

—¿El embajador estaba al tanto de todos estos manejos?

Por primera vez, desde que le habían interrumpido el deleite carnal con la *Relamida*, una sonrisa apareció en la comisura de sus labios.

—¿Dudáis de que movamos un dedo sin que lo apruebe su excelencia?

Elcano apartó la daga, Bastinhas resopló con fuerza y dejó escapar un suspiro.

—Supongo que ahora puedo irme.

—Podéis marcharos. Yo cumplo lo que prometo.

Se alzó los calzones a toda prisa, abotonó su jubón y recogió el capotillo y el sombrero. Al llegar a la puerta se volvió y señaló a Elcano con un dedo amenazante.

—Esto no quedará así.

Abandonaron aquella casucha y cruzaron el Pisuerga a la luz de una luna rotunda que rompía la oscuridad. Elcano estaba decidido a encontrar a Martín Cao.

LI

El monasterio de Santa Clara era una sólida construcción. Sus muros estaban labrados en piedra y las altas paredes de su iglesia reforzadas con unos poderosos contrafuertes para sostener el peso de su única bóveda. Era uno de los más antiguos de Valladolid. Al fondo de la calle se abría una de las puertas de la muralla, la de Santa Clara. Era un lugar tranquilo, salvo los días de mercado cuando, por aquella puerta, entraban muchas de las frutas, hortalizas y verduras procedentes de las huertas de aquella zona. También por ella entraban las salazones y pescados curados que llegaban de los puertos del Cantábrico.

Elcano, preguntando por una viuda que acogía huéspedes, localizó la casa donde, según Bastinhas, se alojaba Martín Cao. Golpeó varias veces con el llamador, sin obtener respuesta. Fue una voz, desde el otro lado de la calle, la que atrajo su atención. Era una mujer, entrada en carnes y años.

—Si vuesa merced busca a la Leocadia hace rato que salió. Iba a las carnicerías de la Torrecilla.

—¿Tardará mucho?

—Eso dependerá de con quién se haya tropezado.

—¿Sabéis si tiene alguien hospedado?

—Ella os responderá mejor que yo. —La mujer señalaba a su izquierda.

Por la calle venía una mujer llevando una capacha. No tendría mucho más de veinte años, era alta, de talle espigado, la tez trigueña y lucía una lustrosa melena rojiza que, al decir de muchos, era un mal síntoma, pero que daba a aquella mujer un añadido a su belleza.

Al llegar a su altura Elcano se destocó. Una gentileza que llamó la atención de la mujer.

—¿Sois Leocadia?

—¿Para que desea vuesa merced saberlo?

—Busco a un caballero que, según mis referencias, hospedáis en vuestra casa.

—¿Quién sois vos?

—Me llamo Elcano, Juan Sebastián Elcano.

—¡Hum! ¿Puede saberse por qué me lo preguntáis?

—Tengo… ciertos negocios con él. Se llama Martín Cao. ¿Está hospedado en vuestra casa?

—Lleva semanas fuera y nunca se sabe cuándo puede aparecer.

—¿Queréis ganaros unos reales?

—¿A cuento de qué me los ofrecéis?

—Necesito saber cuándo regresará.

Leocadia no dudó un momento.

—¿Cuántos?

Elcano echó cuentas. No quería pasarse ni tampoco quedarse corto y andar regateando. Además, el dinero que le correspondió con la venta del clavo que trajo la *Victoria* y que, por fin, había pagado la Real Hacienda le permitía vivir sin estrecheras.

—Un real de a ocho.

—¿Cómo sé que lo cobraré?

—Tenéis mi palabra. Mitad ahora y mitad cuando me deis noticias. Todas las mañanas enviaré un hombre a tomar razón, a la hora que me digáis.

—¡Vengan esos cuatro reales! —exigió con cierta desvergüenza.

Aquellos días por la Corte corría el rumor de que la reina doña Juana se negaba a que su hija menor, la infanta Catalina, abandonara

Tordesillas para desposarse con el rey de Portugal. Tuvo que ser sacada a escondidas de la casa palaciega que servía de prisión a su madre. En Valladolid se estaba preparando el lujoso ajuar que la acompañaría en su viaje a Lisboa para convertirse en reina de Portugal.

Los días pasaban y Elcano no recibía las noticias que esperaba de Francisco de los Cobos, pese a que el secretario le había dicho que serían inmediatas. Tampoco de Leocadia sobre Martín Cao. Recibió, sin embargo, una carta de Guetaria en la que su hermano Domingo le contaba que María se encontraba bien y que habían bautizado a su hijo, al que habían puesto el nombre de Domingo, como al abuelo del bautizado, y que hasta el presente tenía una buena crianza.

Mataba las horas, con cierta desazón, estudiando mapas, viendo cartas de marear y pendiente de las hojas volanderas que se imprimían con noticias que llegaban, principalmente de Sevilla, acerca de algunos de los sucesos más importantes relacionados con las Indias. Águeda, por su parte, le informaba de los rumores que corrían por la ciudad. Se consolaba mirando el mechón de cabello que tenía en el guardapelo.

A la Corte habían llegado noticias de que, en la guerra con Francia, un ejército mandado por Carlos de Lannoy, virrey de Nápoles, había llegado ante los muros de Marsella, a la que puso sitio, pero había tenido que retirarse hacia Milán. No tuvieron en cuenta que la ciudad estaba protegida por unas poderosas defensas y podía ser abastecida por su importante puerto. Esas nuevas habían producido gran alarma.

—Nunca se debió actuar con tanta premura —señalaba Gattinara—. Tengo entendido que los asedios han de prepararse con mucho detalle. Los estrategas dicen que, además de tener bien cerrado el cerco, los sitiadores deben superar en proporción de tres a uno a los sitiados.

—Supongo que nuestros generales valoraron la desmoralización de los franceses, tras la derrota que habían sufrido en Sesia —apostilló De los Cobos, cuyas diferencias con el canciller seguían acentuándose.

—Pues en lo que a moral se refiere, los franceses la habrán recuperado.

—Si el ejército de su majestad se hubiera apoderado de Marsella, Francisco I estaría a nuestros pies, el conflicto con Francia podríamos darlo por concluido y todos nuestros esfuerzos se concentrarían en frenar el avance de los turcos. Las últimas noticias señalan que los piratas berberiscos que atemorizan las poblaciones de la costa están envalentonados con los avances de Solimán, y los mudéjares valencianos y los moriscos granadinos exultantes con la situación.

—Esos granadinos están bautizados, pero no son cristianos. Siguen celebrando sus zambras, hablan esa algarabía y no comen cerdo. Algunos informes indican que son quienes facilitan información a los piratas para que cometan sus desmanes.

—La situación de mudéjares y moriscos se abordará en su momento —señaló el rey—. Ahora urge afrontar las consecuencias del fracaso en Marsella.

—Las noticias, majestad —indicó Gattinara—, señalan a que Francisco I está levantando un nuevo ejército y que antes de primavera invadirá otra vez el Milanesado.

—¿¡De dónde sacará tanta gente!? —El emperador se puso en pie.

El confesor, que hacía meses asistía a esas reuniones, yendo mucho más allá de su papel de voz de la conciencia del monarca, apuntó un dato.

—Majestad, Francia es tierra muy poblada. No se ven los páramos que hay en Castilla. Sus habitantes triplican el de vuestros reinos peninsulares.

—Uno de nuestros agentes en París —indicó Gattinara—, señala que en aquella Corte se dice que Francisco I se pondrá al frente de sus tropas.

—También a mí me ha llegado esa noticia —confirmó De los Cobos.

Carlos I se acarició la barba.

—¿Pensáis que debería marchar a Milán?

—Si se confirmara la presencia del francés, sin duda —opinó Gattinara.

—Yo no lo creo conveniente. Hay muchos asuntos que requieren la presencia de vuestra majestad en la Corte. Cerrado el acuerdo matrimonial de doña Catalina, cuyo viaje a Portugal se está preparando con todo detalle, habrá que abordar vuestro casamiento.

Carlos I asintió con la cabeza.

—Señor, mi parecer coincide con el del secretario —apuntó el confesor—. A la importancia de vuestro matrimonio, se suma el riesgo que supone la guerra. No está asegurada vuestra descendencia. También hay muchos asuntos de ultramar que requieren de vuestra autorización.

—Podéis retiraros. Vos, paternidad, quedaos. He de confesaros algo.

—Majestad, tengo algo para vos. —Carlos I miró a De los Cobos—. Es el manuscrito que encargué a Pérez del Pulgar. —Le mostró un cartapacio—. Son pliegos sueltos, ni siquiera está encuadernado.

—¿Esa es la historia del Gran Capitán?

—Recoge sus principales hazañas.

Carlos I deshizo el lazo del balduque y miró aquel centón de hojas escritas con apretada letra bajo el título de *Breve parte de las hazañas del excelente nombrado Gran Capitán*.

—Escribidle mostrándole mi agradecimiento, no sólo por el trabajo realizado, sino por la prontitud con que ha dado respuesta a nuestros deseos.

—Así lo haré, majestad

Una vez retirados el canciller y el secretario, el rey desnudó su alma al confesor para recibir la absolución.

—Majestad, habéis de poner freno a esa lujuria desenfrenada. A vuestra edad, señor, tener esposa es muy conveniente. El trono necesita un heredero y vos satisfacer vuestras necesidades.

—Deseo ardientemente desposar a doña Isabel, pero un matrimonio imperial es algo sumamente complicado. Todos opinan sobre sus ventajas e inconvenientes. Es un asunto de política, no de sentimientos.

—Majestad, casaos. Una esposa ante los ojos de Dios y bendecida por la Iglesia alejaría esas tentaciones. Dejad de comer carne y beber cerveza durante una semana y rezad veinte *Pater Noster* para que sean perdonados vuestros pecados. Arrodillaos para que os dé la absolución: *Et ego te absolvo a peccatis tuis in nomine Patris, et Filii, et Spiritus Sancti. Amen.*

García de Loaysa aprovechó aquel momento, en que el rey más que su soberano era su regio penitente, para comentarle que hacía dos semanas que esperaba respuesta a una consulta elevada por el Consejo de Indias.

—No debe demorarse ese nombramiento porque cumple mucho al servicio de vuestra majestad.

—Os daré respuesta en los próximos días.

Aquel día, en que acababa de estrenarse el mes de septiembre, las noticias que Elcano tanto había aguardado llegaron juntas. Como si una conjunción astral hubiera determinado la fecha.

El hombre que había ido aquella mañana a recoger información a casa de Leocadia —Elcano cumplía diariamente su compromiso— trajo noticias.

—Martín Cao llegó anoche.

—No perdamos tiempo. Vamos allá.

Se disponía a salir, cuando llegó un emisario de De los Cobos.

—En palacio a las diez, mañana.

—¿No tenéis más información?

—Sólo que mañana estéis allí a las diez.

Elcano llegó a Santa Clara. Esperaba que, antes de acudir a la llamada del secretario real, quedara atado el último cabo sobre las muertes de Matías, *Zapatones* y Belizón.

Leocadia sorprendió a Cao cuando le dijo que tenía visita. Era la primera vez que aquello sucedía. Salió de su aposento en mangas de camisa y unos calzones largos que se ajustaban a la pierna. Era de mediana estatura, tenía el pelo canoso y corto, y los ojos grandes y negros.

—Este caballero es quien ha preguntado por vos.

Se quedó mirando fijamente a Elcano, como si tratase de rebuscar algún recuerdo en su memoria.

—¿Qué se os ofrece?

—Mi nombre es Juan Sebastián Elcano.

Cao dio un paso atrás, sorprendido.

—¿Sois el capitán del barco que ha dado la vuelta a la Tierra?

—Así es.

Se abrió de brazos mostrando lo poco adecuado de su indumentaria.

—Disculpad… esta guisa. No sabía… ¿Qué se os ofrece?

—Necesito hablar con vos de un asunto… complicado. En sitio más reservado.

La sonrisa del portugués se desdibujó.

—Aguardad un momento.

Entró en su alcoba y Leocadia reclamó sus cuatro reales.

—Yo he cumplido mi parte. Ahora os toca a vos. ¡Cuatro reales!

Elcano le entregó las monedas y aguardó al portugués algo más de un momento. Había mudado su indumentaria y se había prevenido.

—Seguidme. —Cao daba muestras de ser un hombre resuelto.

Poco después estaban sentados, frente a frente, en un mesoncillo.

—Bien —señaló Cao una vez que les habían servido el vino—, ¿qué es eso de lo que queréis hablar?

—Es un asunto turbio. Hay algunos muertos de por medio.

—No sé de qué me habláis.

—Haced memoria. Unos franceses os encargaron un *Globus Mundi*. Pero el negocio no salió bien.

—No sé de qué me habláis —insistió, después de dar un trago.

—Vamos…, no disimuléis.

—No he matado a nadie.

—Ni yo lo he dicho. Pero sabéis tan bien como yo que traficar con mapas y cartas de navegar es un grave delito.

Cao tenía la garganta seca y dio otro trago a su vino.

—¿Por qué había de fiarme de vos?

—Porque, si mi propósito hubiera sido denunciaros, habrían venido los corchetes y ahora estaríais entre rejas. Pero, sobre todo, fiaos porque tenéis mi palabra.

Era cierto que podía haberlo denunciado y que lo de ponerlo entre rejas no era una baladronada. Le pareció que podía confiar él.

—Lo primero que debéis saber es que no me dedico a traficar con mapas… en las alturas. No necesito aclararos que es demasiado peligroso. En los secretos de Estado es mejor no husmear, no son pocos los que han pagado con su vida. A veces, Matías me había proporcionado algún mapa, pero siempre para particulares. Marinos, hombres de mar…, incluso algún corsario.

—¿Cómo lo conocisteis?

El portugués apuntó una sonrisa.

—En casa de Leocadia. Además de alojar huéspedes, no tiene inconveniente en abrirse de piernas si se le paga. Lo mismo que no tiene reparo por unos reales en facilitaros información. Matías tenía dinero sobrado y Leocadia se mostraba muy cariñosa con él.

—Tenía entendido que era… vuestra amante.

—¡No! Eso es una cosa y otra muy distinta que follemos.

Ahora fue Elcano quien dio un largo trago a su vino.

—Proseguid.

—Matías y yo siempre guardamos total discreción. Ni a mí me interesaba que se supiera ni a él le convenía que mis encargos llegaran a oídos de don Fadrique Enríquez. Le pagaba bien y respondía puntualmente. Este caso no era…, no era muy diferente, aunque había mucho más dinero de por medio. Unos franceses acudieron a mí con un encargo… importante, muy importante. Querían una esfera terrestre y les dije que podía proporcionársela, pero que requería tiempo. No les importaba aguardar el que fuese necesario. Me ofrecieron una gran suma y les dije que habían de anticiparme la mitad. Nunca había realizado una operación como aquella. Se lo planteé a Matías y aceptó confeccionarla, pero me pidió ciento cincuenta ducados. Según decía era complicado y trabajoso. Podía pagarle, aunque la suma era exorbitante.

—¿Cuánto os pagaban los franceses?

—Eso no os lo diré. Pero el negocio se torció.

—¿Qué ocurrió?

—Matías, que era muy precavido, me preguntó cuál era el destino del encargo. Le dije que se trataba de un armador francés llamado Jean Angot y le entregué cincuenta ducados como anticipo, el resto se lo abonaría cuando me entregase la esfera. Unas semanas después me dijo que rompía el acuerdo. A partir de ese momento las cosas fueron de mal en peor.

—¿Por qué decidió romper el trato?

—Porque se enteró de que al servicio del armador estaba un corsario llamado Jean Fleury.

—¿Ese Fleury es quien se apoderó de un tesoro que unas carabelas traían de las Indias?

Elcano tenía conocimiento de aquello. Ocurrió poco después de que la *Victoria* llegara a Sevilla y se comentó durante meses porque se trataba de un tesoro de gran valor. Era el que había pertenecido a Moctezuma, el emperador de los aztecas, y lo enviaba Hernán Cortés. Además, era la primera vez que un barco de los que venían de las Indias era atacado. Si Fleury era un corsario, detrás tenía que estar el rey de Francia

—El mismo. Aquella fue una expedición muy desgraciada. La flota tenía dos capitanes, uno era Alonso de Ávila, al que apresaron los franceses y, por lo que yo sé, todavía sigue preso, y el otro Alonso de Quiñones. Tenían mala relación y la cosa empeoró en las Azores porque Quiñones se encaprichó con una mujer y procuraba con razones vanas retrasar la salida de la flota. Hubo palabras, salieron a relucir los aceros y recibió una cuchillada en el cuello que acabó con su vida. Si hubieran zarpado antes...

—Me decíais que Matías al saber que Fleury trabajaba para el armador que os había hecho el encargo rompió el trato.

—Matías se asustó. Me devolvió el dinero adelantado y yo intenté hacer lo mismo con los franceses, pero estos se negaron. Me amenazaron con matarme. Entonces puse en contacto a los franceses con unos perdularios. Les pagaríamos a medias por hacerse con la esfera porque yo sabía, Matías me lo había dicho, que estaba elaborada y la tenía en Medina de Rioseco. Lo que desconocía era que le había hablado de la esfera a don Fadrique y que este se había mostrado interesado por ella. Ahí fue donde se complicó todo.

—Explicádmelo.

Cao apuró el vino de su jarrillo.

—Fui a la casa de Matías en Medina con esos sujetos. Allí sorprendimos a él, a *Zapatones*, a quien también conocía, y a otro sujeto que los acompañaba. Cuando comprobé que no estaba la esfera, esos perdularios no se anduvieron por las ramas y acabaron con la vida de los tres.

—¿Qué pasó después?

—Recogimos unos mapas y todos los papeles que me parecieron interesantes, y se los ofrecimos a los franceses para compensar lo de la esfera. Pero eso no los satisfizo y se negaron a pagar a los rufianes la parte de lo que se había acordado. Intentaron un trato con los mapas y papeles, pero no se pusieron de acuerdo. En un intento por arreglar la situación, y sobre todo porque los franceses seguían amenazándome, los reuní en un mesón de Valladolid. La reunión empeoró la situación. Hubo insultos, amenazas…

—¿Esa fue la causa por la que mataron a esos rufianes?

—Sin duda. Lo que no sé es cómo la justicia dio con los franceses. Cuando fueron a prenderlos se resistieron y también acabaron muertos. Por lo que he sabido los mapas y los papeles fueron incautados.

Con aquella explicación, Elcano pudo cerrar aquella historia con la que se había encontrado por buscar a un enano para ajustarle las cuentas por algo que no había hecho y que resultó ser una persona dotada de cualidades poco comunes. Resultaba que los franceses también querían participar en los beneficios de los viajes a ultramar y el descubrimiento de nuevas tierras. Quien, sin duda, estaba detrás de aquel corsario —el armador no era más que un intermediario— era Francisco I. Elcano pensó que si al rey francés no se le paraban los pies se convertiría en un serio problema.

Lo que nunca podría aclarar era por qué Matías le había dicho que el encargo del *Globus Mundi* se lo había hecho don Fadrique Enríquez y que los datos para colocar el contrameridiano en el hemisferio portugués provenían de los que Pigafetta le había facilitado al almirante de Castilla.

LII

De los Cobos debía tener prisa. Lo recibió en pie y no lo invitó a tomar asiento. Sin ninguna clase de preámbulo le dijo:

—Vuesa merced deberá partir hacia La Coruña, sin pérdida de tiempo. El otoño se nos echa encima y, si la nieve llega pronto, muchos puertos serán infranqueables y buena parte de los caminos quedarán cortados. Su majestad quiere que la armada que ha de tomar posesión de las islas de las Especias zarpe la próxima primavera.

Elcano trataba de contener la excitación que la noticia le producía. Con aquel encargo el rey le daría el mando de esa escuadra. Se le encogió el estómago al pensar que sería capitán general de una armada de siete barcos con una misión de primer orden. De los Cobos había dicho que la misión era tomar posesión de las islas de las Especias. Estuvo a punto de preguntar por su nombramiento, pero recordó que debía ser discreto.

—¿Cuál será mi misión en La Coruña?

—Vuesa merced tiene larga experiencia. Junto a Cristóbal de Haro y bajo la autoridad de don Fernando de Andrade, os encargaréis del apresto de la escuadra. Es muy del servicio de su majestad que escribáis antes de partir a los armadores con los que tenéis ajustada la participación en esta empresa. Sus barcos deben estar en La Coruña lo antes posible. Quienes deseen enrolarse deberán saber que para la primavera…, digamos que, para abril o mayo, tendrán que estar en dicha ciudad. Preparad las cartas para los armadores. Utilizaremos correos reales.

—Mañana mismo me pondré a ello.

—Mañana es tarde. Deberéis dejarlas preparadas hoy mismo…

Así eran las cosas de palacio. Había estado esperando dos semanas y ahora todo se volvían prisas y urgencias. El secretario le entregó unas cartas.

—Tomad. Una es para Cristóbal de Haro. La otra para don Fernando de Andrade. Ellos os facilitarán vuestra labor en todo lo concerniente al apresto de los barcos. Los que su majestad aporta llegarán a La Coruña en las próximas semanas.

—¿Puedo haceros una pregunta?

—Decidme.

—¿Sabéis si Francisco I preparara una expedición a las Indias? De los Cobos frunció el ceño

—¿Por qué me preguntáis eso?

—Porque, como vos sabéis, los franceses que murieron hace unas semanas en un enfrentamiento con la justicia habían venido para hacerse con una esfera.

—¿Tiene vuesa merced noticia de algo que yo deba saber?

—Venían por encargo de un armador llamado Jean Angot.

—¡Ese Angot está en Dieppe y ese puerto es un nido de corsarios! ¡Atacan nuestros barcos! Se apoderaron de un…, de un valioso cargamento que Hernán Cortés enviaba desde las Indias. Por supuesto que es un hombre próximo a Francisco I. ¿Qué sabe vuesa merced de eso?

—Es una larga y complicada historia.

A Cobos se le olvidaron las prisas.

—Tomad asiento y explicádmela con detalle.

Elcano desgranó la historia, aunque se ahorró los primeros pasos. No le interesaba dar a conocer la causa por la que buscó a Matías en los primeros momentos. Le explicó que era un gran cartógrafo y que durante años había trabajado para don Fadrique Enríquez. Le conto cómo apareció muerto, cómo pudo saber quiénes lo habían matado y cómo los franceses implicados en aquel asunto eran enviados por Jean Angot para hacerse con una esfera terrestre.

—Sin duda Francisco I está detrás de este asunto. No ha asumido su derrota en la elección imperial. Para él ha sido una humillación y busca el desquite a cualquier precio. Su apoyo a esa facción inquieta de navarros…, la presencia francesa en Fuenterrabía, los ataques al Milanesado… La información que me habéis facilitado es muy útil. Os lo agradezco.

En aquel momento el repique de las campanas anunció que era mediodía. La hora del ángelus.

—¡Santo Dios! ¡Se nos ha ido buena parte de la mañana! —exclamó poniéndose en pie—. Podéis retiraros. Mandaré por esas cartas para los armadores.

Se marchaba cuando la voz del secretario lo detuvo.

—¡Un momento! Se me olvidaba algo importante. —Abrió una gaveta y sacó dos bolsas—. ¡Tomad! Hay cien ducados en cada una. Tendréis necesidad de ellos para viajar y manteneros varios meses con decoro en La Coruña.

En la puerta se encontró con don Diego de Torres, que porfiaba con los guardias para poder entregar un nuevo memorial en el que solicitaba una pensión en recompensa a los muchos servicios prestados al rey. El veterano soldado saludó a Elcano y se sorprendió mucho cuando este le dijo:

—Dejad de discutir y acompañadme.

Tres días después, algo más de mediada la mañana, tras despedirse de Águeda, y sin visitar a María Vidaurreta, a la que por mano de Águeda le enviaba otros diez ducados, Elcano salía por la Puerta del Puente que se abría pasado el curso del Pisuerga y marcaba el límite de la ciudad a poniente. Además de los dos hombres que le dispensaban protección y cuya presencia era obligada para andar por los caminos, también iba Diego de Torres, que manejaba su caballo con cierta soltura, a pesar de faltarle un brazo, un ojo y dos dedos de la mano.

En la primera jornada llegaron a Medina de Rioseco con luz del día. Fue Marcela quien les proporcionó alojamiento. Al día siguiente, antes de partir, visitó la iglesia donde reposaban los restos de Matías, *Zapatones* y Belizón. Necesitaron tres jornadas para llegar a León. Entraron en la ciudad con el sol todavía alto. Se hospedaron en un mesón al que llamaban *Rincón Real*, a pocos pasos de la iglesia de San Marcelo y cercano a su espléndida catedral. Decidieron dirigirse a Astorga atravesando la Maragatería, y por el camino de Bembibre entrar en el Bierzo. Sin la presencia de Diego podían haber ganado un día, pero Elcano había comprobado que era hombre cabal con el que se cometía una injusticia, que le recordaba la que padeció él cuando la justicia lo buscó por entregar su carraca a los banqueros genoveses. Pese a sus limitaciones, podía encomendarle quehaceres que no requiriesen destreza física.

Días después llegaban a Ponferrada, dominada por una fortaleza que había sido de los templarios. En el Bierzo el poder de aquella orden, desaparecida hacía dos siglos, había sido muy grande Las siguientes etapas serían más duras. Aquella ruta, la misma que seguían los peregrinos que iban a Santiago de Compostela, conducía a Galicia. Atravesaron el Cebreiro camino de Lugo, por donde cruzaron el Miño, y llegaron a La Coruña sin problemas.

La ciudad, a diferencia del resto de Galicia, dependía de los reyes. Le habían otorgado una serie de privilegios, como no tener que pagar impuestos por el tráfico de la sal, impulsando su crecimiento. Pasó de ser un despoblado a convertirse en una populosa ciudad con más de quince mil almas. Atrás habían quedado los tiempos en que los ataques de los piratas normandos habían obligado a sus vecinos a asentarse en zonas más al interior y más protegidas de la ría. La prosperidad económica de la ciudad, título que le concedió Juan II hacía menos de un siglo, le había permitido construir unas poderosas defensas y todo su casco viejo estaba protegido por unas fuertes murallas. También había un populoso barrio fuera del recinto amurallado. Eran casas humildes, de una sola planta, donde vivían marineros, pescadores, hortelanos, artesanos…

La Coruña recordó a Elcano su Guetaria natal. El casco viejo de la ciudad se alzaba en un promontorio unido a la localidad por una lengua de tierra, donde se asentaba ese barrio de casas humildes al que llamaban la Pescadería. Le llamó la atención una elevada y recia torre construida extramuros muy cerca de los cantiles de la costa.

Cruzaron la muralla por la Puerta de los Aires y enfilaron una calle que daba a una plazuela donde se alzaba una iglesia de grandes dimensiones. Era la colegiata de Santa María del Campo. Allí les dijeron que encontrarían alojamiento en una posada de la calle de las Herrerías, donde estaban las fraguas y talleres de este gremio. Se ajustaron con el posadero por un precio razonable. Los hombres que le habían dispensado protección descansarían unos días antes de emprender viaje de regreso a Valladolid. Como siempre que era posible, alquiló una alcoba sólo para él y no dio al posadero una respuesta clara del tiempo que estarían alojados.

Después de quedar acomodados, se reunieron para cenar. Elcano aprovechó para preguntar al posadero dónde quedaba la Casa de la Contratación.

—La Casa de la Especiería está junto a la de la Moneda, a la espalda del convento de los dominicos. También tiene unas dependencias en la Pescadería…

—¿Qué es la Pescadería?

—El barrio extramuros, vuesas mercedes han tenido que pasarlo para llegar hasta las murallas. Allí hay unas naves grandes, pero no tienen mucha actividad. Se habla mucho de que allí se depositarán las especias que traigan los barcos. Pero hasta ahora no ha llegado ni uno, señor. Ni uno solo. Están cerca del pantalán que han construido para que barcos con poco calado puedan acercarse a la orilla.

—¿Dónde amarran los barcos mayores?

—Fondean en la ensenada y desembarcan la carga utilizando barcas y chalupas.

La cena les pareció un banquete después de comer en ventas camineras o sacando de las alforjas lo que llevaban cuando salieron de Valladolid. Celebraron mucho un caldo hecho con unas hierbas que llamaban grelos, un estofado de carne, unas gachas hechas con leche, miel y harina, y un queso ahumado que tenía una curiosa forma.

—Parece una teta, con su pezón y todo —comentó Diego de Torres saboreándolo.

466

—Blando y cremoso —añadió Elcano.

Durmieron a pierna suelta y al día siguiente, antes de desayunar, Elcano fue a la iglesia de un convento de monjas que había en una plazuela al final de la calle. Oró largo rato, consciente de que su arribo a La Coruña era el comienzo de algo con lo que había soñado mucho tiempo. Tenía al alcance de su mano mandar una armada real. El deseo del rey era que zarpase en primavera, pero la experiencia le decía que organizar una expedición como aquella requería de muchos meses de trabajo. Sólo una nube oscurecía su horizonte: no haber desposado a María de Ernialde y no conocer a su hijo. Era probable que se hiciera a la mar sin haber visto cumplido ese deseo. Por un momento imaginó su regreso a Guetaria, después de haber mandado aquella expedición. María sería entonces la esposa del capitán general de una armada real y quién sabe si algo más...

Acompañado por Diego y, siguiendo las indicaciones del posadero, se encaminó a la Casa de la Especiería. Se la encontraron cerrada a cal y canto, y sin que nadie les diera razón. Se dirigieron entonces a la Pescadería, saliendo por una puerta de la muralla, que ahora llamaban Puerta Real, porque por ella habían entrado doña Juana y Carlos I.

Como les había dicho el posadero, no tuvieron necesidad de preguntar para encontrar las naves. No tenían pérdida. Eran enormes: su longitud no bajaría de las treinta varas y su anchura estaba en torno a las quince, el tamaño de la cubierta de una nao. Junto a ellas se alzaba una construcción más pequeña, pero de aspecto mucho más sólido. El lugar aparecía desierto. Se acercaron y husmeaban cuando una voz ronca, poco amistosa, les preguntó a su espalda:

—¿Qué buscan por aquí?

Era un sujeto fornido con la cabeza rapada y dos aretes, a modo de zarcillos, colgando del lóbulo de una oreja. Sostenía la correa de un perro, grande y negro, que gruñía amenazante. Era el vigilante de las naves.

—A don Fernando de Andrade.

El perro gruñó con más fuerza. El sujeto tuvo que tirar de la correa.

—Al señor conde no lo encontrarán aquí.

—Y… ¿a Cristóbal de Haro?

—Tampoco. Viene sólo de vez en cuando. ¿Quiénes sois?

—Mi nombre es Elcano. Juan Sebastián Elcano.

Le sonaba el nombre, pero no lograba situarlo.

—Si buscan al conde de Villalba o al señor de Haro deben ir a sus casas.

—¿Podríais decirme dónde?

—Viven en el Casco Viejo. Los Andrade en la plaza Mayor, donde están las casas del cabildo. No tiene pérdida si vuesa merced…

—Buenos días, Lourido.

Quien había llegado era un hombre maduro, corpulento. Vestía ropas de mucha calidad y llegaba acompañado de otros dos.

—¡Señor! ¡No os esperaba por aquí! Precisamente le estaba explicando a…, a…

—Elcano —dijo el marino.

El recién llegado lo miró fijamente.

—¿El capitán, Juan Sebastián Elcano?

—Para serviros.

—Soy Cristóbal de Haro. Os esperábamos de un día para otro. ¡Hacedme la merced de seguirme!

El vigilante preguntó a uno de los que acompañaban a Haro.

—¿Quién es ese Elcano?

—Es el capitán del barco que ha dado la primera vuelta al mundo.

—*Por Santiago e a súa santa nai!*

—Esta oficina la tenemos para resolver algunas cosas. La sede está intramuros —le indicó el mercader burgalés—. Estas naves se utilizarán como almacén. Están bien emplazadas junto a una dársena que pretendo convertir en muelle donde atraquen los barcos.

Entraron en un pequeño gabinete pobremente amueblado, donde había unos estantes en los que podían verse algunos legajos y resmas de papel.

—Traigo una carta para vos. Me la dio don Francisco de los Cobos.

—Tomad asiento, por favor —le indicó Haro rompiendo los lacres y leyendo.

—El secretario me dijo que su majestad quiere que la flota zarpe en la próxima primavera.

Haro asintió con ligeros movimientos de cabeza.

—Así me lo indica y también que ponga a vuestra disposición todo lo que vayáis necesitando. Habrá que ponerse en marcha; aunque los barcos todavía no estén aquí, hemos de ir adelantando trabajo.

—Habrá que ir enrolando marineros. Se necesitan muchos brazos para el manejo de siete barcos. Tendremos que convencer a mucha gente. Necesitaremos casi medio millar de hombres y no será fácil encontrarlos, aunque esta sea tierra muy ligada al mar.

—¿Dónde os habéis hospedado?

—En una posada de la calle de las Herrerías. Cerca de un convento de monjas.

—Son las Bárbaras.

—¿Cómo…, cómo habéis dicho?

—Bárbaras es como llaman a esas monjas porque el convento está bajo la advocación de Santa Bárbara. Como vuestra estancia va a ser larga no creo que debáis estar alojado en una posada.

—Estamos allí de forma provisional.

—¿Estamos? —Haro había arqueado las cejas.

—Está conmigo el hombre que habéis visto fuera.

—¡Es un tullido!

—Es un veterano de las guerras de Italia, donde perdió el brazo y el ojo. Pero me será de mucha utilidad.

—¿Con esas limitaciones?

—Sabe de letras y números. Podrá llevar cuentas y tomar razón a los hombres que vayan enrolándose.

—Está bien. Si goza de vuestra confianza… Daré instrucciones para que os encuentren una vivienda adecuada a vuestras necesidades.

LIII

Elcano permaneció en la posada algunos días con Diego de Torres y los hombres de su escolta. La víspera de la partida de estos lo celebraron por todo lo alto con un banquete que era mucho más que una comida: dieron cuenta de varias docenas de vieiras, cuyas conchas llevaban prendidas a su ropa quienes regresaban de visitar la tumba del señor Santiago, como distintivo de haber realizado la peregrinación, de una empanada rellena de pescado y remataron con unas suculentas piernas de cordero aderezadas con hierbas aromáticas. Todo ello regado con un vino que, según les contó el posadero, era muy antiguo en la tierra.

—Oí decir a un monje muy leído, que se hospedó aquí hace años, que a este vino le había dedicado cánticos muy hermosos un trovador llamado Martín Codax.

Quien más disfrutó del banquete, que a Elcano le costó sus buenos dineros, fue Diego de Torres. El viejo soldado tenía acumulada tanta hambre que parecía no saciarse nunca.

Al día siguiente, Elcano visitó a don Fernando de Andrade. Lo recibió después de soportar una larga espera. A diferencia de Haro, Andrade dejó la carta sobre un escritorio para leerla más tarde. Se mostró un tanto altanero y mantuvo una actitud distante. Elcano salió de su casa con mucha desazón.

Transcurrieron casi dos semanas hasta que Haro encontró una

vivienda en la que él y Diego de Torres se instalaron con mucha más comodidad. Ambos disponían de su propia alcoba y en su patio había un pozo para abastecerse de agua y un retrete. Muy pronto se pusieron de acuerdo con una vecina que se encargó de sus necesidades. Se llamaba Marta y era de mediana estatura, como de treinta años, ojos grandes y negros, como su llamativa mata de pelo rizado.

Establecieron una especie de gabinete en una de las naves de la Pescadería, acotando un pequeño espacio. Allí dispusieron todo lo necesario para los trabajos que requería formar las tripulaciones. Diego de Torres llevaría cuenta y razón de esos pagos y el libro de inscritos.

—Abonaremos dos mesadas a quienes se enrolen —señaló Elcano—. Esa cantidad es suficiente para dejar atado un compromiso y sólo admitiremos gente de la zona que sean conocidos. Evitaremos hasta última hora a los perdularios que buscan hacerse con el dinero y luego desaparecen. También controlaremos a los portugueses. En la flota que se encomendó a Magallanes eran muchos y crearon demasiados problemas.

—Son excelentes marinos —respondió Haro—. Los conozco, viví muchos años en Lisboa.

—Sin duda. Pero las tensiones entre ellos y nosotros son cada vez más fuertes. Sienten mucho su tierra.

—Mucho más que nosotros la nuestra.

—Sólo en caso necesario echaremos mano de ellos. Estaría bien hacer una visita al patrón mayor de la cofradía de marineros. Sería bueno que uno de ese gremio esté presente a la hora de las inscripciones. Su salario estaría bien empleado.

—Iremos a hablar con él mañana.

—También habrá que ajustar acuerdos para el abasto de los barcos. Necesitaremos mucha despensa para dar de comer, al menos durante un año, a las tripulaciones.

—Dejad eso de mi cuenta —señaló Haro—. Vos podríais encargaros de los calafates, carpinteros, sogueros, tejedores… Esa flota ha de estar en las mejores condiciones.

En La Coruña la creación de la Casa de la Especiería fue acogida con entusiasmo, pero la falta de actividad que siguió a su puesta en marcha había sembrado desilusión. Desde la partida de la *Anunciada* nada había ocurrido. El que una escuadra grande saliera de allí levantó en pocos días grandes expectativas. Fueron muchos los que acudieron a informarse y algunos a enrolarse. Hubo necesidad de que dos hombres mantuvieran el orden y que no se produjeran altercados entre quienes acudían.

Así llegó noviembre y con él la celebración del Día de los Difuntos. Era fecha muy señalada para los gallegos, que rendían un culto ancestral a los muertos y conservaban costumbres que se perdían en el tiempo. Eran pocos quienes se ponían en camino por temor a encontrarse con algún alma que vagaba sin encontrar reposo. Era creencia muy extendida que las ánimas de los difuntos volvían ese día para reunirse con los suyos y en las casas se celebraban comidas familiares en recuerdo de los antepasados. Se contaban historias, se comían castañas y se encendían velas para espantar a los malos espíritus.

Aquel día Elcano y Diego de Torres habían tenido una jornada tranquila. Por primera vez, desde que se abrió el enganche de las tripulaciones, nadie había acudido a inscribirse. Llegaron a su casa para almorzar con el propósito de permanecer en ella el resto del día. Marta se afanaba en preparar la comida.

—Vuesas mercedes habrán tenido poco trabajo. Hoy es Samaín.

—¿Cómo has dicho? —El veterano había intimado mucho con ella.

—Era como los antiguos llamaban a este día en que ha de tenerse un recuerdo para las ánimas de los difuntos. —Marta no dejaba de abrir castañas para asarlas—. El fuego se enciende hoy con tejo.

—¿Por qué?

—No lo sé. En mi casa lo hacían mi abuela y mi madre. Ayer me hice con algunas ramas.

Después de almorzar bebieron orujo, un licor tan recio que rasgaba al bajar por la garganta y al que algunos atribuían propiedades medicinales. Era cierto que por la mañana ahuyentaba el frío y entonaba el cuerpo, y después de una comida copiosa aligeraba la digestión. Marta lo compraba a los ermitaños del Espíritu Santo. Estos lo destilaban en un enorme alambique y con el dinero que recogían, sumado al que recibían por cuidar de las sepulturas, ayudaban al mantenimiento del hospital que había en el Buen Suceso.

A media tarde de aquel día, muy nublado y ventoso, se desencadenó una fuerte tormenta. Los rayos, acompañados de grandes truenos, iluminaron la oscura tarde. En medio del vendaval sonaron unos golpes en la puerta.

Elcano y Diego, que bebían orujo y comentaban cosas de la armada al calor de la chimenea, se miraron inquietos.

—¿Quién puede ser, en medio de esta tormenta?

—La forma de saberlo es abriendo la puerta. —Elcano se levantó.

—¿Estáis seguro de que es lo mejor? Marta me ha contado cosas…

—También yo he oído contar muchas cosas que al final…

Otra vez sonaron los golpes en la puerta.

—Aguardad un momento. Os acompaño.

Se acercaron a la puerta y Elcano preguntó:

—¿Quién va?

La respuesta se perdió ante un trueno ensordecedor. Otra vez sonaron los golpes. Tenían algo de angustiosos. Elcano empuñó la *misericordia* y quitó la pesada tranca que aseguraba la puerta.

La mujer estaba empapada.

—¡Marta! —gritó Diego—. ¿Qué haces ahí con esta tormenta?

Entró rápidamente, chorreando agua y quitándose el manto con que cubría su cabeza.

— ¿Qué ocurre? —le preguntó Elcano.

—¡Estoy asustada! ¡No quiero estar sola en mi casa! ¡Esta tormenta y en este día!

Bebió orujo y tiritaba en parte por el frío y en parte por el miedo. Se sentó al calor de la chimenea.

—Esta noche es la peor para que te atrape la Compaña.

—¿La Compaña? —Diego le rellenó el pote de orujo—. ¿Qué es eso?

—Una reunión de difuntos cuyas almas están en el purgatorio.

—¡Vamos, Marta! —Elcano sonreía incrédulo.

—Caminan en dos hileras y cada uno lleva una vela —prosiguió

Marta sin inmutarse—. No puede verse, pero se nota el olor a cera quemada. Es una procesión de almas en pena.

—¿Qué hacen esos difuntos? —preguntó Diego, que era más crédulo.

—Atrapan y se llevan a quien se cruza con ellos y no ha tomado precauciones…

—¿Precauciones?

—Ha de mostrárseles una cruz o buscar la protección de un cruceiro.

—¿Qué es un cruceiro? —preguntó Elcano.

Marta dio un largo trago a su orujo. Había dejado de tiritar.

—Una cruz sobre una columna que se alza en los cruces de caminos, donde murió alguien… Sirven de refugio si te cruzas con la Compaña.

La tormenta amainó, pero no el miedo de Marta. A la luz de unas velas que aquella noche sustituyeron los candiles, cenaron los tres la sopa de grelos que ella había dejado preparada y algo de queso, cuya forma tanto llamaba la atención del veterano soldado.

—Le dicen de tetilla —comentó Marta dirigiéndole una pícara mirada.

—Me parece un nombre adecuado, evocador.

Terminaron con unas gachas hechas con mosto y unas castañas que Marta asó en los rescoldos de la chimenea.

—Es hora de retirarse. —Elcano tenía la impresión de estar sobrando.

Aquella noche Marta y Diego compartieron cama por primera vez.

En la Pescadería la gente hablaba de la actividad que ahora había en las naves de la Especiería. Se había difundido la noticia de que allí estaba el capitán de la nao que le había dado la vuelta a la Tierra y no eran pocos los que se acercaban a curiosear. Muchos lo saludaban con muestras de respeto.

Las naves empezaron a llenarse. Llegaron grandes rollos de lienzo de recia textura con los que se confeccionaría el nuevo velamen de los barcos. Vergas, palos, mucha jarcia, cientos de varas de cabos y drizas… Se almacenaron dos cargamentos de barriles de brea y varias carretadas de estopa. Elcano había recorrido los alrededores buscando madera seca por si era necesario reponer tablazón en los cascos.

Enfrascado en unos menesteres que no eran los propios del capitán general de una escuadra, lo asaltaban las dudas. Pero a un hombre de mar como él no le importaba reunirse en tabernas para hablar con viejos marinos y compartir vino con ellos.

Una tarde de finales de noviembre, la víspera del día de San Andrés, santo a quien se profesaba mucha devoción en La Coruña, en que llovía a ráfagas y soplaba un fuerte viento de levante, revisaba papeles. Estaba contento porque los enrolados sobrepasaban el centenar y medio sin contar los que con él se habían comprometido. Diego se entretenía con la historia que Marta le contaba acerca de la gente que iba a la ermita de San Andrés.

—Está en lo que llaman la costa del Fin del Mundo. Va mucha gente a pesar de que se necesitan tres días de camino para ir y otros tres para volver.

—¿Para qué van allí?

—Para que san Andrés no se enfade.

—¿Cómo dices?

—Su iglesia está en un lugar muy malo, cerca de unos acantilados donde la mar se estrella con fuerza y hay muchas brumas. Lo visitaba muy poca gente, la mayoría va a ver al señor Santiago.

—¿Por eso se enfada san Andrés? —preguntó Diego con sorna.

—¡No te rías! ¡Quienes no visitan a san Andrés tienen una mala muerte! ¡Se encarnan en una culebra o en un sapo!

Sonaron unos golpes en la puerta.

—¿Quién será a estas horas? —preguntó Diego.

Otra vez sonaron los golpes.

—¡Qué prisas! ¡Qué prisas! —exclamó Marta acercándose a la puerta— ¿Quién llama?

—¿Está…, está el capitán Elcano?

—¿Quién pregunta por él?

—¡Soy Lourido!

—¿El guarda de las naves?

Marta lo conocía al haber ido allí algún día con Diego.

—¡Sí! ¡Date prisa!

—¿Ocurre algo? —preguntó Elcano.

—Es Lourido, el guarda.

—Ábrele.

—¡Señor, acaba de atracar una nao en la rada! ¡Su maestre ha preguntado por vuesa merced! ¡Es una de las que formará la escuadra!

Quedaba poca luz, pero fueron a toda prisa. Estaba fondeada a más de un centenar de varas de la costa. Se llamaba *Anunciada*, como la carabela con la que había zarpado Esteban Gómez. Los hombres ya habían recogido el velamen. Sólo ofrecía palos, vergas y jarcias.

—¡Qué porte! —Lourido estaba entusiasmado—. ¡Si la hubierais visto llegar con el trapo desplegado! ¡Cargará por lo menos ciento cincuenta toneles! ¿No le parece a vuesa merced?

—Quizá algo más.

Aquella fue la primera de las naos que fueron llegando a la rada donde desembocaba el río Azor. Tres días después llegaron juntas la *San Lesmes* y la *San Gabriel*, las dos procedentes de Vizcaya. Su presencia animó a más hombres a enrolarse.

También por aquellos días se tuvo noticia de la muerte del obispo Fonseca. Produjo mucha tristeza a Elcano. Había sido un hombre leal a sus reyes y siempre se mostró fiel a su palabra. Lo había acogido, se había sincerado con él y, en alguna ocasión, desnudado su alma. Había sido su más firme apoyo en la Corte. Como era su deseo, su cadáver fue llevado a Coca, centro de los dominios señoriales de su familia hasta que don Alonso de Fonseca la permutó con don Íñigo López de Mendoza, marqués de Santillana. Elcano encargó al párroco de Santiago, iglesia en la que cumplía sus deberes de buen cristiano, media docena de misas por el alma del difunto.

El día que atracó la *Santa María de la Victoria* fue un día de júbilo. Su tamaño, superior incluso al de las grandes carracas de transporte, impresionaba. Tenía cuarenta varas de eslora y más de quince de manga. Resaltaban sus dos grandes castillos, sobre todo el de popa, en el que estaba el camarote de su capitán. Se cruzaron algunas apuestas sobre su capacidad. Muchos se asombraron cuando supieron que cargaba trescientos toneles.

—Necesitará cuando menos ochenta hombres para poder manejarla.

—¡Fijaos en el grosor de los palos! ¡El mayor necesitará dos hombres para poder abrazarlo!

Elcano, contemplando la *Santa María de la Victoria* sintió cómo le cosquilleaba el estómago. No sólo era de grandes dimensiones, era bellísima. No había visto muchos barcos con el porte de aquel. No serían pocos lo que estarían dispuestos a matar por mandarlo.

—¿Qué le parece a vuesa merced?

—Extraordinario.

LIV

En aquellos días de diciembre de 1524 las noticias que llegaban a Valladolid del norte de Italia producían desasosiego. Carlos I había dudado mucho sobre cuál era la mejor decisión. El canciller, ante la posibilidad de que Francisco I se pusiera al frente de sus tropas, se mostraba partidario de que viajase a Italia para estimular a sus hombres. No era de esa opinión el secretario De los Cobos, quien consideraba que había de atender asuntos de la suficiente gravedad como para que no saliera del reino.

El rey estaba en una sala donde se reunía con sus más allegados. Lo acompañaban el confesor García de Loaysa, el canciller Gattinara y el secretario De los Cobos. Este último, que había ganado mucho crédito a los ojos de Carlos I tras darle información sobre los manejos de los franceses en los asuntos de ultramar, y se había convertido en la persona de más influencia en la Corte, señalaba, una vez más, su rechazo a que el rey se pusiera en camino.

—Hay demasiados asuntos que requieren aquí a vuestra majestad y a ello han de añadirse los riesgos que supone encontraros en el frente.

—La vida de los reyes es respetada —respondió Gattinara, quien llevaba muy mal la pérdida de influencia en el ánimo del monarca.

—Pero el azar... —apuntó el confesor posicionado, cada vez con más frecuencia, con los planteamientos del secretario.

Gattinara se había guardado un as en la manga.

—Majestad, la situación en el Milanesado es muy delicada. —Sacó de un bolsillo en el forro de su ropón una carta—. Con vuestra venia, majestad.

—Canciller, no leáis la carta. Id a la sustancia.

—Majestad, como nos temíamos, los franceses han reunido un ejército formidable al frente del cual marcha su soberano.

—¿Está confirmado que se ha puesto en campaña? —Carlos I se había acercado a la chimenea, dando la espalda a los presentes.

—Está confirmado, majestad. También que sus tropas se han puesto en movimiento.

—¿Con el invierno en puertas? —El rey se volvió hacia el canciller.

—Están envalentonados con nuestro fracaso ante Marsella. El marqués de Pescara dice que la situación es particularmente grave y que ha decidido, hasta tanto se le envían refuerzos, encerrarse dentro de Milán. No considera la posibilidad de enfrentarse a los franceses en campo abierto.

Carlos I recordó que, en la historia escrita por Pérez del Pulgar, el Gran Capitán se encontraba en esa situación antes de librar la batalla de Ceriñola. Se había encerrado en Barletta a la espera de refuerzos y sus abuelos don Fernando y doña Isabel le enviaron tropas para aliviar su delicada situación. La historia volvía a repetirse, pero quien se había encerrado en Milán no era el Gran Capitán.

—Enviaremos refuerzos. Lo antes posible.

—Señor —Gattinara mostraba un semblante compungido—, ¿dónde conseguiremos dinero para ello?

—¡En Sevilla, majestad! —El rey interrogó a De los Cobos con la mirada—. Tengo noticia del arribo de una flota con gran cantidad de plata y oro. El quinto de su majestad asciende a nueve cuentos de maravedíes.

Gattinara frunció el ceño.

—¿Tanto?

—Puede que sea algo más. Esa suma está a falta de quedar ajustada. Es suficiente para poner en campaña al menos seis mil hombres, pagados durante medio año. A ello, majestad, puede añadirse otra suma importante.

—¿Más dinero? —Carlos I no salía de su asombro.

—Señor, si cerramos con los portugueses vuestro matrimonio con doña Isabel podríamos disponer de las novecientas mil doblas que su hermano está dispuesto a entregar a la novia como dote.

—Ese dinero tardará en llegar —protestó Gattinara—. Esa clase de negociaciones son lentas y numerosos los detalles que han de acordarse.

—El canciller tiene razón. Pero, si se deja ajustado el importe de la dote, hay banqueros dispuestos a facilitar un préstamo con esa garantía.

—¿Cuánto tiempo se necesitaría para poner esas tropas en Italia?

—Si nos damos prisa, en un par de meses. Habría que dar órdenes a la virreina para que en Valencia estén dispuestos barcos para transportarlas. Una parte puede concentrarse en Barcelona y zarpar desde allí.

—¡Que se avise a cuantos capitanes sea posible! ¡Que se den instrucciones a los corregidores! ¡Que se alcen banderas y suenen las cajas! ¡Iniciamos el reclutamiento! ¡Que preparen las cartas para los virreyes! Hoy mejor que mañana.

García de Loaysa tenía previsto comentar con el rey algunos asuntos dependientes del Consejo de Indias, pero se mostró cauto. Las urgencias apuntaban en otra dirección y su propuesta podía esperar.

En las semanas siguientes por todas partes se corrió la voz de que, en Italia, los franceses invadían los dominios del rey. En las localidades más importantes se habían levantado las banderas y eran muchos los mozos que acudían a aquella llamada, ansiosos por ver mundo y ganar el prestigio y la gloria que proporcionaban las armas, amén de conseguir botín que, en muchas ocasiones, era bastante más sustancioso que la paga que se recibía, por lo general, tarde y escasa. Algunos veteranos los animaban a enrolarse, ocultándoles que la vida del soldado era dura y en muchos momentos se echaba de menos la rutina del campo o del taller.

El problema mayor era que cada vez resultaba más patente la falta de hombres en edad de tomar las armas. Los dominios de Carlos I estaban escasamente poblados si se los comparaba con las populosas ciudades de su Flandes natal o con Francia. Los extranjeros que viajaban por Aragón y Castilla se asombraban de los páramos desérticos, en los que había que hacer muchas leguas para encontrar una aldea. Pese a ese inconveniente, a lo largo de diciembre más de ocho mil hombres habían llenado las plantillas de las compañías y por los caminos se oían los cánticos de grupos de hombres que se dirigían a los puertos de embarque portando un hatillo con algunos víveres y algo de ropa. No les arredraba el frío, tampoco la lluvia que los acompañó algunas jornadas. Mostraban con orgullo las cédulas que los acreditaban como soldados del rey. En muchos lugares las mujeres los animaban.

—¡Echad a esos franceses de los dominios de nuestro rey!

Las calles y plazas de Valencia y Barcelona se llenaron de hombres jóvenes y hubo algunos altercados. Muchas prostitutas habían acudido a las mancebías para aprovechar aquellos días. Los virreyes habían hecho un buen trabajo y surtas en sus aguas estaban las galeras —muchas habían llegado desde su base de Cartagena— y carracas, algunas carabelas y varias naos, donde iban a transportarse las tropas.

Antes de embarcar se asignaba el armamento a los hombres. Los más diestros serían ballesteros y a algunos se les facilitarían arcabuces, que suponían una novedad. A los más fuertes se les entregarían picas, cuya longitud sobrepasaba las seis varas. Habían mostrado su eficacia, si se aguantaba a pie firme ante la embestida de la caballería.

Las flotas zarparon en la segunda semana de 1525 rumbo al puerto de La Spezia, perteneciente a la República de Génova, de la que Fernando Dávalos había expulsado a los franceses. Su amplia rada podía albergar a las dos flotas, que rindieron viaje mediado el mes de enero. Fueron necesarios varios días para descargar toda la impedimenta, durante los cuales la ciudad se vio desbordada con la llegada de miles de hombres, antes de ponerse en camino hacia Milán, que se encontraba a unas cuarenta leguas. Cuando las tropas estaban a punto de partir llegaron correos del marqués de Pescara y del virrey de Nápoles. Habían decidido abandonar Milán, que podía convertirse en una ratonera cuando Francisco I la sitiase. Marcharon a Pavía, donde contaban con las tropas de la guarnición que mandaba Antonio de Leiva. Allí debían dirigirse los refuerzos llegados desde España.

El maestre que mandaba aquel ejército estaba reunido con varios capitanes en torno a una mesa donde había desplegado un mapa en que se veían con detalle los caminos principales de la zona. Estudiaban posibles itinerarios. Uno de los capitanes señaló las dos rutas que podían seguirse.

—Este es el camino más corto a Pavía. Según este mapa, casi nueve leguas menos.

—Esa distancia podemos salvarla en cinco jornadas. Tal vez una más porque llevamos mucha impedimenta —comentó otro.

—Podemos seguir el camino de la costa hasta Génova —desplazó el dedo por el mapa— y, desde allí, dirigirnos a Pavía.

—Otra posibilidad es marchar por el interior e ir a Parma, y luego seguir hasta Pavía —señaló otro que no dejaba de atusarse el bigote—. No parece que la diferencia entre un camino y otro sea muy grande.

Se inició un pequeño debate. Unos apostaban por el menor número de leguas y otros por la mayor seguridad que ofrecía el itinerario que llevaba a Parma.

—No me fío de los genoveses —argumentó el que se atusaba el bigote.

Tras oír el parecer de sus capitanes, el general decidió tomar el camino de Parma.

Después de que las tropas almorzaran *farinata*, unas tiras de bacalao seco y dos medidas de vino, se pusieron en camino.

La larga columna que salía de la ciudad por la Porta Parmesana parecía interminable. Hombres, docenas de grandes carretas tiradas por bueyes, que habían sido requisadas en toda la comarca, donde iban cajas de arcabuces, barriles de pólvora con la que se llenarían los saquillos que los arcabuceros colgaban en sus tahalíes, manojos de baquetas, cajas con munición, tanto de piedra como de plomo... En los costados de los carruajes, iban bien atadas brazadas de picas que sobresalían tanto por delante como por detrás. En otros carros iban los barriles de vino y vinagre —los pellejos iban a lomos de las cabalgaduras, bien amarrados— y en dos de ellos viajaban los médicos y los barberos que ejecutaban las dolorosas cirugías. Otra parte de la impedimenta —espadas, dagas, flechas y virotes de ballesta...— iba cargada en cientos de acémilas, también requisadas a sus dueños con la vaga promesa de devolvérselas una vez terminada la campaña.

Acompañaba a los soldados una turbamulta de gentes de toda condición. Buhoneros tirando de sus carros donde exhibían toda clase de cachivaches. Vinateros con sus barrilillos y pellejos dispuestos a saciar la sed de los que no tenían suficiente con el vino de las raciones. Caldereros dispuestos a remendar armas, arreglar morriones y quitar abolladuras de los coseletes. También formaban parte de aquel variopinto cortejo docenas de prostitutas dispuestas a emplearse a fondo para satisfacer los deseos de tanto hombre. La mayoría iban andando, al paso de la tropa, y las de mayor rango en carruajes. Ejercían su oficio al final de la jornada, sin remilgo alguno, tras unos matorrales o al abrigo de algún peñón; el manto de la oscuridad cubría aquellas holganzas. Las que iban en los carruajes se ejercitaban con más refinamiento, al extender en su interior unos jergones —todo un lujo al alcance de pocos bolsillos— sobre los que se desahogaba la lujuria. No faltaban los clérigos que atendían las necesidades espirituales, sobre todo la víspera de la batalla, en que confesaban sin cesar, absolvían pecados e incluso daban absoluciones colectivas.

Dos días después, a la caída de la tarde, la vanguardia llegaba a Parma. Levantaron el campamento en sus alrededores y hasta pasada la medianoche se vieron numerosas fogatas en torno a las cuales los hombres contaban historias y bebían, temiendo retirarse del calor de los fuegos por las bajas temperaturas. Los oficiales fueron alojados en los palacios y mansiones de las familias de más renombre de la ciudad. Al día siguiente, poco después del alba, las tropas y todo el cortejo que las acompañaba se pusieron de nuevo en marcha. Los intendentes se aprovisionaron de unos quesos de gran tamaño y tan curados que al cortarlos se desgranaban. Los compraron a bajo precio, pese a ser un manjar que sólo se veía en las mesas de los adinerados.

Tres jornadas más necesitaron para llegar a Pavía. La ciudad tenía unas poderosas defensas y estaba gobernada por Antonio de Leiva. La llegada de los refuerzos fue celebrada con grandes muestras de júbilo, aunque sumados todos los efectivos no llegaban a los veinticinco mil hombres. Los espías habían informado de que Francisco I marchaba al frente de cuarenta mil y, aunque dejaría una guarnición en Milán, dispondría, cuando menos, de treinta y cinco mil. Apenas se habían instalado cuando un correo traía la noticia que todos esperaban y al mismo tiempo temían.

—Ha llegado el momento de plantar cara a los franceses —señaló Fernando Dávalos.

—Seguimos en inferioridad. —Carlos de Lannoy no lo veía claro.

—Soy del parecer de don Fernando. —Antonio de Leyva se acarició la barba—. Si abandonamos Pavía, ¿adónde vamos? Los refuerzos que esperábamos han llegado y no vendrán más. Aguardemos aquí la llegada de los franceses. Están crecidos, pero también muy confiados.

—¡Es para estarlo! ¡Francisco I se acerca con treinta y cinco mil hombres!

—Esa confianza nos da ventaja —insistió Leyva.

—También nos superaban en número en Bicoca y Sesia —indicó Dávalos—. Además, si los esperamos, tendremos la ventaja de elegir el sitio donde enfrentarnos. Está decidido, combatiremos aquí.

LV

En La Coruña, a lo largo de aquel mes de enero quedó casi completada la escuadra. Los barcos eran, además de la *Santa María de la Victoria*, que sería la capitana, la *San Lesmes*, la *San Gabriel*, la *Santa María del Parral*, la *Anunciada* y la *Sancti Spiritus*. Sólo quedaba por incorporarse el patache *Santiago*, cuyo patrón era el cuñado de Elcano, Santiago Guevara. Era, con mucho, la menor embarcación de la escuadra, pero por su pequeño calado sería la más útil cuando hubiera necesidad de navegar por aguas poco profundas. Las noticias que Elcano tenía era que acababa de regresar de las pesquerías del golfo de Vizcaya y en cuanto estuviera aprovisionado se haría a la mar.

Después de revisarlas a fondo, se certificó que estaban en buenas condiciones, pero la dureza del viaje que los aguardaba recomendó carenar todos los cascos. Se eliminó cualquier indicio de broma, uno de los peores males que los afectaban y no era posible reparar cuando se estaba navegando. Esta clase de trabajos no podían hacerse en La Coruña porque su puerto apenas contaba con una dársena pequeña y ni siquiera acercándose con la marea alta para encallar el barco e iniciar los trabajos cuando bajase la marea se podía efectuar con garantía. Fue necesario llevarlos al Ferrol. En el fondo de aquella ría había dársenas a propósito para efectuar ese tipo de trabajo. Allí los carpinteros de ribera limpiaron los cascos de moluscos y otras adherencias, revisaron de forma minuciosa el maderamen y cambiaron, por otras nuevas, todas las tablas que no les ofrecieron garantías suficientes. También se revisaron los palos y las vergas. Fue sustituido el trinquete de dos de ellos, uno de los palos de mesana y varias vergas. Después los calafates trabajaron sin descanso. Todos los pequeños intersticios que quedaban después de ajustar las maderas eran rellenados de estopa que se cubría con brea caliente y que, una vez enfriada, formaba un duro bloque por donde era muy difícil que penetrase el agua. Después de calafateados, se les dio una mano de alquitrán en caliente y se pintaron. Regresaron a La Coruña y fondearon a algo más de un centenar de brazas de la ribera, donde la profundidad de las aguas no suponía un problema para sus quillas.

—Habrá serias dificultades para cargarlos —comentó Diego a Elcano—. Habrá que llevar los bastimentos en barcas y no será fácil subirlos a bordo.

—Peor será cuando haya que subir la artillería. Hay bombardas que pesan varios quintales.

Los maestros cordeleros renovaron toda la jarcia y dotaron a los barcos de nuevos cabos y maromas. Quedó para el final la sustitución del velamen que estaban preparando tejedores asturianos. A unas bordadoras de Camariñas se les encargó confeccionar las cruces que lucirían las velas, así como los estandartes y guiones.

Aunque el dinero que le había entregado De los Cobos era una suma importante, el alquiler de la casa y mantenerse cada día llevaron a Elcano a plantearle a Cristóbal de Haro el pago de la pensión que le había concedido el rey y que, según la Real Cédula, saldría de los fondos de la Casa de la Especiería. Todavía no había visto un solo maravedí de los quinientos ducados anuales y hacía ya un año que dicha pensión le había sido concedida.

—Esta es la cédula de su majestad, en ella se indica que se abonará con cargo a la Casa de la Contratación de la Especiería.

Haro leyó detenidamente el documento y se lo devolvió a Elcano.

—Así consta, pero no tengo instrucciones para efectuar ese pago. Además, la Casa carece de fondos. El dinero de que disponemos procede de lo aportado por varios hombres de negocios, entre los cuales me cuento, que participamos con diversas sumas en esta expedición.

Lamento no poder pagaros la pensión. Pero yo os prestaré todo lo que necesitéis.

—Mis dineros han mermado mucho desde que llegué a La Coruña.

—Decidme, ¿os vendrían bien doscientos ducados?

—¡Eso es mucho dinero! Con la mitad tendría más que suficiente.

Haro agitó una campanilla y al instante apareció un criado.

—¿Habéis llamado?

—Que preparen doscientos ducados.

—Al punto, señor.

—Sólo con cien…

—No quiero que paséis estrecheces.

Cinco minutos después el criado traía los doscientos ducados en un saquillo de cuero. Haro le indicó que se lo entregase a Elcano.

—He de firmaros un recibo.

—No hay prisa. Lo importante es que ya tenéis el dinero.

A primeros de marzo llegó el *Santiago*. Su menor envergadura —la eslora apenas alcanzaba las quince varas y la manga no pasaba de ocho— le permitió acercarse a la playa. A bordo venían, además de su cuñado, sus hermanos Martín y Antón, el clérigo Juan de Areizaga y un hijo del alcalde mayor de Villafranca de Oria, un joven llamado Andrés de Urdaneta. El encuentro fue emotivo. Martín y Antón le trajeron noticias de María y de su hijo.

—Ella te guarda ausencia y el pequeño ya empieza a dar los primeros pasos —señaló Martín—. Toma estas cartas. Una es del *ama* y otra de María.

Elcano se encerró en su alcoba y las leyó varias veces, hasta que se empapó bien de su contenido. Las letras de su madre respondían a lo adusto de su carácter. Le decía que allí, en Guetaria, había dejado algunas obligaciones pendientes. Le deseaba éxito y que regresase lo antes posible. Se sentía orgullosa de que su hijo fuera capitán general de una escuadra que, según todos los comentarios que le llegaban, iba a ser de las más importantes que ponían rumbo a las Indias. La carta de María era de un tenor muy diferente. Le manifestaba su amor y aludía a varios de los momentos vividos juntos. Le contaba algunas cosas de su hijo y le suplicaba que no corriera riesgos innecesarios. Le decía que no dejaba de pensar en él y que los días se le hacían interminables sin estar a su lado.

Elcano recordó cuando la vio por primera vez y aquella noche soñó que regresaba a Guetaria como capitán general de su majestad y como adelantado de la Especiería, el título que el emperador le había otorgado, tras apoderarse de las islas de las Especias, después de sostener duros combates con los portugueses.

Unos días más tarde, mientras Elcano estaba enfrascado en las cuentas del dinero gastado hasta entonces en el aparejo de los barcos, llegó hasta él el sonido de las campanas de Santa María del Campo.

—¿Habrá ocurrido algo grave? —preguntó a Areizaga, que le ayudaba con las cuentas

—No tocan a muerto y a esta hora…

Apenas había terminado de decir aquello cuando el viento trajo los sones de otras campanas. Poco después el de otras más. En cuestión de minutos todos los templos de La Coruña habían lanzado sus bronces al aire. El sonido impresionaba. Diego, que estaba atareado con el listado de los tripulantes, entró en el gabinete.

—¡Dicen que se ha declarado un gran incendio!

—¡Habrá que echar una mano! —exclamó Areizaga—. ¡Vayamos rápido!

—La gente corre hacia la ciudad —indicó Diego.

Efectivamente, al salir vieron a los pescadores que corrían hacia las puertas de la muralla. Muchos de ellos acababan de desembarcar la pesca que sus mujeres vendían en la misma playa.

—¿Se sabe qué ha ocurrido? —preguntó Elcano.

—¡Dicen que el incendio es muy grande! ¡Que arde toda una manzana!

—Me parece que no. —Areizaga señaló hacia La Coruña—. Donde hay fuego sale humo.

El cielo estaba limpio. Era de los pocos días que las nubes no lo cubrían. La temperatura era agradable y anunciaba la primavera en ciernes.

—¡Las campanas han de repicar por algo!

—Pero no porque haya que apagar ningún fuego. Vamos para allá. Habrá que enterarse a cuento de qué viene todo este escándalo.

Unos días antes de que en La Coruña, como en muchas otras ciudades del reino, se echaran las campanas al vuelo, la noticia que había dado lugar a todo aquello había llegado a la Corte. Los mensajeros, relevados en cada posta, habían cabalgado sin descanso desde que aquellas cartas, a las que se dio prioridad absoluta, habían llegado a Barcelona a bordo de una nao que venía de Italia. El rey había oído en silencio la voz emocionada de Gattinara.

—Leedla de nuevo.

El canciller se caló otra vez las antiparras.

En la ciudad de Pavía, en la Lombardía, a 25 días del mes de febrero del año del nacimiento de Nuestro Señor de mil y quinientos y veinticinco años.

Sacra, Católica e Imperial Majestad:

Puesto a vuestros pies, tengo la gran alegría de comunicaros que ayer, que se contaron veinticuatro días de este mes, habiendo llegado con anterioridad los refuerzos enviados desde España, a los que se sumaron varios miles de lansquenetes procedentes de tierras del Imperio, se libró a las puertas de esta ciudad de Pavía una gran batalla. Comenzó con un duelo artillero, al que puso fin el ataque de la caballería francesa. Sus cañones no pudieron seguir disparando para no herir a los suyos. Nuestra infantería aguantó con sus picas a pie firme, al tiempo que nuestros arcabuceros, que eran más de tres mil, causaban numerosas bajas al enemigo, que en su ataque se estrelló contra nuestras defensas. Fue entonces cuando nuestra infantería, en compacta formación y flanqueada por la caballería, avanzó hacia el enemigo. El rey de Francia, que participaba como un caballero más en la batalla, decidió lanzar al ataque todas sus reservas pensando que así inclinaba la balanza a su favor. En ese momento atacaron los infantes que permanecían dentro de la plaza. El enemigo se encontró entre dos fuegos y cer-

*niéndose sobre ellos la amenaza de verse envuelto por nuestra ca-
ballería, lo que supondría tener cortada la retirada. Nuestros hombres
se batían con bravura y, en esas condiciones, los franceses abandonaron a la desbandada el campo de batalla.*

*Señor, las bajas del enemigo son muy cuantiosas. Las cifras
que se barajan no son definitivas, dada la urgencia que me he
tomado en comunicar a vuestra majestad tan extraordinaria victoria. Pero, a buen seguro, superan las diez mil. Las nuestras no
llegan a las mil y quinientas.*

*Las noticias que recibimos por diferentes conductos coinciden
todas en señalar que el enemigo se repliega en contingentes aislados,
buscando el refugio de sus fronteras, aunque es pronto para confirmar esa noticia. Hemos acordado marchar sobre Milán con carácter inmediato con el propósito de desalojar de allí la guarnición
francesa y restablecer en ella el dominio de vuestra majestad.*

*He dejado para el final una noticia de la mayor relevancia.
El rey de Francia cayó en nuestras manos y es vuestro prisionero. El
monarca fue derribado de su caballo por el soldado Alonso Pita da
Veiga, un gallego de Ferrol, con el que colaboraron en el apresamiento Juan de Urbieta, un vascongado de Hernani, y el granadino
Diego Dávila. Vuestra majestad dispondrá lo que más conveniente resulte en estas circunstancias.*

*Inclinado a vuestros pies, besa respetuosamente la mano de
vuestra majestad, su servidor.*

Carlos de Lannoy, virrey de Nápoles por mandato de V. Mgd.

Siguió un prolongado silencio. Evaluaban las consecuencias. Con
los franceses derrotados y Francisco I prisionero la situación daba un
vuelco.

—Quiero oír vuestros pareceres. Hablad primero vos, canciller.

Gattinara se aclaró la voz.

—Majestad, las consecuencias son incalculables. A mi parecer, siendo muy importante el triunfo de vuestras tropas, no lo es menos que
el rey francés haya caído prisionero. Mi criterio es que urge traerlo a

España para firmar un tratado de paz que asegure a vuestra majestad todos los dominios por los que litigamos con los franceses.

—¿Qué proponéis exactamente?

—Obligarle a reconocer vuestro dominio sobre Nápoles, el Milanesado, Flandes, Borgoña y Artois. A cambio vuestra majestad le ofrecería la libertad.

—¿Cuál es vuestro consejo? —el rey se dirigió a De los Cobos.

—Majestad, soy del mismo parecer que el canciller en lo que se refiere a traer al prisionero a estos reinos. Me parece adecuado exigir esas renuncias, a las que yo añadiría que se olviden de sus pretensiones sobre Navarra.

—¿Y vos?

El confesor midió sus palabras.

—Majestad, también soy del parecer de que el rey de Francia sea traído a estos dominios. Coincido en que deberá renunciar a los territorios mencionados y añadiría un elemento más y que, en mi condición de presidente de Indias, me compete.

—¿A qué se refiere su paternidad?

—Majestad, son numerosos los corsarios franceses que amenazan nuestros barcos y nuestras flotas. Ejercen su actividad con las patentes que les entrega su rey. Los daños son importantes, aunque, a veces, son ellos quienes se llevan su merecido. Mi parecer es que también podría incluirse en ese acuerdo que se ponga fin al corso que practican los franceses.

—¿Cree su ilustrísima que dejarán esa actividad que les resulta particularmente lucrativa? —preguntó De los Cobos—. El rey de Francia obtiene sumas importantes por esa vía. El puerto de Dieppe es un nido de corsarios, incluso de piratas.

Carlos I miró a la infanta Leonor, la mayor de sus hermanas. Había regresado de Portugal, tras quedar viuda de don Manuel, el anterior monarca lusitano, y guardado luto algunos meses en un convento, tras los cuales se había instalado en la Corte por orden de su hermano. Había heredado la belleza de su padre, al que se le había conocido como el *Hermoso*, pero sobre todo era persona muy discreta y culta. El rey nunca echaba en saco roto sus consejos.

—¿Qué pensáis vos?

—No me fío del rey Francisco. Tal vez estemos vendiendo la piel del oso antes de cazarlo. Quizá, siendo vuestro prisionero, acceda a firmar lo que se le pida. Disputará para dar visos de veracidad a lo que se lleve al papel. Pero una vez libre… En todo caso, mi parecer es que sea traído a Castilla.

Carlos I asintió y se dirigió al canciller.

—Escribid dando instrucciones para que el rey sea traído a Castilla, con las debidas atenciones, como corresponde a la calidad de su persona.

—¿Adónde deberá ser conducido?

—Eso se proveerá más adelante. También es mi deseo que se envíen cartas a todas las ciudades y villas del reino dando a conocer esta nueva y que se celebre como corresponde. Ahora podéis retiraros. Leonor, quedaos.

En las horas siguientes se difundió por Valladolid la noticia de la gran victoria alcanzada sobre los franceses. Las campanas repicaron, la gente cantaba por las calles y lo celebraba bebiendo. Por la noche hubo luminarias. Los conventos y las casas principales encendieron luces en sus fachadas. El corregidor ordenó hacer fuegos en las plazas más importantes. Ardieron grandes piras, como si fuera la noche de San Juan y el cabildo municipal acordó, aquella misma tarde, conmemorar la victoria con una fiesta de cañas y otra de toros, que se celebrarían sin pérdida de tiempo, porque la Cuaresma estaba próxima y ese era tiempo de ayunos y abstinencias, poco propicio a fiestas y regocijos.

En los días siguientes partieron correos a las ciudades con voto en Cortes con cartas del rey anunciando la victoria de Pavía e invitando a sus autoridades a celebrarlo. En casi todos los lugares fue necesario posponer los regocijos hasta pasada la Pascua de Resurrección, que la Iglesia denominaba Pascua Florida, por coincidir el tiempo en que las plantas se llenaban de flores con la llegada de la primavera. También se escribió a obispos y cabildos de las catedrales, para que se celebrasen *Te Deum* en acción de gracias, a los corregidores de las principales ciudades y villas, y a los títulos más importantes de la nobleza del reino.

LVI

—¡Las tropas de su majestad han alcanzado una gran victoria en Italia! ¡Tienen prisionero al rey de los franceses!

Esos gritos se repetían una y otra vez por La Coruña. La gente se reunía en las plazas y lugares de mayor concurrencia pública y comentaban la noticia que había traído, poco después de que abrieran las puertas de la ciudad, un correo para don Fernando de Andrade, que no se encontraba en la ciudad, estando en sus dominios de Villalba. Poco después llegaba otro correo, este dirigido al corregidor con aquella noticia que había trastornado la vida de la ciudad. El corregidor había convocado, a toda prisa, un cabildo para que fueran los capitulares quienes primero tuvieran conocimiento de tan magnífica noticia. Después se había informado a los párrocos y conventos de la ciudad para que lo anunciaran echando las campanas al vuelo.

—He oído decir que se van a correr toros y que habrá juegos de cañas y alcancías. Pero habrán de esperar al Domingo de Resurrección por estar en Cuaresma y no ser este tiempo de celebraciones sino de penitencia.

—Lo que habrá esta noche son luminarias y se va a permitir que se enciendan hogueras en las plazas.

Aquella noche La Coruña era una fiesta. Se iluminaron muchas casas y en algunos sitios los vecinos sacaron a la calle viandas —empanadas, longanizas, cecinas, quesos ahumados, encurtidos…— que se compartían con los demás. Hubo canciones acompañadas de panderos y zampoñas, y por todas partes corrió el vino y el orujo. Al día siguiente la ciudad fue recuperando la normalidad, aunque la gente no dejaba de hablar de la célebre batalla, sobre todo en los mesones y tabernas donde el vino corría generosamente y se lanzaban vivas al rey. La ciudad no olvidaba que pocos años atrás se habían celebrado en ella Cortes, todo un acontecimiento.

A primeros de abril los maestros cordeleros habían renovado buena parte de la jarcia y los tejedores habían rematado el nuevo velamen y sus repuestos para todas las embarcaciones.

—El medio cuento de maravedíes se ha evaporado. Apenas quedan unos ducados en el arca de caudales —decía Elcano a Cristóbal de Haro.

—¿Qué queda pendiente de pago?

—Poca cosa. Algunos pagos menores y abonar su trabajo a las bordadoras de Camariñas. Llegaron ayer con las cruces. Me han dicho que en tres o cuatro días estarán cosidas a las velas. También han traído los estandartes y los guiones. Para eso no hay fondos suficientes.

—No os preocupéis. Mañana se os entregarán otros cien mil maravedíes. Esta escuadra no tiene problemas de liquidez. Los Függer han cerrado un acuerdo de participación. Aportarán un cuento de maravedíes.

—Todavía queda una partida muy importante. Hay que iniciar la compra de bastimentos. Al menos, de los que no den problemas de conservación. También habrá que pagar el armamento. Tengo noticia de que las piezas de artillería, que vienen de unas fundiciones de Cantabria, están ya de camino. Los cañones y bombardas en carretas, las culebrinas en acémilas. Otras piezas vienen de Flandes. Hace semanas estaban a punto de ser embarcadas. Pueden llegar de un día para otro.

Así fue. En las semanas siguientes fue llegando el armamento. Se descargaron de las carretas veinte bombardas con sus correspondientes cureñas y una docena de cañones. Las acémilas habían traído dos docenas de falconetes y treinta culebrinas. En otras circunstancias aquella artillería habría sido suficiente para armar toda la escuadra, pero su objetivo no era sólo llegar a la Especiería, también hacerse con su dominio. Por eso, más allá del armamento con que solían equiparse los barcos, se necesitaban armas con las que equipar los asentamientos y las fortalezas que se levantarían para dominar el territorio y hacer frente a posibles ataques de los portugueses. El primer día de abril llegaron doscientos arcabuces y cincuenta barriles de pólvora. Todo fue descargado en las naves que había en la Pescadería.

Dos días después aparecieron dos urcas de notable tamaño. Corrieron toda clase de rumores sobre su presencia. Poco después se supo que habían salido del puerto de Amberes y que traían más armamento para la escuadra. Dado su tamaño, echaron el ancla a cierta distancia de la costa. En sus bodegas venían otras veinte bombardas con sus cureñas y más de trescientos bolardos, entre pedreros y metálicos, una docena de cañones de hierro y medio centenar de proyectiles.

Llamaron la atención unas piezas cuyo disparo, a diferencia del de los cañones, era curvo, lo que les permitía batir el interior de fortalezas y ciudades protegidas por fuertes murallas. También unos arcabuces con cañones tan largos, cerca de dos varas, que necesitaban de una horquilla que se asentaba en el suelo y sobre la que descansaba el cañón para poder dispararlo.

—¡Santa Madre de Dios! —exclamó Diego, que acompañaba a Cristóbal de Haro y a Elcano cuando subieron a una de las urcas, llamada *Minerva*, ante tal arsenal—. Parece que vayamos a la conquista de un imperio.

—No andas muy desencaminado. No será fácil asentarse allí. Hay reinos importantes y con los portugueses nos las tendremos tiesas.

Haro, muy serio, no dejaba de mirar una y otra vez las pesadas piezas de artillería. El factor no disimulaba su preocupación.

—¿Ocurre algo a vuesa merced? —le preguntó Diego.

—¿Cómo vamos a llevar todo esto a tierra? —Miró al capitán de la *Minerva,* que sabía un más que aceptable español, y le preguntó—: ¿No es posible aproximarse algo más?

—No. Donde estamos la profundidad es apenas de siete brazas. La carga es grande y la quilla está muy sumergida. Hay mucho riesgo. Tendremos que hacerlo con chalupas y barcas. Tenemos poleas y cabrestantes. La descarga dará trabajo, pero será peor cuando tengan que subirlas a bordo.

Elcano guardaba silencio. El capitán de la *Minerva* tenía razón.

—Quizá todo sea más fácil.

Haro miró a Elcano.

—¿Tenéis una solución mejor?

—No veo la necesidad de llevar las piezas a tierra. Abarloamos los costados de los barcos y los sujetamos firmemente con garfios… Es cuestión de salvar la diferencia de las bordas. Bastará con disponer de un suelo de tablas.

—¡Magnífico! ¡Magnífico!

Se hizo una distribución del armamento que sería completado con el que había en tierra, y se llevó a cabo el trasvase, que duró cinco días. Pero al final la escuadra tenía parte importante de su artillería a bordo.

A mediados de abril un jinete preguntaba en la Pescadería por Juan Sebastián Elcano.

—Pregunte vuesa merced en las naves de la Especiería.

—¿Dónde quedan?

—Al final de la playa, junto a la cuesta que lleva hasta la Ciudad Vieja.

El jinete puso su montura al paso y llegó a las naves, donde había mucha actividad. Preguntó a unos hombres que se afanaban en untar cebo a unas gruesas sogas de cáñamo trenzado.

—Allí os pueden informar. —Señaló la puerta de una dependencia que había junto a las naves.

—¿Juan Sebastián Elcano?

—¿Quién sois vos?

—Correo del rey.

—¡Un momento!

Diego entró a toda prisa. Elcano repasaba el armamento de que iba a disponer la flota. Acababan de llegar varias cargas de ballestas, picas, cuatro docenas de coletos de piel, otros tantos coseletes y algunos morriones.

496

—¡En la puerta hay un correo real! ¡Pregunta por vos!

Salió a la calle. El jinete se sacudía, a manotazos, algo del polvo que lo cubría.

—Soy Juan Sebastián Elcano.

—Entonces, esto es para vuesa merced. —Saludó llevándose la mano al ala del sombrero. Sacó un pliego del que pendía una cinta de seda con un sello de lacre rojo. A Elcano se le encogió el estómago. Aquella era la noticia que llevaba semanas esperando. Entregó al mensajero un ducado de oro y con el corazón latiendo tan deprisa que parecía iba a salírsele por la boca, entró, se sentó y dejó la carta sobre la mesa.

Aquella carta del rey tenía que ser su nombramiento como capitán general de la armada. Llegaba en el momento preciso. Los barcos estaban aprestados, aunque faltaba subir a bordo el armamento que se guardaba en las naves y cargar la comida almacenada para alimentar durante meses a las tripulaciones, a las que apenas faltaba medio centenar de hombres para completarlas.

—¿No vais a abrirla?

Elcano miró a Diego.

—He esperado tanto tiempo…

—¡Vamos, amigo mío! ¡Con esas cintas y esos sellos…!

Despegó los sellos poniendo gran cuidado para no romperlos. Era una cédula real. La leyó sin decir palabra. A Diego le sorprendió que no alzase la cabeza y le dijera que, por fin, era capitán general de una armada real.

—¿Qué sucede? ¿Qué dice el rey?

—No…, no… —Le costaba trabajo articular las palabras—. No estaré al mando de la expedición.

—Entonces, ¿qué demonios hay escrito en ese papel?

—Que soy el capitán de la *Sancti Spiritus* —dijo apesadumbrado.

Diego se contuvo para no soltar una maldición y se limitó a preguntar:

—¿A quién se le entrega el mando de la armada?

—Eso no lo dice.

—¡Será un pintamonas con buenas agarraderas y muchos antepasados!

Para Elcano fue un mazazo. Se le entregaba la capitanía de uno de los barcos, pero había soñado tanto… Recordó sus viajes por la costa de su tierra: Zarauz, Zumaya, Ondárroa, Lequeitio, Motrico, Bermeo… para animar a la gente a enrolarse. Había ido hasta Portugalete para hablar con unos armadores y allí estaban sus barcos. Había convencido a su cuñado y Guevara estaba allí con el patache… Se acordó del obispo Fonseca. Le había dicho más de una vez que, entre los muchos envidiosos que pululaban por la Corte, tenía enemigos y le había advertido de que no tener un linaje con prosapia era un obstáculo muy grande para que se hicieran realidad sus aspiraciones.

—¡Cuánta razón tenía Fonseca! —murmuró entre dientes.

—No os entiendo. ¿Qué decís?

—¡Nada! ¡Cosas mías!

A Diego de Torres le apenó ver el estado en que se encontraba el hombre que lo había sacado de la miseria y dado un empleo con el que se ganaba la vida. Incluso le había permitido conocer a Marta, con quien no sólo se acostaba, sino que juntos forjaban algunos planes de futuro.

—No es una mala cosa mandar una nao como la *Sancti Spiritus*. Es el segundo barco de la escuadra después de la *Santa María de la Victoria*.

Ahora Elcano alzó la vista que hasta entonces había tenido clavada en la cédula del rey.

—¡No, no lo es! —respondió dando un puñetazo sobre la mesa y guardando la cédula en un cajón—. Tenemos que seguir con nuestro trabajo. Hay que terminar la compra de bastimentos. ¡Vamos, Diego! ¡Vamos, que eso no se resuelve sentados en una mesa!

—¡Además habrá que buscar la forma de embarcar algunas cosas con los barcos alejados de la orilla! —añadió el viejo soldado.

LVII

El 17 de abril, víspera del Domingo de Ramos, llegaba a La Coruña un jinete, bien pertrechado, al que acompañaban otros dos hombres montando sendos corceles y una reata de tres mulas cargadas de cajas, baúles y otros bultos. En la Puerta Real preguntó a los hombres que controlaban la entrada:

—¿Dónde queda la residencia del conde de Villalba?

—En la plaza Mayor, frente a las Casas del Cabildo.

—¿Muy lejos?

—Sólo tenéis que enfilar esa rúa y luego tomar a la izquierda, llegaréis a la plaza. Identificará vuesa merced la casa sin problemas.

Poco después estaba ante el palacete de los Andrade. El jinete era caballero de la Orden de San Juan de Jerusalén, según señalaba la cruz de dicha orden, bordada en blanco sobre el rico jubón que debía haberse puesto poco antes de entrar en la ciudad, porque estaba limpio y reluciente. Cubría sus hombros con un capotillo de terciopelo e iba tocado con un elegante bonete a juego con el capotillo, adornado con una pluma blanca. Rondaría los treinta y cinco años y tenía un porte señorial. Era de elevada estatura y su rostro alargado era acentuado por una barba puntiaguda, perfectamente recortada.

El criado que abrió, al comprobar su calidad, se mostró solícito.

—¿En qué puedo servir a vuesa merced?

—¿Es la morada de su excelencia, el conde de Villalba?

—Así es, señor.

—Desearía hablar con él.

—¿A quién anuncio?

—A Jofré García de Loaysa.

—Pasad, señor, pasad.

El apellido señalaba mucho lustre.

Aguardó apenas un instante hasta que apareció don Fernando de Andrade. Tras unas protocolarias presentaciones, pasaron a un pequeño gabinete donde tuvieron una animada conversación.

—Así que sois hermano del confesor de su majestad y presidente del Consejo de Indias.

—Así es.

—Compruebo que sois caballero sanjuanista.

—Comendador de Barbales, en el principado de Asturias.

—Celebro mucho conoceros. Pero… decidme, ¿cuál es la razón por la que tengo el honor de recibir vuestra visita?

—Traigo una cédula del rey nuestro señor que debéis conocer.

—¿Por alguna razón? —Andrade había arqueado las cejas.

—Porque sois quien gobierna la Casa de la Especiería —respondió entregándole un pliego.

El conde comprobó que los sellos eran los de la cancillería real. Uno de ellos colgaba de una cinta de seda azul con un sello de lacre encarnado. Leyó la cédula con detenimiento, empapándose de su contenido.

—¡Os felicito!

Al devolverle la cédula le indicó que su nombramiento había que comunicarlo al factor de la Casa de la Especiería.

—Es un comerciante burgalés, que ha traficado a gran escala con las especias. Ha invertido gruesas sumas en esta expedición. ¿Tiene vuesa merced alojamiento previsto?

—No, acabo de llegar con dos de mis criados.

—Aceptad mi hospitalidad. Podéis acomodaros en mi casa el tiempo que necesitéis hasta que la armada se haga a la mar.

—No quisiera…

—En modo alguno, frey. Es para mí un honor acogeros. Ordenaré que dispongan un aposento digno de vuestra alcurnia. Descansad hasta la cena. Mañana iremos a ver al factor. Mañana... no, es Domingo de Ramos. Mejor pasado, cuando hayáis descansado del viaje.

El trato que Andrade le estaba dispensando nada tenía que ver con el dado a Elcano. Era noble, como él, y su hermano gozaba de la confianza del rey. Convenía a sus intereses tratarlo con mucha consideración.

—Agradezco vuestra hospitalidad y deferencia, don Fernando.

El flamante capitán general fue presentado a Haro y a Elcano, quienes para Andrade eran hombres que habían demostrado ser capaces en el desempeño de sus cometidos, en el caso del primero dueño de una considerable fortuna, pero nada de eso podía sustituir al linaje. Estaba contento con que el mando de la escuadra estuviera en manos de un comendador de la Orden de San Juan.

El encuentro, celebrado en la sede de la Casa de la Especiería, fue correcto, aunque no estuvo libre de cierta tirantez, principalmente por la actitud del conde de Villalba hacia Elcano y Haro.

—Es para mí un placer..., un inmenso placer presentar a vuesas mercedes al capitán general de la escuadra, frey Jofré García de Loaysa, comendador de la Orden de San Juan de Jerusalén.

Lo saludaron con una inclinación de cabeza. Una vez más habían primado el linaje, los parentescos y las relaciones en la Corte por encima de cualquier otra consideración. Sin duda, el presidente de Indias había sido una pieza clave para aquel nombramiento que había pulverizado las ilusiones de Elcano, que no se mordió la lengua:

—¿Qué parentesco tiene vuesa merced con el presidente de Indias?

—Somos hermanos.

La sonrisa de Elcano hizo que el conde lo mirase aviesamente.

—¿Tenéis algo que decir acerca de la decisión de su majestad?

—Sus órdenes han de acatarse, aunque no se compartan.

—Para mí es un honor estar al frente de esta escuadra —señaló García de Loaysa—. Un honor que se acrecienta al contar con hombres que han mostrado actitudes heroicas, como vos. —Miró a Elcano—.

Capaz de llevar la *Victoria* a circunnavegar por primera vez la Tierra. También es un honor teneros como piloto mayor de la escuadra.

Elcano no tenía noticia de aquello. Ser el piloto mayor significaba ser el segundo de la armada. Además, la forma en que lo había dicho García de Loaysa… No parecía ser un presuntuoso, pagado de sí mismo, sin más mérito que presumir de linaje.

Los días siguientes, en que se recordaba la pasión, muerte y resurrección de Cristo, significaron la paralización de los trabajos. Durante la Semana Santa no se oía el sonido de las campanas de los templos, desaparecían los gritos y la ciudad casi guardaba el silencio propio de los lutos. Los talleres de los artesanos enmudecían, no se celebraba mercado y los mesones y tabernas estaban clausurados, al igual que la mancebía. Las barcas de los pescadores estaban varadas en la arena y los hortelanos y campesinos se limitaban a poco más que a dar de comer a sus animales.

La gente estaba pendiente de las ceremonias religiosas o de atender a las obligaciones de las cofradías, que agrupaban a quienes ejercían los mismos oficios. Eran días en que se animaba a las reconciliaciones y a olvidar rencillas. En el hospital de San Andrés, que la cofradía de pescadores había levantado extramuros, se celebró la noche del Jueves Santo una ceremonia que empezaba a ser tomada como una tradición: lavar los pies a doce de los enfermos allí acogidos. El Viernes Santo en la capilla de San Telmo, santo patrón de los marineros, daban una generosa limosna a las mujeres que a lo largo del año habían quedado viudas, siempre que no hubieran contraído nuevas nupcias. La imagen del santo, cubierta aquellos días con un paño negro, lo representaba vestido con hábito de dominico, y sostenía en una de sus manos una embarcación y en la otra una pértiga rematada en las llamas de un fuego.

La Coruña se despertó el Domingo de Resurrección con un repique general de campanas que a Elcano le recordó el que se produjo el día que en la ciudad se tuvo conocimiento de la victoria sobre los franceses en Pavía. Aquella tarde en la plaza Mayor se celebró una fiesta de cañas donde participaron los principales caballeros de la ciudad. Jofré García de Loaysa fue invitado a romper unas lanzas. Lo hizo con donosura y salió bien del trance.

Al día siguiente, una vez reiniciada la actividad, Elcano recibió una visita inesperada. En el pequeño gabinete que le servía de despacho se presentó el capitán general. Cuando llegó repasaba la lista de bastimentos apalabrados con algunos mercaderes de la comarca para comprobar que nada se quedaba atrás y se cerraban las fechas de entrega. Los vendedores acudían prestos con sus productos al haberse corrido la voz de que los pagos se efectuaban al contado y los precios eran adecuados. Diego, que acompañaba a Loaysa, carraspeó para llamar la atención de Elcano, enfrascado entre los papeles.

—¡Ejem! ¡Capitán! —lo llamó por su cargo en la *Santi Spiritus*.

Elcano se sorprendió al ver a García de Loaysa.

—Buenos días dé Dios a vuesa merced —lo saludó el capitán general.

—También se los conceda a vos. —Elcano se puso en pie.

—No es mi deseo interrumpiros, pero tengo necesidad de hablar con vuesa merced. —Miró a Diego—, a ser posible a solas.

Elcano hizo un gesto al veterano, que salió rápidamente.

—Sólo puedo ofreceros ese asiento. —Señaló un taburete igual al que él utilizaba—. No hay otra cosa.

—No os preocupéis. —García de Loaysa se sentó.

—Verá vuesa merced… Yo…, yo… —le costaba trabajo hablar— no soy hombre de mar. Mis conocimientos no son comparables a los de vos. Es cierto que he servido en las galeras que mi orden tiene en el Mediterráneo. Pero…, pero este océano es diferente. Las naos y las carabelas son muy distintas a las galeras. Vos sí sois un hombre de mar y, además, habéis hecho ya la ruta que ahora ha de seguir esta expedición.

Elcano estaba sorprendido con la humildad con que García de Loaysa estaba confesándole la limitación de sus conocimientos. La mayor parte de los nobles que había conocido eran gente muy pagada de su linaje, solían mostrarse altivos y se consideraban muy por encima de quienes no tenían su misma condición social.

—¿Por qué razón me dice esto vuesa merced?

—Os hago esta confesión, no sólo porque sois el capitán de la *Sancti Spiritus* y el piloto mayor de la escuadra, lo que os convierte en el segundo oficial de la armada, sino porque necesitaré de vuestro consejo y ayuda en todo momento. Soy consciente de la enorme responsabilidad que el rey ha echado sobre mis hombros. Esta es una expedición muy importante. La decisión de encargarme su capitanía general está más relacionada con el propósito de tomar posesión de las islas de las Especias y asentar en ellas el dominio de nuestro rey que con asumir el mando de la escuadra.

—Es a vos como capitán general a quien corresponde tomar las decisiones, pero contad con mi ayuda. Vuestra actitud os ennoblece como persona, más allá de linajes y prosapias.

—¿Cuáles serían vuestras primeras sugerencias?

—Que antes de tomar decisiones, oigáis el parecer de los capitanes. La última decisión es vuestra, pero prestad oído a lo que tengan que deciros.

—Así lo haré. Sabed que, como piloto mayor, seréis quien trace la derrota que hayamos de seguir.

—Estoy a vuestras órdenes.

—Y yo en vuestras manos.

Se despidió con palabras de gratitud y cuando salía por la puerta se detuvo. Como si hubiera olvidado algo.

—Debéis saber algo que pocos conocen y ha de mantenerse en secreto.

Elcano frunció el ceño.

—¿Qué es ello?

—Cuando su majestad me dio la cédula con el nombramiento me hizo entrega de otro documento, con orden de guardarlo bajo llave. Contiene órdenes del rey, pero no sé nada más. Ese documento ha de permanecer cerrado con los lacres intactos.

—Eso es muy extraño. ¿Si no puede abrirse...?

—Las instrucciones de su majestad señalan que podrá abrirse en caso de que se den ciertas circunstancias.

—¿Qué circunstancias son esas?

—Eso os lo diré en otro momento.

LVIII

Elcano, que había recibido un duro golpe, se sintió un tanto reconfortado con la actitud del capitán general. Se mostraba como persona afable, asequible y muy alejado del engolamiento que caracterizaba a muchos que eran compensados con grandes destinos y prebendas, al contar con importantes apoyos en los círculos de poder.

A lo largo del mes de mayo llegaron a la Casa de la Especiería grandes cantidades de suministros. Quinientas arrobas de bacalao, conservado en salazón y curado. Trescientos barriles de anchoas en sal. Cuatrocientas arrobas de quesos curados. Cien sacos de garbanzos y otros tantos de lentejas. Seiscientos toneles de vinagre y algunos más de vino. Salidos del alambique de los ermitaños del Espíritu Santo se prepararon cien barrilillos de orujo. Eran una parte importante de las provisiones con las que habían de abastecerse las tripulaciones que a lo largo del mes de mayo habían quedado prácticamente al completo.

También durante aquellas semanas habían ido llegando a La Coruña quienes serían los capitanes de los diferentes barcos. García de Loaysa mandaría la *Santa María de la Victoria*, cuyas bodegas tenían una extraordinaria capacidad, pudiendo albergar hasta trescientas sesenta toneladas. Elcano sería el capitán de la *Sancti Spiritus*, una nao de mucho porte, con dos impresionantes castillos y con sus más de treinta y cinco varas de eslora. El empeño de Elcano de que su cuñado, Santiago Guevara, mandase el patache de su propiedad, que era condición para incorporarse a la escuadra, había hecho que se le diera la capitanía del *Santiago*. Carlos I había firmado las cédulas que acreditaban las capitanías de los barcos del resto de la escuadra. Pedro de Vera, vástago de una ilustre familia de Jerez de la Frontera, que había sido capitán de la guardia de la residencia del rey, sería el capitán de la *Anunciada*, cuya capacidad era de ciento setenta toneladas. Rodrigo de Acuña mandaría la *San Gabriel*, otra nao de gran porte con capacidad para ciento treinta toneladas. Mientras que Jorge Manrique, emparentado con los Manrique de Lara, duques de Nájera, estaría al mando de la *Santa María del Parral* y Francisco de Hoces sería el capitán de la *San Lesmes*; ambas carabelas eran barcos más pequeños que las naos y sus bodegas tenían capacidad para unas ochenta toneladas cada uno. Además de los capitanes, recalaron en La Coruña contadores, factores, escribanos, capellanes, alguaciles, maestres y algunos pilotos. Elcano también consiguió que su hermano Martín, que era un experimentado navegante, fuera su piloto en la *Sancti Spiritus*. Su hermano Antón sería el ayudante del piloto de la *Santa María del Parral*.

El mayor problema era encontrar la forma de embarcar la artillería, sobre todo las bombardas y cañones porque los falconetes y las culebrinas no eran tan pesados. Había que llevarlos hasta los barcos en chalupas y barcas e izarlos hasta las cubiertas.

Entrado ya el mes de junio el capitán general convocó en la Casa de la Especiería a los capitanes para impartir instrucciones. También estaban presentes don Fernando de Andrade y Cristóbal de Haro, como máximos representantes de la institución. A la hora de sentarse a la mesa se produjo una fuerte discusión por cuestiones de preeminencia.

—Mi alcurnia no puede admitir el menosprecio de verse pospuesta ante quien no tiene linaje. —Jorge Manrique aludía a su parentesco con los duques de Nájera y se dirigía a Elcano—. No admitiré tal humillación.

—Nadie está aquí en función del lustre de nuestra familia —señaló García de Loaysa—. Nuestra presencia viene determinada por los nombramientos que el rey nuestro señor ha tenido a bien otorgar. Los representantes de la Casa de la Especiería ocuparán los lugares que les he asignado en la mesa y los capitanes lo harán según el orden de sus barcos. Comenzando por el capitán del *Sancti Spiritus*, que además es el piloto mayor de la escuadra. ¡Tomen vuesas mercedes asiento!

Obedecieron porque era el capitán general, pero la tensión se mantuvo. García de Loaysa miró al padre Areizaga, al que había pedido que asistiera por su condición de sacerdote.

—Páter, dirigid la oración.

Areizaga inició el rezo de un padrenuestro y todos, a coro, bisbisearon la plegaria que terminó con un:

Gloria Patri, et Filii, et Spiritus Sancti. Sicut erat in principio, et nunc et semper, et in saeccula saeculorum, amen.

—Capitán Elcano, dad cuenta de cuál es la situación de la armada en estos momentos.

Dando detalles pormenorizados, explicó cómo los barcos estaban aparejados después de haber sido calafateados y renovado el velamen y las jarcias.

—Está lista para hacerse a la mar cuando dispongáis.

—¿Las tripulaciones están completas? —preguntó Acuña.

—Sí, contamos ya con hombres suficientes.

—¿Cuántos seremos?

—Unos cuatrocientos cincuenta. La mitad de ellos, además de buenos marineros, llegado el caso podrán combatir como soldados. La escuadra está preparada para hacer frente a cualquier ataque.

—Si está lista para partir, ¿a qué esperamos para hacernos a la mar? —preguntó Francisco de Hoces—. El deseo de su majestad es que zarpe lo antes posible. Se ha perdido mucho tiempo tratando de convencer a los portugueses de que esas islas nos pertenecen.

—Está lista en lo referente a su aparejo. Pero queda por subir a bordo parte de la artillería. Como los barcos no pueden aproximarse a la costa, la trasladaremos en barcas. Se izará con redes desde las bordas. Serán necesarios muchos brazos y tener gran cuidado para no dañar los cascos.

—Mejor montar grúas en las barcas e izarla con poleas —afirmó con mucha suficiencia Pedro de Vera, el capitán de la *Anunciada*.

—No disponemos de tantas grúas y esa sería la forma más adecuada si pudiéramos acercarnos algo más a la costa. A la distancia en que están los barcos, el movimiento de la barca y un posible oleaje podrían causar daños muy serios en el caso de que una bombarda o un cañón lo golpeasen.

—¿Cuándo está previsto embarcar esa artillería? —preguntó el ofendido Manrique.

—Cuando la mar esté serena. No queremos correr riesgos. Necesitaremos varios días.

García de Loaysa daba gracias a Dios por contar con un hombre de la experiencia de Elcano. Este pensaba que ciertas preguntas revelaban que a alguno se le había entregado el mando sin la experiencia necesaria.

—¿Quiere decir que, estando ya en junio, todavía no hay fecha? —El tono de don Fernando de Andrade era casi desafiante.

Elcano se quedó mirándolo. Estuvo a punto de decirle que, si todos hubieran trabajado como él, la escuadra no zarparía en todo lo que quedaba de año. Era lo que merecía una pregunta como aquella, pero era mejor no echarle más leña al fuego.

—Faltan todavía algunas cosas más. Hay acopiada una gran cantidad de alimentos. Estamos resolviendo algunos problemas con la elaboración de la galleta que hemos de embarcar y aguardaremos hasta el último momento para hacer la aguada y cargar los alimentos frescos. Cuando todo esté a punto será el capitán general quien disponga el mejor momento. Habrá que tener en cuenta que el viento sople y nos sea favorable.

Las últimas palabras de Elcano, cargadas de ironía, impusieron un silencio que nadie más rompió.

—Bien, caballeros —Loaysa paseo su mirada por los presentes—, que cada cual esté pendiente de sus obligaciones.

—Un momento, señor. —Cristóbal de Haro se había puesto en pie—. Si cuento con vuestra venia, me gustaría exponer un asunto que el piloto mayor ha dejado en mis manos.

—Hablad.

—Tenemos acopiados gran cantidad de objetos para el trato con los nativos. Dan mucho valor a lo que aquí tenemos por baratijas. Traficar con ello permite mucha ganancia. Me refiero a collares, cuentas de vidrio, espejos, barajas de cartas, paños, quincallería, cuchillos… Estamos esperando que nos llegue una partida de abalorios que se han comprometido a suministrarnos unos buhoneros del Bierzo. Quiero, además, hacer público mi agradecimiento, como factor de la Casa de la Especiería, al piloto mayor por el gran trabajo realizado para que la escuadra esté aprestada y en las condiciones que se encuentra.

—Excelente, señor de Haro, excelente. Me sumo a ese agradecimiento. —García de Loaysa paseó la mirada por los presentes—. Si nadie tiene cosa que decir, podemos retirarnos cuando el páter dirija la plegaria.

Cuando se deshizo la reunión, el capitán general hizo un aparte con Elcano.

—Quiero reiteraros mi gratitud.

—Gracias, señor. Lo importante es que la expedición tenga éxito. Habréis de tener mucho cuidado. Hay más de un presuntuoso que se siente muy pagado de sí mismo, pero me temo que carece de las cualidades necesarias para mandar un barco.

—Tienen nombramiento del rey.

—Habrá buenos marinos, pero me temo que alguno no lo es.

García de Loaysa dejó escapar un suspiro.

—En ocasiones no se dan destinos a quienes son los más idóneos.

Elcano se ratificó en su creencia de que tenía dignidad suficiente para reconocer sus limitaciones. Incluso se mostraba agradecido, algo que, por propia experiencia, sabía que no era moneda común entre la gente de alcurnia. El cargo que ostentaba le venía demasiado grande y, sin duda, había sido decisiva la mano del confesor.

—Vuesa merced no deberá mostrar debilidad. En alta mar la disciplina ha de ser muy grande.

—¿Creéis que pueden producirse motines?

—Es una amenaza que ha de tenerse presente. Pero no pienso en que las tripulaciones se amotinen. Temo más que los problemas vengan de quienes tienen la obligación de mantener la disciplina.

Cuando Elcano salió a la calle y aspiró el aire de un día que era primaveral, se sintió a gusto. Pero supo que no sería posible que la escuadra se hiciera a la mar en primavera. El verano estaba en puertas y quedaba trabajo para que la flota pudiera zarpar. Buscó a Diego, que estaba despachando algunos asuntos, cuando recibió un aviso de Cristóbal de Haro. Le invitaba a cenar en su casa aquella noche.

La casa de Haro era la mejor de la calle. Su amplia fachada labrada en piedra y el escudo de armas, perteneciente a la familia a la que se la había arrendado, señalaba su abolengo. El criado que le abrió la puerta lo condujo directamente a un gabinete donde aguardaba el hombre de negocios.

—Celebro veros, amigo mío. Gracias por venir.

—Gracias a vos por invitarme.

Le ofreció una copa de vino y una doncella trajo una bandeja con pequeños trozos de empanada, diminutos panecillos untados con una crema oscura y lonchas de embutido. Después de comentar las noticias llegadas de Lisboa acerca de la gran acogida que se había dispensado a la infanta doña Catalina, desposada ya por el monarca lusitano, Haro le comentó:

—Quiero que antes de que nos sentemos a la mesa hablemos de algunas cuestiones que allí no es conveniente. Hay demasiados oídos y la conversación puede ser indiscreta.

—¿Quién nos acompañará?

—Varios comerciantes de la ciudad. Algunos están vendiéndonos las cosas que faltan para completar el abasto de la armada. Me gustaría conocer vuestra opinión acerca de la reunión de esta mañana.

Haro le parecía un hombre serio y creía conocerlo lo suficiente.

—Supongo que la misma que se habrá formado vuesa merced.

—¿Sabéis lo que yo pienso?

—Bastaba con ver la expresión de vuestra cara. Me temo que hay demasiado gallo emplumado.

Haro asintió con leves movimientos de cabeza.

—Sin embargo, García de Loaysa me parece un hombre sensato.

—Comparto vuestra opinión.

—Tengo la impresión de que más de uno de esos capitanes dará algún quebradero de cabeza. No nos tienen en mucha estima a quienes no lucimos hábitos de las órdenes o pertenecemos a un linaje entroncado con la nobleza. Por cierto, vuesa merced debería ser más cuidadoso con su aspecto. Debe vestir como..., como ha venido esta noche. La apariencia es mucho más importante de lo que pensáis. Vestir jubones de buen paño, calzas de calidad, bonetes con adornos o calzar escarpines de fino tafilete os darían un aire más acorde con vuestro rango. No debéis olvidar que sois el capitán de un barco como el *Sancti Spitirus* y el piloto mayor de la escuadra. ¡Cuidad vuestra imagen! Me percaté de que esta mañana algunos de los que os miraban no ocultaban su desdén por vuestro aspecto.

—Estaba... en traje de faena.

—Aunque vuesa merced tiene un ropero bien surtido, permitidme que os regale un par de jubones. En ninguna circunstancia podéis ir vestido de cualquier forma. El hábito no hace al monje, pero señala su condición.

En la cena el vino corrió generoso y las viandas fueron dignas de la mesa de un anfitrión como Cristóbal de Haro. Los principios fueron abundantes: mariscos cocidos, tostadas de pan untadas con cremas variadas, vieiras horneadas con hierbas aromáticas, pulpo cocido y aderezado con pimentón... Los platos principales consistieron en unos buenos lomos de merluza y unos capones asados. Al final el anfitrión los sorprendió con un aguardiente que se quemó en un gran recipiente de barro al que se añadía azúcar y se removía al tiempo que se pronunciaba una especie de conjuro.

—Es bebida de meigas y beberla trae buena suerte.

Era noche cerrada cuando Haro despedía a sus invitados.

—No echéis en saco roto lo que os he dicho sobre la indumentaria y contad con esos jubones que os he prometido.

Una vez en su casa, Elcano, abriendo sus brazos, preguntó a Marta, que se mostraba muy interesada en conocer cómo había transcurrido la cena.

—¿Qué opinión tenéis de mi aspecto?

—¿Qué clase de pregunta es esa?

—¿Tengo buen aspecto? ¿Doy la imagen de capitán de un barco de una armada real?

Diego, que se había aficionado a la costumbre, traída de las Indias, de tragarse el humo de unas hierbas secas convenientemente liadas, a las que se prendía fuego por uno de sus extremos y ardían lentamente, se divertía viendo a Elcano girarse para mostrar diferentes perfiles. Marta, con una mano puesta en la barbilla, meditaba su respuesta.

—Vuesa merced últimamente viste un tanto desaliñado. Creo que debería prestar más atención a su aspecto.

Las semanas siguientes se emplearon en la carga de las piezas de artillería. El esfuerzo fue mayor, incluso, del previsto, aunque se realizó sin que hubiera desperfectos. La víspera de la festividad de los santos Pedro y Pablo, el capitán general visitó la escuadra acompañado por el factor de la Casa de la Especiería y el piloto mayor. A todos llamó la atención la indumentaria de este. Vestía un jubón de tafetán y raso colorado acuchillado, y calzas de grana con fajas de brocado. Eran un regalo de Cristóbal de Haro.

Una vez en tierra, García de Loaysa preguntaba a Elcano:

—¿Cuándo cree vuesa merced que estaremos listos para zarpar?

—Cuando esté elaborada la galleta. Los panaderos trabajan sin descanso, pero son siete mil quinientas arrobas. Pensad que habrá que dar de comer cada día a cuatrocientos cincuenta hombres. Según los cálculos de los despenseros, a razón de una libra por día y hombre, necesitaremos veinte arrobas diarias.

García de Loaysa resopló.

—¿Estamos hablando de cuánto tiempo?

—Si no hay retrasos, unas tres, quizá cuatro semanas. Si nos hacemos a la mar antes de que termine julio… En esa fecha los vientos empujan hacia el sur. Con suerte en una semana estaremos en Canarias. Aunque eso sólo Dios lo sabe.

Una vez que el capitán general se hubo despedido, Cristóbal de Haro comentó a Elcano:

—¿Ha visto vuesa merced cómo lo miraban los capitanes?

—¡No dejaban de mirar mi jubón!

—¡Y vuestras calzas! ¡Y vuestras calzas!

LIX

El mismo día en que García de Loaysa pasaba revista a la escuadra, a muchas leguas de allí, en Valencia, una noticia había corrido como un reguero de pólvora. Una muchedumbre se había concentrado en el Grao. No todos los días se tenía la oportunidad de ver a un rey. La escuadra que lo traía estaba formada por cuatro bergantines y una veintena de galeras, todas ellas empavesadas. Aunque los valencianos estaban habituados a ver las galeras en el puerto, una flota como aquella se veía en contadas ocasiones. Había costeado desde Palamós, donde la flota había tocado tierra por primera vez. Una brisa que soplaba del Mediterráneo hinchaba las velas y hacía tremolar los guiones y los gallardetes. A bordo de la capitana viajaba Francisco I.

Había estado varias semanas en la Cartuja de Pavía, donde se le había tratado de acuerdo con su rango. Más que un prisionero era un huésped al que Antonio de Leyva, como comandante militar de la plaza, dispensaba todo tipo de consideraciones. Allí aguardaban respuesta a la carta escrita a Carlos I por el virrey de Nápoles, dándole cuenta de la batalla librada ante los muros de Pavía y pidiendo instrucciones sobre cómo actuar con el prisionero.

El emperador dispuso que fuera traído a España y que el viaje se realizase con los lujos que correspondían a un prisionero de tal calidad. Para dar cumplimiento a ello se había organizado una gran flota de galeras, acompañadas por bergantines. La galera que llevaba a Francisco I se había acondicionado lujosamente con un camarote para el rey.

A la muchedumbre allí concentrada no le había importado el calor, húmedo y pegajoso, propio ya de aquella época del año. Todos aguardaban a que el rey de Francia apareciera en la cubierta de la capitana, la que estaba empavesada con más lujos y lucía los guiones más llamativos. Pero la tarde caía y no se veía movimiento alguno. Tampoco habían llegado al puerto ni la virreina ni el arzobispo de la ciudad para recibirlo y cumplimentarlo como correspondía. El sol se ponía ya por el horizonte, cuando el capitán don Hernando de Alarcón, un veterano de las guerras de Italia a quien había sido encomendada la custodia del rey, daba instrucciones precisas a sus hombres.

—Su majestad no bajará a tierra hasta mañana. Pasará la noche a bordo.

Al saberse la noticia se produjo una gran decepción entre la muchedumbre que, poco a poco, fue abandonando el puerto.

En el palacio de la Virreina se celebraba una reunión a la que asistían, además del arzobispo, Rodrigo de Portuondo, capitán de la galera en que había viajado Francisco I, el capitán de la guardia de doña Germana y cerca de una docena de los más significados caballeros de la ciudad.

—Los ánimos están muy encrespados —señaló el capitán de la guardia de la virreina—. Los hombres de que he podido disponer para controlar a la muchedumbre en el Grao son a todas luces insuficientes. Las aguas agitadas por los agermanados no se han sosegado.

Varios caballeros se expresaron en términos parecidos.

—Tengo noticia de que entre la muchedumbre concentrada en el Grao había muchos mozos con estoques y espadines —señaló Portuondo.

—¿Teméis un altercado? —preguntó la virreina.

—Para que estalle un motín sólo hay que prender la chispa.

—Sé, de buena tinta —indicó al arzobispo—, que el descontento entre los mudéjares es muy grande. Rechazan que se les obligue a bautizarse, como se hizo con los del reino de Granada hace algunos años.

—En las circunstancias presentes —señaló el capitán de la guardia—, mi opinión es que vuestra alteza no debería acudir al Grao a recibir al rey de Francia. Al fin y al cabo, no deja de ser un prisionero.

—Podría interpretarse como un desaire a las órdenes del emperador —señaló uno de los caballeros.

—No, si se utiliza un argumento de peso —replicó el capitán.

—Oídos vuestros pareceres —doña Germana decidió zanjar el debate—, dispongo que se refuerce la guardia para asegurar la vida del rey y no acudiré al puerto. Mi esposo sufre una grave dolencia y tiene necesidad de mis cuidados. Francisco I desembarcará mañana, lo recibiremos aquí y se alojará en el castillo de Benisanó que don Jerónimo de Cavanilles ha tenido la gentileza de poner a nuestra disposición y que reúne todos los requisitos para ser una cómoda prisión.

Al día siguiente, con la guardia reforzada, Francisco I desembarcó en medio de gran expectación. La muchedumbre, que había vuelto a concentrarse en el Grao, se mantuvo tranquila, aunque se oyeron voces denostando a los franceses. El monarca fue conducido al palacio de la virreina, donde fue cumplimentado por doña Germana, el arzobispo y las autoridades valencianas.

El rey de Francia mostraba una tez pálida, tenía el cabello negro y lacio, y una recortada barba. Sus ojos, bajo unas finas y perfiladas cejas, eran pequeños, pero de mirada penetrante. Lucía lujosas vestiduras, que le habían sido llevadas de Francia. Pese al calor, llevaba un ropón forrado de seda encarnada con solapas de fina piel teñida de amarillo. El jubón era negro brillante, adornado con diminutos carbúnculos, y las calzas muy ajustadas a las piernas. Se tocaba con un sombrero de ala, cuyo borde estaba adornado con diminutas plumas blancas.

Doña Germana, que se había compuesto para la ocasión, llevaba el pelo recogido en una redecilla casi invisible de no ser por las perlas que la adornaban y que parecían salpicar sus cabellos. Vestía ropas de tafetán morado con el corpiño muy ajustado y falda de amplio vuelo para disimular su excesivo peso.

Francisco I la saludó con una cortesana reverencia, recordando que había sido reina. Estaba al tanto de que el matrimonio de doña Germana había sido organizado para acallar las lenguas después de que diera a luz una hija fruto de sus relaciones con su nieto político.

—Alteza, me pongo a vuestros pies —se dirigió a ella en francés, y besó la mano que la virreina le ofreció.

—Majestad, es un honor teneros como huésped —doña Germana le respondió también en francés—. No he acudido a recibiros por estar mi esposo aquejado de una grave dolencia y tener necesidad de mis cuidados.

—Me acojo a vuestra hospitalidad —respondió el monarca pensando que aquello era una burda justificación.

A los presentes no les gustó el uso del francés —era sabido que Francisco I hablaba español— y se oyó un murmullo de protesta.

La virreina le fue presentando a los asistentes. Todo se desarrolló de forma muy protocolaria, pero con brevedad. El prisionero fue trasladado al castillo de Benisanó, donde quedó alojado. En los días siguientes fue cumplimentado por buena parte de la nobleza valenciana y de las autoridades de la ciudad. Se celebraron dos banquetes y un baile en su honor. Se le permitió acudir a una cacería y hubo en Benisanó veladas literarias en las que se recitaban poesías y se representó un pequeño paso de teatro.

Dos semanas más tarde llegaron instrucciones de Carlos I. El prisionero debería continuar camino hacia Madrid. Ese era el lugar elegido para su prisión. Tras un banquete de despedida, al que acudió la virreina, el 20 de julio Francisco I abandonaba Valencia en una lujosa carroza. La escolta, mandada por el capitán Alarcón, hubo de emplearse a fondo para abrirse paso ante la muchedumbre que se había dado cita para verlo partir. La comitiva, de la que formaba parte lo más granado de la nobleza del reino, salió de la ciudad por la Puerta de Serranos, donde lo despidieron las autoridades municipales. Después tomaron el camino de Castilla y los nobles llegaron hasta la villa de Buñol, donde pernoctó. Al día siguiente cruzó la raya del reino y llegó a Requena. Allí lo recibió el obispo de Ávila, a quien Carlos I había enviado para que lo acompañase durante el resto del viaje, que estaba previsto realizar a pequeñas jornadas.

***

Durante aquellas semanas en La Coruña todo había quedado dispuesto. Se habían embarcado los últimos bastimentos y la comida estaba almacenada en las bodegas de los barcos. Se había hecho la primera aguada y los alimentos frescos —arrobas de fruta, grandes cestos de verduras, animales vivos entre los que había quince cientos de gallinas y otros tantos conejos que proveerían de carne algunas semanas— estaban embarcados. A última hora se habían comprado mil quinientas libras de almendras, que eran muy valoradas porque se conservaban fácilmente y suponían un buen alimento.

También habían llegado los últimos hombres que se integrarían en las tripulaciones, entre ellos Hernando de Bustamante, que ejercería como cirujano barbero en la *Sancti Spiritus*. También había llegado, dispuesto a enrolarse, Rodrigo de Triana, a quien Elcano había conocido en Sevilla. Siendo un joven grumete —hacía de aquello más de treinta años—, había avistado por primera vez la tierra de las Indias. Ahora, con más de medio siglo a sus espaldas, era un experimentado marinero de cuya boca salían historias increíbles. Era natural de Lepe, en la costa de Andalucía, cuyas aguas bañaba el Atlántico, pero llevaba tantos años avecindado en el barrio sevillano de Triana que se le conocía por ese nombre.

El 23 de julio García de Loaysa celebró el último consejo de capitanes, al que también acudieron los pilotos y maestres. Allí había dado las últimas instrucciones antes de zarpar: navegar en columna, sin perder de vista la popa de la nave anterior salvo que las circunstancias lo impidieran. Por la noche se encenderían los fanales y todos estarían pendientes para no perder la formación.

—La derrota será marcada por la *Sancti Spiritus*.

Aquel anuncio hizo que algunos murmuraran una protesta.

—¿Hay alguna razón para que no sea la capitana? —preguntó el capitán Manrique en tono desafiante.

—En la *Sancti Spiritus* viaja el piloto mayor de la escuadra.

—Esa razón no explica una decisión de tanta importancia.

García de Loaysa lo miró fijamente y, en lugar de responderle, sacó de un cartapacio que tenía a mano un pliego y buscó algo.

—Oíd, oíd todos. —El silencio era total—. *Por esta nuestra car-*

ta mandamos al presidente y a los de nuestro Consejo de las Indias que os tomen y reciban a vos, el comendador frey García de Loaysa el juramento que en tal caso se requiere. El cual así hecho, mandamos a los capitanes, oficiales, pilotos, maestres y marineros, así como cualquier otra persona que embarcase en dicha armada... —Alzó la vista y aclaró—: Se refiere, por si alguien tiene alguna duda, a la que está bajo mi mando —volvió a leer— *que os reciban y tengan por nuestro gobernador y capitán general... y como tal os acaten y obedezcan y cumplan vuestros mandamientos, so la pena que vos de nuestra parte pusieseis o mandaseis poner...*

Era un párrafo de la Real Cédula por la que Carlos I lo nombraba capitán general de la armada donde se señalaban las prerrogativas de dicho cargo. La guardó en el cartapacio con mucha parsimonia y tranquilidad, buscando que surtiera el efecto que deseaba, antes de añadir:

—Hay una segunda razón, capitán. —Otra vez miró fijamente a Manrique, quien le sostuvo la mirada—. Se trata de una orden mía.

Elcano entendía lo que García de Loaysa acababa de hacer. Había sido un ejercicio de autoridad. En una escuadra no podían permitirse actitudes desafiantes como la que había tenido el capitán Manrique. Estaba seguro de que no era el único que se mostraba retador, pero la experiencia le decía que no convenía tensar las relaciones. En alta mar los motines podían estallar fácilmente y aquellos hidalgos, que estaban al mando de los barcos, hacían gala de una gran insolencia. Pensó que, si se mostraban retadores con quien era uno de ellos, habían de llevar muy mal que él, cuya estirpe no estaba entre sus linajes, asumiera un papel tan relevante en la armada y que el capitán general le hubiera mostrado su confianza de aquella forma.

Manrique guardó silencio. Fue el capitán de la *Anunciada*, el jerezano Pedro de Vera, quien respondió:

—Acataremos las órdenes del rey nuestro señor. —Su crispado semblante parecía desdecir sus palabras.

—¿Alguna aclaración más? —García de Loaysa, a cuya derecha estaba Elcano, paseó la mirada por los presentes. Nadie abrió ya la boca—. En ese caso, mañana asistiremos a la santa misa al despuntar el alba. Luego, si el viento lo permite, nos haremos a la mar. Una última consideración que hemos de tener presente: es voluntad del rey nuestro señor que, en modo alguno, toquemos tierra en los dominios del rey de Portugal.

Los comentarios que podían oírse a la salida de aquella reunión no eran tranquilizantes.

Cristóbal de Haro, que era hombre de mucha experiencia y que había asistido a la reunión, comentó a Elcano.

—¿Cómo ve vuesa merced el patio?

—Mal, muy mal.

Aquella misma mañana, Elcano acudió a un escribano y dejó constancia de algunos deseos para que se cumplieron en caso de que no regresase de aquella expedición. La real hacienda le debía una suma importante a la que iba a añadirse el salario que había de percibir como capitán de uno de los barcos y como piloto mayor. Por la tarde preparó sus enseres. Llenó dos grandes baúles con sus pertenencias. Media docena de jubones, cuatro chamarras, una capa, una docena de calzas, veinte camisas, varios bonetes… Una frazada, cuatro sábanas y dos almohadas. También algún ajuar doméstico: platos de estaño, dos perolillos de cobre, unas trébedes… y dos libros a los que tenía mucho aprecio: el *Almanaque* de Monterregio y un tratado de Astrología, sus mapas y cartas de navegar. Fuera de los baúles dos colchones con su relleno de lana y una esfera del mundo que le había regalado Cristóbal de Haro.

Mandó llevarlo todo a bordo de la *Sancti Spiritus* y ponerlo en su camarote.

Luego escribió varias cartas. Una a su madre, otra a su hermano Domingo y la tercera a María de Ernialde, donde le decía que la amaba, que quería regresar de aquella expedición que partía al día siguiente, víspera de la festividad del señor Santiago, para ir a Guetaria, conocer a su hijo y desposarla, con la bendición de su madre.

Junto a la carta le enviaba cien ducados de oro y un estuche de cuero que protegió con una recia arpillera. En él había una brújula, una ballestilla y un astrolabio. La brújula estaba montada sobre una caja de plata, también eran de plata los palos de la ballestilla y el astrolabio estaba hecho de oro. Lo acompañó de una nota:

Si nuestro hijo siente la llamada del mar y yo no pudiera dárselos, entrégale estos instrumentos.

La cena con Diego de Torres y Marta tuvo un punto de nostalgia, pero se alegró al saber que iban a formalizar su relación.

—¿Quieres decir que vais a casaros?

—Sí —respondieron los dos a la vez.

El veterano de las guerras de Italia había encontrado una nueva vida y el factor de la Casa de la Especiería le había ofrecido seguir trabajando para él. Le encomendó las cartas para su madre, su hermano y María de Ernialde. A la mañana siguiente, la despedida fue emotiva. Marta no dejaba de llorar y secarse las lágrimas con un pañizuelo. Elcano y Diego permanecieron un largo rato abrazados, sin decirse nada. Después le entregó las cartas y el paquete.

—Quiero que envíes esto a Guetaria.

—Perded cuidado.

Cuando salió a la calle, el sol estaba apuntando por el horizonte y se encaminó a Santa María del Campo, donde estaban los hombres. Allí todos oyeron misa. Después se encaminaron hacia la Pescadería y montaron en los botes, que dieron numerosos viajes para dejar a los tripulantes a bordo. Poco a poco se había ido concentrando gente en la playa; cuando terminó el embarque eran una multitud.

Aquel 24 de julio se iniciaba una travesía llena de incertidumbres. Eran siete barcos y casi medio millar de hombres. La mandaba Jofré García de Loaysa y su piloto mayor era Juan Sebastián Elcano.

LX

Una brisa de levante que soplaba desde la tarde anterior fue ganando intensidad conforme avanzaba la mañana. Era el momento de zarpar. Los hombres estaban en sus puestos y en la playa familiares y amigos de los embarcados hacían señas, agitaban pañuelos, lloraban, rezaban. Todos aguardaban tensos el momento que durante meses habían esperado: que, desde el puente de mando de la *Santa María de la Victoria*, el capitán general diera la orden.

—¡Largad velas!

Su orden se repitió por toda la escuadra.

—¡Largad velas!

—¡Largad velas!

La actividad en las cubiertas era frenética, los hombres, bajo las órdenes de los maestres, tensaban las velas y algunos habían subido a las vergas, después de trepar con gran habilidad por la jarcia. En la playa la gente gritaba despedidas y buenos deseos.

La *Sancti Spiritus* fue el primero de los barcos en doblar el promontorio donde se alzaba el faro que orientaba a los barcos en aquella costa. Los coruñeses lo llamaban la Torre de Hércules. Con las velas hinchadas por el viento, luciendo en la mayor una impoluta cruz de Santiago, y hábilmente dirigido por el timonel que aferraba con fuerza la caña, venciendo la resistencia de las aguas, navegaba ya a más de cinco nudos. Después desapareció de la vista de la muchedumbre la *Santa María de la Victoria* y tras ella la *Anunciada*, la *Santa María del Parral*, la *San Gabriel*, la *San Lesmes* y el *Santiago*.

Elcano, erguido, con los pies bien asentados sobre la cubierta del castillo de proa, sentía en su rostro la suave brisa marinera. Volvía a navegar. No se había cumplido su sueño de ser el capitán general de aquella armada, pero jugaba un papel importante. Muy distinto a cuando embarcó en Sevilla seis años atrás en unas circunstancias adversas que habían hecho que la justicia anduviera tras sus pasos. Nunca se había sentido culpable. Pero tenía sobradas pruebas de que la justicia, en muchas ocasiones, no era todo lo justa que debía.

Muchas cosas habían cambiado en su vida a lo largo de aquellos años y dejaba algunas pendientes a las que tendría que poner remedio cuando regresase. Era padre por partida doble y con dos mujeres distintas. Su amor era María de Ernialde, a la que deseaba haber desposado, pero las circunstancias no se lo habían permitido. Pensó también en su madre.

Su hermano Martín, el piloto de aquella nao, estaba a su lado. Orgulloso de ser su hermano.

—¿Qué piensas?

—En cuánto habría dado nuestra madre por vernos a los dos en este momento.

El viento, ahora de componente norte, soplaba a popa de la escuadra, favoreciendo la navegación. No cesó a lo largo de las siguientes jornadas en que navegaron, manteniendo siempre el rumbo hacia el sur, a cierta distancia de la costa portuguesa pero sin perderla de vista en ningún momento.

Elcano estaba convencido —tenía sobradas muestras de ello— de que los espías portugueses habían estado dando a Lisboa información puntual de todo lo relacionado con aquella armada que iba contra sus intereses. También lo estaba de que no sufrirían, al menos por el momento, un ataque de los lusitanos. Estaban muy recientes las bodas de Juan de Avis y Catalina de Habsburgo, si bien había numerosos ejemplos de que un matrimonio no era una garantía de paz. Por otro lado, un ataque portugués en aquellas latitudes no podría mantenerse oculto. Otra cosa muy diferente era lo que podía ocurrir en el otro extremo del mundo, donde era muy difícil comprobar lo que sucedía y las noticias de lo ocurrido tardaban muchos meses en llegar.

Cinco días después dejaban atrás el cabo de San Vicente, el extremo sur de la costa portuguesa. Elcano marcó el rumbo sur-suroeste para llegar a las Canarias, que era su primer objetivo. Dos días más tarde, con un viento recio que los impulsaba con fuerza, avistaban las Madeira, que quedaban a estribor. Al día siguiente llegaban, con buen viento y sin haber tenido que lamentar percance alguno, a la isla canaria de La Gomera.

Una vez fondeados los barcos en el puerto, se dispuso todo para cargar los alimentos frescos que fuera posible. García de Loaysa había leído el relato de Pigafetta y uno de sus mayores temores, así se lo había referido a Elcano en alguna ocasión, era que faltasen los alimentos.

—Me pareció terrible lo que cuenta de la galleta llena de gusanos, empapada en orines de rata o que esos roedores se convirtieran en un manjar por el que se pagaban sumas elevadas —le dijo uno de aquellos días.

—El hambre es muy mala. Os lo digo por experiencia. Me parece bien que, aunque nos retrase algunos días, carguemos toda la comida fresca que podamos, porque ya no resultará posible hacerlo con tanta facilidad una vez que dejemos atrás esta isla.

El aprovisionamiento supuso una estancia de doce días en La Gomera. Cargaron leña porque, si bien se era muy estricto a bordo con todo lo relacionado con los fuegos, era necesaria para el trabajo de los cocineros, que tenían a uno de sus pinches vigilando permanentemente el fuego, que se encendía sobre una plancha de metal separada de la cubierta. También hicieron aguada, completando todos los barriles de la que, con el paso de las semanas, se convertiría en un bien muy preciado y sería estrictamente racionada, porque la sed podía acabar con la vida de los hombres mucho más rápidamente que la falta de alimentos. En medio del mar, sólo era posible reponerla cuando se podía recoger la de la lluvia, salvo que llegase acompañada de una tormenta.

El 13 de agosto, víspera de la partida, hubo reunión de capitanes, pilotos y maestres. El capitán general reiteró las instrucciones dadas antes de zarpar de La Coruña y, antes de finalizar, anunció:

—El capitán Elcano tiene que decirnos algo.

—En mi condición de piloto mayor creo conveniente indicar a vuesas mercedes que las aguas por las que vamos a navegar en las próximas semanas nos conducirán a la línea equinoccial. Nos son menos conocidas que aquellas por las que hemos navegado hasta ahora y eso significa que la formación de la armada, según lo dispuesto por nuestro capitán general, habrá de mantenerse de forma más rigurosa.

—¿Qué rumbo tomaremos cuando hayamos cruzado la línea equinoccial? —preguntó el capitán Acuña.

—Seguiremos algunos grados rumbo al sur y entonces navegaremos hacia poniente.

—¿Por qué no tomamos esa ruta cuando zarpemos? ¡Ahorraríamos mucho camino! ¡Seguir navegando hacia el sur para hacerlo luego a poniente no me parece acertado! —Era Pedro de Vera quien se mostraba contrario a la derrota propuesta por Elcano.

—Porque tardaríamos mucho más tiempo en llegar.

El jerezano soltó una carcajada.

—¿Ha perdido vuesa merced la cordura? ¡Eso es una sandez!

—¡Sandez es lo que vos habéis propuesto! ¿Sabéis los días que podríamos permanecer inmóviles? ¡Iríamos directos a una de las temibles zonas de calmas! ¡Pueden transcurrir semanas sin que se levante la más pequeña brisa!

Pedro de Vera, que había quedado en ridículo ante todos, murmuró algo entre dientes. A duras penas podía disimular su contrariedad.

—Seguiremos la ruta propuesta por el piloto mayor. —La voz de García de Loaysa sonó rotunda. No admitía discusión.

—Hay algo que deberán tener presente si alguna tormenta deshiciera la escuadra —advirtió Elcano—. Nuestro punto de destino en las Indias es la bahía de Todos los Santos. Viene señalada en las cartas de marear. Está, como allí se indica, a trece grados de latitud, en tierras del hemisferio sur. Si, por alguna circunstancia, alguna corriente o una tormenta arrastrase alguno de los barcos más al sur, nuestro siguiente punto de encuentro sería la bahía que hay en la desembocadura del río Santa Cruz. Está mucho más al sur, a los cincuenta grados de latitud. En el caso de que alguien, separado de la escuadra, llegase a la bahía de Todos los Santos, deberá aguardar allí al menos tres semanas. Transcurrido ese tiempo, sin tener noticia, podrá hacerse a la mar y dirigirse a la desembocadura del río Santa Cruz, pero deberá dejar señal de haber estado allí.

—¿Qué clase de señal?

—Una cruz de las mayores dimensiones posibles bien afianzada y en lugar muy visible. A su pie enterrará una olla con un mensaje donde se indique el nombre del barco, la fecha de llegada y la de partida. En Santa Cruz la espera será de seis semanas. Añadiré que, en ambos lugares, el abrigo que la costa ofrece es adecuado para esa prolongada espera.

La armada zarpó, con buena mar, el 14 de agosto y durante tres días, con viento favorable, ganaron muchas leguas. Pero al amanecer del día 18 unos negros nubarrones señalaron que en pocas horas se enfrentarían a serios problemas.

—Habrá que recoger la boneta —señaló Elcano, que estaba en la toldilla, a su hermano—, también bajad el trinquete, y dejad el paño de la mayor a un par de varas de la cubierta. —Martín asintió con gesto preocupado—. Indica al maestre que se asegure todo dando doble vuelta a los cabos. Quienes quieran podrán permanecer en cubierta. Pero indícales que lo mejor es bajar a la bodega.

—A la orden.

Elcano miró al timonel.

—Ataos bien y tratad de que la caña del timón no se suelte.

El timonel —un lobo de mar con mucha experiencia— asintió con un movimiento de cabeza. Sabía que gobernar la nave en aquellas condiciones era muy difícil.

Tres horas después la tormenta había estallado con fuerza. Las olas de un mar, cada vez más encrespado, batían las cubiertas con fuerza creciente, barriendo todo lo que no estaba firmemente sujeto. La práctica totalidad de la tripulación del *Sancti Spiritus* se había acomodado en la bodega, donde crecía el miedo de los hombres al oír cómo crujían las cuadernas del casco al ser golpeado por las olas. En silencio, se miraban unos a otros a la débil y oscilante luz de los fanales protegidos por vejigas sacadas de pieles de conejo. Alentaba algo el ánimo la presencia del capitán que, en lugar de quedarse en su camarote, había decidido estar en la bodega con sus hombres.

Parecida situación se vivía en la bodega de la *Santa María de la Victoria*, aunque García de Loaysa, junto al piloto y sus dos criados, permanecían en su camarote. A los ruidos amenazantes del mar se unió de repente un horrible crujido seguido de un tremendo ruido que sacudió al barco inclinándolo peligrosamente.

—¡Nos hundimos! —gritó un grumete con lágrimas en los ojos.

El golpe de una ola enderezó el casco y muchos hombres rodaron por el suelo, aumentando la confusión.

—Todavía, no, muchacho. Todavía, no —lo alentó un viejo marino apretándole el brazo.

—¿Qué habrá sido ese ruido? —preguntó un jovenzuelo con el semblante descompuesto—. No es el crujido que provocan las olas.

—Quizá un golpe de mar —aventuró el que estaba a su lado con los dedos entrelazados, interrumpiendo el bisbiseo de una oración.

—No ha sido un golpe de mar —aseguró el viejo marino que había dado ánimos al aterrorizado grumete—. Algo se ha roto ahí arriba. Si volvemos a ver la luz, podremos saberlo.

Otra ola sacudió al barco.

—¡Pidamos la protección de la Madre de Dios! —El vozarrón del capellán, un cántabro corpulento, se alzó por encima del ruido—. Recemos unas avemarías: Santa María madre de Dios ruega... —A la plegaria se fueron sumando cada vez más voces, aunque había a quien las palabras no le salían del cuerpo.

Cuatro horas duró la tempestad.

Cuando el viento amainó y las olas perdieron fuerza, los hombres fueron apareciendo en las cubiertas. Había algún herido y muchos contusionados por los golpes. Los barcos estaban todos a la vista, como desparramados por el agua. El más dañado era la capitana. A la *Santa María de la Victoria* se le había partido el palo mayor. Por suerte, estaba sobre la cubierta y no había caído al mar, lo que hubiera sido un contratiempo aún mayor.

En las horas siguientes los barcos pudieron reagruparse y dos carpinteros de la *Sancti Spiritus* acudieron a la capitana para ayudar a sus compañeros. Fue necesario retirar la vela mayor y toda la jarcia para enderezarlo.

—¿Tiene compostura? —preguntó García de Loaysa al maestre que dirigía las operaciones.

—Los carpinteros dicen que no. La causa ha sido que la mayor no se había recogido bien. La verga había quedado demasiado alta y el palo no ha podido aguantar el viento sobre la vela.

Tres días necesitaron para sustituir el mástil por el que llevaban de repuesto. Aprovecharon el palo roto, al que le recortaron las astillas, y lo unieron metiendo unas barras de hierro dentro de la madera y reforzándolo con unas poderosas abrazaderas también de hierro, por si había necesidad de usarlo. Quedaban muchas jornadas de viaje. Tras el arreglo, la *Santa María de la Victoria* quedó en condiciones de navegar sin mayores problemas.

Durante aquellas tres jornadas se repararon otros desperfectos causados por la tormenta. Se pulieron las tablas astilladas, se renovaron algunas de ellas y se reforzaron con estopa y brea las ranuras. Cuando todo parecía resuelto ocurrió algo fatal. Una mala maniobra hizo que la capitana abordase la popa de la *Santa María del Parral,* causándole graves desperfectos y rompiéndole el palo de mesana.

—¡Sí que estamos bien! —exclamó Elcano, que había visto, impotente, desde el puente de mando de la *Sancti Spiritus*, el fuerte choque entre las dos embarcaciones.

El grumete que estaba a su lado se llamaba Andrés de Urdaneta y, aunque apenas le apuntaba el bozo, había mostrado una extraordinaria diligencia y sabía mucho de letras y números. Había comenzado un diario en el que recogía lo más reseñable de cada jornada.

—He oído decir a dos marineros que todo lo que está pasando es indicio de malos augurios. ¿Qué piensa vuesa merced?

En los labios de Elcano apuntó una sonrisa.

—Que no debes hacer caso a muchas de las cosas que oigas decir.

Aquellos desperfectos obligaron a que la escuadra marchara mucho más lentamente. Se habían arreglado algunos daños, pero la *Santa María del Parral* necesitaba ser reparada más a fondo y eso sólo era posible varándola en la costa, en lugar a propósito.

Se ciñeron hacia la costa africana y el 5 de septiembre, cuando estaban a algo más de ocho grados al norte de la línea equinoccial, el vigía de la *San Gabriel* gritó desde la cofa:

—¡Barco a la vista! ¡Barco a la vista! ¡A babor! ¡Barco a la vista!

Los hombres se amontonaron en las bordas y alguien gritó:

—¡Es un corsario francés!

—¡Vamos a por él! —ordenó el capitán Acuña desde el puente de mando.

—¡A por él! ¡A por él! —gritaron enardecidos los hombres.

—¡Preparad la artillería!

Rápidamente montaron los falconetes y las culebrinas, y dispusieron las dos bombardas por si era necesario abrir fuego contra los franceses.

—¡Señor, mirad! ¡Mirad el *Santiago*!

—¡Demonios! ¿Adónde va ese patache?

El *Santiago*, mucho más pequeño, pero más ligero a la hora de maniobrar, se había adelantado e iba directo a por el barco francés.

—¡Largad todo el trapo! —ordenó Acuña visiblemente molesto—. Tenemos que llegar antes.

La *San Gabriel* y el *Santiago* iniciaron una carrera sin esperar orden alguna. Se lanzaron hacia lo que parecía una presa fácil.

LXI

Francisco I había entrado en Madrid el 12 de agosto, después de tres semanas de viaje. Fue alojado de forma provisional en la residencia de don Fernando Luján, una casa-torre con las condiciones necesarias para hospedarlo y tenerlo vigilado mientras se preparaban las dependencias de la que sería su prisión: el Alcázar Real, donde se encontraba Carlos I, quien lo recibió al día siguiente.

Un tropel de caballos recorrió las calles de Madrid, desde la plaza del Salvador hasta el Alcázar Real, en medio de la expectación de los vecinos de la villa. El encuentro del rey de Francia con el emperador tuvo algo de emotivo. Llevaban años de enfrentamiento, pero no se conocían personalmente. El francés era unos años mayor que Carlos I y le aventajaba en estatura. Francisco I le entregó su espada en señal de reconocimiento de su derrota. El rey de España la tomó en sus manos, la examinó con detenimiento y se la entregó al canciller.

—¿Ha tenido su majestad buen viaje?

—Desde que fui hecho prisionero todo han sido atenciones que os agradezco. Pero aseguro a vuestra majestad que no resulta fácil serlo, aunque sea de alguien como vos.

—Es mi deseo que pronto recobréis la libertad.

—Eso está en vuestras manos.

—Es cierto, pero antes será necesario resolver algunos negocios y dejar ajustada la paz entre nuestros reinos. La cristiandad no puede permitirse seguir enfrentada. Los turcos avanzan por el Mediterráneo y por la cuenca del Danubio. Su amenaza es cada vez mayor. Mi deseo es que negociemos una paz honrosa y duradera que ponga fin a tanto desencuentro como hasta el presente nos ha enfrentado.

—Coincido con vuestra majestad en la necesidad de una paz honrosa para ambas partes.

—En ese caso espero y deseo que vuestros representantes y los míos logren ajustarla lo antes posible, sin perder de vista que en Pavía ha habido un vencedor y un vencido.

—Soy consciente de ello. Mi presencia ante vuestra majestad es la prueba palpable de lo ocurrido en ese campo de batalla.

—¿Tengo vuestra real palabra de que no intentaréis huir?

Francisco I midió sus palabras.

—La tenéis. Pero vuestra majestad no debe olvidar que todo prisionero ansía la libertad.

—Comprendo vuestras ansias. Pero me basta con la palabra que habéis empeñado.

Terminada la entrevista, Carlos I dio al canciller instrucciones muy precisas sobre cómo debía tratarse al rey de Francia.

—Se le dispensará el tratamiento que corresponde a la dignidad de un rey. La casa de don Fernando Luján no es la más a propósito.

—Pero, hasta tanto se acondicionan en el Alcázar unos aposentos para…

—Deberá estar en lugar más adecuado. La casa de don Francisco de Vargas me parece mejor lugar para acomodarlo. Tiene amplios jardines y un magnífico coto de caza donde podrá ejercitarse.

—Señor, esa casa dispone de todas esas ventajas, pero es mucho más difícil de guardar que la torre de los Luján.

—Tengo su real palabra de que no se fugará.

Gattinara guardó un discreto silencio, pero no tenía mucha confianza en la palabra de Francisco I.

Siguiendo las instrucciones del rey, el monarca francés fue instalado en la casa de los Vargas. Era una espléndida mansión palaciega muy alejada de lo que se entendía como una vivienda rural. En ella se podía pasar la dura canícula del verano madrileño en unas condiciones que muy pocos podían disfrutar, pues en aquel paraje se notaba mucho menos la dureza del calor estival. Disponía de amplias estancias, grandes salones para fiestas, una amena fuente en medio del prado y una notable extensión de bosque, y estaba situada a algo menos de media legua de Madrid. Era un lugar ameno, donde Francisco I disfrutaría de las comodidades y agasajos propios de un invitado más que de un prisionero.

El capitán Hernando de Alarcón, que tampoco se fiaba de la palabra de Francisco I, aumentó de forma discreta la vigilancia.

—He combatido lo suficiente a esa gente como para saber algo de ellos. Hay verdaderos caballeros. Hombres que mantendrían su palabra en toda circunstancia haciendo gala a su honor. Pero son una minoría y no creo que entre ellos se pueda contar a su rey.

—¡Es la palabra de un rey, señor! —El sargento de la guardia parecía un tanto escandalizado.

—¡No me fío, Centella! ¡No me fío!

El monarca francés estuvo alojado en aquella casa de campo varias semanas mientras se realizaban los trabajos en el Alcázar. Fueron numerosos los nobles que acudieron a cumplimentarlo. Francisco I salía con frecuencia a cazar por los predios de los alrededores, acompañado por numerosos nobles. Las comidas eran banquetes y Carlos I había tenido la deferencia de permitir que se instalase allí un mesonero de origen borgoñón, cuya esposa era una excelente cocinera y conocía los gustos culinarios del regio prisionero, que eran muy diferentes a las costumbres gastronómicas españolas. Incluso se organizaron bailes —el prisionero tenía bien ganada fama de extraordinario bailarín y galante cortesano— a los que concurrió lo más selecto de la nobleza madrileña y se le permitieron ciertas actitudes con las damas que no le habrían sido admitidas a ningún otro.

Mientras su vida transcurría en medio de estas delicias, que nada tenían que ver con una prisión, los diplomáticos mantenían tensas reuniones para ajustar los términos de una paz. Los franceses se quejaban de que las exigencias españolas eran muy grandes y los españoles argumentaban que esas exigencias, amén de no ser tan grandes, habían sido ganadas en el campo de batalla con las armas en la mano.

En el centro de las conversaciones estaba la puesta en libertad del monarca que los franceses exigían como paso previo a cualquier negociación. Mientras, los representantes de Carlos I sostenían que la libertad de su rey sólo tendría lugar una vez firmados los tratados que pondrían fin al conflicto.

—Su majestad, el rey Cristianísimo —señalaba uno de los diplomáticos españoles—, cayó en manos de nuestro rey en una acción militar en el marco de una guerra a la que ahora todos deseamos poner fin. Hasta tanto esa guerra no se dé por concluida con la firma de la paz que todos anhelamos, no se tomará decisión alguna respecto a vuestra pretensión de que sea dejado en libertad.

—*Monsieur*, la prisión de nuestro soberano condiciona todo el proceso de negociación —replicó uno de los representantes franceses.

—No deberíais llamar prisión a las condiciones dispuestas por nuestro rey.

—¡Está privado de libertad!

—Es cierto. Su libertad queda en vuestras manos.

—¿Cuáles son vuestras pretensiones?

—Nuestra presencia en Italia está determinada por nuestras victorias en el campo de batalla, por lo tanto, consideramos de justicia la renuncia a cualquier reclamación, tanto en el presente o en el futuro, de los supuestos derechos que vuestros soberanos han esgrimido para fundamentar sus ataques a nuestros dominios. Entendemos por tales el reino de Nápoles, incluida la isla de Sicilia, la isla de Cerdeña y el ducado de Milán.

—¡Es mucho lo que pedís!

—No he terminado aún.

—¿Aún son mayores vuestras exigencias?

—Disculpad, no estamos planteando exigencias. Solo pedimos que se respeten nuestros derechos. Nápoles, Sicilia y Cerdeña pertenecen por derecho a la monarquía de nuestro rey. Son territorios vinculados a la Corona de Aragón desde hace siglos. Vuestras pretensiones sobre ellos carecen de fundamento. Por lo que respecta al ducado de Milán, la extinción del linaje de los Visconti lo dejó sin soberano. Esa circunstancia fue aprovechada por la familia Sforza para hacerse con su dominio. Vuestros reyes no lo han reconocido. Tampoco nuestros monarcas. Su dominio se ha dirimido en el campo de batalla y no es necesario que os recuerde cuál ha sido el resultado. Por lo tanto, no exigimos cosa alguna que no pertenezca a nuestro soberano. Añadid a ello que es nuestro deseo que se reconozca el dominio del rey nuestro señor sobre el condado de Artois...

—*Monsieur*, vuestras pretensiones son inaceptables.

—Aún no he terminado. Reivindicamos la entrega del ducado de Borgoña que fue arrebatado por el abuelo de vuestro rey al duque Carlos, padre de la duquesa doña María, abuela de nuestro soberano. Asimismo, vuestro rey se comprometerá a no prestar ayuda alguna a Enrique de Navarra, considerando que ese reino ha quedado incorporado a la monarquía del rey nuestro señor.

—En esas condiciones la paz no será posible.

—Meditadlo, nada solicitamos que no esté en nuestras manos, salvo el ducado de Borgoña que fue arrebatado por vuestro rey a sus legítimos propietarios.

—¡Fue ganado en el campo de batalla, en Nancy!

El diplomático español apuntó una sonrisa en sus labios.

—¿Deseáis que hablemos de lo ganado en el campo de batalla? ¿En Ceriñola? ¿En las riberas del Garellano? ¿En Bicoca? ¿En Sesia? O..., ¿en Pavía?

Los representantes de Francisco I, azorados, se mostraban visiblemente molestos.

—Elevaremos vuestras pretensiones a quien corresponde decidir.

—Nos parece adecuado. Ofrecemos también que nuestros reyes cierren una alianza para defender la cristiandad de la amenaza del poder otomano. Para sellar esta paz vuestro rey contraería matrimonio con una de las hermanas de su majestad imperial.

—¿Podéis concretar eso último?

—Nuestro rey vería con buenos ojos el matrimonio de su hermana, la infanta doña Leonor, con vuestro rey.

El francés meditó un momento aquella propuesta.

—¿Os referís a quien fue la esposa del difunto rey de Portugal?

—Exacto.

—¡Se trata de una viuda!

—También es viudo vuestro rey. Si estas negociaciones culminan en un acuerdo y se firma un tratado de paz, nuestro soberano pondrá en libertad al vuestro.

Las negociaciones no fueron fáciles. Los franceses consideraban exorbitante la propuesta de los españoles y estos no se mostraban dispuestos a ceder un ápice en sus pretensiones, que consideraban justas porque sólo planteaban, salvo en el caso del ducado de Borgoña, el reconocimiento de lo que poseían.

Francisco I fue trasladado al Alcázar una vez quedaron aderezadas las dependencias en que había de instalarse. Su estado de ánimo variaba mucho de unos días a otros. Pese a todas las comodidades, la falta de libertad y sobre todo la humillación que había supuesto la grave derrota sufrida lo sumían en una melancolía de la que no lograban sacarlo el disfrute de las muchas diversiones —cacerías, bailes, banquetes, veladas musicales o poéticas…— que se ponían a su alcance. En otros momentos, por el contrario, se mostraba alegre e incluso dicharachero y gozaba sin tasa del ambiente festivo que se le procuraba.

Su madre, Luisa de Saboya, que había asumido la regencia del reino en su ausencia, no dejaba de escribir a su hijo y le informaba de los asuntos del reino. Las cartas que le enviaba Francisco I rezumaban gran tristeza. Fue eso lo que le llevo a tomar una decisión que a muchos resultó extraña.

LXII

La *San Gabriel* y el *Santiago* ignoraron las señales de advertencia que se les hacían desde la *Sancti Spiritus* para que no atacasen.

—¡Vuestro cuñado se ha vuelto loco! —Bustamante le ofreció a Elcano su artilugio de aumento—. No sé qué mosca le habrá picado.

Elcano comprobó que el cirujano barbero no se había equivocado.

—¿Adónde diablos van? ¡Esa nao es portuguesa! —exclamó al comprobar que el estandarte que lucía en el palo mayor del barco avistado eran las armas de la casa de Avis—. No estamos en guerra con ellos.

Habían hecho los primeros disparos cuando se dieron cuenta de que no se trataba de un corsario francés, sino de un barco portugués de los que frecuentaban aquella ruta.

La *San Gabriel* y el *Santiago* obligaron al capitán de la *San Antonio* —ese era el nombre de la nao portuguesa— a que se detuviera.

—¿Puede saberse qué ocurre? —protestó el capitán portugués.

—¡Daos preso!

En la *San Antonio* no daban crédito a lo que estaba ocurriendo. Los españoles se apoderaron del barco y, obligando a su timonel a que virara en redondo, lo escoltaron como a una presa hasta la nave capitana.

García de Loaysa escuchaba a Acuña que reclamaba para sí el

botín que podía obtenerse del apresamiento. Guevara indicaba que la presa era suya.

—Nosotros llegamos primero.

—¡Fuimos nosotros quienes la avistamos! ¡Nuestro vigía fue quien dio el aviso!

Elcano había ordenado bajar el esquife y llegaba a la cubierta de la *Santa María de la Victoria*. Tomó a su cuñado del brazo y lo apartó a un lado. En voz muy baja mostraba su descontento.

—¡Cómo se te ha ocurrido hacer una cosa así!

—Creíamos que se trataba de un corsario francés. Estamos en guerra con ellos. ¡Era una buena presa!

—Habéis cometido un grave error. Una de las instrucciones del rey es no entrar en conflicto con Portugal.

—¿Significa que he de renunciar a la presa?

—No sólo renunciarás a ella, tendrás…

—La *San Gabriel* está reclamándola para sí.

—Tendrás que pedir disculpas al capitán portugués y Acuña, también.

Elcano y Guevara se acercaron al capitán general, que en pocos días había soportado una tormenta, la rotura del palo mayor, el accidente que había dejado muy tocada a la *Santa María del Parral* y ahora aquello.

—¿Cuál es vuestro parecer, capitán? —preguntó a Elcano.

—¡Que no hay presa, señor!

—¡Cómo que no…!

Elcano cortó en seco la protesta de Acuña.

—¡He dicho que no hay presa! ¡Vuesa merced se ha equivocado! ¡No se trata de un corsario francés! ¡Este barco es portugués y navega con sus insignias y pabellones desplegados! ¡Vuesas mercedes —miró a Acuña y a Guevara— deberán pedir disculpas al capitán por los trastornos que le habéis ocasionado!

—¿!Pedir disculpas!? ¿Quién os habéis creído que sois? ¡Yo soy un Acuña! —Miró a Elcano con desprecio y ordenó a los cuatro hombres de su tripulación que le acompañaban—: ¡Vámonos!

Santiago Guevara se disculpó ante el portugués, diciendo que todo había sido una equivocación y Elcano le dio explicaciones con las que el capitán de la *San Antonio*, que compartió mesa con él y García de Loaysa, se dio por satisfecho.

Cinco semanas más tarde la escuadra fondeó en una isla del golfo de la Mina, a la que los portugueses habían bautizado como San Mateo, según le dijo al capitán general un portugués que formaba parte de su tripulación.

—Pero hubo muchas dificultades y la abandonaron.

—¿La isla está desierta?

—No, la pueblan quienes no fueron apresados para ser vendidos como esclavos y acabaron con los traficantes que habían organizado el negocio. No creo que tengamos un buen recibimiento.

—Es necesario echar el ancla. Hay que reparar la *Santa María del Parral*. Estaremos vigilantes.

La escuadra quedó fondeada y se dieron instrucciones muy severas: sólo se desembarcaría en grupos y con autorización.

Los carpinteros acometieron la reparación de la nave dañada mientras una veintena de hombres, fuertemente armados, desembarcó a las órdenes del capitán de la *Anunciada*, Pedro de Vera. Encontraron los restos calcinados de un fortín y numerosas osamentas que deberían ser de los cuerpos de los traficantes, según la historia que había contado el marinero portugués.

—Estos no acabaron bien. Sigamos adelante y estad vigilantes.

—Capitán, ¿es que no vais a disponer que se sepulten esos cadáveres? —Areizaga, que formaba parte del grupo, miraba las mondas osamentas.

—Sólo son esqueletos, páter.

—Son los restos de unos cristianos.

—Está bien. Abriremos una fosa para darles sepultura. —Vera señaló a cuatro hombres—. Vosotros, cavad una fosa, y vosotros dos —se dirigió a dos de los arcabuceros— montad guardia. Quienes hicieron esto pueden estar vigilándonos. Los demás seguidme.

La vegetación era de una frondosidad exuberante. Había que abrirse paso a golpe de machete. Se oía el ruido de los pájaros y de otros animales que huían ante su presencia. Penetraron más de media legua hasta que encontraron una cascada. A los hombres les pareció el paraíso.

—¡Es buena! —exclamó uno de los hombres que sorbía el agua que recogió con su mano.

—Podremos hacer una buena aguada y también aprovechar para proveernos de leña y quizá hacernos con algunas frutas y carne fresca.

Cuando regresaron a donde estaban quienes cavaban la fosa, les ayudaron a rematar aquella faena, enterraron los huesos y regresaron a bordo, donde Pedro de Vera informó al capitán general de lo que habían encontrado. García de Loaysa convocó una junta de capitanes en su camarote de la *Santa María de la Victoria*.

—Esas partidas serán tres y estarán a las órdenes de vos —señaló a Vera—, de vos —señaló a Manrique— y de vos —señaló a Hoces.

—¿Y yo? —preguntó Acuña.

—Vuesa merced deberá responder de la actitud que mantuvo cuando quiso apresar ese barco, desobedeciendo mis órdenes y desafiando luego mi autoridad. El piloto mayor se encargará de esclarecer todos los detalles.

—¿Pretendéis que juzgue mis actos quien no pertenece a la nobleza? No admitiré tal humillación.

—El capitán Elcano es superior a vos en el mando de esta armada.

—¡No lo consentiré!

—En ese caso, haciendo uso de mi autoridad, quedáis relevado del mando de la *San Gabriel* durante los dos próximos meses. No se os permitirá desembarcar en ningún momento y ocuparéis uno de los camarotes destinados a los oficiales en este barco.

—¿Me priváis del mando y me sometéis a vigilancia?

—Así lo dispongo. Tengo autoridad para hacerlo.

El mando de la *San Gabriel* fue entregado provisionalmente a Martín de Valencia.

Diez días más tarde, la escuadra se dispuso para hacerse a la mar, aprovechando que se había levantado un fuerte viento de levante y los carpinteros habían concluido la reparación de la *Santa María del Parral*. Las bodegas iban llenas de provisiones frescas —la pesca y la caza se habían dado bien, la recolección de frutas había sido abundante— y las pipas estaban rebosantes de agua renovada. Pero el ambiente estaba enrarecido, como se manifestó en la actitud de algunos capitanes en una tensa reunión antes de partir. Hubo pareceres muy dispares y en algún momento se alzaron las voces. Antes de concluir, Elcano recordaba los puntos de encuentro, en caso de que algún barco se separase de la escuadra, los tiempos de espera y las señales que debía dejar.

—No volveremos a ver tierra hasta que pasen varias semanas. Navegaremos manteniendo siempre el rumbo a poniente.

Una vez que los capitanes estuvieron en sus barcos, el sonido de la campana de la *Santa María de la Victoria* anunció la partida.

—¡Levad anclas! ¡Largad velas! ¡Vamos, vamos! ¡Hay que aprovechar este levante!

Las órdenes se repetían por todas partes y los hombres se movían rápidamente. Unos, encaramados a las jarcias ajustaban las vergas, otros, una vez largado el trapo, tensaban el velamen. Los guiones y banderas, que habían sido izados, drapeaban al viento. Tras la *Sancti Spiritus*, zarpó la capitana, y tras ella, por su orden, uno tras otro, los barcos de toda la escuadra.

La llegada del otoño y las dependencias que Francisco I ocupaba en el Alcázar poco tenían que ver con la luminosidad de la residencia campestre donde había estado hasta aquel momento. Aquella vetusta fortaleza, construida en época musulmana, había sufrido, con el paso del tiempo, diferentes ampliaciones y algunos destrozos —muy graves habían sido los acaecidos con motivo de la revuelta de los Comuneros—, no tenía los espacios abiertos del palacete de los Vargas. La melancolía embargaba, cada vez con más frecuencia, su ánimo. Los días transcurrían ahora mucho más lentamente que cuando las jornadas eran una continua diversión con las partidas de caza, la invitación a banquetes a los que se le permitía acudir o la celebración de bailes.

Hacía varios días que Francisco I se había recluido en su aposento. No se levantaba de la cama y apenas comía, los médicos que lo atendían estaban cada vez más preocupados. El diagnóstico que habían emitido señalaba que el enfermo era presa de la melancolía debido a un exceso de bilis negra, que había descompensado el equilibrio de los humores del cuerpo. Los médicos temían seriamente por su salud. Alguno estaba convencido de que su vida se acababa.

—Parece que su majestad lleva muy a mal que nuestro rey no se haya dignado visitarle —comentó uno de los médicos al capitán Alarcón—. Dice que se le trata como a un malhechor.

—Tal vez… una visita del emperador sería un bálsamo para su apocado ánimo —señaló el otro galeno.

—Como saben vuesas mercedes, su majestad no está en Madrid.

Carlos I se encontraba en Toledo, donde se habían reunido las Cortes del reino. Era la forma de reconciliar aquella ciudad que había encabezado la revuelta comunera y resistido al rey hasta el final. Pero las doce leguas que separaban ambas poblaciones podían ser salvadas en una jornada.

Ya avanzado el mes de septiembre la situación del prisionero empeoró de forma grave.

—Podría fallecer —comunicó uno de los médicos al capitán Alarcón.

—¿Tan mal está?

—Muy mal. Vuesa merced debería comunicarlo al emperador.

Aquella misma tarde partió un correo hacia Toledo, pero no tuvo necesidad de llegar hasta allí. El emperador disfrutaba de una partida de caza y se encontraba en Illescas. Cuando conocieron la noticia, hubo pareceres encontrados entre quienes lo acompañaban. Unos señalaban que sería una argucia del francés para conseguir su libertad y otros opinaban que resultaría escandaloso que falleciese. Al día siguiente continuaba el debate cuando llegó, a eso del mediodía, otro correo con noticias más alarmantes.

Carlos I, después de leer la misiva, tomó la decisión de cabalgar sin descanso hasta Madrid. Apenas tardó tres horas en salvar las seis leguas de camino. Cuando llegó al Alcázar lo sorprendió una inesperada noticia.

—¿Cuándo ha llegado? —preguntó sacudiéndose el polvo del camino.

—Hace apenas una hora. La hemos aposentado en una de las alcobas de la galería alta.

—Comunicadle mi presencia y decidle que la recibiré... —el rey se miró y comprendió que de aquella guisa no podía recibir a una dama— dentro de dos horas. En el salón principal. Decidle también que yo la acompañaré a visitar al rey.

A la hora fijada, Carlos I recibía a Margarita de Valois, duquesa de Alençon, hermana mayor del prisionero. Había venido desde Francia, enviada por su madre, Luisa de Saboya, quien estaba muy preocupada por el tono de las cartas que le enviaba Francisco.

Margarita, que ya había cumplido los treinta años, estaba en el esplendor de la madurez. Tenía el cabello negro, los ojos grandes, unos labios sensuales y conservaba la belleza que la había hecho célebre. Su belleza apenas quedaba disimulada por las negras tocas que vestía y le daban un aire monjil. Aguardaba, nerviosa, en el salón, acompañada por el confesor del rey y presidente de Indias, que en varias ocasiones había señalado al rey la conveniencia de poner en libertad a Francisco I. Pero hasta el momento se había impuesto el criterio de don Fadrique Álvarez de Toledo. El duque de Alba era un halcón y sostenía que una victoria como la de Pavía no podía echarse por la borda. Había que rentabilizarla. También la acompañaban el gentilhombre de cámara y otros dos cortesanos.

Fue el aposentador real quien, al anunciar a Carlos I, impuso silencio:

—¡Su majestad imperial!

Los presentes se inclinaron y la duquesa de Alençon hizo una graciosa reverencia que el propio don Carlos la ayudó a deshacer tomándola de la mano.

—Alzaos, señora, alzaos.

—Majestad...

—¿Estáis de luto? —le preguntó el rey sin soltar su mano.

—Mi esposo, majestad. Murió como consecuencia de las heridas que sufrió en Pavía.

—Lo lamento mucho. ¿Os incomoda si os acompaño a visitar a vuestro hermano?

—Es un honor, majestad.

Mientras el emperador y la duquesa de Alençon conversaban, unos golpecitos en la puerta de su aposento sacaban a Francisco I del sopor en que se encontraba.

—¿Quién llama?

—Soy vuestro criado. ¿Puedo pasar?

—Entra.

Al criado, un negro que se encargaba de mantener encendida la chimenea y limpiar la escupidera y el bacín del rey, lo acompañaban el aposentador del Alcázar y el capitán de la guardia, quienes quedaron junto a la puerta.

—Majestad —el aposentador hizo una amplia reverencia—, tenéis visita.

—¡No recibo visitas!

—Majestad, se trata de una visita muy... especial.

Francisco I se incorporó sobre los grandes almohadones.

—¿Quién es?

—Vienen a veros el emperador y vuestra hermana, majestad.

—¿La duquesa de Alençon está aquí?

—Ha viajado desde París para veros. He venido para comunicároslo y que podáis adecentaros algo. Os ayudaré, si vuestra majestad me lo permite.

El rey de Francia saltó de la cama.

—¿Creéis que puedo recibirlos de esta guisa?

—Esa es la razón de mi presencia. Debéis componeros. Vuestra majestad no debería entretenerse, pero tampoco ha de darse prisa, el emperador está cumplimentando a la señora duquesa.

Las campanas de los templos de Madrid estaban dando el toque de oración cuando Carlos I y Margarita de Valois, acompañados por media docena de cortesanos, llegaron al aposento de Francisco I. Hubo saludos protocolarios y palabras medidas.

Minutos después Carlos I y sus acompañantes se retiraban, dejando solos a los hermanos, que se fundieron en un largo abrazo. Luego Francisco I miró a su hermana.

—¿Por qué vistes esas negras tocas?

Ella le cogió la mano.

—Soy viuda.

—¿Tu esposo murió…, murió en Pavía?

Margarita asintió.

—He lamentado su muerte, pero tú sabes que ese era un matrimonio de conveniencia. Mi verdadero amor murió en Rávena hace ya muchos años.

Francisco I recordó cómo en aquella batalla, en la que vencieron a los españoles, murió Gastón de Foix, del que su hermana estaba locamente enamorada.

—Al menos, en ese maldito lugar donde lo hemos perdido todo menos el honor, a ti te ha liberado de esa atadura.

—¿Cómo te encuentras?

—Abatido.

—Francisco, tienes que recomponer el ánimo. Pronto recobrarás la libertad. Se están negociando los acuerdos para alcanzar una paz.

—¿En qué condiciones?

—Has de renunciar a cualquier derecho sobre las posesiones ocupadas por los españoles en Italia.

El rey miró a su alrededor, como si quisiera asegurarse de que nadie más escuchaba sus palabras. Había repasado una y otra vez las paredes buscando un agujero, un orificio disimulado desde el que vigilaran cualquier movimiento. Aunque no lo había localizado, estaba convencido de que había uno en alguna parte.

—¿Sólo eso? —susurró en voz baja.

—También piden que te olvides de prestar cualquier clase de ayuda a Enrique de Navarra.

El rey se encogió de hombros.

—¿Algo más?

—Que se les reconozcan los derechos sobre el Artois y se les entregue Borgoña.

Al oír aquello gritó alzando mucho la voz:

—¡Eso es inadmisible!

—Carlos te ofrece una alianza para luchar contra los otomanos y la mano de su hermana Leonor.

Se abrazó a su hermana y le dijo en voz muy queda:

—Aunque tendremos que ceder a sus pretensiones, que nuestros negociadores se nieguen a entregar Borgoña. —Entonces deshizo el abrazo y alzó la voz—: Nos pertenece por derecho de conquista.

—Eso prolongará tu cautiverio. No serás libre hasta que no se firme ese acuerdo.

—No podemos admitir esa clase de imposiciones.

—Procuraremos obtener las mejores condiciones posibles.

El rey se acarició el mentón.

—¿Vas a estar mucho tiempo en Madrid?

—El que sea necesario. ¿Por qué lo preguntas?

—Porque quiero que seas tú quien lleve las negociaciones.

—Nuestra madre ha nombrado a los plenipotenciarios que están ajustando los detalles de ese acuerdo.

—Yo soy el rey. Seguirán negociando, pero tu tomarás el mando. He visto la forma en que te miraba el emperador.

—Está muy enamorado de una hermana del rey de Portugal. Todos dicen que será la futura emperatriz. Dicen que es bellísima.

—Aún es un hombre soltero y necesitará… aliviarse. Ha mantenido amores con algunas mujeres. Entre ellas Germana, la hermana de Gastón, a la que preñó, sin importarle que hubiera sido la mujer de su abuelo.

—No pretenderás…, no pretenderás que lo meta en mi cama.

—Si estás viuda… ¡Quítate esas tocas con las que pareces una monja y vístete de otra forma!

—¡Francisco!

—¿No lo harías por tu hermano?

En los ojos de Margarita de Valois brilló un destello de picardía.

—Si me lo pide mi rey.

LXIII

Durante varias semanas navegaron aquel océano que hasta hacía poco tiempo había aterrorizado a los marinos. Pero ahora conocían muchos de sus secretos y los marinos experimentados sabían cuáles eran las zonas de las temibles calmas y por dónde soplaban los vientos que impulsaban las velas de los barcos.

—¡Mirad, mirad! —El joven Urdaneta apretaba las manos agarrado a la borda del barco—. ¡Los peces vuelan!

—¡Déjate de pamplinas! —El viejo marino, que había entretenido muchas horas de ocio contando historias, acomodado sobre la cubierta con la espalda pegada a la amura, movió la cabeza, incrédulo.

—¡Es verdad, Diego! ¡Es verdad! —exclamó otro marino que se había asomado a la borda—. ¡Los hay a docenas!

Con desgana, el lobo de mar, que había visto ya muchas cosas a lo largo de su vida, se levantó y vio un espectáculo que jamás había presenciado.

—¡Por la Santísima Virgen! ¡Es cierto! ¡Hay peces que vuelan! ¡Cuando lo cuente en las tabernas del Arenal no van a creerlo!

Los hombres, asomados a las amuras, miraban asombrados un espectáculo tan extraordinario. Algunos se restregaban los ojos para asegurarse de que aquello no era un sueño. Incluso quienes estaban jugando a las cartas, algo que estaba prohibido, pero que cuando se alargaban los días a bordo los maestres solían pasar por alto, dejaron el juego por un momento y acudieron a verlo.

Cuando reanudaron la timba…

—¡Has aprovechado para hacer trampas! —Quien acusaba se cubría la cabeza con una pañoleta anudada a la nuca.

—¡Cómo te atreves! —El aludido se puso en pie.

—¡Porque esa sota que ahora me muestras no la tenías!

—¿Y cómo sabes tú eso? ¡Lo que ocurre es que tienes mal perder!

—¡Por los clavos de Cristo! —Se levantó dando una patada al cajón que les servía de mesa. Los naipes y el dinero salieron volando.

Los hombres formaron corro y los dos se enfrentaron a brazo partido, alentados por los gritos de los demás. En sus manos aparecieron cuchillos, pero no llegaron a utilizarlos. La aparición del maestre puso fin a la reyerta.

—Luego averiguaremos la causa de la pelea…

—¡Ha hecho trampas!

—¡Miente!

—¡Se acabó! ¡Doblarán guardias dos veces por darle al naipe y estarán tres días a pan y agua por armar bronca!

El Atlántico se mostró generoso, los vientos favorecieron la navegación. Un temporal de lluvia y viento deshizo la escuadra, pero dos días más tarde se había reagrupado sin problemas. Lo peor de aquellas semanas fue que se terminó la comida fresca con que se habían aprovisionado en la isla de San Mateo. Las raciones eran las mismas desde hacía días. Media libra de galleta, otra media de queso y un cuartillo de aguardiente para cada dos hombres, al despuntar el día, y la ración de agua para todo el día. Una libra de galleta, garbanzos con arroz y tocino —los viernes el tocino era sustituido por bacalao—, un cuartillo de vino y un puñado de higos secos a la hora del almuerzo. A la puesta de sol, otro cuartillo de vino, dos arenques secos y una medida de almendras.

A muchos hombres les salían granos, pústulas y llagas en las encías, sin que se encontrase un remedio para ese mal. Si las encías seguían creciendo, terminaban hinchándose de forma monstruosa. Esa enfermedad era una de las más temidas por los marinos y de la que no se tenía noticia de haberse padecido antes.

El doctor Velasco, que era uno de los dos médicos de la escuadra y que iba embarcado en la *Sancti Spiritus*, había examinado la boca de más de una docena de hombres que ya estaban afectados por aquel mal.

—¿No hay forma de remediarlo? —le preguntó Elcano.

—No lo hay. El mal debe estar en el mar.

—¿Por qué pensáis eso?

—Porque he observado que afecta a los hombres cuando navegan, pero desaparece a los pocos días de desembarcar. En mi opinión, debe guardar relación con estos mares. Tal vez, si pronto avistamos tierra...

Como si hubiera sido un anuncio, el vigía que montaba guardia en la cofa dio el grito que todos esperaban desde hacía días.

—¡Tierra! ¡Tierra a la vista! ¡A proa! ¡Tierra a la vista!

Bustamante se acercó a Elcano y el médico. Buena parte de la tripulación se agolpaba ya en la proa. Nadie veía tierra y los hombres empezaban a murmurar. El cirujano oteó el horizonte con sus lentes.

—¡No la veo por ninguna parte!

Los hombres se miraron inquietos. Sabían que a veces...

—¿Dónde está esa tierra que has visto? —preguntó Elcano al vigía.

—¡A proa, señor!

—¿Sigues viéndola?

—Sí, señor. Es una playa muy baja.

—¡Ahora! ¡Ahora la veo! —gritó Bustamante.

La explosión de júbilo se extendió a los demás barcos.

—¿Qué día es hoy? —preguntó Elcano.

—Diecinueve de noviembre —respondió Martín.

—Ven, acompáñame —indicó a su hermano.

Se encerraron en el camarote, desplegaron un mapa de la costa sur de las Indias y realizaron una serie de cálculos. Los repitieron por dos veces.

—No hay ninguna duda. Esta costa está en el hemisferio de los portugueses —señaló Martín con un compás de dos puntas en la mano.

—Hay que advertir al capitán general.

Poco después Elcano estaba a bordo de la capitana.

—¿Estáis seguro? Hagamos los cálculos otra vez.

En el camarote del capitán general volvieron a medir distancias, calcular latitudes y echar cuentas.

—Tenéis razón. No podemos desembarcar.

—Los hombres lo van a tomar muy mal —advirtió Pedro Bermejo, el piloto de la *Santa María de la Victoria*, que había ayudado a hacer los cálculos—. Llevamos más de seis semanas a bordo.

—Las órdenes de su majestad son muy estrictas en lo que se refiere a este asunto. El rey no quiere problemas con su cuñado. ¿Cuánto tendremos que navegar para llegar a tierras de nuestro hemisferio?

Elcano fijó un punto en el mapa y midió la distancia que los separaban del lugar donde estaban fondeados.

—Si las condiciones nos son favorables, unos cinco o seis días. Si no lo son, sólo Dios lo sabe.

—¿Cuál es vuestra opinión?

Elcano sopesó la respuesta.

—Coincido con Bermejo. Son muchos días a bordo y desembarcar levantaría el ánimo. Podríamos además abastecernos de lo que nos ofrezca la tierra. Pero incumpliríamos las órdenes del rey y daríamos a los portugueses, si llegan a tener conocimiento de que hemos desembarcado, un motivo para crearnos problemas.

García de Loaysa no lo dudó.

—¡Dad la orden de levar anclas, largad velas y poner rumbo al sur!

En todos los barcos se repitieron protestas y muchas murmuraciones entre dientes, pero las órdenes del capitán general se cumplieron a rajatabla y los maestres impusieron la disciplina.

En Madrid, el otoño estaba siendo lluvioso y frío. La víspera de la festividad de Todos los Santos la villa había aparecido cubierta por una espesa capa de nieve que se había convertido en hielo y provocado algunos descalabros entre el vecindario que había acudido a las iglesias a oír misa por el ánima de sus difuntos. En muchos hogares las familias se reunían en torno a las chimeneas para combatir el frío y contar historias de muertos, aparecidos o fantasmas de almas en pena. El miedo se apoderaba de quienes las oían y eran pocos los que osaban apartarse de la compañía de los demás porque, compartido, era menos el miedo. Si tenían necesidad de alejarse pedían a alguien que los acompañase y no dejaban de rezar padrenuestros y avemarías.

Aquel día llegaron unos jinetes al Alcázar. Eran dos hombres embozados en gruesos mantos de lana y con los bonetes bien calados. Apenas se les veía el rostro. Pidieron ver al emperador.

—No es día de audiencias —les espetó el cabo de guardia.

—No la tenemos pedida.

—Entonces, marchaos por donde habéis venido. —Se volvió a uno de los guardias—. ¡Que quieren ver al emperador! ¡No te fastidia!

—Mirad, cabo.

Los dos jinetes se habían desembozado y, pese a sus luengas barbas, podían verse las cruces que lucían en sus jubones. Eran caballeros de la Orden de San Juan.

—¡Aguarden vuesas mercedes! ¡Un momento!

El cabo se perdió en el interior y poco después aparecía el capitán de la guardia.

—¿Qué desean vuesas mercedes?

Uno de los caballeros le mostró, alzándolo, el bulto que llevaba cuidadosamente cubierto por un lienzo negro.

—¿Qué es eso?

—El tributo que hemos de pagar a su majestad imperial.

El capitán, desconcertado, los invitó a desmontar y entrar en el Alcázar. Ordenó al cabo que se hiciera cargo de los caballos y comenzó una larga serie de consultas hasta que por fin todo se resolvió. Los hospitalarios, dos horas después comparecían ante el emperador y le hicieron entrega de un magnífico ejemplar de halcón que llevaban en una jaula.

El casamiento del emperador empezaba a tomar forma. Se había cerrado el importante capítulo de la dote. Doña Isabel aportaría novecientas mil doblas de oro, que se abonarían en tres pagos. Esa cuantiosa suma aliviaría las arcas de Carlos I. Para el mantenimiento de su casa el rey había ofrecido trescientos mil ducados y para disponer de ellos empeñó el señorío de varias ciudades.

Se aguardaba con impaciencia a los emisarios que, hacía semanas, el emperador había enviado a Roma para que el papa otorgase una bula con la correspondiente dispensa que permitiera el matrimonio, al ser los novios primos hermanos. María, la madre de Isabel de Avis, era hermana de Juana, la madre de Carlos de Habsburgo. Fue poco antes del anochecer de aquel mismo día cuando llegaban los emisarios al Alcázar. Carlos I los recibió al instante.

—Majestad…

—¿Traéis la dispensa papal? —los interrumpió el rey.

—Sí, majestad. Pero no ha sido fácil. El santo padre no parecía muy dispuesto a otorgárosla. No entra en sus planes contrariar al rey de Inglaterra.

Gattinara, que acompañaba al rey —el canciller también había estado presente en la entrega del halcón como renta por la isla de Malta—, comprendió de inmediato. El papa jugaba con varias piezas siguiendo, una vez más, los tortuosos caminos de la política vaticana.

—¡Quien ha solicitado la dispensa soy yo, no el rey Enrique! Además, hace tiempo que quedó descartado el matrimonio con mi prima María.

—¿Tengo vuestra venia, majestad? —solicitó el canciller.

—Hablad.

—Como ya he apuntado en alguna ocasión a su majestad, su santidad no habrá visto con buenos ojos lo ocurrido en el norte de Italia. Ahora vuestros dominios en aquella península son muy extensos e importantes. El papa es un Médici y es posible que albergue temores acerca de la suerte que puede correr Florencia. La Santa Sede nunca ha visto con buenos ojos el predominio de una potencia extranjera. Todo apunta a que, si el papa no desea molestar al rey de Inglaterra, es porque trama algún movimiento. Ya habrá dicho a Londres que se ha visto obligado a dar esa dispensa. Así, toda la presión política recae sobre vuestra majestad.

—¿Adónde queréis llegar?

—A que si vuelve a haber guerra con Francia es posible que el papa se ponga al lado de Francisco I y no desea que los ingleses, que hasta ahora han sido nuestros aliados, creen problemas a Francia.

—¿Cómo podéis pensar en un nuevo conflicto con Francia cuando estamos negociando la paz con ellos?

—Majestad, el rey Francisco no admitirá tan fácilmente su expulsión de Italia, al igual que no ha digerido, aún, vuestra elección como emperador.

—¡Pero el papa nos necesita para frenar el avance de los otomanos!

—Majestad, la experiencia me dice que los caminos por los que discurre la política vaticana son…, son muy sinuosos.

Carlos I permaneció en silencio. No creía que el canciller tuviera razón, aunque lo que decía tenía fundamento.

—Canciller, haceos cargo de la bula y comprobad que todo está en regla. La enviaremos a Lisboa para que puedan celebrarse los esponsales.

La llegada de la bula no alteró la cena que Carlos I había dispuesto con su prisionero y la duquesa de Alençon y que resultó muy animada. El monarca francés se mostraba complacido con la presencia de su hermana y ella, que había sustituido el luto por un lujoso vestido que resaltaba su belleza, se mostró encantadora al recibir las galanterías del emperador. En algún momento parecía que trataba de seducirlo. La infanta doña Leonor, que había acompañado a su hermano, no perdió detalle.

En los días siguientes continuaron las conversaciones para cerrar un acuerdo de paz. Margarita de Valois, que había tomado las riendas de las negociaciones, se mostraba particularmente cariñosa con Carlos I, quien aprovechaba para verla en todas las ocasiones que se lo permitían los numerosos asuntos que había de atender.

Las noticias que recibía del Imperio eran muy preocupantes. Cada vez eran más los que se sumaban a las filas del fraile agustino que había plantado cara a Roma. Muchos lo hacían porque Lutero predicaba la pobreza evangélica y animaba a los señores a apoderarse de los bienes de la iglesia. Era un riquísimo botín bastante fácil de conseguir. En algunos *landers* los campesinos habían tomado al pie de la letra sus predicaciones y habían asaltado iglesias, conventos y monasterios. Le llegaban numerosos grabados en que se representaba al papa como el anticristo, recibiendo instrucciones de Lucifer, o se le podía ver cometiendo actos de abominable lujuria.

No eran mejores las noticias que le llegaban de Hungría. Las tropas de Solimán, que se habían apoderado de Belgrado, arrasando la ciudad, avanzaban por el curso del Danubio y habían llegado a las fronteras húngaras. Su hermana María le había escrito desde Buda una carta pidiéndole ayuda para enfrentarse a los otomanos, que exigían a su marido rendir vasallaje a la Sublime Puerta. La guerra, le decía su hermana, era inminente.

La firma de la paz con Francia suponía poner fin a uno de sus problemas y, si conseguía que Francisco I cerrase un acuerdo con él para frenar a los turcos, podría enviar a María la ayuda que le solicitaba. Daba tal prioridad a las negociaciones con los franceses, que había ordenado secretamente a sus enviados a Lisboa que se tomasen con calma los acuerdos para su boda, pese a sus deseos de hacer a Isabel su esposa. Se consolaba mirando el retrato de Vasco Fernandes y permitiéndose alguna aventura. Al fin y al cabo, todavía estaba soltero.

Tanto Gattinara como De los Cobos le habían aconsejado —no era frecuente que estuvieran de acuerdo—, agasajar a Francisco I y a su hermana con un gran banquete. Carlos I lo fijó para el día 15 de noviembre.

El aposentador de palacio llevó la invitación. Margarita de Valois le preguntó:

—¿Hay alguna razón para que el rey haya escogido esta fecha?

—La hay, señora.

—¿Puede saberse?

—Su majestad desea agasajar a su hermana por su cumpleaños.

La duquesa de Alençon sospechaba que era por causa de doña Leonor el que Carlos no se hubiera rendido a sus encantos y tampoco veía con buenos ojos que su hermano contrajese matrimonio con ella. Cuando el aposentador se hubo retirado, dio rienda suelta a su ira.

—¡Lo hace para metértela por los ojos!

El 15 de noviembre, a mediodía, se celebró en la capilla del Alcázar una misa solemne con el templo engalanado para la ocasión. Se habían dispuesto cuatro mullidos cojines de terciopelo carmesí y unos grandes sillones en el lado de la epístola, que serían ocupados por Carlos I y su hermana, y por Francisco I y la suya. También asistían a la ceremonia casi medio centenar de cortesanos, entre los que se encontraban el canciller, los secretarios de su majestad, los presidentes de los Consejos y algunos nobles entre los que se contaban los duques de Alba, Medina Sidonia y Béjar. Concelebraron la misa el arzobispo de Toledo y el confesor del rey.

Tras la misa, doña Leonor recibió los parabienes y felicitaciones de los presentes. Francisco I se mostró particularmente cariñoso. La besó en ambas mejillas. Ella se sonrojó y al rey le pareció muy hermosa. Margarita de Valois, que durante la misa no había dejado de lanzarle miradas furtivas, la saludó manteniendo las distancias.

La belleza y la rivalidad de aquellas dos mujeres, que no había escapado a la maledicencia con que en la Corte se hablaba de aquellos asuntos, era uno de los temas de conversación en el Alcázar, en los círculos cortesanos y en las cocinas. Ambas se encontraban en el esplendor de sus vidas. Su regio porte quedaba realzado por la riqueza de los trajes que lucían. Ambas vestían de tafetán bordado que caía hasta el suelo ocultando incluso los finos chapines que calzaban. Eran de corte muy parecido —cuerpo ajustado a la cintura con mangas abullonadas y acuchilladas que dejaban ver la fina seda de sus forros —blanco en Leonor y rojo en Margarita—. Por los cuellos, forrados de piel, podían verse los encajes de sus camisas. Las dos eran viudas, pero en edad casadera, y sus hermanos no dudaban en utilizarlas para afianzar relaciones importantes para sus intereses políticos.

Carlos I vestía de blanco —uno de sus colores favoritos—, tanto el jubón como las calzas eran acuchilladas. Se protegía del frío con un amplio ropón que dejaba ver el Toisón de Oro que colgaba de su pecho, tenía las mangas abiertas, unidas por diminutas puntadas con hilos de oro. El jubón de Francisco I era negro, como sus calzas, y estaba adornado con ricos bordados. Marcaba un vivo contraste con el del emperador —algunos quisieron ver una alusión a sus circunstancias—. El ropón era similar al del emperador en el corte, pero más lujoso en adornos y detalles.

Los demás asistentes a la ceremonia religiosa se retiraron porque el banquete tenía carácter privado, si por tal podía entenderse una comida servida por tres maestros de sala que dirigían una legión de criados.

Se había cuidado hasta el detalle más pequeño. En el centro del salón, cuyas chimeneas encendidas desde muy temprano habían logrado espantar el frío, se había colocado una mesa ligeramente alargada en cuyos extremos se sentaron los reyes y las damas en los lados más largos. Sobre los manteles de hilo blanco se había dispuesto una vajilla de oro de tres platos. Los cubiertos, con tenedores de dos puntas para pinchar la comida sin utilizar los dedos, como era costumbre, tenían empuñaduras de marfil. Aquel despliegue de lujo era la respuesta a ciertos comentarios de Francisco I sobre la falta de dinero de quien lo tenía prisionero. Las copas eran de fino cristal veneciano —un regalo del dogo Andrea Gritti— y los candelabros de plata maciza, con adornos de oro, estaban finamente cincelados.

—¡Cuánto lujo! —exclamó Margarita, con una sonrisa que tenía algo de burlona, paseando su mirada por la riqueza desplegada sobre la mesa.

—Una persona como vos no merece menos —respondió Leonor.

Carlos I no quería que el duelo iniciado por las damas fuera a mayores.

—Las copas están vacías. ¿Dónde está el vino? ¡Qué van a pensar nuestros invitados!

Bastó la mirada de un maestro de sala para que el copero escanciase el vino. Carlos I alzó su copa y brindó por el rey de Francia. Francisco I le devolvió el cumplido.

Conforme avanzaba la comida —principios, manjar blanco, besugo al horno servido sin espinas, faisán asado...—, los reyes se mostraron cada vez más relajados, pero las damas no bajaban la guardia.

Antes de los postres Margarita de Valois se refirió a la marcha de las negociaciones.

—Los representantes de vuestra majestad —lo miraba de forma voluptuosa— se muestran muy duros. Tendréis que rebajar vuestras exigencias.

—No habléis de exigencias. Son…, son peticiones.

—Entonces tendréis que rebajar vuestras peticiones. —Margarita se llevó la mano al cuello en un gesto incitador.

—Sólo piden lo que nos corresponde y hemos ganado en el campo de batalla. —La voz de Leonor sonó como el chasquido de un látigo.

—Nosotros, *madame* —pronunció aquella palabra con cierto retintín—, no lo vemos así.

—¿Cuál es vuestra…, vuestra visión? —Carlos I se adelantó a una posible respuesta de su hermana.

—Podemos entender que lo sucedido en Italia…

—¡Eso tiene un nombre, señora! —Leonor devolvió el cumplido—. Se las conoce con el nombre de derrotas.

Una mirada de Francisco I hizo que su hermana lo pasase por alto.

—Nuestra posición en Italia es, ciertamente, insostenible —admitió la duquesa de Alençon—. Entendemos vuestras peticiones en ese terreno y aceptaríamos de buen grado la situación que allí existe en este momento. También aceptamos que la suerte de Navarra está decidida. Pero no podemos admitir vuestras pretensiones sobre el condado de Artois y el ducado de Borgoña. Esos territorios pertenecen a Francia.

—Antes pertenecieron al padre de mi abuela, que los reclamó insistentemente. —La réplica de Leonor fue inmediata.

Era curioso que quien daba respuesta a los planteamientos de la Valois era Leonor.

—Fue el pago que hubieron de asumir vuestros antepasados, derrotados en Nancy.

En los labios de la española se dibujó una sonrisa triunfal. La francesa se dio cuenta demasiado tarde de su error.

—Es el pago que vuestro hermano ha de asumir por su derrota en Pavía.

El silencio resultó embarazoso. Habían sido las damas quienes habían capitalizado el debate. Las posiciones estaban claras y el margen de maniobra era muy pequeño. Ellas se habían encargado de fijar los límites.

Aquella tarde en el Alcázar se vivieron dos situaciones muy diferentes. En la que tuvo lugar en los aposentos del rey de Francia, Francisco I y su hermana entendieron que la situación era difícilmente reversible.

—¡Si no hubiera sido por esa arpía las cosas habrían discurrido de forma muy diferente! Lo tenía comiendo en mi mano. Hace poco leí a Plutarco —era una mujer culta que leía el latín como si fuera su propia lengua—, donde explicaba cómo Cleopatra, la reina de Egipto, había seducido a Marco Antonio en un banquete. El general romano iba dispuesto a imponerle duras condiciones, a los postres le había entregado todo lo que ella le pedía.

—Sólo aceptando sus condiciones recuperaré la libertad.

Margarita asintió.

El monarca francés firmaría lo que el emperador le pusiera por delante. Ya habría tiempo de tomar medidas. Pero no reveló sus pensamientos. Estaba convencido de que alguien estaba pendiente, en todo momento, de cualquier palabra que saliera de su boca.

A la misma hora, en un apartado salón del Alcázar, estaban Carlos I y su hermana.

—¡No debes ceder un ápice! Si no dejas resueltos los asuntos de Italia, no podrás hacer frente a la amenaza de los otomanos. No puedo dejar de pensar en María. En Buda han de estar aterrorizados.

—No te alteres.

—Es que no me fío de esa francesa. Es una bruja. Ha tratado de seducirte para sacar los mayores beneficios posibles.

—Pues…, puede convertirse en tu cuñada.

—Si eso llega a ser una realidad, sabré cómo mantenerla a raya.

—Eso es algo de lo que no me cabe la menor duda.

El rey conocía el fuerte carácter de su hermana.

—Si necesitas que alguna caliente tu cama, antes de que Isabel comparta el lecho contigo, tienes mucho donde elegir. Pero no se te ocurra acostarte con ella.

—Es muy atractiva.

—Sin duda. ¿Crees que ha venido a Madrid sólo a consolar a su hermano? ¿No has visto cómo te mira?

—Tendré muy presente tu consejo.

LXIV

Con más dificultades de las previstas, al soplar durante varios días un fuerte viento en contra —hubo jornadas en que apenas pudieron avanzar un par de leguas—, la escuadra echó anclas, entrado el mes de diciembre, en una ensenada donde los hombres pudieron desembarcar. Las aguas transparentes, la playa de fina arena blanca y la exuberante vegetación, que llegaba cerca de la orilla del mar, convertían el lugar en una especie de paraíso.

Los nativos aparecieron muy pronto. La presencia de las mujeres, prácticamente desnudas, desató la euforia entre los expedicionarios. Habían oído contar muchas historias de cómo se mostraban las indias, pero aquello superaba todo lo que les habían dicho.

—¡Santa Madre de Dios! —repetía un grumete, muy nervioso, sin quitarse las manos de la cabeza.

A Elcano le recordó lo vivido años atrás en la bahía de Todos los Santos.

Les ofrecieron grandes bandejas llenas de frutos cuyos llamativos colores invitaban a catarlos. Eran un manjar después de tanto queso endurecido, tanto pescado salado y tanta galleta. Pero lo que los dejaba sin palabras era la desnudez de las nativas, que resultaba tan pecaminosa como deliciosa. El asombro aumentaba al comprobar —algunos que ya habían viajado a las Indias les habían ilustrado durante el viaje— que se ofrecían, sin pudor alguno, a cambio de una fruslería.

—No se muestran melindrosas y son ellas las que te cabalgan y hacen cosas que no he visto hacer ni a las putas más refinadas del Compás de la Laguna —decía un marinero a un grumete que aquel día había perdido su virginidad entre los muslos de una nativa.

—¿Qué es eso del Compás de la Laguna?

—La mancebía de Sevilla.

Aquella noche, después de haber cenado carne asada de unos animales parecidos a los cerdos y jugosas frutas, las conversaciones de los hombres que dormían en las cubiertas, bajo un cielo estrellado, eran todas de un tenor parecido.

El padre Areizaga pedía perdón a su Creador por haber caído en la tentación y haber fornicado hasta en tres ocasiones con la mujer a la que había regalado unos zarcillos. Al día siguiente buscaría a otro capellán para confesarse y que le impusiera alguna penitencia, aunque siempre había pensado que la coyunda con hembra no era una ofensa tan grande como otros pecados. Lo reconfortaba no haber caído en la tentación de penetrarla contra natura, pese a que ella lo invitaba a hacerlo con mucha procacidad y lujuria. Aquellas cosas había que hacerlas como Dios lo había dispuesto. Como no podía conciliar el sueño, pensando en los encantos de aquella mujer de carnes prietas y doradas, salió del pequeño habitáculo en el que dormía —todo un privilegio por su condición de sacerdote— y se acodó en la amura de babor. El rumor de las aguas serenaba algo su espíritu, pero lo sobresaltaron unas palabras que sonaron a su espalda.

—¿Tampoco vos podéis conciliar el sueño?

—¡Capitán! —exclamó al ver a Elcano.

—¡Chiist! Vais a despertar a alguno de esos que ronca a pierna suelta.

—Hermoso cielo —comentó el páter—. La creación es algo que nos supera. ¿Qué hace que no podáis dormir?

—Lo que nos espera a partir de ahora. Esta tierra es un paraíso, pero conforme nos acerquemos al estrecho todo cambia, poco a poco, pero cambia. Las tormentas son frecuentes y los vientos tan fuertes que pueden desarbolar un barco.

—Os veo muy pesimista.

—Tengo razones para ello.

El sacerdote guardó silencio. La noche era amiga de confidencias, pero el cielo, tachonado de estrellas, invitaba a contemplarlo, sin decir palabra. Al cabo de un rato, comentó:

—He comprobado que tenéis buena relación con el capitán general.

—Es un caballero. Ha depositado mucha confianza en mí.

—Vos sois quien debería mandar esta escuadra.

En los labios de Elcano apuntó una triste sonrisa.

—Decídselo a los capitanes de los demás barcos. No soportan que alguien que no es de su alcurnia tenga mando sobre ellos.

—¡Hidalgos que no tienen dónde caerse muertos! Por cierto, he oído decir que hay instrucciones secretas del emperador.

—¿Instrucciones secretas?

—Es un rumor que corre entre los hombres. Se dice que el capitán general tiene una carta del rey que no puede ser abierta, salvo que se den determinadas circunstancias.

Elcano, que se acordaba de vez en cuando de aquella extraña carta, supo que alguien se había ido de la lengua.

—¿Se dice algo acerca de cuáles han de ser esas circunstancias?

—Lo que ha llegado a mis oídos es que las instrucciones del rey sólo se conocerían en caso de que falleciese el capitán general.

—Compruebo que estáis muy…, muy bien informado.

—¡Ah! No puede imaginarse vuesa merced las cosas que se confían a un hombre de Dios y no sólo cuando vienen a confesar, que eso es materia reservada de la que no puede hablarse.

En ese momento, Areizaga echó mano a una bolsilla que llevaba colgada del ancho cinturón con que se ceñía su prominente barriga, lo que no era obstáculo para que mostrase una agilidad y fortaleza verdaderamente envidiables. Sacó unas hojas arrugadas y escogió una. Guardó las demás y, bajo la atenta mirada de Elcano, formó una bola.

—Os dais buena maña. ¿Puede saberse qué es eso?

—Tabaco.

Recordó que Diego de Torres era aficionado, pero no hacía aquello.

El veterano formaba un canuto con las hojas, le prendía fuego por un extremo y lo chupaba, tragándose el humo que luego expulsaba. Su sorpresa aumentó cuando vio cómo el páter se echaba la bola a la boca y la masticaba.

—¿Qué demonios estáis haciendo?

—Masticar una hoja de tabaco.

—Pero... ¿a esas hojas no se les prende fuego y se traga el humo?

—Es lo que se hace, pero... —el páter le miró con socarronería— ¿habéis olvidado que está prohibido encender fuego? ¿Queréis que me pongan un par de días en el cepo? Más de una vez he tenido la tentación. Es mucho más deleitoso aspirar el humo de las hojas que masticarlas.

—En ambos casos me parece una gran porquería. Además, he oído decir que la Iglesia no ve con buenos ojos eso de tragarse el humo.

—¡Bah! Pamplinas y bobadas. Aspirar el humo cuando se prende fuego a estas hojas serena el espíritu y calma los nervios. No hagáis caso a tantas tonterías como se dicen. ¿Habéis holgado con alguna de las nativas?

—No.

Areizaga lo miró sorprendido.

—Pues no sabe vuesa merced lo que se pierde.

—¿Vuestra paternidad me invita a pecar?

El páter se sacó de la boca la bola de tabaco, que no había dejado de masticar, y la arrojó al agua.

—Vayamos por partes. Habéis de saber que hay pecados y pecados. Todos son ofensas a Dios, pero unos son más graves que otros. El más grave de todos es la envidia, que está muy extendida entre nosotros. Todos eso hidalgüelos que os miran mal es por envidia. También ofende a Dios, gravemente, quien se apodera de los bienes ajenos salvo que lo haga para matar el hambre. Dios Nuestro Señor no puede ver con malos ojos que tomemos una manzana o un racimo de uvas para calmarla. Otra ofensa muy dañina, porque de ella se derivan otros muchos males, es quien desea a la mujer de otro. Es una forma de codicia y la codicia es mala cosa, muy mala. Enfrenta a las familias, lleva a deshonrar a los padres... Pero otros pecados...

Decidme el mal que hay en disfrutar de los placeres de la carne. Cosa muy distinta es hacerlo con la mujer del prójimo. Pero estas nativas... —su rostro mostraba cierto embeleso— que se muestran tan gustosas cuando follan e incluso son sus maridos quienes las ofrecen y que se muestran mohínos... y hasta indignados si se las rechaza...

Elcano estaba sorprendido, si bien no dejaba de ser cierto que muchos hombres mantenían relaciones fuera del matrimonio, que eran los límites marcados por la Iglesia, e incluso que muchos clérigos, que estaban obligados a permanecer en soltería, tenían su barragana. Su hermano Domingo era uno de ellos. Era del dominio público que muchos prelados y príncipes de la iglesia tenían amantes y hasta los papas tenían sus hijos. Él había conocido a uno del papa Alejandro, cuando estuvo en Italia. Se llamaba César y era un sujeto de cuidado. Pero nunca había oído hablar, ni siquiera a su hermano cuando paseaban por Guetaria o se hacían confidencias a la lumbre del hogar, de la forma en que lo estaba haciendo Areizaga.

—Entonces..., ¿vuestra paternidad sostiene que no es pecado fornicar?

La expresión del semblante del clérigo mudó de repente.

—¡En absoluto! ¡En absoluto! —repitió levantando su dedo índice en actitud admonitoria.

—Entonces no os comprendo y vuestra paternidad debería guardarse mucho de decir ciertas cosas. La Inquisición tiene las orejas muy grandes.

—Lo que digo es que quien peca contra el sexto de los mandamientos de la Ley de Dios no ofende a Dios de la misma forma que quien lo ofende por otros caminos.

—Pero la lujuria es uno de los siete grandes pecados.

—La lujuria, no la holganza. ¿Sabe vuesa merced que es la lujuria?

—Decídmelo vos.

—El apetito desordenado de los placeres carnales. ¿Cree vuesa merced que es lujuria el que, quienes hemos estado durante semanas encerrados en estas cárceles de madera en medio del mar, demos rienda suelta a nuestros deseos de forma ordenada? Tened en cuenta que estas mujeres, que se nos han presentado tal y como sus madres las trajeron al mundo, se han ofrecido gustosas. —Recordó el ofrecimiento contra natura y lo asaltó la duda—. Bueno…, la holganza ha de hacerse como Dios lo tiene dispuesto.

Elcano estuvo a punto de preguntarle cuál era la forma en que Dios había dispuesto la coyunda, pero en aquel momento el centinela de proa dio los gritos de rigor:

—¡La *Sancti Spiritus*! ¡Medianoche! ¡Centinela alerta!

La fórmula fue repetida desde la popa.

También se oyeron a los centinelas de los otros barcos, que cumplían con la ordenanza.

—Es muy tarde, páter. Retirémonos a descansar.

El capitán general había dispuesto, después de tantos días de navegación, que estarían dos semanas de descanso en aquella ensenada. Aprovecharían para hacer reparaciones en los barcos y rellenar las bodegas. El descanso no significaba mantener a los hombres ociosos porque de ello se derivaban toda clase de peligros. Descansar era no tener que enfrentarse a los embates del mar, comer alimentos diferentes, lavarse y disfrutar de lo que ofrecían el lugar y sus gentes. Los desembarcos se harían por turnos y se prohibió pasar la noche fuera de los barcos.

El aire era fino, purísimo, y tenía su reflejo en el limpio azul del cielo que, sin embargo, se cubría, inesperadamente, de nubes que descargaban la lluvia y desaparecían tan de repente como habían aparecido. Aquel lugar era como el Edén del que habían sido expulsados los primeros padres.

Una semana después, al día siguiente de la festividad de la Virgen en su Inmaculada Concepción que, aunque no era un dogma admitido por Roma, en España se celebraba con mucha solemnidad, se dio la orden de salida. Las bodegas iban repletas de alimentos frescos: cajones rebosantes de pescado, que habría de consumirse en los primeros días, carnes adobadas por los cocineros para que aguantasen algún tiempo, y sobre todo grandes cantidades de frutas entre las que abundaban una especie de piñas —las habían bautizado así al recordarles su cáscara a las de los pinos—, de color amarillo verdoso, con la piel rugosa, rematada en un penacho de hojas. Su carne era muy jugosa y tenía un sabor muy agradable. También habían cargado, en gran cantidad, unas raíces gordas y alargadas, cuya carne, de color anaranjado, podía comerse cruda o asada.

Los nativos, que se habían concentrado en la playa para despedirlos, vieron asombrados cómo largaban velas y los barcos se perdían en el horizonte.

Las instrucciones del capitán general eran las de navegar en columna y en cabotaje, siguiendo el rumbo que marcaba la *Sancti Spiritus*. Durante días todo discurrió con normalidad. El 24 se detuvieron en una ensenada para celebrar la Nochebuena y la Natividad de Nuestro Señor Jesucristo. Hubo desembarco general —a bordo sólo quedaron los hombres de guardia y los cocineros y sus pinches que preparaban una cena especial— y, con mucha parafernalia de estandartes, guiones y banderas, asistieron a una misa que dijeron los cuatro capellanes sobre un tabladillo levantado para tal fin. Se entonaron villancicos en honor al Niño Jesús, la Virgen María y San José. Hubo danzas y muchas chanzas y cuchufletas.

En el camarote de García de Loaysa cenaron los capitanes y los capellanes. Hubo algunas palabras por el sitio que cada cual había de ocupar en torno a la mesa, pero a la postre la cena fue relajada. La comida se sirvió en platos de estaño —todo un lujo cuando se estaba embarcado— y el vino en copas del mismo metal.

El cocinero del capitán general se había esmerado. Unos principios a base de embutidos que habían resistido bien el paso de los meses: longaniza, lomo de cerdo curado, chorizo, morcilla…, acompañados de queso ahumado del que a Diego de Torres le recordaba a las tetas de las mujeres. Se sirvió luego un guiso de bacalao en una salsa que desprendía un agradable aroma, y hubo un plato de carne de la que habían embarcado recientemente, que despertó alabanzas generalizadas. A los postres, García de Loaysa sorprendió a todos con unas grandes bandejas llenas de mazapanes que había comprado en Toledo, elaborados por las monjas del convento de Santa Leocadia.

El 28 de diciembre llegaron a la desembocadura del río de Solís, a treinta y cuatro grados de latitud. Allí se desencadenó un fuerte temporal. Se desató con tal rapidez que los había sorprendido.

—¡Arriad todo el aparejo, menos el trinquete! ¡Rápido, rápido! ¡Daos prisa!

El temporal zarandeaba los barcos y desplazaba por la cubierta todos los objetos que no había dado tiempo a amarrar. Los hombres se habían refugiado en la bodega.

La tormenta se prolongó durante quince horas, desde poco después del mediodía del 28, festividad de los Santos Inocentes, hasta la madrugada del 29. Para las tripulaciones la noche, encerrados en las bodegas, fue un infierno. Muchos vomitaron, pese a que no hubo cena.

Con el amanecer llegó la calma. El mar se serenó, poco a poco, y, en las horas siguientes, lo que era una sospecha se confirmó. La *Santa María de la Victoria* y la *San Gabriel* habían desaparecido.

—Señor, ¿se las ha tragado el mar? —preguntaba Urdaneta a Martín Elcano, quien, desde el castillo de proa de la *Sancti Spiritus*, oteaba el horizonte buscando alguna pista.

—Es pronto para decirlo, pero hay que ponerse en lo peor.

En la toldilla, Elcano, con la mano sobre los ojos para evitar deslumbrarse con el sol de justicia de comienzos del verano en aquel hemisferio, buscaba en dirección contraria.

—¿Algún rastro? —le preguntó Bustamante.

El cirujano barbero había tenido que emplearse a fondo, suturando algunas heridas y colocando los huesos de algunos brazos en su sitio. Sacó su artilugio de aumento y escrutó el mar.

—No se ve resto alguno. ¿Qué pensáis hacer? En ausencia del capitán general os corresponde tomar el mando.

Elcano se acordó de la carta lacrada del rey, pero no sería posible conocer su contenido porque había desaparecido con García de Loaysa.

—Reuniré a los capitanes y tomaremos una decisión.

Dos horas después en el camarote del capitán de la *Santi Spiritus* estaban reunidos Pedro de Vera, Jorge Manrique, Francisco de Hoces y Santiago Guevara. Para sorpresa de Elcano ninguno puso objeción a que los convocara y asumiera el mando. Informaron de los desperfectos —en algún caso eran importantes—. Lo peor era la desaparición de media docena de hombres y que los heridos y contusionados se acercaban al medio centenar, aunque ninguno de gravedad.

—Propongo seguir costeando hasta la desembocadura del Santa Cruz y aguardaremos allí el tiempo estipulado, por si aparecen. Ahora me gustaría conocer la opinión de vuesas mercedes.

—Vuestra propuesta me parece acertada —señaló el capitán de la *Santa María del Parral.*

—También a mí me lo parece —afirmó Manrique.

—A mí también —dijo el capitán de la *San Lesmes.*

El cuñado de Elcano asintió con un movimiento de cabeza.

—En ese caso largaremos velas y continuaremos por la ruta trazada.

—¿Creéis que se los ha tragado el mar? —preguntó Hoces.

—No lo sé. Pero, si han naufragado, es extraño no encontrar restos.

—Estará todo en el fondo del mar.

—Es muy extraño —repitió Elcano—. No todo se va al fondo del mar. He visto muchos naufragios y siempre flotan restos.

Los capitanes abandonaron el camarote. Respondiendo a una seña de Elcano, Santiago Guevara remoloneó mirando una carta de marear.

—¿Qué te parece la actitud que han mostrado?

—Están horrorizados después de la tormenta. Saben que están en tus manos. Se les han bajado los humos y han perdido arrogancia.

—¿No crees que estén maquinando algo? Me sorprende su actitud. Ese Pedro de Vera es un buen marino.

—No lo creo. Al menos, por el momento.

—Está bien. Mantente vigilante.

La escuadra reanudó la marcha con la *Sancti Spiritus* marcando la ruta y dos días después un disparo desde la *San Lesmes* alertó de que algo extraño ocurría.

—¡Barco a la vista! ¡A babor!

Así era. En el horizonte se acercaba un barco con velas desplegadas. Poco después era identificado.

—¡Es la *San Gabriel*!

El capitán Rodrigo de Acuña, que había recuperado el mando de la nao, informó desde ella —se negó a subir a la *Sancti Spiritus*— de que la tormenta los había arrastrado mar adentro y que durante horas no pudieron manejar a la *San Gabriel* porque un golpe de mar había roto el timón.

—Hasta que no se ha reparado no hemos podido retomar la ruta.

—¿Tenéis noticia de la capitana? —preguntó Elcano

—Ninguna —fue la seca respuesta de Acuña.

Pese a que tuvieron que hacer frente a vientos que dificultaban proseguir la ruta trazada y en algún momento el mar se encrespó e hizo temer lo peor, el 12 de enero la escuadra anclaba en la ensenada que se abría junto a la desembocadura del río Santa Cruz. Seguían sin noticias de la *Santa María de la Victoria*. Elcano convocó reunión de capitanes, pilotos y maestres para el día siguiente.

Su camarote resultaba escaso para acoger a los reunidos, por lo que todos permanecían en pie, en torno a una mesa donde había desplegado un mapa en el que podía verse toda la costa oriental de la parte sur de las Indias. Se los veía a todos bien arropados. Las agradables temperaturas que los habían acompañado hasta hacía poco habían descendido de forma gradual conforme avanzaban hacia el sur. El frío empezaba a morder con fuerza, aunque estaban en pleno verano austral.

—Estamos aquí —Elcano señaló con la punta de un compás la desembocadura del Santa Cruz—, a cincuenta grados de latitud.

—Eso significa que nos encontramos a poco más de tres del estrecho que nos conducirá al mar del Sur —señaló Pedro de Vera.

—Así es. Si los vientos nos son favorables, llegaremos en pocos días. Pero debemos aguardar el tiempo establecido.

—¿Aguardar aquí seis semanas? —Acuña negaba con la cabeza—. ¡A qué viene perder todo ese tiempo!

—A que lo acordado fue que si algún barco se separaba de la

escuadra aguardaríamos seis semanas en el lugar donde nos encontramos.

—¡Vuesa merced ha perdido el juicio!

—¿¡Cómo habéis dicho!?

—Que vuesa merced no está en su sano juicio.

—¡Retirad esa ofensa y presentad disculpas! Si no, os aseguro que... —Elcano lo amenazó con el compás y Acuña dio un paso atrás al ver sus afiladas puntas acercarse a su cuello—. ¡Disculpaos!

Acuña, con los ojos chispeantes, farfulló una disculpa. Elcano no se dio por satisfecho y acercó aún más las puntas del compás.

—No he entendido lo que dice vuesa merced. ¿Queréis repetirlo en voz alta? —Las puntas del compás presionaron el cuello de Acuña.

—Me he excedido. Vuesa merced conserva el juicio.

Elcano retiró el compás, pero lo sorprendió Pedro de Vera.

—Estando a tres grados del estrecho no estoy dispuesto a permanecer aquí seis semanas. Si la *Santa María de la Victoria* no aparece en el plazo de tres días, la *Anunciada* largará velas.

Acuña aprovechó la ocasión.

—También la *San Gabriel*.

Rápidamente se sumaron Manrique y Hoces.

No era un motín, pero se parecía mucho. Aquellos hidalgos llevaban mal tenerlo como su jefe. No podía hacerles frente teniéndolos a todos en contra.

—Está bien, zarparemos dentro de tres días. Se dejará en lugar visible una cruz de tamaño suficiente para ser vista sin dificultad y un mensaje indicando el rumbo que hemos tomado.

—Es lo razonable —señaló Pedro de Vera, retorciéndose la punta de sus mostachos—. Si García de Loaysa todavía no ha aparecido...

—¡No! ¡No lo es! —Elcano lo miró a los ojos—. Pero acepto el parecer mayoritario de los capitanes. Es una de las normas por las que se rigen las armadas de nuestros reyes. Pero sabed que hasta tanto no hay certeza de que un barco se ha perdido y no quedan supervivientes, jamás se los abandona.

El silencio en el camarote era total. Santiago Guevara se percató de que aquel silencio no podía conducir a nada bueno.

—Capitán, ¿tenéis algo más que mandarnos?

—Nada más. Aguardaremos los tres días acordados. Pueden retirarse.

Al día siguiente la *San Gabriel* había desaparecido.

—Debió levar anclas durante la noche —señaló Martín Elcano.

—¡Pero es una locura! —exclamó Bustamante, que no dejaba de otear el horizonte por si los veía.

—Ese Acuña es un sujeto de cuidado —farfulló Elcano.

LXV

Pasados los tres días de espera sin noticias de la capitana y sin que apareciera la *San Gabriel*, después de dejar un mensaje introducido en una olla, al pie de una cruz que se había levantado para dejar una señal visible, los cinco barcos que ahora componían la escuadra abandonaron la ensenada. Navegaban rumbo al sur, sin perder de vista la costa. La boca del estrecho que los llevaría al que ahora se denominaba océano Pacífico se encontraba tres grados más al sur. Si el viento ayudaba y no surgían problemas, en pocos días podrían enfilarlo. La *Sancti Spiritus* abría la marcha y la *Anunciada* cerraba la formación.

Elcano estaba de malhumor. No era de cristianos lo que habían hecho. Tenían que haber aguardo el tiempo convenido por si la *Santa María de la Victoria* aparecía por aquellas aguas, aunque fuera ya poco probable. Se encerró en su camarote y estuvo un rato estudiando un mapa con las costas de aquellas latitudes, que se había levantado con la información que él y Francisco Albo, el piloto de la *Victoria,* habían facilitado. Recordaba aquella costa muy recortada con gran cantidad de escotaduras y recios acantilados, a lo que se sumaban los peligrosos bajíos, una de las mayores amenazas al navegar por aquellas aguas.

Se adormiló sobre la mesa acomodando la cabeza sobre los brazos. Pensaba en María de Ernialde. Lo primero que haría cuando regresase sería desposarla. No quería que Domingo fuera un bastardo. Su cabeza, sin saber muy bien por qué, lo llevó a otro asunto muy diferente. Recordó la carta lacrada que Carlos I había entregado al capitán general con la instrucción de abrirse sólo en caso de que, según el rumor, falleciera. Se preguntó cuál sería su contenido y concluyó que ya nunca lo sabría. La carta habría acompañado a García de Loaysa al fondo del mar. Era poco avezado en las cosas de navegar, pero era capaz de reconocer sus deficiencias y era un caballero, no tanto porque fuera comendador de la Orden de San Juan, sino porque era honorable y justo. Se desperezó y se sirvió una jarrilla de un pellejo que cada vez estaba más ligero. Era un vino excelente que nada tenía que ver con el que entraba en las raciones que cada día se distribuían a los hombres. Había sido un regalo de Diego y Marta.

Chasqueó la lengua y negó con la cabeza, como si quisiera sacudirse algún pensamiento molesto. Le había tocado asumir el mando sin tener un nombramiento real, y estaba convencido de que los problemas no habían hecho más que empezar. Aquellos nobles, orgullosos y soberbios, no lo querían. Se habían conchabado para imponerle algo que tenía mucho de abominación. Los verdaderos hombres de mar no abandonaban a compañeros sin que hubiera constancia de que habían perdido la vida.

Tras dos jornadas de navegación, sin perder la costa de vista, aunque se navegaba a la distancia suficiente para evitar los bajíos, encontraron la entrada del estrecho. Le pareció que habían llegado demasiado pronto porque eran tres los grados de latitud que separaban Santa Cruz de aquella entrada. Un fuerte crujido en la quilla de la *Sancti Spiritus* los puso en alerta.

—¡Ha sido la quilla! —gritó Martín Elcano.

—¡Hay que detener la marcha! —ordenó Elcano al maestre.

—¡Arriad la mayor! ¡Soltad las anclas!

La *Sancti Spiritus* había encallado.

Otras dos naos también estaban encalladas.

—¡Hay una vía de agua! —La advertencia llegaba desde la bodega.

—¡Rápido! ¡Los carpinteros y el calafate!

—No sé qué demonios ha podido ocurrir.

Lograron taponar la vía de agua y Elcano reunió a los capitanes.

—¿Estáis seguro de que ese es el estrecho? —Pedro de Vera había puesto voz a la duda que asaltaba a todos.

—Esta escotadura es propia del estrecho —respondió Elcano.

—Pero no estáis seguro.

—Los mapas más completos estaban en la *Santa María de la Victoria*. Tengo la impresión de que no hemos recorrido los tres grados que hay entre Santa Cruz y el estrecho.

—Significa que podríamos haber errado el camino.

—Es posible. Habrá que cerciorarse.

—¡Los fondos están muy cerca de la superficie! ¡Hay tres barcos encallados! —protestó Manrique.

—Ordenaré una descubierta con un esquife —señaló Elcano.

Una hora después su hermano Martín, el padre Areizaga, que se había ofrecido voluntario, Hernando de Bustamante y otro marinero que había servido en la *Victoria* habían subido al esquife de la *Sancti Spiritus* y se adentraban en aquellas aguas.

Tras recorrer más de media milla:

—Estamos en el estrecho —indicó Bustamante.

—Yo también lo creo —corroboró el marinero.

—A mí no me lo parece. Esta corriente… —indicó Martín.

El clérigo mojó su mano en el agua.

—Está poco salada.

—¿Qué quiere decir, páter?

—Que si nos adentramos un poco más es posible que el agua salada del mar que entra con las mareas no llegue y entonces comprobemos si es agua dulce.

Remaron con fuerza y al cabo de un rato volvió a probar el agua.

—¡Dulce! —exclamó Areizaga—. ¡Cómo los pastelillos que llaman teta de novicia!

—¡Estamos en el cauce de un río! —certificó Martín Elcano—. Regresemos, antes de que la noche sea un problema. Nos costará menos trabajo, al menos mientras vayamos a favor de la corriente.

Muy pronto, al perder el impulso de la corriente, comprobaron que iban a tener dificultades. La marea subía y con fuerza.

—Vamos a tener problemas —señaló Areizaga poniendo todo su empeño en bogar.

—¡Mirad, los barcos han desencallado! ¡Están alejándose!

—¡Maldita sea!

La subida de la marea favoreció sacar los barcos de la difícil situación en que se encontraban y rápidamente se habían dado las órdenes para que se alejaran de la costa. Pero para los del esquife podía suponer una tragedia. El viento soplaba cada vez más recio y las aguas estaban encrespándose.

—Hay que echar el resto si queremos alcanzar el costado del barco.

El padre Areizaga era un coloso manejando el remo. Lo hacía con tanta fuerza que corrían peligro de que viraran. Habían logrado acortar la distancia, pero el mar se agitaba cada vez más. Ahora la mayor preocupación era mantenerse a flote y la noche se echaba encima. Desde la cubierta del *Sancti Spiritus* estaban pendientes de su suerte. El movimiento de las olas los alejaba. Entonces Elcano ordenó una arriesgada maniobra para salvarlos.

—¡Timonel, vira a babor! ¡Toda a babor!

—¿A babor, señor? —Miraba al capitán asombrado.

—¡Toda! ¡Toda a babor!

—¡Es muy arriesgado, señor! ¡Nos quedaríamos al través!

—Es la única forma de protegerlos del oleaje y darles una oportunidad de acercarse. ¡Vamos, vamos! ¡Está oscureciendo!

—¡A la orden, señor!

—¡Arrojad los cabos! ¡Rápido!

Aquella maniobra los salvó. La *Sancti Spiritus* formó una barrera de protección. Las olas chocaban contra su amura de estribor y permitió a los del esquife acercarse por babor, agarrarse a los cabos y ser izados a bordo. El esquife se dio por perdido, pero los cuatro hombres habían salvado la vida. Elcano ordenó virar de nuevo y ofrecer la menor resistencia posible al oleaje.

Tardaron bastante en recuperar el resuello.

—¡Creí que había llegado la hora de comparecer ante Dios! —dijo el páter entre estornudos.

—¡Eso por meteros en camisas de once varas! —Elcano le golpeaba la espalda para ayudarle a expulsar el agua.

—¡Qué sabrá vuesa merced!

Elcano miró a su hermano y preguntó algo que ya sospechaba.

—¿Habéis averiguado algo?

—Sí, que esa boca no conduce a ninguna parte.

—Esta escotadura es la desembocadura de un río. Dentro la corriente es cada vez más fuerte y a cierta distancia el agua ya es dulce. El estrecho ha de quedar algo más al sur.

Elcano asintió cariacontecido. Impartió una serie de órdenes porque empezaba a desatarse un temporal en toda regla. Se encerró en su camarote. Aquel error haría que su autoridad, muy cuestionada, se deteriorase.

Sonaron unos golpecitos en la puerta.

—¿Quién va?

—Soy Areizaga. ¿Tiene vuesa merced un momento?

Elcano lo invitó a pasar.

—Entrad rápido si no queréis que una de esas olas os lleve ante el Creador como decíais hace poco rato.

—¡Vaya noche que nos espera! —Areizaga se frotaba las manos.

—¿Queréis un poco de vino especiado? Acabo de calentarlo.

—¿Sólo un poco?

Elcano llenó generosamente dos jarrillas.

—Esto os calentará las tripas.

Areizaga dio un largo sorbo.

—Excelente, excelente. —Se palpó la barriga y con una sonrisa socarrona añadió—: Ya noto la mejoría. Ahora, decidme, ¿qué pensáis hacer?

—Cómo que…, ¿qué pienso hacer? No os entiendo.

—Sí, ¿qué pensáis hacer con esa tropa de lindos que mandan los barcos?

—Llegar al estrecho, cruzarlo y ganar las aguas del mar del Sur.

—¿Estáis seguro de que os seguirán?

—Son las órdenes de su majestad y, en ausencia del capitán general, yo mando la escuadra.

—Tendréis que mostrar energía y ser muy hábil. A esos no les gusta que vos les mandéis. Sabed que podéis contar conmigo.

No era un ofrecimiento menor. La influencia de los capellanes era grande y su ayuda, en caso necesario, sería muy valiosa. Areizaga apuró el vino y dejó la jarrilla sobre la mesa. Antes de marcharse le preguntó:

—¿Queréis saber por qué me metí en camisas de once varas?

—Desde luego.

—Tuve la intuición de que era algo peligroso. No me pregunte por qué. Es algo que me ocurre con frecuencia. Me lo impuse por haber follado con aquella india. Me pareció poco los padrenuestros que me impuso el capellán Laínez cuando me confesé. Ha faltado poco para que nos dejásemos la vida. Ahora estoy más tranquilo. He cumplido la penitencia.

—Es vuesa merced persona muy particular.

El páter antes de abrir la puerta se volvió hacia Elcano:

—Habéis demostrado agallas al poner la nao del través. Os iba mucho, después de equivocaros. Nos habéis salvado la vida. Jamás lo olvidaré.

Al abrir la puerta entró un fuerte ventarrón y bastante agua. La noche podía ser muy larga.

LXVI

El viento rugía de una forma que hasta los marineros más experimentados estaban paralizados por el miedo. Pero lo peor llegó al amanecer. Con las primeras luces el temporal que se había desatado se convirtió en una furiosa tormenta. Hacía rato que las olas barrían las cubiertas y algunas alcanzaban tal altura y fuerza que hacían crujir los palos. En la *Sancti Spiritus* estaban pasándolo mal. Pese a que Elcano había ordenado echar las cuatro anclas en un intento de fijarla, el oleaje era tan fuerte que apenas podían sujetarla. Un fuerte golpe de mar inutilizó el timón y la dejó a merced de la tormenta y, sin control, como estaban, era cuestión de tiempo que naufragara.

—En estas condiciones es imposible realizar una maniobra —dijo Elcano a quienes le acompañaban en su camarote: su hermano Martín, el barbero Bustamante, el padre Areizaga y el joven Urdaneta.

La embestida de otra ola zarandeó el barco como si fuera de juguete.

—Sólo nos queda encomendar nuestras almas a Dios. Me voy a la bodega. Impartiré un perdón general de los pecados. En estas circunstancias puede hacerse.

Areizaga iba a abrir la puerta del camarote y aprovechar entre ola y ola para cruzar la cubierta, cuando la voz de Elcano lo detuvo.

—Deteneos, páter.

—¿Por qué?

—Porque es mejor no asustar a los hombres más de lo que ya están.

—Pero sus almas…

—Vamos a intentar encallar la nave.

—¡Eso es imposible!

—Es imposible si no lo intentamos, Bustamante. Si encallamos, podremos salvar a la tripulación.

—¿Cómo vais a conseguirlo?

—Largando el trinquete. Es muy peligroso. Pero es la única oportunidad que tenemos.

—¿Puede saberse a qué esperamos? —Areizaga era hombre decidido.

—Páter, ¿estáis dispuesto a tirar de un cabo?

—¡Y de dos, si fuera necesario!

—Aprovechemos entre ola y ola para ganar la proa. —Elcano abrió la puerta cuando una ola barría la cubierta. El agua entró a raudales—. ¡Ahora!

Pudieron largar el trinquete y el viento, que soplaba huracanado, hinchó la vela y arrastró a la *Sancti Spiritus*, que encalló en unos arrecifes.

—¡Avisad a los hombres! ¡Que salgan de la bodega! ¡Rápido!

La tripulación, asustada, salió a toda prisa por las dos escotillas.

—¡Hay que disponer unos cabos por el costado de babor! —El maestre trataba de imponer un poco de orden en medio del caos que había en cubierta.

Varios hombres, ignorando su orden, se lanzaron al agua por estribor, pensando en ganar la costa a nado.

—¡Por ahí, no! ¡Estúpidos!

Se los tragó el mar, pero casi toda la tripulación pudo ponerse a salvo.

El frío era intenso y muchos hombres estaban en camisa y descalzos. Tiritaban ateridos y era imposible encender un fuego. La única forma de combatirlo era moverse sin parar por aquella costa pedregosa, llena de guijarros.

Hacia mediodía el temporal amainó.

—Tenemos que aprovechar esta clara para salvar lo que podamos de la *Sancti Spiritus.*

Los más fuertes subieron a bordo y el resto se organizó en dos filas. Salvaron algunas cajas llenas de abalorios, algunas jaulas con quesos, barrilillos con aguardiente y vinagre, barriles de arenques y otros con carne salada…, y arcones con ropa. También las ballestas, arcabuces, picas, coseletes, morriones…, y con gran trabajo los falconetes y las culebrinas. Toda la galleta se perdió al quedar empapada, al igual que los barriles de pólvora.

Recogieron la jarcia, el velamen y la madera que les fue posible hasta que la tormenta volvió a arreciar y con el fuerte movimiento de las olas la *Sancti Spiritus* terminó estrellada contra los acantilados y se hundió definitivamente. En el resto de la flota fue necesario, para evitar males mayores, arrojar al mar parte de la artillería y otros pertrechos.

Una vez pasado el temporal, Areizaga preguntó a Elcano:

—¿Qué pensáis hacer?

—Convocar una reunión de capitanes.

—¿Dónde?

Elcano lo pensó un momento.

—A bordo de la *Anunciada.*

—Te acompañaré —le dijo su hermano.

—Yo también —dijo Areizaga.

—Y yo —dijo Bustamante.

—Ni hablar.

—¡Esa gente no es de fiar!

—Iré solo. Si quiero ejercer el mando, no podré mostrar miedo. —Miró al joven Urdaneta—. Tú me acompañarás.

El mar arrojó sobre la playa los cuerpos de tres de nueve fallecidos. Los recogieron y se les dio cristiana sepultura en unas fosas que se excavaron lejos de la costa. El padre Areizaga rezó un responso en medio de un silencio que sólo rompían el ruido del mar y el graznido de las gaviotas.

Al día siguiente, que era domingo, en el camarote de la *Anunciada* estaban reunidos los capitanes.

—Entonces…, vuestra opinión es la de seguir adelante. —El capitán Manrique se mostraba arrogante.

—No es una opinión. Es una orden con la que cumplo el mandato del emperador. Estamos a las puertas del estrecho y cuando lo pasemos habremos llegado al Pacífico.

—¿Estáis seguro? —preguntó con ironía el capitán Hoces.

—Sin duda, y ahora reorganicémonos. Lo primero será distribuir a la tripulación de la *Sancti Spiritus*.

Estaban reordenando las tripulaciones, lo que estaba resultando más complicado de lo que parecía, cuando se divisó una vela en el horizonte. Uno de los vigías dio la voz de alerta.

—¡Barco a la vista! ¡A sotavento!

Escrutaron el horizonte para identificarla, pero estaba demasiado lejos. Otro grito de advertencia los puso en guardia.

—¡Otra vela a la vista!

Elcano, que había subido al puente de mando de la *Anunciada*, temió que detrás de aquella aparecieran más.

—¿Quiénes pueden ser? —Pedro de Vera miraba con los ojos entrecerrados.

—Quizá sean portugueses. ¿Quién se aventuraría en estas aguas? Preparemos la artillería. Mejor estar prevenidos. Disponed las armas de los arcabuceros y que las tengan listas… Por si tenemos que combatir.

—¡Armad la artillería! ¡Preparad las bombardas! ¡Sacad munición de la bodega!

Las órdenes acabaron, al menos por el momento, con las disputas provocadas con la reorganización de las tripulaciones. Los portillos de los cañones y las bombardas se abrieron. Por ellos asomaron sus amenazantes bocas. Las amuras se erizaron de arcabuces, ballestas e incluso algunas picas.

En la *Santa María del Parral* y en la *San Lesmes* había el mismo movimiento que en la *Anunciada*. Los hombres estaban nerviosos. En el patache *Santiago*, aunque apenas contaba con un par de falconetes y una bombarda montada a proa, también se aprestaron a la lucha.

—¿Vamos a pelear? —preguntó a un lombardero, que medía el calibre de una bala, un grumete que ayudaba a montarlo.

—Eso parece, hijo. Eso parece. Cuando empiece la fiesta, busca donde meterte y que sea lo más lejos posible de cajas, barriles y jaulas de madera. Mueren más hombres por culpa de las astillas que por el fuego de la artillería.

Bustamante oteaba el horizonte, pero no lograba identificar el barco que venía delante.

—No logro ver sus guiones. Lo que puedo decir es que, al menos por ahora, no han aparecido más que dos velas.

—Disparemos un cañonazo de advertencia —ordenó Elcano—. Les indicará que estamos prevenidos.

El disparo desde la *Anunciada* no tuvo respuesta.

El vigía de la cofa de la *Santa María del Parral* fue el primero que vio que izaban la enseña del rey de España.

—¡Es un barco de nuestro rey! ¡Es de los nuestros!

Estalló una explosión de júbilo y Bustamante pudo ver con claridad.

—¡Es la capitana! ¡Es la *Santa María de la Victoria*!

Minutos después se sabía que la segunda vela era la *San Gabriel*.

García de Loaysa convocó inmediatamente reunión de capitanes y les explicó cómo había llegado a la ensenada de la Santa Cruz el 18 de enero, adonde al día siguiente arribó la *San Gabriel*.

—Encontramos el mensaje que se nos había dejado en que se decía que la escuadra zarpó el 12 de enero. ¿Por qué no se nos aguardó? La orden era esperar seis semanas.

Paseó la mirada por los presentes y fue Santiago Guevara quien respondió:

—Señor, yo coloqué ese mensaje en la olla, al pie de la cruz, siguiendo instrucciones del capitán Elcano, quien había asumido el mando de la escuadra en vuestra ausencia. Él quería esperar el tiempo acordado, pero los demás capitanes se opusieron. No le quedó otra alternativa que dejaros el mensaje y hacerse a la mar.

García de Loaysa miró a Acuña.

—Eso no es lo que me habéis contado.

—¡Pongo a Dios por testigo que he dicho la verdad! —Guevara no estaba dispuesto a que se cuestionase su palabra.

—Acabáis de oír lo que allí ocurrió —corroboró Elcano—. Añadiré que la *San Gabriel* desapareció de noche y sin aviso. No la arrastró ninguna tempestad, el mar estaba en calma.

Acuña quedaba como desertor y mentiroso.

—Luego decidiré sobre este asunto. —Miró a Elcano y lo invitó a hablar—: Ahora quiero un informe de lo ocurrido en mi ausencia.

Hombre de pocas palabras, resumió lo ocurrido. Le explicó cómo habían costeado hacia el sur buscando la entrada del estrecho. Se refirió al error que había cometido, ahí no ahorró detalle, al confundirlo con la desembocadura de aquel río. Luego se refirió a la terrible tormenta que los había sorprendido, cuya consecuencia más grave fue la muerte de nueve hombres y la pérdida de la *Sancti Spiritus*.

—Estábamos distribuyendo su tripulación cuando habéis llegado.

—¿Alguien tiene algo más que añadir?

—Lo que ha dicho el capitán Elcano se ajusta a la verdad y os diré que ha tenido la gallardía de asumir su error —señaló Manrique—. Añadiré dos cosas a las que no se ha referido. La primera, que con su nao realizó una maniobra que permitió salvar la vida de quienes habían explorado aquella escotadura. La segunda, cómo con otra maniobra logró que la *Sancti Spiritus* encallase en lugar de irse al fondo del mar, permitiendo salvar la mayor parte de la tripulación.

Elcano lo miró sorprendido.

—Bien…, si no hay más cosas que decir, vuesas mercedes pueden retirarse. Será mañana cuando tomaremos las decisiones que más cumplan al servicio de su majestad. Vos —miró a Elcano—, pasaréis la noche en la capitana.

Se retiraban cuando Manrique se acercó a Elcano.

—Habéis demostrado no sólo tener agallas, sino nobleza de espíritu. Os pido disculpas por la actitud que he tenido hasta ahora con vuesa merced.

LXVII

En Madrid las conversaciones para sellar la paz con Francia avanzaban, pero había que ajustar numerosos detalles. Margarita de Valois se había marchado a toda prisa, pese a que el tiempo para viajar no era el más recomendable y muchos pasos de montaña podían estar cerrados por la nieve. Se explicó su ausencia por la llegada a Madrid del duque de Borbón, que, pasado al bando imperial, había luchado en Pavía contra Francisco I. Era tenido por un traidor. Con él había llegado también el virrey de Nápoles, Carlos de Lannoy.

La marcha de la duquesa de Alençon tenía otra causa. Una vez comprobado que no resultaría fácil seducir a Carlos I, había urdido una trama para preparar la fuga del rey. Marcharían juntos hacia la frontera, si la huida tenía éxito. Pero el ardid que pensaban utilizar había sido descubierto en el último momento. Y, si bien no resultaba fácil demostrar su implicación porque el monarca francés se había inculpado, había decidido que lo más conveniente era poner tierra de por medio.

—Ya os dije, majestad, que no era de fiar. —La infanta Leonor había acudido a la llamada de su hermano, a quien acompañaban varios de sus consejeros—. ¿Cómo se descubrió la fuga, Alba? —preguntó la infanta al duque.

—Por lo que sé, alteza, surgieron diferencias entre los que estaban en el asunto. Si no hubiera sido así, es posible que a estas horas el rey Francisco también estuviera cabalgando hacia la frontera. Lo previsto era que ocupase la cama del rey el criado negro que se encarga de algunos menesteres, mientras el monarca, con la cara tiznada y vestido con las ropas de ese criado, saldría del Alcázar al anochecer, con el pretexto de ir a por leña para alimentar la chimenea. Me pareció tan burdo que no le di crédito.

—¿Entonces…?

—Advertí al capitán Alarcón de que se mantuviera vigilante. Fue él quien descubrió al rey cuando salía de sus dependencias haciéndose pasar por el criado.

Carlos I que, hasta aquel momento, había prestado oídos a quienes se mostraban partidarios de suavizar las condiciones para alcanzar una paz, entre los que se contaba también el recién llegado virrey de Nápoles, se mostró ahora intransigente. Francisco I no sería liberado hasta que los franceses le hicieran entrega del ducado de Borgoña.

—Además —señalaba don Fadrique Álvarez de Toledo—, hay un asunto que no se ha planteado y que tiene una gran importancia.

—¿A qué se refiere su excelencia? —preguntó De los Cobos.

—A las garantías de cumplimiento de lo acordado. Si el acuerdo de paz supone dejar en libertad al rey de Francia, ¿qué garantías tenemos de que respetará los acuerdos?

—Ha dado su palabra —señaló García de Loaysa.

—¿Su palabra… después de lo que ha intentado?

—¿Habéis pensado en alguna garantía? —intervino Carlos I, que se había limitado a prestar atención a lo que decían sus consejeros.

—La habitual en estos casos, majestad. Tomar rehenes.

—Me parece excesivo —apuntó García de Loaysa.

—Pediremos rehenes. —El rey cortó el debate—. Sólo hay que decidir quiénes serán.

—Los dos hijos del rey, majestad —señaló el duque de Alba—. El Delfín y el duque de Angulema.

—Sea.

Los negociadores franceses comprendieron que, después de aquel intento de fuga frustrado, las posibilidades de lograr un acuerdo más ventajoso se habían esfumado. Además, a Francisco I, a quien se sometía ahora a una vigilancia más estricta, el tiempo se le hacía eterno.

En los primeros días de 1526 se redactó el tratado, al que se dio el nombre de Paz de Madrid. Fue firmado el 12 de enero por ambos reyes. Francisco I aceptaba la entrega de sus hijos como rehenes y que Artois y Borgoña formasen parte de los dominios de Carlos I, una vez que estuviera en suelo francés. Habrían de ser devueltos al duque de Borbón sus dominios en Francia y le serían restituidos sus títulos. Asimismo, se acordaba su boda con la infanta Leonor. El matrimonio se celebraría por poderes y la novia no abandonaría suelo español hasta que los rehenes quedaran en libertad, algo que ocurriría cuando los representantes de Carlos I tomasen posesión de Artois y Borgoña. Los agramonteses dejarían de recibir ayuda francesa. Una vez que los cancilleres rubricaron el texto, se celebró una comida. Carlos I agasajaba al rey francés y a quienes habían llevado a cabo las negociaciones.

Como quiera que se había fijado la fecha del 10 de marzo para que Francisco I cruzase la frontera por Fuenterrabía, con el fin de dar tiempo a que se cumplimentaran los aspectos del tratado que necesitaban algunas semanas para materializarse, decidieron, de común acuerdo, disfrutar de unas jornadas de cacería por los montes de Toledo. Dos días después de la firma salieron de Madrid en una carroza. Las calles de aquella villa, que estaba cobrando una creciente importancia, estaban llenas de gente que mostraba su alegría al paso de los reyes. Aquella imagen reflejaba lo que se señalaba en el tratado, cuando se decía que:

... emperador y el rey... sean y queden de aquí en adelante buenos, verdaderos y leales hermanos, amigos, aliados y confederados, y sean perpetuamente amigos de amigos y enemigos de enemigos para la guarda, conservación y defensa de sus estados, reinos y señoríos, vasallos y súbditos donde quiera que estén. Los cuales se amarán y favorecerán el uno al otro, como buenos parientes y amigos, y se guardarán el uno al otro las vidas, honras, estados y dignidades bien y lealmente, sin ninguna clase de fraude ni engaño y no

favorecerán ni mantendrán persona alguna que actuase contra el uno o el otro de los dichos señores.

Durante una de aquellas jornadas, estando en Illescas, se celebró por poderes el matrimonio de la infanta doña Leonor. Un día en que los reyes se encontraban en un caserío donde iban a pasar la noche, bebiendo y charlando amigablemente, Francisco I dijo al emperador:

—Quiero pediros algo.

—Decidme.

—Es mi deseo compartir el lecho con Leonor.

Carlos I negó con un movimiento de cabeza.

—No hasta tanto queden resueltos todos los negocios pendientes.

—No hay desdoro en ello. Estamos casados y sabéis que ese enlace no será válido hasta que quede consumado.

El emperador recordó unas palabras de su hermana y, pasando su brazo por los hombros del francés, le susurró al oído:

—Si tenéis necesidad de que os calienten el lecho, decídmelo y veré la forma de satisfacer vuestro deseo.

El 21 de febrero, tras unos protocolarios actos celebrados en el Alcázar, Francisco I abandonó Madrid. Lo acompañaba el virrey de Nápoles. Al frente de la escolta formada por una veintena de caballeros iba el capitán Alarcón. Aquel mismo día, pero en un cortejo diferente, salía de Madrid la infanta Leonor, acompañada por el condestable de Castilla, don Íñigo de Velasco. Ella se encargaría de recibir a los rehenes.

Como quiera que faltaban más de dos semanas para la fecha fijada para cruzar la frontera, el camino se hizo a pequeñas jornadas. En Fuenterrabía se preparaba el dispositivo para que al mismo tiempo se recibiera a los rehenes. Todo se haría según un protocolo donde se había cuidado hasta el más mínimo detalle porque, pese a las palabras de amistad recogidas en el tratado, lo cierto era que desconfiaban unos de otros. Aquel era un tiempo en el que los engaños eran moneda corriente no sólo entre las gentes de baja condición, sino también en las más altas esferas.

Tras varios días de camino, llegaron a Aranda de Duero con el sol todavía alto. El cabildo arandino tributó a Francisco I un gran recibimiento, al que se sumaron los vecinos engalanando sus balcones con tapices y reposteros a lo largo del recorrido. En una estancia del palacio donde fueron alojados, Francisco I y el virrey Lannoy repasaron los detalles de la entrega.

—Majestad, como podéis ver en estos dibujos, se ha dispuesto un tablado sobre unas lanchas que se situará en medio del río Bidasoa, a igual distancia de ambas orillas. Estará sujeto con fuertes maromas ancladas tanto en el lado francés como en el español. Al tablado se llegará en dos botes de la misma forma y tamaño que contarán con el mismo número de remeros. Saldrán a la vez de sus respectivas orillas y bogarán al mismo compás. En uno de los botes irá vuestra majestad, a quien yo tendré el honor de acompañar, junto con media docena de caballeros. En el otro irán *monsieur* el Delfín y el duque de Angulema, a quienes acompañarán el almirante Lautrec y otra media docena de caballeros. A ambos botes los escoltarán otros donde irán doce hombres provistos de la misma clase de armas.

—Compruebo que todo está muy medido.

—Así es, majestad.

—¿Cómo se llevará a cabo… el intercambio?

—Una vez en la plataforma todo se hará con la mayor brevedad. Vuestra majestad cruzará unas breves palabras con el Delfín y el duque de Angulema, y luego subirá al bote que los ha traído. Ellos subirán al que nos ha acercado a vuestra majestad y a mí.

El camino desde Aranda de Duero hasta Fuenterrabía se hizo a jornadas aún más cortas, porque surgieron diferencias a la hora de escoger los botes, las palas de los remeros y determinar la clase de armamento que llevarían los soldados de las escoltas. También porque la madre de Francisco I deseaba estar presente en el acto para ser la primera en abrazarlo cuando pisase suelo francés, y tenía que viajar de París a Bayona. El acto tuvo lugar más tarde de la fecha fijada inicialmente y la espera fue en Vitoria.

La ciudad, que hacía menos de tres años había recibido a don Carlos y doña Juana, volvió a engalanarse. Se celebraron fiestas de toros y se rompieron lanzas en honor del monarca francés, y se le agasajó con convites y bailes. Francisco I y su esposa se vieron varias veces, pero no hubo más que saludos. Leonor detuvo en seco los intentos de intimar de su esposo.

—Lo lamento, *sire*, pero lo dispuesto ha de cumplirse a la letra.

El 17 de marzo, víspera de la nueva fecha fijada para el intercambio, el rey llegó a Fuenterrabía. En sus muros eran todavía visibles los efectos del asedio a que había estado sometida. La acogida que se le dispensó fue mucho más fría que en otros lugares. Ya se sabía que Enrique de Navarra perdía el apoyo de Francia y allí seguían siendo numerosos sus partidarios.

Al día siguiente, a la hora señalada, las comitivas se encontraban a ambas orillas del Bidasoa. Había una gran muchedumbre y desde un lado y otro se lanzaron algunos gritos, pero el acto se desarrolló según el plan establecido. Embarcados sus ocupantes, los botes iniciaron el recorrido y llegaron al mismo tiempo al centro de la corriente.

La plataforma quedaba casi una vara por encima de los botes, lo que dificultaba encaramarse a ella. Se había previsto que unos fornidos criados, dos por cada parte, ayudasen a subir. En las vestes de los españoles podía verse el águila imperial de los Habsburgo y en las de los franceses una salamandra.

El Delfín y el duque de Angulema, que eran de corta edad y aún no habían llegado a la pubertad, besaron la mano de su padre, pero este, en un gesto amoroso, los abrazó. El rey subió al bote que los había traído y ganó la orilla francesa, mientras los niños desembarcaban en el lado español. El abrazo a su madre fue mucho más prolongado que el dado a sus hijos.

—¡Por fin libre!

—Vuelves a ser rey, hijo mío. Aunque… ha costado lo suyo.

Francisco dedicó a su madre una sonrisa.

—Menos de lo que piensas.

—¿Qué quieres decir? Nuestros soldados han evacuado el Milanesado y los españoles han ocupado ya el condado de Artois y el ducado de Borgoña.

—Pero no lo admitiremos. Volveremos a la lucha. ¡Ese acuerdo es papel mojado!

El almirante Lautrec, único testigo de aquella conversación, asintió.

—Su majestad podría ampararse en que el Parlamento se niega a ratificar lo firmado. Eso os exoneraría de vuestros compromisos.

—Pero… ¿dónde quedaría tu palabra? —Luisa de Saboya no lo veía así.

—¿Mi palabra dices, madre? ¡No era libre para poder decidir!

—También eso tiene remedio, majestad —señaló el almirante—. El papa no ve con buenos ojos el creciente poder de los españoles en Italia. Teme que Florencia caiga en sus manos. Una alianza con la Santa Sede nos compensará de la pérdida del apoyo que nos prestaba Venecia.

—¡Qué tiene que ver todo eso con haber empeñado mi palabra!

—El papa puede relevaros de vuestro compromiso. Así quedará limpio vuestro nombre.

Francisco I se acarició el mentón.

—No es mala idea, Lautrec. No es mala idea. Que se den instrucciones a nuestro embajador en Roma para llegar a un acuerdo con la Santa Sede.

—¿Qué ocurrirá con Francisco y Enrique? ¡Son unos niños! —Luisa de Saboya no acababa de ver aquello.

—Los españoles los tratarán con la consideración que les es debida.

LXVIII

Tras la marcha del rey de Francia, Carlos I resolvió algunos de los asuntos más urgentes. Dio algunas disposiciones sobre cómo debía actuarse con los mudéjares del reino de Valencia, quienes, al producirse la revuelta de las Germanías, fueron obligados a bautizarse por los agermanados. Pero cuando la revuelta fue aplastada, los mudéjares, a los que algunos empezaban a llamar moriscos como a los bautizados del reino de Granada, habían vuelto a sus prácticas religiosas y a sus costumbres. Se celebró una junta de teólogos, la cual dictaminó que, una vez bautizados, habían de mantenerse en la fe cristiana. El emperador mandó publicar el dictamen y que mediante pregones se les conminase a mantenerse en la verdadera fe, so pena de perder la vida y serles incautados sus bienes.

La mayoría huyó a las montañas y se resistió durante varios meses hasta que, depuesta su actitud, regresaron a las tierras llanas donde muchos se ejercitaban como hortelanos. Se trataba de gente muy laboriosa y no se mostraban melindrosos, como les ocurría a muchos cristianos, a la hora de ejercer determinadas actividades cuyo ejercicio era mal visto. Sin embargo, poco habían variado en la práctica de la religión. Eso había llevado a que, al tiempo que se avanzaba en la negociación de la paz con el rey de Francia, Carlos I firmara una Real Cédula por la que se los expulsaba del reino, del que saldrían por el puerto de La Coruña. Unos pensaban que se había dispuesto así para dificultarles el que se marchasen a Berbería y se sumasen a quienes se dedicaban a la piratería, uno de los más graves problemas de los vecindarios de las localidades bañadas por el Mediterráneo. Otros se maliciaban que, al tener que cruzar todo el reino de Castilla, serían muchos los que perecerían por el camino. En la Real Cédula se señalaba el último día del año 1525 para salir del reino de Valencia, y el último día de enero de 1526 como la fecha límite en que habían de embarcar en La Coruña. Las personas de más relieve de su comunidad en aquel reino acudieron a doña Germana y le pidieron unos salvoconductos para ir a ponerse a los pies del emperador. La virreina, conocedora de la colaboración que habían prestado para acabar con los agermanados y porque así se lo pidieron algunos de los más importantes nobles del reino, accedió a su petición.

El rey los recibió en Toledo, donde se estaban celebrando las Cortes. Le ofrecieron un servicio de cincuenta mil ducados si accedía a darles una prórroga de cinco años para completar su conversión al cristianismo, pero rechazó la proposición. Lo único que lograron fue que el plazo para abandonar Valencia se prorrogara hasta el 15 de enero de 1526.

Con este pobre resultado, en las asambleas que celebraron acordaron aceptar la religión de los cristianos. Ahora las autoridades religiosas decidieron, tras un acalorado debate, que era necesario bautizarlos de nuevo.

—Ha de tenerse presente que muchos fueron ya bautizados. ¡No se puede administrar ese sacramento dos veces! —señalaba uno de los clérigos reunidos que vestía el hábito de los dominicos.

—Tiene una parte de razón vuestra paternidad —contestó otro que defendía la necesidad de un nuevo bautismo—. Ese sacramento, según los cánones, no puede administrarse más que una vez. Pero estas circunstancias son excepcionales. ¡Es una necesidad!

—¡Quienes han recibido las aguas bautismales y abandonan la religión tienen un nombre! ¡Son apóstatas!

—Quienes fueron bautizados en aquellas circunstancias no creo que recibieran el sacramento de la forma debida. Además, ¿cómo distinguiremos a los bautizados de los que no lo fueron? En todos los lugares la situación no fue la misma. Hubo comarcas donde la germanía apenas tuvo eco.

—Serán bautizados todos. —Las palabras del inquisidor, don Alonso Manrique, sonaron solemnes. Como si fuera una sentencia.

En Valencia la noticia de que se suspendía la expulsión del reino porque los mudéjares habían aceptado ser bautizados fue recibida de forma diferente. Eran muchos los que deseaban desembarazarse de aquella gente, pero otros, por el contrario, acogieron con gozo la decisión. Consideraban que su expulsión sería una pérdida irreparable para el reino.

Días después, en el palacio de la virreina:

—¿Tan complicado veis administrarles el bautismo?

Doña Germana no comprendía el problema que le presentaban los clérigos.

—Alteza, pensad que ha de administrarse a más de cien mil personas. Según los censos de que disponemos en las parroquias, el número de las familias mudéjares es de algo más de veintiséis mil.

—En muchos sitios son más numerosos que los cristianos —apostilló otro de los eclesiásticos—. Serán necesarios muchos meses.

—Con esas dificultades…, ¿han previsto alguna forma de resolverlo?

Los clérigos intercambiaron miradas.

—Hemos pensado en un bautismo colectivo.

Doña Germana frunció el ceño.

—¿Qué significa eso?

—Se reunirían en las parroquias y desde el púlpito se les rociaría con agua bendita, mientras se pronuncian las palabras que acompañan al rito.

—¿Eso puede hacerse? —preguntó la virreina. La fórmula le parecía insólita.

—Alteza, una junta de teólogos ha señalado que esos bautismos son válidos siempre que se cumplan ciertos requisitos.

—¿Qué requisitos son esos?

—Que el crisma se diluya en el agua con que se va a bautizar y que alguna gota caiga en la cabeza del neófito.

—Esa junta —aclaró otro clérigo— ha recomendado que, para evitar otros inconvenientes, el sacramento se administre de forma separada a los hombres y las mujeres.

La virreina se encogió de hombros.

—Doctores tiene la Iglesia. Pero... ¿cómo se resolverá la cuestión de qué nombre se dará a los bautizados?

—¡Excelente pregunta, alteza! ¡Excelente pregunta! Se les dará a elegir entre una larga lista. Tomarán el que deseen, según sus preferencias. Quienes administren el bautismo dirán los nombres elegidos. Tanto si son muchos como si se tratase de uno solo.

En las semanas siguientes se bautizó a los mudéjares en las parroquias valencianas. Habían de quitarse los turbantes y las capuchas con las que habitualmente se cubrían la cabeza y desde el púlpito se les asperjaba. En los templos más grandes se dispusieron unas plataformas y, encaramados en ellas, los coadjutores rociaban agua mientras el celebrante principal pronunciaba las palabras rituales. Así se procuraba que todos recibieran las aguas del bautismo. Algunos sacerdotes albergaban dudas de que el agua bautismal hubiera mojado todas las cabezas. Pero, como había dicho la virreina, doctores tenía la Iglesia.

En algunos lugares los mudéjares se negaron a bautizarse y buscaron refugio en la serranía de Espadán, dispuestos a enfrentarse a los cristianos con las armas en la mano. Doña Germana hizo un llamamiento a la nobleza del reino y a las autoridades locales y se formó un ejército que sometió a aquellos rebeldes que habían tenido la osadía de elegir su propio rey.

Al tiempo que estos sucesos tenían lugar en el reino de Valencia, los preparativos para la boda del rey con su prima habían seguido su curso. Recibida la bula pontificia con la dispensa matrimonial, el 20 de enero se celebraron los esponsales por poderes en un salón del palacio de Almeirim, donde, hacía unos meses, había quedado instalada la residencia oficial de doña Isabel. El monarca portugués decidió que, si su hermana iba a convertirse en emperatriz, debía tener casa propia. Celebrados los esponsales, la novia marchó a Lisboa para despedirse de su hermano y, acompañada de media docena de damas y un lujoso séquito, se encaminó hacia la frontera con Castilla. A Badajoz viajaban quienes habían de hacerse cargo de la nueva reina de España y acompañarla hasta Sevilla, donde tendría lugar la boda. El 6 de febrero la novia llegaba a Elvas y al día siguiente se trasladaría a Badajoz.

En la frontera —en el mismo lugar donde meses antes se habían dado cita los representantes de ambas coronas para dirimir los derechos sobre la Especiería— aguardaban los enviados de Carlos I. A pocos pasos de la raya doña Isabel bajó de la litera y dio a besar su mano a los miembros de su séquito, despidiéndose de ellos. Besó en la mejilla a sus hermanos, los infantes don Luis y don Fernando, y después subió a mujeriegas en una hacanea blanca. El infante don Luis tomó la brida del animal y cruzó la frontera junto con el marqués de Villarreal y el grupo de damas que venían a su servicio. Entre los que la esperaban en suelo extremeño se habían adelantado don Fernando de Aragón, duque de Calabria, don Álvaro de Zúñiga, duque de Béjar, y don Alonso de Fonseca, arzobispo de Toledo, que eran quienes estaban al frente de un cortejo formado por muchos otros caballeros. Los duques se postraron ante quien iba a ser la emperatriz y el arzobispo hizo una inclinación de cabeza.

—Alzaos, alzaos —indicó a los duques, ofreciéndoles su mano para que la basaran—. Eminencia... —devolvió el saludo al primado.

La futura emperatriz fue entonces aclamada en medio del sonar de trompetas, timbales y tambores. Quienes formaban la comitiva que la acompañaría hasta Badajoz, en la que se había integrado la nobleza pacense, quedaron deslumbrados ante su belleza. Doña Isabel llevaba recogido el cabello de forma que dejaba despejada su frente. Su tez era blanca, pero sin los excesos de algunas damas que, por estar a la moda, se valían de toda clase de ungüentos y cremas para aclararla y evitaban que el sol les diera en la piel, pues tenerla atezada era cosa de labriegas y campesinas. Su boca era pequeña, y sus labios eran perfectos. Sus ojos, de un gris azulado, daban muestra de determinación y fuerte voluntad que, quienes la conocían, señalaban como una de sus cualidades. Vestía un atuendo propio de aquella época del año y adecuado para viajar, lo que no restaba calidad a los tejidos de que estaba confeccionado, y lucía un espléndido collar de perlas.

El corregidor y el cabildo municipal la recibieron a las puertas de la ciudad. Recorrieron las calles, que habían sido engalanadas, y en ellas se concentraban multitud de vecinos y de gentes venidas de los pueblos cercanos, y algunos distantes muchas leguas, que la aclamaban a su paso. Se habían levantado tres arcos de triunfo, puestos de moda por la nueva estética que imitaba el arte de la época de la antigua Roma, en la que se levantaron en piedra numerosos arcos de triunfo como recuerdo de las campañas militares victoriosas que habían librado sus legiones y para conmemorar otros grandes acontecimientos. Estaban dedicados a las virtudes teologales: la Fe, la Esperanza y la Caridad, con lemas alusivos a la futura emperatriz. Los balcones de las casas estaban asimismo adornados con ramos de olivo, tapices y reposteros. Se dirigió hacia la catedral, donde la esperaban, para cumplimentarla, el obispo y el cabildo de canónigos. Allí oró, arrodillada sobre el suelo del presbiterio —rechazó el cojín que habían dispuesto, gesto que maravilló a quienes la acompañaban—, ante el Santísimo, que había sido expuesto en el altar mayor.

Estuvo en Badajoz una semana, en la que se celebraron fiestas de toros, juegos de cañas y otros regocijos en su honor. Todas las noches se encendieron luminarias y dos veces al día repicaban las campanas, recordando a los vecinos su presencia en la ciudad.

El 14 de febrero el séquito partió hacia Sevilla. El camino se hizo a pequeñas jornadas, porque doña Isabel viajaba en litera. La comitiva pasó por Almendralejo, Llerena, Guadalcanal, Cazalla de la Sierra, el Pedroso y Cantillana. En todos los lugares fue recibida con grandes muestras de alegría. El 2 de marzo llegó a Santiponce, en las afueras de Sevilla, y se alojó en el monasterio de San Jerónimo. Al día siguiente entraba en Sevilla.

Desde una legua antes de llegar a la ciudad, que era cabecera de las Indias, el gentío era impresionante. La muchedumbre se agolpaba a los lados del camino para ver pasar a la futura emperatriz. A media legua de la ciudad fue recibida por el asistente, don Juan de Ribera, y el duque de Medina Sidonia, que era alcalde mayor, acompañados por el cabildo de la ciudad y los títulos más representativos de la nobleza sevillana. Cuando llegó a la Puerta de la Macarena, montó una jaca blanca para recibir el tributo de los sevillanos.

Los hermanos mayores de las cofradías de la ciudad sacaron de la vecina iglesia un palio tejido con hilos de oro y adornado con perlas y piedras preciosas, labrado con aportaciones de los gremios. Bajo ese palio, sostenido por largos varales de plata, doña Isabel hizo el recorrido por las calles. Los miembros de la nobleza se iban turnando por pares para llevar las riendas del corcel que escoltaban los duques de Calabria y Béjar, montados en sendos caballos de raza andaluza con las crines adornadas con lazos de colores. La muchedumbre se agolpaba a lo largo del recorrido que llevaba hasta la catedral, cuyo campanario era el viejo alminar de la mezquita aljama musulmana y en cuyo solar se había levantado el templo cristiano que, a decir de los canónigos de su cabildo, era de tales dimensiones que, al aprobar aquella obra, el mundo consideraría que habían perdido el juicio.

Los soldados que custodiaban el recorrido hacían grandes esfuerzos para no verse desbordados y, pese a ello, el cortejo en muchos sitios avanzaba con no pocas dificultades. Sevilla retumbaba con el redoble de los tambores y timbales y el sonar de las trompetas. Hubo un momento en que doña Isabel se sobresaltó con el estruendo de las salvas disparadas desde las naos y carabelas ancladas en los muelles del Guadalquivir. El duque de Calabria se inclinó sobre la silla de su corcel y le susurró al oído:

—No os alarméis, majestad. Es el saludo de vuestros barcos, surtos en los muelles. Os manifiestan su alegría por llegar a la ciudad.

A lo largo del itinerario se habían levantado siete magníficos arcos triunfales, dedicados a las virtudes que debían adornar a un buen soberano. El que había a pocos pasos de la Puerta de la Macarena estaba dedicado a la Prudencia, y el de la cercana iglesia de Santa Marina a la Fortaleza. El que se había colocado en San Marcos señalaba la Clemencia y a la Paz el que se alzaba junto a Santa Catalina, mientras que la Justicia era el lema del de San Isidoro. La Fe era la virtud exaltada en el arco levantado en la plaza del Salvador, donde se encontraba uno de los templos en el que se guardaban algunas de las imágenes a las que los sevillanos profesaban mayor devoción. En las gradas de la catedral se levantaba el último de los arcos triunfales, que estaba dedicado a la Gloria. A sus lados había dos braseros de bronce donde ardían grandes cantidades de incienso que creaban una atmósfera sacra y perfumaban el ambiente con el intenso olor de tan aromática resina.

En la Puerta del Perdón de la seo aguardan el arzobispo, don Alonso Manrique de Lara, el cabildo eclesiástico, representantes de las parroquias con cruces alzadas y miembros de las órdenes religiosas instaladas en la ciudad. La gente gritaba, vitoreando a la que se iba a convertir en su reina, y los que podían verla de cerca se hacían lenguas de su belleza.

A pocos pasos de donde el clero aguardaba, doña Isabel, ayudada por los duques, desmontó con mucha gracia. La gente rompió en aplausos. Quienes estaban más lejos y no podían ver, preguntaban:

—¿Qué ha pasado?

—¿Ha dicho algo la reina?

—No se ve…

Doña Isabel besó el anillo del arzobispo.

—Majestad, sed bienvenida a la casa de Dios.

Entraron en el templo, que estaba iluminado con tantos cirios y velas que parecía que por sus bóvedas entraba la claridad del día. La acompañaron, además del arzobispo y el cabildo de canónigos, un reducido grupo de caballeros a los que se había concedido tal privilegio. Como en Badajoz, desdeñó el mullido cojín que se había dispuesto y oró durante un rato ante el impresionante retablo que cerraba el presbiterio. Salió de la catedral por la llamada Puerta de la Lonja, la más cercana a los Reales Alcázares, que serían su residencia en la ciudad y donde aguardaría la llegada de su esposo.

Una semana más tarde entraba en Sevilla el emperador. También lo hizo por la Puerta de la Macarena, bajo el mismo palio y por idéntico itinerario, donde flameaban docenas de estandartes y banderas. Un gentío, tan inmenso como el que había recibido a la novia, se agolpaba para verlo. Lo acompañaba lo más granado de la nobleza de la ciudad, todos ellos luciendo vistosos trajes. Habían acudido a una legua de la ciudad para recibirlo, junto con el asistente y miembros del cabildo municipal. El rey montaba un corcel negro, cuyo pelo brillaba. Lo acompañaban cuatro hileras de tamborileros y tras ellos, con aire marcial, una compañía de arcabuceros. La gente lo aclamaba y las mujeres arrojaban a su paso los pétalos de las primeras flores que despuntaban en vísperas de una primavera que estaba a punto de llegar.

A la puerta de la catedral aguardaban el arzobispo Manrique, el cabildo de canónigos y el clero regular y secular de la ciudad. Allí la compañía de arcabuceros formó en cuadro y disparó una salva de honor que llenó de humo y olor a pólvora los alrededores.

Carlos I entró en el templo acompañado por el arzobispo y los canónigos, al tiempo que un coro de niños entonaba el *Te Deum laudamus* en acción de gracias por su feliz arribo a Sevilla.

Tras rezar una breve oración, se dirigió a los Reales Alcázares, donde lo recibió su alcaide, don Jorge de Portugal y Melo. Apenas había puesto los pies en el primero de los patios de aquel grandioso recinto se le acercó De los Cobos y le dijo en voz muy baja:

—Majestad, he de comunicaros algo sumamente grave.

—Decidme.

—Mejor en privado, majestad.

Se encerraron en una pequeña estancia.

—Espero que sea algo verdaderamente grave.

—Majestad, estáis excomulgado.

—¡¿Cómo!?

—Estáis excomulgado, majestad. También lo estoy yo y el alcaide Ronquillo. La causa es la ejecución del obispo de Zamora.

—¡Antonio de Acuña era un traidor y un asesino! ¡Un comunero que huyó de su prisión, después de asesinar al alcaide, que había confiado en su palabra, y de autoproclamarse arzobispo de Toledo!

—Majestad, todo eso es cierto. Pero si se os entrega la excomunión no podréis desposaros porque os inhabilita para recibir sacramentos. Hay, además, otra noticia de mucha gravedad que podría influir en vuestro matrimonio. Ha llegado un correo con la noticia de que… vuestra hermana Isabel, la reina de Dinamarca, ha muerto.

—¿Cuándo…, cuándo se ha tenido noticia de su fallecimiento?

—El correo que ha traído la noticia llegó hace pocas horas. Murió hace seis semanas, el 20 de enero. Pero los temporales y los problemas en los caminos han hecho que la noticia no haya llegado hasta hoy.

Carlos I quedó paralizado.

—¿Qué…, qué se puede hacer?

—He hablado con el nuncio Salviati y dice que os casará sin pérdida de tiempo, se celebrará la misa de velaciones, y que debéis consumar el matrimonio antes de que se os entregue la excomunión. También, si vuestra majestad lo considera conveniente, guardaremos silencio sobre la muerte de la reina de Dinamarca.

—¿Y después…?

—Una vez casado, la excomunión se solventará por otros medios. Pero vuestras majestades habrán recibido el sacramento y doña Isabel y vuestra majestad serán marido y mujer a los ojos de Dios y de los hombres. Asimismo, se decretarán los días de luto correspondientes al fallecimiento de vuestra real hermana.

—¿El nuncio es conforme?

—Lo es, majestad.

—Entonces no perdamos tiempo.

LXIX

García de Loaysa mandó llamar al capitán Acuña y, en presencia de Elcano, le hizo una seria advertencia.

—Sepa vuesa merced que es la última de sus veleidades.

—¿Qué queréis decir con eso de... veleidades?

—Os lo diré más claro, Acuña. No consentiré que toméis otra decisión por vuestra cuenta. En tal caso os relevaré definitivamente del mando.

—Tengo un nombramiento real como capitán de la *San Gabriel*.

—¿He de volver a recordaros que estoy facultado por el rey para tomar estas decisiones?

Acuña farfulló entre dientes algo ininteligible y García de Loaysa le dijo que podía retirarse al tiempo que le advertía:

—¡Estáis avisado!

Al día siguiente se celebró otra reunión de capitanes. Vestían coletos y jubones forrados de piel, y se protegían del frío con gruesos ropones. Pese a que el mes de enero en aquel hemisferio coincidía con la canícula del verano, en aquella latitud el frío era intenso.

—Nos prepararemos para cruzar el estrecho, pero antes hemos de abastecernos cuanto nos sea posible.

—Poca cosa podremos conseguir aquí —señaló Manrique—. Esta es tierra inhóspita. No cría nada y raramente se ven animales.

—La pesca es abundante. Llevaremos en las bodegas tanta cuanta podamos capturar. Ahora presten vuesas mercedes atención a lo que tiene que decirnos el piloto mayor.

Elcano explicó sobre un mapa lo que iban a encontrarse.

—Lo que llamamos estrecho no es un canal, sino un auténtico laberinto donde resulta fácil tomar un camino que no conduce a ninguna parte. No es fácil alcanzar las aguas del mar del Sur. Hay una especie de lagos, aunque tienen bocas por las que entra y sale el agua. Es conveniente no tomar la boca equivocada.

—¿Hay cartas como esa para cada uno? —preguntó Manrique.

—Ahora se entregarán copias, pero lo más importante es que ningún barco quede aislado del resto de la escuadra.

—¿Cuánto calculáis que necesitaremos para llegar al mar del Sur?

La pregunta de Acuña era impropia de un marino.

—Sólo Dios lo sabe. Podemos enfrentarnos a una tormenta o padecer una larga calma. Lo que puedo decir es que, cuando por primera vez navegamos estas aguas, necesitamos más de un mes. Es cierto que entonces desconocíamos el estrecho y ahora disponemos de alguna información.

—Bien…, iniciaremos su travesía dentro de tres días —indicó el capitán general—, si el viento nos es favorable. Ahora ordenad a los hombres que pesquen cuanto sea posible.

Sus deseos no pudieron hacerse realidad. A los dos días se desató un temporal que sacudió los barcos de forma peligrosa. Por suerte estaban protegidos por la ensenada que formaba el cabo bautizado como de las Once Mil Vírgenes. Seis días duró aquel temporal, que causó algunos desperfectos a dos de los barcos, pero no eran de mucha gravedad. Los más importantes los sufrió la capitana, pero estaba en condiciones de navegar.

Se fijó una nueva fecha, pero la víspera del día señalado sucedió algo imprevisto. Poco después del amanecer, cuando en la *Santa María de la Victoria* se disponían a distribuir el aguardiente del desayuno, el maestre ordenó a un grumete:

—Sube a la cofa y busca en todas direcciones.

—¿Qué he de buscar, señor?

—A *La Anunciada*.

La nao había desaparecido.

El grumete trepó con agilidad por la jarcia —sus pies se agarraban al cordaje como si fueran garras— y desde la cofa oteó el horizonte.

—Nada, señor, no se la ve por parte alguna.

—¡Hay que dar aviso al capitán general!

Unos golpecitos en la puerta del camarote tuvieron rápida respuesta.

—¿Quién llama?

—Soy el maestre, señor.

—¿Qué ocurre? —García de Loaysa estaba ajustándose el cinturón.

—La *Anunciada*, señor, ha desaparecido.

—¿Cómo?

Subió rápidamente a la toldilla y comprobó que la nao había desaparecido. En medio del desconcierto, se acercó el batel de la *San Lesmes*. Venía en él el capitán Francisco de Hoces. Pidió permiso para subir a bordo, acompañado de un marinero que tenía la camisa manchada de sangre.

—¡Di a su excelencia lo que me has contado! —lo apremió Hoces.

—Señor, perdón... —El marinero tenía la vista clavada en la cubierta.

—¿Perdón...? ¿Qué he de perdonarte?

—Señor, estaba en la segunda guardia y, como hacía frío, me cobijé junto a unos toneles, me abrigué con una manta y me quedé dormido. Cuando me despertaron para el relevo, poco antes del amanecer, me di cuenta de que la *Anunciada* había desaparecido.

—¡No diste la alarma!

—Señor..., yo..., yo estaba asustado. Me había quedado dormido.

En aquel momento otro esquife se había acercado a la capitana y pedían permiso para subir a bordo.

—Señor, son del patache y dicen que traen una carta para vos.

—¿Una carta de quién?

—No lo han dicho, señor. ¿Los dejamos subir?

—Sí, sí..., a ver qué noticia traen.

—Señor… —el marinero se había quitado el bonete y le entregaba una carta—, me la ha entregado el capitán Guevara.

Era un pliego doblado.

Las condiciones por las que atraviesa la escuadra no son las adecuadas para afrontar el paso del estrecho y salvar el inmenso mar, que hoy llaman Pacífico, según las referencias que poseemos y son de sobra conocidas por el piloto mayor. He decidido afrontar la travesía por una ruta diferente. Para dar cumplimiento a las órdenes del rey nuestro señor, seguiremos la que utilizan los navegantes portugueses para llegar a las islas de las Especias. Consideramos que de esa forma se da mejor cumplimiento a las órdenes de su majestad de llegar a las mencionadas islas y tomar posesión de ellas en nombre del rey nuestro señor.

Pedro de Vera, capitán de la Anunciada.

—¡Ha desertado y de una forma burda quiere guardarse las espaldas!

—¿Qué dice, señor? —preguntó Hoces.

—Busca llegar a las islas de las Especias navegando hacia levante. Ha puesto proa al cabo de las Tormentas para ganar las aguas del Índico.

—¡Eso contraviene las órdenes del rey! ¡En sus instrucciones dejaba claro que no se entrase en aguas del hemisferio portugués!

—El capitán Vera dice que así da mejor cumplimiento a las órdenes de su majestad. Así explica lo inexplicable. ¡Es un desertor! ¡Si por un casual llegase a su destino, tendrá que responder ante la justicia! Ahora lo que quiero es saber cómo el capitán Guevara tenía esta carta.

A mediodía, en el camarote del capitán general, se celebró una reunión donde estuvieron presentes capitanes, pilotos y maestres. Santiago Guevara explicó que había encontrado la carta debajo de unos mapas que tenía sobre su mesa y con los que había estado trabajando el día anterior.

—La vi al recogerlos y, como no estaba lacrada, la he leído.

—¿Quién la ha podido dejar allí?

—No lo sé. Han sido varios los hombres que han estado en el camarote. Desde el día anterior he contabilizado hasta ocho. También ha podido dejarla alguien de quien no tenga constancia de que haya entrado. No he podido averiguarlo.

—La armada está reducida a cinco barcos, y las tripulaciones, en estos momentos, según las cédulas que los maestres me han entregado, están formadas por trescientos cuarenta y cuatro hombres. Aunque hemos perdido las dos naos más importantes de la flota, aparte de la capitana, estamos en condiciones de proseguir nuestro viaje y dar cumplimiento a las órdenes del rey.

—¿Cuándo embocaremos el estrecho? —preguntó Acuña.

—Si fuera posible, hoy mismo, pero parece prudente permanecer a resguardo porque todo apunta a que en unas horas se desatará un temporal. El viento ha rolado al sur y arrastra nubes que no anuncian nada bueno.

Como se temía, aquella tarde se desató un fuerte temporal. Estalló con tanta fuerza que ni siquiera con la protección del cabo de las Once Mil Vírgenes estaban seguros.

En la *Santa María del Parral* —donde se encontraban Elcano y cerca de veinte hombres procedentes de la tripulación de la *Sancti Spiritus*—, Andrés de Urdaneta ahogó un grito.

—¡Mirad, mirad!¡El *Santiago* está suelto! ¡A merced de la tormenta!

Lo último que vieron fue al patache zarandeado por la marejada y con media vela desplegada perderse en medio de la tormenta. Un relámpago, que anunciaba uno de esos truenos que amilanaban hasta a los más bragados, iluminó a la pequeña embarcación en la cresta de una ola.

—¡Será mejor que entremos en el camarote!

En la bodega se vivieron escenas de pánico cuando uno de los fanales prendió en los sacos de estopa.

—¡Maldita sea! —gritó el maestre—. ¡Quién ha sido el inútil que ha colocado ahí ese fanal!

El agua que entraba por una pequeña vía que se había abierto poco antes y que dos carpinteros y dos calafates —un lujo al haberse incorporado los de la *Sancti Spiritus*— reparaban como podían fue la que permitió apagar rápidamente el fuego. Luego se afanaron con aquel boquete que necesitaría de una reparación más a fondo, si salían con vida de aquella tormenta.

Muy mala fue la situación que se vivió en la *San Lesmes*, después de que un golpe de mar le hiciera perder el palo de mesana y dejara la nao escorada peligrosamente a babor. La mayoría de los hombres se encomendaron a los santos de su devoción, convencidos de que iban al encuentro de su Creador. Sólo la decisión del maestre, un onubense de Palos, Santiago Morón, quien ordenó, a toda prisa, cortar la jarcia para poder arrojar el mástil por la borda y que se colocase a estribor todo lo que se movía, evitó que se hundiera.

—¡Vamos! ¡Vamos! ¡Más de prisa! ¡Dadle aire a esas hachuelas y cortad rápido! ¡Nos va la vida en ello!

En la *Santa María del Parral*, Manrique se había jugado la vida por dos veces al salir a cubierta, acompañado por su piloto, para comprobar que las anclas resistían y cumplían su misión.

Urdaneta, que ejercía de ayudante del piloto mayor, aprovechó para decirle a Elcano:

—¿No le parece a vuesa merced que ese riojano los tiene bien puestos?

—Es más hombre y más caballero de lo que había pensado.

Faltaba poco para el amanecer cuando, a través de la ventanilla del camarote, Elcano vio un resplandor en la punta del palo mayor, iluminando la cofa.

—Ahí tenemos a San Telmo, animándonos con su fuego.

—¿No es señal de mal agüero? —Urdaneta miraba sin pestañear a la cofa.

—Eso dicen, pero la experiencia señala que la tormenta amaina.

Así fue, y cuando el sol empezó a alumbrar por levante, anunciando un nuevo día, la mar entraba, poco a poco, en reposo.

El sonido de las campanas en los barcos indicó que comenzaba la actividad. Había que comprobar los efectos de la tormenta: ver si faltaba alguien y hacer la lista de los desperfectos. En la reunión de capitanes se supo que habían desaparecido cuatro hombres —dos de la *Santa María de la Victoria*, uno de la *San Lesmes* y otro de la *San Gabriel*— y que los daños en los barcos eran considerables. Necesitarían importantes reparaciones para afrontar los retos que tenían por delante. Pero lo peor era la desaparición del patache *Santiago*. No había quedado el menor rastro.

—Los barcos cuando naufragan dejan restos. —señaló Elcano—. Mientras no estemos seguros deberíamos buscar durante algunos días.

—¿Tiene que ver con que fuera vuestro cuñado quien mandaba ese barquichuelo? —Acuña desafiaba a Elcano.

—Cada vez que abrís la boca, se descubre que es mayor vuestra ignorancia acerca de las cosas de la mar.

—¡No os consiento!

Acuña iba a abalanzarse sobre Elcano, pero se percató de que este palpaba el puño de la *misericordia*.

—El capitán Elcano tiene razón; buscaremos durante unos días, antes de regresar a la bahía de Santa Cruz, que es mejor refugio que este para efectuar las reparaciones que necesitan los barcos. ¡Vos —señaló García de Loaysa a Acuña— realizaréis con el *San Gabriel* una descubierta, por si encontráis algunos restos del patache!

—¿Por qué yo?

—Porque, además de que yo os lo mando, la *San Gabriel* es la nao que está en mejores condiciones.

Acuña farfulló entre dientes algo parecido a una maldición.

LXX

El encuentro fue breve y hubo más nervios que palabras. Carlos I, que había contemplado cientos de veces el retrato de Vasco Fernandes, pudo comprobar que Isabel era incluso más bella de lo que mostraba aquella tabla. Besó la mano temblorosa que ella le ofrecía.

—Mi querida Isabel, mi amada esposa. Vais a ser la emperatriz más bella de la historia.

—Os amo. Tengo la inmensa alegría de conocer a quien ya es el dueño de mi corazón.

Carlos I se retiró a su aposento para lavarse y vestir unas galas más a tono con la ceremonia que iba a celebrarse. No perdió un segundo. Su ayuda de cámara le ayudó a desvestirse y se metió en la tina de agua templada que había sido dispuesta.

Lavado, perfumado y vestido adecuadamente apareció en la estancia, conocida como la cuadra de la Media Naranja, donde se había colocado un altar para celebrar el casamiento por palabras. La ceremonia fue oficiada por el cardenal Giovanni Salviati, legado pontificio en la Corte imperial, quien había otorgado su dispensa para que el matrimonio se completase, pese a que era la víspera del Domingo de Ramos y había hecho caso omiso a la excomunión que pesaba sobre el emperador por haber ordenado dar garrote al obispo Acuña. Fueron los padrinos el duque de Calabria y la duquesa de Faro. La ceremonia fue muy breve, dadas las circunstancias.

—Su majestad imperial, don Carlos de Habsburgo y Aragón, ¿tomáis por vuestra esposa ante Dios y su Santa Madre Iglesia a su alteza real, doña Isabel de Avis y Aragón, infanta de la casa real de Portugal, por vuestra legítima esposa?

Carlos I miró a Isabel: estaba bellísima, en la flor de la edad a sus veintitrés años; la respuesta le salió del alma.

—Sí, quiero.

Isabel sentía cómo palpitaba su corazón. Su pecho debía parecer un fuelle. Notó que un intenso arrebol cubría su rostro cuando el cardenal se dirigió a ella.

—Su alteza real doña Isabel de Avis y Aragón, ¿tomáis ante Dios y su Santa Madre Iglesia a don Carlos de Habsburgo y Aragón, emperador del Sacro Imperio Romano Germánico, por vuestro legítimo esposo?

—Sí, quiero. —La voz apenas le había salido del cuerpo.

Salviati le dedicó una sonrisa.

—Disculpadme, alteza, no os he entendido bien. ¿He de repetiros la pregunta?

—Sí, quiero. Sí, quiero.

—En ese caso… Por el poder que me ha sido conferido, yo, Giovanni Salviati, cardenal de los Santos San Cosme y San Damián de la Santa Iglesia de Roma, os declaro marido y mujer.

Carlos I miró a la que ya era su esposa ante Dios y los hombres. Había soñado tantas veces con aquel momento que pestañeó para cerciorarse de que no era un sueño. Llevaba muchos meses enamorado de una pintura que siempre había llevado con él. Aquella tabla sólo era un pálido reflejo de la mujer que acababa de convertirse en su esposa. La besó en la boca, lo que hizo que el rostro de Isabel enrojeciera aún más de lo que ya estaba.

A las doce de la noche, para que la ceremonia se celebrase en domingo, se efectuó la velación de los novios; otra vez la dispensa del nuncio lo permitió, pese a ser tiempo de Cuaresma. Doña Isabel, con la cabeza cubierta por un delicado velo, y don Carlos, con el mismo velo cubriéndole los hombros, fueron velados en una ceremonia oficiada por el arzobispo de Toledo. Sostenían en sus manos unas velas encendidas mientras el primado pedía la gracia divina para los esposos. Terminada la velación, el emperador pasó a sus aposentos, mientras que Isabel se retiraba a su cámara. La acompañaron su camarera mayor y dos de sus damas, que la ayudaron a desvestirse. Se retiraron después de que ella quedase en la cama. Poco después su esposo entraba en el aposento.

En la antecámara se encontraban los oficiantes de las ceremonias religiosas, Salviati y Fonseca, el duque de Calabria y la duquesa de Faro, los duques de Alba, de Béjar y de Medina Sidonia, el marqués de Cádiz y el conde de Cabra. También la virreina de Valencia, que había quedado viuda poco después del paso por aquellas tierras de Francisco I. La presencia de doña Germana había dado lugar a numerosos comentarios. Eran muchos quienes opinaban que su presencia era inoportuna y no sería del agrado de doña Isabel, pero don Carlos la había invitado especialmente para que acudiera a su matrimonio, pese a los problemas que en Valencia había con los mudéjares.

La presencia de doña Germana y de la condesa de Faro hizo que no hubiera comentarios picantes de los que solían darse en la antecámara nupcial mientras se consumaba un matrimonio regio. La virreina sostuvo una animada conversación con el duque de Calabria.

—Esos dos se traen algo entre manos —susurró Alba al oído de Béjar.

—¿Cree su excelencia que están…?

—¿No los veis? Ella es viuda y él está en disposición de casarse.

—¿Tal vez, la invitación a doña Germana…?

—No os extrañe.

En aquel momento se acercó Salviati y comentó en voz baja:

—Parece que sus majestades están siendo muy discretos. No se oye el menor murmullo.

El rey, una vez en el lecho, no dejaba de besar a su esposa y ella lo había abrazado rodeando con los brazos su cuello.

—Os amo, Isabel. Os amo desde el día que vi vuestro retrato.

—¿Ese retrato fue la causa primera de vuestro amor?

—Este matrimonio se ajustaba por…, por otras razones. Es cierto que ya había oído hablar de vuestra belleza…

—Pero vos sabéis que esos retratos no suelen responder a la realidad.

—¡Quien lo hizo no podía inventarse tanta belleza! —Se besaron largamente—. Desde entonces ni os podéis imaginar cuánto he soñado con este momento.

—Yo también os amo más allá de mis obligaciones como reina.

—Como emperatriz, Isabel, como emperatriz.

Carlos la estrechó entre sus brazos y la besó apasionadamente. Primero en la boca, luego en el cuello. Isabel se estremecía de placer y apretaba su cuerpo al de su esposo. Durante horas se amaron apasionadamente. Aquello fue mucho más que la obligación de consumar el matrimonio.

Los Reales Alcázares fueron testigos del comienzo de una hermosa historia de amor que iba mucho más allá del cumplimiento de unos acuerdos donde la política había sido fundamental. La política y las cuestiones económicas. Poco a poco, ella iría descubriendo al hombre con el que se había casado. Era enérgico, capaz de escuchar antes de tomar decisiones. Se dejaba aconsejar, pero era él quien tenía la última palabra. Comprobó cómo los graves asuntos que soportaba sobre sus hombros lo llenaban de preocupaciones. También descubrió al hombre, a veces inseguro, que tenía en sus brazos y compartía su lecho. Él, quien, como decía a su esposa, a la que amaba con pasión, que se había enamorado de una pintura, también había comprobado que la emperatriz era mucho más que una mujer bellísima que le estaba procurando los mayores días de felicidad que recordaba. Daba gracias a Dios por haberla puesto a su lado. Había descubierto en muy pocos días que, más allá de su belleza y de un cuerpo que lo hacía enloquecer, Isabel era inteligente, discreta y tenía un sentido del humor que pocos podían adivinar tras la imagen de emperatriz.

—No me negarás —habían empezado a tutearse en la intimidad— que, además del retrato —ella lo miró con una sonrisa pícara—, fueron muy importantes las novecientas mil doblas con que mi hermano dotaba mi matrimonio.

Carlos I, en lugar de responderle, la abrazó y la condujo suavemente hasta el lecho donde se amaron apasionadamente.

—Esto no se paga con novecientas mil doblas, mi amor.

En los Reales Alcázares todos se hacían lenguas de las largas horas que la pareja permanecía encerrada en la cámara de la emperatriz. Francesillo de Zúñiga, el bufón del rey, que le había aliviado las tensiones en los años de soltería con sus dichos cargados de humor y con la mordacidad de sus comentarios, se veía desplazado en la atención del emperador y se lo tomaba con humor.

—Desde que su majestad fue velado, no sólo pasa las noches en vela, también *vela* largas horas durante el día.

Más explícito se mostraba el marqués de Villarreal, al comentarle al duque de Medina Sidonia:

—Hoy he enviado cartas a Lisboa para informar a nuestro rey de cómo marchan las cosas en Sevilla. Le he dicho que doña Isabel duerme todas las noches en brazos de su marido y que se los ve muy enamorados y felices. Se quedan en la cama muchas horas. El emperador no sale de la cámara de su esposa hasta después de las once, incluso más tarde, y no presenta el mejor aspecto. Aparece con signos de cansancio, casi agotado. Ha de librar duras batallas entre las sábanas. Pero se los ve felices. No paran de reír, pese a que estamos en tiempo de recogimiento.

El único día en que durmieron en aposentos separados fue el que se hizo público el fallecimiento de Isabel de Habsburgo. Se celebró un solemne oficio de difuntos en la catedral, presidido por el arzobispo Manrique. Se decretó luto en la Corte durante cinco días, que coincidieron con algunos en los que se conmemoraba la pasión de Jesucristo.

La emperatriz, acompañada de sus damas, visitaba aquellos días en que se celebraba la Semana Santa la catedral y otros templos de la ciudad, a los que acudían los sevillanos, muchos de ellos miembros de cofradías que empezaban a ganar importancia en la vida religiosa de la urbe. También visitaba monasterios y entregaba numerosas limosnas.

Una mañana, a eso de las ocho, los despertó el estruendo que producían las enormes campanas de la catedral, que habían guardado silencio los días anteriores. A ellas se sumaron las de otras parroquias y templos.

—¿Qué se habrá incendiado? —Carlos se había incorporado.

—Bobo —Isabel le hizo una carantoña—, anuncian que es Domingo de Resurrección.

Poco antes de las doce del mediodía entraban en la catedral para asistir a la misa solemne que se celebraba aquel día. En su sermón, el arzobispo Manrique se refirió, entre otras cosas, a Carlos V como el emperador cristiano que había de defender la cristiandad de sus enemigos, y que eran tantos los que se habían apartado del recto camino de la iglesia como quienes la amenazaban desde fuera. Era una alusión a los que empezaban a llamarse protestantes y a los otomanos.

Terminado el recogimiento y el luto que imponía la Semana Santa, Sevilla estalló en fiestas.

El Lunes de Pascua el emperador y doña Isabel pasearon en barca por el Guadalquivir. Los acompañaban muchas pequeñas embarcaciones engalanadas para la ocasión. Las naos, las carabelas, las carracas y otras embarcaciones de alto bordo se habían empavesado en su honor. Otra vez, como cuando celebraron la entrada de la novia en la ciudad, tronaron los cañones con salvas de pólvora. Terminado el paseo, contemplaron desde un estrado que se había levantado en el Arenal una competición náutica. Dos barcas recorrieron a golpe de remo una distancia de mil y quinientas varas, que fueron contadas desde el puente de barcas hasta cerca de la Torre del Oro. Una de ellas la conducían pescadores de Triana y la otra, pescadores que vivían en el Arenal. En la plaza de San Francisco se celebró una corrida de toros en honor de la emperatriz. Los vástagos de las más linajudas familias lucieron sus habilidades sobre los corceles y mostraron su valor para enfrentarse a los astados.

Otro día se corrieron cañas y los recién casados disfrutaron de un acontecimiento único y que empezaba a convertirse en costumbre: la llegada a los muelles del Guadalquivir de unos barcos procedentes de las Indias, cargados de riquezas y muchos otros productos desconocidos en Europa hasta entonces. Hubo otra fiesta de cañas en el Arenal, frente a las atarazanas reales, en la que participó el emperador. Fue tanto el lujo de las indumentarias de los caballeros que los más viejos del lugar no recordaban cosa parecida.

Fiesta de relumbre fue la boda de la virreina de Valencia con el duque de Calabria. Se celebró en los Reales Alcázares y fueron sus padrinos Carlos V y la emperatriz, que no puso reparos a amadrinar la boda de quien había sido amante de su esposo. Los invitados a aquella ceremonia eran contados. Una vez que terminó, el duque de Béjar comentaba al de Alba:

—No os equivocasteis, Alba, al decirme que esos dos se traían algo entre manos.

—No le arriendo las ganancias a Calabria.

—Bueno…, aunque ya tiene una edad, la virreina está de buen ver. Algo entrada en carnes —comentó Béjar.

—Amigo mío, no lo digo por el disfrute que pueda proporcionarle este himeneo, sino porque doña Germana ya ha enterrado a dos maridos. ¡La virreina es un peligro!

—A Calabria este matrimonio le viene como anillo al dedo, Alba. Aunque sea por vía matrimonial se convierte en virrey de Valencia. No olvidéis que hasta hace poco se encontraba en la soledad del castillo de Játiva donde lo puso preso el rey Fernando, después de la historia que ahora parece renovarse.

El duque de Alba lo miró sorprendido.

—No os entiendo, Béjar. ¿Qué habéis querido decir con eso?

—El asunto de su prisión se llevó muy en secreto, pero ha llegado a mis oídos que la causa fue que, cuando doña Germana llegó a Barcelona para casarse, Calabria, que era virrey de Cataluña, tuvo un desliz con ella.

—¿Tuvieron amores? —Don Fadrique Álvarez de Toledo, pese a que, por su edad, ya había visto muchas cosas, pareció escandalizarse, y pensaba cómo era posible que aquello se le hubiera escapado.

—Eso no lo creo, pero alguna cosilla hubo.

—¿Por eso fue a parar a Játiva?

—Eso me han contado. Aunque su prisión nunca fue dura. Se le permitió tener servidumbre y contar con los libros de su biblioteca. El duque es muy aficionado a músicas y papeles.

Al avanzar la primavera y hacer el calor acto de presencia en Sevilla, se dispuso todo para que los reyes viajasen a Granada. Carlos I quería visitar el reino que había sido último bastión de los moros. Pero, antes de marcharse, quiso recibir a don Fernando Pérez del Pulgar, quien había escrito para él la historia sobre el Gran Capitán.

—Majestad... —El viejo militar, que había cumplido sobradamente los setenta, iba a hincar la rodilla en el suelo. Pero el emperador, sujetándolo por el hombro, lo impidió.

—¡A mis brazos, mi buen don Fernando!

Al abrazarlo —algo poco común fuera de los miembros de su familia—, pudo comprobar la fragilidad del cuerpo de quien había sido uno de los principales caballeros de su abuela Isabel. Al viejo soldado se le escapó una lágrima al comprobar el trato que le dispensaba el emperador, quien deshaciendo el abrazo lo presentó a la emperatriz.

—Majestad…

El emperador no pudo impedir que Pérez de Pulgar doblase la rodilla.

—Alzaos, don Fernando, alzaos. —Fue la propia emperatriz quien le ayudó a incorporarse, lo que hizo con mucha dificultad—. Celebro mucho conoceros. ¡He oído contar tantas hazañas de vos...!

—La gente, majestad, suele exagerar. Para lo bueno y para lo malo. Es condición humana.

—He leído con gran placer vuestro trabajo sobre las hazañas del Gran Capitán —comentó Carlos I.

—Lo celebro mucho, majestad.

Entonces el emperador se dirigió a De los Cobos, que era testigo único de aquella audiencia.

—Es mi deseo que los papeles que escribió don Fernando se den a la imprenta. Ha de quedar memoria de ello en letras de molde.

—Así será, majestad.

—Quiero que ese asunto quede resuelto antes de mi partida.

—Hoy mismo, majestad, quedará hecho el encargo.

—Majestad, no merezco…

Carlos I, al terminar aquella audiencia, hizo algo realmente extraordinario. Acompañó al viejo soldado, tomándolo por el brazo, hasta la misma puerta de los Reales Alcázares donde estaba la silla de manos que lo había llevado. Pérez del Pulgar, emocionado, no podía contener las lágrimas.

Una vez acomodado en la silla, los porteadores oyeron cómo decía:

—Gracias, Dios mío. Gracias por haberme concedido este don. Ahora puedo morir tranquilo.

El emperador dio a De los Cobos una orden verdaderamente insólita.

—Es mi deseo que, cuando ese soldado entregue su alma al Creador, su cuerpo descanse junto al de los reyes que con tanto afán sirvió en vida.

El secretario no daba crédito a lo que acababa de oír y la emperatriz susurró al oído de su esposo, en voz muy queda:

—Esposo, hoy eres mucho más grande.

Unos días después, antes de partir para Granada, por el camino que llevaba primero a Córdoba, llegó a Sevilla la noticia de que Francisco I, una vez libre, se había desdicho de todo lo que había firmado.

—Dice, majestad, que estaba coaccionado y que no era libre.

—Lo que no tiene es palabra. Es un felón.

LXXI

—¿Dónde estará Acuña? —se preguntaba García de Loaysa cuatro días después de que la *San Gabriel* largara velas para realizar la descubierta que se le había ordenado.

Elcano, Manrique y Hoces, y los pilotos y maestres, que habían acudido a la llamada del capitán general, guardaban silencio. Todos pensaban que, después de la deserción de la *Anunciada*, Acuña podía haber tomado un camino parecido. El capitán de la *San Gabriel* era demasiado arrogante, un tanto pendenciero y llevaba mal la disciplina. No había recibido de buen grado las órdenes que se le habían dado.

—Creo que debemos esperar un par de días más —señalaba Elcano.

—Las reparaciones urgentes y las que podíamos llevar a cabo aquí ya están hechas —indicó uno de los maestres.

—Aguardaremos hasta el mediodía de pasado mañana. Si para entonces no ha aparecido y el viento nos es favorable, largaremos velas.

Las horas transcurrían sin novedad, en medio de una calma cada vez más tensa. Los hombres distraían el tedio, que era mal compañero, dándole al naipe u oyendo las historias de quienes tenían más experiencia.

—¿Y tú la has visto?

—Con estos ojos. Os juro que se movía. —El marinero que había contado la historia hizo una cruz con los dedos y la besó.

—¡Sería el lomo de una ballena!

—¡Era una isla! ¡La vegetación era abundante!

—También yo he oído hablar de esa isla —terció otro—. Se llama San Borondón.

—¡Ese es el nombre que no recordaba!

Otros rememoraban los deliciosos días pasados con las indias.

—¡Todas las noches me duermo pensando en aquellas tetas!

—¡Diego, te vas a condenar!

El segundo día de espera se repartió la cena, se dio el toque de queda y se encendieron los fanales. Los hombres se acomodaron lo mejor que pudieron para pasar la noche que a Elcano, que compartía camarote con Manrique, se le hizo eterna. El tiempo transcurrido había sido más que suficiente para encontrar al *Santiago* o algún resto que asegurase su naufragio y que no había supervivientes. Estaba convencido de que aquel maldito paso era la tumba de su cuñado Guevara y de su hermano Antón, que iba de contramaestre. Pensaba también que aquella expedición, en la que tantas ilusiones había depositado y cuyo mando había pensado durante meses que el rey le encomendaría, había tenido mal fario. Las cosas habían ido mal desde que partieron de La Gomera.

También daba vueltas en su cabeza a cosas muy personales, a las que no dedicaba mucho tiempo porque el trabajo lo absorbía. Pensaba en su familia. Tenía ganas de conocer a su hijo y de volver a estar con María de Ernialde. Hacía tiempo que se había arrepentido de no haber ido a Guetaria para desposarla. Todos los sacrificios y esfuerzos a los que había dedicado aquellos meses en La Coruña habían resultado vanos. Carlos I, sin duda, por la influencia de su confesor y presidente de Indias, había elegido capitán general a García de Loaysa porque él, aunque el rey le hubiera otorgado un escudo de armas, no era noble. Ya era mucho que lo hubiera nombrado piloto mayor de la escuadra y que le hubiera dado el mando de la *Sancti Spiritus*. Se durmió pensando que, tal y como las cosas estaban dispuestas, el rey no había tomado una mala decisión al no entregarle el mando de aquella escuadra, al preguntarse cuál habría sido la actitud de aquellos hidalgos, que presumían de blasones, pero no tenían donde caerse muertos y buscaban salir de la miseria, si él hubiera sido el capitán general.

Poco después de amanecer, tras recoger los petates, las oraciones de la mañana y el desayuno, los hombres se afanaron en la limpieza de las cubiertas. Era una tarea cotidiana para tratar de mantenerlas en las mejores condiciones posibles y también porque era una forma de que las tripulaciones no estuvieran haraganeando y no hubiera disputas y peleas.

En las cofas los vigías no dejaban de mirar hacia el sur, que era por donde debería avistarse la *San Gabriel*. Bustamante, que había tenido mucho trabajo después de la tormenta con las heridas, contusiones y alguna rotura, estaba ahora más tranquilo. Se acodaba en la popa y de vez en cuando oteaba con sus lentes el horizonte.

—¿Alguna novedad? —le preguntó Elcano, que se le había acercado.

—Nada.

Los hombres estaban expectantes. Muchos deseando que el sol marcase el medio día para largar velas, aunque había también quienes temían la llegada de esa hora. En el *Santiago* iban amigos y parientes. Se preguntaban dónde estaría la *San Gabriel* y, caso de que apareciera, qué noticias traería.

Llegó el mediodía y todo se dispuso para largar las velas. Desde la *Santa María de la Victoria* se lanzó una salva para indicar que se iniciaba la maniobra. Los hombres se pusieron en movimiento, pero pocos minutos después, cuando se disponían a largar trapo, se oyó un cañonazo a lo lejos.

Los vigías buscaban en todas direcciones. Bustamante, como si fuera un grumete, trepó por la jarcia, se encaramó a la cofa y desde allí descubrió un punto en el horizonte, justo cuando llegaba el sonido de un segundo cañonazo.

—¡Barco a la vista! —gritó con toda su alma, señalando hacia el sur.

Todos estaban pendientes del cirujano barbero.

—¡Dos! ¡Son dos velas! ¡Son la *San Gabriel* y el *Santiago*!

Estallaron gritos de alegría. Los hombres se apretaban en las amuras viendo cómo se aproximaban los dos barcos.

—Al *Santiago* lo arrastró una enorme ola. ¡Ha sido un milagro!

—¡Los del patache han nacido dos veces!

Estaban ya cerca cuando el *Santiago* empezó a recoger velas para enfilar la pequeña ensenada. El viento era muy bueno y soplaba recio en la popa. Sin embargo, la *San Gabriel* mantenía todo el trapo largado. Acuña, en la toldilla, se mostraba desafiante. No era una novedad, y al pasar a la altura de la *Santa María del Parral*, que era la que quedaba más cerca de su trazada, gritó:

—¡Decid a García de Loaysa que a mí nadie me da órdenes!

El desconcierto se apoderó de la escuadra cuando vieron cómo la *San Gabriel* pasaba de largo, a plena luz del día.

García de Loaysa asistía atónito a lo que estaba ocurriendo.

—¿Qué hace Acuña? ¿Por qué no se detiene?

—Señor… —el piloto miraba tan asombrado como el capitán general cómo pasaban de largo—, no tengo idea. Tal vez se dirija directamente a la bahía de Santa Cruz o tal vez haya decidido desertar.

Media hora después la nao se había perdido por el horizonte.

García de Loaysa volvía a reunirse con los capitanes, a los que se había sumado Santiago Guevara, en su camarote.

—Tal vez nos espere en la bahía de Santa Cruz. Esa era la dirección que llevaba —comentó el capitán general.

—Es posible, pero no os hagáis muchas ilusiones —dijo Elcano—. Acuña no es de fiar.

—¿Pensáis que ha desertado? ¿A plena luz del día?

—Coincido con el capitán general. —Manrique se acariciaba el mentón—. La *San Gabriel* se dirige a la bahía. Aunque es la menos castigada, también ellos necesitan algunas reparaciones.

Elcano se encogió de hombros.

—Es posible…, es posible que la encontremos allí.

El cuñado de Elcano explicó cómo aquella ola, que levantó el patache como si fuera un pequeño trozo de madera, había sido su salvación.

—En lugar de llevarnos hacia las rocas, adonde íbamos derechos porque se nos había partido la caña del timón y el barco era ingobernable, nos lanzó hacia el sur. Todavía no sé cómo no nos hundimos.

El barco fue zarandeado por las olas durante horas hasta que un golpe de mar nos lanzó hacia la costa. Fue un milagro que encalláramos en una playa arenosa, como si hubiéramos echado todos los ayustes y las cuatro anclas. Luego, cuando la tormenta cesó no había forma de desencallar. La subida de la marea alumbraba nuestras esperanzas, pero no era suficiente para salir de aquel arenal. La llegada de la *San Gabriel* fue nuestra salvación.

—¿Cómo lograron sacaros de allí?

—Habíamos observado que a veces soplaba un viento del interior que hinchaba nuestras velas, pero no era suficiente. Podía serlo con algo de ayuda. Decidimos tirar media docena de cabos y quedamos enganchados a la popa de la *San Gabriel*. Ayer a media mañana, cuando la pleamar estaba en su punto más alto, sopló ese viento y nos pudo arrastrar. Dios ha estado con nosotros.

—¿Acuña dijo algo que os hiciera sospechar sus planes?

—Nada, señor. En todo momento se mostró distante. No me sorprendió, ese es su natural. Además, desde lo que ocurrió con aquel barco que apresamos y resultó ser portugués... no hemos hecho buenas migas.

—En estas circunstancias, lo mejor es que pongamos rumbo a Santa Cruz, allí encontraremos las mejores condiciones para reparar los barcos, la *Santa María de la Victoria* es la que peor se encuentra y después de haber perdido la *Sancti Spiritus* y la *Anunciada* no podemos permitirnos el lujo de quedarnos sin ella. Tal vez... encontremos allí a la *San Gabriel* —insistió el capitán general.

Aquella tarde navegando de cabotaje y con buen viento los cuatro barcos que quedaban pusieron rumbo a aquella bahía, que quedaba casi tres grados más al norte. Arribaron a ella tres días más tarde y no encontraron rastro alguno de la *San Gabriel*. Todo apuntaba a que Rodrigo de Acuña, al igual que Pedro de Vera, del que no había vuelto a tenerse noticia, había desertado.

En aquella bahía permanecieron cinco semanas. Los carpinteros se emplearon a fondo. Se revisaron todos los cascos, se eliminó la broma y se restituyó toda la tablazón que no estaba en condiciones. Se utilizó mucha madera de la que se había podido salvar del naufragio de la *Sancti Spiritus* para reforzar embarcaciones. Los calafates aplicaron generosamente la estopa para cerrar todos los intersticios. Se fundió plomo con el que se hicieron unas planchas para reforzar la quilla de la capitana y trabajaron los calafates embreando completamente los cascos. Se reparó la jarcia y se utilizaron los repuestos para sustituir las velas que estaban dañadas. Se fijaron las piezas de artillería...

También se llenaron las bodegas con la caza, la pesca y la recolección de algunos frutos silvestres. Allí la vegetación era escasa pero no había desaparecido por completo y la época del año era la más propicia para recolectar. Las bodegas quedaron bien abastecidas. Habían probado la carne de foca, les resultó muy sabrosa e hicieron gran acopio de ella.

El 24 de marzo se dieron por concluidas las reparaciones y la *Santa María de la Victoria*, la *Santa María del Parral*, la *San Lesmes* y el *Santiago* estaban en condiciones de hacerse a la mar en cuanto el viento les fuera favorable. Al día siguiente, después de una misa en la que participaron todos los capellanes y se dio la comunión a todos los hombres, la escuadra se hizo a la mar para abordar nuevamente el estrecho que los conduciría al mar del Sur. El primer objetivo era alcanzar de nuevo el cabo de las Once Mil Vírgenes.

La *San Gabriel* había puesto proa al norte. El objetivo de Acuña era regresar a España. Impulsada por vientos favorables llegaron a la misma bahía en la que habían recalado meses atrás y les había parecido el paraíso en la tierra. Los nativos los recibieron con grandes muestras de alegría. Otra vez hubo intercambios de baratijas por frutas, huevos, gallinas y diferentes animales y, sobre todo, por los favores carnales de las indias.

Llevaban varios días en la bahía cuando un grito los alertó.

—¡Una vela a la vista!

En el horizonte había aparecido un barco. Poco después se vislumbró una segunda vela y media hora más tarde eran tres.

—No deben ser los nuestros —comentó el piloto desde la toldilla de popa.

—¿Por qué lo decís? —preguntó Acuña, que había dado orden de que los hombres embarcaran rápidamente.

—Vienen del este. Navegan con viento de levante.

—¿No se tratará de una argucia?

—Es posible. Pero no lo parece. Apostaría a que son portugueses. En todo caso, lo mejor será preparar la artillería. Tal vez haya que luchar.

—¡Son tres! —respondió Acuña—. Mejor será parlamentar.

—¡Son franceses! ¡Esos barcos son franceses! —gritó un marinero.

—¿Cómo lo sabes?

—Por la enseña que enarbolan.

Efectivamente, eran barcos franceses y Carlos I estaba en guerra con ellos. La última noticia que habían tenido era que en el norte de Italia habían recibido una soberana paliza, y que hasta su rey había caído prisionero. Era la noticia que llegó a La Coruña unas semanas antes de embarcar.

—Si son franceses tendremos que pelear —señaló el maestre, que esperaba las órdenes de Acuña.

—Primero hablaremos con ellos.

Los franceses hicieron un disparo de advertencia. Acuña ordenó echar al agua el esquife y se dirigió al *L'Aube.* Subió a cubierta, donde fue recibido con hostilidad.

—*Abandonne et abandonne ton épée.*

—¿Qué dice? —Acuña preguntaba al marinero que lo acompañaba, que era de Fuenterrabía y entendía el francés.

—Que os rindáis y le entreguéis vuestra espada.

—¡Maldita sea! —Intentó desenvainarla, pero antes de que saliera de la vaina tenía dos dagas cerca del cuello y un ballestero con el virote previsto para ensartarlo.

—*Allume-le!*

Acuña y el marinero fueron apresados.

Desde la *San Gabriel* se dispusieron a la lucha. Martín de Valencia, que ya había sustituido a Acuña cuando fue suspendido, asumió el mando.

—¡Armad los falconetes y las culebrinas! ¡Preparad los cañones!

¡Ajustad las bombardas! ¡Sacad los arcabuces y la pólvora! ¡También las ballestas! ¡Recoged velas! ¡Preparaos para combatir!

Los franceses se sentían superiores, pero el primer cañonazo de la *San Gabriel* partió el trinquete de *L'Aube*. Era el comienzo de una batalla a la que los nativos, asustados en un primer momento por el estruendo de la artillería y las humaredas que salían de los barcos, asistieron después complacidos, como si aquello fuera una diversión.

El cañoneo se prolongaba y los franceses, pese a su superioridad, no se decidían a abordar la nao española, que no dejaba de escupir fuego. Después de cinco horas, cuando la tarde empezaba a caer, cesó el combate.

—Tratarán de abordarnos aprovechando la oscuridad —señaló un viejo marino que había servido una de las bombardas.

—Estaremos alerta. Aprovecharemos para comer algo, reparar los daños que sea posible y curar a los heridos. ¿Cuántas bajas tenemos? —preguntó Martín de Valencia.

—El barbero dice que hay cuatro muertos y el doble de heridos.

—¿Graves?

—Dice que uno de ellos no llegará al amanecer. Seis, si reciben una atención que no puede asegurar, se salvarán, y otro, veremos.

La noche fue larga, llena de tensión, como cuando se afrontaba una tormenta. Las horas pasaban y los hombres mantenían la vigilia, pero no ocurría nada. La oscuridad era total. No se había encendido el fanal de popa y no se cantaban las horas, como era obligación hacer por la noche. Todo apuntaba a que el combate se reiniciaría al amanecer. Lo peor era que la munición había mermado considerablemente. El jefe de los lombarderos había dicho a Valencia que, disparando como lo habían hecho, tendrían balas para unas dos horas.

Con la claridad del nuevo día, la sorpresa fue mayúscula.

—¡Los franceses no están! ¡Se han ido!

Habían aprovechado la noche para largar velas.

—Mantened la alerta.

—Se han ido, señor. No tienen dónde ocultarse. Esta costa es llana y no tiene escotaduras donde esconderse. El horizonte está limpio.

—Mantened la vigilancia. No podemos confiarnos.

Los franceses habían puesto agua de por medio. Se llevaron preso al capitán Acuña, pero rehuyeron el combate.

Permanecieron alerta otras veinticuatro horas sin que los franceses aparecieran. Al día siguiente dieron cristiana sepultura a los cinco muertos. El herido más grave había fallecido. El hechicero de la tribu facilitó a Tomás de Alcalá, que era el nombre del barbero, hierbas con las que hacer unos emplastos y aplicarlos a las heridas. Los convalecientes mejoraron rápidamente y todos ellos curaron en menos de las tres semanas que permaneció allí la *San Gabriel*. Alcalá se hizo con una importante provisión de aquellas hierbas.

Los nativos, que siempre se habían mostrado hospitalarios, los trataban ahora con un respeto reverencial, como si fueran dioses que habían ahuyentado el mal. Ellos no se molestaron en desmentirlo. Repararon como mejor pudieron los desperfectos que el combate había causado al barco y llenaron las bodegas de alimentos, muchos de ellos frescos.

La víspera del día en que se disponían a hacerse a la mar, si el viento seguía siendo favorable, se celebró un gran banquete. Los españoles obsequiaron a los nativos con muchos abalorios para responder a su hospitalidad, que llevaba incluida el disfrute carnal de sus mujeres. Al día siguiente se hicieron a la mar.

LXXII

Siguieron el camino que corría casi paralelo al río Guadalquivir, aunque poco después de pasar por Écija se desviaron para visitar La Rambla, localidad donde se habían reunido representantes de las principales ciudades andaluzas para mostrar su fidelidad al rey durante el conflicto de las Comunidades. Los reyes estaban a la vista de Córdoba el 19 de mayo. Como en otras ciudades, la nobleza salió a recibirlos una legua antes, sumándose al lucido cortejo que los acompañaba. El corregidor y los capitulares aguardaron a los reyes junto a una puerta de la muralla, que era conocida como la Puerta del Osario.

El cabildo cordobés había utilizado todo el dinero disponible, al que había añadido un préstamo solicitado, para ornamentar la ciudad de forma adecuada, confeccionar un riquísimo palio bajo el que marcharon los reyes en su recorrido y que los representantes municipales lucieran unas vestiduras propias del acontecimiento. También se habían construido arcos triunfales, como en Badajoz y en Sevilla. Las calles por donde discurría el itinerario estaban abarrotadas. Al igual que en Sevilla había acudido mucha gente de diferentes lugares del reino de Córdoba, e incluso de las vecinas tierras de Jaén. El suelo estaba alfombrado de flores, cuya abundancia era muy grande en los patios de las casas en el mes de mayo.

Como quiera que la vieja mezquita aljama, construida en los años en que Córdoba era la capital del califato de los omeyas y convertida en catedral cristiana cuando la ciudad fue reconquistada por Fernando III hacía casi dos siglos, estaba en obras, el obispo los recibió en un templo dedicado a san Hipólito, convertido en basílica, muy cercano al palacio donde había pasado su juventud el Gran Capitán y donde Carlos I había manifestado su deseo de alojarse. Allí recibió el rey la noticia de que el papa le había levantado la excomunión.

—Además de a vuestra majestad —le indicó el canciller Gattinara—, el papa también la ha levantado a don Francisco de los Cobos y al alcaide Ronquillo.

Cinco días estuvieron los reyes en Córdoba. La ciudad tenía un significado muy especial para la emperatriz, ya que en ella se encontraba su abuela Isabel cuando alumbró a su madre. Doña Isabel realizó, acompañada por sus damas, un paseo por la ribera del río Guadalquivir.

—¿Quién construyó ese puente? —preguntó la emperatriz a uno de los caballeros que la acompañaban.

—Los romanos, majestad.

—Es muy hermoso. Sevilla no tiene nada parecido. Para cruzar este río, que allí es mucho más caudaloso, lo hacen sobre un tablado puesto sobre barcas.

Llamó la atención de la emperatriz una enorme rueda de no menos de doce varas, que giraba en la ribera y llevaba el agua del río a un canalillo. La madera crujía con fuerza.

—¿Para qué sirve esa rueda?

—Para llevar agua a los molinos. Se la conoce como albolafia, mi señora. Hay algunas más y son muy antiguas. Vuestra abuela, que se aposentaba allí —el caballero señaló una fortaleza que se alzaba muy cerca— ordenó pararla porque el ruido no le permitía dormir.

—¿Ahí se alojaba la reina?

—Así es, majestad.

—Entonces fue ese el lugar donde nació mi madre.

—Con toda seguridad, majestad.

—Quiero visitarlo.

Los caballeros que la acompañaban se miraron indecisos.

—Majestad, vuestro deseo será cumplido. Pero debéis saber que hoy es la sede del Santo Oficio —le indicó uno de los caballeros.

—Hace algunos años, majestad, sucedieron hechos muy desagradables —advirtió otro.

—¿Qué ocurrió?

—Ese alcázar, que se alza sobre el lugar donde estuvo el palacio de los reyes moros, se destinó a sede del Santo Oficio. En sus sótanos están las mazmorras donde se encarcela a quienes han sido acusados y detenidos. Hace algunos años un inquisidor llamado Diego Lucero, que era hombre de agrio carácter y muy celoso en el cumplimiento de sus obligaciones, detuvo a numerosas personas con escasos indicios. El lugar fue asaltado y liberados los detenidos. El inquisidor tuvo que huir, marchando a Sevilla a lomos de una mula.

Esta historia quitó a la emperatriz las ganas de entrar en el alcázar.

Al día siguiente, acompañó al emperador a visitar la antigua mezquita aljama. El edificio se encontraba en obras, al haberse iniciado la construcción de un crucero para que hubiera una catedral de abolengo cristiano dentro de aquel inmenso recinto. Pasaron sus majestades a un patio, plantado de naranjos, en cuyo centro había una fuente. Les pareció un lugar ameno, pero lo que verdaderamente les impresionó fue la grandiosidad del templo.

—¡Es un bosque de columnas! —exclamó la emperatriz.

Cuando se acercaron a donde estaba construyéndose un crucero con un estilo más propio de las iglesias cristianas, el emperador frunció el ceño y dirigiéndose al obispo y los canónigos que lo acompañaban les dijo:

—Ilustrísima, lamento mucho deciros que habéis destruido lo que es único en el mundo para hacer lo que podíais haber hecho en cualquier otro lugar. Si hubiera tenido conocimiento de lo que se iba a hacer, jamás hubiera dado mi consentimiento para una obra como esta, que siendo grandiosa está en lugar inadecuado.

Se hizo un silencio incómodo. Se oían los pasos de la comitiva. La emperatriz lo rompió al llegar a lo que había sido el mihrab de la mezquita.

—¡Qué maravilla! ¡Qué obra tan admirable!

Sus palabras supusieron un gran alivio para los presentes, que dedicaron grandes alabanzas a aquella obra en la que relucían los bellísimos mosaicos que cubrían las paredes.

La víspera de la partida de sus majestades se celebró una fiesta de toros en la plaza de la Corredera, un espacio de grandes dimensiones y forma irregular que se abría ante las casas del cabildo y a la que los días de mercado acudían en gran número los vendedores con sus productos. El festejo resultó muy lucido, siendo los caballeros muy aplaudidos. Entre ellos se encontraba el emperador, que participó como un caballero más.

Los reyes salieron de Córdoba el 23 de mayo por la llamada Puerta del Puente, que se abría frente al construido por los romanos sobre el Guadalquivir y tanto había impresionado a la emperatriz. La despedida fue multitudinaria.

Una muchedumbre acompañó a los soberanos durante más de una legua. El camino hasta Granada se hizo a pequeñas jornadas y discurrió por las villas de Baena, Alcaudete y Alcalá la Real, donde pernoctaron en la impresionante fortaleza de la Mota, residencia del abad que ejercía su dominio eclesiástico sobre aquella comarca. Tras su paso por Moclín y por Íllora, cuya impresionante fortaleza fue asaltada por el Gran Capitán durante la guerra de Granada, según había consignado Pérez del Pulgar en sus papeles sobre Gonzalo Fernández de Córdoba y en la que ejerció el cargo de alcaide, llegaron a Santa Fe y entraron en Granada el 4 de junio.

Sus majestades —doña Isabel en litera y don Carlos montando un brioso corcel, sin separarse de su lado— recorrieron las casi dos leguas que separaban la ciudad levantada por sus abuelos durante el cerco de la capital nazarí hasta Granada, acompañados por una muchedumbre. La riqueza de aquella vega no tenía parangón. Las huertas, cultivadas con primor por los moriscos, parecían jardines con las blancas casas, enjalbegadas con cal, salpicando el paisaje. El agua corría por las acequias dando un toque de frescor al ambiente. Don Carlos observó que gran parte de las gentes que se agolpaban a los lados del camino vestían albornoces y chilabas, calzaban babuchas y se cubrían la cabeza con turbantes. Las mujeres vestían zaragüelles y, al paso del cortejo, ocultaban el rostro con los grandes mantos que completaban su indumentaria.

Granada, encerrada en sus poderosas murallas, se extendía al pie de una colina sobre la que se alzaba, imponente, una fortaleza cuyo color rojizo le había dado nombre: la Alhambra. Al fondo se levantaba una cordillera, cuyos picos rivalizaban con el cielo y cuyas cumbres estaban vestidas de blanco.

El conde de Tendilla, don Luis Hurtado de Mendoza, acompañaba al rey, sujetando su caballo para ir un paso por detrás. Tendilla, que era el alcaide de la Alhambra y capitán general del reino de Granada, había apoyado desde el primer momento la causa del rey, a pesar de que su hermana, María Pacheco, era la esposa de Juan de Padilla, el principal jefe de los comuneros. María, después de la ejecución de su marido, tras la batalla de Villalar, había mantenido viva la llama de la rebelión en Toledo durante muchos meses. Antes de que la ciudad cayera en manos de las tropas de Carlos I, había logrado huir y refugiarse en Portugal. Cuando estaban a menos de media legua de la ciudad, indicó al rey que la fortaleza cuyas torres sobresalían por encima del caserío había sido el palacio de los reyes nazaríes.

—Majestad, aquella que veis en lo alto de la colina es la Alhambra.

—¿¡Ese es el palacio de los reyes moros que tanto se me ha ponderado!?

—¡Es ese, señor!

—¡No pasa…, no pasa de ser una poderosa fortaleza! ¡Pero como tantas otras!

—Vuestra majestad debe aguardar a entrar en ella.

Al llegar a la ciudad, el corregidor y los miembros del cabildo municipal, así como el presidente y los oidores de la Real Chancillería aguardaban en la Puerta de Elvira —conservaba su abolengo musulmán—, que era por donde harían la entrada sus majestades. Después hicieron una visita a la sede catedralicia, donde los recibieron el deán —Granada en aquel momento era sede episcopal vacante— y el cabildo de canónigos, quienes se reunían, a falta de catedral, en la Casa

Grande de San Francisco, un convento de los franciscanos situado en el barrio de El Realejo.

—Aquí, majestad —le dijo el deán—, descansaron los restos del Gran Capitán, antes de ser trasladados al monasterio de San Jerónimo.

Terminadas las oraciones, subieron a la Alhambra por la cuesta que llamaban de Gomérez. Allí los reyes entendieron por qué habían oído hablar tanto de la magnificencia de aquel palacio. El aspecto de fortaleza que la Alhambra ofrecía en sus torres y murallas tenía muy poco que ver con el lujo de las estancias interiores y de sus patios. Las paredes parecían delicados encajes, cuyos colores brillaban en las magníficas yeserías. En su parte inferior estaban alicatadas con azulejos que formaban complicadas composiciones geométricas en las que se veía la mano de unos alarifes y unos ceramistas excepcionales. Doña Isabel quedó asombrada al contemplar parte de la ciudad desde un pequeño mirador anejo a una estancia regia cubierta con una cúpula completamente decorada y que parecía sostenerse en el aire.

—¡Qué maravilla! —repetía cada vez que pasaba de una estancia a otra.

—Me contaron, majestad, que el último rey moro, llamado Boabdil, lloraba al marcharse —le comentó Tendilla.

—No me sorprende, conde. ¡Haber perdido toda esta belleza...!

Los reyes quedaron aposentados en la Alhambra y al día siguiente llegó noticia de un asunto de extrema gravedad.

En una de las estancias que se abrían a un patio que llamaban de los Leones, por la docena de estos animales labrados en mármol que sostenían la taza de una fuente que había en su centro, Carlos I mantenía una reunión con varios de sus consejeros a los que se había sumado el conde de Tendilla.

—¡No le bastaba con incumplir su palabra! ¡Dadme detalles sobre ese acuerdo!

—Lo que sabemos hasta el momento, majestad, es que ese tratado tiene de fecha 22 de mayo y se ha firmado en la localidad de Cognac.

—Repetidme, canciller, ¿quiénes lo suscriben?

—Además del rey de Francia, que ha sido el impulsor, el santo padre…

—¡No llaméis santo padre a ese Médici a quien poco importan las cosas de la Iglesia!

—Disculpad, majestad. Además del rey de Francia y de Clemente VII, los venecianos y Florencia.

—¡Los venecianos! ¡El Gran Turco estará frotándose las manos!

—Señor… —al canciller, pese a su larga experiencia, le temblaba la voz—, el francés ha cerrado un acuerdo con los turcos.

En la estancia se hizo un silencio momentáneo, antes de que el rey explotara:

—¡No puedo creerlo! ¡Eso no es posible! ¡Un pacto con los infieles!

—Majestad, la noticia está confirmada.

Carlos I se acarició la barba.

—¡Qué tiempo tan extraño! ¡Un príncipe cristiano aliado con el mayor enemigo de la cristiandad!

—Eso, majestad, no es una novedad. —El rey interrogó a Tendilla con la mirada—. Los venecianos…

—¡Esos son comerciantes antes que cristianos!

—Su lema es… antes venecianos que cristianos —corroboró Gattinara.

—¡El vicario de Cristo en la Tierra tiene un acuerdo con quien es un aliado de los turcos! —El emperador estaba descorazonado—. La situación del rey de Hungría es ahora desesperada. Tendríamos… —Meditó lo que iba a decir—. Tendríamos que acudir en su ayuda. Pero hemos de luchar en Italia para hacer frente a esa alianza que, sin duda, es obra de Satanás.

Aquella terrible noticia no fue obstáculo para que los reyes disfrutaran de su matrimonio, al tiempo que Carlos I atendía los asuntos más urgentes del gobierno de sus inmensos estados. Los secretarios procuraban no agobiarlo demasiado. Bajaban con frecuencia a la ciudad y se instalaban en el monasterio de San Jerónimo. Hicieron visitas a la Capilla Real, dedicada a los santos Juanes, nombre de sus bisabuelos maternos —Juan II de Castilla y Juan II de Aragón—, donde estaba la tumba de sus abuelos, doña Isabel y don Fernando, a los que, por encargo de Tendilla, se les había labrado un suntuoso túmulo. Cuando el calor apretaba los reyes se trasladaban a la Alhambra. Una mañana después de otra apasionada noche de amor, el rey tomó a doña Isabel de la mano.

—Acompáñame, quiero mostrarte algo.

—¿Adónde vamos?

—Ya lo verás.

Seguidos a cierta distancia por una pequeña escolta —el emperador no quería más testigos—, fueron por un camino que tenía una leve y continuada pendiente, poco más que una senda entre frondosos árboles. Los acompañaba el rumor de las limpias aguas de una pequeña acequia que corría cantarina… y los soldados a distancia prudencial.

—¿Puede saberse adónde me llevas?

—No seas impaciente. Ya lo verás.

El paseo fue corto. Llegaron hasta una casa —una pequeña residencia rural— rodeada por los cultivos de una huerta donde, aprovechando el fresco de la mañana, unos moriscos cultivaban el huerto. Al ver a los reyes, cesaron en su trabajo y se postraron reverencialmente. Los monarcas los saludaron y fue doña Isabel quien les indicó que se levantasen. Se acercaron a la casa.

—¿Qué es esto?

—Lo llaman el Generalife.

—¿Qué nombre es ese?

—No lo sé.

Justo antes de llegar a la casa, había un mirador desde el que se disfrutaba de espléndidas vistas. La reina se acercó y contempló Granada, que quedaba a sus pies.

—¡Qué ciudad más hermosa! ¿Has pensado en convertirla en sede permanente de la Corte?

—¿Tanto te gusta?

—Es…, es tan distinta a todo lo que conozco… El aire es tan limpio y el agua tan abundante… ¡La Alhambra es tan hermosa…! Esas montañas… —La reina miró hacia el Veleta—. Su tierra es tan…, tan rica. ¡Mira esa vega! ¡Las huertas parecen jardines!

—Habrá que pensarlo —fue la respuesta del rey—. Pero no te he traído hasta aquí para que contemples la ciudad.

—Entonces… —La emperatriz alzó las cejas—. ¿A qué hemos venido?

—Ven, quiero que veas algo.

Entraron en la casa y pasaron a un jardín de forma alargada, dividido en dos partes por una acequia que corría perpendicular a la fachada.

—¡Que cosa tan bella! —exclamó doña Isabel llevándose la mano a la boca.

Lo que se ofrecía a sus ojos era una alfombra, de un rojo brillante, que cubría todo el jardín y desprendía un aroma tan intenso que embriagaba.

—¿Te gusta?

—¡Son unas flores maravillosas! ¡Qué perfume! ¿Cómo se llaman?

—Son claveles.

—¡Nunca los había visto!

—Es la primera vez que brotan en España.

—¡Ooooh!

—Esa flor viene de Persia. El embajador veneciano me regaló su semilla cuando estábamos en Sevilla. Mandé que las plantaran aquí. Nadie, salvo el aposentador de palacio, algunas otras personas y esos hortelanos las han visto antes. Quería que tú fueras la primera.

Isabel abrazó a su marido y le susurró al oído:

—También yo tengo un regalo para vuestra majestad. —Carlos I la miró a los ojos. Cada día le parecía más hermosa—. Estoy encinta.

—¡Isabel, amor mío! ¡Ese sí que es un regalo!

El rey acarició su vientre y la abrazó con ternura.

Carlos I no podía disimular su felicidad, pero en los primeros días de septiembre llegó una noticia terrible. Su cuñado, el rey de Hungría, había sufrido una gravísima derrota a finales de agosto en Mohács a manos de los turcos. Había muerto en aquella batalla, junto a más de la mitad de su ejército, y Buda, la capital de su reino, había caído en manos de Solimán. La conquista de esa ciudad permitía a los otomanos avanzar por la cuenca del Danubio y llegar hasta las mismísimas puertas de Viena. Lo confortaba saber que su hermana María había logrado ponerse a salvo.

—¡Ese florentino, que tan indignamente ocupa el trono de san Pedro, no tiene inconveniente en crear problemas a la cristiandad uniéndose a ese felón de Francisco I! —clamaba indignado Carlos I.

Sólo encontraba consuelo en los brazos de su esposa. Lo ocurrido en Hungría había dispuesto su ánimo para poner fin a lo que había visto en Granada y, sobre todo, en las villas y aldeas a las que había ido con motivo de las cacerías que se organizaban en su honor. Los moriscos eran moros y vivían como tales. A aquello había que ponerle fin. Estaba reunido con un grupo de consejeros en una dependencia anexa a la Capilla Real.

—Granada, aunque poblada por cristianos, parece una ciudad de moros —señaló don Carlos.

—Majestad, las capitulaciones mediante las que se entregó la ciudad a vuestros abuelos señalaban que se respetarían la religión, la lengua y las costumbres de los moros. Se incumplieron, disculpadme, señor, si os lo digo de forma tan poco respetuosa —De los Cobos se mostraba compungido—, cuando se les obligó, algunos años después, a recibir el bautismo. Hubo rebeliones, mucho más graves que las que ahora afrontamos en el reino de Valencia. Cuando fueron vencidos, se les prometió respetar sus costumbres y su lengua. Por eso, vuestra majestad ha comprobado que visten chilabas, calzan babuchas, se cubren la cabeza con turbantes y hablan la algarabía.

—Si mis abuelos los obligaron a bautizarse, nosotros los obligaremos a abandonar esas costumbres. ¡Si son cristianos, han de vivir como tales!

—Majestad, estoy convencido de que no aceptarán de buen grado.

—¿Qué pensáis vos, canciller?

Gattinara carraspeó y se aclaró la voz.

—Coincido con vuestra majestad en que ha de ponerse fin a esta situación. Pero soy del mismo parecer del secretario. No sería bueno abrir un frente en este reino. Vendría a sumarse a los que ya tenemos.

Carlos I, pensativo, no dejaba de acariciarse el mentón.

—Doctor, ¿cuál es vuestro parecer?

A quien el rey preguntaba era a Galíndez de Carvajal, un prestigioso jurista, catedrático en Salamanca.

—Majestad, mi parecer es que ha de acabarse con esta situación. Los moriscos podrían ayudar a los turcos en caso de que atacasen nuestras costas. No parece algo inmediato, pero es una amenaza que está en el horizonte. En mi opinión, todo lo que ponga fin a sus costumbres favorecerá su integración como cristianos y leales súbditos de vuestra majestad y eso pasa por poner punto final a sus arraigadas costumbres.

—¿Cuál es vuestro parecer, ilustrísima? —preguntó al arzobispo de Sevilla, que era el inquisidor general.

—Soy del mismo parecer que el doctor Galíndez de Carvajal. ¿Sabéis, señor, que después de que sus hijos han pasado por la pila de bautismo, celebran una serie de rituales que son propios de quienes siguen la secta de Mahoma? A esas reuniones las llaman zambras. Muchos limpian el crisma de la cabeza, utilizando pan, cuando regresan a sus casas, después de ser bautizados, y les imponen un nombre moro, según sus rituales, y los retajan. Poseen coranes, se niegan a comer carne de cerdo...

—Sería conveniente preparar un informe sobre sus rituales y todas esas costumbres —propuso De los Cobos—. El doctor podría encargarse de ello.

Pocos días después Galíndez de Carvajal había preparado un detallado informe que contenía una larga lista de las prácticas en que se ejercitaban los moriscos, acompañada de una serie de prohibiciones. Se les entregó una copia a los representantes de su comunidad, entre los que había varios regidores del cabildo municipal. Después de estudiarlo estaban consternados y solicitaron una audiencia con el rey.

—Majestad, algunas cosas de ese informe son ciertas, pero también lo son los agravios que los cristianos viejos cometen —señaló Fernando Venegas, uno de los regidores moriscos—. Os traemos un memorial donde se exponen algunos de esos agravios para que vuestra majestad pueda decidir con la mayor ecuanimidad.

De los Cobos se hizo cargo del cartapacio con el memorial.

—Tendréis mi resolución en pocos días.

—Majestad, antes de retirarnos, nos es grato comunicaros que nuestra comunidad está dispuesta a prestaros un servicio si se atienden algunas de nuestras peticiones —señaló Diego López Banajara.

—¿Ese servicio del que habláis? ¿De qué suma estamos hablando?

—Podríamos ofrecer a vuestra majestad ochenta mil ducados…

—Más otros diez mil para costas y gastos —añadió Miguel de Aragón.

—¿Noventa mil ducados?

—Así es, majestad. También sería nuestro deseo que su majestad, la emperatriz, acudiese el día que a ella mejor le pareciese a la alcaicería, donde están las tiendas de la seda. Es nuestro deseo obsequiarla.

—Transmitiré a la emperatriz vuestro deseo. Ahora podéis retiraros. Tendréis una pronta respuesta a vuestros planteamientos.

En la alcaicería las tiendas y bazares estaban ordenados por oficios y gremios, como el de los alfombristas, los tapiceros, los sederos, los joyeros, los guanteros, los carpinteros de lo fino… En ellos podían encontrarse las piezas más exquisitas, labradas con primor por los más diestros artesanos. Los hábiles comerciantes, siempre dispuestos a jugar con los precios —algunos hasta se tomaban a mal que no se regatease a la hora de comprar—, ofrecían una variedad extraordinaria de productos. Allí podían encontrarse finísimas sedas de vivos colores, alfombras primorosamente tejidas, cajas con incrustaciones de nácar y maderas de olor que en Granada habían dado lugar a unos trabajos bellísimos y cueros labrados, repujados con mucho arte y coloreados, traídos de Córdoba, a los que por su procedencia se conocía como cordobanes. Los orífices y joyeros trabajaban la plata y el oro a la vista del público, labrando piezas de una gran perfección y belleza. Los lapidarios ofrecían perlas de todos los tamaños, esmeraldas de un verde intenso, sublimes zafiros y brillantes rubíes. Allí podían encontrarse delicados tejidos, finas babuchas, toda clase de especias de llamativos colores…

Tres días más tarde de la invitación hecha a la emperatriz, doña Isabel, acompañada de sus damas, de la condesa de Tendilla y de las esposas de los regidores moriscos, acudía a la alcaicería. Cuando se corrió la voz de que paseaba por sus calles fue el delirio. La gente acudía a verla. Se agolpaba y trataba de acercase a ella, lo que no era posible, al estar rodeada por sus damas y protegida por una escolta fuertemente armada. La gente se inclinaba a su paso y los vendedores le ofrecían lo mejor de sus tiendas. Al llegar a la calle donde estaban los sederos, el alcaide de la alcaicería la recibió con una gran reverencia.

—Majestad, es un inmenso honor para quienes aquí nos ganamos nuestro sustento y el de nuestras familias que vuestra majestad nos visite.

—Estoy complacida al comprobar las riquezas que atesora Granada.

Rechazó todos los ofrecimientos que se le hicieron, como se le había aconsejado, e iba a hacerlo con el regalo que había sido dispuesto —varias piezas de finísima seda—, cuando la condesa de Tendilla le susurró:

—Majestad, aceptadlo. Si no lo hacéis, se sentirán ofendidos.

Mientras que la reina recorría la alcaicería, Carlos I se reunía con Pedro Machuca en la Sala Alta de la antigua madraza. Previamente había mantenido varios encuentros con los dos arquitectos más importantes de los que trabajaban en la ciudad. Con Enrique Egas, que dirigía las obras del Hospital Real, cuya construcción le habían encargado los abuelos de don Carlos, pero a la muerte del rey Fernando las obras quedaron paralizadas y no se habían reanudado hasta que el emperador lo ordenó. Y con el mencionado Pedro Machuca, que además de arquitecto era pintor y trabajaba en la decoración de la Capilla Real. Tras esos encuentros, encargó a este último el diseño de un palacio, según los nuevos cánones estilísticos que se habían impuesto, que deseaba construir en el recinto de la Alhambra.

—Majestad, debéis saber que levantar ese palacio en el sitio que me pedís supone derribar parte de la Alhambra.

—Emplazadlo de forma que no afecte a las patios y estancias que merecen ser conservadas.

—Así lo haré, majestad.

En otra dependencia de la madraza, De los Cobos se reunía con los representantes de los moriscos y cerraba un acuerdo.

—No podrán llevar amuletos en collares ni en pulseras. Tampoco celebrar zambras ni otras fiestas de esa clase y queda prohibido retajar el prepucio de los recién nacidos. Sabed también que su majestad ha accedido a que no se os prohíba el uso de vuestra lengua y que podáis vestir según vuestras costumbres por un tiempo de cuarenta años.

—Cumpliremos su mandato y agradecemos su benevolencia. ¿Se ha decidido algo respecto al Santo Oficio? —preguntó Venegas.

—Los inquisidores tendrán presente que la catequización es muy deficiente y actuarán con benevolencia.

—Esa es una excelente noticia.

—Ahora habladme del servicio que habéis ofrecido a su majestad.

—Serviremos al rey con los noventa mil ducados ofrecidos y serán pagaderos en seis años, a razón de quince mil ducados cada año, y serán abonados en dos plazos. Uno el 31 de mayo y otro el 31 de agosto.

Al secretario le pareció todo correcto y dio por finalizada la reunión.

—Mañana se firmarán los documentos y ahora queden vuesas mercedes con Dios.

Pocos días después sus majestades abandonaban Granada camino de Valladolid, donde el rey había convocado Cortes ante la necesidad de recursos para hacer frente a la guerra, a la que se veía abocado como consecuencia de la liga de Cognac. En la que fuera capital de los nazaríes se habían amado con pasión, habían vivido días de esparcimiento y la emperatriz llevaba en su seno a quien podía ser el heredero de los inmensos territorios que configuraban la monarquía hispánica.

LXXIII

La escuadra dejaba atrás el cabo de las Once Mil Vírgenes, y después de casi dos semanas de esfuerzos denodados, luchando contra un viento que no les permitía progresar —hubo días en que retrocedían lo que habían avanzado la víspera—, el 5 de abril lograban entrar en el estrecho.

—El *Santiago* hará la descubierta —indicó el capitán general—. Su calado le permitirá adentrarse en aguas donde los demás podríamos encallar. Iremos en formación de columna. Primero la capitana, donde me acompañará el piloto mayor, después la *San Lesmes* y, por último, la *Santa María del Parral*. Tengan muy presentes las instrucciones para el caso de que la formación se deshaga. Como el piloto mayor ha dicho, el estrecho no es un canal y en sus aguas interiores pueden desatarse tormentas. No se olviden de que tiene varias entradas y salidas, y resulta fácil perderse.

En el *Santiago* iban midiendo la profundidad de las aguas, que siempre superaba las veinte brazas, lo que permitía al resto de la escuadra navegar sin problemas. El 16 de abril la ruta se estrechó de manera peligrosa. A ambos lados se alzaban paredes rocosas coronadas por la nieve. El frío era cada vez mayor, al sumarse la latitud a la que se encontraban a que el verano había terminado y el otoño estaba bien entrado.

—¡Mirad, la nieve es de color azul! —gritó un grumete del *Santiago*.

—Es el color que toma cuando lleva muchos años —le dijo el capitán Guevara—. También la he visto en el norte de Europa.

—¿Quiere decir que aquí la nieve no se derrite?

—Jamás, muchacho. Son nieves perpetuas.

—En estas tierras no vivirá un alma.

—No lo creas. Las personas se adaptan al sitio donde viven.

—¡No viviría aquí ni por todo el oro del mundo, señor! ¡Para qué lo querría!

Aquella noche vieron el resplandor de los fuegos que tanto habían llamado la atención de Magallanes y sus hombres cuando, por primera vez, cruzaron aquel estrecho y lo bautizaron como Tierra del Fuego. Al día siguiente se descubrió el misterio de aquellos fuegos, lo que no había sido posible la vez anterior.

—¡Mirad! ¡Mirad esas canoas!

Media docena, llenas de nativos, se acercaban a gran velocidad. Llevaban en sus manos antorchas.

—¿Qué intenciones tendrán? —preguntó García de Loaysa a Elcano, asomado a la amura de babor.

—No sé. Pero no parecen muy amables.

—¡Por estribor! ¡También vienen por estribor!

Otro grupo de canoas se aproximaba por la otra amura.

—¡Preparad los arcabuces! —ordenó García de Loaysa.

Los nativos, que vestían pieles de foca engrasadas con sebo, y sujetaban sus largas cabelleras con unas cintas, no paraban de gritar y agitar los tizones encendidos. Así estuvieron un rato. Luego se retiraron y desaparecieron. No hubo necesidad de utilizar las armas, pero fue imposible comunicarse con ellos.

—Al menos, sabemos quiénes encienden los fuegos.

Avanzaron por una boca que los condujo a una especie de mar interior, donde una calma prolongada inmovilizó a la escuadra más de una semana. Cuando el viento hinchó las velas lo hizo con fuerza y los sacó en pocas horas de aquel lugar, pero al día siguiente se desató una tormenta que los obligó a guarecerse en una escotadura donde pudieron anclarse los barcos y aguantar el temporal que sólo duró unas horas. Soportaron una fuerte nevada sin la ropa adecuada para combatir un intenso frío que no ahuyentaban las candelas que se encendían sobre unas planchas de hierro para que el fuego no mordiera a la madera. Cuatro hombres murieron congelados y a otros tantos hubo que amputarles los dedos de los pies para evitar que la congelación se propagase a todo el cuerpo. Dos de ellos murieron poco después.

Tras varios días con un viento en contra que impedía los intentos de alcanzar el cabo Deseado, lograron, por fin, doblarlo. El 26 de mayo salían a mar abierto. Ante ellos se extendía una enorme masa de agua que no parecía tener fin y que aquel día no hacía honor a su nombre de Pacífico. Elcano señaló la cruz que habían levantado seis años antes, cuando tomaron posesión de aquellas aguas en nombre de Carlos I.

—Todavía se mantiene en pie, pese al tiempo transcurrido.

—Comienza otra etapa de nuestro viaje —García de Loaysa llenaba los pulmones de aire—. Esperemos que Dios Nuestro Señor, que nos ha permitido llegar hasta aquí, nos guíe hacia nuestro destino. ¿Qué derrota hemos de trazar?

—Hay que marcar rumbo norte-noroeste.

—¡Timonel, norte-noroeste!

El viento, que levantaba grandes olas, hinchaba también las velas y permitía a las proas de los barcos hendir las aguas devorando millas y dejando una estela de espuma a su popa. Así navegaron durante seis días hasta que el primero de junio unas densas nubes aparecieron frente a ellos. Cerraban todo el horizonte.

—Esa tormenta va a ser de las que no se olvidan —pronosticó Elcano—. Hay que prepararse.

Los maestres impartían órdenes y desapareció la tranquilidad.

—¡No quiero nada que pueda moverse en la cubierta! ¡En la bodega todo tiene que estar bien sujeto! ¡Lo que no deba mojarse hay que bajarlo!

Al amanecer del 2 de junio se enfrentaron a la tormenta. Las nubes negras y densas no dejaban paso a la claridad que anunciaba el día. Eran grandes relámpagos los que iluminaban el cielo. Los hombres, hacinados en las bodegas, se encomendaban a los santos de su devoción. En las cubiertas los timoneles, bien atados a las cañas, trataban de mantener la estabilidad de las naves, que tenían recogido la mitad del velamen. Las olas, cada vez más fuertes, se estrellaban contra los cascos y las más grandes empezaban a barrer las cubiertas.

La *San Lesmes* pasaba por serias dificultades debido a que un golpe de mar se había llevado por delante el palo de mesana.

—¡Qué visión tuvo quien bautizó este océano como Pacífico! Mejor le hubiera puesto Bravo... —se lamentaba un viejo marino, desdentado y con la cara hinchada, que se agarraba con fuerza a una de las manillas de la bodega.

—Menos mal que los barcos se calafatearon —comentó otro.

—Si no se hubiera hecho ya tendríamos abierta alguna vía de agua.

Transcurrían las horas y la tormenta no amainaba. A la falta de luz, porque las capas de nubes no perdían densidad, siguió la oscuridad de una noche que se hizo eterna. Muchos hombres habían vomitado y seguían dando arcadas, pero ya no les quedaba nada en el estómago. El olor en las bodegas, que nunca era agradable, resultaba ahora insoportable. A los vómitos se habían añadido otras inmundicias.

En el camarote de la capitana García de Loaysa y Elcano soportaban el zarandeo del barco, pero su situación no era comparable al sufrimiento de los que estaban en la bodega.

—¿Os parece que saldremos de esta? —preguntó el capitán general.

—Pocas he visto iguales, pero con la ayuda de Dios...

Una gigantesca ola barrió el barco, sacudiéndolo. En el camarote algunas cosas rodaron por el suelo. Una arqueta se volcó y los documentos se desparramaron. A los pies de Elcano quedó uno con el sello real en lacre rojo intacto, sobre una cinta de seda azul.

—Hacedme la merced de recogerlo. No debe mojarse. Si se corriera la tinta... —Elcano tuvo en sus manos aquel pliego en el que tantas veces había pensado—. Creo..., creo que en estas circunstancias debo deciros cuándo puede abrirse.

—Corren algunos rumores.

—¿Qué dicen?

—Que ha de abrirse en caso de que vuesa merced falleciera.

—Eso fue lo que me dijo el emperador.

—Me parece una orden extraña. Si vuesa merced falleciera, ¿quién iba a saber que podía abrirse?

—Está dispuesto en los papeles con mis últimas voluntades y en otros que habrían de revisarse, caso de que entregue mi alma a Dios.

—Tomad y guardadlo. Por ahora no compareceremos ante nuestro Creador. La nao parece que está estabilizándose. Empezamos a dejar atrás la tormenta. Ahora toca comprobar los daños que ha provocado.

Poco a poco, la tormenta amainó y las olas perdieron fuerza. Las sacudidas en la *Santa María de la Victoria* eran cada vez menores. Salieron a cubierta, al tiempo que se abrían las trampillas de la bodega y los hombres empezaban a ver la luz del día. Su aspecto era lamentable, con los ojos enrojecidos y sus atezados rostros pálidos. Muchos tenían la camisa más sucia de lo habitual.

Lo primero que se hizo fue atender al timonel. Estaba atado a la caña del timón, exhausto. Milagrosamente, había sobrevivido. Fue al primero que atendió Bustamante. Lo mejor era que no se habían producido bajas, aunque eran muchos los contusionados.

El grumete que había subido a la cofa comprobó que sólo se veía agua hasta la línea del horizonte.

—¡Estamos solos! ¡No se ve ninguno de los otros barcos!

Elcano ordenó que se tocase la campana y se disparase un falconete. Su eco se apagó en la lejanía y aguardaron respuesta. No la hubo.

Los hombres, que utilizaban la mano para protegerse de la intensidad del sol, comieron algo y se aprestaron a reparar los daños. El mayor era una vía de agua que obligaba a utilizar sin descanso las dos bombas de achique. Las planchas de plomo con que se había reforzado el casco habían evitado males mayores. Se repararon las amuras y los daños del castillo de proa, que había sufrido mucho más que la toldilla. De cuando en cuando se tocaba la campana.

Dos horas después, seguía despejado el horizonte.

—¿Se ve algo? —preguntó Elcano al grumete de la cofa.

—Nada, señor, y la visibilidad es muy buena.

Se hizo un nuevo disparo, pero tampoco hubo respuesta. Creció la preocupación por lo que podía haber ocurrido con los demás barcos.

—Vamos a preparar una bombarda. Su sonido llega más lejos. Incluso…, incluso podríamos hacer dos disparos a la vez.

Los lombarderos fueron generosos con la pólvora y las dos bombardas dispararon casi al unísono. El estruendo fue tremendo, se oiría a mucha distancia. Aguardaron expectantes una respuesta, que tampoco llegó.

—Puede que estén en el fondo del mar.

—Eso… sólo Dios lo sabe.

Hechas las reparaciones posibles, aliviados los contusionados y curados los heridos, la *Santa María de la Victoria* continuó su ruta con la esperanza de que alguno de los barcos apareciera.

—La tormenta nos ha dejado a algo más de cuarenta y tres grados de latitud sur —indicó Bermejo, guardando el cuadrante y la ballestilla en una bolsa de cuero—. Hay que poner rumbo al noroeste.

Navegaron muchos días con buen viento de popa. Lo único que veían era la inmensidad de aquel océano que parecía no tener fin. Sus aguas eran infinitas y los problemas se iban acentuando. Se había abierto una pequeña vía de agua que crecía, poco a poco, porque los remedios que utilizaban no eran suficientes. Las dos bombas de achique no dejaban de funcionar, lo que era un trabajo muy duro para unos hombres cada vez más debilitados. A ello se sumaba que la comida empezaba a disminuir mucho.

—Señor, hay ya que tomar medidas o tendremos problemas dentro de algunas semanas —señaló el despensero al capitán general.

—Tú sabes mejor que nadie cómo está la despensa. ¿Qué propones?

—Disminuir las raciones en un tercio. Nos dará para alguna semana más, aunque los hombres protesten.

—Hazlo.

El mayor de los problemas era, sin embargo, las enfermedades que aquejaban a la tripulación. Muchos hombres tenían calenturas, sufrían diarreas, fuertes dolores de pecho y, casi todos, presentaban las encías hinchadas y sangrantes. El primero en morir de aquella enfermedad fue el piloto. Pedro Bermejo falleció el 24 de junio, festividad de San Juan Bautista. El capellán rezó un responso antes de que el cadáver, envuelto en una recia lona bien atada y lastrada con una piedra de regular tamaño, fuera arrojado al mar. En ausencia de Bermejo, Elcano se hizo cargo de sus funciones. También sus encías habían empezado a sangrar y, aunque no tenía fiebre, los dolores en el pecho eran cada vez más fuertes. García de Loaysa se encontraba incluso peor que Elcano.

La de Bermejo fue la primera de una larga serie de muertes a lo largo de las jornadas siguientes. Raro era el día en que no fallecía un hombre y hubo algunos en que fueron dos los cadáveres arrojados al mar. Eso disminuía las bocas que alimentar y permitió estirar algo la comida.

La víspera del día de Santiago se cumplió un año desde que la escuadra zarpó de La Coruña y, aunque la situación no era la más propicia, la festividad del patrón de las Españas se celebró con cierta solemnidad. Los hombres, formados en cubierta, oyeron la misa. El sermón, que tuvo mucho de arenga para animar a los hombres, terminó con el grito empleado por los cristianos cuando se enfrentaban a la morisma: ¡Protégenos Santiago y cierra España!

Al día siguiente, el capellán se acercó a Elcano.

—He confesado al capitán general. No creo que salga de esta.

—¿Tan mal lo veis?

—No he querido darle la unción, por no desanimarlo más. Pero, si Dios Nuestro Señor no obra un milagro…

El 26 de julio, en que la Iglesia celebraba la festividad de los padres de la Virgen, el señor san Joaquín y la señora santa Ana, García de Loaysa, consciente de que su vida se apagaba, llamó al escribano y al capellán y, ante dos testigos —Juan Sebastián Elcano y Alonso de Salazar—, entregó al primero unos papeles donde estaban sus últimas voluntades para que redactase su testamento. El silencio en el camarote impresionaba. Sólo se oía el crujir de la nao, el suave movimiento de las olas y el rasgar de la pluma sobre el papel. Cuando terminó de redactarlo, el escribano lo leyó y el enfermo lo firmó. Luego encomendó su alma a Dios y pidió al capellán que le diera su bendición y le administrara la extremaunción para ayudarle a bien morir. Por último, con voz serena, pidió a Elcano que abriera la arqueta donde guardaba sus papeles.

—Alcanzadme esa carta que vuesa merced conoce.

Elcano cogió el pliego lacrado en rojo con el sello real sobre una cinta de seda azul y se lo entregó. Con manos temblorosas, los ojos vidriosos y la nariz muy afilada, el capitán general lo puso sobre su cabeza, en señal de acatamiento de su contenido.

—Sabed los que estáis presentes que este pliego, cuyo sello permanece intacto, me fue entregado por su majestad al tiempo en que me fue dada la cédula en que me encomendaba el mando de esta armada. Las instrucciones de su majestad fueron que debía permanecer sin abrir mientras me mantuviera con vida. Como quiera que me encuentro a las puertas de la muerte, deseo entregároslo a vos en calidad de escribano de esta nao para que lo custodiéis debidamente hasta la hora de mi muerte. Sólo entonces, a la vista de todos, romperéis el lacre y daréis lectura, en voz alta y clara, a su contenido para que llegue a conocimiento de todos.

El esfuerzo realizado por el moribundo para decir aquello había sido tal que apenas tuvo fuerzas para alargar la mano y entregárselo al escribano. Cerró los ojos y quedó inmóvil, aunque su respiración, muy agitada, señalaba que en su cuerpo aún aleteaba la vida.

—Debemos retirarnos, dejarlo tranquilo y que sean sus criados quienes le atiendan —señaló el capellán.

Los dos criados, que habían salido del camarote, entraron al tiempo que los demás se retiraban en silencio con el ánimo conturbado, conscientes de que la enfermedad que acabaría con la vida de Jofré García de Loaysa era la misma que padecían muchos de ellos, entre los que se contaban los dos testigos de su testamento, Elcano y Salazar.

Aquel día Elcano decidió hacer también testamento, por si la parca, que no daba tregua, también lo visitaba a él.

—Traed papel y pluma, hacedme esa merced —indicó al escribano—, quiero otorgar testamento. Acompáñame —dijo al joven Urdaneta—. También venid conmigo, vos y vos. —Señaló a Andrés de Gorostiaga y a Martín de Carquizano. Se dirigió hacia proa, donde estaba su camarote. Cerca de la puerta vio a Juan de Zabala y a Martín de Uriarte—. Acompáñenme también vuesas mercedes.

Entraron en el camarote.

—Os he requerido porque deseo que vuesas mercedes sean testigos de mi testamento —les dijo echándose en la cama, mientras el escribano disponía sobre una mesita los pliegos y los adminículos de su trabajo—. Si alguno no es conforme, puede marcharse.

Ninguno se movió.

—Anotad. *In Dei nomine.* Amén. Otorgo esta carta de testamento, estando en la cama, enfermo de cuerpo y sano de entendimiento, y con el juicio que Dios Nuestro Señor me quiso dar. Sabiendo que la vida del hombre es mortal y siendo la muerte muy cierta y la hora muy incierta, cualquier católico cristiano ha de estar aparejado para cuando fuere la voluntad de Dios. Primeramente, mando mi ánima a Dios que me la crio y me redimió con su preciosa sangre en la Cruz, y ruego y suplico a su bendita madre, santa María, nuestra Señora, que ella sea abogada delante de su precioso hijo, que me quiera alcanzar perdón de mis pecados y me lleve a su gloria santa. Es mi deseo que mis funerales y misas de aniversarios se celebren en la parroquia de San Salvador de la villa de Guetaria, a la que otorgo seis ducados de oro. A la iglesia de San Martín doce ducados de oro para que se confeccione un terno de altar en buen paño colorado de a un ducado cada vara. También es mi voluntad se entregue un ducado a la iglesia de San Prudencio y a la iglesia de la Magdalena. Otro ducado para los pobres de San Lázaro y dos más al hospital de la dicha villa de Guetaria. Mando también que se entregue un ducado en el santuario de nuestra señora de Aránzazu y diez ducados a los franciscanos del convento de Sasiola. Un ducado a la iglesia del señor Santiago en Galicia.

—El escribano iba, a duras penas, tomando notas para redactar luego el documento definitivo—. Ítem, es mi voluntad que se entreguen sayas a treinta personas de las más necesitadas, que sean vecinos de la villa de Guetaria. Que a María de Ernialde, madre de Domingo Elcano, mi hijo, por cuanto siendo moza virgen la hube bajo promesa de matrimonio, le sean dados cien ducados de oro. Mando igualmente que otra hija que tengo en Valladolid y la hube con María

Vidaurreta, que, si mi hija fuere viva, la lleven a la villa de Guetaria y la sostengan hasta la edad de casarse y dejo para su arreo y ajuar la dote de cuatrocientos ducados siempre y cuando sea casada con consentimiento y mano de mis testamentarios y, si se casase sin consentimiento de ellos, que no le den blanca. A María Vidaurreta, por descargo de mi conciencia, se le entregarán cuarenta ducados por la crianza de mi hija.

Un golpe de tos le impidió seguir manifestando su voluntad y le alteró mucho la respiración. Por la comisura de la boca se le escapaba un hilillo de sangre procedente de la encía. Después de dar unos sorbos de agua se sosegó y pudo proseguir, refiriéndose al destino de una serie de pequeños objetos de hierro y abalorios de su propiedad que llevaba para realizar intercambios con los nativos; se trataba de hachas pequeñas, tijeras, cuchillos, mazos de cuentas de colores, cascabeles…

—Dispongo que mi ropa de vestir, capas, sayos, calzas, jubones tanto de raso como de terciopelo, bonetes y gorras sean repartidas entre mis hermanos, si fueren hallados, y mi sobrino Martín de Gainza, que navegan todos ellos en otros barcos de esta escuadra. Se encargará de ello Martín Elcano, mi hermano a bordo de esta nao. Al dicho Martín Elcano se le entregará el *Globus Mundi* de mi propiedad. Al piloto Andrés de San Martín, si se encontrare, se le hará entrega de mi *Almanaque* y mi libro de Astronomía. Declaro que soy deudor de Cristóbal de Haro, factor de la Casa de la Especiería, en la suma de setenta y dos mil maravedíes, que ha de pagársele de los mil y setecientos ducados que me son adeudados por su majestad, correspondientes a la pensión que me otorgó. Asimismo, declaro que debo al susodicho Cristóbal de Haro la suma de otros cien mil maravedíes, que le serán abonados de los haberes que se me adeudan como piloto mayor de esta escuadra y capitán de la *Sancti Spiritus* hasta el momento de su naufragio. Por último, es mi voluntad que mi madre, Catalina del Puerto, goce del usufructo de mis dineros mientras viva y sea el heredero de mis bienes mi hijo y, en caso de que mi hijo muriese sin heredero, antes que mi señora madre, quedare ella como heredera universal y deberá hacer testamento en favor de mi hija, la que hube con María Vidaurreta, siempre que se casase según dicho queda. En el caso de que incumpliese mi voluntad o muriese sin herederos, declaro por tal a mi hermano Martín Elcano. Esa es mi voluntad y pongo por testigos a todos los aquí presentes.

—Redactaré el testamento para que lo firmen vuesas mercedes. Estará listo lo antes posible —señaló el escribano recogiendo los papeles.

La *Santa María de la Victoria* continuaba su singladura hacia su destino que, estando cada vez más cerca, a muchos les parecía inalcanzable. No les faltaba razón. La escuadra, que había partido formada por siete embarcaciones y con cuatrocientos cincuenta hombres a bordo, había quedado reducida a un solo un barco y poco más de un centenar de hombres, de los cuales cerca de la mitad estaban muy enfermos y raro era el que no padecía de algún mal. En aquellas condiciones tomar posesión de las islas de las Especias en nombre del rey era una quimera, pues carecían de medios para hacerlo. Eso no significaba desmayar en su intento de llegar a su destino.

La vida del comendador Jofré García de Loaysa, capitán general de la armada, se prolongó unos días más. Entregó su alma a Dios en la madrugada del 30 de julio.

Había llegado el momento de abrir el pliego que contenía las instrucciones reales, si aquello sucedía.

LXXIV

La ceremonia para despedir su cuerpo se celebró con cierta solemnidad. El cadáver, vestido con sus mejores ropas, envuelto en un lienzo fuertemente atado y tapado con el estandarte real, reposaba sobre un pequeño túmulo que se había improvisado en la cubierta, junto al palo mayor. Los hombres estaban formados. La mayoría desdentados, débiles, enfermos… A algunos les costaba trabajo sostenerse en pie. Los gallardetes estaban a media asta.

El día era luminoso. Ni una nube en el cielo, pese a lo dilatado del horizonte. El capellán oficiaba el responso de despedida en medio del silencio. La *Santa María de la Victoria*, con los ayustes y las anclas echadas para dejarla lo más inmóvil posible, se mecía suavemente en medio de las aguas del Pacífico, que en esta ocasión hacía honor a su nombre. Terminada la ceremonia, el cadáver fue lastrado con una bala de cañón y media docena de hombres alzaron la tabla sobre la que reposaba el finado y lo llevaron hasta la amura, el capellán lo asperjó con agua bendita y el maestre ordenó disparar cuatro salvas de respeto, antes de arrojarlo al mar.

García de Loaysa no era un marino avezado ni un hombre habituado a los avatares de las largas expediciones, pero había hecho gala de una humildad que no era fácil encontrar en las gentes de su estirpe. Se había dejado aconsejar por quienes tenían más experiencia que él y, en medio de las muchas dificultades que hubo de afrontar, había conducido la armada con gran dignidad, anteponiendo los intereses del rey a los suyos particulares.

El maestre ordenó a los hombres mantener la formación.

—Se va a proceder a la apertura de unas instrucciones reales.

El escribano subió a la toldilla, acompañado por el capellán y, tras colocarse sobre la cabeza el pliego, en señal de acatamiento, rompió el lacre a la vista de todos y lo leyó, con mucha solemnidad:

Yo, don Carlos de Habsburgo, emperador del Sacro Imperio por la divina clemencia, doña Juana, su madre, y él mismo por la dicha gracia reyes de Castilla y de León, de Aragón, de las dos Sicilias, de Jerusalén, de Navarra, de Granada, de Toledo, de Valencia, de Galicia, de Mallorca, de Sevilla, de Cerdeña, de Córdoba, de Córcega, de Murcia, de Jaén, de Gibraltar, de las Islas de Canarias, de las Indias, Islas y Tierra Firme del Mar Océano. Condes de Barcelona, señores de Vizcaya y de Molina. Duques de Atenas y de Neopatria, archiduques de Austria… sepan, cuantos esta Real Cédula vieren, que es mi voluntad, en caso de fallecimiento de frey Jofré García de Loaysa, comendador de la Orden de San Juan de Jerusalén y capitán general de mi armada, al mando de la capitana, la Santa María *de la Victoria, le suceda en el mando de la dicha mi armada, como capitán general de la misma, con las mismas atribuciones y mando del fallecido, don Juan Sebastián Elcano, piloto mayor de ella. Sellada con mi sello y firmada de mi mano.*

Carlos, rey.

Elcano, al oír aquello, pensó que el destino le había jugado una mala pasada. Las calenturas, que no le daban tregua, lo tenían agotado. Le dolía el pecho y cada vez sangraban más sus encías. No eran las mejores condiciones para asumir el mando. Ahora que su vida se acababa llegaba el nombramiento que tanto había ansiado. Aceptó el cargo y la tripulación prestó juramento de obediencia al nuevo capitán general. Elcano tomó posesión del camarote de popa —había

650

compartido el de proa con los otros oficiales— e impartió sus primeras órdenes, nombrando contador de la armada a Álvaro de Loaysa, sobrino del difunto capitán general.

Recibió muchas felicitaciones, aunque algún hidalgüelo llevaba mal que un hombre sin linaje nobiliario asumiese el mando supremo de la armada. Entre quienes se acercaron estaba el despensero quien, después de felicitarlo, con el bonete en las manos, le dijo:

—Señor —se mostraba compungido—, la comida escasea cada vez más. La carne casi se ha acabado. Sólo nos queda para dos semanas, quizá algunos días más. Tenemos algo de pescado seco. Hay para un mes poco más o menos. Un poco más durará el arroz y la galleta ya es polvo de la que ha desaparecido la sustancia. También escasea el agua. Sólo andamos sobrados de vino y vinagre, y eso habiendo reducido las raciones en un tercio como ordenó el difunto capitán general.

—Mantenedlas, al menos por ahora. Cuando estemos más apurados tomaré una decisión. Espero que encontremos tierra y se acaben nuestras penurias antes de que la necesidad apriete más.

La derrota que llevaban los conduciría a la que había bautizado en el anterior viaje como isla de los Ladrones, y a Elcano no le parecía lo más conveniente. No eran gentes de fiar. Habían incendiado su poblado y las condiciones en que se encontraba la tripulación, aunque dispusieran de la ventaja que les daban las armas de fuego, no eran las mejores para afrontar el combate que habrían de librar. Eso lo llevó a tomar una decisión crucial.

—Debemos corregir el rumbo, Martín —dijo a su hermano, al que había encomendado las funciones de piloto.

—Hacia dónde —preguntó.

—Más al norte. En derecho a la línea equinoccial. No debemos mantener el rumbo hacia poniente. Lo único que encontraremos será la isla de los Ladrones. Nos resultará más interesante llegar a Cipango.

Se sentía muy cansado y se retiró al camarote. Tendido en la cama estaba mirando los papeles de su antecesor, cuando tuvo un fuerte golpe de tos. Recordó que en el anterior viaje se vio afectado por ella, pero logró vencerla y se dio ánimos. Si lo había logrado una vez… Aunque le parecía que ahora estaba más enfermo que entonces. Tomó el guardapelo en el que conservaba el mechón de cabello de María de Ernialde y lo apretó en su mano.

Su gran sueño acababa de hacerse realidad. Era el capitán general, el almirante, de una escuadra de su majestad. Almirante de una escuadra compuesta por un solo barco porque se había perdido el rastro de los otros y no se tenía noticia de ellos desde hacía semanas —lo sacudió otro golpe de tos—. Además, la comida escaseaba y la mayor parte de la tripulación estaba enferma.

El viento siguió siéndoles favorable y, aunque necesitaba tener en funcionamiento continuo las dos bombas de achique —Elcano había dispuesto que los hombres fueran relevados cada hora, en lugar de las dos habituales—, la *Santa María de la Victoria* navegaba a más de ocho nudos. Según las cartas de que disponía y las mediciones realizadas, si lograban mantener aquella velocidad, era posible, como le había dicho al despensero, que encontrasen tierra en pocos días. Esa sería su salvación. Podrían descansar, alimentarse mejor y llevar a cabo reparaciones más a fondo.

El 3 de agosto le costó trabajo levantarse y apenas desayunó. Tenía las encías tan hinchadas y doloridas que tuvo que hacer un gran esfuerzo para comerse un par de higos secos que acompañó de un vaso de vino. Cuando salió a cubierta su aspecto era tan lamentable que alarmó a Bustamante, quien mantenía una conversación con el timonel.

—¿Os encontráis bien? —El cirujano barbero lo miraba a los ojos, comprobando que habían perdido brillo. Estaban vidriosos.

—Esta tos no me ha dejado pegar ojo. Me duele todo el cuerpo.

Caminó hasta la proa. Los marineros se hacían a un lado y los que tenían puesto el gorro se descubrían a su paso. Elcano asentía con ligeros movimientos de cabeza. Desde la proa miró al océano que se mostraba ante sus ojos. El limpio azul del cielo tenía su reflejo en las aguas que la proa de la *Santa María de la Victoria* cortaba limpiamente con las velas henchidas por un viento que soplaba desde popa.

El joven Urdaneta lo miraba tratando de no perder detalle. Le pareció que miraba al mar como si se tratara de una despedida. En la cubierta los hombres casi no se movían para no perturbar sus pensamientos. Quienes comentaban algo lo hacían susurrando como si sus palabras pudieran alterar lo que estaban viendo.

Pasado un rato, Urdaneta se acercó.

—Es muy grande, señor.

—Parece infinito —le respondió dándose media vuelta. Las fuerzas lo abandonaban y la imagen de una tripulación hambrienta, agotada y enferma no le mejoraba el ánimo. Antes de llegar a su camarote se le aproximó el escribano.

—Señor, vuestro testamento está listo para que lo firméis y quede signado. Si os parece...

—No perdamos un instante. El tiempo apremia.

Los testigos volvieron a reunirse y estamparon su firma en el largo documento, una vez que lo hubo leído el escribano. Primero lo hizo Elcano, después los testigos y, por último, lo rubricó el escribano. Cuando salieron a cubierta la preocupación era patente en sus rostros. Al capitán general se le escapaba la vida.

—No creo que llegue a mañana.

—Está muy mal.

Su hermano Martín, que había estado acompañándolo, aunque no era testigo del testamento, no pudo evitar un exabrupto, golpeando con el puño el pasamanos de la escalera por la que se subía a la toldilla.

—¡Por qué ha de morir! ¡Ahora que su anhelo se había hecho realidad!

—A veces el destino es así de cruel —señaló Bustamante.

—¡Vive Dios que no es justo!

El 4 de agosto, poco antes de que el sol llegara a su cenit, Juan Sebastián Elcano, natural de Guetaria, hijo de Domingo y Catalina, entregaba su alma a Dios, después de haber descargado su conciencia con el capellán, que le impartió su bendición y lo signó con el crisma de la unción de los enfermos. Sus últimas palabras fueron:

—Decid a quien me suceda en el mando de la escuadra que ha de hacer todo lo posible, por muy difícil que resulte el empeño, por dar cumplimiento a las órdenes de nuestro rey.

Andrés de Urdaneta, en el diario donde anotaba las cosas que ocurrían desde que salieron de La Coruña, dejó consignado que la muerte de Elcano sucedió cuando la *Santa María de la Victoria* sobrepasaba la línea ecuatorial. Escribió que el capitán general moría «*de crecerse las encías en tanta cantidad que no podía comer ninguna cosa y más de un dolor de pechos con esto*».

Alonso de Salazar, que sucedió a Elcano en el mando de la nao, preparó su despedida. Al igual que en el caso de tantos como habían muerto —desde que habían salido a aguas del Pacífico eran más de treinta los fallecidos—, su cadáver sería arrojado al mar.

El adiós a Juan Sebastián Elcano se llevó a cabo al despuntar la mañana. Apenas apareció el sol por el horizonte, la tripulación estaba formada en la cubierta. Hasta los más enfermos y debilitados, a los que se dispensaba de trabajos y obligaciones, quisieron estar presentes. El cadáver, que había sido velado en el camarote por su hermano Martín y algunos de los más allegados, se llevó a hombros hasta un pequeño túmulo que se había cubierto con unos paños de bayeta negra. Sólo se oía el rumor de las olas y las toses de algunos hombres.

El capellán encabezó el rezo de tres *Pater noster* y otras tantas avemarías que todos bisbisearon. Luego, el cadáver vestido con el mejor jubón del difunto y cubierto por el estandarte real y el guion donde lucía el escudo que el emperador le había otorgado por haber sido el primero en dar la vuelta a la Tierra, fue envuelto en un lienzo y convenientemente atado y lastrado. El mar, que tanto había amado, en el que tanto había padecido y en el que tanto había luchado, iba a convertirse en su tumba. Aquellas aguas, ahora mansas, en las que había vivido momentos de euforia y también de dolor, iban a acoger su cuerpo.

Como despedida, Martín Elcano, con la voz quebrada por la emoción, se refirió a su hermano como un hombre que encarnaba la tradición marinera de las gentes de su tierra.

—El mar fue su vida y el mar lo acoge. Fuiste el primero que navegaste estas aguas para culminar la hazaña que fue circunnavegar por primera vez la Tierra. Descansa en paz.

Los restos mortales de Elcano, a hombros de seis de sus allegados, fueron llevados hasta la amura de babor; antes de que se deslizasen por la tabla donde reposaban, se oyó la voz de Alonso de Salazar que ordenaba:

—¡Fuego!

Todas las piezas —bombardas, cañones, culebrinas y falconetes— de la artillería de la *Santa María de la Victoria* fueron tronando, una tras otra, mientras su cuerpo se sumergía en las aguas del océano. El humo de los disparos se extendió por la cubierta y envolvió la nao creando una atmósfera que tenía algo de irreal.

EPÍLOGO

El destino de los barcos que integraban la escuadra que partió de La Coruña el 24 de julio de 1525 y tanto anheló mandar Juan Sebastián Elcano fue muy diferente. La *Sancti Spiritus* naufragó en las costas de la actual Argentina. La *Anunciada*, que había desertado en aguas del Atlántico, al mando del capitán Pedro de Vera, buscó llegar a las islas de la Especias por el océano Índico, pero se perdió su rastro tras separarse del resto de la armada. Nunca más se supo de ella. La *San Gabriel*, después de haberse enfrentado a unos corsarios franceses y de múltiples peripecias, llegaría en 1527 al puerto gallego de Bayona. El *Santiago*, tras la tormenta que dispersó la escuadra en aguas del Pacífico, navegó hacia el norte, al mando de Santiago Guevara, aprovechando la corriente que corre paralela a la costa occidental de América del Sur. Logró llegar al golfo de Tehuantepec. El padre Areizaga, que formaba parte de su tripulación, protagonizó un extraordinario episodio: metido en un cajón y con una pala logró ganar la costa y pedir ayuda a los nativos. Entraron en contacto con Hernán Cortés, a quien dieron cuenta de lo ocurrido, por lo que en 1527 envió una expedición a la Especiería desde la costa occidental del actual México, mandada por Álvaro de Saavedra, para prestar una posible ayuda a los españoles. A la *San Lesmes*, mandada por Francisco de Hoces, se le perdió la pista en el Pacífico. Es posible que llegaran a algunas islas en las que muchos años después se encontraron restos de la presencia de europeos: una cruz en Tahití y cañones europeos propios del siglo XVI en una isla de las Tuamotu. Hay quien opina que pudieron llegar hasta Nueva Zelanda. La *Santa María del Parral*, mandada por el capitán Manrique, logró llegar a las Célebes, pero un motín acabó con su vida y la de otros oficiales. La nao llegó hasta las proximidades de Cebú, de infausto recuerdo durante la expedición de Magallanes, por la traición que sufrieron los españoles al ser asesinados una treintena. Los nativos los atacaron y acabaron con la vida de muchos de ellos, apresando a los supervivientes. Algunos sobrevivieron y fueron rescatados por la expedición de Álvaro de Saavedra, la enviada por Hernán Cortes.

La *Santa María de la Victoria*, con Alonso de Salazar al mando, modificó su rumbo tras la muerte de Elcano y se dirigió a la isla de los Ladrones. El 5 de septiembre llegaron a la isla de Guam, en el archipiélago de las Marianas. Allí los aguardaba una sorpresa: la presencia de un español que había desertado de la expedición de Magallanes. Se llamaba Gonzalo Álvarez, y sería conocido luego como Gonzalo de Vigo. Había permanecido allí cuatro años y ahora solicitó y le fue concedido el perdón real para su delito. Sirvió de intérprete. Urdaneta dejaba constancia en su diario de aquel insólito encuentro: «... *hallamos a un gallego que se llama Gonzalo de Vigo, que quedó en estas islas con otros dos compañeros de la nao de Espinosa. Los otros dos murieron y quedó vivo él. Vino a nuestra nao y su ayuda nos aprovechó mucho...*».

Poco después moría el capitán Alonso de Salazar y hubo grandes disputas por hacerse con el mando de la nao. En ellas intervino Hernando de Bustamante. Se impuso Martín Íñiguez de Carquizano y bajo su mando, a finales de octubre, la *Santa María de la Victoria* llegaba a las islas de las Especias. El primer día de 1527 la nao entraba en el puerto de Tidor del que, en 1521, había partido Juan Sebastián Elcano para completar la primera vuelta al mundo. Se enfrentaron a los portugueses por el dominio de aquel territorio y la lucha se prolongó durante muchos meses. A la muerte de Martín de Carquizano, asumió la capitanía de la nao Hernando de la Torre. En marzo de 1528 también llegaba a Tidor, donde los españoles habían construido una fortaleza, Álvaro de Saavedra llevando algunos refuerzos. La lucha continuó hasta 1529. Las dos docenas de españoles supervivientes regresaron a España en 1536.

Mientras esto ocurría en el otro extremo del mundo, en España y Europa los acontecimientos se sucedían. El 21 de mayo de 1527, en Valladolid, daba a luz la emperatriz Isabel. Nacía quien más tarde sería Felipe II. La reina pidió que le cubrieran la cara con un paño para que nadie fuera testigo de sus gestos de dolor y, según cuentan, soportó el parto sin gritar. Sostenía que ni en esas circunstancias una emperatriz debía hacerlo.

A la guerra de Carlos I contra la liga de Cognac puso fin la Paz de Cambrai, conocida también como la Paz de las Damas, porque fue firmada por Luisa de Saboya, la madre de Francisco I, y Margarita de Habsburgo, tía del emperador. España consolidaba su dominio sobre Italia y el condado de Artois, y renunciaba a sus derechos sobre Borgoña. Fueron puestos en libertad los dos hijos de Francisco I, que habían quedado como rehenes para garantizar la Paz de Madrid, que su padre había incumplido. Por ello tuvo que pagar una fuerte suma. También se consumó el matrimonio de Francisco I con Leonor de Habsburgo. El episodio más llamativo de aquella guerra fue el saqueo de Roma por las tropas imperiales. El papa Clemente VII tuvo que buscar refugio, junto a numerosos miembros del colegio cardenalicio, en el castillo de Sant'Angelo.

La polémica por la posesión de las islas de las Especias se prolongó hasta que, el 22 de abril de 1529, se firmaba entre España y Portugal el Tratado de Zaragoza, en virtud del cual Carlos I renunciaba temporalmente a sus pretensiones sobre dichas islas a cambio de un pago de 350 000 ducados. Se reservaba el derecho de reclamarlas en caso de que devolviera aquella suma. Por aquella fecha, un puñado de españoles todavía seguía luchando heroicamente en el otro extremo del mundo por mantener los derechos de su majestad y cumplir la misión que este les había encomendado.

Cabra, 30 de diciembre de 2020
José Calvo Poyato

BIBLIOGRAFÍA

ARTECHE, José de: *Elcano*. Austral. Espasa Calpe, Madrid, 1972.

BELENGUER, Ernest: *El Imperio hispánico (1479-1665)*. Grijalbo-Mondadori, Barcelona, 1995.

CALVO POYATO, José: *La Ruta Infinita*. HarperCollins, Madrid, 2019.

CARANDE, Ramón: *Carlos V y sus banqueros*. II volúmenes. Crítica, Barcelona, 1983.

COMELLAS, José Luis: *La Primera Vuelta al Mundo*. Universidad de Sevilla, Sevilla, 2004.

CORRAL, José Luis: *El tiempo en sus manos (los Austrias II)*. Planeta, Barcelona, 2017.

CUEVAS, Mariano: *Monje y marino. La vida y los tiempos de fray Andrés de Urdaneta*. Galatea, México, 1943.

DÍAZ-TRECHUELO, Lourdes: «El Tratado de Tordesillas y su proyección en el Pacífico». *Revista Española del Pacífico*, número 4. Enero-Diciembre, 1994.

EIRAS ROEL, Antonio: *El Reino de Galicia en la época del emperador Carlos V*. Xunta de Galicia, Santiago de Compostela, 2000.

FERNÁNDEZ ÁLVAREZ, Manuel: *España y los españoles en los tiempos modernos*. Ediciones de la Universidad de Salamanca, Salamanca, 1979.

FERNÁNDEZ ÁLVAREZ, Manuel: *Carlos V, el césar* y el *hombre*. Espasa Calpe, Madrid, 2003.

FERNÁNDEZ DE NAVARRETE, Eustaquio: *Historia de Juan Sebastián Elcano*. Vitoria, 1872.

FERNÁNDEZ DE NAVARRETE, Eustaquio: *Colección de los viajes y descubrimientos que hicieron por mar los españoles desde fines del siglo XV*. Imprenta Nacional, Madrid, 1858.

FERNÁNDEZ DE OVIEDO, Gonzalo: *Historia general y natural de las Indias*. Edición a cargo de J. Pérez de Tudela. Atlas, Madrid, 1959.

FERNÁNDEZ DURO, Cesáreo: *Armada española desde la unión de los reinos de Castilla y Aragón*. IX volúmenes (1895-1903). Edición del Museo Naval, Madrid, 1973.

HERRERA, Antonio de: *Historia general de los hechos de los castellanos en las islas y tierra firme del mar océano*. Universidad Complutense, Madrid, 1992.

LINCH, John: *Carlos V y su tiempo*. Crítica, Barcelona, 2000.

MAZÓN SERRANO, Tomás: *Elcano. Viaje a la historia*. Ediciones Encuentro, Madrid, 2020.

MELÓN Y RUIZ DE GORDEJUELA, Amando: *Magallanes-Elcano. La primera vuelta al mundo*. Ediciones Luz, Zaragoza, 1940.

MERINO ÁLVAREZ, Abelardo: *Juan Sebastián del Cano. Estudios Históricos*. Madrid, 1923.

ORTUÑO SÁNCHEZ-PEDREÑO, José María: «Estudio histórico-jurídico de la expedición de Jofré García de Loaisa a las islas Molucas. La venta de los derechos sobre dichas islas a Portugal por Carlos I». *Anales de Derecho*. Número 21. Universidad de Murcia, Murcia, 2003.

PÉREZ, Joseph: *Carlos V*. Temas de Hoy, Madrid, 2000.

PIGAFETTA, Antonio: *Primer viaje alrededor del mundo*. Edición a cargo de Leoncio Cabrero. Historia-16, Madrid, 1985.

RIVERO RODRÍGUEZ, Manuel: *Gattinara: Carlos V y el sueño del Imperio*. Sílex Ediciones, Madrid, 2005.

URDANETA, Andrés: *Relación sumaria del viaje y sucesos del comendador Loaisa desde el 24 de junio de 1525*.

URDANETA, Andrés: *Relación escrita y presentada al Emperador por Andrés de Urdaneta de los sucesos de la armada del comendador Loaisa, desde el 24 de julio de 1525 hasta el año de 1535*.

VV. AA.: *Descubrimientos españoles en el mar del Sur*. Editorial Naval, Madrid, 1992.

VV. AA.: *El Pacífico español. De Magallanes a Malaspina*. Ministerio de Asuntos Exteriores, Madrid, 1988.

NOTA DEL AUTOR

La historia que se cuenta en *La Travesía Final* se desarrolla entre los años 1522 y 1526, si bien el «Epílogo» la prolonga hasta 1529. Aquellos años marcaron el rumbo de la monarquía hispánica para mucho tiempo. Se cimentó el poder de Carlos I —Carlos V como emperador del Sacro Imperio Romano Germánico— y se consolidó la hegemonía de España en Europa. La actitud del rey, después de su regreso a España tras la elección imperial, fue muy diferente a la mantenida en los años anteriores en que las tensiones sociales y políticas en Castilla y Aragón terminaron en sendos conflictos, de signo muy diferente. Nos referimos a las Comunidades en Castilla y las Germanías en Valencia. Carlos I fue prescindiendo de los flamencos que le acompañaron en su venida a España y los españoles ganaron protagonismo. Hemos querido retratarlos en la figura de don Francisco de los Cobos, un ubetense convertido en mano derecha del rey. Junto a él Mercurio Gattinara, el canciller que marcó la política imperial, pero que fue perdiendo protagonismo e influencia en estos años.

Este tiempo estuvo marcado por un conflicto permanente con la Francia de Francisco I, enfrentado al creciente poder del emperador. Las derrotas francesas están simbolizadas en la batalla de Pavía (1525) donde el propio monarca francés cayó prisionero. Trasladado a Madrid, tras su paso por Valencia, donde era virreina Germana de Foix, sólo quedaría en libertad, tras la firma de la Paz de Madrid (1526), en la que hubo de aceptar las condiciones de Carlos I. Hemos recreado la presencia de Francisco I en Madrid en la llamada casa de los Vargas —hoy existen serias dudas sobre su estancia en la Torre de los Lujanes— y en el Alcázar Real. La presencia en Madrid de su hermana, Margarita de Valois, duquesa de Alençon, está documentada, así como su intento de fuga y las jornadas de caza de que disfrutó junto a Carlos I, tras la firma del tratado de paz.

Una vez en libertad se negaría a cumplir lo pactado, pese a que habían quedado como rehenes en España sus hijos. Promovió la llamada Liga de Cognac, en la que entraron a formar parte Clemente VII y la República de Venecia. Incluso llegó a un acuerdo con los turcos —algo insólito entonces— para hacer frente a su gran rival. Los turcos fueron una gran amenaza para la cristiandad. En aquellos años se apoderaron de Rodas, expulsando a los hospitalarios, derrotaron a los húngaros en Mohács y fueron una amenaza para Viena. La historia del halcón como tributo a entregar por aquellos caballeros por la isla de Malta es cierta, aunque se han alterado algunas fechas.

Otro de los ejes que marcaron la historia de aquellos años fueron las tensas relaciones con Portugal, y constituyen uno de los soportes de la novela. Juan III rechazó siempre la posibilidad de que las islas de las Especias y lo que ese dominio suponía estuvieran en lo que se conocía como hemisferio hispano, según lo acordado en el Tratado de Tordesillas (1494). Es cierto que se buscó llegar a un acuerdo, como queda reflejado en *La Travesía Final*, en la reunión celebrada en Vitoria y sobre todo en las conocidas como Juntas de Badajoz-Elvas (1524). Así mismo, responde a la realidad histórica que Carlos I pospuso una nueva expedición a las islas de las Especias, tanto para asegurar la ruta abierta por Magallanes como para asentar su dominio en la Especiería, hasta que concluyeran dichas juntas.

En estos años se produjeron los matrimonios de Juan III con la infanta española Catalina de Habsburgo y el de Carlos I con Isabel de Portugal. Hemos retratado a esta última con un perfil de mujer culta, discreta, inteligente y bellísima, como dejó recogido Tiziano en sus cuadros. Se ha recreado la entrada de la emperatriz en Badajoz, Sevilla —donde contrajeron matrimonio, después de desposarse por poderes—, Córdoba y Granada. Muchos de los detalles relacionados con este matrimonio que el lector encontrará en la novela, como los claveles plantados en la Alhambra por orden del emperador para obsequiar a su esposa, son ciertos. Otros, como la excomunión de Carlos I, aunque hay alguna referencia, están novelados.

Juan Sebastián Elcano es el protagonista principal de *La Travesía Final*. Hemos tratado de situar al lector en los entresijos de la vida del personaje que dio la primera vuelta al mundo, como recogía el lema del escudo de armas que le otorgó Carlos I —*Primus circundedisti me*— después de llegar a Sevilla, al mando de la *Victoria*. No es mucho lo que sabemos de él después de haber realizado aquella gesta. Las fuentes de información principales son algunas reales cédulas, el relato de Andrés de Urdaneta sobre la expedición de la armada de Jofré García de Loaysa —nombre que aparece de diferentes formas, lo mismo que su apellido Loaysa, que puede verse también como Loaísa— en la que Elcano fue piloto mayor y capitán de una de las naos, la *Sancti Spiritus*, y su propio testamento.

Aspiró, sin conseguirlo, a un hábito de Santiago y su mayor deseo fue ser capitán general de una armada real. Tampoco fue posible porque esos cargos estaban reservados a la nobleza. Estuvo amenazado, sin que conozcamos la causa; por ello el rey mediante una Real Cédula le permitió que dos hombres lo protegieran. Su testamento, otorgado pocos días antes de morir, nos informa de sus devociones religiosas y de que tuvo dos hijos de mujeres diferentes, María Vidaurreta y María de Ernialde. La primera vallisoletana, con la que tuvo una hija, la segunda de Guetaria, con la que tuvo un hijo. Todo lo contado en *La Travesía Final* acerca de estas relaciones amorosas es ficción.

Elcano fue pieza fundamental en la organización de la escuadra que anhelaba mandar. Convenció a muchos hombres de su tierra, algunos de su propia familia, para que se enrolasen como tripulantes. Consiguió que varios armadores vascos aportasen parte de los barcos de la escuadra que el 24 de julio de 1525 zarparía de La Coruña, donde se había erigido la Casa de la Contratación de la Especiería. Los sucesos narrados en *La Travesía Final* sobre lo ocurrido en la travesía de aquella escuadra responden, en esencia, a lo sucedido, incluidas las deserciones de los barcos, sus naufragios y la dispersión de la escuadra. También es histórico que Carlos I había dejado una instrucción secreta para el caso de que García de Loaysa falleciese y en ella señalaba que el mando de la escuadra sería entonces asumido por Elcano. Tuvo lugar poco antes de su muerte.

Hemos querido poner de relieve la importancia de los descubrimientos geográficos, los mapas o las cartas de navegación —verdaderos secretos de Estado en la época—, mediante la intriga en que se ven involucrados Matías y *Zapatones*, que forma parte de la ficción literaria. Es ficción asimismo la relación de Matías con los Enríquez, que eran señores de Medina de Rioseco y anteriormente lo fueron de Simancas. También son fruto de la creatividad del autor Zambrano, Belizón o el veterano Diego de Torres y la coruñesa Marta.

Nos hemos tomado algunas libertades literarias, que no alteran los hechos, como el hacer zarpar la flota de La Coruña a media mañana, cuando las fuentes indican que lo hizo ese 24 de julio, pero antes de la amanecida. Así mismo, hay referencias que sitúan la relación de Elcano con María de Ernialde en fecha muy anterior a la que aparece en *La Travesía Final*, pero que se ha situado en estos años por considerarla más interesante para la trama de la novela.

Son personajes históricos, además de Juan Rodríguez de Fonseca, cuyo perfil está trazado con libertad literaria, los Reinel, el confesor García de Loaysa, el doctor López de Villalobos —tenía fama de nigromante—, Juan Boscán y Gonzalo Fernández de Oviedo. También don Fernando de Andrade y Cristóbal de Haro. Respecto a alguno de ellos no hay seguridad sobre su fecha de nacimiento e incluso se dan varias. Hemos escogido, cuando se la ofrecemos al lector, la que nos parece más adecuada para el desarrollo de la novela.

La Travesía Final es, pues, una novela histórica que recoge los hechos protagonizados por Juan Sebastián Elcano después de dar la primera vuelta al mundo, que, como señalábamos al principio de esta nota, sitúa al lector en el marco histórico de aquellos importantes años y en la que aparecen elementos de ficción literaria para crear una trama que resulte verosímil. Se ha procurado recrear el ambiente del Valladolid y la Vitoria de la época, de la Sevilla y la Granada en que discurrieron los primeros meses de vida matrimonial de Carlos I e Isabel de Portugal. También el Badajoz de las Juntas de expertos y el que recibió a la emperatriz Isabel o La Coruña que vio nacer la Casa de la Contratación de la Especiería, que quedó cerrada tras la firma del Tratado de Zaragoza en 1529.

Cabra, día de Año Nuevo de 2021
José Calvo Poyato

AGRADECIMIENTOS

La tarea de escribir es, esencialmente, un trabajo solitario, al menos en la fase final, en el momento de redactar. No obstante, el libro que llega a las manos del lector ha tenido un proceso más complejo. No se puede abordar, al menos en el caso de las novelas históricas, esa fase final sin una etapa previa de recogida de datos, de documentación. En ese proceso participan, al menos en mi caso, algunas personas y, desde luego, cuando no resulta fácil acceder a esa información, me prestan una importante ayuda. Por otro lado, una vez redactada la obra, cuento con la colaboración de quienes someten el texto a un riguroso examen, proporcionándome correcciones y sugerencias que lo mejoran y enriquecen.

Por ello quiero hacer público mi agradecimiento a Laura Marroquín Martínez, bibliotecaria de la Sociedad Económica de Amigos del País de Badajoz, por atenderme con amabilidad y eficacia al facilitarme información sobre las Juntas de Badajoz-Elvas. También a mi amigo y admirado maestro José Corral por sus aportaciones y lo mucho que aprendo en largas conversaciones sobre historia y literatura. La lectura atenta del original que realiza Rafael Morales supone encontrar valiosos detalles que son incorporados al texto definitivo. José García Velo —marino de raza que se embarcó en la reconstrucción de una nao del siglo XVI para vivir la experiencia de lo que era navegar en ellas— es mi protección en los asuntos del mar, como hiciera en *La Ruta Infinita*. Fernando Contreras supervisa con cuidado quirúrgico el texto para que no se nos escapen erratas, aunque los duendes, siempre traviesos, suelen jugarnos alguna que otra mala pasada. Añádase a ello la sabituría que aporta. Entran en este grupo, por derecho propio, mis editores. Gracias a Elena García-Aranda por su amabilidad y acertadas indicaciones en las que ha realizado un excelente trabajo. A María Eugenia Rivera por su profesionalidad y buen hacer, a Guillermo Chico por su infinita paciencia y sus valiosas ideas. A Luis Pugni por confiar en mí. Sin su trabajo, esfuerzo, profesionalidad y dedicación, *La Travesía Final* no llegaría a manos de los lectores de la forma en que lo hace. También a Silvia Bastos, mi agente, y junto a ella, a Gabriela y Pau, por cuidar de mi obra.

Como siempre, he dejado para el final mi agradecimiento a Cristina, mi esposa. Ella me permite robarle horas, horas y más horas para dedicarlas a esta pasión que es escribir sin sentir celos. Por otro lado, sus sugerencias convierten el original en el texto definitivo.

José Calvo Poyato